U0460732

三江人民抗日斗争历史丛书

我的回顾

彭施鲁◎著

黑龙江人民出版社

图书在版编目(CIP)数据

我的回顾／彭施鲁著. — 哈尔滨：黑龙江人民出版社，2017.9（2021.5重印）
ISBN 978 - 7 - 207 - 11142 - 5

Ⅰ. ①我… Ⅱ. ①彭… Ⅲ. ①回忆录—中国—当代 Ⅳ. ①I251

中国版本图书馆 CIP 数据核字(2017)第 230277 号

责任编辑：朱佳新
封面设计：鲲　鹏

我 的 回 顾

Wo De Huigu

彭施鲁　著

出版发行　黑龙江人民出版社
地　　址　哈尔滨市南岗区宣庆小区 1 号楼
邮　　编　150008
网　　址　www. longpress. com
电子邮箱　hljrmcbs@ yeah. net
印　　刷　北京一鑫印务有限责任公司
开　　本　787 × 1092　1/16
印　　张　34
字　　数　460 千字
版　　次　2018 年 1 月第 1 版　2021 年 5 月第 2 次印刷
书　　号　ISBN 978 - 7 - 207 - 11142 - 5
定　　价　68. 00 元

版权所有　侵权必究

法律顾问：北京市大成律师事务所哈尔滨分所律师赵学利、赵景波

《三江人民抗日斗争历史丛书》
编辑委员会

主　任：王爱文

副主任：贾　君

委　员：(按姓氏笔画排列)

王全军　刘乃功　刘津芳　邢忠辉

朱春龙　单明菊　杨　萍　高景荣

高富荣　富宏博

序　言

今年是世界反法西斯战争胜利暨佳木斯市解放 70 周年。在中共佳木斯市委、市政府实施的"十个一工程"纪念活动中,《三江人民抗日斗争历史丛书》是其中的一项重要内容。彭施鲁将军著作——《我的回顾》一书,是丛书之一。

这本书的问世,是彭施鲁将军逝世前留给佳木斯人民的一份宝贵遗产。特别是他把亲身经历的东北抗联教导旅组建始末系统整理书写出来,填补了国内东北抗日战争研究中的空白。这部书既是一部爱国主义的教材,又为东北抗联史研究提供了翔实的史料。特别是把以佳木斯市为中心的三江地区 14 年抗日斗争史系统联结起来,为佳木斯市抗日斗争、"东北小延安"两张辉煌的历史"金名片"添光增色,对佳木斯市革命历史文化传承具有重要意义。

彭施鲁将军是一位令佳木斯市人民难以忘怀的特殊人物。1935年,他受中共北平地下党组织的派遣,来到东北参加抗联,到抗日同盟军第四军(东北抗联四军的前身)担任四军军部和军长李延禄的秘书。从此,他把自己的青春年华全部贡献给东北抗日战争的民族解放事业。他同第四军转战吉东、北满及三江地区,先后担任东北抗日联军第四军的团政治委员、四军下江留守处主任、抗联七军一师政治部主任等职。参加对日伪军战斗数十次,英勇善战,浴血三江。特别是四军主力部队西征,他留在三江地区担任四军留守处主任时,在日伪军残酷的"讨伐"扫荡中,抗联几个军的留守处最后只剩下 3 人,他是其中之一,可谓九死一生。

东北抗联进入苏联整训后，从1940年冬到1945年8月近五年的时间里，他先后担任抗联第二支队教导大队政治委员，东北抗联教导旅(对外称苏联红军远东红旗第八十八独立步兵旅)连队(东北抗联师级)政治指导员、中共东北党委委员，参加了东北抗联教导旅组建的全过程，亲自参加了教导旅各种特种训练。

1945年8月，日本战败投降，百万苏联红军在东北抗联教导旅将士的配合下，以摧枯拉朽之势向日本关东军大举进攻，解放了全东北。1945年9月初，彭施鲁将军率领40余名抗联教导旅干部来到佳木斯市，担任驻佳木斯苏军卫戍司令部副司令员。他是佳木斯市解放后最先进入佳木斯市，担任中共佳木斯地区委员会书记，进行建党、建政、建军的第一人。彭施鲁将军回到佳木斯以后，以苏军卫戍副司令员身份，冒着生命危险，同敌伪残余势力以及国民党分子进行周旋，并把潜伏各地的原抗联战士组织起来，成立了共产党外围组织，同国民党分子进行了特殊的斗争。他迎接从山东军区滨海支队来佳木斯市的八路军部队，在此基础上，组建起了三江人民自治军。他和方强、陈郁、李范五、李延禄、吕清、孙西林等陆续从延安来佳木斯市的五批干部，形成东北抗联教导旅、山东八路军、延安干部团三路大军在佳木斯市胜利会师。为合江省革命政权的建立立下了汗马功劳。彭施鲁将军是佳木斯成为东北革命根据地战略后方的奠基人。

《我的回顾》是彭施鲁将军留给佳木斯市的一笔重要精神财富。在纪念世界反法西斯战争胜利暨佳木斯市解放70周年之际，他的子女们把它奉献给佳木斯市人民。既是对佳木斯这座英雄城市的肯定和敬重，也是对彭施鲁将军在天之灵的慰藉。彭施鲁将军曾经战斗过的黑土地永远怀念他！

中共佳木斯市委书记　王爱文
二〇一五年十一月一日

目 录
CONTENS

我在抗日联军十年

一、把我和东北人民的命运联结在一起的老师

　　1946 年 5 月,合江省政府(当时设在佳木斯市)主席李延禄同志告诉我说:"李常青来到了佳木斯,打算在此筹建东北日报社。"他看我好像不知道李常青这个名字,又赶快说:"他不是你的老师吗?原来叫李耀光吧!"我说:"是吗？那太好了! 我太想念他了!"之后,我就赶快跑到李常青住的招待所。

　　一晃十多年了。1935 年的 12 月,也就是在"一二·九"运动之后的几天里,是李常青同志派我到东北抗日联军里工作的。我到了东北之后,曾往北平写过几次信,想通过我的同学王琪将我的情况转告我的好友加同志余士珍、王静敏,并且可以通过他们告知老师李常青。但是游击队的流动性太大,我无法告知通信地址。而在北平,也只有王琪同志有个固定的通信地址,但在"七七"抗战之后,他也逃离了北平。我回想起来只收到过余士珍的一封回信,以后就完全断绝了消息。

　　到了 1945 年底,八路军、新四军的队伍源源不断地进入东北,和东北抗日联军会合,延安也派来了大批党政干部,我就到处打听我的几个好友和老师。最先从李延禄同志那里知道了李常青曾在晋察冀根据地工作过,其他人还一时打听不到。现在突然得知李常青老师就在

1

身边,真是别提多高兴了。

当见到李常青时,同时见到了他的爱人范自修。记得1934年在河南焦作上中学时曾看见过范自修同志,我和余士珍到李老师家里去过几次,那时她从不参与我们和老师之间的谈话,这可能是李老师所规定的一条组织纪律吧。而实际上范自修对我们却很亲热,招待我们的水是加了糖的山楂水,很好喝。那时,他们还有一个9岁的男孩,叫范政。隔了十多年之后,范自修再见到我简直像个老妈妈见了多年不见的孩子似的,话多得不得了。我那次去没有看见范政,只看见了范政的妹妹李万青,当时才5岁,长的模样和在焦作时的范政一个样。一问,才知道范政在辽东工作。我对李常青谈了我到东北工作十多年来的主要情况,又向他打听余士珍、王静敏和王琪等人的情况。得知王静敏在新四军,余士珍曾在山东工作过,以后牺牲了,王琪在华北工作。由于日本投降之后,形势变化很大,一时还弄不清王静敏和王琪的所在单位。

到了1947年的秋天,我在佳木斯出乎意料地收到了王琪的一封信。信中说他在哈尔滨工作,在松江省财政厅任处长,他是从李常青那里得知我在佳木斯的军政大学分校工作的。信中除说王静敏在华东野战军工作外,还说高向明在新华社总社工作。高向明是焦作中学女生部的学生,和余士珍是好友。1935年我和余士珍一同住在北平鼓楼集贤公寓时,余士珍经常把他俩之间的来往通信给我看,我了解到他们之间不只是恋爱关系,更多的是革命的友情。我捧着他的信,高兴得直流眼泪。

在河南省焦作市焦作中学高中部时,王静敏、王琪、余士珍和我同班。1934年的春天,李常青担任了我们的语文老师,我们开始接受了共产主义教育。那时李常青是中国共产党焦作中心县委书记。那年夏季,王静敏和王琪转到北平上学,我和余士珍同时由李常青介绍参加了共产主义青年团。同年10月,焦作市党团组织遭到破坏,李常青逃脱了敌人的搜捕,转到北平,参加了河北省委的工作。我和余士珍也根据李常青的指示离开焦作市转到北平上学,重新和王静敏、王琪见面,我们之间的往来逐渐密切。王静敏和王琪在 1935 年也先后加入了共产主义青年团。

1949 年,当长江以北已经全部变成解放区的时候,我给第三野战军组织部写信询问王静敏的工作单位。不到 3 个月,就接到了王静敏的回信,知道他在二十一军任副政委,从此恢复了联系。

1951 年,我又在沈阳碰见了焦作中学的老同学张鸿纲。他当时是作为北京派出的工作组成员在东北军区后勤部参加"三反"运动。他已改名为张璋。谈话之间,他说当时他在李常青的教育影响下,已产生了强烈追求真理的欲望,但可惜的是焦作市的党团组织突然遭到破坏,李常青也被迫逃离,自己一时无法找到参加革命的门路。"七七"抗战之后才入了党。

1952 年 4 月,我随代表团去朝鲜访问中国人民志愿军,在志愿军司令部和新华社分社通了个电话,找到了高向明。她很快地跑到招待所来看我。我们又畅谈了焦作中学时代的情景,并且为余士珍的牺牲深感惋惜。高向明同志失去了这样一个深深地爱着她的人,是非常不幸的。

在这以后,我们几个焦作中学的老同学经常以朋友加同志的关系相会,畅谈往事,往往很自然地把话题转向李常青。谈得较多的是他的马列主义宣传艺术和他从敌人手中的机智脱逃。共同的感触是,我们这些人能够走上革命道路都是李常青指引的结果。应该说他是我们在黑暗的旧社会中获得新生的恩人。我的革命生涯,正是从认识李老师开始的。

1934 年春季,河南省焦作市的焦作中学来了一位语文(当时叫国文)老师,名叫李常青(他当时用的名字是李耀光),此人当时有 30 岁左右,中等身材偏低,稍微有些瘦,圆圆的眼睛炯炯有神,讲一口东北话,他和原先的语文老师很不同。在他之前的那位语文老师叫薛幼卿,是专讲古典文学的。李常青则是讲现代文学的,他的口才很好,一开始上课就引起了我们高中二年级学生们很大的兴趣。以后又逐步发现,两位语文老师之间的差别远远不止这一点。

同班的学生们不只水平不整齐,学习态度也各异,还有几个调皮的学生。在我们下一班高一的同学中,有一个赵启明,很爱恶作剧。前几天他就跟英语老师开了个玩笑。英语老师张文伦正患痔疮,有个好心的学生专门在讲台上放了一把椅子,请老师坐着讲课。赵启明拿了一个红薯,在上课之前十来分钟走进教室,从口袋里掏出一把小刀把红薯的两头削去一截,然后向其他的同学们做了个鬼脸,就把红薯竖着放在老师的椅子上。有的同学说他净干缺德事。他回敬了一声:"你少管闲事!"接着,张老师走进了教室。同学们起立。老师说了声:"Sit down please!"(请坐)在同学们坐下的同时,有人发出了嘿嘿的笑声,有的人用眼睛瞪了赵启明一下,有的则注视着张老师会不会一屁股坐在红薯上。英语老师和往常一样,拿起学生的名册,一一点名。就在这点名的一分钟之内,他看出了同学们都以各种不同的目光观察着他和赵启明,而赵启明则一本正经地端坐着,像个木头人。点完名之后,张老师从椅子上拿起了红薯,举在空中,向同学们发问:"what do this?"(这是谁的?)同学们都笑了,却没有人回答。张老师也稍微笑了一下:"Mr.赵启明,What is this?(这是什么?)"赵启明为了礼貌,不得不站起来,但没有张嘴,弄得面红耳赤。张老师自己回答了:"This is potato."(这是马铃薯),接着又说:"Mr.赵启明,请你跟着我说一遍:This is potato。"赵启明这时越发的难堪了,胡乱地跟着老师重复了一遍上述的话。"Sit down!"张老师这句听起来很严厉的命令语,却使赵启明如释重负。"好!现在我开始讲第五课。"张老师巧妙地结束了这件事。

又过了几天,在上语文课之前,黑板上出现了"亡国奴"三个字。同学们立即意识到是谁又在搞恶作剧了。但这不是一般的开玩笑,是政治性的侮辱了。有的同学想从黑板上擦掉这几个字,但已经来不及了,李常青老师已经走进课堂了。同学们看到李老师以不寻常的目光注视到黑板上的三个字。但他很快地恢复了平静,暂时没有理睬它,照常翻开了讲义，开始讲文学工作者的任务。他说，在前课中已经讲过了文学作品应该真实地反映现实生活，并从中提出人们最关心的问题，最好是再指出解决问题的办法。一篇短文可以反映现实生活的一个侧面，而长篇的著作就应该选择现实生活中的重大社会问题为内容，写出其中错综复杂的矛盾，并能指出解决这些矛盾的办法，这样的作品就会受到读者的欢迎。那么，什么是当前的重大社会问题呢？这样的问题可以举出若干个！譬如说，我国 4 万万同胞绝大多数处在极度贫困之中，他们受着压迫，受着剥削，中国应该找到一条道路，使广大的工人和农民不再遭受压迫和剥削，摆脱贫困。青年们有责任为创造一个新的合理的贫富并不悬殊的社会制度而奋斗。再如，当前我们国家的重大问题是国难当头，日本帝国主义者已经侵占了我国东北的大片土地，现在又在阴谋攫取华北，并进而并吞全中国。我们堂堂的中华民族谁人甘愿接受异民族的统治呢？现在东北三千万同胞正处在水深火热之中，过着亡国奴的生活。他这时才回过头来看着黑板上的 3 个字，接着又说："那么，是东北同胞甘愿做奴隶吗？绝不是！东北人民几千年的历史一直是和反抗外国入侵，争取生存自由的斗争联系在一起的。在'九一八'之前，东北曾有 30 万军队负责保卫国土，但是当日本侵略者只以不足两万人的军队发动侵占沈阳的事变时，我们的国民政府竟然下了不抵抗的命令，要东北军撤退到山海关以南，从而拱手将东北的大好河山奉送给了日本强盗。在不到半年时间，北至黑龙江，南至长白山，全部沦陷在敌人手中。这时，肩负起抗日重任的只是由东北各地的爱国军民自动组织起来的抗日义勇军，他们为了保卫自己的家乡，为了维护自己的民族尊严而浴血奋战，并且付出了巨大的牺牲。但是他们并没有得到我国政府的支持，只有爱国的群众团体表示过声援。抗日义勇军在缺少强有力的援助之下遭到了失败。东北的丧失到底是谁的过错呢？是东北人民自己的责任吗？不是的。我是在东北沦亡之后被迫离开自己的家乡的。我直到现在还是认为自己的家乡是可爱的。我的家在吉林省延吉县，那里土地肥沃，盛产水稻和黄豆，地广人稀，农民很容易得到一块耕地,生活问题不难解决。但是现在人民群众却遭受着日本强盗的掠夺。日本兵烧房子、杀人、抢劫财物、奸淫妇女,人民简直无法生活下去。同学们,面对东北沦亡的现实,你对东北同胞是表示无限的同情呢?还是把他们当作丧家之犬来加以嘲笑呢?如果在你的面前有一位东北同胞,而你在和这位同胞谈话之后,要写一篇感想的话,你将写出一篇什么样的文章呢?同学们,文学的特点就是这样。每篇文章,不管你是否意识到这一点,对当前社会上的重大问题,你总是会有个态度的,你同情谁?歌颂谁?仇恨谁?鄙视谁?总是会在字里行间流露出来的。"

李老师的一番话,引起了每个学生的深思,赵启明把两只胳膊支撑在课桌上,两手放在眼和眉毛之上,极力不看任何人……下课之后,同学们纷纷责怪赵启明的无知,说他给同学们丢人。赵启明悔恨得无地自容。

在我们高二班里,听了李常青的几次语文课之后都觉得内容新颖很受启发。一次,他选了梁启超的一篇文章《敬业与乐业》讲给大家听。那时,在学生的心目中,胡适、康有为、梁启超等人都是了不起的学者。但是,李老师在讲完这一篇文章之后,告知学生对任何人的文章都不要囫囵吞枣。他说枣肉当然是好吃的,但是你连枣核都吃下去,不光得不到营养,还会刮破了肠子。也就是说对任何一篇文章,不要笼统地接受它,要有自己的分析。要自己想一想,对的就接受,不对的可以摈弃。他说,就拿梁启超的《敬业与乐业》这篇文章来说,先讲的是每个人要敬重自己的职业,要努力去做好自己的一份工作,同时要乐于从事自己的职业,爱好自己的行业。李老师说,但是梁先生并不懂得职业是有贵贱之分的,有些人是高官厚禄,享不尽的荣华富贵;而有些人则是为生活所迫,为了养活妻儿老小,拼命地干活,也挣不了几个钱,工作场所是臭的脏的,劳动强度也是很大的,有如淘粪的工人。如果让你梁启超先生去淘大粪去,我想他是不会大谈什么敬业和乐业的。他又进一步讲:因之文学是有阶级性的。处在剥削人压迫人地位的人,和处在被剥削被压迫地位的人,两者对同样一件事物是不会抱有完全相同观点的。这在哲学思想上讲就叫作存在决定意识。不同的人,由于他所处的社会环境的不同,就产生了不同的思想,对同一件事物的是非观念也会是不同的。他说,他还碰到一件有趣的事。有一次他坐在火车上,听见周围的几个旅客热烈地议论着刚刚走过去的一个女人,以她的奇装异服为话题,谈得非常热闹。但是坐在附近的一个彪形大汉什么话也没有说。有人征求他对这位身着奇装异服者的意见,他说他不曾注意到她的服装,只看到她的脖子长得长了一些。在和他聊天当中才知道他的职业是刽子手。这才明白他为什么对那位女人的奇装异服好像根本没有看见,而只是看见了她的脖子。因为这是他职业上的需要,当他去执行砍头任务的时候,总是要先把别人的脖子观察一番,看从哪里下刀最好。从这个故事中我们可以明白一个道理,就是不同社会地位的人和不同职业的人对同样一件事物和同样一个对象观察的侧重点是各不相同的。要他们写感想的话,是决不会写出内容完全相同的文章的。从这一点也可以理解存在决定意识的道理。

这一堂课使同学们耳目为之一新,课后三三两两议论着自己的心得。有的说老师讲得太好啦,说自己从来没有听到过这样精辟的见解。有的说看来不能读死书,书本上的东西不要都信。余士珍对存在与意识的关系比较感兴趣,因为他正读一本讲唯物论的书,其中讲了存在是第一性的,思维是第二性的这样的话,他似懂非懂。认为李常青这样讲似乎更易懂些。他还说,听了这堂课之后的很大收获是认识到人与人之间对是与非、善与恶的看法不可能有一个共同的标准。地主阶级和资本家认为是有理的事情,在农民和工人的心里可能就会认为是非常错误的。同样的,蒋介石说了谁反对他谁就是反革命,但是实际上站在广大人民群众的立场上, 倒应该说是蒋介石破坏了国民革命的利益。

一天下午,当学生们正在自习的时候,李常青老师来到了我们的宿舍。他在一个同学的身边坐下,亲切地征求对语文课的内容和讲授方法有何意见。这时,同一间屋子里另外四个人也自动放下自己的作业,参加了交谈。有的问李老师写过文章吗?写过小说吗?为什么不介绍给我们一读呢?李老师说,他作为老师,是要研究文学理论的,并不从事写作。有人要求他介绍几本世界名著。他讲了鲁迅的作品和茅盾的作品都可以称得起是世界名著。还有俄国人托尔斯泰的《战争与和平》、高尔基的《母亲》、德国雷马克的《西线无战事》等都是世界名著。有的同学问,老师,你对《红楼梦》怎么看呢?难道不算世界名著吗?是不是应该说它是一部最好的小说呢?李常青说《红楼梦》确实是一部很好的小说,但任何一部小说不管它写得怎么好,是不可能代替别的小说的。就是说不要认为《红楼梦》之外别的小说都不值得一读了。一部小说的好坏不仅仅在于它的趣味性,还有其时代性。《红楼梦》不只是写了贾宝玉和林黛玉之间的恋爱故事,还由于它产生于中国封建社会末期。自然而然地也反映了当时社会各阶层的生活情况与思想状态,反映了当时的社会矛盾,反映了一个封建贵族大家庭中人和人的关系。这是一部研究中国封建社会状况的非常有价值的文学作品。但是我为什么说它不能代替别的小说呢?譬如说你要不要了解当今社会的情况呢?你生活在现代社会当中,在你的周围有各式各样的人,你如何与他们相处呢?鲁迅的小说写了阿Q,写了祥林嫂,写了赵太爷,写了孔乙己,等等,等等。这就是中国当代的各式各样人物的代表,在你的周围会经常碰到这些类型的人物,这些人物是产生在现代中国这个半封建半殖民地的社会之中,而且鲁迅把这些人物刻画得非常典型,这就是他的伟大之处:这是曹雪芹所代替不了的。依此类推,如果你为了扩大眼界,就可以通过托尔斯泰的作品了解俄国的资产阶级民主主义时期的社会状况,还可以通过高尔基的作品了解俄国工人阶级革命斗争的状况。总之,文学是社会的一面镜子,是了解和研究其所以产生的那个时代特点的重要参考资料。好的文学作品还可以鼓舞人们前进或者是指给人们以前进方向。因此,每个时代都会自然而然地产生一些影响广泛的文学著作。

就这样,在李常青的一次次的讲课和谈话的启发下,同学们对文学产生了浓厚的兴趣,在文学之中又对现代文学兴趣更浓些,在现代文学中,他们对于张资平之流所写的爱情小说是不屑一顾的,因为李常青把那些斥之为专写三角恋爱的下流作品。他们所感兴趣的是鲁迅、茅盾、郭沫若、巴金等进步作家的作品。以后,当有的学生听说曾有五位青年作家柔石、胡也频、白莽、冯铿、李伟森因思想"左"倾而被蒋介石所杀害的时候,又拼命地到处寻找他们的文章来阅读,越是国民党宣布的禁书,越是要想方设法地找来读,对真理的追求欲望,就这样自然而然地产生了。

逐渐的,苏联的文学名著《母亲》《铁流》《毁灭》、德国作家雷马克的《西线无战事》、日本作家小林多喜二的《蟹工船》等也成为我们竞相阅读的书籍,在同学中间暗暗地传阅着。

李常青同志在焦作中学借用讲授语文的机会进行了马克思主义的宣传,其效果很显著。学生们在听了他的一段讲课之后,逐步懂得了什么是地主阶级、资产阶级对农民、工人的剥削和压迫;阶级的划分;写文章和说话中的阶级观点和阶级立场;懂得了应该创建一个没有剥削者没有压迫者的社会;社会发展的规律是不以人的意志为转移的,封建主义和资本主义都只是历史发展中的一个阶段,它必将被一个更为合理、更为美好的社会制度所代替等。这些都在激发着学生追求真理的热情,他们在拼命地寻找能解释清楚这些问题的理论书籍,找到手之后就废寝忘食地阅读着,开始时读不大懂,但在读了第二遍第三遍之后就懂得较多了。对于最难理解的部分就去找李常青求教,他总是能把问题讲得简单明了。

到李常青那里个别求教的最多的是余士珍和我两个人,我和余士珍之间的深厚友谊也是在这一段时间中形成的。我们俩简直是无话不说。我们在李常青的面前也是无话不敢问的。由于李常青通过批改作文了解到了每个学生对当时的国家大事和社会问题的态度和立场,因之他对我和余士珍两人的个别辅导也就多些,我们两人从李常青那里在学习上的受益也就多些。

余士珍是河南省息县人,出生于一个地主家庭,1916年生。我是河南省武陟县人,也出生于地主家庭。由于接触了马列主义,我们都感到自己的家庭是属于剥削阶级的,应该摆脱家庭对自己的思想影响。当时在青年当中还普遍存在一个问题,就是父母包办了自己的婚姻,想反对也反对不了。我和余士珍也是由于同样的问题和自己的家庭在感情上日益疏远。在我们那一代的青年当中,在家庭关系上所产生的叛逆性格,普遍地是由上述问题形成的。至于当时国民党政府的腐败黑暗,蒋介石对大批进步的青年学生以赤化的罪名大肆屠杀,我们对此更是怀着满腔的愤怒。国民党自己不抗日,又不允许共产党和中国的工农红军抗日,还压制抗日言论,甚至喊出了"侈言抗日者,杀勿赦"。说一切抗日言论都是受了共产党的蛊惑等,这些主张怎么能使具有爱国之心的青年学生们所接受呢?反而只能使学生们感到共产党的可敬。当然也有少数学生崇拜蒋介石,但这些人也不敢在别人面前公然吹捧蒋介石,那是不得人心的。

余士珍的家乡靠近鄂豫皖苏区,曾对中国共产党和红军打土豪分田地的政策有所耳闻。他说如果红军打土豪打到了他的家门口,他会站在红军一边,自己决不当地主的孝子贤孙。他对红军和国民党军的作战情况也略有所闻。说国民党对老百姓宣传说共产党是红头发、绿眼睛,像鬼一样的可怕,完全是造谣,说共产党主张共产共妻,也是胡说八道。共产是共的,共妻则没有。而国民党军队在打仗中借机抢夺老百姓财物,强奸妇女等,才真是道德败坏。

我也对余士珍说了一些我所听到过的情况:"我在1931年至1932年在河南省开封市上中学时,碰到不少的同学和教师谈到在1929年和1930年期间共产党在那里的宣传活动情况,有的说他看过共产党的宣传单,文章写得好极了。有的说共产党的活动神秘莫测,当你在夜间一觉醒来之后,会发现屋子里有几张共产党的传单,也不知道从哪里来的。有的说往往在开完大会、当人们正走散的时候,会突然发现自己的椅子背后贴着共产党的传单。有更多的人说他亲自看见过国民党枪杀共产党员，说那些共产党员实际上都是青年学生，那些真是好样的，临死时也不含糊，还喊共产党万岁！"我接着说："那时我对什么是共产主义还不懂得，但是有一个印象，认为共产党人都是些极为精明强干的人，也是些神秘的人物，是不怕死的好汉。"联系到这些，我们俩在猜想着李常青可能就是我们心目中的共产党人。

的确，在不到半年的时间里，李常青的影响在逐步地扩大着，因为他讲课的内容的确与众不同，一般的语文教师都是不敢谈论政治的，而他却总是要借题发挥，大谈当时社会的黑暗面，议论政府官员的贪污腐败。当时蒋介石是禁止抗日宣传的，而他就是不听那一套，常常理直气壮地讲爱国有什么罪？日本人侵占了东北三省屠杀我人民，为什么不让人民抗日？在文学方面，李常青专讲左翼作家的文章，说这些是新兴的无产阶级文学，或者叫普罗文学。学生问"普罗"二字怎么讲？他说这是俄语"普罗列塔里亚特"的简称，就是无产阶级，而资产阶级的文学也称之谓"布尔乔亚文学"。李常青对于马克思主义并没有大讲特讲，但是他讲的社会发展规律、阶级矛盾、阶级斗争、阶级立场、思维与存在的关系等都是马克思主义的观点。他讲这些内容都不是按专题讲的，而是把这些观点巧妙地结合在讲课内容中。他讲的这些内容对学生来讲都是可以接受的，我和余士珍二人谁也没有听到过同学们对这些讲课内容有反对的观点。但是，有的人多接受些，有的人似懂非懂，也有的人漠不关心。但凡有心之人，对李常青的政治面貌不能不在探索之中。

不过好在焦作市是个煤矿区，而当时煤矿公司还是英国人和中国人合资办的。焦作唯一的一所高等院校是焦作工学院，是煤矿公司办的。唯一的一所焦作中学也是私立的。国民党在焦作市的力量虽说不算小，但派系较多，互相拆台，因之共产党有隙可乘，利用这些矛盾为自己创造生存条件，李常青利用讲台宣传共产党的主张与上述的政治环境是不无关系的。

我的回顾

有一天，我和余士珍又跑到李老师的宿舍里求教。谈话中间余士珍说："李老师，我们也想参加革命。"李老师问："怎么个参加法？"我说："参加共产党。"李常青问："你知道共产党在哪里吗？"我说："难道你⋯⋯"李常青笑了，说："难道什么？难道说我不是共产党吗？"他看我们一时没有再说什么，就接着说："就我的思想来说，我是信仰共产主义的。但是共产党是有组织的，参加了共产党的组织才是共产党员。我现在和共产党在组织上是没有联系的。我还不一定够得上当一个共产党员的。"听了这些话，我和余士珍两人领会了他的意思，共产党的组织是绝对保守秘密的，李常青是没有权利随便暴露自己的共产党员身份的，除非工作上需要他这样做。因此我们只说了一下："反正我们是决心要参加革命的。"李常青为了不使我们过于失望，说道："我也帮你们问一问，看这里有没有共产党的组织。"我们说："太好了！"

就在我和余士珍向李常青说了自己的愿望的一个星期之后，焦作工学院的一个学生到中学里来看我。他叫张滨黄，是河南省温县人，我们两人原来在1928年时曾在沁阳县城的培元中学同过学。他来是要向我借一本茅盾的《子夜》，他说他们工学院图书馆里的这本书让别人借走了。他还问有没有最近的《小说月报》，想找篇文章看。我问他，你们学工的，对文学也感兴趣吗？他说生活里少不了文学呀！课外时间还是应该读一些文学作品的。我一听说他也爱好文学，话就容易说到一块去了，相互间都说了自己读过哪些小说，以及对这些书的评论等。交谈中间我发现他也和我一样，对中国当时的左翼作家颇为欣赏，而且苏联的小说《铁流》《毁灭》都读过。对于重新遇见这样一位老同学我很高兴，相约今后有什么书都要互通有无。最后他又建议也可以组织一个读书会，吸收工学院和焦作中学的学生参加，可以经常交谈读书心得和互相借阅书籍。我很赞成这个办法。不过我又说，咱们的读书会人不能太多，因为咱们读的这些书有的是禁书，还不能随便传出去。这样商定了读书会的成员。焦作中学是我和余士珍，工学院是张滨黄和陈获罗，共四个人。

我结识了工学院的两位左翼文学爱好者的同学,又有了组织读书会的设想,非常兴奋。我和余士珍也很快地向李常青谈起了这件事。他很感兴趣地问了张滨黄和陈获罗两人的情况,并表示很赞成我们的做法。我们的读书会每星期要开一次会,互谈读书心得,而且每次交谈的内容我都很乐于告知李常青。有一次,李常青对我和余士珍说:"你们不是很想参加共产党吗?为什么不问一下张滨黄或陈获罗,看他们能否介绍你们参加?"他的这句话使我们受到了启示,我们已深信张滨黄和陈获罗就是共产党人。

在这之后,我和张滨黄的谈话中,提出了我们想要参加共产党的愿望。张滨黄说,据他听说共产主义者有共产党和共青团之分,18 岁至 24 岁的是参加共产主义青年团,24 岁以上的参加共产党。还告诉我们共青团又称 CY,共产党又称 CP。从这以后,我们读书会研究的内容,就抛开了文学这个题目,而是谈共产主义的政治纲领和党团组织原则了。张滨黄连什么是布尔什维克,什么是孟什维克都讲了。这样,在读书会成立之后不到两个月,陈获罗在一个下午约我和余士珍一同走出学校,到麦田里散步,在一个比较安静的地方向我们宣布,他研究了我们参加共青团的申请,焦作市团委已同意我和余士珍参加共产主义青年团,问我们还有什么考虑没有?我们说,早已考虑好了,参加共青团的决心早已确定。陈获罗说,参加革命是要有牺牲的,坐牢、砍头都会遇到的,你们不会顾虑吗?我们说:干革命就是要抛头颅洒热血,我们的决心早就下定了。陈获罗又说,入团要举行宣誓仪式。我们同意宣誓。以后就由陈获罗领着宣誓。他先将誓词全部地说了一遍,以后逐句加以解释,尔后要求我们右手握拳,举起高于头部,并解释说这个含义是说,五大洲无产阶级的利益高于个人利益。尔后他慢慢地一句一句地说,每说一句我们重复一句。声音很小,但态度很庄严。宣誓之后,陈获罗宣布从现在起,我和余士珍二人成为中国共产主义青年团的正式团员,并由陈获罗、余士珍和我三人组成共青团支部,由陈获罗任支部书记。接着就开了第一次支部会,会议内容着重是讨论如何保守团的秘密和如何遵守铁的纪律等。

从这以后，我和余士珍就开始了一个不同于一般学生的生活时期。有时按陈获罗的要求在晚上9点至10点钟的时间到几个小巷内写标语，标语内容是："反对蒋介石的媚日外交政策！""打倒国民党的一党专政政权！""坚决抗日，要求政府收复东北三省！"等等。我们就用白粉笔写在土墙或砖墙上。我和余士珍两人总是由一个人放哨一个人书写。第二天陈获罗就对我们说，他看见了我们所写的标语，任务完成得不错。显然是他利用了白天检查了这几个地方。有时，陈获罗带我们到煤矿附近，学习如何和矿工们接触并和他们攀谈。这点并不成功，因为我们穿着学生服装，在走路时想和路上的矿工攀谈，工人都不愿多说话，这样做了两次也就不再做了。看来，做矿工的工作是一项专门的学问，我们还没学会。有一次，一个矿井爆炸了，死了好多工人，陈获罗就专门带着余士珍和我去那里看现场的惨状，我们看见了从煤洞里抬出来的一具具尸体，家属们悲惨的哭声，现场还有资本家的代理人以及少数军警，他们以漠不关心的态度处理这些事情。陈获罗就以这些具体事例来说明中国工人阶级的悲惨现状，说如果不建立社会主义制度，工人阶级就会永远过着连资本家的狗都不如的生活。此外，我们对所学的课程的作业时间大大减少了，因为除了阅读进步小说之外，还要花不少时间去硬啃那些当时还很难理解的《反杜林论》和《唯物主义与经验批判主义》等书籍。还物色了几个预定发展为共青团员的对象，经常找他们谈心等。

李常青还鼓励我和余士珍多参加一些学校里的社会活动，如学生自治会的工作、双十节纪念日的文艺活动等。他告诉我们，青年工作必须利用各种方式和同学之间建立起密切的联系，加强相互的了解，并根据可能的情况开展共产主义宣传活动。但是他又告诫我们，切勿轻易在公开场合使用过左的言辞，那样会把群众吓走的。他说，据他的观察，高中班的张鸿纲(张璋)、张介芝，以及初中女生班的高向明等都是比较进步的，应该多接近他们。根据这一精神，余士珍和张鸿纲共同参加学生自治会的领导工作。在双十节之前，余士珍、我还有高向明共同参加了一场话剧的演出。我们还打算重新组织起读书会，把张鸿纲、徐学龙、张介芝和高向明等人吸收进来。

但是，正当我们想要把这些工作展开的时候，焦作市的党团组织遭到了破坏，县委书记李常青被迫逃离，县委青年委员陈荻罗被捕。此后不久，我和余士珍根据李常青的通知，离开了焦作中学并转学到北平。

二、李常青机智脱险

1934 年 10 月的一个早上，焦作中学的同学们起床后，很快听到各种传说："国民党抓共产党啦""李常青逃走了！""大街上已布满了密探，搜捕李常青！"同学们都弄不清是怎么回事，心情紧张，互相告诫着不要到大街上去。我和余士珍也弄不清是怎么回事。

我们高中班和焦作中学校部不在同一个院内，中间隔着一条马路。高中班住在一个狭长的小院内，老师们住在靠大门的几间单身宿舍中，其中有李常青的一间兼作办公室，英语老师和数学老师也各住一间。大门口住着老工友刘大爷，他什么都管，传达、收发、上下课打铃、院内卫生，都一个人兼了。

同学们有人去向刘大爷打听消息。他小声地说："昨天晚上 10 点多钟几个当兵的要抓李老师，可李常青昨天没住在这里，他们扑空了。又去他家里抓他，不知抓到没有？今天一大早就有人来叫门，我开门一看，几个生人围着我问，知不知道李常青上哪儿去了？我怎么会知道呢？以后他们几个一直在校门口转来转去。"他又压低了声音说："他们都是密探。"

早饭后，大家都去上课。整个 4 节课都是在颇为沉闷的气氛中度过的。老师讲，学生听。不少学生心不在焉，憋在肚子里的一连串问题不知道应该向谁提。谁也不会去找老师提问，也知道老师不会讲任何题外话。

午饭后，校训育主任张汉英派人去高中部找到了我的同班同学余士珍，说有事叫他到校部去一趟。余士珍和张汉英老师过去很少接触，只在每周一次的周会上听过张汉英的讲话;学生们对张汉英的印象是比较好的,他有才能,遇事敢于讲话,处事公道。余士珍一边向校部走去,一边猜想着张汉英为什么要找他去。难道说张汉英知道余士珍在日常和李常青接触较多?难道说张汉英知道了在焦作中学秘密地存在着共产主义青年团的组织?如果他要问起这些,该怎么回答呢?张汉英不是共产党员,但他也是余士珍内心中很尊敬的一位老师,一个很值得信任的人。只是他对李常青怎么看还不知道,自己说话还是谨慎一些好。等他到了张汉英那里时,先恭恭敬敬地鞠了一个躬,问了一声:"是张老师找我吗?"张汉英很沉静地说:"是我找你!"之后他示意余士珍再走近一点,小声说:"我要对你说一件事情,你可得绝对保密,你能做到吗?"余士珍这时已猜想到可能与焦作市国民党搜捕李常青之事有关,他看着张汉英信任的目光,坚定地说:"我能够做到,请老师吩咐吧!"张汉英又上下打量了一下余士珍说:"李常青老师现在藏在我屋后的小贮藏室里,他要你去,有事向你交代。贮藏室是锁着的,你轻轻地敲一下门,喊一声李老师,他就会和你说话的。"余士珍说:"知道了,张老师。"接着,张汉英打开了他办公室旁边的一个小门,余士珍通过一个狭窄的只有四五米长的走廊,在一个落满了灰尘的小木板门外停下了,他轻轻地敲了两下门,跟着喊了一声"李老师!"开始里面没有声音,当余士珍第二次小声喊李老师时,里面问了一声"是谁?""我是余士珍。张老师说你找我。"李常青没有打开门,隔着门板说:"是我找你。外面的情况怎么样?""同学们都弄不清是怎么回事,只是议论着国民党怎样来抓你,你怎样跳窗户逃跑了。大家情绪很不安定,怕乱抓人。"李常青说:"好吧!先不管这些了。我告诉你,他们是要抓我,我估计是省委被破坏之后出了叛徒,把我供了出来。他们在焦作市可能还要抓一些人。你不必多问了,我叫你来是让你赶快到焦作工学院给陈荻罗送个信,要他赶快离开焦作。"接着,李老师从门下面塞出来一张纸条,是用烟盒纸写的几句话:"省委已遭破坏,有人叛变,你应立即离开此地。"余士珍藏好了纸条,说了声:"我马上设法送去,我走了。"李常青说:"你去吧!要机警一些,也要镇静。"

当余士珍回到张汉英办公室的时候,张汉英正坐在那里看书。余士珍喊了一声"张老师"!张汉英放下书本,说:"你不必对我讲什么事,李老师告诉你做什么就做什么好了。不必在此久留。""知道了。"余士珍深深地向张老师鞠了一个躬,就匆匆地离开了。

余士珍回到了高中的小院里,找到了我,向我使了个眼色,我就跟着他走出了宿舍。先走到篮球场边,他偷偷地对我说了刚才的事,又约我一同去焦作工学院。我就和他一块装着散步的样子,慢慢地向工学院走去。只用几分钟就到了那里。我们在大门口和工友打了个招呼,说声看一个同学就进去了。当我们走向陈获罗的宿舍时,半路上碰上了张滨黄。他机警地把我俩引向路旁,问:"有什么事?"我们说:"看一看陈获罗。"他说:"陈获罗已经被捕了,是在昨天晚上。""那么,看来他们不只是要抓李常青一个人了?"我问。"是的,扶轮小学也有教师被捕了!"张滨黄回答了上述的话之后又问:"李常青被捕了吗?"我正要回答时,余士珍抢先说:"昨晚焦作中学也被当兵的搜查了,要搜捕李常青。但是李常青根本不在学校里,他们没有抓到人。听说李常青事先就逃走了,去向不明。"张滨黄说:"最近应该停止一切活动,观察一段情况再说。"我说:"该上课了,我们回去吧!"余士珍说:"对了,该走了,再见!"在我们回来的路上,余士珍将李常青所写的纸条,撕得粉碎,又把碎片塞进自己的口袋里。回到中学门口的时候,余士珍说他要到张汉英老师那里去一趟。我先回到高中宿舍。余士珍见到张汉英,说还要和李老师说一句话。张汉英示意他可以自己去。余士珍又经旁门进入通道,在贮藏室的门外又轻轻地敲了两下,喊了声李老师。李常青听出是余士珍的声音,就小声地问了一下:"是余士珍吗?情况怎么样?""不好!陈获罗被捕了。扶轮小学也有老师被捕了,不过不清楚是什么人被捕。""糟糕,他们怎么这样缺乏警惕性呢?好吧!你先回去照常上课吧,不要再向别人打听什么事。以后有事我会通过张老师告诉你。""知道了。"

余士珍在下午第一节课之前10分钟就坐在课桌前。同学们还是有些人在小声议论李常青逃走的事,胡乱地猜测。余士珍装作毫不关心的样子在翻书本。但实际上下午的两节课他根本没有听进去。

又过了两天之后,余士珍从张汉英老师那里得知李常青已安全地离开了焦作。并且说李常青在住地固定之后会告知他。

李常青怎么避开了敌人的搜捕?以后又怎么样在敌人的严密监视之下从焦作市逃走了呢?他的机警,他所巧妙安排的脱身计划,对当时刚刚参加革命斗争的我们来说,都是很值得学习的,这些也一直是许多人感兴趣的问题;但在当时谁也无法弄清这些情节。只是在又过了三四十年之后,我通过和李常青本人、李常青的夫人范自修以及焦作中学老师周英学的多次交谈之后,才弄清了基本情节。可惜的是,几十年中我一直想要再次看见的张汉英老师,已经在1971年去世了。他是这件事的最权威的知情者之一。

李常青同志不愧是一个职业的革命家。他每到一个地方总是极力设法弄清在自己周围的每一个人的政治面貌。他到焦作中学从开始工作直到他被迫逃走,前后只有八九个月时间,但是他对焦作市的头面人物以及焦作工学院、焦作中学、扶轮小学的校长、教师等以及市工会、报纸的倾向都弄得很清楚。拿焦作中学来讲,校长张润三的政治立场不太明显,对国民党无好感,对共产党有敬佩之心,但不敢接近。他在聘请李常青当语文教师时知道李常青有些左的色彩,曾犹豫该不该聘请。但终因未找到其他合适人选还是聘请了。以后他也听说李常青在讲课中偏重于讲当时左翼作家的文章。他故作不知。这说明他没有反对这样做。学校的训育主任张汉英,是校长张润三的好友,此人经常发表一些对国民党不满的言论,遇事敢于仗义执言,很受学生和其他老师的尊敬。但他还不是一个共产主义者。他对李常青颇有好感,对李的学识渊博很佩服,很愿在一块交谈,以便从中吸取知识。还有在女中部教图画的女老师周英学,原先曾在上海参加过田汉等人所领导的左翼戏剧家联盟,并参加过几个进步的话剧的演出。她对女学生除教图画之外,有时还代别人讲语文课。她听说了李常青爱讲左翼作家的文章,因之多次主动在授课内容方面向李常青请教过。还将比较进步的学生如高向明等人的作文如何批改,和李常青经常交换意见。除此之外,焦作中学的其他领导和教师多是对政治上漠不关心的人。再说扶轮小学,那里的教师中有好几个是共产党员,但是校长韩秩吾却是国民党员。不过他是国民党左派,对学校中的共产党人的活动是知道的,他不但不反对,还对他们起了保护作用。李常青也经常能从他那里了解到国民党活动的一些动向。韩秩吾和焦作市的工会还经常有来往,这个工会是接受国民党领导的,我们叫它为黄色工会。工会的负责人中有一位叫唐济永,是韩秩吾的好友,李常青有时通过韩秩吾来接近唐济永,想试探一下能否将自己的工作打入工会中去。他发现唐济永的思想还是比较开明的,对国民党当局对工人生活和劳保条件漠不关心颇有些愤慨。

李常青在焦作市的工作是很有些进展的,除了在学生中做了大量的共产主义宣传活动并取得了不少效果之外,还博得了像张汉英、周英学、韩秩吾等人的好感,对于工会的工作他也认为有可能打入,至少第一步先把张汉英、周英学、韩秩吾、唐济永等人作为共产党的同情者还是可以的。

正在李常青同志对他的工作满怀信心的时候,突然一个非常坏的消息传来了:河南省委遭到破坏,宣传部长李新民被捕。而李新民又比较熟悉李常青的情况,会不会在敌人审讯中把他供出来呢? 他对此忧心忡忡,一直思考着下一步工作该怎么办。

就在这十多天之后的一个下午,一位不速之客来到了李常青的单身宿舍兼办公室。此人姓赵,是焦作日报社的"记者",和李常青只有一面之交。李常青不太了解此人,来人自称是征求对焦作日报文艺版有何看法,并询问学生们的作文是否可以选用几篇。李常青对来访者的意图猜不透,应付着说了一些无关紧要的话,内心中却力求探索来访者的真实目的。谈着谈着,这位"记者"突然问了一句:"李先生有一位弟弟也在焦作工作吗?"这句话一下子引起了李常青的高度警觉。不错,他确实有一个弟弟在扶轮小学当教员,也是共产党员,叫李秉才。但是他们间的兄弟关系对外是不公开的,只有少数共产党员知道。这位姓赵的"记者"是从哪里得知的呢?他又为什么突然问起这个与《焦作日报》的文艺版无任何关系的这样一个问题呢?李常青马上把这件事和党内有人向国民党告密了联系在一起。他在这样短暂的时间内立即做出这样的判断:省委遭到破坏之后有人叛变了,他和他的弟弟李秉才已经被列入敌人的黑名单之中了,这位姓赵的"记者"的真实身份不是记者,而是密探,他来访的目的是一次侦察行动。李常青当时紧张的内心活动和他的外部表情形成了鲜明的对照。他依然是那样的安详,微笑着说:"我没有弟弟,只有我的妻子和儿子在焦作,妻子是个家庭妇女,儿子才9岁!"那位"记者"说:"是没有吗?可能是我弄错人了。""你是听谁说的呢?"李常青又问他一句。"噢!没什么!没什么!是我弄错了。"这位"记者"又看了一下手表,"哟!快5点了,我该回去了。今后报纸的文艺版还得请你多帮忙啦!告辞了!"

这位"记者"走后,李常青才真正地紧张起来,认识到形势已十分严重,自己有被捕的可能。但他知道敌人多半是利用晚上熄灯之后抓人,他必须在晚上8点钟之前做好一切准备。他先把办公室的书籍和学生的作业本简单地整理了一下,并将房间里的东西和床铺做了一些安置,决定迅速回家。

到家之后,他将上述情况告诉了自己的妻子范自修,说自己可能被捕,因此今晚不能住在家里,要找个地方躲避一下,观察动静,并告诉范自修赶快将家中的秘密文件烧毁。9岁的儿子范政已经非常懂事,在紧张的气氛中他在一旁不乱说一句话,只是在烧毁文件时帮着将文件撕碎,一页一页地放在火中,并用小棍将残留的纸片拨到火堆中,使它不留痕迹。尔后全家三个人沉闷地吃晚饭。

晚上7点半,李常青不慌不忙地又回到学校,这次他没有去高中院内他的办公室,而是到了校部训育主任张汉英的宿舍里。张汉英的办公室还有一个经常不开的小门,是通往后面贮藏室用的。李常青来到张汉英这里的目的是想观察一下,看张汉英听到了一些什么风声,好证实一下自己的判断是否准确。因为张汉英是个心直口快的人,若有情况他会主动对李常青讲的。再一个考虑是:如果焦作市国民党要抓人,必然要通过学校当局,除了校长张润三之外,就得找张汉英。因之他待在张汉英家里既可躲开自己的家和办公室,又可观察动向。他和张汉英的谈话题目,还是没有离开文学,他说还有不少学生对古典文学有兴趣,而对现代文学重视不够。由于张汉英没有打断他的话题,他断定张汉英是不知道有什么异常情况的。但是要断定今晚会不会有人要来抓他,则可能要拖到半夜12点。他不好向张汉英说这些,只是由《红楼梦》说到《三国演义》,由李白、杜甫说到陆游、陶渊明,有时也讲到鲁迅、茅盾、郁达夫等。张汉英也兴致颇高,因为他也兼授一些语文课,很需要从李常青那里汲取知识。

不知不觉时间已经过了10点钟了。这时工友孙大爷来敲张汉英的门,张汉英开门走出门外,问孙大爷有什么事。孙大爷说:"来了几个当兵的,校长请你到会客室去一下。"张汉英说:"知道了,我就去!"张汉英回到室内,关好了门,对李常青说:"对不起!我得到校会客室去一下,军队的人半夜三更到这里来,也不知有什么事。"接着,张汉英就往门外走。李常青立即说:"请等一等!"他稍微停了一下,郑重地说:"他们来可能是要抓我的,有人告密,说我是共产党。其实我只能说是共产主义的信奉者。此外,我什么都不是。不过,如果他们要真的是来抓我的话,是不是要把我交给他们,由你定吧!"张汉英说:"李老师!你这话说到哪里去了?我是出卖朋友的人吗?"李常青说:"不!你是个很正义的人!"张汉英说:"不容多说了!这样吧,你先到后面的贮藏室躲避一下,我弄清情况回来再说。"张汉英立即把通向贮藏室的门打开,要李常青暂时躲起来,自己去校长的办公室。

当张汉英到了张润三的会客室时,张润三正陪着军队里来的三个人交谈着。校长做了介绍后对张汉英说:"他们是来逮捕李常青的,请你陪他们办一下这件事。"张汉英问:"李常青犯了什么罪?"一位军人说:"他是共产党!我们奉豫北绥靖公署的命令抓他。"张汉英说:"有这样的事吗?我们可一点也不知道。不过,你们既是奉命而来,那我就陪你们去吧!他在另一个院里住,是高中班的院里。是不是现在就去?"军人说:"是!现在就去!"张汉英说:"请校长先休息吧!这件事交给我办好啦!"

张汉英带着三个军人从办公室出来向北走,穿过了操场,走向学校的旁门,从旁门出来,越过一条南北的马路,就到了高中小院的门前。张汉英左右观看了一下,看见有几个便衣在走动。他叫开了高中院的大门,工友刘大爷出来开门时衣服还没有穿好,一边嘟囔着:"半夜三更啦,有啥事呀?"等他看到有当兵的来,还有校训育主任陪着,突然吓了一跳。什么话也不敢说了。张汉英问刘大爷:"李常青老师住在哪一个房间?""在这边!"刘大爷指了指,带着张汉英向前走不远,就到了李常青的办公室。当兵的抢先去开门,门锁着。敲门,里边也没有人答应。张汉英说:"这个人睡觉睡得这么死。"当兵的感到有疑问,就打破窗户进去了。用手电筒照射一下全屋,"不好,跑掉了!"一个军人喊道。当他们把电灯打开之后,大家都看得清楚了,后窗户打开了,床上被窝的样子说明刚才还有人睡过。"赶快到后面去堵",一个军人说。后窗户是朝校外面的,其实早已有密探在监视着。军人从校门出去,问了一下那里的密探,都说没有人从后窗户逃走。之后军人又回到屋里检查,摸了摸被窝,完全是冰凉的,不像有人睡过。军人议论说:"是没有住在这里,这家伙真鬼,早跑了。"张汉英说:"我一下午就没有看见过他!"有一个军人说:"也可能他住在家里。"另一个军人说:"那里也去人了。"

的确,与此同时,也有三个军人到一个小胡向里找到了李常青的家。当他们叫门时范自修已经猜到是什么人,她再次查看了一下有没有秘密文件或违禁书籍,发现还有一本普列汉诺夫的《艺术论》。她拿起来之后寻思着:放在哪里呢?销毁已来不及了,枕头下被褥下肯定是要搜查的。怎么办呢?这时她看了一下在小床上的范政,范政也正以关心的眼光看着妈妈。范自修走到小床前,把书塞到范政的身子下面,说道:"孩子,你尽管睡觉,什么话都不要说。"范政说:"妈妈,我知道了。"这时,范自修才出去开门。三个军人进来之后,说要找李常青。范自修说:"他吃完饭又回学校住去了。军人搜寻了一下院子和屋子,院子很小,无藏身之地,屋子里也很简陋。看看桌子上和抽屉里没有什么可疑的书籍和文件,枕头下面和被褥下面也没有东西。一个军人在小床跟前推了推范政。范政睡得很死,他们也就没有再管,一无所获地走了。

张汉英在送走了几个军人之后,心中松了一口气,回到了自己的宿舍,已经快 11 点了。他先把自己的门锁上,尔后走到后面的贮藏室用钥匙打开了门,喊了一下"常青!"李常青很快地从黑暗中出来,小声地问:"怎么样了?"张汉英把刚才的情况说了一遍,以后又问:"下一步怎么办呢?"李常青说:"我正要和你商量,从今天下午起,我就在考虑这个问题。不过我想问你一下,你对这几个人的看法如何?他们能不能帮助我脱逃呢?"之后他俩逐个地交谈了对校长张润三、女教师周英学、扶轮小学校长韩秩吾、焦作市工会唐济永等人的情况。他们对张润三的看法是:为人忠厚,值得信任,至少他不会出卖别人。但是他的老婆李玉翠是位风流人物,不能让她知道。因此对张润三还是避开一点为好。对于周英学,他们认为她是一个颇有正义感的人,她最讨厌那些趋炎附势的人,对国民党的反动统治深怀不满,此人值得信任。韩秩吾是个知名的国民党员,张汉英和他交往不深,不知能不能将此事对他讲。李常青说,他的政治态度我知道,他是国民党中的抗日派,我们之间的交情不错。有他的掩护可能更方便些。不过不管对谁,都得用试探的语气说话,如果他发自内心愿意帮忙,事情就好办。他们还认为唐济永工会的关系也得利用。不过,脱逃的计划要看看情况,也得和这几个人商量好了再定。他们又认为最近几天之内,外面肯定会有许多密探在搜捕共产党。因此还是暂时不动窝为好。他们两人研究之后，李常青决定先找周英学做第一步的安排。对韩秩吾和唐济永两人的工作只好等第二天由张汉英去做了。

时针已经指向夜间11点钟了。张汉英认为事不宜迟，得破例地在半夜去敲周英学的门。他走出自己的屋门，校园之内已是一片寂静。当他向西走上20来米远时，发现周英学的单身宿舍中有微弱的灯光，她正在批改学生的作业。周英学是一位不到25岁的女教师，已经结婚，她的丈夫姓陶，正在日本留学，学文学。焦作中学的女学生们对周英学老师非常敬仰，她讲课时对学生态度亲切诚恳，举止端庄，加上美丽的相貌和适中的身材，本身就对女学生们产生一种魅力，她们热爱这位老师。

张汉英走到周英学的窗前，稍微犹豫了一下，但最后还是壮起胆来轻轻地敲了两下窗户，说："周老师，我是张汉英。"正在集中精神批改作业的周英学稍微有些吃惊，问道："什么事，汉英老师？已经很晚了。"张汉英小声说："我也得熬夜，正在写讲稿。我的烟抽完了，想借你一盒烟用，不然我就写不下去了。""那好，我这里还有几盒。"周英学开了门。张汉英进到门内，就很快把门关上，用自己的后背使劲地抵住门，面色有些紧张。这一来引起了周英学的疑虑和恐惧。半夜三更他闯进一个年轻妇女的房间里，神色失常，这是为什么？但是她知道张汉英平时品行端正，爱人王仲清也住在焦作市内，他不会有不正当意图的。她镇静下来，面孔严肃地问："你到底有什么事？"张汉英已发觉了她的不安，急忙说："你不要误会，出事了，要向你告诉一声。"周英学问："出什么事了？""他们要抓李常青，没有抓到，李常青躲起来了。""抓李常青？为什么？李老师犯了什么罪？"她的声音很低，唯恐窗外有人偷听。"他们说他是共产党！"张汉英的声音也很低。"怎么？主张抗日就是共产党吗？我不知道他是不是共产党。只知道他骂过蒋介石不抗日。如果主张抗日的就是共产党，我也得劝我的丈夫老陶参加共产党，他的老家不是也被日本人占领了吗？""对呀！李常青从东北沦陷区跑出来，岂有不抗日之理。好，周老师，暂时先不谈这些"，张汉英看出了周英学的确是很有正义感的，心中轻松了许多；认为他和李常青两人对周英学的看法没有错，就接着说："应该设法帮助李常青脱逃，这件事是有风险的。"周英学问道："李常青躲在哪里？你知道吗？""知道！就是我把他藏起来的"，张汉英说："就藏在我屋子后面的贮藏室里。"周英学说："快说吧！我们怎么才能帮助他脱逃呢？我能做些什么呢？担风险么，是会有的。但是，见义勇为也是应该的。我们商量个办法吧。"张汉英看出了周英学颇为坚定的态度，更有信心了，说："那好，李常青正好想见你，你敢去吗？""有什么不敢呢？你快领我去。"

为了不再引起人们的注意，他们把自己房间里的灯都关掉了。凭借手电筒，周英学走进了张汉英屋后的贮藏室，她轻轻地敲了两下门。李常青很快地说话了："你是谁？""我是周英学。李老师！张汉英把你的情况已经对我讲了，你这样信得过我，我很感激。我可不是胆小怕事的人，不过我一时拿不出主意，也没有经验。你说我能帮你办什么，尽管说吧！"李常青说："你不怕受连累吗？""怕有什么用？反正我觉得应该做的，就不能怕这怕那。别看我是个女的，但男子汉大丈夫的气概我还是有的。你相信我好了。""好吧！那我就拜托你了。"两个人都把身子放低，周英学将自己的耳朵贴在门上，通过钥匙孔来听李常青说他的逃脱计划，内容是这样的：现在外边正在搜捕他，估计三天之内全市的密探会到处在活动，因之三天之内他不能离开学校。三天之后，他们抓不到人，可能劲头就不太大了。那时再设法走出学校，并走出焦作。但是这三天之内得做好各种准备。因为周英学在农村的家离焦作只有十来里地，所以周家每天都有人来学校，周英学天天在学校的工友看得见的时候和家里人从校门口出来进去，就很正常。再从家里弄一套类似雇工穿的农民衣服，以便于化装脱逃。至于三天之后的逃脱计划，待过一两天再说。周英学听了这些之后，她又把嘴对着钥匙孔，小声地对李常青说：她赞成这样办，也很容易办到，说她家本来也有一个长工经常来学校给她送米送菜的。她说第二天就设法回家一趟，安排让长工天天来,再从家里挑一身合适的农民服装来。在说完这些之后,李常青又问了一句:"你不怕受连累吗?"周英学说:"李老师,你这话说到哪里去了。朋友之间要相互信得过,有难同当,这就是我的信念。""好吧!谢谢你。"说完这些话之后,周英学和张汉英又小声交谈几句,就回到自己的宿舍去了。

周英学在当天晚上怎么也睡不着觉,脑子里一直在考虑着怎样才能把这件事做得既好又安全,她想自己家里有一个长工长得个头和李常青差不多,也是那样瘦。最好让他天天来,这样过几天就可以把李常青化装成长工的样子,由其送他出去。还想到要运用戏剧中化妆的经验,用些棕色油彩把李常青的脸涂得有点发黑才好。……

第二天,周英学上完头两节课,就回农村了。在家中,她安排一个长工背着 20 斤小米和她一块回焦作中学。她又亲自在家中挑选了一身有补丁的衣服,并把它洗了一次,对家人说学校演话剧要用。下午,长工和她一块回到学校。在校门口还专门站下和工友孙大爷说了几句话。说自己家里的小米怎么好吃,等等。在长工要返回家时,她说:"你看我的记性多不好,原来想从家里拿点胡萝卜来,竟忘得一干二净。这样吧!明天你再来一趟,给我送十来个胡萝卜。"这样,长工第二天又来了一趟。长工从学校走时,周英学总是将长工送到校门外一边走一边拉家常。

就在这两天当中,张汉英、韩秩吾、唐济永几个人几次地接触密谈,韩秩吾是扶轮小学校长,但他又是国民党的豫北特派员,因之谁也没有怀疑他和共产党会有什么联系。扶轮小学的一个教员李秉才被绥靖公署抓走了,他对其他国民党员表示自己对此大为吃惊,没有想到自己的学校会出现共产党嫌疑分子,并声称自己和共产党誓不两立。

张汉英在和韩秩吾的密谈中,先谈了军队去中学抓人的事。韩秩吾得知李常青未被敌人捕去,感到宽慰。他对张汉英说,他和李常青之间交情很深,别看他自己是国民党的特派员,国民党并不是天下老鸹一般黑。至少在该不该抗日这一点上是很有分歧的,说他对蒋介石压制抗日言论就公开表示过不能同意。李常青在东北三省沦亡之后，流亡在关内，有些激烈的抗日言论有什么错。我是国民党员，我是不会赞成共产主义的，但是三民主义中所讲的民族主义也不就是为了反对帝国主义对中国的侵略嘛！为什么日本帝国主义占领了东三省，国民党不让抵抗，这不是出卖国家吗？现在又进而把宣传抗日的言论都视为共产党的主张，简直是太荒谬了，也背叛了三民主义的宗旨。韩秩吾说，他的看法可以代表相当一部分国民党员的思想，并说他和李常青之间的友谊也多半是在共同主张抗日反对内战的思想基础之上建立起来的。韩秩吾又说，李常青是不是共产党人，他没有什么根据做出判断。他也听说李常青讲课当中有些"左"倾言论，但仅有这些并不足以说明他是共产党人。张汉英在听到韩秩吾这一番话之后大为放心，就向他透露了李常青虽未被捕，但也未逃出焦作市的消息，说军队在继续搜捕他，仍在危险之中。韩秩吾突然紧张起来，说："怎么还没有逃走？"张汉英说："是的，我把他藏起来了。"韩秩吾说："好哟，张老师，你做得对！"张汉英说："对是对！下一步怎么办呢？还得帮他脱逃呀！不知你肯不肯帮忙？"韩秩吾说："帮助他脱逃我愿意做，但不知道怎么个做法。"张汉英说："你是国民党特派员，这个身份很有用，把李常青化装成农民，送他出焦作市就好办。还有唐济永，他是工会的，你们之间不是也很有交情吗？他的身份也可以利用的。"韩秩吾说："是的，唐济永对李常青也是很钦佩的，这个人也很讲义气。好吧，舍命陪君子！也是一个交友之道，你给我点时间，让我们商量一下，反正两三天之内先不动窝为好。"张汉英说："说得非常对！"

以后，张汉英、韩秩吾、唐济永几个人又经过两次密谈，反复研究了几个脱逃方案。最后确定：在第三天的黄昏之后，先由周英学带着化装为长工的李常青走出焦作中学的校门，尔后在一个约定的地点登上韩秩吾的马车，再由韩秩吾送李常青到唐济永的家里。唐济永的家住在焦作市的边缘上，没有人注意。可在那里住一个晚上，尔后在第四天的清早由唐济永准备两头毛驴，并派一个人送李常青骑着毛驴沿焦作市北边靠山的小路去辉县。到辉县之后,就离开了危险地界,脱逃计划就会全部实现。

在这两天之内,韩秩吾利用国民党特派员的身份和焦作市的几个头面人物频繁接触,经常以"关心"的态度询问搜捕共产党人的工作做得如何。从中他得知驻军对李常青的脱逃正在发愁,一直埋怨密探们太无能,因为他们一直判断在搜捕的当天夜晚李常青就单身逃出了焦作市,有人还传说拣到的一只鞋子是李常青的,等等。韩秩吾根据这些情况又和张汉英、唐济永商量了半天,他们一致认为李常青的真实情况不曾被密探们侦知,而且密探们经过三天的奔波,一无所获,确实有点泄气了。

这样,经过张汉英的安排,周英学在李常青躲藏起来之后的第三天晚饭之后,来到了张汉英房间后面的贮藏室。周英学为李常青换穿了衣服,脸上涂得比李常青平时的面色更为黑一些,眉毛也改变了原来的形状,戴了一个破旧的帽子,还让他提一个竹篮子。张汉英对化装的效果审定之后颇为满意。之后,张汉英一人走了出来,到院子里观察了一下,对校门口特别巡视了一番。这时已接近夜间9点钟,很少有人走动了,校门口的灯光很弱。他认为行动的时机已经到了,就回到自己的房间里,在贮藏室向李常青说了声"可以走了",接着就紧紧地握着李常青的手,说了声"再见!我们后会有期。"又握了一下周英学的手,说:"一切拜托你了!"周英学说:"事情既是交给了我,你就放心好了!"李常青同时握着他们两个人的手说:"非常感谢你们的帮助。如果我不幸被人发现而被捕,我决不会使二位受到牵连的。"这时,周英学领着李常青不慌不忙地走出了院子,在经过校门口时,没有碰到什么人,不过她还是向李常青说着:"明天你来时可别忘了把我洗的衣服带来。"李常青只哼了一声,他们就出了校门。沿着马路向西走了半里多路,看见那里停了一辆马车,走近一看,正是韩秩吾坐在车里。周英学说:"老韩大哥!我这位亲戚有点急病,用你的车拉到医生家去看一下病好吗?"韩秩吾说:"没啥!你让他上车吧!"李常青面对着韩秩吾看了一下，没有说什么话。上了车，回头又对着周英学说："你就不用去了，看完病我自己回家去。"周英学说："好啦，早点回来！"这时，韩秩吾在车上和李常青并肩坐着，他紧紧地握着李常青的手，问了一下"病情"，尔后说："我一定替你找一个较好的医生，很快会好的，放心吧！"马车跑了十几分钟，到了焦作市北边的一个院子外面停下了。韩秩吾先下了车，进了院子，不大一会儿就和唐济永一同走了出来。到了马车跟前，唐济永说叫病人下车吧。李常青下了马车跟着唐济永进了院子，并走进了原先不曾住人的西厢房。房间里比较整洁，已为李常青设置了一张单人床，还有简单的桌子椅子。这时韩秩吾说："老唐！这几天李老师一直未能睡好觉吃好饭，在你这里不会受亏待吧？"唐济永说："李老师，情况我都知道了。你到了我这里，一切请放心好了，我唐某人可是个爱交朋友的人，我这半辈子还没有做过一件对不起朋友的事，老韩可以作证。我和老韩是拜把子的兄弟，多年来的知己，他托我办的事，我都会尽力办好的。至于李老师，我们虽说只见过几面，但每一次的谈话都使我有'与君一席话，胜读十年书'的感觉。你和秩吾兄也是至交，没说的，我们三个人都可以亲兄弟互相对待，这样吧！过一会儿你先吃一碗热汤面，再好好睡一宿觉，明天早上 5 点钟就上路。我预备了两头毛驴，由我的一个本家子大哥送你去辉县，不等天亮就会走出焦作 15 里路，北边这条山路还算好走，这一切我都安排好了。"李常青听到这一番话，很受感动，说："非常感激二位的盛情掩护。我李常青是从日本鬼子占领东北之后来到关内的，是个几年之内无家可归的人，像我这样的人何止成千上万，如不收复东北我们就永远得过流浪汉的生活，我能不抗日吗？我能同意蒋介石对日不抵抗的政策吗？我想二位也会懂得，日本人在巩固了东北之后，现在已经将侵略的魔爪伸向了北平和天津。我敢说，按照目前蒋介石先安内而后攘外的政策做下去，不出三年，河南省保不住，焦作市也可能变成日本人的占领区。你们二位是国民党中的抗战派，当然啦，抗战派并没有形成，但是实际上有相当多的国民党员是主张抗日的。半年多来我和你们二位敢于深谈国事也正在于此。"说到这里，唐济永递给了李常青一支香烟，并擦着了火柴。李常青抽着烟，接着说："现在谁主张抗日谁就犯法，蒋介石还明令侈谈抗日者，杀无赦！又说，宣传抗日者都是受了共产党的蛊惑。我认为爱自己的国家是人的本能反应，反抗外国侵略者也是人的本能，哪里有中国人不爱自己的国家和民族呢？除非是民族败类。按蒋介石的说法，林则徐敢于抗击英军，也是受了共产党的蛊惑吗？"说到这里，韩秩吾和唐济永两人都笑了起来。韩秩吾说："那时还没有共产党嘛！照蒋介石这么说，只有共产党是爱国的，国民党员无权爱国啦！真是岂有此理！"唐济永接着说："我是国民党员，但从内心说，我在许多方面又佩服共产党。从九一八事变之后共产党就要求坚决抗日，而国民党，不，并不是所有的国民党人，只说是蒋介石的政府吧，推行的是媚日外交，实际上是卖国的政策。作为一个国民党员的我，经常从内心感到惭愧。因之，你可以这样理解我的心情，我是愿意在抗日和爱国这方面有所表示的。"说到这里唐济永语重心长地说："李老师！不！常青老兄！你是不是共产党我不愿多问，就你在抗日救国这方面的大声疾呼来说，我是一百个赞成的。你是不应该受到迫害的。我和韩秩吾之所以愿意协助你脱逃，正是由于这些。我只有一点奉劝老兄，你不要把所有国民党员都看成是反动派，不要把他们都看成和蒋介石一个样。"李常青急忙说："不！不！你和韩秩吾都成了我的好朋友，都是大大的好人！"这句话，把韩秩吾和唐济永都说得大笑起来。韩秩吾接着说："常青兄！唐济永和我都是讲义气的人，老唐刚才这番话，确是发自内心，你相信好了，今天晚上你安心睡觉好了。我今天不用再多说了，因为过去你差不多天天要去扶轮小学，我的所作所为你全知道。我只说一句，你弟弟李秉才的被捕对我来说也是非常突然的，我想你不会怀疑是我出卖的吧！"李常青说："绝没有这样怀疑过！"韩秩吾说："那好，还有，你的老婆和孩子两人还在这里，过一段时间稍微安定之后，我再设法送她们走，现在还不至于有人去找她们的麻烦，你放心好了。"李常青说："非常的感谢你，以后我会来信告知她们到哪儿去的。"说到这里，韩秩吾和李常青紧紧地握着手告别，说了声"后会有期"。

第二天的五更时刻，李常青安全地离开了焦作市。

三、在北平和塘沽

1934年底，我在余士珍之后来到了北平，准备转学。我来到北平之前并未和家里商量，因为不能对父亲说出真情。只是到了北平之后写了一封信，说在焦作接得北平的同学来信，得知北平邮局招考职员，录用后可得月薪20元，因此急忙乘车离开焦作，不料到了北平之后，邮局报名日期已过，我又不想重返焦作，想留在北平继续读高中。父亲接得此信后，觉得有些诧异，但还是无可奈何地寄了20元钱，同意转学北平，但他又根据别人提供的情况告知只准转到志成中学或弘达中学。在北平的西城来说，这两个私立中学是教学质量稍高的。但是我又了解到志成中学受到了国民党蓝衣社控制，决定不报考成志中学。经过插班考试，进入了弘达中学。余士珍考入了东城区的大同中学。

根据李常青的指示，我和余士珍的工作任务是在同学当中秘密传播共产主义思想，同时多多阅读马列主义书籍，提高自己的理论水平。在北平的学生中间，当时的老乡观念还是比较重的，因之比较容易入手的还是河南籍中学生。我们就有意地在河南的同乡中结交朋友。除原焦作同过学的王静敏和王琪之外，唐文润和冯珍等也很快成了我们的好朋友。

在北平想得到一些马列主义的书并不难，虽说那些书是禁书，从书店买不到，但是从西单商场和东安市场的书摊上却常常可以买到。我和余士珍经常跑西单商场。在书摊前面站上一会，卖书的就会发现你对哪一类书感兴趣，这样几次以后他就把你看成是老主顾，就试探着从书摊下面拿出各种各样不准公开出卖的书，问你要不要？像列宁的《国家与革命》《无产阶级专政与叛徒考茨基》《什么是人民之友》《进一步，退两步》等都可以买到，而且价钱都不贵。至于鲁迅的书还是公开卖的。在杂志方面我们最爱读的是邹韬奋和杜重远先生主编的《生活》周刊。这个刊物在 1935 年因为登了一篇柳湜写的《闲话皇帝》一文所引起的风波而被迫停刊，但却因此而威望大增，当它改用另外刊名出版之时，依然大受欢迎。还有一个受欢迎的杂志是《世界知识》。这些书和杂志成了我和余士珍的主要课本，而我们的读书心得也自然地成为和同学之间谈话的资料。

当时我和余士珍加上原来不相识的一位姓郭的学生编在一个共青团的小组内，余士珍为组长。我们每个月要有一次小组会，开会的内容多半是谈论当时的学生的思想动向和读书的体会。学生们对于日本帝国主义进一步侵华的意图是普遍担心的，对于国民党的不抗日的愤懑情绪也是普遍增长的，对于希特勒和墨索里尼的法西斯主义是普遍憎恶的。因之，抗日、反法西斯、抨击国民党的法西斯化和卖国求荣政策就成了我们共青团小组的主要宣传内容。那年还产生了几首颇为振奋人心的歌曲，如《大路歌》《开路先锋》《毕业歌》和《义勇军进行曲》等，和同学们相会时总要接二连三地唱它几遍，特别是《义勇军进行曲》，更是脍炙人口，唱起来特别有劲，它在全中国人民的心中所产生的共鸣是强烈的。

我和余士珍虽说也每日到学校上课，但在课外时间就没有再翻过课本。王静敏和王琪原先都是很用功而且课业成绩较好的学生，这时也因忧国忧民而对中国青年的前途感到迷惘。他们认为国民党的腐败而且反动的统治只会把国家和民族引向更加落后和黑暗，还会全部沦陷于日本侵略者统治之下，唯一能看到光明前途的是中国共产党的英勇斗争。他们这时也在拼命地从马列主义书籍中寻找真理。

我们几个人和家庭之间的裂隙也不断地扩大。这里原因很多。家庭要求于我们的是成绩，而我们这时的课业连及格也很难保证。曾有些沾亲带故的同乡受家庭的委托常去询问我的学习情况，却发现我和余士珍共住的房间里放着一些属于违禁的书籍，说起话来的确是"话不投机半句多"。没过几天，家里就来信斥责我不用心学习，告诫我切莫受赤化影响。我的父亲本不大懂得政治，"赤化"的字眼是他最新学到的，很可能就是上边我说的同乡告诉他的。看来他是懂的，因为后面又跟着说了几句话，说当共产党是要被杀头的，共产党也是决不会成功的。我看后不觉冷笑了一声，对余士珍和王静敏说："有人向我家告密了，我受到监视了。"当我从鼓楼的集贤公寓搬到西城辟才胡同的一个公寓之后，又接到家里来信，要求我经常要把学校里的考试成绩寄回家里检查，否则就不再供给上学，就"爬回家来种地"。对于这一点，我无法以一笑置之了事。因为用几个月不寄生活费的办法迫使我屈服是可能的。再则，到了暑期放假回家，没有一个好成绩单，家中也可能不再给路费让我出来。看来，必须设法摆脱掉家庭这个羁绊。

余士珍和王静敏两人和家庭之间的关系也同样有些紧张，家里对他们也不像过去那样放心了。看来干革命和保持家庭关系是难以两全其美的。我们几个人情况有许多相似之处，都是地主家庭成分，家庭对我们都寄予很大的希望，只要你的学业成绩好，花多少钱学费家里都愿意给你。如果你的成绩平平，家里会不高兴，但骂上几句之后还是要寄钱给你的。现在我们是只能勉强维持平平的成绩，已经引起家庭的不满。如果他们再得知你是什么共产党，那简直会使他们惊恐万状，担心我们会因此而丢掉脑袋，这对他们精神上的打击是可想而知的。

我和余士珍、王静敏多次谈到这个问题，终于认识到：必须从家庭出走，最好能到苏区去工作，这样也有利于彻底和家庭割断联系。当时只知道江西这个中央苏区，但对当时中央红军已开始长征还不知道。当我们将自己的考虑告知李常青同志时，他只说红军正在北上抗日，到苏区去目前还难以实现。但他对我们和家庭之间的关系问题也深表同情，认为确实难以维持多久，答应帮助我们想想别的办法。

1935年的7月下旬，我照例要回到河南，在家中度过暑假。在那期间，我的父亲虽说也想考察一下我的思想，但他毕竟不太懂政治，而我也尽量避开和他谈政治，他也往往谈不上几句，就以这样的话结束：共产主义在中国行不通，你不能去胡思乱想；只要你好好学习，即使你愿意出国留学,家里也会供给你的。

8月中旬,弘达中学来了通知书,要我8月25日前返校补考数学和英语,因为两门课期考不及格。看到通知,我的父亲颇为吃惊。两门主课不及格不说,其他课程都是成绩平平。父亲当即找我谈话,表示对我已失望了,决心不让我继续上学了,就留在农村种地吧!我没有太多可以申辩的,只说补考还是应该让我去补考嘛!父亲表示了坚决的态度,似乎很难改变。过了几天,邻村的一个北京大学学生来到我村,他是一个和我的叔父关系较好的人。当他和我的父亲做了长时间交谈之后,又找我谈话,问我今后如何打算。我说还是要上学嘛!他说看样子你的父亲是不准备让你再出去了。我说,他应该让我回学校补考嘛!补考不及格我没有话说,就只好回家种地了。他说:我真替你可惜,你本来能够取得好成绩的,但是我看你是没有把时间用在课本上,而是去读什么马列主义了,你该知道,这些都是禁书,搞不好就会被抓去坐牢的。他又问我,在我的同学中有没有参加共产党的?我说,没听说有谁是共产党,马克思主义的书是看到过几本,其中讲的还是有些道理的。他说马克思是外国人,他的书对中国会有什么用?会把你引入歧途的。你的父亲最担心的就是你走入歧途,那时后悔也晚了。我说不会的,我还是以学校里的课程为主的嘛!他说,你应该在你的父亲面前说几句话,保证把学校里的课程学好,使你父亲放心,这样他也许还会让你出去上学的。我说我能够做到。

就这样,我于8月下旬又回到了北平,但是家里只给了50元钱,除了火车票,交一个学期的学费,剩下的只够一个月的生活费。我和余士珍、王静敏几个人共同交换了一下情况,我说看来我不得不和家庭彻底决裂了,我不能再指望家里给生活费了。余士珍和王静敏二人家庭情况还不到我这样不可挽回的地步,但都觉得难以长期维持下去,必须自找出路,我们约定三个人一同到苏区去工作。当我们把这个情况再次向李常青同志提出时,他问我们愿不愿意去新疆工作。我问:新疆是苏区吗?他说不是,是国民党的官员盛世才在那里,他和共产党关系较好,愿意吸收一些共产党员和共青团员去新疆工作。余士珍说,新疆也可以去。我和王静敏也认为不管到哪里工作都一样。李常青说,是准备从华北送一批青年去新疆,但要等交通线路安排好才能走。在未走之前,你们可以先到新河住一个时期。"新河是什么地方?"王静敏问。"离塘沽有十几里路,那里有一个小学校是塘沽扶轮小学的分校,你们暂时住在那里,还可以帮着给学生们上点课。"我们都同意了,9月中旬,我们三个人一同乘火车去新河。在塘沽的前一站军粮城下火车,走一里多路就是新河村。扶轮小学分校在村边的一个单独的四合院内,只有四五个老师,北面的几间房子是分校主任和老师们用的,东面和南面的房子都是教室,每个年级只有一个班,共用六间教室。院中间是游戏场,设了两个篮球筐。我们三个人和老师们住在一起。李常青也住在这里,他是分校主任,但经常外出。由于李常青没有进一步向我们介绍其他教员的情况,我们和他们之间都很少敢作推心置腹的谈话,只是保持了一般性的朋友关系。还由于我们要代他们上些课,因之在教学方面的情况还是经常交谈的,和学生之间也逐渐混熟了。我们三个人在那里共住了三个月。到了11月中旬,李常青才告知我们新疆去不成了,因为交通问题解决不了。但是又告诉我们准备到东北去,那里也有苏区,还有抗日军队,形势不错。要我们立即返回北平,做好一切出关的准备。

我们离开了新河扶轮小学,以后再也没有回去过,虽说在那里只住了短暂的三个月,但是对那里的几位老师一直有很深的印象,使得我经常怀念他们。人们常说,两个山是没有法子互相会面的,但是两个人却不难重逢的,往往在意想不到的场合下就见面了。扶轮小学的一位音乐教师王东哲,当时也是只有20多岁的青年,他教的歌曲都是在当时比较进步的,很多新歌也是通过他我们才学会唱的,由于组织纪律的关系,我们和他也很少交谈政治问题。我们只听李常青同志说过他是朝鲜族人。1952年我作为东北军区赴志愿军参观团的成员,到了志愿军司令部之后的一个夜晚,在山洞里举行的跳舞晚会上,坐在我旁边的朝鲜人民军代表、人民军政治委员朴一禹同志对我凝视了一会，向我说："我好像在哪里见过你。"我看了他一会，说："对不起，一下想不起来。"他说："你在新河住过吗？""住过啊！噢，想起了，你是那里的音乐老师，对吗？""对了，一晃十七八年了，时间过得真快哟！""是啊！形势也和那时大不一样了，中国和朝鲜都取得了重大的胜利。"

到了1965年，我作为总参谋部军训部副部长到邯郸市六十三军检查工作时，军政治部主任周志远同志和我见面时，劈头就说："我叫周志远，我们认识的！"我说："对了，是在新河认识的，你不是那里的老师吗？我原来听说你在北京军区炮兵工作，是吗？""是的，以后又到六十三军来了。""你的夫人是李萍同志吧！是李常青的妹妹，新河扶轮小学唯一的一位女教师，对吧？""是的！她在北京市委工作。""我早就听说了，就是没有机会见面。"

根据这些情况回忆起来，新河扶轮小学当时的教师应该说全是共产党员了。在1960年之前，我和李常青同志见面时，曾谈过这个情况，他说塘沽扶轮小学共产党员也是比较多的。我说，焦作的扶轮小学也是共产党员较多的，这里边是有些什么道理吧！李常青同志说，扶轮中学和小学都是铁路系统办的学校，都不是当地教育部门直接管的，因之也是国民党无力控制的。其道理就在这里。

回到北京，李常青告知我们，东北抗日部队来了一个代表，叫朱鸿恩，是东北抗日同盟军李延禄军长的副官长，他是专程来北京寻找共产党组织，并要求派些党员和青年团员到东北工作的。李常青说，他已征得了组织上的同意，派余士珍、王静敏和我三个人随朱鸿恩同志去东北，那里有苏区，也有抗日部队，形势是比较好的。我们几个人听了非常高兴，问要做哪些准备工作。李常青说：如何进入东北境内就是一个问题。日本人宣布东北是"满洲国"，出入"国境"是要受检查的，是要有证明文件的，得想想办法，好在手续不是太严格，只要能证明现在家住东北而在北平上学的就可以，有时用家信证明也可以。但是这个办法对于你们几个还不太适用。你们都是河南口音，别人一听就听出来不是东北人，如果引起日本人进一步盘查就麻烦了。因此还要想想别的办法。其次，你们在思想上要有足够的准备，你们去东北的苏区也好，去抗日部队也好，条件都是比较艰苦的，不知你们能不能吃苦？加上现在已进入严寒季节，冰天雪地，你们可能受不了。当然东北也不像别人说的那样，尿尿还得带根小棍，准备敲打一下，那是说笑话。但冷又是确实的，耳朵冻掉了的事也是真有的。是要有一些防寒的常识，到那里你们很快会学会的。我们说，干革命掉脑袋的事，我们都做了准备，吃点苦算什么？李常青说，有这个思想准备就好。不过，还有一件事，你们从现在起必须割断一切原有的社会关系。不要再和任何人通信了，否则会暴露你们的行踪，说不定会坏事的。我说，我已经好几个月没有给任何人写信了，今后也不准备写。我在离开新河之前给家里写了一封断绝关系的信，第一句话就说："历史的车轮在前进着，我将随着这车轮向前走去，任何人都没有力量阻止我去寻找真理，我和家庭之间从此也会终止一切关系……"这就是我写出的最后一封信。李常青听到之后笑了笑说："这些话你的父亲能看得懂吗？"我也笑了，我说："反正我说什么他也懂不了，但是我和家庭决裂了他会意识到的。"

之后，我们几个人就着手准备工作，首先是一块到旧货市场上买皮帽和厚的棉袄棉裤准备脱掉长袍和西服裤，还一人买了一个被套，准备打行李用。这些都没有花太多的钱。

本来，我们很想亲自见一见东北来的代表朱鸿恩同志，在我的想象中他一定是一个身材魁梧的人和了不起的英雄，和这样的人见上一面总觉得是非常荣幸的事。但是李常青说他已去上海找李杜去了，一等他回来，我们就和他同去东北。我问李杜是什么人？李常青同志告诉我他是原东北抗日义勇军的领导人之一，1933年义勇军失败后退至苏联境内，又转道回国。现在在上海继续进行抗日救亡运动，并为东北的抗日队伍进行募捐活动。

1935年的12月初，我们已处于整装待发的状态，但朱鸿恩一直未回来。本来那时在北平的几个学校正秘密酝酿着一场大的反日示威运动,李常青当时是以河北省委巡视员身份参与了由北京市的党组织所发动的这场斗争的领导工作。但是这些情况李常青并未告知我们几个人,因为按照他的计划,我们当时已经应该离开北平去东北了。直到12月7日,李常青才告知我们朱鸿恩没有回来,何时能走定不了。这时他才透露给我们一个消息,说北平学生近日内要发动一次反日示威游行,并告知我们应参加这样的示威,还要尽量动员自己的同学好友积极参加。听到这一消息,使我们非常兴奋。12月8日下午,李常青又通过余士珍告诉我和王静敏,说9日清晨开始就会有示威队伍上街,告诉我们可就近加入游行行列。我们几个人研究结果决定王静敏回东城,因为他原来所在的第17中学熟人较多,可以尽量号召同学们参加示威。我和余士珍住在西单辟才胡同,决定在西四迎接由西直门或阜成门入城的清华大学、燕京大学和东北大学的队伍。8点半钟左右,听到口号声,看见了由新街口走过来的游行队伍,并看见"东北大学"的大幅队标,他们每四个人一排,将手臂互相挽起来阔步挺胸地前进着,呼喊着"打倒日本帝国主义!反对华北特殊化!""停止内战,一致对外!"等口号。这些口号声激起了我的血流一阵阵有如潮涌一般。这时,我突然发现自己对东北人产生了一种特殊的亲切感。当队伍走到我们面前时,我和余士珍同时说:"走!参加进去!"我们随着他们的口号声,高呼着"打倒日本帝国主义!"跑过去了。队伍里的同学什么也没说,立即将手臂伸过来,挽着我们的手臂以示欢迎,没有任何停顿地一同前进了。这使我有生以来第一次产生了莫名其妙的荣誉感。没过多久,当队伍快到西单时,在队伍的前面出现了拦截的警察队伍,游行队伍没有理睬他们,照样挺胸前进,有的警察用手推着最前面的同学,并喊着"不准往前走!"学生队伍稍有些乱。突然,学生中扔出几小包石灰末,正好打在警察的脸上,警察们忙着掏手绢擦眼睛。防线被冲破了,学生们跑步前进了一段,指挥者号召大家快跑几步跟上,逐渐队伍重新以整齐的步伐前进着。

队伍走到西长安街,在中南海的新华门前停止了,聚集在那里的有 2 000~3 000 名学生。在这里我们才有时间和东北大学的同学们说几句话。余士珍问他们,在这里停下来为什么?他们说请愿呀!要求国民党政府出兵东北,收复失地,并停止内战,不要再打红军。这时,一个同学从前边回来,对大家说,由各校代表所组成的代表团已将请愿书送进了中南海,要求何应钦出面答复学生们所提出的要求。但是直到现在他托故不出,看来还得施加压力。我们要再次高呼以下口号:"反对华北特殊化!""打倒日本帝国主义!""停止内战,一致对外!""要求国民政府出兵东北收复失地!"口号声此起彼伏,声势浩大。但是何应钦最后只派了一个秘书出来,说了一些敷衍了事的话,实际上是拒绝了学生的要求。学生们非常气愤,决定继续进行游行示威。我们依然随着东北大学的队伍沿西单、西四、平安里、地安门、宽街、八面槽、王府井这条路前进着。一路上看到的情况说明这次示威游行有着一套严密的组织指挥系统。一会儿有骑自行车的人来向东北大学的领队通报情况,告知各学校游行队伍的位置、行进方向,并通报说警察们对学生的拦截一个个全都被冲破了。这样的消息激起了学生们一阵欢呼声。一会儿又有一个学生乘坐黄包车,携带着一捆捆宣传单,到处分送给游行队伍。整个游行使人产生一种秩序井然的感觉。

当队伍走到了辅仁大学门前时,只见院内的大楼顶上和所有的窗户口都挤满了学生和教职员工在观看游行,许多人向示威者招手示意。根据领队的口令,游行队伍停下来了,并且转过脸来面对着辅仁大学的大楼高呼口号。不一会儿,校园内沸腾起来,楼顶上站着的和窗户口挤着的那些人都纷纷走下楼来,自动地在操场上结成队伍,推举出来一个领队的,尔后迈着整齐的步伐,高呼着反日的口号,向着校门口走来。这时,游行队伍增加了一条新的口号:"热烈欢迎辅仁大学的同学们参加示威游行!"当辅仁大学的队伍走出校门时,原来的队伍爆发出一阵热烈的欢呼声。真是太使人兴奋了,余士珍对我说,看来中国是不可能被日本人灭亡的,中国的学生继承了"五四"的精神,真是太可爱了。

我的回顾

当游行队伍到达八面槽时,再次碰上了警察的拦截。警察队伍鉴于前几次赤手空拳拦阻的无效,在八面槽街中心横放着好多辆自行车,每辆自行车后面都有一个警察站着,不准游行队伍越过。学生们一时也难以冲过,有的就质问警察:"我们是为了反日而游行,难道你们怕我们反日吗?难道你们愿意让日本人灭亡中国吗?""你们是中国人就应该和我们一同抗日,不能阻止我们的示威游行。"警察们无言以对,只说"我们是奉命行事"。这时,后面的学生队伍趁前面辩论的时机,从两边人行道走过去了,很快跑步向前冲,进入了王府井大街。原来用自行车设置的路障也被冲垮了。

这时,警察接到命令,不惜一切手段一定要在王府井南口将游行队伍截住,防止学生进入东交民巷。

游行队伍浩浩荡荡地沿王府井向南口前进着,这时发现一些拿着照相机的人跑在队伍前面拍照,可能其中有些是新闻记者,学生们不知道他们拍照的目的,有的人用脚踢他们的相机。突然间,警察用水龙头喷出好几个强大的水柱,对准学生们喷来,最前面的人衣服首先被喷湿了,但他们继续前进着。与此同时,一些警察挥舞着棍棒一拥而上。学生们面对着突然射来的水柱,无力对警察进行还击,队伍无法前进了。警察顿时大显威风,挥舞着棍棒,终于迫使学生们退入了各个小巷。各个学校的领队大声呼唤着自己的同学,告知他们到何处集合。就这样,12月9日的示威游行被迫结束了,时间也已经是下午4点钟了。我和余士珍十分疲劳,穿着被水淋湿的衣服,乘有轨电车回到了西单。

第二天,我们好多河南籍同学聚集在一起,兴高采烈地畅谈了"一二·九"示威游行的感受,其中有余士珍、王静敏、王琪、唐文润、冯珍,还有新结识的女同学吴帆等,话题是各个游行队伍的路线、所遇到的情况和同警察的斗争,最后集中谈了这次示威的意义。余士珍的谈话得到了大家一致的赞赏。他说:这次示威将会产生重大的影响,起到了宣传、动员全国人民奋起抗日救国的作用。北京学生联合会昨日已向全国各大城市的学生组织发了通电,有些外国新闻记者也肯定会将消息发到了外国,北京的学生继承了"五四"的爱国主义的传统精神,显示了力量。游行队伍虽说是最后被水龙头和棍棒驱散了,但是示威的目的应该说是达到了。国民党为什么动用了那么多警察拦阻,不就说明他们害怕得要命吗?王静敏接着说,你们看见了今天北平出版的几家报纸了吧!原来排在头版头条的有关示威游行的报道都不让登出,出现了头版的大半个空白,这说明什么?还不是国民党的新闻检查害怕把消息传到全国和全世界。这本身就说明了示威的作用。报纸用"开天窗"的办法发出去,是对国民党无声的控诉,也是最大的讽刺。其社会效果可能比登出原来的报道更要强烈,国民党真是既反动又愚蠢。王琪说,应该再组织一次示威游行,昨天的游行很多人不知道,很多学校也是世外桃源,再搞一次肯定参加人数会更多。这时我对余士珍说,咱们应该去找一下李常青,要求发动第二次示威游行。余士珍说,对!搞第二次肯定会声势更加浩大。说到这时,不知是谁提起了另外一个话题,说他昨天从上午8点多钟参加游行,一直到下午游行结束的4点多钟,中间没有解过一次手,也没有想起要解手。顿时引起了一阵共同的笑声,都说自己有同样的经历,好像连一秒钟也不愿离开示威的队伍,有的还补充说自己没有喝过一口水,更没有吃过一口饭,但谁也没有饥和渴的感觉,大家都感到有点无法解释这样的生理现象。女同学冯珍说,可能是由于精神过度集中在游行示威了,平时在学习中还有个"发愤忘食"呢!大家都感到有道理。最后大家约定:积极准备参加第二次示威游行,分头宣传动员自己的同学和朋友去参加示威。

　　12月14日,我和余士珍、王静敏同时见到了李常青,他告知我们预定于16日举行第二次示威,要我们积极发动同学们参加,但他又告诫说,准确的日期不要随便对人讲。说完这句话,他接着郑重地对我们讲了第二件事,就是东北来的代表朱鸿恩已经从上海回到北平了。本来是叫你们几个和他一同去东北,但是他现在走不了,因为在"一二·九"那天他在街上观看游行,看见警察打学生时,骂了警察几句话,说警察自己不抗日也不该不许学生抗日,说他们没有中国人的良心。一个警察就和他吵了起来,最后警察向他的胳膊上砍了一刀。他得留在北京,用十天半个月的时间治伤。不过李常青又接着说,我们几个人去东北的时间也不能再拖了,他已和朱鸿恩商量好了,并已寻找好一个交通员,专门送我们去东北,准备三五日内就动身。听到这个消息,我们几个都高兴起来,说太好了!这时,李常青说还有第三件事。我说:"什么第三件事,快说吧!"他说:"余士珍得留在北京,这里的工作需要他。"我和王静敏听说了这件事,半天都没有说话。李常青说:"怎么?不高兴了吗?"我说:"是有一点,我们三个人是应该在一起的。"李常青微微地笑了,说:"你们的心情我理解,但是干革命当中,好朋友总会有分手的时候。"王静敏说:"这几个月来,我们一直想着的是三个人一块去苏区,以后又准备三个人一块去新疆,最后又决心三个人一块去东北。我们一直是这样想的,现在一听说不能一块去了,心情是有点不好受。不过,组织上决定了,就按照这样做吧!"我说:"没关系,分手就分手吧!不过,16日的示威还想参加一下。"李常青说:"是呀,16日你们也离开不了北平,是应该积极参加。不过,很可能示威完了就得动身,一切准备工作早点做好。"

12月16日,对我们来说又是一次极为兴奋、紧张的一天。我们依然是分头在大街上就近加入游行队伍里去的。所不同的是,这次游行队伍数量上比9日的游行队伍多得多。上午9时之前,在西长安街就汇集了从各方面涌来的学生队伍,其中有不少是在9日未出现的中学生队伍,声势浩大。我们随着这支队伍经天安门转向前门,队伍走一段,停一段,据说是最前边的队伍不断地遇到阻拦。最后,队伍进至前门大街,这时突然听到几声枪声,学生们纷纷靠在大街两旁的人行道上。在稍微镇定了一下之后学生们又重新回到大街中央,准备继续前进。原来第二次示威的消息,还是被警方探知了。警察为了破坏这次示威游行做了较为周密的准备,西直门关上了,为的是不让清华大学和燕京大学的学生进城,幸亏学生也早有准备,在15日下午,已有大量的学生分散地进了城,规定了 16 日早晨集合点,使警察的拦阻计划未得全部实现。但是 16 日在城外的队伍还是被阻止在西直门外。他们在久攻城门无效的情况下就只好绕道阜成门,又遇阻,最后又绕道宣武门,同样碰上城门紧闭。这时已经是下午 3 点多钟了,他们和警察一直在争吵着。

城里各大学从一早晨就已被警察包围着,他们奉命不让学生队伍走出校门。但是,终于还是一个个被学生队伍冲出来了,有许多学生是翻墙跳出来的。学生们冒着各种各样的危险,战胜了各种各样的阻挠,为的是在这样的危急关头表示一下自己的爱国心,向全世界宣告中国人民是准备和侵略者斗争到底的,中国的学生们在这样的时刻所显示出来的勇气和力量,是在一般情况下所无法看得见的。

在前门大街上的这支游行队伍,原想经珠市口、虎坊桥至宣武门,以求和城外的示威队伍汇合。但这正是警察们所最惧怕的。他们配备重兵在珠市口堵截,示威队伍无法越过。最后根据示威指挥部的决定,游行队伍重新进入前门,并沿长安街至西单,再转向宣武门,打算用内外夹攻的办法打开城门,使两支队伍汇合在一起。我们所在的队伍在宣武门内大街停留下来了,最前面的学生在和警察们辩论、斗争,但终于无法使城门打开。

到了下午 4 点半钟,我们看到宣内大街两旁除了围观的群众以外,陆陆续续地走过来了许多警察,他们比较均匀地站在学生队伍的两边,一句话也不说。学生们不知其来意,有的就设法和他们对话,问他们为什么对学生的反日示威不支持,有人问:难道你们不愿意反日吗?难道你们愿意做亡国奴吗?警察们一句话也不回答,只是站着不动。队伍里唱起义勇军进行曲:"起来!不愿做奴隶的人们!……"警察们也无动于衷,只有少数人低头沉思。

5 点钟左右,天似黑非黑,警察的数目显然又增加了,密度加大。突然,街道两旁同时喊出了"打!打!"的喊声,警察们突然展开了对学生队伍的袭击,棍棒皮带打在许多学生的身上。学生们对此没有任何精神上的准备,因之也没有任何对策,只好设法躲开棍棒和皮带,队伍被打乱了,学生们纷纷跑进了附近的小胡同内。我和余士珍、王静敏都尝到了棍棒和皮带的滋味,在进入小巷之后,我们互相呼唤着,向石驸马大街走去。12月16日的示威运动就在宣武门城内城外警察一致行动的野蛮镇压之下被迫结束了。

当天晚上,我们所住的西单辟才胡同的公寓里热闹异常,每个房间里都挤满了学生,热烈地谈论着白天的所见所闻,畅谈自己的感受,在我和余士珍的房间里有王静敏、唐文润、唐的恋人冯珍和冯的好同学吴帆等十来个人,一直议论到12点多钟才各自返回自己的住处。这几个人都挨了皮带或棍棒,也都对自己的挨打有一种莫名其妙的光荣感。临散之前大家又一次提到要倡议把这样的反日示威游行扩大到全国各大城市中去。

我和王静敏就是在这样一个反日气氛极度高涨的情况下匆匆离开了北平。12月18日上午,在一位名叫李义臣的交通员带领下,我们搭乘去山海关的火车,准备从那里进入东北境内。

四、在进入东北境内的沿途中

东北是中国的神圣领土,但是"九一八"以后被日本人强占了,还在那里建立了"满洲国",从此关内关外就不能自由来往了,中国人从关内到关外去,并未走出自己的国土,却得办理进入"满洲国"的入境手续。

我和王静敏二人就要在这样的情况下进入东北境内,而且还要到达抗日部队里去,我们不得不设法偷越"国境"。而我们俩,对于东北的情况一无所知,人地两生。沿途会出现什么情况也无法估计。当时我们俩都不满20周岁,缺少社会经验,如果沿途遇到什么麻烦,我们还不太懂得如何应付。

正是因为这个原因,李常青和朱鸿恩共同物色了一个在东北住了多年、原籍为山东的交通员,负责送我和王静敏去东北。他叫李义臣,35岁左右,山东口音还很浓,留着光头,浓眉大眼,脸型上方下圆,身材中等偏低,宽肩膀。此人不大爱说话,也很少看见他笑。李常青向我们交代说:"你们几个人的身份是:李义臣为卖艺人,会耍流星和七节鞭,兼代卖膏药,专治腰疼腿疼。你们二人是他的徒弟。在沿途中你们俩什么话也不要说,就跟着他走就是了。遇到什么情况,一切由李义臣去应付。"李常青又说:"根据朱鸿恩的介绍,你们去的地方是松花江下游。第一步先要乘火车经沈阳、长春至哈尔滨,下一步要李义臣再带你们走,具体地点李义臣都知道。再就是,沿途中你们两人的名字更改一下为好,最好是用农村中常用的名字。"说完这些以后,李常青问我们是不是都明白了?我和王静敏说都明白了。李常青说:"我还得问一下,你们在路上的着装都准备好了吗?"我们说:"长袍、西服裤和皮鞋都准备脱掉。换上中式棉袄、棉裤和布棉鞋,头上戴一顶旧皮帽。把我们看作卖艺人的徒弟,还算合适吧!"李常青说:"你们舍得扔掉学生装吗?"王静敏笑了,说:"怎么舍不得呢?干革命嘛!"李常青说:"这就好。"

12月18日上午我们和李义臣一同上了火车,火车票只能买到山海关。我们的行李很简单,每人一个行李卷,内有一套被子和褥子。被褥是装在一个被套里面的,当时把它叫作马褡子。师傅李义臣,除了行李卷以外,还有一个小的帆布箱子,里边装的是流星七节鞭和膏药等物。他不轻易打开这箱子,不用说,里面还装着我们沿途要用的路费。路费是李常青交给他的。我们的身上分文没有。临行之前,李义臣对我和王静敏交代说:"你们在路上一切听我的,不要多说话,不要惹事。"他的态度很严肃。我和王静敏对他的情况一点也不了解,只是在以后听朱鸿恩讲,他是北平中华民族武装自卫委员会的会员。我估计李常青也不会把我们的情况对他讲得太多。因此,一路上我们和李义臣之间多数时间是沉默的,我和王静敏之间也尽量减少交谈。这样的情况倒也符合当时的需要,因为徒弟在师傅跟前应该是老老实实的。每天所说的只是在吃饭、住宿、走路之时不得不说的话。

关于改名字的事，是我们三个人共同商量过的，我原名王鹏华，王静敏原名王永谷。我说："我改叫王长庚吧！"李义臣说："这个名可以。"王静敏说："像个农村里常用的名。那么，我连姓也改一下吧，叫张永顺怎么样？"我说："可以。"李义臣说："你叫张长顺吧！你们俩都取一个'长'字，长庚、长顺，师兄师弟也好呀！"王静敏说："好！就叫张长顺吧！"

名字是改了，但是由于我们缺少经验，没有商定一条纪律，不准再用原来的名字相互呼唤，新的姓名没有养成呼唤的习惯，这就使我们在以后的路途上发生了一件小小的差错，这是后事，暂且不说。

在山海关下了火车之后，没有受到什么盘查，天已经黑了，李义臣领着我们走到一个小小的客栈。客栈房间里是大通铺，对面铺可住30多人。我们都打开自己的行李卷，在每人占有约一米宽的炕席上铺上了自己的被褥。吃完晚饭之后。李义臣独自去找店主和别的旅客闲谈。说是闲谈，实际上是做调查研究，看进入东北境内都要经过什么盘查和手续。我和王静敏二人那儿也不敢去，也不和任何旅客攀谈，只在自己的铺位上坐着。过了一会儿，李义臣回来了，告诉我们说，早点睡觉吧，明天一早还得走路去亲戚家。我们听懂了，看来是不能搭火车了，要靠步行进入东北境内。我们也不再问走的路线，因为我们对山海关附近的地理情况一点也不知道。师傅叫往哪儿走，就往哪儿走。这就是唯一的办法。

第二天吃完早饭，我们捆好了自己的行李卷，背在身上，跟着李义臣上路了。我们没有看见"天下第一关"几个字，只是闷着头跟着李义臣在后面走。不久，就沿着一条乡村土路前进了。背在我们身上的行李卷不算太重，但20多斤是有的。这样走路在学生时期还是没有过的。虽说是冬天，但走起路来身上总是暖烘烘的，有时身上还微微地出点汗。走了个把小时，我要求师傅稍微休息一下。李义臣没有说话，又向前走了一段，在一个路边有干净草地的地方停了下来，说了声："歇会儿吧！"坐在草地上，我问："师傅，咱们出关了吗？"李义臣说："这已经是关外啦! 我们是绕了一段路,不然就会遇到盘查的。你们以后不要乱打听,弄不好人家就会听出来我们是从关里来的,会出麻烦的。你们就跟着我走,没有错!"李义臣的话颇有点教训的口吻,使得我的自尊心有点触动,只好什么也不说了。以后就是他让走就走,让住就住,也不愿多问他了。一次,我私下对王静敏说:"这个老李对我们一点也不尊重,什么事也不同我们商量一下。"静敏说:"咱们别计较这些吧! 咱们是徒弟,他是师傅。再说,反正怎么到达目的地,我们也说不清,人家同我们商量个啥!"我说:"这倒也是,我们就闷着头跟着走吧!"

在这个乡村土路上,有时也碰到些行人,还不时有牛车和马车在不紧不慢地走着。李义臣有时也向他们打听一下:前面的村叫什么名? 有没有饭铺? 有时也会碰到对方问一句:你们是从关里过来的吧? 李义臣说:我们是走亲戚的。话还没说完,双方就拉开了距离,对方也不再问个根底了。快到中午时,在一个小镇子的饭铺门口停下,饭铺的伙计上前问:"你们吃点什么?里面坐!"饭铺里只有很少几个人在吃饭。伙计告知有烧饼、馒头、面条、炒菜等。我们每人吃了一个烧饼和一碗面条。之后继续上路。

下午两三点钟,我们看见了铁路,沿着铁路走了一段路,到了一个小小的车站,是万家屯,就是现在姜女庙附近的那个车站,离山海关只有30里路。李义臣让我们在离车站半里路的地方等着,他去那里设法买火车票。过了20分钟,他回来了,说:"车站不卖票给我们。"我问:"因为什么?"他说:"卖票的说,看样子你们是关里过来的。我把票卖给你,你上了火车也会遇到麻烦,日本人还是要盘问的。"说完他就背起行李说声:"走!"我们又跟着他闷头地走着,这时确已感到有些走不动路了。

我们沿着与铁路平行的土路吃力地走着。傍晚,到了一个较大的村子。那里没有客店和饭店,但询问了老乡之后得知有的人家可以借宿。便找到了这一家。主人很好客,安排我们住下。我们三个人把行李打开铺在一个大炕上,这是我第一次看见热炕。吃饭由主人供给,苞米面饼子、苞米面粥,还有酸菜炖土豆。饭费不是按几个饼子几碗粥算的,而是一人一顿饭交多少钱;我也是第一次知道有这样的事。房费也很少。第二天吃完早饭之后,就告别了主人。

我们一直沿着马车路向北偏东的方向走着。中午之前,我们经过一个丘陵地带,在路的左边有一片山冈和小树林子。和我们一同走在这条路上的还有五六个人,有的在我们前面,有的在后面。突然,从左边山冈上跑下几个人,大声喊着:"站下!站下!"我们莫名其妙,不知是该站下还是继续走路。其他的路人有人说:"不好!八成是胡子!"李义臣向左面看了一下,也说:"是土匪!咱们跑吧!"这时,七八个人一齐跑了起来。山冈上下来的人喊声更大了。但毕竟是离我们有半里多路。我们拼命地跑,跑出一里多路时追上了一辆马车,李义臣央求车老板说:"让我们上车吧,后面有土匪!"车老板很慷慨。我们七八个人上车后,他就赶着马快跑。跑了四五里路之后进入了一个村子,这才感到安全了。大家向车老板道谢之后,又各走各的路了。

当天傍晚,到达了绥中县城。在了解了各方面的情况之后得知从这里买火车票已没有任何限制。就在绥中县住了一晚之后,于第二天乘火车。第一步先到了长春,在那里再换乘去哈尔滨的火车。在去长春的路上,李义臣小声向我们打招呼说:"日本人把长春改称新京了,我们到那里也要用新京这个名,不要再叫长春了。"他的这些话使我们的心情很受压抑。李义臣还补充说:"有人因为还把它叫长春被日本人打了一个耳光,我们没有必要因此而惹麻烦。"我们点头说:"知道了。"

看来我们一路上采用了装聋作哑的态度还是个最为上策的办法,的确不容易惹是生非。到哈尔滨之后,我们住到了道外桃花巷一家小客店中,店主把我们安排在楼上住下。楼上和楼下都是木板通铺,楼梯也是在一个大房间里设置的。楼梯是比较陡的,顶端有一个窗口,人是从窗口钻到楼上去的,在楼上,旅客都把行李卷直接铺在地板上。可以住上十四五个人,但当时实际上只住了四五个人。

李义臣告知我们,在这里可能要住上几天,要等朱鸿恩来了才能走。在等待朱鸿恩的这些天里，我们是非常无聊的。整天只在自己的被褥上待着，一会儿坐着，一会儿倒着，相互间也无话可说，也很自觉地少说话，以免惹麻烦。因之，每天还是除了吃饭、睡觉、起床、洗脸之类的话以外，就谁也不说话。三顿饭是到街上的小饭店吃的，每次都是师傅说吃什么就吃什么，不外乎玉米面饼子、白面馒头、面条、稀粥这类东西，倒也吃得舒适。师傅照例是每天中午要喝上二两酒的，还得要上一碟小菜。饭店用的还是锡酒壶，锡壶底是大的，壶口也是大的，但壶口下边却很细，壶形从侧面看是 X 形，但下半部要长些，店伙计送来酒时总是带一铁盒热水把酒壶放在热水里烫着。我们的师傅喝酒时从来没有对我们让过一声。本来嘛！哪有当徒弟喝酒的道理。说实话，那时对这点也没有意见，我长了 20 来岁从来就没有对酒发生过兴趣。吃完饭之后，照例是师傅付了钱就走。

为了等待朱鸿恩，我们在哈尔滨住了半个多月。哈尔滨当时是东北最美丽的城市，但我们没有可能欣赏一下市容，连松花江边的风光也没看上一眼。说实话，我和王静敏二人谁也没有乞求过这样的享受。我们的心情只是有点焦急，想着怎样快一点而且平安地抵达目的地。在哈尔滨住了半个多月，所留下的印象较深的只不过是街道上长时间有积雪，比关内冷得多，常常看见人们所戴的皮帽子两边的帽耳上，上了一层白色的霜。李义臣说那是由哈气形成的，还说最冷的时候连眉毛和眼睫毛都会挂上霜的。偶尔，也会看见老头子的胡子上挂着霜。

在元旦期间，人们的生活和往日没有什么异样，只是有一天，在我们往返吃饭的路上，碰见了由少数几个人组成的民间乐队，他们用唢呐吹奏出来的乐曲非常好听。这是我第一次享受到东北民间乐曲美好的声音，这支乐曲在我到达游击队之后经常可以听到，是在扭秧歌时最常用的曲子，叫"句句双"。除此之外，一直想不起来那时的哈尔滨还给我留下什么别的印象。

元旦之后过了几天，朱鸿恩到了道外桃花巷的小客店里看我们，问了我和王静敏两人的身体情况，问我们是否适应东北寒冷的气候。

我们当时对寒冷还没有太深的感觉,因为在室内确实还体会不到真正的冷。朱鸿恩告知我们下一步就要到方正县去,怎么走法由李义臣负责。之后,朱鸿恩领着我们几个一块儿去小饭店,吃了一顿饺子。看来,朱鸿恩对待我们要亲热得多。但是,不管在饭店内还是在客店内,都无法说太多的话。

朱鸿恩没有和我们住在一起,他住在哪里我们也不知道。他穿的衣服像是一个做买卖的,身上是狐狸皮大衣,头上是水獭皮帽子。他的长相也很富态,圆脸,中等个子,当时也不过 30 来岁,脸上红润发光,比起李义臣来,英俊多了。他在皮大衣外面别着一个浅黄色的有墨水瓶盖大小的圆形牌子,上面印着"协和会"三个字。他私下小声告诉我们:"协和会是个汉奸组织,标榜着日满协和。我这个牌子是作掩护用的,请你们不要在意,有了这个,路上遇到什么事都好办些。"我们点了点头。

在见过了朱鸿恩的第二天,李义臣就出去为我们买好了长途汽车票,是从哈尔滨到方正县的。李义臣对我们说,汽车票是买到了,但是盘问得较严,卖票的解释说,方正已经是"匪区"了,去那里要讲清事由,还得把每个人的名字都写在汽车票上。他又说:你们记住了,去方正县是为探亲,亲戚家是横道河子老张家,都得说一致了,别惹麻烦。我们说:"知道了。"他又把汽车票递给我们看。车票是一张纸,有笔记本那样大小,上面写着:李义臣、张长顺、王长庚三个人的名字。李义臣问:"张长顺是谁用的名字?"王静敏说:"是我。"李义臣又面对着我:"那么王长庚是你啦?"我说:"对!""你原来名叫什么来的?""王鹏华!""那么,都得记住了!"我们说:"是的!"

买好了汽车票,第二天就上路了。汽车比较破旧,但每个人都有座位。路上颠簸得很,加上汽油味很大,引起了我不断地呕吐。由于道路窄小而又崎岖不平,第一天下午到达宾县就不走了。下了汽车,住进一个小客店,我很庆幸有一个喘息机会,但是呕吐的感觉依然有,晚饭只吃了很少一点。

第二天吃完早饭,汽车又向前走了。这一天风很大,像沙子一样的雪粒满天飞扬,狂风的呼啸声一阵阵地袭来。车上的旅客多数沉默不语,偶尔也能听到旅客小声交谈着:"前些日子抗日军就在这南边打过一仗!""李延禄的队伍攻打了刁翎县!""赵尚志的队伍到了依兰县!"这时,有一个年纪大一点的人拿出一根香烟,划了根火柴点着了烟,狠狠地吸了一口,又将烟雾喷了出来,用了不太大也不太小的声音说:"莫谈国事哟!"汽车里又寂静下来了。

下午三点来钟,汽车到了方正县城。我们该下车了。各人背着自己的行李卷,但是走在车门口的旅客堆在一起迟迟下不了车。一看,原来是在车下面有两名警察对旅客一一盘问。我们只好耐心等着。等轮到我们下车时,李义臣走在最前面,随后是王静敏和我。警察向李义臣要过了汽车票,看过之后,问:"你们是哪三个人?"李义臣指了指王静敏和我说:"我们三个人。"警察问李义臣:"你姓什么?""姓李"。"叫什么名字?""叫李义臣"。警察又面向着王静敏:"你姓什么?""姓王。"我一听他回答姓"王",知道他回答错了。因为:他改了姓名,叫张长顺,汽车票上也是这么写的。但我知道,我不应该有任何的不安表示,只好坦然置之。李义臣呢,也没有任何反应,他也可能对我们俩改用的名字谁是谁并没有记清楚,没有察觉发生了一点差错。这时我偷偷地看了王静敏一眼,好像他并没发现自己回答错了,态度也很坦然。当警察问他第二句话:"名字叫什么"时,他依然很坦然地说:"我叫王长庚。"啊呀!真是回答得太巧妙了。他干脆来了个彻底的张冠李戴,把我的假名字用上了。我放心了。这时,警察又面向着我问:"你姓什么?""姓张。""叫什么名字?""我叫张长顺。"我也来了个张冠李戴,内心里还发出了一丝得意的微笑。警察说:"可以走了。"我和王静敏两人脚步轻快地跟着李义臣去找客店。路上,我有意地拖后了几步,还拉了一下王静敏的棉袄,在李义臣不可能听得见的情况下,问王静敏:"怎么回事?一下子说错了?"他说:"当我一说出'姓王'的瞬间,就感到说错了,真糊涂!"我说:"不!我们经受了一次不寻常的智力测验,你的成绩优秀!"静敏说："总算没有坏事,谢天谢地!"

　　李义臣在方正县城里有一些熟人,我们看见他在一家绸布店和掌柜的说了好一阵子话,打听某某人干什么,某某屯有多远等。完了之后,他就告知我们要在第二天早饭之后步行过松花江,到通河县去,说是还要步行五六十里路就到了目的地,是一个叫赵家窝堡的屯子,在那里就能找到抗日军的人了。

　　吃过晚饭之后,有两个警察来到了客店。店掌柜的对大家说："来查店的啦,客人们都把自己的行李打开,要检查啦!"我们的行李卷早已打开,只剩下李义臣所带的一个小绿帆布箱要打开,露出了流星、七节鞭和膏药等。警察问："你们是干什么的?"李义臣说:"卖艺的。""带没带手枪?""没有!我的东西全在这箱子里。""好了!关起来吧!"警察没有发现什么情况,走出了客店。

　　夜间继续刮着西北风。早晨吃完饭之后,李义臣对我们说,风太大,也很冷,但是我们还得走,县城不是久住之地。

　　我们在动身之前,把衣服穿戴都查看了一遍,棉袄扣子都扣好,皮帽子放下帽耳之后又将帽带系好。但是在上路之后,迎面的北风很强烈,雪粒打在脸上,有时连眼睛也不敢睁开。李义臣说,东北人把这样雪粒乱飞的现象叫作烟炮。他提醒我们注意一点腿裆,说搜裆风厉害,告知我们如果感到那里太凉就说话,好找个避风地方缓一下。不大工夫,我们的帽耳上也都挂上了白霜,下巴颏儿感到很冷,得经常用手去焐它一会儿。好在我们是走路,每人又背着一个行李卷,身上还不觉得太冷。

　　松花江已全部封冻,但江面并不平整,有的地方冰面隆起,有的地方有积雪。江面的风更大些。有时走在平整的冰上,一不小心就被滑倒,只好用小碎步行走。摔上几个筋斗,倒使身上冒了一点汗。除了松花江主流之外,还有几条支流,因此,好像是用了个把钟头,才到达北岸。在这一片白茫茫的土地上,村庄很稀少,一般都相隔不下十里路,不像关里村连村三里五里就是一个。到了中午,我们在一个村庄停下了。打听之后，得知那里并没有饭馆，但有一位老乡把我们领到了一个人家，说这家可以管一顿饭，要给点钱。我们进去了。说明了来意，主人是山东人，听说李义臣是山东老乡，很有点亲热感，问我们吃不吃煎饼，因为他们中午正在烙煎饼吃。我们是什么都可以吃的，李义臣更愿意吃煎饼，菜是酸菜炖土豆。吃饭期间，我们打听了去赵家窝堡的道路和距离。老乡说再往前走就可能碰上抗日军了。我们问抗日军厉害吗？他们说，他们对老百姓一点也不厉害，只是抗日。老乡又问："你们是不是去找抗日军？"李义臣说："不找，我们只是走亲戚。"老乡说："还有二三十里地，不等黑天你们就能走到。"

　　下午4点多钟，我们到了赵家窝堡。屯子不大，有40~50户人家。李义臣向人们打听一个叫李新民的人住在哪里？提起李新民，人人都知道，说他是李司令派下来的人。我们被领进了一个小院，走进了一个有三间草房的北屋。李新民正好在那里。李义臣对他说了我们是朱鸿恩介绍来的，还递交他一封信。李新民读完信连忙说：欢迎欢迎！朱鸿恩已来过信，说到这件事。你们一路上辛苦了。接着，李新民和李义臣说了半天话，问了一路上的情况，问了朱鸿恩何时能回来等。说了一阵，李新民才转过身来对我和王静敏说："东北太冷了，你们受得了吗？"我说："有啥受不了的，你们不是在冰天雪地里和日本人打了好几年了吗？我们向你们学习呗！"李新民说："咱们的队伍现在正在山里休整。离此有100多里路。这样吧！明天我安排一辆爬犁，送你们进山，连带拉去几袋粮食。有一天就到了。李延禄司令也在山里，你们一去就会见到。"王静敏说："那太好了。"李新民接着向我们打听关里的形势，问国民党能不能出兵到东北来打日本？王静敏说："国民党目前是不会出兵的，但是人民群众的反日情绪是高涨的。"接着王静敏把北平的两次反日示威游行的情况向李新民诉说了一番。

　　我们的到来引起了赵家窝堡这个小屯子人们的注意。他们听说是关内来了三个人，专门来找抗日军的，想必是关内要出兵了。很多人跑到我们所在的那个三间草房里看我们，大人、小孩、老头儿、老太太都有,无非是想看一看是不是真的来人了,来的人又是个什么模样。有的人只是看一下,不说什么话,有的人问这问那。"关内什么时候出兵来打日本?""国民党为啥就不抗日呢?""蒋介石叫日本人收买了吗?""红军有多少人?"李新民还借机把我们吹嘘一番,他说:"他们是关里派来的代表,是来见李延禄司令的,是来商谈抗日大计的。他们是北平,也就是北京的大学生,北京的大学生现在都起来抗日了,上个月还组织了几次十万人的反日大示威。现在全国的大学生都动起来了,看来对日本宣战的日子是不会太远了。"他这番话博得了一阵掌声,真像是一位首长在对我们致欢迎词。王静敏对我小声说了几句话,我说:"你讲几句吧!"他说:"我们是北平的普通学生,是到东北来参加抗日斗争的,是我们要求要到李延禄司令的抗日军里当一名普通战士的。由于国民党蒋介石的卖国政策,目前还没有出兵东北的可能,但是全国人民是坚决拥护抗日的,全国的大学生都已行动起来了,形势是很好的。"他简短的几句话也赢来了一阵掌声。以后李新民又对大家说:"请王鹏华同志也讲几句话吧!"我本不想讲的,他这么一说我再不讲怕影响不好,只好说几句:"我们是来参加抗日的。大家都关心关内能不能出兵,据我了解,国民党是没有出兵打算的。那怎么办呢?我们等着行吗?不行的。应该按照共产党中央的号召,大家起来自己打日本鬼子,有枪的出枪,有钱的出钱,有粮的出粮,有人力的出人力,自己组织起来共同抗日,这才是唯一的靠得住的办法。"我讲完之后,李新民对大家说:"请大家回家休息吧!明天一早他们几位就要进山,也得叫他们早点休息。"

当人们慢慢地走完之后,我对李新民同志说:"老李同志,你刚才说那些话弄得我们有些不好意思了。"他说:"没有啥!宣传嘛!总得有点振奋人心的话呀!"我理解他的心情,说:"有一定的道理。"这时,他把话题马上转了,说:"你们乍到东北来,生活上可能会不习惯的,就拿冷这一点来说,你们就可能受不了。明天用爬犁送你们进山,还得借给你们几身皮大衣,不然的话,坐在爬犁上一天,会把你们冻坏的。"李新民是个很爱说话的人。为了增加我们对东北的热爱，他接着说："东北是中国的一块宝地，都说这里有三宝，人参、貂皮、鹿茸角。也有人说是：人参、貂皮，乌拉草。你可别小看乌拉草，有人说：乌拉草，不算宝，冬天穿上不冻脚。不信你试试，你们穿的这些棉鞋，是玩不转的，非得用牛皮做的乌拉鞋不可。"这时他抬起脚，让我们看乌拉是什么样，并说："这鞋里絮了厚厚的一层乌拉草，暖和极了。"我们仔细端详了这样的乌拉鞋，鞋底和鞋面是用一整块牛皮缝制的，由下向上把脚都包在里面，鞋的前面打了一个半圆形的褶，和一小块皮子缝在一起，有一点像吃的包子的褶，非常好看。他又补充说："你们到咱们部队里去，就得穿上这个才好。"说着说着，他就帮我们打开行李，说该休息了。他把炕上的零碎东西往窗台上放。看见窗台，又引起了他的话题，他说："你们看，咱们东北除了三宝之外，还有三怪呢！第一怪叫：窗户纸，糊在外。为啥要糊在外呢？你们待一会儿到院子里看看就懂得了，窗台外面老是有一层积雪，外面不糊上纸的话，雪就堆在窗户棂子上了，久而久之，窗户纸和窗户框容易坏。把纸糊在外面，纸的下面再刷一层桐油，就不怕雪了，就是这个道理。再说第二怪是：养活孩子吊起来，可惜这家人没有小孩，你们今天看不见。就是把装小娃娃的摇篮用绳子悬在大梁上，让摇篮像秋千一样老是晃动着，这样劳动妇女带着孩子还不影响干活，这是东北人的聪明才智。"他说得津津有味，我们也颇有兴趣地听着。王静敏说："有意思。那么第三怪是什么呢？"李新民说："你别忙啊！我正要说呐！第三怪是：十七八的姑娘叼着个大烟袋。这不见得是好。有是有，但也不算多，我是不赞成的。"这个第三怪使我们几个人都笑了起来，我说："大姑娘抽旱烟袋可没有什么好处，能找到婆家吗？"李新民说："说的是呀！看来你是不会要的啦！"

　　说完这话，我和王静敏进一步观看了这三间草房里面的设置：说是三间，实际上并没有用墙将它们隔开，两头两间住人，都是对面炕，中间的一间是过道、锅台。锅台和炕连在一起，以便在做饭的同时可以把炕烧热。炕和锅台之间有一个矮墙相隔。一面炕松快一点可睡3人，挤一点可睡4~5人。炕烧得比较热,因之睡觉时被褥不需要太厚。李新民对我们说:"东北的房子大都是这种样子,有的家人口少自己盖不起房子,就和别家共住一所房子,一面炕就住一家人,穷人家嘛!没有法子。"屋里的家具很简单,没有大的桌子和椅子,炕的一头摆着衣箱。在吃饭时,要在炕上放一张矮桌,人们在桌子周围盘腿坐着,可以有四五个人同时吃饭。在白天,被褥都是叠好之后放在炕的一头,炕上只有一条用苇子编的炕席。人们坐在炕上有时可以不脱鞋。特别是冬天,穿乌拉和脱乌拉要花4~5分钟,不是睡觉时是不脱下乌拉的。屋里除了小饭桌之外,还可以看见一两个条凳和在做饭洗衣服时坐的小板凳。乍到东北去的关里人盘起腿来坐在炕上难以坚持多久,像我们有时要盘起腿来趴在饭桌上写封信,也觉得很吃力。

趁我们在睡觉前要到房子后面解手的机会,李新民又陪我们一同到了屋外,让我们看看这家的院子是个什么样。我们看见的是柴草垛、鸡窝、猪圈,这几大件组合在一起,就是这家人的院子。屯子里的一家一户,房子都没有连在一起的,一般的都有十几步至二三十步的间隔。我问李新民:"这家没有院墙,行吗?"他说:"小人家修不起院墙呀。日子好过一点的,可以用像酒瓶粗细的有一丈多高的树杆修一道院墙,再用木栅栏做个大门。凡是有好院墙的都是粮户。"王静敏问:"粮户是什么?""就是地主呗!有的还修了比较厚的土墙。如果你看见墙的四角还有炮台的话,那肯定是大粮户了。这些人家都有自卫武器、杂牌步枪、洋炮,还有大抬杆,是用以防备土匪的。"他又补充说:"这个屯子比较小,没有大粮户。"

当我们回到屋里准备睡觉的时候,这家的主人又拿来几床被子给我们,怕我们冷。其实我们坐在炕上已感觉到热度很高了。谢绝了主人的好意,说自己带的被褥很够用了。

睡觉前,坐在对面炕上的年轻小伙子一直颇有兴致地向我们问这问那,并说明天他要跟我们一块进山。他以自豪的口吻说:"我可不是第一次进山了,我还在李司令的密营里住过几次呢!李司令还给我点过烟呢！明天为了送你们,爬犁还要捎带点粮食。过几天还要往山里送猪肉,咱们这个小屯子准备出一口肥猪,快要过年了,还不得慰劳慰劳抗日的弟兄们。真的,流血牺牲,趴冰卧雪的,多么辛苦呀！"这时,他的爸爸说话了："你别老是和客人唠嗑啦,该叫人家睡觉了,走了一天,多累呀！""好！好！咱们都睡吧！"

带领我们走了一路的李义臣和我们睡在同一个炕上,李新民睡在对面炕上,和这家的小伙子挨着。临躺下前,李新民又和李义臣两人说了一会儿话,问他过去都到过东北哪些地方,还认识哪些人等,并表示对他的感谢,说他安全地把我们两人从北平带到通河来,很不容易,也很辛苦。李义臣说:没有啥！这是组织上交给的任务嘛！

第二天早饭后,我们上路了。爬犁上装了四五麻袋粮食,还带一些用以在路上喂马的草料,一个铁皮桶是路上饮马用的。这一张爬犁用3匹马拉着。马都比较瘦弱。赶爬犁的老板儿就是我们住的那家的小伙子,他经常把鞭子打得挺响,实际上又不打在马身上。他一会儿在爬犁的左前方小快步地跑着,吆喝着让马转弯、快走、站下,一会儿又跃身坐在爬犁的粮食袋上,动作非常利索。我和王静敏都感到这个小伙子非常可爱,静敏对着他看了半天,问道："你叫什么名字？"他回过头来看了王静敏一眼,笑了一笑,说："你问我呀？我叫铁柱,也叫老疙瘩。"我问："老疙瘩是什么意思？"李义臣说："东北人把兄弟间最小的一个叫老疙瘩。也是个亲密的称呼。'疙瘩'两个字关里人念'格达',东北人念'嘎达'。一般的在外面碰上生疏的年轻小伙子,关里人尊称为老弟,关外的尊称是'老疙瘩',走江湖的都很熟悉这一套。"我对铁柱说："那我就叫你赵老疙瘩了！""就这样叫呗！"铁柱说。"咱们什么时候能进到山里呢？"我又问。他说："你往前看,那不是山吗？还得走30里路,过了祥顺山屯子,就全是山路了。"

我们的爬犁在一片白茫茫的大地上跑着,爬犁和道路上坚硬的雪层摩擦着,吱吱的响声不断。今天总算好运气,风很小,我们得以自由地浏览这千里冰封万里雪飘的壮丽景色。路上偶尔也碰到对面来的爬犁和行人。3 匹马都微微地出了点汗,因之也就出现了一些白白的霜层。我们的帽耳上也结了一层霜。赵老疙瘩经常关心地问我们冷不冷,提醒我们用皮大衣把身体围好。又说你们穿的布棉鞋都不顶用,要用皮大衣把脚盖好。

走出了十来里路,我们坐在爬犁上确实感到脚有点冷了。李义臣说:"我们下地走一段路吧! 不然会冻坏的,腿也会发麻的。说着,他就把皮大衣掀开,从爬犁上跳下来跟在爬犁后面走起来。我们也照着他的样子,下了爬犁。铁柱也有意地叫马走得慢些,好让我们的脚步能跟得上爬犁,同时也让马匹缓一缓劲。这样走了二三里路,我们的脚不感到冷了。铁柱催我们上爬犁,说我们还得走快点,不然 100 多里路一天走不到。

上午 10 点左右,我们到了祥顺山。这个屯子有七八十户人家,有一个小杂货店,我们注意到杂货店已开始卖鞭炮,预示着快要过旧历年了。赵铁柱和杂货店的掌柜好像很熟,对他要进山给抗日军送粮食去好像也没有必要保密。铁柱就在杂货店门口喂马,我们也在就近的一家农户吃了点饭。屯子里对我们几个人的到来没有怎么注意,因为经过这里进山到抗日军那里去的人和爬犁是经常有的事。

我们在祥顺山停留了半个多钟头,铁柱说该走了,不然就得贪黑了。他拿着一把钉锤挨个地给马打掉蹄子上的雪块。当他摸到那一条马腿时,就喊一声"抬!"马就顺从地抬起那条腿,他搬着蹄子放在自己的膝盖上,再用锤子照蹄子打一两下,就会掉下一块半圆形的雪块,并露出了马掌和几个突出来的马掌钉。他给我们解释说,不把这打掉,马走在冰上就会滑倒。他让我们都坐上爬犁之后,扬起鞭子喊了一声"得!"三匹马向前用了一下力,但爬犁没有动地方,他就使劲对着爬犁踹了一脚,爬犁稍微动了一下,接着马再一用力就走起来了。李义臣说,这是因为爬犁的下面有些地方和地面冻在一起了,不踹它一脚就拉不动。

过祥顺山不远,就进入了山区。山里积雪比平原厚得多。我是有生以来第一次看到这样的白雪皑皑、群峰耸峙、树木繁茂的景象，慨叹着这样的大好河山怎能让日本侵略者任意践踏。道路两旁的树木，有些是在关里看见过的杨树、榆树、柳树等，有些则是从未见过的。如雪白的桦树，有如身材苗条的少女，松树则粗壮高大，显得颇为威武。那时松树顶上已挂满了松塔，李义臣对我们说，松树子就是长在松塔里边，一个松塔能砸出 200 来粒松子，山里的野生动物很爱吃它，人吃起来也很香。走了一路，李义臣一会儿说这是水曲柳树，是做家具的好木料，一会儿说那是黄菠萝树，也是上等木材，树皮还是黄色染料，一会儿又指着一棵小树，说这叫狗奶子树，别看树小，用它做出的筷子可以顶象牙筷子用，一见毒物它就变色，一会儿他又指着说，那是葡萄藤，通化葡萄酒就是这样的山葡萄做的，名闻世界。我和王静敏都为李义臣这样熟悉东北山林里的一草一木而惊叹不已。李义臣滔滔不绝的议论不只是赶走了我们一路上的寂寞感，更重要的是他对东北的一山一水的热爱也深深地感染了我们。我兴致颇浓地进一步问他："你对东北山里这么熟悉，难道你在这山里住了很长的时间吗？"他说："有什么法子呢？山东人跑关东的大多数都是跑腿儿的，什么都得干呐！为了生活嘛！"我没有听懂他的话，问道："跑腿儿是什么意思？""就是光棍汉呗！穷呀！娶不起媳妇，没有固定住处，东跑西颠的，到处谋生，这就叫跑腿儿！"王静敏问："跑关东的有发财的吗？"李义臣沉思了一会儿，说："发财的不多。只是生活上好对付。为什么山东人、河北人都闯关东呢？那里地少人多，又连年兵荒马乱，很多人家连饭都吃不上，就一批一批往关外跑。这里地有的是，自己随便找个地方种上一两垧地，就不愁一年的粮食了。所以我说发财不容易，但凑合地活着不难。因之，东北是块宝地，土地肥，还有煤矿、铁矿、金矿，就是人少了。不过，话又说回来了，自从日本人占领了之后，就不行了，再没有那安宁的日子了。我也参加了抗日义勇军，干了一年多，又被人家打败了。有的小股义勇军被逼上梁山，成了胡子队了。我只好又跑回关里。唉，三十五六岁了，还没有成家。现在让我跑交通，真是名副其实的跑腿儿啦！"李义臣这一句颇具幽默味道的话,引得我和王静敏笑了一阵。我又问:"这山里还有哪些宝呢?"李义臣向四面的山环视了一下,说:"多着呢!我还跟着老把头在山里挖过棒槌呢!"静敏以不解的口气问:"什么棒槌?""东北人把人参也叫作棒槌。挖棒槌可真不容易啊!转上几天也不见得能碰上一棵,有时还会走麻达山呢!这话你又不懂了,'麻达'就是走迷了路啦!说起来还有个有趣的故事呢!""你给我们讲讲好吗?""啊呀!腿有点发麻了,我们先下地跑两步吧,脚也有点冷了!"他这么一说,我们也发现自己的腿有点麻了,都赶快跳下爬犁,先把两腿伸了一伸,又慢慢地走了几步,王静敏又开始用小步跑了起来,我也跟着跑。李义臣却不慌不忙地走着。慢慢地脚有点发热了。我们问铁柱,还有多远?铁柱说:"走一多半了,还有 30 里地吧!这样吧!咱们在这里歇一会儿,也得给马喂点料,我这里还有几个苞米面大饼,一人吃一个,不到黑天我保你们见到李司令。"李义臣说:"对!就这么办。"接着,他走到林子里,很快抱回来一抱干树枝,还用刀子刮下来一块桦树皮。他将树枝堆成堆,掏出火柴先点着桦树皮,又用手将柴火堆掀高了一点,把桦树皮放在干树枝的下面,很快干树枝噼噼啪啪地着了起来。在这零下 30 多摄氏度的冰天雪地里,这一堆干柴所发出的热量,给了我们过去从来没有体会过的享受。我们又都学着铁柱的样子用一根小树枝插在苞米面饼子里,并将它伸在火堆旁边烤了起来。我们发现苞米面饼子特别香甜,王静敏说:"现在我们才懂得为什么慈禧太后从北京逃出来之后所吃到的小米饭那样香。"我说:"是啊!我真有点饿了。不过我确实觉得烤的东西吃起来好吃。"

重新上路之后,李义臣又开始讲故事了,他说:"好多年之前,有两个老头儿一块在深山里挖棒槌。一个叫李五,一个叫王干哥。走着走着,两个人走散了。他找他,他也找他。就互相喊叫着对方的名字,这个人喊着'李五!'那个人喊着'王干哥!'喊了好几天,还是谁也没有看见谁。实际上两个人都走麻达了,谁也没有找到下山的路,最后连着急带饿,两个人都死在山里了。死后变成了两只小鸟,一只小鸟的叫声是

'李五!'它就是王干哥变的,另一只小鸟的叫声是'王干哥!'它是李五变的。现在人们在山里经常能听到这两种鸟的叫声,说明两个人还在互相寻找。人们都希望他们两人并没有死去,并且相约谁也不准打这两种鸟,凡是挖人参的都把这两种鸟当成自己的亲人。"李义臣讲的这个故事非常动人,特别是他将两个手放在嘴边并且拉着长声学着鸟叫的时候,叫得特别好听。在以后的若干年内我在东北的游击活动中,这两种鸟的叫声确实多次听到过。

由于李义臣这一路上很多有风趣的谈话,改变了我们之间的气氛。原来从北平出发经山海关一直到方正县,这一路上他是以师傅的身份出现的,一直是面部表情严肃、沉默寡言。而我和王静敏是徒弟身份,在他面前不敢乱说话,几乎是装聋作哑。这样,我们之间缺少思想和感情方面的交流,互不理解。这种气氛直到见着李新民之后才有所改变。因为他已全部完成了任务,这时实际上已解除了我们之间的师徒关系,可以平等相待了。从赵家窝堡经祥顺山到抗日队伍密营的一路上,李义臣和我们之间有说有笑,非常友好。我们也发现了他的许多长处,特别是他的社会经历非常丰富而处事又非常谨慎。在北平至方正县的沿途中他以那样严肃的态度对待我们,正是工作上的需要,也确实是保证了一路上的安全。由此我们想到了李常青在选择交通员方面是费了一番心思的。

在太阳落山而天尚未黑的时分,我们到达了抗日第四军的密营。

五、在第四军的密营里

密营是个什么样?不能不使人有些神秘感。我从祥顺山坐着爬犁逐步走向深山老林的一路上,不时地猜想着这个问题,但是很难猜想出来。这漫无边际的林海雪原,异常的寂静。深深的积雪,连野兽行走起来都会有一定的困难。沿途偶尔也会看到几只小松鼠,只有它们才可以在雪地上自由地奔跑。鸟雀的叫声也相当少。真像是古诗里所说的,"千山鸟飞绝,万径人踪灭"。森林越往里走越茂密,高大的松树林就越多,形成了一个天然帐幕,用多大倍数的望远镜也无法从远处窥测到其中隐蔽着的千军万马。李义臣和赵铁柱在这方面比我们知道得要多,懂得一点密营设置的诀窍。一路上他们在交谈中有时也谈到这些。他们说在这样的深山里,除了老猎人谁也不敢离开道路太远,不然就会迷了路。因之日本军不敢轻易进山打抗日军。我们看到山路都是沿着山谷修的,两边是山连山。赵铁柱时而指着一个山头说:"要是在那里设上十个人,就可以抵挡住一个连的人,谁也别想上去。"李义臣又指着一条山谷说:"抗日军要在这两边山上打埋伏,日本人一钻进口袋里就得全部给他报销掉。有个三百五百人是不在话下的。"他们好像是在给我们上点军事课,也有点政治课的作用,增强抗日的信心,我越来越钦佩赵铁柱这个精明的小老疙瘩。

我们是在离密营只有半里路时才影影绰绰地看见密营房子的。当听到哨兵喊"谁? 站住!"之时,才知道已经到了密营。当哨兵放行之后,我们最先路过的一所房子并不大,以后才知道那仅仅是只住了一班人的哨所,赵铁柱说它是卡子房。还得往前走2里路才是真正的密营。

在密营里住上几天以后,才知道密营的房子都是分散隐蔽地盖在几个地方。房子周围树木不准砍伐。在司令部驻地的东边沟里是第四军第一团的密营,相隔有4里路,那里有两个连分别住在两所房子里。在司令部的后沟有仓库和看守所,相隔也有四五里路。有一位副官对我们解释说,这样设置是为了便于防御、互相掩护和支援,并说在驻地周围的山上都设有各自的阵地,遇有敌情,就立即占领阵地。说这都是李司令的布置,日本鬼子进来三百五百,我们完全可以把他们打光。

副官还对我说,住地分散还有一个原因是吃水问题。密营就近没有水吃是不行的,但是山里的泉水都不是太大,一个地方住人多了水供应不上。我问他在这么高的山上也有泉水吗?他说,山有多高,水就有多高,泉水会有,但也得懂行的人才能找到。说着他就领我走到司令部跟前的泉水旁,是在地面上的一个小水池,像井水一样清澈。虽说是在冬天,水池周围有厚厚的积雪,但因为经常取水,结不住冰。

我看了一下密营的房子,完全是木质结构,都是就地取材建起来的。四面墙壁相当厚,用直径约为2尺的圆木撂起来,外面再涂上一层泥巴。房盖是木板上面铺草,保温性能良好。房门开在山墙上,一进门就可以看见两边各有一条很长的睡铺。睡铺都是用直径为2~3寸的小圆木铺成的,上面再铺一层厚厚的草。有的地方有棉褥或毯子。在没有褥子的地方,人就直接睡在草上。由于房子有三四十米长,就设了两个大炉子,炉子是用大油桶改制的,有烟筒直接从房顶通向外面。值班的战士经常向炉子里加添木柴样子,火很旺,有时能把炉子的铁壁烧得通红,因此房子里很暖和。这样的房子一般情况下能住五六十人,挤一点睡100来人也可以。我们住的这个密营就是李延禄的司令部人员加警卫连一部的驻地。李延禄和他的司令部人员都睡在最里边的铺上。

我们来到密营的第一天,心情是兴奋的,也颇有新鲜感。由于我和王静敏都是自愿要求来抗日游击队的,有吃苦的准备,也带有几分光荣感,因之对密营里的生活条件没有做过任何挑剔。人家老战士们是怎样生活的,我们就照着做,这就是我们的态度。实际上,生活方式上的变化很大。拿睡觉来说,我们看见别人都不脱衣服地躺下了,枕着自己的背篓,盖着自己的大衣就睡着了。我和王静敏虽说都带来了自己的被褥,但只是把褥子铺在身下,枕着被子,也不脱衣服地睡下了。睡得很香甜,第二天就把被子给了别人当褥子用了。早晨起来,是四五个人共用一盆洗脸水,我们看到房子里仅有的一两桶热水要供六七十人使用,就自觉地凑在别人跟前一块洗脸。到了吃饭的时候,没有筷子,有人在外面折了几根细树枝给我们当筷子用,我们也很高兴地使用了。解大便是没有手纸用的,我也知道要向别人去找手纸用是愚蠢的,而那时又没有青色的树叶子,就折了一根小树枝,在解完大便之后用它蹭一蹭就算了。好在深山里这些东西都是取之不尽的。再就是在密营里没有住上几天,身上就长了虱子,每天要利用空闲时间脱下衣服抓虱子。而当棉裤里虱子太多抓不过来时,就学着别人的样子脱下棉裤,用一只手抓住两个裤脚让裤子倒过来对着火炉,一边烤一边抖搂,虱子就掉在炉子上噼噼啪啪地一阵子都被烧死,这样烤一次可以3天不挨咬。

我又问别人,吃的粮食是哪里来的,自己种地吗?回答是,不种地,全靠老百姓往山里送,各部队都有自己的地盘,在那一地区征粮。又说东北老百姓好啊!叫送就送,要没有他们给送粮,咱们怎么打日本鬼子呢?这时,另一个同志说:《八一宣言》说的嘛!有枪出枪,有钱出钱,有人力的出人力,还有一条就是有粮出粮。老百姓对出点粮食是没有意见的。久而久之,我才知道这样的密营都是效仿了绿林队伍的做法。过去的绿林队伍把密营叫作"底窑",他们常年住在那里,遇到山外有可猎取的目标时就下山,猎物到手就回"底窑"。他们执行着"不吃窝边草"的政策,因之可以在山外建立起一层关系网,这一带的居民可以在他们的保护下不受其他土匪队伍的骚扰,所要缴纳的报酬只不过是定期送粮食上山,负担都不算太大。一般能混得较久的绿林头头都是和山外的官兵建立了较好的秘密关系,也是根据互相保护的需要。看来,土匪队伍也离不开群众基础,把自己长期禁锢在密营里是活不长久的。

抗日队伍的密营虽说是仿效了绿林的做法,但队伍不像他们那样常年蹲在深山里。只有在严冬季节山外不便活动时才利用密营休整队伍。即使在冬季,在敌情不太紧张的情况下也是尽量在山外活动的。至于夏秋季节,密营里只住有服装缝制人员、伤病员和被看押的犯人。在敌人大讨伐期间,队伍也用不着躲在密营里,山边也有良好的隐蔽条件。

六、对第四军的初步印象

我们到达抗日联军第四军的密营。当天就见到了军长李延禄。无疑他对我们的到来是很高兴的,向我们问了关内的情况,还问了李常青和朱鸿恩的情况。他让我和王静敏和他同桌吃饭。我们盘腿围在一个小饭桌的周围,吃着高粱米饭和酸菜。吃完饭之后,李延禄叫人拿橘子来吃。这使我很吃惊。在这样一个闭塞而寒冷的深山里,条件又这样艰苦,哪里来的橘子呢?战士用一个洗脸盆子盛满了水,里边放着十几个橘子。橘子都是冻得像石头一样,必须放在冷水中缓20多分钟,橘子外面结了一层厚厚的冰,这时把橘子外面的冰剥掉,就可以吃里面的橘子了。李延禄说这都是日本进口的,是他的部队前些日子和日本军的运输队打仗时夺获的。

晚饭之后,李延禄建议战士们唱几首歌,向我们表示欢迎。顿时,这个住着六七十人的大房间里活跃起来了,先是警卫连第一排唱,接着是二排和司令部机关人员等。歌曲大都是用东北的民间小调填写了新的歌词。有的是表达对日本侵略者的仇恨,号召人民英勇杀敌的,有的是斥责蒋介石不抵抗主义的,有的是反映东北农民苦难生活的,等等。歌词都很通俗,一听就懂。还有少数人唱了《伏尔加船夫曲》和《红旗歌》。这后一首听得出来也是由外国翻译过来的共产党人唱的歌曲。有时李延禄也和大家一同合唱。

这天晚上,还有一个引人注目的红小鬼,名叫何畏。他才14岁,身高有1.50米左右,但长得挺结实,圆圆的脸蛋儿,眉清目秀,唱歌时他的声音特别清亮。除了参加合唱之外,李延禄还要他单独地唱了几支歌。看得出军长对他特别喜爱。在他唱歌的时候有的同志就在身边小声对我说:"这个孩子是去年在方正县大罗勒密参军的,在家给地主当牛倌,以后参加了儿童团,并被推选为儿童团长,站岗、查路条、送情报都干得很出色。在家时名字叫何永祥,参军后,李军长给他起个名叫何畏,说他敢于和日本人斗,无所畏惧。从此小何畏一直是第四军司令部警卫连里最惹人喜爱的孩子。警卫连的其他战士们都是20~30岁的人,比他大得多。

这第一天的印象是颇难忘却的。我向往已久的目的地到达了,看到了一支由共产党直接领导的朝气蓬勃的抗日队伍。我在这里受到了鼓舞,看到了希望,我呼吸到了最新鲜的空气,我得到了自由。在此之前,我长期地在蒋介石的反动统治下生活着,心情一直是受压抑的。再加上和家庭之间不和睦的关系,也渴望着改变一下生活环境。现在我感觉如愿了。

我想象中的共产主义社会中人人平等的关系,在这里也能够看到。在这所大房子里,住的人上至军长,下至炊事员、饲养员,待遇都是相同的。穿衣吃饭,睡觉的地方(谈不上住房)都没有两样。只是在军长身边有个传令兵,兼有警卫和勤务兵之责。此外,看不出有什么特殊待遇。

李延禄当时40岁,身高1.70米,圆脸,五官端正,留着八字胡,举止稳重,语言节奏稍慢,性格温和。我们看得出在密营里的人都深深爱戴着他。当时的军长都是同时称司令的,官兵们说起话来都是:我们司令如何如何……有的向我们讲1932年救国军宁安县"墙缝战役"中李司令如何把日本军天野部队打得狼狈不堪,有的向我们讲1935年攻打刁翎县城时李司令如何指挥有方,有的称赞李司令执行统一战线政策好,山林队都愿意接受他的收编,有的跷起拇指说我们司令在老百姓中的名声是没得说的。李延禄同士兵的关系也极为融洽。一次,李延禄叫战士张永和到自己的跟前来说:"我求你办一件事。" 张永和说:"办什么事,司令你说吧!"李延禄说:"看得出你今天没有洗脸,你洗一下好吧?"张永和不好意思地说:"司令,我马上去洗。"另一次是李延禄叫住了杨连长说:"我求求你,把你的帽子戴正一点。"杨连长说了声"是!"赶快用手扶正了帽子,并向司令笑了一下。有一次徐副官走到李延禄身边说:"司令!横道河子送来的一箱纸烟怎么分法?"李司令问一箱有多少盒?徐副官说:"100盒。"李延禄说:"那还不好分。二一添作五,你50,我50。"徐副官说:"司令你别开玩笑,你也不吸烟。再说,我能那样分吗?"李延禄说:"不同意吗?那你就一个连分10盒吧!"徐副官说:"这还差不多。"有时,在晚会上当战士们提议要司令单独唱一首歌时,他就会说:"我最擅长的是参加合唱,要独唱时就露馅。我学会的歌多半是两头唱得不好,中间一段又唱得结结巴巴,你们听起来会受罪的,请大家谅解。"他的话惹起大家一阵笑声。尽管他这样说,完了之后他还是要唱一首歌,而且唱得还令人满意。从这里我可以看出李延禄同志总是要力求建立起他和战士之间的友爱关系,这可能就是他的带兵诀窍吧!

从最初一段时间我在密营里和人们的接触中,知道这里的成员主要是来自救国军。原来救国军王德林的队伍是以东北军第十三混成旅一个营为基础发展起来的。那个营叫老三营,王德林是营长。当日军侵占东北之后他就率领全营抗战。此人颇有韬略,还有政治头脑。和日本军打过几仗之后名声显赫,延吉一带的抗日队伍纷纷拥戴他为总司令,统一组成救国军,很快发展为3万人。中国共产党吉东党组织就派了李延禄、周保中、孟泾清、李大伦等人,到这个部队里进行工作。但是由于缺乏蒋介石政府的支持,武器装备以及军需供应没有正式来源,无法长期坚持对敌斗争,和日本军打了一年半就处于困境,终于失败了。当然救国军的失败还有其他诸多原因,如内部不和、政治成分复杂等。

李延禄曾和王德林有旧交,他隐蔽了自己的共产党员身份参加了救国军,在几次作战中显示了自己的领导才能,得到了王德林的信任,被委任为救国军参谋长。李延禄还在地方党的帮助下组建了一个有300余人的救国军补充团,他亲任团长,并在团内秘密建立起共产党的组织。与此同时,密山县小石头河子也自发地组织起一支有200余人的抗日队伍,以杨泰和等人为骨干,1932年的春天投奔李延禄,在征得王德林的同意下编为救国军第二补充团。到了1932年11月,救国军队伍开始溃散。根据这一形势,绥宁中心县委要李延禄同志紧紧掌握着这两个补充团,在适当时机摆脱救国军总部的控制,独立地承担起抗日武装斗争的重任。这样,到了1933年的1月初,李延禄同志宣布成立抗日游击总队。不久,又根据党的指示改名为抗日救国游击军和抗日同盟军,这就是东北抗日联军第四军的前身。从它的成长过程来看,这是一支共产党直接领导下发展起来的革命队伍。

在我们到达密营之后的几天中,李延禄陆续地向我和王静敏介绍了抗联第四军的现状。他说现在第四军共有7团加1个独立旅。第一团是原救国军的两个补充团合编而成的,原来团长是杨泰和。去年杨团长牺牲之后,满景堂接任了团长,政委是李守中。这个团目前和军部驻在同一密营里。第二团是由密山游击队发展起来的,目前独立活动于方正、依兰两县境内,团长是张奎。第三团是抗日山林队改编的,团长是苏衍仁。李延禄解释说,山林队的头目都不用本名,而是有一个山头称号。苏衍仁也叫小白龙。这个团原在勃利县活动,去年在和第三军的队伍配合活动中,出于误会,被第三军缴了械。他认为对这样的队伍缴械是一种"左"的行为,当时处死苏衍仁也是错误的。这些都不利于抗日统一战线的巩固与扩大。目前已重建了第三团,是收编的勃利县的吴明月部队,他的山头叫占高山。第四团是饶河县委领导下的游击队发展起来的,一直在虎林、饶河两个县境之内活动。队伍的组成约有半数是朝鲜族人,主要领导人李学福和崔石泉都是朝鲜共产主义者,队伍政治质量高、战斗力强,发展较快。第五团团长是李天柱,他报的山头叫自来好,是一支较强的抗日山林队,在依兰县境内活动。第六团团长是孙成仁,报的山头叫海乐子。第七团团长是宫显廷,山头叫北侠。此外还有一个独立第五旅,旅长郭得福,山头叫海龙,这几支部队在勃利、依兰、方正等县境活动。各团人数200~300人不等。四军总人数为2 000人,分散在七八个县境内活动。

听了李延禄的介绍之后,我说,是不是可以这样说,第一团、二团和四团都是咱们党直接领导的队伍,而其他队伍还谈不上是共产党的部队呢?李延禄说,正是这样。我们党中央指示要建立东北抗日联军就是以共产党的队伍为骨干而将东北境内一切的抗日部队团结在自己的周围,结成强大的反日统一战线。《八一宣言》的精神正在于此。王静敏同志也问:"收编的队伍能够听我们指挥吗?"李延禄同志说:"当然不能像党的部队一样要求他们。我们没有力量发给他们枪支弹药，粮食也都靠他们自筹，这样我们也就不能要求他们绝对服从我们，他们保持着相对的独立性。当然，他们对我们也有一定的依赖性。这些队伍过去曾经一概被看作土匪部队。我认为对土匪部队应加以分析。东北与关内是不同的，是土匪较多的地区。军阀统治时期，人民生活不安定，有的人因各种原因被逼上梁山，日本占领东北之后，人们不甘于当亡国奴，揭竿而起，以后又被日军给打败了，只好上山伺机再起。其中不乏英雄好汉人物，如果加以正确的引导，是可以成为一支好的抗日队伍的。如第三团苏衍仁的队伍去年2月在勃利县攻打了日本的'清水木业组合'，歼灭了那里伪森林警察队，缴获了许多枪支，还得了二三百匹马，其中给了军部100多匹。4月，三团又在第四军政治部主任何忠国的率领下和第二团一起去依兰县，攻克了阁风楼镇，打死打伤伪军20余人，缴枪30余支。第五团李天柱的部队1935年3月在依兰县打垮过土城子的伪警备队，到了6月，又在军部的率领下在何家屯消灭了日本军的尖兵班，打死6人，缴机枪1挺、步枪4支和掷弹筒1个。这些都说明他们是抗日的。这样的队伍在东北境内总的数量上是比我们党直接领导的队伍要多一些，是一支不可轻视的力量，对日军起着相当大的牵制作用。在1934年之前，我们看不清这一点，对他们抱不信任态度，常常要对他们施加压力。结果是他们尽量躲避我们，有的还和我们作对，遇到我们的队伍力量单薄时，也会被他们吃掉。这样做的结果是日本人坐收渔利。自从'六三指示'和《八一宣言》下达之后，我们才在政策上来了个彻底的转变。他们事实上是我们的同盟军。我们的政策改变之后，形势有了明显的变化。这些队伍普遍地接受了抗日联军的改编，相互间关系有了好转，协同作战的次数显著地增加。1935年比起1934年来，抗日游击区几乎扩大了一倍。"说到这里，王静敏问李延禄："对于这些队伍政治上是不是也有必要加以改造？"李延禄同志说："你说的很对，他们的抗日是出于朴素的民族意识。光凭这一点是很不够的，还应有远大的理想。他们确有不少的落后思想，往往只看到个人私利。我们应该派出一些政工干部去进行工作。但可惜的是我们的党员太少了,而有一定文化水平的党员就更少得可怜,派不出人来,因之对这些同盟部队不能要求过高。根据我在救国军里工作的经验来看,这些队伍的态度往往与形势好坏有关,在形势不利的情况下,他们是容易动摇的。总之,如何做好这些队伍的工作,是我们一项艰巨的任务。"这时我又问道:"抗日联军各军的情况是不是大都如此呢?"李延禄说:"目前来说,抗日联军共编了5个军,汤原的游击总队预定要编为第六军。这6个军都是共产党直接领导的部队,都负有收编并改造抗日山林队的任务。"

　　由于当时我对游击战术的概念非常模糊,也向李延禄提出过一些傻里傻气的问题。譬如说,我问过:"为什么第四军的队伍不是集中在一起作战,而是各团都独立活动于相互间距离都相当远的地区呢?"李延禄说:"目前不宜于在一个地区集中过多的兵力,游击战应该是把兵力分散开,目标小,便于隐蔽,发现有利目标就打,打完就走。这叫神出鬼没嘛!而且有个分兵发动群众的任务。兵力集中过多,目标大,易遭敌人进攻,同时,驻地的老百姓负担太重,确实好处不多。现在在六七个县境内有第四军的部队,使我们有了很大的机动性,可以根据形势随时转移我们的兵力。目前阶段还是属于积蓄力量时期,不能追求打大仗。因此,以团为单位分散活动是较好的。"

　　在我到达第四军之后的几个月里,一直没有看见司令部里有多少人。当时我对军事是一无所知的。我想既是叫司令部,总应该是个人数不少的机关吧!　但是,经常在司令员身边的没有超过十个人。其中有三四名副官,一名秘书,一个军需,一个群众工作部长,两个传令兵等。副官的工作多半是参谋性质的。群众工作部长每到一地就召开群众会进行宣传等。当时我不便直接向李延禄问这件事。但是过了一段时间,在和司令部的同志们不断交谈中,我才逐渐明白,在各团都在独立活动的情况下,司令部的指挥任务很少,确实没有必要保留过多的人。还了解到:原来第四军的参谋长是胡伦同志,在1935年底另有任务被派走了。第四军的副官长是朱鸿恩,从北平回到东北之后,到了1936年的4月才回到司令部来,实际上他做的工作相当于参谋长。第四军的原政治部主任是何忠国,1935年6月在作战中牺牲。以后没有新的政治部主任来。当时第四军的政治部主任实际上是做政治委员的工作。政治部也没有单独的机构。上边所说的司令部里的那十来个人,实际上包括政治工作和后勤工作了。确实是比较精简的一个领导机构。以后我还了解到,即使参谋长和政治部主任都在时,也很少和司令员集中在一起工作,而是分别带领着一个团或两个团活动。遇有必要时,他们在各自所率领的队伍护送下会面若干天之后,又重新分开。这就是当时的主要领导方式。

在李延禄的司令部里有几个朝鲜族同志,他们是群众工作部部长康山,副官金龙国。金龙国分工管后勤,因之人们都叫他金军需。此外,在第一团二连担任政治指导员的黄玉清和黄的爱人安淑贞也是朝鲜人。安淑贞在被服厂工作。这几个朝鲜族同志都是共产党员。

李延禄对我们讲,原打算将一、二、三团编为第一师,由杨泰和任师长。由于杨泰和牺牲了,这个师并未组建起来。还说第四团发展比较快,吉东特委有意图将它改编为第二师。还说,各团下面未设营,而是直接领导几个连。

这就是在最初的一个月当中我所了解到的第四军的情况。我喜欢这个部队,喜欢从司令员到战士一切的人。我认为这个部队给我的最初印象是至关重要的,对于我能在那之后一直在较为艰苦的条件下坚持抗日斗争是有决定性意义的。

七、对我们的入伍教育

一般来说,入伍教育是要从制式教练开始,先学会站队集合、立正稍息、原地转法、齐步和正步走,尔后学习步枪射击、投弹等。同时还要进行政治教育,首先要求新兵懂得是为谁当兵、为谁打仗。制式教练的意义不只是走步子、摆队形,它还有养成服从命令听指挥的纪律教育作用。但是第四军对我和王静敏的入伍教育,没有照这样一套进行。游击队毕竟不同于正规军。现在人们批评的游击习气,在游击队里却是颇为合法的。游击活动是分散的,小群的,即使一个连长在单独活动中也应该敢于独立自主地决定问题。你强调要事事请示报告,限制了各级领导的自主权,在紧急情况下就会置部队于束手无策的境地。因之,我和王静敏没有从学立正稍息开始我们的军队生涯。李延禄要求我们先学会穿乌拉走路,还要学骑马。的确,学会这两件事并不轻松。穿乌拉太麻烦了,乌拉上要系一条很长的麻绳,乌拉里要垫一块很大的布作为乌拉腰,要把一大把乌拉草用棒槌在树桩上把它捶成黄麻一样柔软,然后把乌拉草抖搂成纵横交错的乱麻状态,尔后再前面一把草后面一把草把它絮在乌拉里面,并且用手调整一下,使得乌拉草很匀称地分布在乌拉的前后左右以及脚底脚面,这样再把裹着包脚布的脚伸进乌拉草里面,并把露在外面的乌拉草将好缠在脚脖子上,把乌拉腰拉起来使得它的上边顶着膝盖,最后再将乌拉绳系好,绳子从脚脖起到膝盖要能打出各种花样来,这样才算完成了。这些对当地农民来说,都是毫不费力的事,但对我们从关里新来的人说来,至少第一次是费了九牛二虎之力的。别的不说,要把一大把乌拉草捶柔软了,这个活就不是书生干得了的。我捶了半天,累得要死,拿去问问别人捶得行不行。人家告诉我说不行,还说这事可凑合不得,是要穿在自己脚上,捶不柔软穿着会冻脚,别看捶起来费劲,搞好了就可以穿一两个月。我只好拿去再捶。过了一会儿,小何畏过来了,在旁边一边看一边笑。我看了他一眼,也不好意思地向他笑了一笑。"你没干过庄稼活吧!"何畏问我。"没有",我说。"给我吧!你看看我怎么捶。"我把木棒槌交给了何畏,从内心里感激他。只见他并不费劲地挥动棒槌,左手又将乌拉草来回转动。不一会儿,他把草交给我,说这样可以了。回到屋里,何畏又告诉我,如何抖搂乌拉草,乌拉腰如何放,以后他把草絮在乌拉里面,又让我摸一摸乌拉草在乌拉里面是不是匀称。当我把脚伸进乌拉草里之后,他又帮我将外面的草捋好,缠在脚脖上,把乌拉腰整齐地缠在小腿上,使小腿上下一般粗,尔后先把乌拉绳在脚面的部位系紧,再从脚脖一直缠在膝盖下面,麻绳编出的花样非常好看。我谢过了何畏之后,就站起来试着在屋里走几步,觉得挺舒适。这时李延禄走来看了看,说了声还行。接着又说,你们必须首先练习在雪地里行军,你们的乌拉都是新的,牛皮邦硬,在雪地走路打滑,特别是上山坡滑得你上不去,要练一段时间才能适应,那时鞋底也不会邦邦硬了。你们到外面走走试试,实在不行就得用麻绳绑在鞋底上,可以防滑。遵照李延禄的这个指示,我和王静敏就每天在密营附近练习走路,在上山坡和下山坡时,摔了好多个筋斗。但终于是慢慢地适应了。

学骑马更费劲。那时李延禄正准备带队出发,预定要经方正、依兰去勃利县,并在那里稍事停留之后去密山县。当时司令部和第一团都是骑兵。因之我们必须学会骑马,才能随部队行动。那时马匹是够用的,但是缺少马鞍。有3%的马鞍是拉车用的马套包代替的,要把马套包改制一下,可以凑合着使用。李延禄给了我们俩每人一匹马都是用套包代马鞍的,这就增加了我们骑马的难度。开始由一名战士教我们骑马,是由他先把马套包整理好,紧好马肚带,带好马嚼子,再扶着我们上马。上了马之后,由他骑着马在前边带我们走,时快时慢。我感到,在马身上保持不掉下马来并不困难。但上马这一动作,使我颇伤脑筋。因为用马套包改制的鞍子,马肚带难以勒紧,当你踩着马蹬上马的时候,很容易使套包翻滚到自己这侧,这叫滚鞍子。这时就得重新把两条马肚带松开,把套包扶正,再把马肚带勒紧,才能上马。在几次滚鞍子之后,我就对上马动作非常发怵。一般在行军当中,指挥员要经常下令下马行军,一来是要给马缓一口气,二来是人在马身上坐久了身上会发冷,自己要走一段路使身上发热之后再上马。但在这样的时候我不愿下马,别人看着我笑,还说别冻坏了。我也只好笑一笑,表示一下歉意。身上冷是确实的,但怕上不去马,特别是滚了鞍子之后自己弄不好,掉了队麻烦就更大了。

我的回顾

　　入伍教育内容主要是这两件事。游击队需要行动迅速，来无踪去无影，神出鬼没，走路和骑马不利索怎么能行呢？至于打枪当时并没有学，游击队子弹缺少，不敢随便打枪。开始发给我一支套筒步枪，别的战士只告诉我如何装子弹退子弹，如何推弹上膛和勾扳机的动作就行了。游击队的枪经常是装着实弹的，我的大枪也不例外。另外背着一条子弹袋，有四五十发子弹。发了步枪之后上马动作更吃力了。上马时可以用两种携枪法，一种是把步枪挂在自己的左臂上，一种是把枪斜背在身后。我当时并不太喜欢背枪，但都说没有一条枪是不行的。也有人向我说，有的新来的队员因为领不到一支枪而哭过，说是不信任他。我倒没有那样的想法。因为我还没有学会打枪，背上一支枪感到负担很重。由于不会使用还两次走了火，幸好没有伤人。都是在推上枪栓的同时没有用左手拇指压住弹槽中的子弹而误将子弹推入枪膛内，这时一扣扳机就突然响了一枪。本来枪走火都是要受处分的。但是李延禄向大家解释说，由于从来就没有人教过我步枪的分解结合，走火的事不能由我负责而原谅了我。尽管如此，我还是听到了不少人的议论，说我骑在马身上不下来还不得把马累死，说老是枪走火，说不定会有个倒霉蛋被自己人打死，说一个白面书生，不是当兵的料。40多岁的徐副官好心好意地对我说："彭同志啊！这一行业你干不了的！太遭罪了，正赶上这大冬天，把你冻得那个难受劲，我都亲眼看见了。你搞地方工作也许还好些。"我说："遭点罪不算啥，我能够坚持，只是我不懂的事和不会做的事太多了，给你们找麻烦了。"徐副官说："没有啥！以后有什么困难事找我好了。"李延禄为这些事也专门和我谈了一次话，说你们来的时机不巧，正是三九天，冰天雪地，你们一下子适应不了。像你们这样如果有个勤务兵帮助照料，就会好一些。但是我无法给你们配勤务兵，只好由你们自己加强锻炼了。我感到你们还是比较坚强的，可以锻炼出来。我说请他放心，说相信自己可以锻炼出来。李延禄说："对你们的入伍教育时间太短了，很多该学的东西没有学。没有法子呀！一过春节就得出发，只有这么二十几天时间呀！"

八、我给李延禄当秘书

在我到达第四军的第三天，李延禄告诉我，要我担任军司令部的秘书。王静敏担任了宣传科长。我说：我参加游击队了，想改一下名和姓，以表示和家庭彻底决裂。我想用彭施鲁三个字作我的名字，好吗？李延禄说：参加革命后多数人都改了名字，你改一下也好。不知这三个字还有什么含义吗？我说：保留了我原来名字王鹏华三个字中的一个同音字，其余两个字都是百家姓中两个姓。用三个姓组成一个名字，以后因工作需要用化名时，可以随便颠倒使用，倒也方便。李延禄说，由你自己定吧。王静敏说：他准备改用王毅这个名字。李延禄说：可以。

为了做秘书工作，李延禄给我发了一个图囊，里边装有第四军司令部的大印章和李延禄的个人名章、红印色盒、毛笔、墨盒、信纸、信封、明信片、白绸子等，还有两三本马列著作。这样，在我穿得厚厚的棉衣外面，要披一条子弹带、一个图囊、一个背篓，再挂一条步枪，使得我的行动更加笨重。李延禄告诉我，要加紧穿乌拉走路和骑马的练习，一过了旧历年，就得跟着他出发。

旧历年是在密营里过的，在过年的前几天里，每天都有三两个爬犁从山外进来，送来高粱米、苞米糙子、白面、猪肉，还有喂马用的谷草等。此外还有少量的高粱酒、纸烟等。这些都是由住在赵家窝堡的第四军的代表李新民筹划来的。是李新民本着《八一宣言》的精神，"有枪出枪，有钱出钱，有粮出粮，有人力出人力"的原则，在第四军的游击区内和各百家长协商之后确定征用的。东北的人民群众是爱国的，那时老百姓手中并不缺粮。日本人在北满地区的统治还没有那么严密。征粮之事都是在半公开的情况下进行的。因此，那时抗日部队还不必为吃穿犯愁。过年时在密营里包了饺子，每人分了几盒香烟，还能喝上几口酒。分猪肉时是先用长锯把猪肉从中间锯开，尔后每个连队分半头猪。过好旧历年，使战士们得到很大的宽慰。

　　过年之后没有几天就出发了。李延禄要在部队的护送下去会见勃利县委。根据吉东特委的指示,第四军党的工作,是由勃利县委领导的。李延禄率领着第一团和军部警卫连要穿过通河、方正、依兰等县境去勃利。队伍有时住在深山的木营里,有时住在农村。木营都有较大的房子,可住四五十或上百名伐木工人。到山里运木材的爬犁川流不息,他们要在冰雪尚未融化之前把木材运下山来。因此这里人吃马喂比较充足。部队在木营住时还是安全的,遇有敌情时稍微移动一下翻过一道山就可以和敌人脱离接触。至于农村,靠山较近的地方部队住上一天半天是可以的,但要进入离山稍远一点的屯子都比较谨慎。李延禄带着队伍都是在天黑之后八九点钟进入屯子。当部队在各家各户住好之后,李司令就找来百家长询问情况。这些百家长,有的是原先就和李延禄相识的,有的是对李延禄久闻大名的,都能像老朋友那样和李延禄交谈着。当事情办得差不多的时候,饭也做好了。吃完饭就催促大家睡觉。夜晚照例有一名副官负责管理警戒,由他指示各连设置岗哨的位置和重点监视方向等,他在夜晚只能睡较少时间的觉。一旦李延禄躺下,我也就不会有事了。一天的疲劳使我很快地睡着了。但最使我犯愁的是经常在早晨四五点钟就被叫醒,当睁开眼睛时,饭桌上已摆好了饭菜,说是吃完饭就要出发。由于没有睡好觉,我就吃不进饭,也不愿说话,叫走就跟着走。李延禄几次说我发蔫,我只是笑一笑,说没有睡好觉。李延禄说,没有办法,这些屯子都离敌伪的自卫队驻地不远。一个自卫队人数不过二三十人,对我们的态度有的好有的坏。如果他们出来打几枪骚扰一下也很讨厌。对我们的态度好的,不会出来打我们,但我们也得照顾到他们的处境,明目张胆地住在他们的附近,他们也不好向日本人交代。只好利用夜间进入屯子休息四五个钟头就离开,这样自卫队就可以装着不知道抗日军来过。这也是对敌斗争的一种策略。

　　李延禄在此期间会见过赵尚志所率领的第三军部队和李华堂所率领的抗日自卫军第二支队。每到一个地方,李延禄就向群众询问附近有何抗日部队，并且叫我用明信片写上简单的几句话，希望和这样队伍的领导人会一次面，交谈一下情况。尔后请当地居民送去。很快就可以得到回音。在依兰、方正两个县境内还有不少抗日山林队，其中被李延禄收编的较大的一支是海龙的部队，是四军的第五旅，旅长是郭得福。此外还有金山和吉祥两支队伍，都是第四军的游击营，各有四五十人，他们都一一前来会见李司令，汇报情况。李延禄告诉我发给他们每人一张第四军的布告，上面写的是原东北抗日同盟军第四军自中华民国二十五年3月1日起按上级指示统一改称东北抗日联军第四军。这些布告都是我用毛笔在大张白纸上写出来的。在这里，海龙还分别带着两支山林队的头头来见李延禄，海龙说这两支部队愿参加东北抗日联军第四军，接受李司令的领导。李延禄向他们询问了队伍有多少人多少枪，在哪一带活动，和日本人打过哪些仗等问题。尔后向他们提出要求，说参加抗日联军要遵守抗日联军的纪律：一是要坚决反对日本帝国主义，反对一切投降和卖国行为；二是保护人民群众生活安定，除对汉奸走狗加以惩处可以没收其财产外，不许侵犯群众利益，不绑票；三是抗日联军各部队之间要加强协作相互支援。李延禄还向他们解释说：目前我们还没有力量发枪械子弹给你们，也发不了军饷。枪要靠从日伪军手中夺取，问他们同意不同意这一套办法。在他们表示完全同意之后，李延禄就告知我写委任状。我不知道委任状如何写法，李延禄告知我先把白绸子从图囊中拿出来平铺在桌子上，白绸子是按8寸长6寸宽事先裁好的。尔后告诉我在绸子的右边先写一行，"东北抗日联军第四军司令部"。第二行只写"委任状"三个字。接着在中间用两行字写上 "兹委任赵九洲为东北抗日联军第四军第三游击营营长，此令。"尔后写落款"军长李延禄"。在最左边的一行写"中华民国廿五年三月十五日"。写完这些之后，李延禄让我把印章拿出来。一个是较大的长方形的上面刻有篆书"东北抗日联军第四军司令部关防"十四个字，盖在年月日一行上，还得上盖年字下盖月字。尔后再盖上李延禄的印章。这样委任状就算写好了，由李延禄亲手授予对方，受委者以双手接过委任状之后,再叠好收放在衣服里面。类似这样的委任状我还写过一些。

这些队伍只是和李延禄见上一面,李延禄没有对他们当前的行动提出什么要求,当时也没有战斗任务,我们一行还必须赶路到勃利县去。

紧张的行军使我疲劳不堪。尤其是夜间行军。我人生地疏,非常害怕掉队,必须紧紧跟上前边的人。有一次我在马身上打瞌睡掉下马来,等我站起来时马也跑走了,我无法追上它,只好吃力地在雪地里走着。后边的人一个个都骑着马从我的身旁过去了,没有人问我一声。我心情相当不安,漆黑的四周已空无一人,只能看见队伍走过之后雪地上所留下的足迹。我沿着足迹一步一步迈着沉重的步伐。半个钟头之后,我看到前面有黑影晃动,一个骑马的人逐渐走到我的面前,他说你是彭秘书吗?我说是的。他说李司令发现了你的马,知道你掉了队,告诉我回头来接你,快上马吧!我一看他,原来是传令兵。我对他真是太感激了。他下了马,把我的马交给了我,还扶着我上了马。之后就告诉我:"骑好了!紧跟着我去追队伍。"我这时已不再瞌睡了,跑了好一阵子,才看见队伍,他带着我超过了好多人,来到了李延禄的跟前,并向李司令报告说:彭秘书回来了。李司令没有说太多的话,只对我说一声:"以后要注意点。"我说知道了。

就在这件事的第二天,传令兵在李延禄跟前抱怨说:"也难怪彭秘书掉下马之后马就跑掉了,马和他没有感情嘛!新来的这两个书生只知道骑马,不知道喂马。过几天还不得把马给骑死!"李延禄问:"怎么回事?"传令兵接着说:"喂马时他俩只知道把马往槽子上一拴就不管了,马嚼子也不拿下来,马能吃上草吗?马肚带也不放松,人吃饱了饭还得松松裤腰带呢!这样,马受得了吗?"李延禄说:"那你就帮他们把马肚带松开,把马嚼子取下来就是了。"传令兵说:"我又不是他们的勤务兵。我看他们干不了这一行,让他们去干地方工作算了。"李延禄说:"话不该这么说,谁都得有个锻炼过程。想想你自己,是不是一到部队里来就什么都会干呢？来了一个月之后还让徐副官帮你备马鞍子呢！"传令兵说："司令员老记着我这桩事呢！"李延禄说："我不过是提醒你，让你知道你也是入伍半年之后才像个当兵的样子的。我不是命令你侍候他们，而是求求你多帮助他们俩。你可以告诉他们什么时候要拿下马嚼子，放松马肚带。完了之后就经常看一看他们是不是照你的话做了。如果没有做，你就把他们领到马槽边手把手地教他们怎么做。这样有几次他们就学会了。你能办到这一点吗？"传令兵说："司令员说了，我会干好的。不过，他们终究是白面书生！这份差事是咱们大老粗干的。"李延禄说："你这话说得又不对了。咱们这一行不光是要冲锋陷阵。整个革命事业不吸收成千上万个知识分子参加是不行的。咱们的胡伦参谋长和何忠国主任不都是知识分子吗？革命队伍没有文化哪行呢？"

这位传令兵叫高振国，以后每次到达驻地他就告诉我们把马和他的马拴在一起，看着我们拿下马嚼子和松开马肚带，尔后才叫我们进屋。每次出发之前，他又亲自看着我们给马带好嚼子和勒紧马肚带。尔后说："尽管骑去吧！不会滚鞍子了。"以后由于我常教他识字，学算术，还帮助他写过家信，我们又成了好朋友。他还向我说过，他挺佩服和我同来的王科长的口才，说科长有一次在向木营里的工人讲《八一宣言》，讲得头头是道。还说科长写的传单，我求他念给我听了，写得就是好。我说你好好学文化，将来也会写出那样的好文章来的。高振国说："只要我在写信时不再求人，我就满意了。"

到了3月底，部队到达了勃利县境内。在此首先会见了第四军第七团宫显廷的队伍，他们住在大青山的密营里，当时他们刚刚抓到一个日本人佐藤，是勃利县日本人开的一个什么公司的经理，以他作人质索要5 000元赎金。以后又在勃利县桃山的一个农村里会见了抗日联军第三军第四师的队伍。这个队伍也是骑兵。师长郝贵林是个身体魁梧、性格刚毅的人，打起仗来常常要自己端着轻机关枪边冲锋边射击。师政治部主任金策是位朝鲜共产主义者，处事颇为老练，和别人交谈时总是先倾听别人的意见,从不过早发言。当别人说话告一段落时他总是要问一句:你的话说完了吗?尔后再讲自己的意见。我看得出来他的意见常常是结论性的意见,郝师长对他也相当尊重。李延禄通过金策同志和勃利县委书记李成林取得了联系,尔后约定在大青沟一个破旧的菜营里召开会议。

参加这个会议的有勃利县委书记李成林、李延禄,还有刚从莫斯科学习回国的李延平同志。李延平是李延禄的弟弟,原为汽车工人,1932年参加了救国军,担任过救国军司令部参谋。1934年被吉东特委选送去莫斯科东方大学学习。学完后于1936年1月回东北。郝贵林师长和金策主任也应邀参加了会议。这次会议由我担任记录。勃利县委书记李成林首先在会上传达了由吉东特委转来的指示,说中共中央驻共产国际代表团决定李延禄同志出国,先到莫斯科,再转道巴黎返回上海,任务是开展抗日救国统一战线工作。因为原东北抗日义勇军的首领李杜等人当时留居在上海,他们还有意为收复东北而继续奋斗。李延禄同志出国之后,第四军军长职务由李延平同志代理。李延禄同志由第四军护送至密山,并在那里由密山县委安排越境去苏联。此外,李成林还传达了吉东特委的两项指示:一是由原来在第四军第一团工作的朝鲜同志黄玉清任第四军政治部主任;二是在1936年之内,第三军第四师应与第四军密切配合活动,预定在秋季共同开辟宝清县的抗日游击战争活动。这些指示经会议上讨论之后,得到一致的拥护。与此同时,郝贵林和金策共同建议:为了欢送李延禄同志出国,应由第四军和第三军的部队联合行动打一个胜仗。攻打的目标最后选择了石头河子金矿的警备队,并推举李延禄同志为总指挥。这件事得到了大家的赞同之后,李延禄指示对这次战斗要有充分准备,预定的准备时间为5天,准备工作包括进一步对敌情和地形的侦察,并决定调第四军第七团宫显廷的部队参加战斗。第三天,宫显廷率领自己的部队100余人来到军司令部报到。郝贵林又将对金矿警备队的兵力情况和地形情况的侦察结果向李延禄做了汇报。李延禄还同意了郝贵林所提出的战斗部署方案。

在大青沟会议之后第五天的夜晚，第四军的第一团和第七团、司令部的警卫连、第三军的第四师分头向石头河子前进，其中有骑兵，有步兵。骑兵一律在距石头河子五里路的地方下马，改为徒步前进。而马匹则集中隐蔽在一个小山的背后树林内，负责看管马匹的每人要看4~5匹马。李廷禄没有叫我和王静敏去参加战斗，叫我们参加打马桩子，就是看管马匹。前面的战斗持续了两个小时，凌晨3时战斗结束。敌人没有被全歼，只打死打伤了几十名伪官兵，缴获了几十件武器。部队撤出战斗之后立即连夜转移至茄子河山里休息。

打完这一仗，第四军的第一团和司令部警卫连就在李延平的率领下穿过荒山雪原向密山前进。在即将离开勃利县境时，王静敏同志突然发了高烧。队伍上一无医生，二无药品。看来虽说只是重感冒，但他继续跟着长途行军是不可能的。李延禄找来了百家长，和他商量要他负责安置王静敏在农民家里养病。百家长表示：他不仅要负责治病，还要保证抗日战士的安全，让司令放心。并说他的这个屯子比较偏僻，又是山沟里，日伪军过去还没有来过，不会出什么问题的。第二天早晨队伍要出发之前，李延平和我去看了一下王静敏，李延平嘱咐他安心治病，等队伍从密山回来之后，再来接他回队。

算起来，我们从通河县第四军密营出发，到打石头河子，时间已经过了一个来月了。当部队到达密山县境时，山的南坡积雪已在融化，很多地方土地已经露出来。离开勃利县境之后，两天的行军路上没有见到一户人家。到了夜晚，部队就住在山坡上，睡在大火堆旁，吃饭用水完全靠融化雪水。好在当时携带了充足的粮食，吃饱饭不成问题。密山县从1932年起就是抗日队伍比较活跃的地方。第四军的第一团和第二团的成长过程都与密山县有密切关系。但与此同时各种名目的抗日山林队也颇多。这是由于李杜所率领的抗日自卫军失败、溃散并大批地经由密山退至苏联境内这一情况所形成的。不愿到苏联去的自卫军里的人就在那里自立山头，什么"大鸣字""交得宽""亮山""打东洋"

等。密山县委曾打算将这些队伍统一起来,但由于当时"左"的思想影响下,对这些队伍提出了过高的要求,不仅未能形成统一联合,反而产生了互相干扰作用,以致几次联合作战行动都未达到预期效果,还使共产党直接领导的队伍蒙受一些损失。加上密山又是国境地带,日本人为了巩固其边防,就将密山变成屯垦区,将大量日本移民安置在密山境内。与此同时,将原抗日游击区用烧光杀光的办法予以摧毁。因此在 1935 年之内,那里的抗日队伍逐渐转移至其他地区。这次第四军来到密山,已不可能进入任何居民地区,只能利用山沟里所遗留下来的房屋废墟宿营,并在那里利用夜间派人下去找到密山县委。而密山县委也只能利用夜间到山沟里来和李延禄接头。在李延禄、李延平、黄玉清几人和密山县委书记经过一个小时的交谈之后,李延禄和干部一一握手告别。他在向我告别时,我问:"司令对我今后的工作有何指示?"他说:"你在这样艰苦条件下坚持下来了,很好!今后会顺利工作下去的。还请你转告王毅同志,我对他的工作也是相当满意的。我这次进关,还要争取从上海和北京再派些青年学生到东北来工作。像你和王毅这样的青年越多越欢迎。"我说:"司令放心好了!我会很好地工作下去的。"

第二天,第四军的队伍开始返回勃利。

九、李延平出师不利

李延平同志率领第一团和军部警卫连从密山返回勃利时,没有走原来的路,而是从勃利县城南面经大四站方向直接向西,想经过依兰县返回通河县去。在勃利县稍事停留的两天中,他做了以下的安排:第一团由满景堂团长带领留在勃利县境内活动,团政委李守中随军部去通河协助处理通河县后方密营里的事情,第七团宫显庭的部队继续在勃利县以青山为基地进行活动,预定在本年 7 月份随军部去宝清县开辟新的游击区。李延平那时还和我谈话,要我到宫显庭的部队里工作,并说先以秘书身份工作,到适当时机再改做政治工作。我说:"我刚来两三个月,啥也不懂得,宫显庭的部队又是收编的山林队,去那里工作我没有信心。"李延平说:"这个队伍还是好的,但是应进一步改造,要建立共产党的组织,你可先从教唱革命歌曲和上文化课入手,逐步启发战士们的政治觉悟。"我说:"教唱歌和教识字我还办得到。"李延平说:"有这两样就可以开头工作,下一步的工作以后再说。"我说:"我想跟着军部活动一个时期,在你的直接领导下工作比较省心,又可多学到些东西,现在我只好服从组织决定了。"以后,李延平就和宫显庭谈了话,说要把我派到第七团去工作。宫显庭表示欢迎。当天我就跟宫显庭的队伍一同进入青山,并且到了第七团的密营里。

第七团的密营和在通河的第四军军部密营一样,也是在一个大房子里住着五六十人,大家也是不脱衣服挤在一个相当大的木板铺上睡觉。宫显庭说他的队伍一共有三四个这样的房子,在几个地方,相互间都有三四里远。他那里上上下下的人对我都还友好。宫显庭身材高大,眉清目秀,说话还有点斯文。在他的队伍里,除了对他称呼团长之外,对其他的头头都还保持着绿林队伍里的叫法。如宫显庭的副手叫"二掌柜的"(宫显庭原为大掌柜的);相当于参谋长角色的头头叫作"炮头",是专管带兵打仗的;管后勤供应的叫"粮台";管马匹的叫"马号";管警戒勤务的叫"水香";管拘留所的叫"秧子房掌柜的";文书叫"字匠";警卫员叫"小崽子"等。宫显庭的"小崽子"本名叫青林,是个只有十七八岁的很漂亮的小伙子,很爱笑。他同时又是宫显庭的干儿子,因为他称宫显庭为"乾老"。担任"字匠"的是一位上了年纪的老头子,四十来岁,留着八字胡。他可能上过几年私塾,用毛笔写字,人挺老实,轻易不说话。由于时间太短,其他的头头我还没来得及认识。

宫显庭的枪法很好。我听说绿林队伍的头头都要练得一手好枪法,不然就难以建立起威信来。我在军部时就听别人说宫显庭枪打得准。在宫显庭和我谈话时,我顺便说了一句,说我既是当了兵,就得学一学打枪。还说请团长教教我。宫显庭很愿意听句话,他立即说,你不会打枪怎么能打小日本呢？说完他就告诉小崽子准备好枪，说要到林子里打枪去。看来他有意地要在我面前显示一下。由于我是从军部派下来的，而现在的代理军长李延平又是他所不熟悉的，他通过我来亮一亮他的本事是颇有必要的。他在离开密营有2里多路的地方，选了一块视界开阔的树林子。他让小崽子在一棵松树上把树皮砍去一小块，形成约10厘米直径的一个圆圈，以此作靶子。然后他以靶子为起点迈着大步一直向前走了100步，以后立定，向后转，他这时对我说，要百步穿杨，这是最起码的枪法。随后他拿起那支老式俄国造的联珠枪，装上3粒子弹，立正站好，面对目标，再将右脚向前迈出半步，形成半面向左的姿态，尔后以左手叉腰并用右手握住枪柄，徐徐将枪平稳地端起，使枪身和他的右臂两者都呈水平状态，再用右眼通过标尺缺口、准星瞄向目标，连续射了3发子弹。射击完毕，他带着我和小崽子走到那棵松树下面，看见3粒子弹不仅都命中了目标，而且形成了相互间距离不到2厘米的一个三角形。我很佩服他的枪法，因为我第一次看见他这样仅凭一只右手的手腕力量把一支十几斤重的步枪端成水平状态，而且打得这么准。我在高中学习时期，曾参加过一个时期的军事训练，教官在讲射击课时，讲了步枪射击的立跪卧三种姿势，都是以左臂为支架将枪平端起来，右手只管在瞄准之后扣扳机，多数情况下枪身的前半部还可以放在土坎上或矮墙上进行有依托的射击。用立姿进行无依托的射击就是最困难的一种了。但它依然由左臂支撑着枪身。而宫显庭所用的单臂的立姿射击方法，我在那以后也只是在手枪射击中见过的姿势。宫显庭的手枪打得如何他没有给我看过，不过以后我常听说绿林队伍的头目都是最喜爱驳壳枪的，东北人把它叫作盒子枪。盒子枪品种较多，比较稀有的品种是"旁开门"和"大镜面"，他们常常要花高价收购这种盒子枪，并且很愿意在别人面前显示一下自己的枪支。盒子枪的射击技术比较高级的是甩手枪，即不加瞄准的射击，用手臂甩出去在枪身对向目标的同时立即扣动扳机。绿林头目为了练一手本领常常要一个人消耗掉几千上万发子弹。宫显庭虽说没向我显示他的手枪枪法，但我相信他的手枪技术也会是较高明的。

宫显庭对我说，打枪不是一朝一夕的功夫，过两天我先教你练习瞄准，学会瞄准和击发动作之后才可以用实弹射击，不然是白白浪费子弹。说完他就领我回到房子里。我这时才想起和他商量如何利用晚间时间教战士们唱歌和识字的问题。他说这很好啊！不过他又说，只能选几个年轻人学，老家伙们是不会学的。我说先从年轻人开个头也对。

在我到达宫显庭的密营第三天的早晨，天还没有亮，李延平带着队伍突然来了。我从睡梦中被叫醒，看见李延平在别人搀扶下走进了房子，他腿部受了重伤，面色惨白。跟着他一块回来的只有18个人，其中还有四五个人是负了轻伤的。按照我的计算，原来他率领的是36个人，这就是说有一半人没有回来，马匹也只有四五匹了，大部分被打掉了；更引人注目的是由于轻机关枪射手牺牲，轻机关枪也同时丢掉了。回来的人都饥饿不堪，愁容满面。宫显庭看见他们这种样子，赶快叫自己的战士们起床，并且腾出地方来叫军部来的人到木板铺上休息，同时告知粮台快点做饭，饭好之后先给军部来的人开饭。宫显庭的队伍里也没有专门的医生，他告诉炮头把保存的治黑红伤的中药拿出来，给新来的伤员们使用。把这些都安顿好之后，宫显庭又到李延平跟前询问详情。李延平说：在大四站附近和日本军相遇，我们所占据的地形非常不利，而日本军越打越多，几乎要把我们包围了，最后被迫撤退。在撤退中李延平的马被打死，同时自己的左腿负重伤。多亏第一团政委李守中将马匹让给了李延平，在红小鬼何畏和负了轻伤的曹曙焰两人的保护下，李延平才得以转移至安全地带。但就在这时李守中同志却牺牲了。李延平对李守中的牺牲颇感悲痛，认为像这样的团政委不可多得。宫显庭安慰李延平，要他先安心养伤，并说自己的密营条件很好，希望李延平就在此治疗。李延平说他只能在此暂住一两天，尔后准备转移到第一团的住地。同时提出，由于这次伤亡太大，他的身边人手不够用，必须将我从第七团调回，宫显庭说完全可以。

以后，我在和陈副官以及何畏等同志的交谈中，进一步了解了这次战斗的经过,知道是队伍经过夜行军通过了大四站地区,当拂晓时,尖兵发现在一个山谷中有日本军在那里宿营,就立即勒马回头向李延平报告。李延平问日军有多少?尖兵说:"能看到的不过是一个排。"李延平问陈副官能不能把这股日本军打掉?陈副官认为可以打掉。李延平说:"还不清楚日军到底有多少,敌情不明,不打为好,我们可以绕路过去,我们还是先返回通河要紧。"陈副官说:"如果就是这一个排,我们利用突然袭击的办法,打他个措手不及,是可以奏效的。"

正在这样议论的时候,尖兵又报告说:"日本军出来了,正在抢占北边山头,好像是发现了我们。"李延平说:"不好!我们赶快抢占南面山头。"但就在打着马匹冲向南面山头的时候,日本军的机关枪开火了,双方相距仅有300多米。当我们已经占据了山头的时候,李延平命令部队卧倒,各自占据有利的地形地物,对敌人开火。轻机关枪射手大老于也做好了射击准备工作。正在这时,发现东面出现了一股敌人,正在缓慢地向我们的方向靠近,而北山上的敌人则只向我们猛烈射击。李延平说:"不好!敌人决不只是一个排,仅东面这股敌人就有五六十人。"他命令机关枪要瞄向东面这股敌人。战斗已进行了半个多小时,太阳逐渐升高,视野越来越清晰。北面山头敌人的枪声逐渐减弱了,东面这股敌人却越来越靠近了。陈副官指挥队伍以主要力量对付东面这股敌人,在与敌人相距100米的距离时,机枪射手大老于猛烈地开火了,他的扫射迫使敌人纷纷卧倒,有四五个人是明显地被打死了。如此的战斗又继续了半个小时,敌人无法前进。但就在这时,西面突然响起了枪声,陈副官的视线转向西面,用望远镜观察了一会,惊叫地向李延平报告说:"不好!敌人又从西边摸上来了,人数不少于一个排,我们有被包围的危险。"李延平拿起望远镜,观看了一下,和陈副官商量说:"敌众我寡,应该撤退。"陈副官说:"对!迅速向南撤吧!地形是有些不利,但也只有这一条路了。"他命令警卫连七班长赵有洪率全班留在原地继续向敌人射击,其余人全部撤退。战士们迅速地奔向马桩子。马桩子设在山坡下的一个茂密的小树林子里。当李延平骑上马率领战士走出树林向南奔跑时,进入了一块较大的开阔地。敌人的步机枪火力猛烈地向着他们射击,轻机枪射手大老于首先掉下马来。李延平勒马停下来,命令其他战士抢救大老于和机关枪。就在这时,李延平的左腿负伤了,他的马的颈部也受了伤,鲜血顺着马脖子往下滴。这时李守中同志催促李延平赶快撤退。但是李延平的马跑了不远就摔倒了,李延平也掉在地上。李守中立即下马,同时叫何畏和曹曙焰两个战士也下马,叫他们扶着李延平上了李守中的马,并告知何畏和曹曙焰二人负责保护李延平赶快撤退。曹曙焰说:"李政委,还是你骑着我的马走吧!"李守中说:"军长的安全交给你和何畏二人负责了,这是命令,不要管我!"在无可奈何的情况下,何畏和曹曙焰护送着李延平向南面的一片稀疏的树林前进。当李延平走到树林边沿的时候,勒住了马向后观望了一下,只见李守中半坐在地上,正在挣扎着要站起来,但是又突然地倒下了,再没能抬起身来,而追上来的敌人正在离他100多米外向他扑来。牺牲在这片开阔地之中的还有四五名同志。原来根据陈副官的命令留在山头上掩护军长撤退的警卫连第七班班长赵有洪等5名战士在和敌人相互间猛烈射击了一阵之后,枪声也沉寂下来了。他们坚定地执行了掩护任务,但是却无法安全地撤退下来,他们在和比自己多十倍的日本鬼子相互拼杀了半个多钟头之后,全部壮烈牺牲了。在他们的面前横倒竖卧着七八个日本人的尸体。人们还记得赵有洪班长平常最爱讲的一句话:"死并不可怕,但要死得值得。死掉之前我能打死一个敌人就算够本,打死两个敌人我就赚了一个。"这次他们以自己宝贵的生命换取了时间,使李延平军长和其他一些同志安全地撤出了危险区,他们将带着骄傲的微笑长眠在这块曾光荣地完成过战斗任务的土地上。

李延平面对着李守中、赵有洪等牺牲的方向低下了头,半天没有说出什么话。这时陈副官带着六七名同志也赶来了,他提醒李延平此处不可久留。李延平发现陈副官的右手食指被打断了,说了一声:"你的手……"陈副官说:"我的手没有关系,军长还是快走吧!"在陈副官的催促下，李延平才转过身来，策马向着一个山弯处飞快地前进了。过了山弯，在树林的掩护下摆脱了敌人。这时他又停下来回头看了看，清点了一下人数，包括他自己在内的 6 名伤员总共还有 18 个人。新参军的小队员曹曙焰是和何畏一块受命负责保护李延平撤退的，也是在李延平掉下马时由他将李延平扶起并搀扶着重新骑在马上的，尔后就一直紧紧跟随在李延平的身边。但李延平直到这时才听别人说曹曙焰也是伤员。曹曙焰急忙说："没事！只是腿上碰破了皮。"这时李延平又和陈副官商量了一下是否应该去七台河寻找第一团？陈副官说："往七台河方向今天白天是无法通过的，只能先去青山里找第七团。"就这样，他们沿着密林和高山，在极度疲劳的情况下，经过一天一夜的行军，终于到了宫显庭部队的密营。

李延平在第七团的密营里休息了两天，即动身去七台河，很快地在那里找到了第一团，当时第一团也暂时隐蔽在山里。据团长满景堂报告说，由于十天前抗日联军打了石头河子金矿，日本人为了报复，调集了 800 人在勃利县境内"讨伐"抗日联军。在大四站地区与李延平军长相遇的是敌人的一个营，有 300 多人，老百姓看见打完仗之后日本人运到勃利县的尸首有 20 多具，但日本人却宣扬他们取得了重大的胜利，还宣传李延禄军长被打死了。据说敌人这次讨伐是半个月的计划。李延平说，我们的损失的确是不小，李守中政委、机枪射手大老于，还有，他一连数了十几个人的名字，说这么多的好同志都牺牲了，轻机关枪也丢掉了，怎么能不叫人痛心呢？都怪我指挥无方，老军长刚刚把队伍交给了我，才几天就打了这次败仗，我真对不起老军长！满景堂说："胜败乃兵家常事。你刚从苏联回来，接手带队伍才一二十天，人生地不熟，这也不能怪你呀！"李延平说："当时是情况不明哟！如果在发现敌人时立即绕道避开就会好些。我们那时在打还是不打的考虑方面迟疑了一下，本来迅速转移甩开敌人就好了。现在连返回通河县的计划也无法执行了。"满景堂说："现在是你治伤要紧，部队也该休整一下了，你的伤是相当重的，没有一个月是治不好的。你就安心养伤吧！好在这里养伤条件较好,住地隐蔽,山下群众关系也好,粮食不成问题,医药能托人买到。等你的伤治好之后再考虑工作吧!"

李延平养伤的小山沟里是异常安静的,在 4 月的天气里阳光照射着那座可以容纳 20 多人住宿的房子。每当中午时分人们已经愿意坐在房前晒晒太阳了,山的南坡积雪已经基本融化了。这里除了伤员以外,只留了一个班的兵员负责警卫,粮食由第一团派人定期送来,李延平把我也留在身边,为的是可以利用养伤期间由我给战士们上上文化课,教教唱歌。战士们学习文化的积极性是很高的,没有纸笔,就在地上用树枝写画,一天学习四五个字还是容易办到的。那时我还利用这段时间阅读斯大林的著作《列宁主义问题》。不知怎么回事,我当时很习惯于读出声来,我并没想到这样读法会产生什么效果,我逐渐发现有几个伤员在静静地听我读书,有时还因为有别人说话声的干扰而要求我把声音再放高些。有时因为没有听清楚而要求我把那一段再读一遍。我被他们的学习精神所感染,有时就将比较难懂的段落重复地按照我的理解再说一遍。谁知道这种做法竟无形中变成了一堂政治课,每天都得有一至两个钟头的集体读书时间,积极参加听读的不过是三四个人,但是可以看得出他们对于革命知识的渴求。

经过不到一个月的治疗,李延平的伤口已经治好了,但是走路时还需要拐杖的协助,他每天要在室外步行一两个钟头,用以恢复左腿的功能。这时副官长朱鸿恩已经来到勃利,通过第一团找到了李延平的住地。李延平和朱鸿恩于 1933 年在救国军时期同在李延禄的部队里工作,是老相识。朱鸿恩是 1935 年 10 月由李延禄派赴关内寻找党组织并要求支援干部的。但是他并没有找到党中央,只是和北平的党组织建立了联系。但由于"一二·九"运动之后革命形势的迅猛发展,干部奇缺。除了在"一二·九"之前已经确定的由我和王静敏二人去东北参加抗日联军之外,再没有可能派别人去东北。因此朱鸿恩北平之行并无太大的收获。他在 1936 年的春节之后才返回通河,那时李延禄已经带着部队出发了。他在通河稍住之后就动身前往勃利县寻找部队,在那里找到了勃利县委，但那时李延禄已离开队伍去苏联了。他又听说李延平带领的队伍和日本军打了一仗，伤亡不小，他就更加着急了。但一时又找不到队伍的去向。经过几番周折，终于在县委的协胁下找到了四军第一团，以后又经过第一团找到了李延平。他向李延平汇报了他的关内之行，还汇报了通河留守部队内部不团结的种种迹象。李延平在和朱鸿恩商量之后，决定派朱鸿恩返回通河处理那里的事务。而李延平则决定自己不再回通河去而积极筹备在夏季去宝清县开辟新的游击区的工作。

到了4月下旬，李延平决定逐步恢复到山外的活动，他走出了原先养伤的山沟，到第一团的部队里去和他们共同行动。由于春季里马草不足，军部和第一团部队都改为步兵，所腾出的马匹分别寄存在群众家里，还可以帮助群众春耕。只留了三四匹马在军部，供李延平和传令兵骑用。李延平重新组建了警卫连，战士从第一团里挑选。第一团还在七台河和桃山一带吸收了一些农民参加队伍。此外，在勃利县一带活动的吴明月的队伍这时也来找李延平，表示愿意参加第四军。吴明月的队伍是抗日山林队，也是救国军时期失散的队伍，吴明月报字"占高山"，曾参加过李延禄亲自指挥的攻打刁翎县城的战斗。对李延禄非常敬仰，说李延禄能以平等态度对待山林队，不欺压人。他听说第四军来到了勃利县，就积极寻找，想很快见到李延禄。当他见到的是李延平不是李延禄时，内心里虽然感到有点遗憾，但当他得知李延平是李延禄的弟弟时，心中又宽慰了许多。他向李延平汇报了自己部队的情况，说明自己几年来一直是坚持抗日的，愿意参加抗日联军共同抗日。但是也谈了自己的顾虑，说对抗日联军还有几分怕，但他又立即声明他对第四军并没有这个戒心，因为他对李延禄还是了解的。他接着补充说，在去年第四军第三团队伍被抗日军缴了械并被处死之事，在山林队里引起了很大的震动。李延平说，你说的这件事我知道，老军长在走之前对我说过，抗联第三军出于误会缴了第四军第三团的械是错误的，将团长苏衍仁处死更是错误的。我们的队伍是中国共产党所领导的队伍，但当前的斗争任务是抗日，而抗日就要把在东北境内的一切以抗日为目标的武装队伍团结在一起，而不管他是否信仰共产主义。我们党中央在 1935 年有一个《六三指示》，要求在东北境内建立广泛的抗日统一战线，要尽一切可能将东北境内的抗日武装吸收在抗日联军的队伍中。第三军对待苏衍仁部队的做法显然是不符合党中央政策的。吴明月说，我对老军长的态度还是了解的，很多山林队对第四军是有好感的。

又过了几天，吴明月在和李延平进行第二次亲切交谈之后，李延平决定将占高山的部队收编为第四军第一师第三团，并任吴月明为团长。

有一天，部队来到了茄子河。我突然认出来王静敏养病的小屯子离我们的驻地不远，我向李延平提起了这件事，说应该去那个屯子把王静敏找回来。李延平说："对呀！这一个多月我在山沟里养伤，也没有机会去找他，现在不知道怎么样了。你骑着我的马去吧！叫何畏跟你一块去。"我听了这个话，就赶快和何畏两人骑马直奔那个小屯子而去。跑了 3 里多路，进屯子之后就认出百家长的家，因为李延禄当时是将王静敏托交给百家长的。找到了百家长之后，我们说明了来意。百家长说："王同志已经回关里啦，是前十来天走的。"我问："走之前他说了些什么话吗？"百家长说："他的病只是感冒，三五天就好了。在前一个月第四军不是在大四站和日本人打了一仗吗？老百姓都传说李延禄被打死了，队伍也全打垮了。王同志听到这个消息，虽说也不全信，但是以后一直没有听到队伍的消息。李延禄走时曾告诉他从密山回来顶多十来天就会归队，以后一直没人来接他，他也没有办法寻找队伍，又担心日本人来搜查抗日军人。无可奈何他才给关里写了一封信。关里给寄来一点路费，他就动身进关了。你们要早来十天还会看见他的。"这时我又计算了一下天数，是啊！把王静敏留在这个人生地不熟的小屯子之后，已经过了 50 来天了，这里又没有党组织，他怎么会不着急呢？这时百家长从他的箱子里找出两封信，是王静敏留下的，一封是写给李延平军长的,一封是写给我的。信中内容基本上和百家长说的相同,而且说了自己离开部队这么长时间,又无法找到地方党组织,实在是有些苦闷,只好回到北平重新在李老师的领导下工作了。我明白他说的老师是李常青,是要通过李常青找到党组织。我看完了两封信之后,向百家长道谢,准备回队。百家长又拉住我关心地问了一句:"怎么样?李军长身体好吗?"我说:"李延禄军长已经进关去了,现在的军长是李延平,他在大四站和日本人打仗时是负了伤,现在已经全好了。"百家长说:"这就好了。原来传说得可邪乎了:说李延禄的部队叫日本人包围了之后打光了。原来都是瞎说!这就好了。王同志将信留下时也说,部队准会有人来找他,叫我把信好好保存着。"

我和何畏骑着马飞跑着回到驻地,向李延平汇报了这些情况,他看完信之后,懊悔地说:"我们来晚了,都是我的过错,怎么就没有早一点,那就不至于这样吧!"

十、第四军去宝清县开辟新游击区

每年5月之后,气候变暖,山林地带树木的枝叶逐渐茂密起来,更有利于游击队的隐蔽活动,是抗日联军活动的黄金季节。

经过三个来月的休整,李延平的队伍开始恢复了活力。基本队伍第一团有所扩大,警卫连也充实起来了。宫显庭的第七团从深山里走了出来,又开始在居民区活动,并和军部保持着较密切的关系。新改编的第三团吴明月的部队也比较活跃。

这时,李延平开始了去宝清县的准备工作,几次和第三军第四师的师长郝贵林和政委金策商讨如何执行这一计划。李延平还提出请金策同志到第四军军部住一段时间,以代理政治部主任身份进行工作。因为这样可以体现原先吉东特委所指示的要第三军第四师帮助第四军开展游击活动的要求。金策和郝贵林两位同志欣然同意了李延平的这一要求。同时决定在7月中旬进军宝清县。参加的部队共有:第四军军部、第三团和第七团,第三军第四师,总人数共有400多人。

7月里,这支队伍按原计划出发。从七台河地区去宝清县要走400里路,多是荒山野岭的无人烟地带。没有什么敌情,部队晓行夜宿。三军四师的四团、四军的第三团和第七团,轮流担任前卫。这是一次颇为愉快的行军,每日行程约为80里路,许多地方是没有道路的,有的地方有些道路的痕迹,但青草长得很高,说明长时间没有人走过。也经过一些大片的山中平原,看起来每一片都会有几百亩地,长着茂密的青草。不时地战士们呼喊起来,都跑向一片长着蘑菇的草地抢着拣蘑菇,并高兴地对司务长说今天中午可以美餐一顿了。每天中午,李军长下令休息两个小时,以便大家吃好饭之后还可以打一个盹。晚上吃完饭之后,就会燃起许多堆篝火,战士们每人都要割一抱青草并把它铺在篝火的周围,准备躺在草上美美地睡他一夜。自然,宿营地的周围都有站岗放哨的,用以防止敌人的夜袭。在吃饱了晚饭之后,战士们坐在篝火旁总是要先唱一阵歌。李延平还告知警卫连派出几个人到三团和七团教唱革命歌曲,很受他们的欢迎。警卫连的人住得靠军部很近,李延平也常到警卫连和战士一起共同唱歌,他还喜欢在唱完歌之后和战士们聊一阵天,想通过闲聊了解一下战士们的情绪。有的战士对李延平说:"咱们一路上看见那么多大片的平原,要是都种上地,该能打多少粮食呀!你不是说苏联有集体农庄吗?把日本鬼子打出去之后咱们也在这里建立个集体农庄好吗?让你当主席。"李延平说:"这就是北大荒呀!其实都是良田,只是没有劳动力罢了。至于是不是搞集体农庄,那要看中国自己的情况。"有的战士说:"我走了这一路,越发地感到祖国的大好河山的可爱,要不是日本人来侵占,我们该多好呀!"李延平说:"对日本来说,他对东北这块肥肉是馋得要命的,他们要掠夺到手,这就叫帝国主义。我们对待日本帝国主义就是要斗争到底,直到把他们全部赶出去为止。至于对北大荒的开发,我们会用从关内移民的办法解决,光一个山东省,就会有100万或200万人移到东北来,那时北大荒就会大不一样了,粮食会堆得比山还高了。"

我的回顾

第五天中午,部队已接近了宝清县的兰花顶子,在七沟八梁的山边,每个小山沟都有少则五六户多则二三十户的人家。我们了解了一下,宝清县的西部、南部和东部都是山区,属完达山系。县的北半部属丘陵地带和少数平原,是三江平原的南端,北与富锦县相连。富锦县是平原为主,但也有不少丘陵地带,还有不少属沼泽地。这些都是对游击活动很有利的。现在的集贤县和友谊县都是从富锦县分出去的。

李延平在即将进入居民区时命令部队停止前进,先隐蔽在山上尔后派出少数人下去,一是为了侦察情况,二是为了通知居民,告诉他们我们是抗日军队,免得他们惊慌。当侦察分队已经进入几家农户并过了一阵之后,他们在院外摆动了几下旗子。这时李延平才命令部队前进。尔后部队有秩序地分布在四五个山沟里住下。金策同志这时已经开始在第四军工作了,他在一个较大的院子里召集连政治指导员会议,布置了如何向群众展开宣传工作问题。要求是:一要向群众讲清我们是抗日救国的部队,是专门打日本鬼子的;二是要说明我们的队伍是不准随便拿群众的东西和调戏妇女的,如果群众发现抗日战士有违反纪律的行为,可随时告发;三是要多唱抗日歌曲,这样做第一是为了让群众知道我们是抗日军,土匪部队都是不会唱革命歌曲的,第二我们的歌曲都是群众一听就懂的,是很好的宣传教育工具。开完会之后,金策又请群众去通知各十家长和百家长来开会,准备向他们讲我们到宝清来的目的,并请他们协助抗日联军解决粮食问题和在农户家的住宿问题。

部队进入各个山沟,的确没有引起群众的不安。群众忙着给部队烧水做饭,屋里有对面炕的就腾出一面儿给部队住。饭是很简单的,苞米糙子、黄瓜菜、炒茄子等。那时农村里卫生条件相当差,院子里鸡屎猪屎到处可见,没有纱窗,没有蚊帐。婴儿吊在摇篮里,苍蝇在婴儿的脸上爬来爬去。战士们帮着把苍蝇赶走,但是人一离开,又飞来了,专叮婴儿的眼角和嘴唇,有时还有像蜜蜂一样大小的牛虻飞进来,稍不注意它们就会落在婴儿的身上,把小孩咬出血来。一到傍晚,家家户户都得烧些青草,使之冒烟,为的是驱赶蚊子和小咬。

李延平亲自向各连连长布置警戒任务,他指示说,这是一个新区,情况不熟,警戒要严密。他告知白天要把岗哨设在附近山包的顶上,负责监视各条通道上车马行人情况,太阳落山之后,就要把岗哨收回,设在住地附近的通道口。

紧张的侦察工作多方面地进行着。第二天李延平和金策、郝贵林等人共同研究情况,认定目前新到达的地区属于宝清县的第七区,是在凉水泉子和双柳河子的山边上。在凉冰泉子有一个伪警察署,有四五十名伪警察。在双柳河子有一个伪自卫团。伪警察署比较反动,但一般不敢轻易进山和抗日军作战。自卫团没有什么战斗力,和宝清县原有的抗扫山林队天德部队有秘密的联系,老乡都说自卫团不会打抗日军的。宝清县城和七星河镇有伪军三十团部队驻防,由于过去这里没有正式的抗日部队活动,他们也没有和抗日部队打过仗。

至于居民区,在山沟里的人家没有太富裕的,连中等地主都没有,他们无力保卫自己,家中都没有自卫武器。但他们并不害怕土匪的侵扰。东北人把土匪叫作胡子。胡子绑架对象都是大中地主。对于山沟里的穷户人家,顶多是要点粮食吃。因此住在山沟里的人家对土匪并不害怕。从山沟再往外走,就是一片丘陵地带,居民村庄渐渐多起来,二三十户或四五十户人家的村庄比较多,每个村都有两三户地主,他们很重视自卫,家里修上院墙,质量最差的院墙是用树桩修的。买不起步枪的也得买两支洋炮(火药枪)作自卫用。土匪想要到这样的院子里绑架是会遇到抵抗的。至于较大的地主,一般都修了土围墙,四角有炮台,一般的家中都有四五支杂式步枪,还得有两支大抬杆,即射程较远的火药枪。一般的土匪队伍是颇难进去的。

根据上述这些情况,李延平和郝贵林、金策等人认为可以逐步由山里向山外扩展游击活动。对于拥有自卫武器的地主家,要先通过该屯的百家长告知他们,希望他们对抗日部队采取合作态度。李延平说,估计会有多数地主家出于爱国之心是抱合作态度的,但不排除出现对抗的可能。郝贵林说:"因此要准备两手,对于敢于抵抗抗日队伍的地主也应给予惩治。"金策说:"我赞成你们二位的意见,我们把抗日救国的宣传活动放在前面,尔后在进村之前发出通知,使全村人知晓,争取多数群众采取合作态度。在这之后,在部队进村之时如果遇到地主武装的反抗,就以武力解决。用中国的古话说,这叫先礼后兵嘛!"

这样的决策在实践中证明是颇为正确的。在做出这样的决定两天之后第四军和第三军的队伍分头利用夜间进入了几个稍大一点的屯子,仅仅遇到少数中等地主家的抵抗。由于部队事先组织了突击队,他们的抵抗很快被摧毁,有几家地主被抗日联军关押起来,并勒令他们交出 500~1 000 元的罚款。这些事情都在第二天公开向群众做了宣布。

这次行动,引起了凉水泉子和双柳河子两个地区很大的震动,好几个屯子的百家长主动前来求见抗日联军的领导人,申明他们对抗日联军是欢迎的。他们说,哪有中国人不欢迎自己的军队的道理呢?不过他们也解释说,山沟里的人,没有见过世面,也不够开化,有些人对抗日救国这些道理还不太懂,只顾自己的家。对这些人需要开导开导。双柳河子伪自卫团的队长也来求见李延平,声称他的自卫团从来就不愿和抗日队伍作对,说宝清县原来有一支抗日队伍是天德的队伍,天德是比较了解他们的。说自卫团也有时在日本人的逼迫下出来和抗日军打仗,不过他们每次和天德的队伍遇见时,都是只对着天放枪,谁也伤不着谁。李延平赞扬了自卫团的这种态度。

几天以后,部队进一步开展活动,进入了凉水泉子周围较大的屯子,而且就住在凉水泉子警察署外面二三里处的屯子。警察署对此没有做出什么反应。不敢出来干扰,我们把它叫作龟缩政策。部队进入了许许多多地主大院之内,这些大院都有土围墙,围墙的四角还有炮台。

李延平的军部每次到王福岗都要住在老华家。这个大院的主人叫华馨圃,40 多岁,留着八字胡,略有文化,对抗日联军的到来表示了真挚的欢迎。他并没有用丰盛的饭菜来招待客人,但态度上热情诚恳,和抗日军亲如一家。

在凉水泉子和王福岗一带,有一些地主大院是独立的院子,它的周围半里地之内没有任何居民,院墙又比较坚固,院内有防卫武器。这些院子,如果他有心抵抗的话,我们是要付出一定的代价才能打进去的。对于这些院子李延平和金策经慎重研究之后,决定以政治攻势为主,不轻易动用武力。具体做法是通过百家长向他们做些宣传,试探其态度。如果他欢迎抗日军进驻,当然很好。如果他婉言谢绝,但又答应愿为抗日军提供粮食者,我们就不采取强行进驻的办法,避免把事情弄僵。在宝清县境之内,这样的大院曾保留了不少。他们对抗日军的行动,也没有干扰过。到了1937年的5、6月以后,当抗日联军第六军第一师和第五军第二师先后来到了宝清县境内之后,这些地主大院也不得不开门迎接抗日队伍了。

这样,开辟宝清县抗日游击区的活动在1936年取得了较大的进展,发动了宝清县广大的群众积极参加抗日活动,不少青年农民参军,抗日联军的粮食得到充分的供应。冬季落雪之后,向山里给部队运送粮食的马爬犁络绎不绝。

第四军在开辟宝清县游击区的同时,还派部分兵力向宝清的北面富锦地区进行试探活动,并在兴隆地区(现在的友谊县境)站住了脚跟。1936年的秋季,在富锦地区的集贤一带(现在的集贤县)曾有第六军的少数部队活动过,在富锦的别拉音山地区曾有抗联独立师祁致中的队伍活动过。第四军向富锦县开展活动,也是为了能够和上述部队取得联系。

在宝清和富锦县的交界地区七星泡的西南面有一个较大的屯子叫杨荣围子。在杨荣围子的西边是锅盔山。杨荣围子和锅盔山相距较远,约有40里路,中间地形开阔,但是没有人烟,又缺少良好的隐蔽条件。因此第四军从宝清往富锦县去的行军路线颇难选择。若绕道锅盔山脚下路程太远。在杨荣围子屯里有伪自卫队驻守,他们一般不主动出来和抗日联军打仗,但是也不会轻易让你住在他的屯子里,那样他向日本人也交代不了。在杨荣围子西边3里远的地方,有一个孤立的地主大院老方家。李延平决定争取老方家,如果他对抗日联军采取合作态度,通道问题就会很容易解决。

1936 年 3 月里的一天,下午三四点钟的时候,李延平率队来到杨荣围子的西边,并在距离老方家约 2 里路的地方停留下来,派出副官带两名战士前去做老方家的工作。李延平对陈副官说:"你去时,首先说明来意,说明我们是抗日队伍,从不对老百姓进行抢夺,但我们有时要借用老乡的房子住一下,要用一些粮食,希望他们合作。"陈副官去后经过半个多钟头就回来了,肚子气得鼓鼓地说:"不行,和他们说什么也不通,还一直骂我们是胡子,还威胁说,如果我们不走他就开枪。"李延平说:"太岂有此理了,看来这家地主是缺少点中国人的味道。不过也罢,我们暂时不理他好了。但是我们不能不去富锦,还非得经过这里不行。陈副官!你再去一趟,通知这家地主,就说我们将在他的院墙西边路过,向北去,希望他不要干扰,我们双方将会平安无事。

陈副官走后 15 分钟,当他已抵达方家大院时,李延平命令队伍成一字队形拉大了距离向北前进,准备向富锦县去,但当队伍正在行进的时候,方家大院开枪了,枪是朝天上打的,但明显是警告队伍不得前进。与此同时,陈副官也飞快地跑回来了,向李延平报告说,和这家地主讲不通,连路过也不让。李延平立即命令队伍卧倒待命。他叫来副官长朱鸿恩商量了一下,朱鸿恩认为对待这样的地主不能太客气,如果我们就此向后转,也太丢人了,还会助长他们的反动气焰,他主张打一下。李延平说:"我也主张打,但是对待地主家的院墙,在他已有充分准备的情况下,是不太好打的。"这时警卫连连长也凑上来说:"我们不能就这样罢休,大家都憋着一口气,还是打一下吧!"李延平思考了半天,最后说:"好!打就打吧!"他立即命令队伍散开,曲着身子,沿高粱和玉米地前进。方家大院见势不妙,就不断地向队伍打枪。陈副官也指挥着我们的步枪和轻机枪向地主家的院墙角炮台射击。但是双方都处于视野不良的状态,我方没有良好的地形地物可以利用,火力效果很差。

天很快地黑下来了,枪声稀稀拉拉地响着。月亮又上来了,战士们在高粱地里来来往往,相互间看得比较清楚。由于步机枪的射击没有产生效果,李延平找朱副官长和陈副官再次商量对策。李延平说:"因为我们没有炮,对地主家的土院墙构不成什么威胁,我们也没有手榴弹,看来是无法攻破这道院墙的。"陈副官说:"他侦察了一下,这家地主除了里面一层土院墙外,还有外面的一层用树桩修的院墙,因此是比较难打的,警卫连正在设法向院墙根匍匐前进,想用斧头砍断木桩,首先进入外面一道围墙,尔后再设法在里面的土围墙下面挖洞,也许能够打进去。"李延平说:"现在是地主家已经有了充分的准备,这些办法都难以奏效。"说到这时,李延平看了我一眼说:"彭秘书!你去把警卫连杨连长找来,你顺着高粱地走,别暴露目标。"我说:"好!我这就去。"我走了一段路,看见了警卫连战士,问了一下杨连长在什么地方。他说就在前边院墙跟前。在我继续往前走时。那个战士喊着说:"彭秘书!你不能这样向前走,太暴露目标,你得匍匐前进!"就在这时,我突然觉得右腿被什么东西碰了一下,我弯下了腰摸了摸小腿,摸到绑带上有一块破洞。那位战士赶快上来要我卧倒在地上,他说:"你一定是负伤了。"我说:"我只觉得好像有人对着我的腿打了一拳,还没有觉得痛。"战士说:"刚一负伤是不觉得痛的,一会儿就会痛的。你赶快下去吧!我说:"军长还叫杨连长去呢!我得找到杨连长。"战士说:"这事交给我办好了。你跟我来!"说着,他叫我站起来,曲着身子,沿着高粱地走了几步,尔后告诉我:"你就这样走,不会暴露目标的,赶快找到军长告诉他你负伤了,杨连长一会儿就会去的。"

李延平看见我负了伤,叫我暂时坐在地下休息。一会儿杨连长来了,李延平得知地主家防守得很严密,木桩墙里不断有人向外射击,而且最不利的是墙外面的人看不见里面,墙里面的人看外面却很清楚。我们的人想上去破坏院墙但是无法上去,太暴露。李延平当即下定决心撤退,并且率领队伍利用夜间进入富锦县境,在下半夜到达了富锦县兴隆区的李金围子。一路上李延平让我骑着他的马,而我的伤口开始疼痛起来。到了李金围子之后,才找到了一个土医生,将伤口做了处理。由于当时缺医少药,我的腿部经过两个多月的治疗才好。

尽管第四军攻打方家大院没有成功,但李延平率领第四军的队伍进入富锦县境内的李金围子却是一个正确的决策。紧跟着就将抗日游击活动扩展到兴隆镇的西部炭窑沟、老道沟和孟家烧锅一带,并且和抗日联军独立师(到1937年底改编为第十一军)取得了联系,同时还和几支抗日山林队建立了密切的联系,其中最大的一支是刘振国,还有唐青山、老来好等人所率领的队伍,多数为骑兵。这支队伍是原东北自卫军李杜手下的一支人马,李杜退到苏联境内时他们留在东北境内,长期出没于桦川县的新城和富锦县的别拉音山地区,原本处于孤立无援状态。李延平率队在炭窑沟与他们会面之后,使这支队伍大为振奋,很快地在1936年的年底就接受了第四军的收编。李延平在经过广泛协商之后,将上述几支队伍统一整编为第四军的第四师,并任命刘振国为师长。

从第四军到达李金围子开始,就着手筹建自己的密营。经多方面的调查研究之后,决定将密营建立在大叶子沟里。这里本属宝清县境,但根据山的走向出口是以李金围子和炭窑沟最为方便,实际上是面向富锦县的。

第四军于1936年在宝清和富锦县的活动期间,日伪军曾组织过几次讨伐。那时的讨伐每次出动的敌军兵力都不大,最多的有四五百人,每次出动的时间也不长,约一个星期左右。他们每次出动之前,我们多数能得到情报,采用的对策多半是蹲山头,就是白天都隐蔽在山上,尽量不和敌人交火。好几次都是敌人在山下一里左右的道路上经过,他们都没有发现我们。到了晚上,我们再下山找几个屯子住下休息,第二天拂晓前又去蹲山头。这样经过三四天,敌人找不到目标,也就回去了。也有几次没有得到敌人出动的情报,而是由我们的哨兵发现了敌人的队伍以鸣枪的办法报警后队伍才匆忙抢占山头的。在这样的情况下我们要依靠山顶来阻止敌人的前进之后,再有秩序地撤退,有时也会有些小的伤亡,但多数可以利用山和树林的掩护安全转移。

1937年春节之后,驻宝清县的伪军三十团曾奉命向大叶子沟第四军的密营进攻,敌人沿七星泡、杨荣圈子、李金围子向大叶子沟前进。而这时,李延平正带着队伍在炭窑沟一带活动,密营里只留了30多人。李金围子的百家长李才得知情况后,派人星夜到大叶子沟给第四军报信。在密营里留守的黄玉清主任一面派人去和李延平联系,一面把密营里的重要东西掩埋起来,而后带着全部30多人到距密营10里路的通往山外的通道旁,利用一个山冈来阻击敌人。当敌人于上午9时沿道路向第四军的密营前进时,突然遭到了一阵密集的步枪射击,有十几个人伤亡,同时队形大乱。当过了半个钟头之后,敌人重新调整好了自己的队伍,准备向黄玉清所占据的山头进攻时,黄玉清已经带领自己的队伍安全转移了。这时伪军主张就此罢休,但督战的日本军官坚持要继续向抗日军的密营前进。不得已,伪军三十团只好小心翼翼地沿着道路前进,在中午的时刻到达了密营。但是密营中空无一人,而且没有任何东西可以作为胜利品拿走。一气之下,只有将密营的房子烧掉了。但是实际上他们只烧掉一所房子,再往里面走还有四五所房子,虽说也都空无一人,但他们都没敢再前进了。其原因之一是恐怕停留时间长了遭到意外的袭击,之二是借此已经可以报功说将抗日军的密营全部捣毁了,已完成了“讨伐”任务。

1936年底,李延平口授由我整理给吉东特委的工作报告,主要写了以下内容:第四军在今年春季遭受过一次较大的损失之后,经过两个多月的休整已经恢复了元气,从秋季开始的开辟宝清县新游击区的工作有重大进展,已经在双柳河子和凉水泉子地区站稳了脚跟,并且扩展到富锦县的兴隆地区。在富锦县境内已经和抗联第六军以及独立师取得了联系,并收编了刘振国的队伍,壮大了第四军的队伍。至于原计划要和原第四军第二师(饶河游击队)会晤之事,因得知该师已扩编为抗日联军第七军,并且新的军长陈荣久已到任之故,第四军军部已不必再去饶河和他们会晤。在第三军第四师由宝清去饶河之时,曾委托郝贵林师长给第七军带去一封热情洋溢的祝贺信,以表示我们的支持。

这个报告是用复写办法写的，那时可以买到一种叫"拍纸簿"的信笺式的本子，是一张薄纸配一张厚纸装订起来专供复写用的。写完后，厚纸留作底稿，薄纸作为报告，由专门的交通员负责送走。因为路途较远，交通员又是独自一人行走，为了不使报告遗失又不会被敌人在盘查时搜出，交通员要先把一张张报告捻成纸条，尔后再夹在麻坯中间搓成麻绳，当作乌拉带使用，这样就万无一失了。

十一、1937年三江地区的形势

抗日联军第四军于1936年底，在宝清和富锦两县的部分地区开展游击活动的同时，抗联第六军第一师也将抗日游击活动由汤原县伸展至松花江南岸的桦川县，并且向东到达过富锦县的集贤地区。抗联独立师在师长祁致中的率领下，也由桦川县向富锦县的别拉音山地区出击过。抗联第七军则从饶河虎林两县进入了三江平原最大的一片沼泽地，这片沼泽地东接抚远，北邻同江，西连富锦，南通宝清，在其中有大旗杆、雁窝、长林子等类似岛屿的树林地带，很利于游击队隐蔽。在松花江北岸萝北县和绥滨县活动的抗联第六军二师以及第三军的部队，也不时地渡过松花江向富锦、同江地区进行试探活动。再加上这些地区广大爱国群众的积极支援，很快就使三江地区的依兰、桦川、勃利(含今桦南)、宝清、富锦(含今集贤与友谊)、同江、饶河、虎林和松花江以北的汤原、南岔、鹤立、萝北、绥滨等十几个县境之内的抗日联军许多部队的游击活动连成了一片。

1937年1月，第四军政治部主任黄玉清率领第一团的一个连从勃利县来到了宝清县的大叶子沟第四军军部的密营里。他们的来到使李延平很受鼓舞。第一团在1936年内一直坚持在勃利县的桃山和七台河地区进行游击活动，和那里的广大群众建立了较密切的关系，筹款及征粮工作很有成绩。他们曾向密山县出击，攻破过四人班小镇。冬季又截击过伪军护送的木材运输队,缴获 50 多匹良马,击毙伪军数人,并缴得一批伪军军装。第一团的队伍也有所扩大。七台河地区的一支伪自卫队起义加入了第一团,该队共有三四十人,改编为第一团的第三连。黄玉清所率领的队伍全部为骑兵,其中还有两匹日本种的大洋马,马身上配的不是中国式的木质马鞍,而是日本制的皮鞍子。其余的马都显得很健壮,而且鞍辔整齐。黄玉清和所有的 30 多名战士则全身的黄军装,军用皮帽和军大衣都很整洁。不了解情况的人,很容易误认他们为日伪军。李延平在和黄玉清交谈如何进一步开展宝清和富锦地区的抗日活动时,又重新提起了连接宝清和富锦两县的通道问题,认为杨荣围子实际上是两个县之间的重要通道。杨荣围子目前虽驻有伪自卫团 30 余人,但他们对抗日联军并非主要障碍,而在杨荣围子以东3 里路的老方家地主大院坚决与抗日军为敌的态度,才是问题的关键所在。李延平认为应该在春暖花开之时进一步对老方家发动一次政治攻势;如果不行,就下决心再攻打一次。如果攻下这个地主大院,杨荣围子的伪自卫团说不定会主动投降我们,这样富锦与宝清两县之间就会畅通无阻了。这时,黄玉清提出了一个智取的方案。李延平非常感兴趣地问黄玉清有何妙计。黄玉清说:"和我同来的共有 30 多人,我们为什么不可以冒充日本军闯进方家大院呢?"李延平听到这话,立即将两手一拍,说:"对啊!太好了!那么,你这个老高丽就得充任日本太君了!"黄玉清说:"那没问题!还有几位朝鲜同志,如朴德山、金龙国等,都去打头阵。"李延平说:"我给你选几个对那一片地形最熟悉的中国同志带路。还有,要利用夜晚,是不是? 黄玉清说:"当然,白天我们会露馅的。"李延平说:"那么,我们选在大年三十如何?"黄玉清说:"太好了!"

做出这个决定之后,李延平和黄玉清共同挑选了 40 来名战士,加紧训练,包括对地形的研究、语音的训练等。充当翻译官的人选,李延平看上了陈副官。陈副官只有 25 岁,精明能干,有战斗经验。他是由伪军中起义过来的,日本话还能对付几句,对方家大院周围的地形又很熟悉,只要他能演好这出戏,就十拿九稳了。

我的回顾

离大年初一还不到一个月,李延平决定在这些日子里队伍只出现在富锦县的炭窑沟、老道沟和孟家烧锅一带。至于和宝清县交界的李金围子,则根本不去。因为那里离杨荣围子只有 30 多里。这样可以使杨荣围子很少发现有抗日队伍在自己的附近。但与此同时,李延平派了自己的侦察员住在李金围子,密切注视着杨荣围子方向有无日伪军出动的消息。还派另一名侦察员化装到了宝清县的双柳河子,找到那里的伪自卫团的王队长,口称是托王队长到宝清县办点年货,实际上是想通过他了解有无日伪军出动的消息。

在阴历年的前两三天,侦察员回到了大叶子沟的密营里,报告了最近不可能有日伪军出动的消息。李延平决定按原计划行动。

年三十的上午,黄玉清主任率领着自己的骑兵出发了。李金围子过去是第四军从山里出来的必经之路,这次却偏偏不进李金围子。下午 4 点钟左右,他们在距李金围子尚有 10 多里路的密林里吃过了晚饭,等待天黑之后开始行动。黄玉清和陈副官再一次研究了前进的路线,决定首先绕道至杨荣围子的南边,尔后再转回头向西,装作这支队伍是从宝清县城出来的,并经杨荣围子向西去进山追剿抗日联军的样子。按照上述的设想,他们在天完全黑下来之后才出发,马在没有道路的深雪里慢慢地行走,在距离李金围子三四里路的地方越过了一条冰冻的小河,进入了宝清县境。陈副官一直在前面带路。队伍先从杨荣围子西边七八里路的地方向南行走了一段,尔后又转过来向东走了五六里路,再向北走了一段。当他们估计自己距离杨荣围子只有 2 里路时,就又小心地寻找道路,以便沿着道路直接奔向方家大院。时间已接近晚间 10 点,周围漆黑一片,游击队只能凭着雪的反光摸索前进,没费太大的劲就找到了道路。这时他们才快马加鞭,雪地上发出的沙沙的马蹄声可以在一里地之内被细心的人发现。黄玉清和几个朝鲜同志开始大声说朝鲜话,故意地让方家大院里的人听。同时还有几个战士拿着手电筒四处乱照,这些动作都是平时在游击活动中最禁忌的。在到达方家大院前,陈副官小声告知第二班留在大院的东面,让他们向杨荣围子方向警戒，防止伪自卫队出扰。

就在方家大院门前，几个朝鲜同志大声嚷嚷着，几个战士又用手电筒向大院的门里门外和大门两边的炮台照射了半天，似乎是在寻找什么。这时院里的一家人显然是被惊动起来了，以怀疑的目光注视着墙外的一切，但是什么话都没有说，想侥幸地躲过一场是非。过了一会儿，陈副官开始用马棒敲了敲大门，并大声喊："掌柜的！出来！快点开门！"这时院里一个中年人慢慢走向大门，并对叫门人说："老总！我们也不知道你们是谁？"陈副官说："我们是宝清县城里的皇军，到这里来是追赶一支马胡子，不知你们见没见到这支马胡子？有没有马胡子跑进你们的院子？"院里的人赶快说："报告皇军，马胡子的没有见到，也没有马胡子进过这个院里！"这时黄玉清以愤怒的语言对陈副官用朝鲜话说了半天，陈副官向黄玉清点了一下头，还喊了一声"咳！"就又转过身来对院里的人说："太君的生气了。明明是马胡子从这个方向跑来了，你们怎么说没有看见呢？你们的院子里马胡子大大的，你们通匪的有！"院里的人赶快说："报告翻译官，真的没有马胡子，我不会撒谎的。"陈副官又转过身来对黄玉清叽里呱啦说了一阵。接着又对院里的人说："太君要搜查这个院子，要你赶快开门。"院里的人说："深更半夜的，我们不敢开门。"陈副官更加大声吵嚷说："正因为院里有马胡子，你们才不敢开门！你也不是好人，你死了死了的有！"这时院里人赶快跑了回去，并且很快地跟着一个老头儿出来，老头儿叫那个中年人快开门，接着自己先走出大门，对陈副官说，他们都是良民，还和马胡子打过仗，不会通匪的，并且说请皇军进院搜查吧。

黄玉清不慌不忙地叫队伍进院，陈副官告知连长按预定分工叫战士们占领了4个炮台，同时有一部分战士对院子里确实进行了一次搜查，确信不会有什么埋伏。此后大部分战士留在院里，少数人跟随黄玉清和陈副官进到屋里。坐好之后，黄玉清才叫陈副官告诉方家，说我们不是日本军，是东北抗日联军。这时看见方家的老头子显然地吃了一惊。接着陈副官问老头子，记不记得你家在去年9月间和抗日军打仗的事？老头子说，有此事。陈副官说，你家对中国人民是有罪的，知道吗？老头子说，我们只是怕胡子队进院乱抢，不敢和抗日军作对。陈副官说，当时就是我来的，我反复向你家讲我们是抗日队伍，要求你们合作：你们为什么一口拒绝？而且以后我们并不打算进院，只不过在你的院外一里路远的地方路过，你们还是开了枪，这是为什么？老头子不说话了。黄玉清这时用不太熟练的中国话说："你们应该受到惩罚，你说对吗？"方家老头子无可奈何地说了一声"认罚。"

这次共从方家搜出 8 条步枪，决定全部没收。并告知方家，准备带走他家五个人作为人质，要他们准备好 1 万元赎金，换回人质。

黄玉清认为此地不宜久留，立即告知方家将自家的爬犁准备好，准备拉着 5 名人质随队行走。

在方家只停留了半个钟头，黄玉清率领着自己的队伍出发了。他们快马加鞭，不到一个小时，到了李金围子。在那里休息了三四个钟头，不等第二天天亮，就动身返回密营去了。

对方家地主武装大院的惩处，又一次使宝清县境内的地主们受到震动。他们认为方家大院是宝清县西部面向锅盔山的一扇大门，大院里虽只有八支步枪和几支大抬杆，但要比拥有三四十支步枪的杨荣围子伪自卫团的作用大。地主武装都是父子兵，人心齐。伪自卫团的兵不会像他们那样卖命的。

到了 4 月间，方家大院已成为第四军由富锦去宝清的中转站了，经常要在那个院里吃上一顿饭，再由那里去王福岗和凉水泉子。到了 5 月，杨荣围子的伪自卫团主动撤走了，住到七星泡镇里去了。第四军得知这一情况之后，就进入了杨荣围子。原来伪自卫团的人只留下一个史班长，也成了第四军的办事员，凡是部队托他到七星泡或宝清县城购买东西时，他都能给你办好。

6 月间，抗联第六军第一师的两个团 400 余人，在师长马德山和政治部主任徐光海的率领下来到富锦县的兴隆地区。在和李延平会面之后，共同决定进一步扩大宝清县的游击活动区域。接着就调动了第四军的第四师、第二师的第五团(即李天柱部队,也称自来好队)和第三师的第七团,于李金围子和杨荣围子一带集结。在一个白天的上午 10 时左右,一支约有 800 多人的队伍浩浩荡荡地进入了七星泡附近的小门程家到穷棒子岗一带的许多屯子。小门程家是当地一家比较大的地主,但是他们带头在家门口挂上了长幅红布,以表示欢迎抗日联军进驻。这样,周围的家家户户都仿效着挂起了红布。在以后的几天里,这支队伍又进入了凉水泉子和双柳河子一带过去未曾进驻过的大部分屯子,并立即着手征粮、征款和征用马匹工作。仅第四军的队伍就在这一带补充了良马 100 多匹,还征收了民间私藏的几十支杂式步枪,青年农民参军者也相当踊跃。

到了 7 月,第五军第二师根据第二路军总指挥周保中的指示,为了打通东满(牡丹江地区)和北满之间的交通联络,经过宁安、林口、刁翎、勃利几个县,最后到达了宝清县境,和第四军会面了。接着第四军的队伍又和第五军第二师共同进入了宝清县的第四区,即青山地区。这个区处于平原地带,但是有一座不大的小山,叫青山。只有一条公路通宝清县城和七星河镇,我们的队伍是无法沿这条路进入该区的。除此之外,不止无路可走,还有难以通行的沼泽地。从双柳河子到青山区的中间就有一条约二三里宽的称之为蛤蟆塘的地带,人一踏入这个区域就会陷入红锈的烂泥中,再也挣扎不出来。但是在我们细致的侦察中,有些爱国的群众告知我们,在蛤蟆塘中有一条可以通过的路,只要在行走时不偏离它,是可以勉强通过的。有的还愿意为我们做向导。这样,第四军军部和第五军第二师就在李延平和师长王光宇的共同率领下,利用白天越过蛤蟆塘进入了青山区,并且受到当地人民热烈的欢迎。百家长还杀了几口猪送给部队表示慰问。安排好宿营地之后,五军第二师参谋长王效明通知四、五两军的连长和团长到青山上看地形。他带着大家在这个小山上转了一圈之后,在一块干净的山坡上坐了下来,对大家说:"我们的住地是一片平原,不利于游击活动。但也可以看到一些有利条件。因为这里只有一条道路通向宝清城,只要看住这条通道,能尽早发现敌人的行动,就便于我们组织战斗。还有,这座小山是可以利用抗击敌人的,我一会儿要划分一下每个连的防守阵地,一有敌情,就不必等待命令而占领自己的阵地,尔后根据情况抗击敌人。如果在白天利用青纱帐有可能撤退时,可根据我的命令有次序地撤退。如果白天不利于撤退时,就利用黄昏后撤退。还有,我们要防止敌人拂晓攻击。因此我指定第五团派出一个班明日凌晨3时左右前来搜山,在确信青山上没有敌情之后继续守候到5时,待正式岗哨到达后可撤回。如果在搜山之时发现了敌情,应立即向敌人开枪,为的是向司令部报告敌情,这样便于利用拂晓前组织部队安全撤退,撤退的方向是双柳河子。"

在王效明同志严密的安排下,部队住在青山区是颇有安全感的。在7、8、9三个月中,我们曾多次进入这个地区,完成了抗日救国的宣传和扩大新兵的任务,征粮和筹款也有较好的成绩。到9月间这个地方的杨区长也参加了第四军,在军部担任了副官。

与这同时,富锦县境内的第六军第一师和由独立师改编的抗联第十一军,加上第四军的第四师活跃在柳大林子和别拉音山地区,有时部队还驻在离富锦县城只有十几里路的上街基镇。而抗联第七军则经常进出于富锦县东部二龙山和东南部的头道林子等地。第七军与此同时还向宝清县城东部的义顺号地区积极开展活动。这样,富锦和宝清两个县城的四周都成了抗日游击区了。

根据当时抗日联军各部相互通报的情况得知,三江地区其他县境大体也是这样:方正、依兰、勃利、桦川、刁翎等县是抗联第八军和第九军活动的地方,离县城十里以外抗联部队都能很容易地到达。在1937年的冬季,在我担任第四军第二师四团政委之后,曾经带领第四团随第一师师长张相武到勃利县活动,那里的部队行动方式颇为奇特。部队所住的地方离山比较远,有时离县城只有20里路。所住的屯子看起来都比较富有,地主家的大院较多,都有土围墙,而且四角都有炮台。这里已经没有地主大院抗拒抗日部队进驻的事情了。部队白天住在一个屯子里,都是隐蔽在地主大院里,除了在炮台上设上岗哨外,其他人都在屋子里学文化、学政治、学唱歌。从屯子外面根本看不出屯子里住有抗日部队的迹象。一到夜间,部队就要转移到另外一些屯子。同样的,天亮之后又以同样的方式隐蔽起来。我们在勃利县活动了两个多月,只有一次是在敌人出扰时,被迫在白天转移的。这种现象很难找出令人信服的解释。是日本人没有发现有这样一支四五百人的抗日队伍吗?是日本人没有力量进行"讨伐"吗?不像是这样。或者可以解释为抗日部队和人民群众包括地主阶层的关系很好,似乎是打成一片了,群众性的掩护可以遮蔽住日本人的耳目了?也不像。因为当时我们党的抗日部队,对人民群众的宣传和组织工作并不是做得很好,在那里还不存在一个严密的抗日救国的群众性的团体组织。这样的特殊情况只是到了以后,当发生了第四军第一团团长满景堂的投降阴谋被我们揭露并处理之后,紧接着就引起了日本人疯狂的冬季"讨伐",这才使我们认识到日本人在此之前,实际上是装聋作哑,是对抗日部队设下了诱饵并且撒下了大网,不到一定时机他们是不会拉紧网绳的。关于满景堂的情况在后面再去详述。

1937年,抗日联军在三江地区开创了一个抗日救国斗争的大好形势,抗日游击区是空前扩大了,松花江下游南北两岸共有十四五个县几乎可以连成一片了。而且这一地区的所有抗日队伍都已统一整编在抗日联军的序列之内。各军之间相互联系是紧密的。在这一地区活动的有第三军、第四军、第五军、第六军、第七军、第八军、第九军和第十一军所属的队伍。也就是说,除了第一军第二军和第十军之外,其他各军之间都可以沟通联络、互通情报和加强配合活动。据概略估计,仅在三江地区的抗日部队可达两万人。

在1937年之内,三江地区的战斗行动也相当频繁。较大规模的有在3月间由抗联第五军军长周保中同志统一指挥的第三军、四军、五军、八军、九军各一部共760人参加的,以一部分攻打依兰县城,而另一部分在新卡伦地区伏击援军的战斗。在这次战斗中共毙伤俘敌人

250 余人,缴获 130 支步枪和 7 挺轻机枪、3 门迫击炮。5 月,第六军夜袭汤原县城成功,夺得步枪 62 支、轻机枪 5 挺和迫击炮 3 门。

除了这两次较大规模的战斗外,还有:1 月间第四军第一团攻打勃利县保安屯自卫团,缴得步枪 19 支,尔后该团又在勃利县青龙山与日军发生激战,毙伤日军 9 人。2 月间,第四军第五团袭击了富锦县石虎山自卫团,缴获步枪 31 支和手枪 2 支。第八军在一、二两个月之中,先在方正县袭击了第四区自卫团,后又在勃利县袭击第四区警察署、齐家窝堡的自卫团和杏树沟的自卫团。3 月间,抗联独立师在集贤区的腰屯与伪军"讨伐"队激战 3 小时,给敌人以重大杀伤。4 月间,抗联第七军袭击了富锦县西林子警察署,毙敌 20 余人,缴步枪 20 余支,第九军在刁翎县小盘道伏击日军运输队,缴获轻机枪 2 挺、小炮 1 门和手枪 20 支,抗联独立师在桦川县悦来镇地区的拉拉屯与日伪军激战 6 小时,予敌重创后转移,尔后又夜袭悦来镇,从而打乱了敌人的出扰计划,抗联第八军在桦川县袭击了黑背金矿警察队。5 月,抗联第五军第一师在依兰县土龙山截击敌人运输队,夺取大量物资并毙俘敌人 25 名;抗联第七军在富锦县攻入二龙山,经 6 小时的激战,毙敌 50 余人,尔后又在二道林子与伪军数百人遭遇,战斗中毙伤敌 150 余人。6 月,独立师在富锦县策动头道林子伪警察署署长李景荫起义成功,收缴了那里的警察署和自卫队的全部武装。7 月,独立师在富锦第二区袭击驻守在教堂之内的伪自卫团,毙伤敌 40 余名,并缴获了全部枪支,随后,富锦县的三区、五区和七区驻守的自卫团,为了免遭抗日军的打击,纷纷逃离原驻地。在这个月内,第四军第二师还在大白天之内攻打集贤区的国强街基,而且成功地突入了镇内并占领了大片街区,给敌人以重大打击,但与此同时,师长李天柱同志在战斗中壮烈牺牲。8 月,第五军军长周保中同志率警卫旅,在依兰县的来才河十大户与日伪军"讨伐"队激战一整天,毙伤敌人 20 余名,并粉碎了敌人的讨伐计划;在此一个星期之后,日军黑石部队再次由依兰县城出扰,周保中军长指挥了五军警卫旅、第八军第三师以及独立师各一部的联合部队共

400 余人,在五道岗设伏,在 5 小时的战斗中共击毙伪军 300 余人,伤 50 余人,夺取轻机枪 10 挺、马枪 220 支;在这一时期,第四军军部、第三师、第五军第二师和第六军第一师互相配合,活动于宝清县和富锦县的大孤山、小青山和二道山子等地,和宝清县出扰的敌人作战多次,破坏了敌人的"讨伐"计划,抗联独立师此时也袭击了富锦县第七区警察署,尔后又进入同江县的五顶山,攻打了该地伪自卫团,解除了 37 名敌人的武装,还袭击了富锦县第三区的自卫团和宝清县凉水泉子警察署,独立师和第一旅在桦川县的孟家岗长砬子袭击了护送黄金的运输队,击毙伪军十余人,缴黄金数百两;第三军第四师此时在勃利县青龙山和小五站一带活动时,被敌人包围,经奋战之后,突出了包围圈,但是郝贵林师长却英勇牺牲;此后,陆希田继任了师长,继续坚持在该地区活动,曾将该区的 40 余名警察缴了械。10 月之后,冬季来临,战斗次数并未减少,第四军副军长王光宇同志率四军、五军各一部在宝清县活动时,曾被敌人包围,在激战中毙伤日军 40 余人,尔后突围安全转移,到了 12 月,王光宇又率第四军在桦川县袭击了聚宝山警察署,缴获 30 余支步枪和 1 挺轻机枪,与此同时,由警卫旅改编的第五军第三师与第七军的骑兵部队相配合,袭击了宝清县的七星河镇,歼伪军一个连,缴获步枪 200 余支和轻重机枪 5 挺,第三军第四师的一部在金策政委的领导下,与第六军第一师共同组成了一支联合部队,由宝清县出发,远距离挺进至饶河县,尔后又会同第七军进入抚远县境,袭击了乌苏里江沿岸的国富镇的蒿通镇,第三军的第五师还在依兰县的肖家屯发生过激战,该军第九师在汤原县多次与日伪军的战斗中,共缴获步枪百余支、轻重机枪 6 挺、小炮 1 门,并击毙日伪军 80 余名,俘敌百余名;在同江与绥滨两县活动的第六军部队,曾解除了绥滨县第五区的伪警察署和自卫团的武装,缴获步枪 40 余支;第六军一部还在富锦县和第十一军(由原独立师改编)配合活动,在别拉音山袭击了伪第四军管区教导队,击毙日教官 1 人,俘伪军百余人,缴获步枪百余支和轻机枪 2 挺。

在发动农民群众参加斗争中,汤原县委做得最好。在"七七"事变之后,经过一段时间的充分准备,于9月18日暴发了规模较大的农民暴动,参加者千余人,他们手持大刀、长矛和土枪洋炮,首先在宝山举行集会,尔后游行示威,并兵分两路,一路沿汤原至佳木斯的公路行动,破坏了3座公路桥梁,砍断电线杆30余根,另一路沿汤原至鹤岗的公路行动,破坏了两座公路桥和一座铁路桥,砍断20余根电线杆子。这次行动颇使日本军惊慌。

伪满军的动摇也是1937年中的一个突出问题,"七七"事变之后,首先是宁安县三道河子伪森林警察队大队长李文彬率所部150人在7月13日起义,加入了抗联第五军,8月18日,驻依兰县的伪军38团机关枪连100余人,携带自己的全副武装起义,参加了抗联第六军,9月10日,驻牡丹江东小河沿地区的伪军二十九团起义,参加了抗联第八军。此外,驻三江地区的伪二十二团、二十四团、二十六团、三十团、三十五团和学兵教导队都处于动摇状态之中,成为日本人的重大隐患。

由于抗日联军各军在1936年至1937年期间的积极活动,在松花江下游,也就是三江地区创造了一个极为有利的抗日斗争形势,特别是在7月全国抗战开始之后,伪满军的动摇,人民群众的积极支援抗日斗争,都是前几年所不曾出现过的。但是,好景不长,1938年形势出人意料地发生了逆转。

十二、1937年第四军的几件事情

除了上面所说的军事形势变化之外,第四军在这一年中还有一些重要变化,这些事对于第四军的发展和演变是有重大影响的。

该年4月,抗联第六军的部队来到了富锦县集贤区的夹信子镇,军政治部主任李兆麟(那时他用的名字是张寿篯)随队同来。李延平得知此事后,和黄玉清主任商量,认为应当和李兆麟会见一次,并向他提出要求抗联第三军将四军的第二团归还的问题。黄玉清说:"应该去认真地谈一次，我们的第二团是第四军的主力团，是从密山的抗日游击队发展起来的，团内有坚强的共产党的组织。但是，从1935年起，就被第三军借口要帮助他发展壮大而一直让他们跟随着第三军一块活动，这实际上是对第四军的削弱。李延禄军长曾多次向赵尚志军长提出过这个问题，要他把第二团交还第四军。但赵尚志只是口头上答应要交还，实际上是百般拖延。因此，我的意见是要通过李兆麟向北满省委提出意见，要北满省委做出决定将第二团交还第四军。"

接着，李延平和黄玉清率领警卫连由兴隆区的老道沟出发，前往夹信子镇。一路上没有什么敌情，大家快马加鞭在上午10时左右进入了夹信子。夹信子虽是个不太大的镇子，但也有10来家商店，抗联第六军的部队住在那里，并没有引起镇内居民的不安，他们在商店买东西，按市价付款。李兆麟住在一家商店旁边，商店对面的铁匠炉，正在忙着为部队的马匹挂马掌。

李兆麟身材魁梧、相貌端正，对同志热情诚恳，非常健谈，对李延平和黄玉清的到来，表示了热烈的欢迎。他首先表示了对第四军的感激之情，说第四军为开辟宝清与富锦两县的抗日游击区做出了贡献。这不多的几句话确实是抓住了李延平和黄玉清的心理，使他们得到一些安慰。不过黄玉清接着说："第四军本应该做出更多的成绩，但是，正如大家所知道的，我们的部队还是一支较弱的抗日力量，和老大哥的第三军、第五军和第六军相比要差一些；和第一军、第二军相比，就更不必说了。第四军之所以较弱，有其主观上的原因，就是领导能力不强，但也有其客观上的原因，就是不仅没有得到兄弟部队应有的帮助，反倒是受到了某些兄弟部队的削弱。具体例子之一是1935年，我们的第三团苏衍仁的部队被第三军军长缴了械，团长被处死。李延禄同志曾为此事几次和赵尚志同志谈判均无结果。这件事不只是对第四军有不良的影响，对于在东北境内抗日统一战线的形成也是颇为不利的。我们的第三团虽说不是共产党创建的队伍，但是接受了党的领导，抗日还是坚定的。第三团被第三军缴了枪之后，曾有一度使其他抗日山林队对我们共产党产生惧怕心理,敬而远之。这样的情况显然不利于我们要把一切抗日武装力量团结在自己周围的愿望。多亏在1935年底,我们见到了中央驻莫斯科代表团所发出的'六三'指示信,在那封信中要求进一步扩大抗日统一战线,进一步把非党的抗日武装团结在我党的周围。应该说从1936年春到现在,原有的那种'左'的做法逐步被纠正过来了,使抗日部队有了明显的发展和壮大。因之,赵尚志军长应该有个明确的认识,这就是,对第四军第三团的处理是错误的。"

李兆麟显然很同意黄玉清的论点,在黄玉清的慷慨陈词中,他一直带着微笑静静地倾听着,没有任何要插话的表示,只有一次替黄玉清的茶碗里加了一点白开水,并劝黄玉清喝点水。当黄玉清说完第一个问题之后,李兆麟请他继续说下去。

"第二个具体例子是",黄玉清接着说:"四军的第二团是我们的一支最好的部队。但是,已有近两年的时间被控制在第三军的手中,赵尚志军长一直不愿意把他交还第四军,这不明显地是在削弱第四军吗?"

说到这里,李兆麟说:"第四军第二团确实是一支较强的队伍,在1936年的冬季曾随同第三军第一师在李熙山的率领下向嫩江平原远征,曾打到过铁骊、海伦等县境内,并在那里开辟了抗日游击根据地,打过许多次硬仗,贡献很大。"

黄玉清说:"是的,第二团是一支能谲善战的队伍。正是因为这样,第二团长期地脱离了第四军军部,怎么会对第四军的发展壮大不产生影响呢?

"这个情况是",李兆麟解释说:"据我的了解,是这样形成的。李延禄军长在1935年率队去勃利县活动,四军第二团单独留在方正一带,在敌人'讨伐'时,一度处于孤立困难的境地。当他们遇见第三军的部队后,很自然地愿意和第三军一起活动以改变处境。当时我还在第三军担任政治部主任,对这一情况是知道一些的。"

这时,一直没有说话的李延平同志插话了,他说:"兆麟同志这些话都是对的,但是从那以后第三军一直控制着第二团,还对第二团的干部做了工作,说第四军的领导力量薄弱,跟着第四军军部活动不能使部队发展壮大。这样就使第二团的领导对军部缺乏信心。赵尚志还派第三军的干部去替换下了第二团原有的干部。这样一来,第二团的干部就很少有人主动提出回到第四军来。这不是第二团的问题,而是第三军的不正确做法所造成的。"

李兆麟说:"延平同志的意见我完全理解。第二团的情况有各方的原因。不过,不管怎么说,第二团回到第四军来是完全应当的。我作为北满省委负责人之一,我将会在省委会内提出我的意见,支持尽快地将第二团调回第四军来。"

李延平和黄玉清两人对李兆麟这样明确而又果断的表态感激不尽。他们之间继续交谈了许多有关如何开展松花江下游抗日游击活动的问题,吃过中午饭之后分手。

从那次交谈之后,又过了半年时间,四军第二团归回了第四军,由张相武团长率领着由依兰县来到了富锦县兴隆区的李金围子。李延平和黄玉清为此举行了热烈的欢迎大会。

第二团回归的最后决定,是在那年7月吉东省委和北满省委的联席会议上做出的。这件事在那次会议上是个附带的议题。那次会议是由周保中同志代表吉东省委参加的,北满省委的领导同志冯仲云、赵尚志和李兆麟都参加了。会议上解决了两个省委近两年来积累起来的诸多急需解决的问题。对于力量薄弱的第四军应采取多支持、多帮助的态度,也是会议的主要精神之一。会议之后,赵尚志即下令将第四军第二团交还第四军。第二团随即由方正县来到刁翎县第五军驻地,经周保中的决定又调整了第二团的干部,将原来在二团当过排长以后又到五军担任连指导员的张相武调去担任团长,又将原来在第二团担任连长的马国臣升任团政治委员,原第二团的领导成员调回第三军原部。在这之后,四军第二团才随同第五军的第二师返回富锦。

第二件事情是第二师师长李天柱牺牲之后队伍逐步溃散。这个第二师是在原来的第二师扩编为第七军之后重新建立的,以原来的第五团为基础,再加上新收编的李鹏飞的队伍等组建起来的。原五团团长李天柱升任师长,李鹏飞任参谋长。在那年8月间,李天柱攻打国强街基牺牲之后,队伍失去了核心。李鹏飞有负众望,内部因争权而矛盾百出,队伍很快出现涣散状态。不久,李天柱的爱人也不明不白地死去,很可能是为了争夺遗物而被害。(她的尸体也被埋在李天柱尸体的旁边,这个坟墓现在还保留在集贤县升昌镇)。李延平曾派人到第二师去了解情况,并设法重建领导班子。但他们都抱着不合作态度,工作无法开展。到了12月,军部又听说李鹏飞异常动摇,认为需要再次派人去做李鹏飞的工作。李延平找到了我,说想派我去李鹏飞的密营里走一趟,向李鹏飞晓以抗日救国大义,千万要将队伍巩固住,防止散伙,也要防止有人投降日本人。我对这一工作感到信心不大,认为李天柱的队伍过去也只是有一些朴素的爱国思想,谈不上有更多的政治觉悟,更不会有什么远大理想,因之,当环境恶化时,是很难树立坚强革命斗争信念的。李延平说,无论如何,我们有责任对他们进行教育,尽一切力量要把队伍稳定下来。我说,对的,我准备走一趟。李延平说,你带第三连一块去吧,在这样的情况下,也应该防止发生意外变故,要提高警惕。我说,这些队伍都是由绿林里出来的,可能是禀性难移的,不过,我们无心伤害他们,估计他们也不至于想要伤害我们。

和我同去的第三连是信得过的,连长王庆云和指导员曹曙焰都是军部警卫连的老人,共产党员。出发前我曾和他们二人仔细研究了情况,估计了一下可能会出现什么问题。他们二人倒蛮有把握,说你放心吧!有我们给你保驾。

我们走了5个小时,于傍晚到达了设在集贤南边深山里李鹏飞的密营。天气很冷,可达零下40摄氏度。马匹在积雪较厚的道路上行走,特别吃力,马身上铺满了一层白霜。我们在李鹏飞的密营外面还颇费了一番周折,他们的岗哨不轻易放我们进去。先是让王连长一个人进去,我们等了好半天李鹏飞才陪着王连长出来表示欢迎我们进去。那时李鹏飞的队伍也只剩下40多人了,我们来的人和他差不多一样多。

他把木板铺的一半让给我们住,睡不下,就在地下再铺上厚厚的一层草,可以睡好多的人。

在我和李鹏飞的谈话中,李鹏飞一直说现在的队伍很难活动得开,说自从李天柱牺牲之后,队伍走的走,散的散,除了他自己这40来个人的原班人马外,第二师的其他队伍都不听调遣了,向人民群众征粮筹款也费劲了,他有什么办法呢?我说,不要紧嘛!你筹款征粮有困难,还可以找军部嘛!军部可以供给你的。李鹏飞说,我倒是信任军部的,但是我的弟兄们有人就不愿跟军部在一起,怕行动不自由,他们都散漫惯了呀!我说,军部也不准备限制他们的自由,咱们得首先解决穿衣吃饭问题呀!李鹏飞说,都怪他没能耐,他曾和弟兄们商量,他把队伍交给军部好了,自己可以走。我说,那可不好,队伍还是由你来带,你走了,别人不会带好这支队伍的,咱们先解决困难问题吧。李鹏飞说,有困难他也不该向军部伸手呀!

根据我和李鹏飞谈话的结果,我认为李鹏飞所谈的困难是实情,我就依照李延平事先的交代,拿出了带来的500元钱,对李鹏飞说是李军长给的,先解决一下眼前的困难,以后你有什么困难还可以提出。李鹏飞没有推辞地收下了,并表示了感激之情。之后我们之间又谈了一段时间就休息了。王庆云连长和曹曙焰指导员睡在我的两边。他们两个人在整个夜里实际上没有睡多少觉,他们商量好了要轮流值勤,谁值勤谁就坐着,怀里的手枪是随时可以开火的。那时所有的密营里的规矩都是点长明灯的,因此很容易察觉对面炕上有什么动静。不过,那一夜还是平平安安地度过了。第二天吃完早饭之后,我和第三连就动身返回军部。分手时李鹏飞一再对我说要军长放心,说他一定要把队伍带好。

不过,我们这次的工作只是暂时稳定了一下李鹏飞的队伍。到了1938年的1、2月间,日本人在三江地区部署了重兵,并开始了长期的"讨伐"行动。在这样的情况下,李鹏飞又进一步动摇了,而且准备投降日本人。这时,军部才下决心将李鹏飞的队伍遣散,将枪支收回,李鹏飞被处死。

　　至此,原第二师的第五团实际上已不存在了。第四团团长刘久贤虽说也是李天柱(自来好)老班底的人,是自来好的最小的一个拜把子弟兄,人称小老疙瘩,非共产党员,但是在"自来好"的队伍相继瓦解溃散之时,表现尚好。他所带领的 30 多人编成一个连,一直和第四团的另外两个连(都是共产党员担任连长和指导员)配合活动得很好。刘久贤对我这个政委也相当尊重。只是到了 1938 年的 2 月,他因病离队,才由原第二团政委马国臣改任第四团团长。以后第四团除了将第三连留在富锦、宝清地区留守处外,其余两个连都在 5 月间随远征队伍西去了。

　　第二师的第六团在 1937 年一直在勃利县境活动,原来的团长孙成仁(海乐子)在 1936 年的一次战斗中牺牲,由阎福接替了团长,队伍没有再发展,一直保持有三四十人,1938 年 5 月随军部西征了。

　　第二师在 1937 年秋之后的变化大体上就是这样。

　　第三件事是有关第四师的变化。第四师原来有两个团,九团团长是丛海山,十团团长是唐青山。这个队伍是原自卫军李杜的残部。在接受第四军收编之后,李延平派了朝鲜同志朴德山去担任政治部主任,并派出曹曙焰去担任青年科长,想逐步在第四师建立共产党的组织。朴德山和曹曙焰两位同志和队伍里的年轻人相处得很好。但是师长刘振国并没有在开展工作方面给他们提供便利,相反倒存有不少戒心。第九团团长丛海山则更是把朴德山当仇人看待,他经常对刘振国说要防止第四军军部缴第四师的械。在 1937 年的 9 月间,丛海山将第九团带走并宣布脱离第四军,尔后又给刘振国送信说他把队伍拉走是为了给刘振国保存力量,不然就会全部被军部缴械。刘振国就借此宣布他为了稳定部队,必须请朴德山立即离开第四师。朴德山同志无奈只好回到军部。几天之后,刘振国又告知曹曙焰,请他也离开第四师,不然的话,人身安全无法保证。曹曙焰也被迫离开。

　　第十团团长唐青山是个只有 25 岁左右的人,他是从伪军驻集贤镇的三十八团中起义出来的,是一个很有爱国之心的精明能干的小伙子。1937年的10月,他的队伍和老来好的队伍一同活动,两人之间闹了矛盾,在一次争吵中老来好动枪将唐青山打死了,以后队伍统归老来好指挥,老来好也自称是第十团团长。12月,老来好和富锦县的日本特务机关长横田取得了联系,准备到富锦县投降。李延平得知此事之后,认为已无法挽救,只好听之任之。但是没有料到在1938年1月,老来好突然带领着100多人的骑兵队伍进了大叶子沟,直奔军部密营。当李延平得到哨所的报告后,立即和有关领导研究了这一情况,认为这是"夜猫子进宅,无事不来",肯定其中有阴谋,必须当机立断,根绝此患。经过简单的安排之后,通知老来好可率队来会见军长。当他的队伍来到密营前的操场时,被告知队伍暂在操场休息,只请老来好进屋里会见军长。当老来好进屋后,立即被逮捕起来,他的队伍也同时被缴械。在询问老来好为了何事前来军部时,他说是为了向军长汇报工作。问他为什么要投降日本人时,他说并没有投降,反倒是他利用了日本人,说富锦县日本人替他办了不少事,购买了许多军用物资,他还说这样的事别人都办不到,只有他办到了。问他为什么打死十团团长唐青山时,他支吾其词,说唐青山如何如何不好。问他谁授予他的权力处理唐青山时,他说唐青山的队伍本属于他的人马,用不着别人授权。李延平在和老来好谈了一段话之后,认为应该快刀斩乱麻了,不必再和他纠缠具体事情了。便向他宣布他的罪状:一是他要投降日本人,背叛了祖国;二是土匪的恶习未改,为了夺权而野蛮地杀死了唐青山,因之要对他处以死刑,立即执行。

这样,第四师的队伍实际上到1937年底也已经不存在了。在此之前,师长刘振国在赶走了军部派去的朴德山和曹曙焰两个同志之后,他自己也很快单独地离开了队伍,不知去向。到了若干年之后,才听说他是为了养病而离开队伍的。但在日本人围剿之际,他在地方上也无处存身,就又跑到了抗联第六军,并在1938年2月随戴鸿宾的队伍进入苏联境内,尔后又经苏联遣返至新疆,现在仍在伊犁地区。

第四件事情是有关第一师的变化。由于第二团长期随第三军活动，因之第一师师部一直没有建立起来，只是由军长兼任第一师师长。到了1937年10月，第二团回到第四军之后，立即改由第二团团长张相武同志担任师长，并由军政治部主任黄玉清兼任第一师政治部主任。师部组成后立即奉命前去勃利，首先是要处理第一团的问题。因为根据勃利县委的报告，第一团团长满景堂不仅斗志不高，而且有腐化表现。满景堂的颓废情绪已对第一团的其他干部产生不良影响，一团必须整顿。随同张相武师长和黄玉清主任前往勃利的，除了第二团之外，还有第二师的第四团，也就是刘久贤和我所率领的那个团。

第一团满景堂的情况比我们预想的要严重。黄玉清通过勃利县委的进一步了解，并和一团政委李福同志几次交谈之后，认为满景堂团长的错误有以下几点：一是吸毒，抽大烟；二是经常脱离队伍，私自住在一家地主大院内，而且和这家地主的女儿关系不清；三是满景堂已经通过那家地主和日本人取得了联系，准备在适当时机率队投降；四是还进一步弄清了一团第三连的梁连长也是积极活动要满景堂投降的，梁连长原来是罗圈河保安屯的自卫团长，于1936年冬率自卫团投奔抗日联军的。

当基本弄清了这些情况后，张相武和黄玉清决定立即逮捕满景堂和梁连长二人，经审讯后处决了。对第一团的其他干部和三个连的战士黄玉清认为应继续予以信任，因为他们在揭发满景堂的错误方面所持的态度是积极的，第一团的党组织依然是纯洁的。因之对第一团的干部只是做了调整，由原政委李福改任团长，并且决定第一团随师部返回宝清。

我前面谈到1937年冬在勃利县抗日游击活动的特殊情况时，曾写了那里的抗日队伍经常住在勃利城10里以外的一些村庄而并未引起敌人的出扰。在那样冰天雪地而又多处于平原地区的情况下，游击队是缺少隐蔽条件的，因之也是非常便利于日本军"讨伐"的。但当时竟有一两个月时间没有发生重大的战斗。这就可以说明在此之前日本人确曾想制造一个有利于诱降的环境,而当诱降计划破产之后才被迫采取军事行动以图给抗日部队以重大打击。只有这样才能解释那时的这种奇特现象。无论如何,李延平、黄玉清和张相武等领导同志正确而果断的措施,终于保住了四军第一团的部队,而这个部队在1938年的西征中也一直是英勇不屈地和敌人搏斗着。

满景堂事件是四军第一师发展过程中的一个插曲,没有产生太大的影响。第一师的三团在该团团长吴明月于1937年8月牺牲后,队伍一直随第一团活动,在1938年初仍保持有30余人,仍不失为一支有坚强斗志的队伍。

第五件事是罗英被处决。罗英在1935年之前曾是第四军的反日会长,共产党员。在1935年6月,原第四军政治部主任何忠国同志在勃利县境内与日军作战中牺牲之后,罗英代理了政治部主任。到了1936年2月,罗英去牡丹江向吉东特委机关汇报工作并在那时被捕,之后吉东特委机关很快遭到破坏,组织部长孟泾清被捕遇害。但是罗英于1936年秋又突然出现在饶河县,找到了四军第二师,自称是四军政治部主任,在牡丹江被捕后又逃出。第二师当时正在改编为第七军,领导人对罗英的情况不了解,只好暂时将他收留下来,并转告了第四军军部,以后又根据李延平的要求将罗英转送回第四军军部。李延平因对罗英被捕后的具体情况不了解,虽说是并不信任但又不好随便处理,只分配罗英做一些临时性工作,一边进行观察。罗英在第四军大叶子沟密营里管理被服工作中,经常和别人议论干部,贬低这个,抬高那个。黄玉清主任听到这些汇报之后非常反感,并增加了对罗英的怀疑。以后四军军部将罗英的情况又通过第五军第二师转达给周保中同志。在1937年秋吉东省委正式成立之后,就通知第四军将罗英逮捕。根据吉东省委所掌握的确切情况,罗英有叛变行为,而且并非从敌人手中脱逃,显系由日本人派回充作内奸的。因之根据吉东省委的决定由第四军执行将罗英处决。

第六件事是吉东省委对第四军之整顿。在1937年,收编的第四师公然将军部派去的政工干部赶走,第二师在师长英勇牺牲之后逐步瓦解,第一师一团团长共产党员满景堂的腐化变质等,都说明了第四军存在一个危机,长此下去是不堪设想的。李延平对此深感忧虑,经常自责地说,都怪自己无能,把队伍带成这个样子,很对不起党,希望领导上另派一位军长来。每当他向黄玉清主任谈及此事时,黄玉清总是给他以支持和鼓励,肯定他对第四军的建设是做出了贡献的,一年多当中队伍还是有发展的,在开辟宝清和富锦游击区方面是有成绩的,在执行党的反日统一战线政策上是坚定的,对于非党的抗日部队一贯采取团结和教育的方针,这些都是正确的。但是,黄玉清也指出了第四军的战斗力没有得到应有的提高,干部的培训工作也没有跟上去,因之我们的队伍很不适应当前形势发展的需要。在说到这里时,黄玉清接着说,第五军和第六军的同志们几次表示希望第四军军部能在富锦和宝清地区形成一个实际上的指挥中心,以使在这一地区活动的所有抗日部队的军事活动更加协调一致。六军一师和五军二师都是愿意这样做的。第八军和独立师的部队虽说没有这样的表示,但是他们对于有一个统一的协调机构是不会反对的。黄玉清继续说,但是每当第五军和第六军有此表示时,都被你李延平推辞掉了。这固然可以说是你应有的谦逊态度,但这毕竟是党的事业呀!也是斗争形势的需要呀!不敢勇于承担重任也不好吧!说到这里,李延平诚恳地说:"说真心话,我是缺少这样的才干呀!如果老军长李延禄不走,他肯定是可以胜任的。别看我在莫斯科学习了两年,但是由于我的文化基础太低,在政治和军事两个方面都没有提高多少。我已经向吉东省委提出了,要他们派更强一点的领导干部到四军来工作。"

李延平的上述表白并没有虚伪的成分,他的确是已经将第四军存在的诸多问题向吉东省委写了报告并请求加强领导。1937年9月,吉东省委常委在依兰县四道河子开会时,决定成立东北抗日联军第二路军总指挥部,并推举周保中为总指挥。同时委托周保中同志负责整顿第四军。周保中同志认为在整顿第四军的步骤上第一步应该是加强第四军。他在这方面做了两件事：一是经过和北满省委协商把四军第二团归还，二是加强了干部，调五军第二师师长王光宇同志到第四军任副军长，并调五军第一师参谋长王毓峰同志到第四军任第二师师长，同时又派勃利县委书记鲍林同志常驻第四军，负责帮助第四军整顿党的组织和开展政治教育工作。其次是重新整编队伍，由于刘振国的队伍实际上已经瓦解，故而撤销第四师番号，至于第二师，由于第五团也处于瓦解状态，故决定第二师由第四团、第六团和第七团几个部队组成，原打算由宫显庭任师长，但当时宫显庭斗志不高，长期躲在山沟里不愿出来，故而决定由五军调来王毓峰任第二师师长，曲成山仍任政治部主任。整编后的第四军只有两个师了。第一师在整顿中部队没有什么变化，但是对第一团团长满景堂的处理是第四军整顿工作的一个重要内容。从上述的几件事综合来看，1937年内第四军内部的危机是接连不断的，如果没有吉东省委的支持和帮助，情况有可能进一步向坏的方向转化。不过，有一点是应该肯定的，不管形势怎么不好，长期在共产党领导下的队伍，如第一团、第二团和第四团始终是坚定不移的，一直是第四军的中坚力量。

十三、危机四伏

1938年春天，东北抗日联军各部都遇到了多方面的困难。首先是敌人突然地增加了在松花江下游地区围剿抗日联军的兵力，除过去的伪满军和日本军之外，还调来了由蒙古族人组成的伪兴安军。在日本人对他们所进行的民族挑拨政策唆使下，这些以骑兵为主的兴安军打起仗来不要命，野蛮得很。他们还强奸妇女，以报复性的语气向汉族妇女逼问"还吃不吃月饼？"人民群众对他们恨之入骨。日伪军的围剿部队密密麻麻地分布在各大小城镇，形成了一个封锁网，使抗日队伍每次从山里出来都会遇见敌人，每进入一个村庄去征粮都得打一次仗。与此同时，日本人宣布开始归屯并户，划定在平原地区的一些村庄建立集团部落。凡是在山沟里的居民要一律搬进集团部落中,尔后在集团部落的四周修上壕沟,架上铁丝网,四角修上炮台,由强制组成的伪自卫队把守着。日本人还规定各屯的百家长和十家长实行连坐法,凡窝藏抗日军人或知情不报者,一家有罪十家同当。从二三月起,日本人就开始烧毁或拆除山沟内的居民房屋,用以迫使农民群众搬入集团部落,不愿搬走者有的被枪杀,有的被烧死在自己祖辈居住着的草房之中。地主阶层也在起着变化,大多数的爱国者虽对抗日联军一直保持着同情感,但也不敢公开在行动上有所表示,而少数头面人物又甘愿为日本人效劳,四处奔波到一些非党的抗日部队进行诱降活动。

上述的情况首先造成了抗日联军粮食供应上的危机,群众无法往山里送粮,部队直接去农村征粮往往又必须冒着和敌人打仗的危险。有时能征到一些,有时不仅没有征到粮食,还得付出一些代价,造成一些伤亡。征粮如此,筹款就更困难了。在这样的情况下,部队的口号是克服困难、坚持下去、度过危机。这样的口号在共产党所领导的部队中是起作用的。但是在所有的被收编的原抗日山林队当中,却不发生效力。共产党员都有一个为革命而献身的准备,有自己远大的理想并愿为之而长期奋斗,他们会藐视目前的困难。但在一般的抗日山林队的成员中,这些语言他们是无法理解的。"连饭都不能吃饱,又不知何时被日本人打死,图个什么呢?"不少人是这么想的。因之,撂下枪不干的,议论说不如投降日本人的颇为普遍!"好死不如赖活着"的情绪在这些部队中像瘟疫一样传播着,这就给日本人的诱降计划以可乘之机。第四军的第四师准备投降,第二师的五团残部也是这样,第三师宫显庭的队伍离开了第四军军部,躲避在深山里不出来,队员陆陆续续地走了,没过半年,宫显庭带着少数人到宝清县可耻地投降了。第四军是这样,其他军的情况也差不太多。

1938 年 2 月间,身为北满抗日联军总司令兼第三军军长的赵尚志率领着第三军和第六军各一个师在松花江下游北岸的萝北县活动。这支部队的任务是护送赵尚志从萝北越过黑龙江进入苏联。赵尚志是受北满省委的委托去莫斯科求见中共中央代表团的,同时还想得到一些苏联人在武器上的援助。其实那时中共代表团已离开莫斯科回国。赵尚志在渡江东去之前曾下令第六军军长戴鸿宾攻打萝北县城,争取以一次胜利的战斗来振奋人心。戴鸿宾在赵尚志离境之后第二天夜晚就率队向萝北县城进攻,但久攻不下而且遇到了意想不到的反击。以后又得知日本军派数量不小的援军即将到来,便决心撤出战斗,但始终未能摆脱敌人的追击。在不得已的情况下,戴鸿宾和第三军的一位师长蔡近葵商议之后率队撤退到苏联境内,立即被苏联边防军解除了武装。戴鸿宾和赵尚志被苏军关押审查,直到 1939 年 6 月才放他们返回东北境内。蔡近葵师长及其以下的官兵一律被送回中国的新疆。这批人实际上是 500 人左右,但当时传说是两三千人。

如果说收编部队的瓦解或投降日本人不曾引起东北各级党领导人的过多忧虑的话,那么数量上不算太小的共产党直接领导的部队,而且又是北满地区战斗力较强的抗日联军第三军和第六军的一部分主力队伍被迫退出了东北战场,却不能不使党的领导感到震惊。在第四军里就引起了各种各样的议论。如当时的第二师政治部主任曲成山就说:"看来日伪军的'讨伐'是和过去不一样了,接连两三个月了,还看不出结束的样子。而同时又到处在搞归屯并户,老百姓不敢再送粮食给我们吃,我们饿着肚子反'讨伐'能反多久呢?现在连赵尚志和戴鸿宾都坚持不下去了,我们第四军能坚持下去吗?"他的这些话受到了李延平和王光宇的驳斥,并警告他说领导干部不应当再散布这样的悲观言论。

那时第四军军部还有一个秘书,叫赵伯华,二十四五岁,长得挺英俊。我率领第四团从勃利县回到宝清县大叶子沟军部密营时,看见了这位新来的人。我们俩相互端详了一大阵子之后,李延平对我说:"这是赵伯华同志,是最近从上海到东北来的,是由李杜和李延禄介绍到四军来工作的,原来是学生,老家也是东北的,'九一八'之后流亡在关内,这回又志愿回东北工作。"我说:"好啊!太欢迎了。不知道有没有和你一同来的？"赵伯华说："没有。交通上没有办法呀！路上太难走了，日本人盘查得太严了。"我说："是啊！我也听说日本人统治得越来越严了，这两年老百姓都得有身份证，没有证明的人寸步难行的。1935年底我从北平来东北时还没有要身份证呢。"

赵伯华是一个血气方刚的人，工作热情，写得一手漂亮的钢笔字。从他向我介绍全国抗战的形势来看，他是有相当政治水平的。因为我是从关内派到东北来的青年学生，他很愿意和我接近的。我们俩经常在一起东拉西扯，一块回忆过去的学生生活，一块骂国民党的消极抗日和腐败的政治，但是谁也没有谈过自己的家庭。因为从我自己来讲确实早已把家庭忘得一干二净了。他的情况可能也是这样。在谈到游击队生活时，他一方面表示要克服困难，一方面有着抱怨。他说许多困难是他不曾想象到的。他原以为东北抗日联军有一大片的根据地，会有一个安定的后方。谁知不过是有些游击区，今天跑这儿，明天跑那儿，稳定不下来，有时还吃不上饭。他还说，来了三个月了，加上路上走了一个多月，已经有四个多月没有洗过澡了，有时还几天洗不上脸。他还抱怨东北农村卫生太差等。当然，他说上几句话就马上插上一句"我是会克服困难的"。这说明他对待困难的矛盾态度。以后他又说：这个月他又领了一块五毛的零用钱，已经托人上街买条毛巾和一袋牙粉。他说，香皂不买了，雪花膏更买不起，算了，反正一个月洗不了几次脸，大老黑就大老黑吧，这山沟里也没有谈恋爱的对象。听了他这些话，我暗自笑了一下，说习惯了就好了，说我在1936年初到游击队时，也有许多不习惯的地方，过了两年了，已经没有什么了。我还说，我一到游击队时就听说这里不发饷，每个月只发一元五毛的零用钱。但是在1936年只有一两个月发过钱。1937年好一点，差不多每个月都发，我有时托人到兴隆镇买一斤饼干，有时买一斤白面和半斤白糖，炒一点炒面放在背篓里，饿时吃上一两口，觉得挺满足，过春节时还可以买一斤白面，托人带到李金围子老乡家，请他们帮忙给包五六十个饺子，以后再把饺子冻好带上山来，自己还可以吃一次小灶，这些都使我心满意足。赵伯华说道，没什么，我是有决心克服困难的。

过了两个月，赵伯华在一次作战中负伤了。他在大叶子沟密营里养伤。我回到密营时，就把背篓放下当作枕头，和他挨着躺下。我们在睡觉前又闲聊了半天。我发现，他的情绪发生了变化。如果说上次的谈话只是反映了他生活上的不习惯，这次的谈话却反映了他的悲观情绪。他的消息很灵通：哪个收编的队伍向日本人投降了，哪个队伍散伙了，又有哪个队伍把共产党派去的政工干部给杀害了等，他都知道。他还说，赵尚志和戴鸿宾把队伍带过界没有什么不对，苏联是社会主义国家嘛！是讲国际主义的，就应该支援我们打日本，我们打不了就应该往苏联跑，形势好了再打回来嘛！我对他说，我们面临的形势的确很严峻，但退到苏联境内可不是个简单的问题，自卫军和救国军过界去苏联的至少有四五万人，一个都没有回来，都送到新疆去了，这也正是日本人所希望的。赵尚志和戴鸿宾所率领的队伍是共产党的队伍，但是我看要往苏联境内撤退也不是想去就去，想回就回。如果苏联不放你回来，抗日联军的旗子不是又倒下去了吗？我看，现在还不到山穷水尽的地步，还是可以坚持的。赵伯华说，不是山穷水尽，也是前途渺茫吧。还说他真该回上海去，只是又怕路上遇到麻烦被日本人抓去，那就糟了。我说不要那样悲观吧！他说，算了吧，说多了也没有意思。

在和赵伯华那次谈话之后，过了不几天，又传来了地方党组织遭到大破坏的消息。1938 年春天，从 3 月 15 日开始，日本人在伪三江省的佳木斯市、汤原、依兰、桦川、富锦、勃利等地，实行同时大检举，制造了一次"三一五"事件。据以后的了解，在这次"大检举"中，有中共党员及抗日群众 360 多人被捕入狱，并在以后陆续被公开屠杀或秘密处死，使松花江下游地区党的活动处于完全瘫痪状态。

以后我们才逐步弄清楚，原来日本统治者策划了一个对中国东北地区的"三年治安肃正计划"，用以专门对付东北的抗日联军。这个肃正计划是综合性的，包括军事的、政治的和经济的各方面的措施。

军事上的措施是大量增加围剿抗日部队的兵力，连续地进行"全面扫荡"和"区域讨伐"。从 1937 年冬季开始,把围剿的重点放在吉东(牡丹江地区)和松花江下游地区。要求以日本军和伪满军为"讨伐"的主力部队,而地方上的军警宪特积极配合,一个地区一个地区地进行"讨伐",用来回拉网的办法进行反复扫荡。这个做法和过去有显然的不同,过去是由各地自行进行"讨伐"抗日联军,每次兵力不大,时间也不过三五天,抗日联军对付那样的"讨伐"是不困难的。

政治上的措施首先是归屯并户政策,日本人要以此来把抗日联军和人民群众隔离开来。1938 年之内,在全东北共建立起 12 565 个"集团部落",或称之为大屯。接着,就严格地施行保甲、户口制度,发放居民证明书、身份证、旅行证。政治上的另一个措施是进行政治诱降活动,收买叛徒,并将叛徒和特务派到抗联部队,进行分化瓦解工作。日本人使用这些办法,对于非共产党领导的抗日部队有较大的效果,以后甚至对共产党的高级干部也产生了影响。政治上的再一个措施是大力摧毁共产党的地下组织,前边所提到的"三一五"事件,就是发生在1938 年的 3 月,我党的地方组织基本上被破坏了。

经济上的措施主要是对粮食、布匹、棉花等物资的严密封锁,迫使抗日联军失去生存的基本保障。办法是强制实行"粮食统治"政策,并对布匹、棉花、食盐等实行配给制,使人民群众无力从物质上支援抗日部队。同时日本人还制订"经济犯条例",采用严酷的法西斯恐怖办法,对人民群众中有代为抗日军采购物资者予以严处,并且还要株连到亲友和邻里。

日本人的"三年治安肃正计划"给东北抗日联军所造成的困难是我们党原来所不曾预料到的。吉东省委和北满省委在 1937 年秋季曾对松花江下游的形势做过研究,对当时表面上看起来的大好形势表示过忧虑。一是因为抗日部队较多地集中在松花江下游地区,已引起日本人的严重关注,必然会成为日本人的重点围剿区域。如果我们没有应变计划,这一地区很可能成为日本人"聚而歼之"的目标。二是属于北满省委领导的三军、六军、九军和十一军,以及属于吉东省委领导的四军、五军、七军、八军各有一部分在三江地区进行活动，既有相互间的支持和配合，也有相互间的干扰，如不调整指挥关系，发展下去其不利因素将超过有利因素。

基于上述考虑，两个省委共同做出了决定，要在1938年之内实行战略转移，抗联的主力部队要脱离三江地区，分别实行西征。北满的西征部队方向是黑嫩平原海伦县一带，吉东的主力部队西征的方向是吉林省西部的五常、舒兰地区。这时吉东地区负责统率部队的抗日联军第二路军总指挥部已经成立，吉东省委推举周保中为总指挥。北满地区应建立的第三路军总指挥部当时尚未建立。1938年初赵尚志去苏联之后，北满部队总的指挥任务实际上落在李兆麟的肩上，因为那时他还是北满抗日联军的总政治部主任。他的军事上的指挥才能在以后的事实中也证明他胜任这一工作，因之在1939年第三路军总指挥部成立时，北满省委推举他为总指挥。

在1938年之内，东北抗日联军第二路军和第三路军的对日斗争就是在这样危机四伏的情况下开始的。实际上，形势的严重性不止于此。使东北各省委和抗日联军的领导人更为焦虑不安的是和党中央的联络中断了。原来和党中央联络是通过驻莫斯科的中共代表团，1937年的七七抗战开始之后不久，各省委接到了从莫斯科发来的通知书，说中共中央驻共产国际代表团决定回国，今后将在延安和东北之间重新建立联系。但在这样的通知之后一直再也没有什么消息，使得东北抗日联军产生了一种孤儿一般的感觉。试想，失去了党中央及时的指示和支持，步履该是何等的艰难啊！各省委只好独立自主地依据党中央过去历次的指示精神对自己的行动做出决定。西征的决定正是在这样的情况下做出的。尽管西征的前景并不是明朗的，还有可能是充满艰险的。但是决定北满和吉东两省委领导下的主要抗日力量迅速离开松花江下游这个已经被日本人确定为围歼主要目标地区是完全正确的。如果不是这样的主动转移，到头来又可能形成被动转移的局面，那就可能出现更加糟糕的局面。

十四、我在下江留守处

1938 年的 4 月下旬，李延平和王光宇率领警卫连去宝清县兰棒山。第二路军总指挥部设在那里，总指挥周保中向他们交代了西征的任务。周保中说："鉴于日本军已经把松花江下游确定为重点围剿抗日联军的地区，我们必须主动地而不是被动地实行转移。第三路军已决定分批向小兴安岭西麓远征。我们第二路军决定以第四军和第五军的主要力量共同组成远征队，以五常县和舒兰县为目的地。"周保中解释了这次西征的意图，说不只是为了摆脱敌人的围歼。如果我们能在五常和舒兰一带站住脚跟，其战略意义是重大的，可以从那里和在南满地区活动的第一路军取得联系，从而打破几年来南满和北满的抗日联军相互隔绝的局面。和杨靖宇同志建立起经常的联系是非常必要的，他们这几年来一直在设法和热河地区的八路军打通关系。如果取得成功，就有可能和党中央建立起联系。这一点对于我们是至关重要的。当然，要达到这一目的并非易事。五常和舒兰两县靠近长春和哈尔滨，敌人是不会容忍我们在那里立足的。不经过一番艰苦的战斗是不行的。还有，我们之所以选择了五常，是因为那里一直有东北抗日联军第十军汪亚臣的队伍在那里活动着。这是一支比较坚强的抗日部队，他们以九十五顶子山为依托在那里坚持活动了四五年之久，有一定的群众基础。这支队伍是在抗日联军第三军的帮助和影响之下发展起来的，已经确立了共产党对部队的领导地位，并接受了北满省委的领导。以后北满省委决定将工作重心放在松花江以北地区，因之在和吉东省委协商之后，共同决定将第十军划归吉东省委领导，列入第二路军序列。因之，我们也应该去五常和第十军取得联系。他们需要省委的领导，而我们的西征也需要有所依托。不过我们也有诸多不利因素，从宝清到勃利再到刁翎，这一段路都是我们的游击区，还是比较容易打破敌人的层层封锁的，但是从刁翎再往西走，要翻过张广才岭，将会是一段极为艰苦的行军,那里山高林密,人烟稀少,还有些是原始森林地带。我们地理不熟,又不容易取得人民群众的支持,粮食补给困难。再加上日伪军的阻击拦截,我们可能要付出重大代价才能实现西征计划。但是,只要能够到达五常和第十军取得联系,并在那里站稳了脚跟,我们就有可能在那里创造一个新的局面,为东北的抗日游击战争做出自己新的贡献。周保中最后又对李延平和王光宇两位同志说:党信任你们!你们重任在肩。希望你们和四军、五军的广大指战员精诚团结,奋勇战斗,争取西征的胜利!

李延平和王光宇从兰棒山回来之后,在富锦县的炭窑沟召开了第四军的团以上干部会,传达了总指挥部关于西征的指示,宣布了参加西征的是第一师的第一团、第二团,第二师的第四团和第六团这几个部队。同时他又说:"我们要留下一个连的兵力在下江,成立下江留守处。这个留守处的主任由第四团的政委彭施鲁同志担任。"

听到了这一句话,不由得我暗暗吃了一惊。这怎么行呢?我从来是跟着大部队一起行动的,用不着自己操那么多的心。叫我自己领导一个留守处,独立的活动,我可干不了。再说,大部队都走了,而下江现在又是敌人的重点围剿地区,肯定对我们的压力是太大了。

李延平没有注意到我的惊慌,继续照他的方案说下去。他说:留下的一个连从第四团里抽,抽哪个连由彭施鲁自己决定。还有,其他各团都有些伤病号,暂时不能参加西征,共有 20 来个这样的同志要交给留守处。他们恢复健康之后可在留守处分配工作。这样留守处的兵力就有 50 来个人了。人员数量不多,但我们的力量有限,也只能如此了。说到这里,李延平才看着我,问了一下我有什么意见。

我说,要问我的意见的话,我是怕干不了,我愿跟大部队一起走。李延平说:"我们军部研究过了,认为你干得了,你就不要考虑这些了。你说要哪个连吧!"我看到很难有改变这一决定的可能,就说:"那我就只有尽力干了。请把第四团第三连留给我。"李延平说:"同意。"

第三连是第四团中比较好的一个连,连长王庆云和指导员曹曙焰原来都是军部警卫连的班长,共产党员,我们之间有着较好的战斗友谊。李延平欣然同意了我的要求,使我非常感激,因此也增强了信心。我跟着问了一句:"在你们西征走后,我应该接受谁的领导呢?"李延平说:"你接受总指挥周保中的直接领导。还有,留守处的任务是筹粮、筹款,购置棉花、布匹,准备自制军衣。留守处要尽量避免打仗,只要求你们能保持住在下江有个立足点就可以,我们远征部队说不定还会打回来的。"

我们送走了西征的队伍,立即着手选择地点修建新的密营。夏季的山林里,隐蔽条件是较好的,我们在大叶子沟的外面葫头沟盖起了三所房子,把伤病员安置下来。还有远征部队留下来的几个人质,他们都是反动地主与日本侵略者有勾结的人,我们修了一个拘留所。这样,在密营里经常留下的人员不过十五六个人,其余的还有 30 来个人由我率领着在山边活动,开始征粮和购买布匹等工作。葫芦头沟距离山边的居民地只有 50 里路。

这时日本人的归屯并户计划正在加紧进行着。山边的居民基本上被迁走了,房子被拆除或是被烧毁。但是在这些废墟中还有些人不肯离开,想继续在这里把自己原来的耕地种上。这些群众和我们保持着较密切的关系,通过他们取得少量粮食是可以的。再往山外走出 10 来里路,就是一些较大的屯子。这些屯子还保持着原样,日本人计划着要在屯子周围修墙挖沟,还没有动手修,可能是由于力不从心所致,这些屯子在 1937 年之内,抗日队伍是可以经常住上三天五日平安无事的。但是现在不行了,我们的队伍只要稍微暴露一点目标,日伪军很快就会出动。当时兴隆镇(现友谊县红兴隆)是富锦县的第六区,集贤镇是富锦的第七区,这两个地方都有伪军一个营以上的兵力驻守。这两个镇的中间有国强街基,即现在的升昌镇,那里驻守着伪警察和自卫队,那里自卫队的头子是潘孝堂,外号潘大牙。他是抗日队伍的死对头,杀害过不少抗日战士。我们第四军留守处是面对着兴隆镇、国强街基、集贤镇这样一条封锁线。这一年日本人还对各屯子的百家长规定,凡是抗日队伍到屯子里或是在屯子周围活动时,百家长必须向上报告,不能立即报告时也得在抗日队伍离开后报告,否则以"通匪"论处。这实际上也是日本人封锁抗日队伍的一种手段,因为这样可以使他们对抗日队伍的活动范围和活动规律了如指掌,可以不断地调整他们的封锁计划和讨伐计划。

在这样的封锁下,我们要想征粮和购买布匹棉花是相当难的。我们只得利用夜晚进入某些没有自卫力量的屯子,找到百家长后立即就地征粮。这样利用午夜前后两三个小时的时间就可以办完。好在当时我们还是骑兵,马身上可以带粮食,而且天不亮就可以返回山里。当然,这样做也不是每次都能如愿,我们曾两次险遇埋伏和包围。这在后面我将会提到。至于购买布匹和棉花、胶鞋等物品,则是利用一个姓侯的商人给办的。在1937年,这位侯老板就是我们第四军的好友,经常跑到兴隆镇或集贤镇,有时还跑到富锦县给我们买布匹和棉花。当然,他是冒了风险的,因之我们给他的报酬也是高的。第四军主力西征之后,我们在国强街基南边的一个小屯子又找到了他。他经常住在这个小屯子的一个亲戚家。这个屯子只有不到20户人家,也是准备拆迁的。我们利用夜间来和他接头。他每次只能带出一匹白布或四五双胶鞋,我们就是这样地积少成多。棉花也是这样陆续买来的。白布买来之后,我们就陆续地把它染成黄布,准备做军衣用。染料是山上的黄菠萝树皮,很容易找到。筹款之事就更困难了。远征队走时,给我们留下了四五个人质,曾限期要他们家中交出赎金。但他们都一拖再拖,一直拿不出来。拿郑耀武来说吧,他原来是一个百家长,是国强街基西北面的腰屯的一家地主。1937年,我们抗日联军的队伍经常住在这个屯子里。但是到了1938年春天,在日伪军猖狂讨伐期间,他变了,拒绝和抗日军合作,抗日军人进不了他的家门。李延平在气愤之下,下令第四军第二师攻打腰屯,并将郑耀武及其两个侄子带到山里作为人质,要他交出赎金5 000元。但是他的家人一直没有送来这笔钱,他自己一直解释说他无力付出这笔赎金。他还当我们的面骂日本人刮尽了民间的财富,他不是财主等。看来筹款是颇有困难的。1936 年和 1937 年两年里的筹款主要是靠夏季里征收鸦片烟税。那时日本人在富锦、宝清地区让人民群众大片种鸦片,一来他们可以靠毒品贩卖积累财富,二来他们可以制造出大量的吸毒者以损害东北人民的健康,并麻痹人民反抗的意志。我们对此也只好以加重征收烟税的办法来对付,每年收入是不少的。但是 1938 年我们没有可能再进入鸦片种植区征税了。远征队伍走之前李延平给我们留下了几百两鸦片作为经费,看来只有靠这些了。

布匹和棉花准备好之后,我们在秋季就着手制作棉衣。1937 年,我们是靠群众帮助缝制的,把布匹和棉花分到几个屯子分开制作,几天内就可以收回来。1938 年办不到了。正好在秋季里第五军的妇女队有十几个人在我们留守处住了 20 多天,我和妇女队长王玉环同志商量了一下,她爽快地把缝棉衣的事揽了下来,为我们解决了一桩大事。

我们留守处多次接待过抗日联军第五军的过往人员。最先到的是五军第三师第八团政委姜信一同志,那时第八团的活动地区是勃利和依兰两个县境,以托腰子金矿周围为依托,负责掩护西征部队。第八团的团长费广兆和政委姜信一经常要派人或者是亲自去宝清兰棒山向第二路军总指挥部汇报工作,也得去虎林向五军第三师师长李文彬汇报工作。我们第四军留守处的位置正好在他们必经之路上。姜信一把第八团的三个女同志安排在我们留守处缝制军衣,住了一个月又把她们带去勃利了。费广兆团长从勃利去虎林路过这里只住一天就走了。五军第三师的副师长张镇华同志带着他的爱人温淑清也在留守处住过一个多星期。张镇华同志是个非常活泼的人,对什么人都是见面熟,我们初次见面没有说上三句话他就开起玩笑来了,这倒使我非常喜欢他。他对第五军的建设有过重要的贡献。1936 年,他奉周保中之命潜入了宁安县三道河子伪森林警察队进行策反工作,使整个警察队在大队长李文彬的率领下,于"七七"事变之后第五天宣布起义,并要求参加东北抗日联军第五军,被改编为五军第三师。这个师对日作战非常坚决而勇敢,打过多次硬仗。1938 年春天在宝清县十二烈士山,第三师八团第一连在连长李海峰的率领下,仅以 16 个人的兵力,抗击了日伪军 300 余人的进攻,堵住了敌人向兰棒山第二路军总指挥部前进的道路,并在一天的战斗中打死打伤敌人 60 余人。我方共牺牲 12 人,负伤 4 人。在我方后援部队的掩护下,伤员安全撤出战斗。因此我对五军第三师这支部队的印象是很好的, 一直抱着敬仰的心情来接待他们的干部。第三师的政委季青同志也在此住过几天。他曾带领第八团在托腰子金矿一带活动,但在一次和敌人的作战中被敌人冲散,他带着通信员小姜在那里寻找失散的战友,几次发现敌人的搜索队,却根本找不到自己的人,他估计这些人是分散地回宝清来了,只好和小姜两人穿越荒山密林向宝清方向走来,第一步先找到了双鸭山,第二步找大叶子沟外的葫芦头沟。他们在没有任何粮食的情况下摸索着前进,完全靠山上的野菜野果维持着生命,终于经过了十四五天的时间,挣脱了死神的追踪,找到了我们的密营。当他看见我们时,已显得精疲力竭,两条腿已没有任何力量支持住自己的上身了,半坐半卧在地上对我苦笑着。我先让他们喝了些白开水,尔后煮些苞米糁子给他们吃,他们的精神逐渐恢复过来。这时他才对我讲了上述所发生的事情。他说:"十多天中没有吃到一粒粮食,简直不敢相信自己还能活下来。但是他和小姜两人一再互相鼓励要坚持向前走。"季青说,当时他们只有一条信念,一定要走回宝清,决不能死在大山里,如果没有人知道他们的下落,别人就会猜想他们是投降敌人了,决不能这样,即使爬也要爬回宝清来。听了这样的话,我不禁落下了几滴眼泪,为他们的坚强意志所感动了。我和他从 1937 年秋就相识了,并且成了相互信赖的战友。他在我们密营里住了四五天,体力逐渐恢复过来,就带着小姜去兰棒山寻找总指挥部去了。

总之,那时我们和第五军的关系是比较密切的。季青同志曾半开玩笑地对我说,你这里还得挂个牌子"第五军联络站"。我说:"很好!四军和五军的密切关系是历史上造成的嘛!"说到这里,我还想提一下五军八团的政委姜信一的一件事。姜信一在我们那里住了一段时间之后，我们俩也成了好朋友。可是他从那里走后我一直未能再见到他。以后才听说他在男女关系上犯了错误，和一个有夫之妇爱上了。这个女同志就是曾在我们留守处住过的李生金。她的丈夫随远征队走了，她被编入第五军三师第八团，一直由团政委姜信一带着一块活动，两人之间感情愈来愈深，简直是形同夫妻了。为此姜信一受到了师领导的批评，责令他们分开。但他们俩都舍不得分离，就利用一次战斗失散的机会一块脱离了队伍。他们没有安身之处，又不甘愿下山遭受日本人的屈辱。以后他们又找到了两个失散的战友，就商定继续抗日。姜信一仍然以抗日联军第五军第八团政委名义率领着这几个人进行抗日游击活动，在刁翎县境坚持了几个月之久，还发展了几名队员。以后他们的行动被姜信泰发现了。姜信泰是姜信一的亲哥哥，是第五军第三师第九团的政委。当他听到群众反映还有另一个姜政委带领着第五军几个人在刁翎县境内活动时，就下决心寻找他们，终于找到了。姜信一在哥哥的严厉斥责下悔愧万分，李生金也泪如雨下。姜信泰最后还是将他们俩处死了。当我听到上述这件事情的经过之后，心情十分沉重，我真为姜信一的行为而惋惜，但也感到姜信泰的处理过于严厉了。姜信一对待抗日事业和共产主义事业并没有变心嘛！他只是违反了生活纪律嘛！

十五、留守处几次遭到敌人袭击

我们留守处面对着敌人的一条严密的封锁线。在西面的集贤镇，驻着伪军三十八团，在北面的国强街基，驻着四五十名伪警察和三十多人的伪自卫队。这两伙人，在伪自卫队潘孝堂的影响下，和抗日军打起仗来非常凶狠，比伪军更坏。在东面的兴隆镇，驻有伪军三十团的一个营。国强街基，西距集贤、东距兴隆都不过三十里。我们要经常利用夜间到这几个点的空隙地带征粮和筹划购置布匹棉花等。而在许多屯子里都有敌人设置的暗探给他们通风报信,因之我们稍有大意就会被敌人吃掉。

我们遭到敌人的第一次袭击,是在1938年7月间。我在前面说过,在我们葫芦头沟的密营里关押的人质中有一个叫郑耀武的,原是国强街基西北面十几里地方腰屯的一家地主兼百家长,我们向他索要5 000元赎金。他们一再讨价还价,说拿不出这笔钱。7月间,他们答应先交5 000斤粮食,折价作款,其余陆续交付。但是他们说由于日本人管得太严,粮食无法运出,希望我们自己将粮食取回。我们由于迫切需要粮食,就未更多地考虑,预定利用午夜时间去他家取粮,因为我们当时还是骑兵,可以将粮食立即驮回。如果在天黑之后从山边出发,10点钟即可返回。当时腰屯的并屯计划还没有完成,郑耀武的家依然是独门独户、四合院,用树桩围起的院墙,从外面可以看到院里。我们快到达腰屯时,队伍暂时停留在一个小树林里,派出5名尖兵由曹曙焰指导员带领先到前面探听情况。当他们到达郑耀武家门口时,见大门敞开着,但是院里所有的房间里都没有灯光,院里也没有人活动。尖兵对此莫名其妙,就喊了一声:"里边有人吗?"不见有人答话。与此同时,战士邢和清晰地听到了院内有人推枪机的声音,他立即说:"不好!有埋伏!"曹曙焰随即说了一声:"赶快走!"随即勒马向后转。他们到了我们等待的小树林时,曹曙焰对我说:"快撤,有埋伏!"就在这时,敌人的枪声突然响了,两架机关枪同时向我们射击。曹曙焰对王连长说:"你们先走,我带第五班在此掩护。"由于天色漆黑,敌人只能是盲目的射击,我们基本上都安全地撤离了。但是曹曙焰和五班是在第二天亮天之后才回到山上的。原因是在他们向敌人射击时,敌人发现了他们的位置,就集中火力对他们射击,他们骑的马有两匹被打死,曹曙焰的上臂负了伤。他们在漆黑的夜色中相互寻找,有的是徒步回来的。

事后我们了解到,敌人是伪军第三十八团的一个连,他们全部埋伏在郑耀武的大院内,想等我们一起涌入院内之后开枪,打算一网打尽。之后发现我们没有进院,才把兵又调出院外向我们开枪的。

我的回顾

回到山里之后,有的战士对郑耀武大发脾气,骂他通敌。他大喊冤枉,辩解说他一家人有爷仨是人质,他不会干这样的蠢事拿三条人命开玩笑。他一再请我们调查清楚,如果有证据说明他家人通敌,他甘愿被处死。我听他说的有些道理,劝说战士们暂时不要追究他。以后我们了解到是中间说项的人被敌人抓去了,在被敌人拷打中被迫说出了我们要在某某日的夜晚去腰屯取粮。日本人就派出三十八团的一个连去腰屯执行伏击任务。三十八团和郑家的人商量,要他们出面诱骗我们进院,好一网打尽。郑家的人虽说口头上答应了,但是当我们的部队到达他们的家门口时,他们又躲在屋里不敢出来了,因之形成了院子里空无一人,而所有房间里又没有灯光的可疑局面。面对这一可疑现象我们就没有轻易进院。致使伪军的伏击计划未能实现。我们根据这一情况判断,认为郑家并非设置埋伏的主谋者,就不再追究他们了。到了11月我们留守处即将全部离开葫芦头沟的时候,我们所关押的几个人质,包括郑耀武家三个人,并未全部被赎回。但是我们准备到饶河去,离集贤地区有四五百里路,不可能再同他们的家属保持联系。如将他们带走,对双方都会造成许多困难。我们也估计到,东北的农村在日本人的搜刮之下,确实是贫困的,想索取较多的赎金是困难的。因之,在人质如何处理的问题上颇使我犯难。以后,我有意将这个难题透露给留守处的所有人员。很快的,干部和战士们纷纷酝酿讨论。在王连长和曹曙焰听取了下边的各种反应之后,他们对我建议:把他们一律释放是最好的办法,因为多数战士的呼声是要"开恩"!反正是无法带走的。最后我们决定"开恩"了。在我们要向宝清兰棒山转移起程之前的半个小时,我们把五六名人质叫来对他们说:"你们可以回家了,希望你们认清日本侵略者是我们中国人的死敌,每个东北人都应该在抗日救国方面做出一点贡献,以后我们还会见面的。"这时他们的神情是半信半疑,谁也没有露出高兴的样子。我们问了他们有没有人熟悉往山外去国强街基的路?还好,其中有一个人是熟悉的。我们就告诉他们一同出山。在他们离开之后,我们的转移也同时开始了。

　　我们遭到敌人的第二次袭击是在上一次事件的一个月之后，地点在刘铁嘴子。刘铁嘴子是个地主的外号，也是那一个屯子的名称，属兴隆镇管，在兴隆镇和国强街基的中间，全屯有四五十户人家，也是归屯并户尚未完成的屯子，尚未修围墙，未设自卫队，四周没有山，我们利用夜间曾去征过粮。主人对待我们不冷不热。这一次又是在晚上10点钟左右突然到了这家，他们照样迎接。他的院子很大，有土围墙，四周还有炮台。我们30多人加30多匹马都在院里也不显得拥挤，炮台上放上岗哨，还是不容易遭到敌人的突然袭击的。我们一边喂马煮饭，一边征粮，还有托人购买的子弹也想在此取走，计划在这里待上三四个钟头，于下半夜2时左右离开。这样在亮天之前就可以回到山上。这家主人有50多岁，留着八字胡，在和我谈话时表示了对抗日联军的敬佩，也谈了他的苦衷。说一年打的粮食不够给日本人的，收一点稻子，自己吃不上一顿大米饭，全得交给日本人。说中国人吃大米饭就是经济犯罪，并说他若年轻十岁的话也会当抗日军的。

　　正在我们谈话之际，忽然岗哨报告说：邻村的狗叫得厉害，还有马车的声音。连长王庆云对我说："半夜间走马车不会是老百姓，肯定是敌人出动了。"曹指导员判断："这里离兴隆镇不到20里路，如果敌人得知我们到达这里，急行军一个多钟头就会到达。国强街基方向还会更快些。"正在这时，在炮台上执勤的战士发现东面不远有三五个人影在跑动，先喊了一声："谁？"紧接着就向人影走动处打了一枪。"有敌情！"他同时喊了一声。我告知王连长立即命令战士们占领四个炮台。就在我们刚刚上了炮台几分钟之后，在我们左前方和右前方的敌人机关枪同时射击了。我们没有机关枪，只能以步枪还击。打了一阵之后王连长对我说："我们被敌人包围了！得想办法冲出去。"这时敌人用火力封锁了大门。由于我们的还击，敌人也没敢贸然接近大门。还由于我们占领了四个炮台，敌人的火力并没有什么杀伤效果，他们也不敢轻易冲向院里。这样相互射击了半个多小时之后，王连长说："看来敌人都在前面，我们应该从后面撤走。"我们看了看后面的土墙，不过八尺来高。方班长爬到墙头上向外看了一下说:"后面是高粱地,从这里撤吧!"于班长说:"人好撤,马匹出不去怎么办?"王连长说:"先撤人。同时把马缰绳都解开,系在马脖子上,以后把大门打开,轰着马向大门外冲,有些马可能会自己跑回山里。"战士郑东保说:"好!让我干这件事。"随后,他把马匹一一解开了缰绳,并把它绕在马脖子上,自己选了两匹最好的马备用。这时,还有在前面两个炮台上的四名战士不断向敌人射击,用以掩护郑东保。在一切准备停当之后,他利用敌人机关枪声间隙的时间迅速把大门打开,用马鞭把马轰出大门外,马立即向四面八方跑去,敌人的机关枪追踪着马匹射击。趁着这个时机,郑东保骑着一匹马并且手中拉着一匹马冲出大门,顺着原路先向西跑了一段,尔后就转向南山奔跑。等敌人发现之后转移火力向他射击时,我们的所有人员都安全地越过后面大墙,顺着高粱地向北跑了一段。敌人没有向我们射击,说明他们没有发现我们。王连长指挥大家放慢脚步,以便清查一下人数。除了郑东保之外,其他人都来了。这时王连长才在前面带着大家顺着高粱地绕道奔向南山。当我们到了南山安全地带时,天已经快要亮了,大家疲劳得很。放上岗哨,大家在草地上睡了两个小时。司务长7点钟给大家做好了饭,把大家叫醒。吃完饭后,决定回葫芦头沟密营。等到10点钟到达密营时,发现郑东保已经先回来了,带回的两匹马也完好无损。但其余的马都没有回来。以后听说是在刘铁嘴子驻有敌人的密探,向兴隆镇报了信,兴隆镇的伪军三十团出动了一个步兵连。刘铁嘴子一家还不是坏人。我们的马被敌人打死了几匹,大部分被敌人夺获了。

我们遭到的第三次袭击是敌人在宝清、富锦两县整个"讨伐"行动的一部分。敌人的目标是要摧毁从兰棒山、锅盔山到大叶子沟一带所有的抗日联军密营。在这一带,有五军第三师的密营、第二路军总指挥部副官处密营、第六军第一师三团密营、第三军四师密营,各个密营的人数都不多,因为主力都参加西征了。在大部队离开了这一地区之后,日伪军又经过了5个多月的时间,才大体上弄清了这些密营的位置。

于是就统一部署了这一次大讨伐。我们事先从山下群众那里得知敌人要进山的消息，决定放弃密营，转移到另一个地方隐蔽一下，好在当时手中还有些粮食。我们的密营也很简单，只有三所自己造的房子，就地取材只用两三天，就可以盖起一座二三十人用的房子。我们离开时将能带的东西都带走了，带不走的东西在附近掩埋起来。敌人的胜利就是烧毁几所房子。

我们转移的地方实际上离开原来的密营只有 10 里远，但是在周围是没有路的，我们没有在外面留下足迹。林密草长，敌人无法找到我们的去向。我们没有马上动手盖房，但是也修了几个凉棚，用以防风避雨，在凉棚前面燃起一堆篝火，住起来还是比较舒适的。在我们离开密营的第二天，敌人就袭击了我们的密营。我们的岗哨经常注视着密营的方向。当他发现那里冒起浓烟的时候，向我们报告说："我们的房子被火烧了。"又过了一天，我派了两个人去密营侦察一下，知道敌人除烧了房子外，还在房子周围普遍搜索了，我们藏在附近的一口大铁锅也被砸碎了。像这样进攻密营之事，以后还发生过一次，那一次也未使我们受到什么损失，只是有一名人质走丢了，以后自己又跑回家。我们密营的两次转移，使第五军的过往人员大为不便，他们为了寻找我们往往要花费一天时间。凭他们的经验总可以在原密营的周围找出蛛丝马迹，尔后在附近的十里方圆之内总会找到我们的。在发现这种情况之后，我们就采用了在原密营周围的树上设暗号的办法。根据暗号，他们可以向一个方向寻找我们，就容易得多了。

敌人的几次袭击给我们造成的损失不算太小，但也不能说是很大，因为人员伤亡很少。不过它对战士们心理上的影响却不可低估。一支武装队伍不能经常以对敌人斗争的胜利来鼓舞士气，而在生活保障方面又无法得到充分的供应，同时来自兄弟抗日队伍的消息又多半是模糊不清而且是暗淡的。这些都对如何使这支较小的抗日队伍巩固下去，提出了一个重要的课题。

十六、留守处人员八个月中的思想变化

我们留守处全体人员的思想状况是,最初是稳定的,中间有些动摇迹象,到年底甚至产生了一点危机感,但我们终于安全地度过了。1938 年初,是敌人劝降活动最厉害的时期,很多不在共产党直接控制下的抗日部队投降了日本人,或者是被瓦解了。但是共产党所领导的队伍是稳定的,敌人所派出的劝降人员也不敢在那里活动。我们留守处成立之后,也曾为坚定抗日战争的信心做了许多思想工作。讲"七七"事变后全国一致抗战的大好形势,讲东北抗日联军当前的困难是暂时现象,谴责投敌叛变分子,以老来好的队伍为例,说明他们没有好下场等。因之,队伍的思想是稳定的。

那年夏天,当我带着留守处的 30 多个人利用夜晚进入国强街基南边一个小屯子时,本来是想和一个叫侯老板的商人接头,却碰见了一位衣冠楚楚 30 多岁的人,明显的是来自城里,颇引人注目。那时才 9 点来钟,月色很好。我告知指导员曹曙焰了解一下此人情况。他自称姓周,是富锦县的商人,来此探亲。从他的态度来看,显得对我们很友好,很愿意和我们攀谈,还说对我们抗日队伍很敬佩,说抗日队伍爬冰卧雪、历尽艰辛,使他感动等。曹曙焰听出来他的话并非出于真心,因之想探个究竟。向他问道:"那么你看咱们能够把日本打出中国吗?"他回答道:"能!当然能!"之后他的话突然又转了弯:"我是赞成抗日的,但是凡事都有个劫数,我看这也是老天爷安排的,俗话说:'劫数未到,白费弹药。'现在想把日本人打出去还办不到。"曹曙焰听了这话,感觉很不对劲。本想立即批他一顿,但又想到不该这样处理,还是要进一步弄清这位姓周的真实面目。就稍微冷静了一下,进一步问他:"咱们虽说现在打不了日本鬼子,甘心当亡国奴也不行呀!"周说:"现在日本人在东北修铁路,建工厂,终有一天还不是中国人的?劫数到了,就会统统归咱们中国人了。"这些话使曹曙焰越听越反感,但他又不得不按捺

住自己的肝火，一时又想不起用什么话来对付他。这时对方却误解了，认为他的话已产生了效果，就进一步发起了攻势，他说："其实咱们对日本人也不要只有打仗的办法，现在有些山林队已经接受了日本人的收编改为山林警察队，日本人发给了服装，给了地盘，有吃有喝。有那么一天形势好了，想打日本还不是照样打！"这些话说得太露骨了，曹曙焰反倒笑了起来，他认为自己的侦察工作已达到了目的，可以肯定这位姓周的是出来为日本人劝降的。这时，还没等曹曙焰说话，姓周的又高兴地加了一句："日本人也有些好心肠的呀！"曹曙焰进一步追问，说："要接受日本人的收编，总得有人引见一下才行。"周更加喜形于色了，说："这好办，我有这方面的朋友，能帮这个忙。"

到此为止，曹曙焰认为他的这场实际上的审讯工作已经结束了。就说："咱们的话到此为止，可不能再当别人讲这些了，下一步怎么办我会告诉你的。"周说："好！我懂！事关重大！"

曹曙焰是在院外碾盘上和姓周的单独谈话的，谈完之后他以胜利的心情向我汇报了谈话的经过，并建议我立即处决这个日本特务。我找来王连长，三个人共同商量了一下，一致认定姓周的是为日本人劝降而来的，但为了不惊动附近居民，可以先稳住他，等我们走时将他带到山上，并在那里处决他。

等到夜里 1 时左右，我们要离开屯子了，曹曙焰告诉姓周的跟着我们一块走。但看到他有些疑虑，曹曙焰就说："我们还得托你办事呢！走一趟吧。"姓周的既出于无奈，又抱有幻想，只好说："可以！"等离开村子 2 里路之后，王连长拿出绳子，对姓周的讲："对不起！委屈你一下！"说着就把姓周的两手倒背着捆了起来。姓周的问："你们这是为啥？""到了山上咱们再谈，一路上你要老实点！"到了山上 4 点多钟，我们在一个树林茂密的地方燃起了篝火，准备稍事休息，并决定在此审讯劝降者。他开始百般抵赖，以后又被迫承认，还辩解说他是看到抗日军太苦了，想为抗日军办点好事。我说："你别再胡说八道了！你是替日本人办事，要抗日军投降！怎么是好事呢？"这时他颇受委屈地说："我冤哪!我错以为这是办好事呢!我已经帮助好几伙山林队归顺日本人,我的劝降工作都没有费多大劲,即使他们不愿意投降,我也没有挨过他们的骂,没想到会碰到你们。"以后他又说:"你们一定是红党,日本人说你们是共匪,是共产党,碰上你们算我倒霉。其实我也很佩服你们坚决抗日的心情,我该死,我卖国,我今后再也不干了,放了我吧!我家上有老,下有小,可怜我吧。"我说:"你的罪恶太大了,不配做一个中国人,我们不能饶恕你,不然你还会去破坏其他抗日队伍。"

我们把劝降者处死了,曹指导员还组织战士们讨论了一下这件事,想借此进一步提高大家的思想觉悟。效果是比较好的,大家都表示了对劝降者的愤怒,认为他罪有应得。看来那时大家思想还是稳定的。在那以前我们确实还没有遇到太大的困难。

但是到了秋天,当我们遭到两次袭击和一次密营被破坏而受到一些损失之后,发生了一件事,是一个战士公开向我们提出他不想干了,说要回家养活爹娘。王连长找他谈话,批评他不该半截子革命。他只说要回家种地,还声明决不会投降日本人。我和王连长、曹指导员共同研究了一下他的情况,觉得挺难办。让他走了,别人也跟着要走怎么办?不让走,他会开小差,我们也是没有任何办法。一时难下决心。最后我说:"让他走吧!反正留不住,公开走比开小差好。不过,还得打他20军棍。"曹曙焰说:"打军棍的办法可不好!"我说:"不打军棍别人跟着走怎么办?"最后还是对他责打了20军棍后让他下山了。这件事现在回想起来总觉得不妥,打军棍的办法肯定是不对的,我们的思想教育办法太少了。不过这件事的确引起了我们的重视,我们确定了政治教育的重点内容应该是:一是讲清在革命斗争中暂时的挫折和困难是经常会发生的,要学会坚持,学会克服困难。克服的办法是不被困难所吓倒,咬咬牙忍受下去,情况会有好转的,相信最后的胜利是属于我们的。二是反对投降逃跑,宣传投降是可耻的,是没有好下场的;逃跑是胆小怕死,是动摇的表现。三是宣传中国人应该有志气,守气节,为抗日救国而牺牲是光荣的。那时我们利用革命歌曲作为教材的效果是较好的,如《红旗歌》就是大家最易懂而且最爱唱的一首,特别是对四段歌词要反复重唱的几句话是唱得特别起劲的。这几句话是:"高高举起呀!鲜红旗帜;誓不战胜,永不放手。畏缩者,你滚就滚你的!誓我们决死以守此。"这首歌是差不多每天都要唱的。

但是思想教育的效果总有它的限度,每个参加抗日部队的人原来的动机各不相同,在形势严峻时所能忍受痛苦的限度也有不同。1938年的冬季落过几场雪之后,我们的征粮工作已经没有任何进展的可能了。这时棉衣虽说都已经穿上了,但面对五六个月的冬季缺粮问题是没有任何办法的,对付日本人的冬季讨伐也是束手无策的。我是早已得到总指挥部的通知,要我们在 11 月内撤离大叶子沟,向饶河方向转移,准备和第五军三师第七军配合活动。但这个计划还不能向全体战士宣布。我们离开大叶子沟时山上的积雪已经半尺多深了。第一步是从锅盔山的东侧穿过,经过三天的行军到达了兰棒山总指挥部密营。不过那时总指挥周保中已去刁翎处理第五军的问题,留在兰棒山的有总指挥部的参谋处长王效明同志和五军第三师政委季青同志。他们告知我吉东省委已决定成立下江三人团,负责领导第四军留守处、第五军第三师和第七军几个部队的工作。三人团成员是:季青、王效明、鲍林,季青为团长。并告知第四军留守处的全部人员准备随他们一块行动。他们那里粮食也不充足,附近的部队都为了征粮而到山外去了,山里没有几个人,就连站岗放哨的人也不够用。我对季青说,咱们也参加站一班岗吧!季青说:也好,过一两天部队从山外回来就好了。

在那里,我向王效明和季青询问了第四军远征部队的情况,因为我们留守处没有得到过有关他们的任何消息。王效明说:"情况依然不明,他们的处境极为艰难,经常断粮。敌人的猖狂程度比我们预想的要厉害,因之部队的伤亡很大。"季青说:"我们的远征部队是英勇的,但他们所面对的敌人是强大的。在珠河县境的楼山镇打了一次胜仗,是在柴世荣、李延平和王光宇的指挥下打的,击溃了那里驻守的伪军守备队和伪警察,夺得 100 多支步枪和两挺轻机枪,征收了大批粮食。但那次战斗之后,敌人又调动了大批部队围剿他们,在反围剿中第四军和第五军失掉了联系,柴世荣军长被迫率领第五军返回刁翎。李延平和王光宇则继续率领第四军的队伍向五常方向前进。但那时第四军的队伍已由原来出发前的 400 余人减少到不足 100 人了。那里很少能得到人民群众的支援,而地理又不熟悉,如果和第十军汪亚臣的部队不能取得联系,其处境之困难是可想而知的。"王效明又补充说:"楼山镇战斗之后,一直没有得到过有关第四军的消息。现在总指挥周保中已去刁翎,并正在从那里派出部队去与第四军取得联系。我说:"但愿他们能取得成功。"我又问季青:"你看这些情况能够向留守处的全体人员讲吗?季青说:"看情况吧! 不要一下子讲这么多,逐步地让大家知道这些情况,也是应该的。"

我们在兰棒山只住 3 天就走了,预定向饶河去,但是为了等待五军三师的副官长王杰忱,在宝清的东南部山里停留了十几天。那里不是抗日联军经常活动的地方,因之日本人允许农民在那一带上山烧炭。炭窑分散在几个山弯里,一处炭窑只有二至三个烧炭工人,他们住在一个只有十几平方米的小房里,一共有十多个炭窑。由于日本人尚未注意到这一地区,因之我们得以安全地在这里度过了十多天。我们通过炭窑工人得到一些粮食,今天住在这个炭窑,明天又住在那个炭窑,并极力和他们搞好关系。我们开始还担心他们会不会报告日本人。但是在和炭窑工人们谈起这个问题时, 他们表示自己不会出卖中国人。他们还说:只要你们不在这里打仗,日本人就不会知道这里有抗日军活动。我们报告了,日本人就会上山来找你们打仗,也不会叫我们在这里继续烧炭了,我们冬天就指望烧炭挣几个钱养家哪! 我们听他们这么说,也感到合乎情理,就对他们说,我们不会在这里打仗的,我们只不过请你们帮着给买点粮食。他们说:作为一个中国人,出这点力还是可以的。

这样,我们在日本人没有注意到的地区隐蔽了十多天。但是就在这里发生了一件我不曾预料到的事情。我们留守处的成员中有三个人串联在一起要叛逃。其中有两个班长是老方和老于,还有一个郑东保是在那年夏天曾经给我当过通信员的小伙子。他们三个人都是 20 岁上下,身高力大。他们平时都是表现较好而且打仗时比较勇敢的,但是1938 年一年中的变化使他们对抗日战争的胜利失去了信心。1937 年中他们经常能够看到的浩浩荡荡的抗日联军队伍再也看不到了。1938 年之内在宝清和富锦地区他们也遇见过几支抗日队伍,如第六军第一师的留守处,第十一军的留守处,都是人数很少而且处境困难。还有第三军第四师所剩下的为数不多的几十个人,到 1938 年的冬季来临之时,不仅粮食没有任何来源,棉衣也没有换上,师长陈云升走投无路,对大家说不如当土匪去,遭到该师临时政工干部于保合的驳斥,之后不几天他就带领少数几个队员投降日寇了,于保合只好带着三十二团的二三十人从虎林越境去苏联。上述的这些情况,我也弄不清是从哪些渠道传到了我们留守处一些人员的耳朵里,第四军远征队伍的情况,他们可能从五军的战士口中得知一些。因之,悲观情绪在蔓延着。上述的三个企图叛逃者就是这些坏消息和悲观情绪的悄悄传播者。他们想要扩大自己的同伙,选好了一个对象是留守处的战士杨玉清,老方在向他传播了这些坏消息之后,又试探着对杨玉清说:"现在整天为粮食犯愁,冬天还有五个多月,就只能喝西北风了。"杨玉清听到这话,感到说得对。老方又接着说:"这样干革命有啥干头,不是被打死也得活活饿死。"杨玉清觉得这话可不好,但也觉得是实情,只得对他哼哼哈哈地不置可否。老方进一步说:"我看别干了,一块下山吧!"杨玉清听了这话,突然感到心情紧张,说:"开小差吗?哪里那么容易呢?"老方说:"不光咱们俩,还有两个人和我们一块走。"杨玉清感到问题更加严重了,心里想,这件事可干不得。但是他又觉得这样直来直去对老方讲不但没有用,还会受他的害。不如用话套出真情之后再说,就说:"干革命这样苦我也真受不了,但开小差我又害怕,叫领导抓回来我能好吗?再说叫日本人抓去也不行呀!"老方说:"我看咱们一不做二不休,先把领导干掉再走。下山之后遇上日本人,只要投降他就能给你留条命,还能活下去。"杨玉清说:"这样行吗?那两个人是谁呢?可靠吗?"老方说:"老于和郑东保,只要咱们几个齐心,就谁也不怕,干吧!"杨玉清听了之后,故作镇静地说:"事关重大,咱们得好好商量一下,可不能再对别人说了。"老方说:"这话对!我再去和老于与郑东保商量一下。"

和老方谈完话之后,杨玉清的心情非常紧张,他不愿跟着他们干,但报告领导好不好?是不是出卖了别人?他觉得光是几个人逃跑还是小事,如果老方他们真要把领导也干掉再走,这事无论如何干不得。最后他再也无法安静下来,就偷偷地将这件事一五一十地讲给了指导员曹曙焰同志。曹曙焰立即和连长王庆云商量了一下,认为必须采取果断措施。他俩一同找到了我,建议马上将老方、老于和郑东保三人看管起来,我同意他们的意见,要他们尽快行动。同时我将此事当面报告了季青和王效明同志,并建议他们将此事通报给五军的同志们。在我们对三名罪犯的分别审讯中,老方和老于供认了他们准备当天深夜里行动,预定将王连长、曹指导员和彭主任三个人打死而后下山的事,郑东保只说自己想开小差,不承认有杀害领导的意图。

我们终于还是将这三个人一同处决了。在革命队伍处于极端困难时期发生这样的事是丝毫不奇怪的。我和季青、王效明同志研究了这一情况,认为在1938年之内东北抗日联军的确是处于一个危机阶段,如何领导大家度过这一危机是我们共产党员的责任。在这一年中,由中国共产党直接领导的东北抗日队伍历尽千辛万苦,在不断遭受挫败的情况下,始终表现出坚贞不屈和甘愿为革命而牺牲自己的非凡气质。共产党员,包括领导者在内,确有个别人,如宋一夫、关书范等走上了叛变革命的道路。但就共产党员的绝大多数来说,应该说是对共产主义事业,对抗日斗争抱有坚定不移的态度的。共产党员的榜样作用对他们所领导的部队内所有成员都有不可争辩的影响,至少他们可以和你同甘苦、共患难。变心者总是极少数。如果我们进一步探讨下去。共产党员为什么能够做到这一点呢?我们认为这是因为共产党员有一个远大的理想始终在引导着他们前进,他们曾宣誓要为这一光荣的理想而奋斗终生,甘愿为此而献出自己的生命,即使处于这种希望十分渺茫的时候,他们也会以遵守誓言为无上光荣,以背叛誓言为莫大的耻辱。除此之外,共产党员始终会认为自己是整个中国革命阵营中的成员之一,虽说自己一个人的力量是微不足道的,但他却不是孤立的。具体来说,在1938年,全国抗日战争形势是好的,八路军和新四军正在发展壮大。共产党员还知道,他所从事的事业是世界共产主义运动的一部分, 有一个强大的共产国际组织正在从各方面支持着他们,还有一个伟大的社会主义国家苏联是自己的近邻,他们迟早会取得苏联的支持。有了这些,共产党员不存在孤立的感觉。我想这些因素都是一个共产党员力量的源泉。但是,对于一般的抗日联军战士,他们不具有更高的政治觉悟, 也不容易看到中国共产党在全中国之内的强大力量,更不会理解国际共产主义运动对中国抗日战争的支持作用。他只是亲身经历着东北抗日游击战争所遇到的困难境地,感到自己是孤立而又孤立,是很容易产生绝望感的。随着绝望感的增加,逃亡、叛变或自杀的事件就陆续出现。

季青、王效明和我共同分析了这样的情况,共同认为这就是当时政治思想教育的主要课题, 要不断地向战士们讲全国抗战的形势,讲全世界进步力量对中国革命的支持,讲苏联和日本之间不可调和的矛盾,并会最终导致战争等道理,这样使战士们的思想从狭窄的小胡同里走出来,就自然会好些。

自从发生了上述三个人企图叛逃的事件之后,我就对曹曙焰和王庆云谈了如何加强政治思想教育的问题,而且我们经常利用各种场合进行宣传工作。当然,我们无法立即检验出这些教育效果,大家只是默默地听着,察觉不到明显的效应。但是从长时间的经历中,我们还是可以看出它的效果的。因为1938年底发生那件之后,又过了两个月,我被任命为第七军第一师的政治部主任,因之也离开了原来第四军留守处的同志们。之后,由王庆云连长和曹曙焰指导员共同率领着这支不足三十人的一个连队根据王效明和季青的安排,一直跟随着第五军三师九团活动着,1939年和1940年的两年当中,他们活动于饶河、虎林、宝清、勃利、刁翎几个县境之内,环境依然是恶劣的,而且经历过多次战斗。到了1940年底,第七军的队伍和第五军的队伍陆续根据上级的指示从饶河和虎林的边界上撤退到苏联境内,这时我才重新见到了王庆云和曹曙焰两位同志,以后又见到了原四军留守处的武昌文同志。我问了一下两年来的情况,他们说原有留守处的同志们只剩下他们三个人了。其余的同志呢?只有一个人开了小差,而在开小差之后跑到一个炭窑里给一个烧炭的老人当了干儿子了,他也不甘心投靠日本人。其他的人都陆续地牺牲在宝清、虎林、刁翎等山林之中。他们多数人并非共产党员,但都是坚定的抗日战士。他们并没有履行过宣誓革命到底的仪式,但他们的内心里实际上有一个庄严的信念:誓死为抗日救国而奋斗到底!他们以实际行动履行了自己的诺言。

十七、由宝清到饶河

在宝清县东南部的山里几个炭窑逗留了十多天之后,我随着王效明和季青开始向东前进。目标是饶河县山里抗日联军第七军的密营。12月的天气,有时最低温度达零下三四十摄氏度,在深深的雪地里步行三天多才找到第七军。当时没有什么敌情,我们白天行军晚间宿营,一路上全是走的荒山野岭,避免暴露目标。一到下午四五点钟,就选择一块树林较密又能避风的山湾里住下,大家分工安排过夜。多数人去伐木,准备一夜的烧柴。每一个火堆要能有十几根至二十根两米长和直径30~40厘米的圆木才能够用。先用两三根干木材引着火,以后再加湿木材就照样可以着了。每一个火堆两边可以睡十几个人。如果你愿意多出点力气,多伐些木材,每个火堆睡六个人最合适。每个人都可以顺着火堆睡觉,围着火堆形成一个六边形,能烤到全身,睡一会儿翻一翻身,会很舒服地睡一夜觉。但是人多时只好每个火堆睡十几个人。人们的脚伸向火堆,也就是和火堆成垂直线躺着。人们在要躺下之前先在火堆旁烤上半天，把棉衣都烤得热乎了再躺下把大衣盖在身上，这样可能睡上两个钟头。等冻冷了再起来烤一会儿火再睡。一般地夜间要起来烤三四次火。这样睡觉必须防止把乌拉鞋底烤煳了。即使没有烤煳，而只是把鞋底烤热了，使人感到脚底板发烫了也不得了。因为乌拉是不容易脱下来的，会使脚烫伤。因之在火堆前面一米左右要摆上一根横木，人们的脚不能伸到横木外面，这样的处置是为了安全。除了伐木的人之外，就是少数人准备睡铺，他们用树枝清扫积雪，尔后先在地上铺一层树枝，再尽量寻找一些还带有干树叶的柞树枝条铺在上层，就算准备好了。多数人就是睡在这样的枝条上，皮帽仍戴在头上，枕着自己的背篼，盖上自己的大衣。少数人带有狍子皮，那可是上等的褥垫，垫在身体下面就有温暖的感觉。我当时听说赫哲族猎人冬天出去打猎时，晚上就睡在狍皮睡袋里，不用烤火。我没有亲眼见过，但我相信狍皮确有这样的防寒功能。没有亲身经历过游击队生活的人很难想象出我们当时是怎样在雪地睡觉的，电影《归心似箭》里描写的是游击队员盖着棉被在雪地里睡觉。我的天哪！谁能背着大棉被天天东奔西跑呢？我们全靠烤火。没有火早就冻死了。但是火光也有一点不利之处，容易暴露目标。因之要天天转移地方。说起来我们当时确实是爬冰卧雪，但那时还没有人以此为苦，苦的是粮食经常中断。只要有粮食吃大家就会满足的。

等大家把烤火材准备完之后，司务长也差不多快要把饭做好了。大家坐在火堆两旁吃完饭之后就开始一天的休息。一般的是先共同唱几首歌。连长也可能要说一下一天的行军中有什么问题。战士们有的要把乌拉解开，把乌拉草掏出来抖搂一下，把包脚布烤干，以后再把乌拉草絮进乌拉里，把乌拉穿好了再睡觉。也有的人要缝补一下自己的棉衣。在火堆旁睡觉，火星崩到身上是常有的事，如果发现得晚就会使棉衣烧上一个洞，往往是等闻到布煳味时才会有人喊："是谁烧了衣服了？"因之每个火堆旁都得有人值班，由他发现这样的小火灾。不然就会将棉衣烧透，直到要烧到皮肤了才会使睡觉者惊叫起来。比较好的预防措施,就是选择烧材树种。杨木爱爆火星,不能用。还有干的暴马子树,作为引火材料非常好,但爆火星也最厉害。因之只能在未睡觉前用它。比较好的烧材是桦树、榆树,水曲柳等。值班人员还有个任务就是及时往火堆上加木材。

到 1938 年的冬天为止,我已经在东北过了整整三年的游击队生活。1936 年和 1937 年两年冬季,我住在山里密营或是农村群众家里,只是偶尔在雪地上这样睡过觉。到了 1938 年冬天,抗日联军普遍遭受了重大挫折之后,在雪地里睡觉就是经常的事了,对我自己来说也逐步地适应了。只要有粮食吃,我没有感觉到忍受不了。和同志们一块锯木头、抬木头都不觉得费劲。只要自己不懒和战士们之间的感情还是很容易建立起来的。

在这样行军途中宿营时,夜间警戒的派出位置是放在我们走过的路上。白雪茫茫的山里,是没有道路的,敌人的袭击只可能是跟踪着我们的足迹而来。岗哨在夜间可以听到很远的雪地上的人们走动的声音。我们一路上倒也平安无事。到了第三天就发现了山里经常有人行走的道路。这说明沿着道路就可以寻找到第七军的密营。王效明问了五军三师的同志,他们说还得要走四五十里就能找到七军第三师,而五军三师九团的密营还在 60 里以外的地方。王效明决定先就地宿营,预定明天下午先去七军第三师。

第二天下午,我们受到了七军第三师的热情接待。第七军创建于1933 年,是中共饶河县委领导下的一支抗日游击队,主要领导人多为朝鲜族人。代理军长崔石泉和已故军长李学福等都是颇为优秀的共产党员。由他们创建的游击队发展很快。中共中央驻共产国际代表团的成员吴平(杨松)在 1934 年曾来饶河视察过。吉东特委根据吴平的建议将饶河游击队编为抗日联军第四军的第四团。因为李延禄所率领的第四军当时在密山县活动,领导起来方便些。到了 1936 年初,吉东特委决定将第四团扩编为第四军的第二师,以郑鲁岩为师长并指示他们搞好反日统一战线工作,将饶河虎林两个县境内的反日山林队尽可能地收编在第二师的建制之内。这一工作进展顺利，半年之内队伍由200多人发展到700多人。吉东特委经中共中央代表团的批准决定将四军的第二师扩编为抗日联军第七军，并派在苏联学习的陈荣久回东北任第七军军长。队伍的迅速发展也带来不少问题，主要是干部的成长速度跟不上去，思想水平不高，有些干部为争夺领导权而不顾党的原则。陈荣久任军长不到半年就在作战中牺牲。以后在长时间内一直未能形成一个坚强的领导层。到1937年秋吉东省委正式成立之后，应下江特委的要求，周保中作为吉东省委的代表来到饶河负责整顿第七军和下江特委，对党组织进行了调整，并派鲍林任下江特委书记。在原军长李学福病故之后，指定由崔石泉代理军长，抽调第五军第一师副师长王汝起到第七军任第一师师长，派原勃利县的地下党员何可人到第七军一师任政治部主任，使第七军的干部有所加强。

王效明和季青是作为吉东省委的代表来到第七军的，因为当时第七军领导干部相互之间关系紧张，对部队建设影响很大，有必要再次加以整顿。王效明和季青到达饶河之后，走遍了十八垧地、臭松顶子、暴马顶子等部队的密营，会见了七军三师政治部主任鲍林、五军三师师长李文彬、第七军军长景乐亭、政治部主任郑鲁岩、参谋长崔石泉等同志。看望了七军第三师、第一师、补充团、军部教导队和五军第三师等部队。因为我也是预定要到第七军工作的，所以王效明要我和他们一起行走，以便多了解一些情况。

在我们到达之前，第七军刚刚粉碎了一次日本人的冬季大"讨伐"。11月初我军得知敌人将要用3 000多人的兵力向饶河山里进攻时，他们决定的作战方针是到外面去打，不以保守密营为目标。敌人要进山，我们以出山来对付，使敌人产生后顾之忧。军部教导队和第一师在景乐亭军长和王汝起师长的率领下，在虎林饶河山外与敌周旋，七军第三师则和第五军三师一起在虎林的另一方向活动，崔石泉带领250人到了抚远打游击。他们攻打敌人的运输队，袭击大屯，破坏敌人的木营等，夺取了不少粮食、冬季服装、药品等。在山外也多次和敌人相遇,进行了无数次激烈战斗。由于我军不恋战,及时转移,在前后一个多月的时间内我军的伤亡并不太大,而日本军的"讨伐"计划倒是被迫改变了,到山里打算攻打我军密营的部队纷纷被调到山外去了,我军山里的密营只有少数遭到了破坏。等到敌人的主力都到虎林、抚远一带去寻找我们的部队时,我们已陆续返回饶河山里密营休整了。

我们是12月到达饶河山里的,那时部队已经从山外返回密营一个多星期了。密营里的气氛是平静的,干部和战士们的情绪是愉快的。由于从山外带回来不少粮食,生活还过得下去,不过考虑到冬季还有四五个月;不能放开肚皮吃,还得吃一半豆饼,豆饼是从日本的木营里夺来的,本来是马料,但是在缺粮时人们可以用它充饥。

在王效明、季青和鲍林(原下江特委书记,现在是第七军第三师政治部主任)、王汝起(由五军调来的七军第一师师长)和何可人(由吉东省委调来的第一师政治部主任)等人的谈话中,我了解到第七军在1938年的主要情况如下:

第七军和其他抗日兄弟部队一样,在1938年之内遭受了重大的损失,部队人数由原来的1 500余人减少到700余人。减员约50%。

从1938年年初开始,在日军大规模的围剿下,出现过部队思想不稳定状态,有几起投敌叛变事件。较大的是第一师第二团团长王风林在2月叛变,当时他还杀害了军部副官长张文清和宣传科长金铎。随即携带自己的部队投降了日本人。第二团原是收编的山林队,团内始终未能建立起党的组织。与此同时,第一团第二连的指导员和第二排排长一同叛逃,带走手枪1支、步枪2支,第三师七团二连的一名排长和一名战士携带步枪4支、手枪1支叛逃,第七团三连有四个战士携带4支步枪、1支手枪叛逃,此外还有一些徒手逃跑者。到了秋天,拥有200多人的七军第二师师长邹其昌及其老婆刘玉梅秘密与富锦县日本的特务机关头子横田会见,企图携带部队投降。邹其昌的部队原先也是山林队。他们的阴谋被及时发现了,在第一师师长王汝起和第三师政治部主任鲍林的合作下,很快将邹其昌和刘玉梅逮捕,并由军部决定将他们处死。第二师被遣散。

上述的这些情况和东北抗日联军其他各军所发生的问题基本上是相同的。但是在军事斗争方面第七军还取得了几次值得赞扬的胜利，到 1938 年底为止，第七军还保存有 700 人的实力，和多数兄弟部队比较来说，是较高的。其经验何在呢？

在第二路军 1938 年的军事计划中，第四、五两个军的主力是执行向西远征任务的。第七军没有西征任务。第七军所处的地理位置有其特殊性，饶河、虎林两个县都与苏联相毗邻，早在饶河游击队的创建时期，这里就有一条国际交通线，以保持下江特委、饶河县委与苏联的海参崴之间的联络，我们的中央代表团在海参崴设有联络站。1937 年中央代表团回国后，第七军和苏联的远东边防军之间建立了经常的联系，经常互通情报，第七军的伤病员也可以得到苏联的安置。考虑到这个重要因素，第七军必须保持住饶河和虎林这块阵地。

1938 年内，日伪军也曾用了几千人对第七军进行围剿。但这一带的地形有其特殊性。饶河县的北半部是沼泽地带。邻近的几个县抚远、同江、富锦、宝清和虎林都有大片的沼泽地。沼泽地到处是水，有的地方可以通行，有的是不可通行的。但其中又有许多类似岛屿的地方，生长着茂密的林木，土地也不潮湿，适宜于游击队的隐蔽和居住。因周围有水，敌人的进攻是困难的。这样的地形也有利于游击队的机动，或向抚远、同江，或向宝清、富锦，或向虎林，都可以隐蔽出击，等敌人发现我们的行踪时，我们则又隐蔽在沼泽地里休整了。因之在这一年之内，日本军对抗联第七军的讨伐收效甚微。这样的沼泽地只有结冰期才对敌人有利。

第七军在 1938 年之内就是靠在这样广阔的山地与沼泽地结合在一起的地区进行机动的游击战争，使得日本军的围剿很难奏效。我前边已经说了，在这一年中第七军比起兄弟抗日部队来说，损失相对要小一些。除此之外，第七军在这一年之内还打了多次胜仗，特别值得一提的有两次。一次是 7 月对佛寿宫的突然袭击，用里应外合的办法将那里驻守的伪军一个连缴了械,获轻机枪两挺、步枪60支。另一次是在9月底,崔石泉参谋长率少年连在挠力河畔的西风嘴子伏击一艘日本汽艇,全部歼灭了39名日本军,其中包括日本军少将日野武雄。夺得轻机枪1挺、步枪27支、手枪10支。

综合各方面的情况来看,第七军在1938年的军事斗争还是很有成绩的。王效明和季青对此还是满意的。但是领导干部之间的关系紧张,却颇使他们忧虑。1938年的秋末,由原来的第三师师长景乐亭和军政治部主任郑鲁岩共同发起在大别拉坑召开了一次第七军党委扩大会议,参加者除上述的景、郑二人外,还有代理军长兼参谋长崔石泉、第三师副师长云鹤英、下江特委书记鲍林,还有以后担任了第七军秘书长的金品三等。这次会议做出了几项超出了他们权力范围的决定。一是撤销了由吉东省委指定的下江特委书记鲍林的职务,改任他为第七军第三师政治部主任。二是通过了景乐亭的建议,在会议上选举军长,其结果是撤销了由吉东省委指定的代理军长崔石泉的职务,并选举景乐亭为军长。这样的事使我听起来颇为惊讶。我感到:这里的人事关系相当复杂。

十八、我到第七军工作

第七军在1939年1月里又遭到了日军的一次进攻。敌人深入山里向几处密营发起攻击。我们的部队都在密营之外四五里的地方凭借雪地里的工事抗击敌人。战斗从上午8时左右一直打到下午3点多钟,敌人始终未能靠近密营,伤亡也颇多。日军由于对山里地形不熟,非常害怕我们夜间偷袭,因之必须在黄昏之前撤退到他们认为安全的地带。我们的密营没有遭到破坏。重大的伤亡使得敌人没有勇气在第二天重新发动进攻,他们垂头丧气地返回饶河县城了。第七军的部队在抗击敌人当中也有20多人伤亡。领导干部中第三师副师长刘廷中牺牲了,第一师政治部主任何可人腿部负了重伤。由于缺少医疗条件,在十来天之后，第七军派出了五个战士护送何可人于夜间越过冰冻的乌苏里江，请求苏联边防军帮助治疗。

原来第七军是想重建第二师的，预定由刘廷中任师长，我任政治部主任。但是在打了这一仗之后，干部配备上发生了困难。最后由季青同志和第七军的领导共同商定不再组建第二师，并由我接替何可人任第一师政治部主任。

和王汝起师长共同工作使我非常高兴。一见面我就对他产生了好感。他比我大十来岁，社会经历较广，具有山东人正直、朴实的特点。他二十来岁时携带妻子从山东来到黑龙江的宁安县谋生，没有几年就碰上"九一八"事变。他当时还是农村里红枪会的头目。在抗日义勇军纷纷起来抗击日本侵略者的时候，他也率领着红枪会参加过几次战斗。第一次战斗是把一个由十来个人组成的伪自卫团缴了械；第二次战斗是袭击宁安县南湖头铁路护路队，打死了几个日本兵；以后又伏击日军汽车，拦截军用火车，活捉了5名日本兵，共夺得十几支步枪。这一连串的胜利，使他的红枪会出了名。王大法师的名字很快传开了，周围的红枪会都投奔而来，队伍一度发展到七八百人，被编入了王德林的救国军。到1933年初救国军失败并向苏联境内溃退时，他率领不到一百人的队伍坚持抗日，并主动找到了由共产党员周保中所领导的抗日队伍，以后被编为抗日联军第五军第一师的一个团，并担任团长。在接受了共产党的教育之后，他逐步懂得了红枪会里有很多封建迷信的东西是不可信的，经常对红枪会时期的愚昧做法暗自发笑。他对周保中的领导非常钦佩，感到每次和周保中的谈话都能受到不少的教育，很快成为共产党员。1938年初，他和何可人二人先后被派到第七军第一师工作，两人合作得非常好，在部队里都享有较高的威信。

王汝起对我说：1939年之内第一师的任务是到同江和抚远两个县境内开展游击活动，预定于4月底5月初解冻期间出山。出山之前部队要加强学习。当时第一师有三个团，第一团团长是崔勇进，朝鲜族人，第二团团长是郭祥云、政委李呈祥，第三团团长刘中城、政委夏礼亭。每个团各有80人。王汝起认为第一团和第二团政治质量和战斗力比较好一些。但第一团是经常跟随崔石泉参谋长活动的,第三团要留在饶河山里活动,还负责在山里种地生产。因之能到同江和抚远活动的只是第二团和师部警卫连。他建议我和他一同活动,还要加上副师长刘雁来,因为副师长对同江和抚远的地形比较熟悉。我说我很愿意和你一起活动。

我在第一师师部时,军长景乐亭和政治部主任郑鲁岩分别来检查过工作。在我和王汝起向他们汇报之后,他们也很敞开思想地和我们交谈一些情况和看法。我们也听出了他们之间互相矛盾和互相贬低的言语。我和王汝起都不好表态,只是听着。景乐亭更急于要解决问题。他列举了郑鲁岩许多错误,其中我感到比较严重的是郑鲁岩很不满意由苏联回国的陈荣久担任军长,因之第七军成立之后他一直想把有些部队拉出去并号召成立第十一军。还有一条颇使我和王汝起吃惊,就是郑鲁岩经常和一个朝鲜族女战士桂顺非法同居。桂顺曾被日本军俘虏过,在被关押了几个月之后,她竟然自己逃出来了,又回到了第七军军部。景乐亭认为这明显是敌人派回来的。但郑鲁岩一直阻挠组织上对她的审查,而且一直把桂顺放在自己的身边,并公开地住在同一个房间里,谁劝阻也不听。我和王汝起也只是在这一个问题上发表了自己的看法,认为应该说服郑鲁岩断绝和桂顺的关系,以免中了日本人的计。

就在这次谈话一个星期之后,景乐亭对郑鲁岩宣布说要将他隔离起来,等待将桂顺的情况审查清楚之后再做决定。与此同时,景乐亭还派人将桂顺也关押起来,并宣布不允许她和郑鲁岩见面。

在此之前,吉东省委三人团的成员季青、王效明和鲍林已经用了两个多月的时间对第七军领导层之间的矛盾进行了比较详细的调查研究,他们认为这些矛盾应该尽快解决。在景乐亭独自决定将政治部主任郑鲁岩隔离审查之后,就更不能再拖下去了。1939年3月,在三人团的主持下,在虎林的土顶子召开了第七军党委特别常委会议。参加者有军长景乐亭、政治部主任郑鲁岩、参谋长崔石泉，还有曾被推选为第七军党的特别委员会书记的金品三。在会议开始时，主持人季青号召与会者敞开思想，广开言路，不回避任何矛盾，开展批评和自我批评，以求总结经验，统一认识，并在最后达到加强团结的目的。这个会议开了四五天，景乐亭和郑鲁岩在发言中互相指责，气氛紧张。在季青和王效明的诱导之下才逐渐缓和下来，意见逐渐趋于一致。最后共同认为：1938年秋末，由原来的第三师师长景乐亭和军政治部主任郑鲁岩共同发起并召开的第七军党委扩大会议，几项重大决定都是违背组织原则的。这就是：第一，擅自决定改组军党特别委员会；第二，改选军长；第三，撤销了鲍林的下江特委书记职务。会议还指出：第七军的主要领导干部之间，在艰苦斗争的环境下不是加强革命团结，而是互相诋毁，都做了一些破坏党的纪律、影响部队斗志的错误事情，而郑鲁岩的错误尤其严重。会议决定重建第七军党委，由崔石泉任书记兼参谋长，景乐亭任代理军长，撤销郑鲁岩的政治部主任职务，调离第七军，准备到第二路军总指挥部任职，王效明任第七军政治部主任。金品三任军部秘书长。

这次会议的重大决定，受到了第七军各级干部的拥护，增强了领导干部之间的团结。但是出人意料的是郑鲁岩始终不愿去总指挥部工作而一直住在第七军的密营里。1939年9月在虎林的土秃子密营里被日本军"讨伐"队俘虏，随即叛变，之后还带着日本军破坏了在饶河、虎林两个县境内的我军密营。

4月初，王汝起和我率领着第一师第二团和警卫连由饶河山里出发，第一步先去同江，尔后再去抚远。那时冰雪已开始融化，但山上仍有积雪，山里的小河依然结着冰。刘雁来副师长从1936年开始就在这一带活动，地形比较熟悉。他率领着二团走在前面。第二天的晚间我们在挠力河的南岸宿营，利用几个房屋的废墟燃起篝火过夜。因为没有合适的烧材，那一夜睡得很不好，很多人的眼睛被烟熏红了。第三天走了四五里路就出山了，踏着冰越过了挠力河，再向前就是一眼看不到边的沼泽地。地表面时而是冰雪,时而是水,但是下面冰层依然很厚,地面坚硬,走起路来还是很方便的。茫茫的草地一片枯黄,枯草都歪向东南,说明整个冬天里它们经常遭受着西北风的袭击。冬季的猎人和行路人,也利用枯草的方向来辨别东南西北。不时地还能看见远方有几只类似仙鹤的大鸟在觅食,有的战士端起枪来向它瞄准,被刘雁来制止了,他劝告战士不要随便打枪。战士争辩说这里没有敌情,方圆20里之内也没有人家,打枪怕什么?刘雁来说,我们应该养成不随便打枪的习惯,军人嘛!这应该是一条纪律。

我们沿着这一片没有任何道路的沼泽地一直向北走。还好,或十里八里,或三五里,就会碰到一片小树林,树林里的土地是干燥的,稍大一点的树林还会有水泡子,水是清洁的,可以饮用。这些树林可作为我们小休息或大休息时使用,做饭和夜间睡觉用以取暖的烧材都很方便。在这片宁静的四周没有任何道路的沼泽地上,我们在这样的树林里宿营是很安全的。因之,我们行军路上前方的每一块树林,都成了我们前进的天然目标。

在挠力河的北岸已经走出了80里路,刘雁来副师长详细观察了周围的地形,依他的判断,距离有人烟的地方至少还有50里路。他建议在就近的树林子里安排宿营,预计明天就会看见村庄。夜间,大家在火堆旁忙着把自己的胶鞋和包脚布、裹腿烤干,重新穿上。脚下舒服多了。这时,司务长也把饭做好了。吃饭时,大家依然把司务长作为开玩笑的对象,说他接连给大家吃了一个月的豆饼了,抱怨他不给大家改善一下伙食。陈司务长说:"不是还有小米粥吗?怎么说没有改善呢!"第二团的政委李呈祥说:"叫我看哪,师长给我们订的食谱还是很科学的,早晨和中午各吃一顿豆饼,吃饱了很有利于一整天的行军。晚饭每人一两小米煮粥吃,把肚子灌大了睡觉很舒服,我看没有什么不好。"警卫连牟连长说:"咱们不能怪司务长,巧妇难为无米之炊嘛!不过李政委说的也不对,每人一两米的小米粥实在是跟喝白开水一样,喝了两三碗,看不到几个米粒,肚子撑得老大,睡起觉来并不感觉舒服。话又说回来了,咱们身上背的只有那么点豆饼和小米,老实说,要可饱吃的话,不出三天就得吃光。完了怎么办呢?"排长郭喜发说:"我看这豆饼还真是好玩意儿,虽说它是马料,但是在这一个多月的缺粮时期,它成了我们的救命食品,多亏师长带着我们在二月里袭击了一次日本人的木营,夺得了大量的豆饼。虽说并不好吃,但有了它就不会饿死人。吃了也没有副作用,不像吃橡子拉不下屎来。"陈司务长说:"我看哪!你们吃不饱的时候别老拿我开玩笑。你们说我倒不要紧,咱们师的领导也会听出来是在对师领导提意见。其实呀!王师长和大家一块吃了一个月的豆饼,豆饼没有比大家少吃一口,小米呢?他没有比哪位多吃一粒。反正有一条,这一冬好歹咱们师有这些豆饼,就不会饿死人。和有些兄弟部队比起来总算好一些。我还求大家一件事,以后遇到有大米白面吃的时候,你们也别表扬我。过去几次遇到这样好吃喝的时候,你们总对我司务长说什么谢谢呀!说我该立功呀!我懂得这些,谢我什么呀!那些大米白面还不是你们从日本人手里夺回来的?还不是打大屯时征来的?"说到这时,陈司务长把脸转向王师长,继续说道:"师长!我说这些话在理吗?"王师长说:"你说得很好嘛!"他又对大家说:"大家快吃饭吧!吃完饭各连要开会,讨论下一步的军事行动。"

饭后,王师长命令排以上干部集合在火堆旁。他首先讲了我们师今年主要的活动地区是同江和抚远两个县境,这里敌人的力量不像饶河、虎林、宝清几个县那么强,数量也比较少些。因之我们寻找战机还是容易的,打胜仗的机会是不会少的,要大家提起精神,准备多多消灭敌人。刘雁来副师长接着向大家介绍了这一带的地形情况。他说:"这一带除了水还是水,就是水甸子,也叫沼泽地。这片水甸子方圆上百里,一开冻之后日本军就不敢进来了。就算他进来也难以找到我们,搞不好就会挨打。地理不熟的人不懂得哪块地能走,哪块地不能走。走错了地方,人陷到蛤蟆塘里出不来,就得活活地饿死在那里,也许不等饿死就得让蚊子和小咬叮死。日本军敢进来试一试吗?可是我们不怕,我们好多人熟悉道路。哪块能通行、哪块不能通行我们能看出来,我们想去哪就去哪。这一片水甸子里一块一块的树林都是我们安家的好地方，又隐蔽。日本军要是来进攻，就让他试一试，树林子四周都是水，没有地形地物可以利用，要卧倒就得趴在水里，那不是干挨打？但是我们也不要大意，在树林子里住下时也得挖几个简易工事，以防万一嘛！"这时刘雁来叫王连长和郭排长二人去抬一根木头来加在火堆上，把火弄得旺旺的。刘雁来坐在火堆旁，继续把两只手伸向火堆烤火，接着说："咱们哪！从山里出来第一步先解决征粮问题，我估计再走50里路就会有屯子，先征到几千斤粮食，使大家能吃饱了饭，以后再计划寻找目标打击敌人。"

这时，刘雁来把脸转向我说："彭主任！给大家讲几句好吗？""我到第七军来工作才两个多月"，我对着大家说："我还是个新兵。不过就我所看到的第七军的情况来说，我还是很受鼓舞的，大家已经知道一些情况，去年一年抗日联军遭受到的损失是很大的，我所在的第四军，除了咱们共产党直接掌握的队伍以外，都投降的投降，散的散，队伍的人数减少很多。1936年和1937年两年在东北出现的抗日游击战争的大好形势已经变化了，不存在了。咱们共产党直接领导的队伍在反'讨伐'当中伤亡也很大，比任何一年都大。我知道去年一年之中许多部队在和敌人作战当中经常断粮，而且落雪之后还穿不上棉衣，但是他们抗日斗争的决心没有因此动摇过，都是宁死不屈的英雄好汉。我认为第七军的情况比许多兄弟部队要好，你们在王师长的率领下去年11月攻打了集团部落，以后又袭击了日本人的木营，夺得了一批粮食，这一冬天的粮食虽说不太充裕，但是还没有断过粮。这都是大家和敌人拼杀得来的嘛！吃了一个月的豆饼，我看豆饼是个好东西。在1936年和1937年的大好时期，也碰到过三天两天吃不到饭的时候，那时我在第四军也吃过豆饼哩。不过不像现在煮着吃，是切成薄片在火上烤一烤再吃。饿了的时候吃什么都是香的。有豆饼吃就可以维持生命，保持战斗力。现在正是化冻季节，对我们最不利的冬季已经过去了，该是我们大干一场的时候了。咱们这个会开完之后，各连都要开个小会，把师长和副师长的指示向战士们传达一下,连长和指导员都讲讲话,把大家的劲鼓起来,争取在1939年之内消灭更多的日伪军,创造出一个良好的局面。"

各个连队都开了会,看来情绪很好,会后都唱了几首歌才睡觉。

次日,继续向正北方走了40里路,刘雁来建议暂时休息,他估计10里左右就会有屯子,想先派王连长带两名战士去侦察一下,弄清楚屯子还有多远,屯子的大小,有无自卫队等。以后准备夜间进入屯子。如有自卫队就消灭它,如没有自卫队就征粮,王师长完全同意他的意见。王连长带了一个望远镜和战士一同出发了。他们过两个多钟头才回来,已经是下午4点多钟了。王连长向师长报告说:有一个屯子在偏西的方向上,约莫有十二三里路,四五十户人家,村外没有人活动,也没有办法找人问一问情况。不过他认为队伍夜间可以先靠近屯子,隐蔽在外面的小树林里面,再派人到屯子边找一户人家问问,就可以弄清有没有自卫队了。王师长决定按王连长的建议行动。夜间进一步弄清了该村没有自卫队力量。队伍全部进入了屯子,引起了群众一点小小的惊慌,不过很快又安定下来了。我找到了百家长,告诉他我们是抗日联军,到此只是为了征收些粮食和少量的牛马,不会损害群众的其他任何财产。百家长听到这些稍微松了口气,说:"你们为了抗日救国,爬冰卧雪,忍饥挨饿。凭中国人的良心,我们少吃几口粮也不能不支援抗日军。说实话,我也抗过日,那是救国军时候,以后被打散了。这样吧!你们要多少粮食,我为你们筹划。"我说:"3 000斤。再要5头牛、3匹马,准备驮粮食用。"他慷慨地说:"行!办得到!你要精米白面我办不到,高粱米和苞米糙子是有的"。

东北农村里的群众对于抗日联军征收点粮食一般是没有怨言的,因为从1936年开始共产党就对"八一宣言"进行了广泛的宣传,别的内容记不住那么多,但是为了抗日救国要"有人出人,有枪出枪,有钱出钱,有粮出粮",这些话是记得很熟的。抗日联军的战士们到各家也经常宣传这几句话。群众也想:人家抗日联军战士连命都可以豁出去,我们出点粮食算得了什么呢？那时部队都是住在谁家由谁家管饭吃。这样的做法很可能产生一些不合理负担。但是群众还是慷慨的,谁家都没有亏待过战士。

第二天太阳出来时,我们已经离开了那个屯子20里路远了,我们在沼泽地里选择了一块较大的树林宿营,准备在那里休息两天。驮粮食的马和牛放还了屯子。在大家的要求下,王师长决定花几十元钱买下一头牛食用,以改善一下战士们长期营养不良的状态。

吃饱了之后的战士们显得格外精神,脸也洗得非常干净。在水泡子边上洗脸的战士们对着水面一照再照;看着自己的面孔微笑着,有的用毛巾擦几次脸,又在头发上擦了几个来回。他们相互之间开着玩笑。他说他好看多了,他又反过来说他该不愁找不到对象了。随队行军的三个女同志也一块在水泡子边上洗脸洗毛巾洗内衣。几个女同志不管是行军、宿营、吃饭,到水泡洗脸、打水总是一起行动,有什么事靠三个人互相帮助办,很少找男同志帮忙,连洗脸也得选个离男同志稍远一点的地方,男同志也很不好意思和她们说句什么话,只是偶尔面对面时相互笑一下以示友好,但双方又会很快地把脸转开,各自忙着自己的事儿。

晚上开了一次晚会,100多人围坐在靠近的两个大火堆旁,热闹非凡。多数同志能自告奋勇地站出来唱一两首歌,朝鲜同志以口琴伴奏跳起集体舞,三个女同志一块合唱了两支歌,有的同志还能说上几段莲花落。我给大家唱了一支关内流行的由聂耳作曲的大路歌《开路先锋》。大家要求王师长唱歌,他一直不肯唱。我对大家说:"向大家报告一个好消息,我们的师长自己创作了一首歌曲,名字叫'抗日联军不犯愁',用孟姜女寻夫调唱的,我们欢迎王师长唱这支歌,好吗?""欢迎!"大家一齐喊了起来,随着一阵热烈的掌声。王师长对我说:"你别糟践我了,我那是瞎胡编的,怎么能唱出口呢?"我把他拉了出来,说:"我陪你一块唱好吗?"接着我就领头唱,他也小声地一块唱了起来。歌词只有四句:"抗日联军不犯愁,没有给养吃大牛,吃完牛肉不要牛骨头,牛皮留着缝乌娄(拉)。"我看大家兴趣很浓,就又重复地将这四句再唱一遍。我们向大家鞠完了躬,大家一阵热烈的掌声,同时哈哈大笑起来。有人喊着说:"牛骨头不能扔呀!里边还有骨髓油呢!"又惹得大家一阵大笑。

经过两天的休息,队伍又精神饱满地出发了,打算再进几个屯子,并侦察一下敌情。但是这里村庄稀少,而且相距甚远,有些村庄又是以赫哲族为主,他们依然过着以打鱼和打猎为主的生活。有一天,我们在中午时分进入了同江县最东面靠近黑龙江边的八岔屯。那个屯子有四五十户人家,使我们惊奇的是家家户户都开着门,但都是空无一人。仔细一看,这里全是赫哲族的居住区。由于他们远远地发现了我们的队伍,都害怕地逃跑了。跑得那么干净,连个老太太和小孩都没有留下来。吃的东西倒是有,在院子里挂着四五尺长的大鱼,屋子里也有些粮食,说明他们没有来得及把这些都藏起来,连房门都没有来得及锁上。估计他们都不会跑得太远,很可能是跑到江岔子的柳树林中躲起来了。我和师长副师长共同研究了这样的情况,认为这是长期以来汉族和少数民族的隔阂所造成的,我们必须慎重从事,不应加剧这种矛盾。因之立即通知各连,对赫哲族各家里的东西不得乱动;只允许利用他们的锅灶做饭吃,不要到屯子外面寻找居民,以免引起新的误会,吃完中午饭稍事休息即撤出村子。

类似八岔这样赫哲族的村子在这一地区还有一些,这使我们感到难办,主要是言语不通很难和他们沟通思想。把这样的地区作为游击区是很不理想的,最后决定向抚远县转移。不过为了声东击西,在去抚远之前应该在同江县再次暴露一下自己。因之决定到勤得利镇征一次粮。这次征粮只是由刘雁来副师长带一个连去的。王师长和我带着其余的人在林地休整。

十九、向抚远县进军

我们决定向抚远县进军了。1938年，第七军的有些部队曾去抚远境内打过游击，那是一个比较偏僻而贫穷的地方，处在乌苏里江和黑龙江汇合处的三角地带。乌苏里江的东岸和黑龙江的北岸都是苏联的领土。这个县村屯稀少，主要是汉族居民。各家拥有的土地都不多，几乎看不出有什么大地主。我在那里没有看见过像在宝清和富锦两个县境之内所经常看到的地主大院。屯子里各家的住房没有明显的差别。抚远县的集镇都在乌苏里江江边，这就是抓吉、海清、蒿通和国福镇等。这几个镇都是沿着江边那么一道街，超不过五十户人家。有少数几家商店。在这样的县分之内，敌人的统治力量比较薄弱是很自然的，因之也成为对我们有利的一面。

刘雁来同志不熟悉由同江向抚远去的道路。他听说在这个方向上有许多地方是难以通行的，人们称之为蛤蟆塘。因之他建议要找一位向导，而这样的向导在汉人中是找不到的，只有在这片沼泽地上经常打猎的赫哲族人才是这里真正的主人。刘雁来费了好大的劲才找到了一位赫哲族老大爷，看上去有四五十岁，懂得的汉话不太多。好在我们和他的对话主要是哪里能走？哪里不能走？他有时只点头和摇头就可以准确地回答问题。他对许多汉话都能听懂，但自己却说不好。王汝起首先和他拉了些家常，还问他抽不抽大烟？他说是要抽大烟的。王汝起答应每天给他一两鸦片烟，他很高兴。王汝起还对他说：为了赶走日本鬼子，汉人和赫哲族人应该团结得像一家人一样。我们要去抚远县打日本鬼子。你带路到抚远县之后就可以回来。他只点了一下头。

我们在离开同江县之前，由第二团的两个连和师部警卫连分工把沿松花江岸通信用的电线杆锯断了三四十根，用斧子砍断了电线。为的是给敌人一种错觉，使他们认为我们将在同江县境采取重大的军事行动。尔后就以正东方为目标前进了。

5月中旬，沼泽地已全部解冻了。我们经过的沼泽地是各种各样的。有一种是塔头甸子，水很浅，可以漫过脚面，水上面有像围棋子似的、有篮球大小的土堆，长着茂密的草。这样的地方是容易通行的。人们踩着塔头前进就行。有的地方水很深，最深的地方可以淹到人的腰部，但都是硬底，走起来并不困难。只是水很凉，我们只能用身上的热量来抵消它。好在我们是不停地行军，如果停顿下来，很快会冻得受不了的。有的水甸子水是红锈的，水不算深，但是人一踏上去地表层就往下沉，前面却鼓了起来，就像一个松软的皮球。这样的地方走起来使人提心吊胆，有时下沉幅度一至二尺，裤子也沾满了红锈的污水。有经验的干部告诉大家不必害怕，说这样的地方只往下沉，却不下陷。只要把脚步放慢，脚踩在前面有草的地方就行。许多人开始不敢走，当看到前面的人平安无事时，才跟着向前走。在走过这一段水甸子之后，大家就盼望着能再遇到一个深水甸子，好把裤子上的红锈冲洗一下。如果遇不到就只好等选好宿营地时再用水冲洗，尔后在火堆旁烤干了衣服才能休息。我们也常遇到一般人认为是无法通行的沼泽地，水全是红锈的，人一踏进去就往下陷，没有办法把腿拔出来，这时人们总是要挣扎一会儿，却不知越是挣扎陷得越深，还可能使全身陷入水中。如果别人想要靠近拉他出来，就会同归于尽。唯一的办法就是从远处扔一根绳子给他，将他拖出来。因之这样的地方人们都视为畏途，谁也不愿靠近它。但是这样的地方有些是可以勉强通行的，给我们做向导的那位赫哲族老大爷由于长期在这一带打猎，他就能找到可以通行的路线，他要先认真观察一会儿，经过一番判断，再试探着前进。一般的是选择草多的地方走，他手里拄着一根木杖，总是先用木杖探路，再向前迈步。后面的人不要离前面的人太近，也不要重复踏着前边人的脚窝。刘雁来副师长还下令各连准备好几根绳子以备救急之用。各连还携带了几根小的树棍，当有的地方不好走时铺上小棍可作独木桥用。好在这样的地方都不太宽，一般的有二三百米至五百米左右。在那位赫哲族老大爷的带领下都顺利地通过了。

经过两天多的行军,终于在第三天中午到达了这一大片沼泽地的边沿。王汝起同志用望远镜向前边搜索了一阵,他高兴地向大家说,在稍微偏南的方向上,有一个屯子,接着就把望远镜递给别人,让他们再看看。在好几个人看了之后,都估计说距离在10里左右。王汝起下令就地休息,准备在黄昏之前进入屯子,并且选了一个班长和一个战士穿着便衣,先走一步进入屯子。一来是侦察一下情况,二来是对居民进行一些宣传工作,以免引起惊慌。

在中午吃饭前后,大家都围在火堆旁把衣服烤干,之后又在火堆旁睡了一会儿。王师长又对那位赫哲族老大爷谈了一次话,感谢他的帮忙。又叫朴副官拿出二两鸦片交给了他,还问了他一声够不够用。他连说两声"够用了!够用了!"还说了一声"谢谢!"之后他就一个人沿着我们走过的道路慢慢地返回去了。

下午4点钟左右,王师长下令大家整顿行装,并告知两位先行人员立即出发。他们把长枪留下,只带一支匣子枪,照直地以远处的屯子为目标,迈着轻快的步子前进了。王师长和我商量如何再对部队进行一次教育,提出在抚远县活动中的注意事项,特别是在执行群众纪律方面的要求。之后我根据商定的内容对部队讲了一次话。5时左右,部队出发了。战士们的兴奋心情从他们脚步的节奏上就可以听出来。也许是开始踏上了干燥的土地的原因吧,脚步确实不像整天泡在水甸子里那样沉重,精神状态也因此有所不同了。十来里的路程在大家说说笑笑当中,很快地走到了。比部队先进入屯子的两个战士跑出来一里多路迎接我们。他们向师长报告说这里没有敌情,也没有自卫队,有三四十户人家,群众听说我们是抗日的队伍,很高兴,没有害怕的。他们把住房也都分配好了,百家长也通知了各家为部队做饭,粮食不困难。王师长听到报告,连声说:"好!好!"

就我自己的感觉来讲,在抚远这块偏僻的县分里,是相对安静的。比起1938年我在富锦、宝清地区活动的情况来讲,没有那样长时间地处于精神紧张状态。这里的村庄相互之间距离都在十里二十里之外,交通都靠乡村土路。我们侦察的情况说明,只是在沿乌苏里江的几个镇子驻有警察,全县之内没有伪满军驻防。伪警察数量都不多,因之很少有出扰的可能性。抚远县西面是同江县,南面是饶河县,日伪军由饶河县出动到抚远县的可能性较大,但交通也不很方便。

根据上述情况,王汝起、刘雁来和我三个人共同制定了 1939 年夏秋两季在抚远县的行动计划:第一,抚远县的群众对抗日联军是友好的,我们应在此基础上进一步开展抗日救国的宣传活动,扩大兵源;第二,以乌苏里江岸的几个镇子为目标,设法消灭伪警察,夺取其武装弹药及其他军需品补充自己;第三,在上述几个镇子里筹款。

6 月间一个漆黑的夜晚,我们突然进入了乌苏里江江岸的蒿通镇,先进入了警察所,未受到任何抵抗。其中两名警察束手被擒。事后才知道他们是没有任何武装的。之后,我们召开了群众大会,宣传了我们抗日救国的主张,在这个群众大会之后,刘雁来告知把几家商店掌柜的留下,和他们商量救国捐款问题,经过讨价还价,最后他们都承担了义务。

我们在蒿通镇休息了一个夜晚和一个白天。这里的警戒比较容易设置,因为只要注视着乌苏里江的航道就行了,从陆路上来的敌人几乎是没有可能的。在白天,我们的游击队员常常以向往的心情站在乌苏里江边,向对岸注视着。一个不太大的苏联农庄,距离江边约有 300 米远,我们可以看到大人小孩走动着。大家在想,我们东北的同胞什么时候才能过着他们那样不受外国人侵略,而又自由幸福的生活呢?那里住着的苏联人对于我们进入蒿通镇没有什么明显的反应,也许他们根本没有察觉到一支中国共产党人领导的抗日队伍来到了这里,因为没有发生过战斗,没有响过枪炮声。他们也许看见了平时不曾看见过的身上背着长短枪支而又穿着五花八门服装的人们在蒿通镇的街道上来来往往,但是他们说不清这些都是什么人,也不打算去搞清楚是什么人。我们有的战士有时面向他们挥动一下红旗,对方也没有反应。直到下午 6 点钟,我们放火烧了警察所,熊熊的火焰以及黑烟上升到了几十米高空的时候,对岸的农庄里出现了密集的人群,并不断地听见了孩子们的欢叫声。只有这时,我们才感觉到对岸的人们是为我们的胜利而欢呼,快慰的心情油然而生。这时战士们又拿出几面红旗使劲地挥舞着。我对王汝起师长说:"这应该说是我们抗日游击队和苏联人联欢的一种特殊形式吧!"王汝起说:"是啊!我的心情太激动了!"

当天夜晚,我们征集了十几只木船,大家乘坐着逆流而上,以国富镇为目的地。对于国富镇的情况,我们事先通过在菁通所俘获的两名伪警察做了了解。那也是一个乌苏里江岸边的一个小镇,规模和菁通镇差不多,也设了两名伪警察。我们估计不会遇到什么抵抗。在当地爱国者的陪同下,我们沿着乌苏里江做了一次令人非常愉快的航行。我们计算着时间,在第二天拂晓到达了国富镇,在大多数居民尚在梦中的时候上了岸。没有发现伪警察,人们说有好长时间就没有警察驻在那里了。由于我们事先布置了宣传工作,刚刚被叫醒的居民没有什么惊慌的表现。我们照例召开了群众大会,宣传了抗日救国的主张,并且向几家商店征收了捐款。

国富镇的对岸没有苏联人的村庄。在上午10时左右,有一艘苏联的军用汽艇从北面驶来。突突的马达声使我们很远就发现了。由于主航道是靠近我方江岸,汽艇上苏联军人的面孔和领章、军衔看得很清楚,他们在我们的身边二三十米的地方疾驰而过。我们在岸上向他们招手示意,他们也挥动了一下自己的手臂。出于好奇心,我们的战士闻讯都跑到岸边来了。过了十来分钟,这艘汽艇又从南面返回来了,依然是紧靠着我方的岸边走着,速度比原来稍慢了一点,艇上的四五名苏联军人都站在甲板上注视着我方,似乎是想看得更清楚一些,以便判定我们到底是什么人。我们高兴地向他们招手,有的挥动红旗。当对方四五个人都在同时挥动手臂以表示向我们还礼时,我们的战士不约而同地欢呼起来,许多人甚至雀跃起来。大家目送着汽艇远远地离去,希望它还能回来。好久,好久,当大家的希望已不可能再现时,我们才迈着似乎比原来沉重了一些的步子返回房子里。

　　下午 3 点钟左右，一件更加有趣的事情发生了。岗哨报告说从北面驶来了一艘客轮，速度不快。刘雁来副师长立即来到哨所，他估计这是一条容量为 100 人左右的轮船，有可能在国富镇停靠。他还说不排除其中有日伪军，应加强警惕。王师长立即命令部队沿岸边占领阵地，预定在轮船停靠时，派少数人登船检查，并下令不得随便开枪射击。轮船缓慢地行走着，但没有停下来。当它正要越过国富镇向南行驶时，王师长下令步机枪同时对着轮船射击，想迫使它停下来。但是轮船却加快了速度，我们对它也毫无办法了。王师长懊悔地说我们没有采取迎头拦截的办法，现在靠打它的后屁股是不起作用了。大家也带着懊丧的心情回到房子里休息了。

　　由于在嵩通烧了伪警察所，在国富镇又打了轮船，肯定会使敌人震动了，我们必须隐蔽一下自己。王师长决定在午夜离开国富镇，最好是回到西边沼泽地里去，使敌人难以发现我们的目标。我们携带了足够的粮食，于第三天在沼泽地里一块较大的树林里住下了。同时派出少数侦察人员去屯子里探听消息。果然在第五天的时候发现有伪军出动了，从来的方向判断是从饶河县的东安镇出来的，规模为一个步兵连。他们的行动也颇谨慎，因为没有找到我们的目标，似乎有点无所适从，今天驻在这个屯子，明天又驻在那个屯子，向百家长要大米白面，要猪肉和老母鸡吃，弄得群众苦不堪言。其实我们所住的地方距离伪军所在地不算太远，有时相隔只有 20 里路。只是因为他们不敢进入沼泽地，而且得越过一条 20 多米宽的小河，他们始终没有发现我们在什么地方。王师长、刘副师长和我共同研究了如何打击敌人。王师长说："根据毛主席所提出的游击战争十六字诀：敌进我退，敌驻我扰，敌疲我打，敌退我追的原则，在敌人来到之后的头几天我们应该避开他的锋芒，我们目前也是这样做的，现在是如何执行敌驻我扰呢？是不是可以派少数人在夜间到敌人驻地附近去打冷枪，使他们得不到休息，尔后再等他们疲劳的时候打他个冷不防呢？"我说："你的这个意见太好了。我想我们还可以写一份传单，散发在他们驻地周围，传单由担负袭扰任务的几个同志负责散发,你认为怎么样?"王师长说:"很好!很好!"

王师长找来几个连长,命令他们各连选派两个人,其中一人为班长,两人为一组,共三个组,分别在敌人驻地的三个方向上,利用夜间尽量接近离屯子四五百米远的地方先把传单留在那里,尔后就对屯子向高空方向打四五枪,之后就立即离开,并绕道返回住地。与此同时,我在起草传单,传单内容要点:1.日本人侵占了中国的领土东北三省已近 10 年,我们中国人岂能长期地忍受这样的屈辱?更不应该为日本人效力而屠杀中国人。2.伪军的官长和士兵们,你们都有自己的父母和老婆孩子,他们又何尝不是经常遭受着日本军欺侮?你们能甘心这样的处境吗? 3. 伪军官兵都是中国人,你们一直受日本人的驱使去打中国的抗日部队,这不符合中国人传统的爱国主义的道德观念,你们应该掉转枪口去打日本人。这个传单只有 1 000 多字。我找了两个人用复写纸写了十来份,发给每个战斗小组三份。

这样的战斗在当天半夜一点钟时展开了, 这是伪军所没有料到的,他们从梦中被来自几个方向的枪声惊醒,匆忙地拿起步枪、机关枪胡乱地射击着,足足打了半个钟头,直到他们没有听到进一步的回击枪声这才停止了射击,命令部队回房休息,但是加强了岗哨和值班人员。直到亮天之后才向屯子外面几个方向派出了搜索小组,并拾了我们六七张传单。

王汝起和我亲自听取了执行任务归来的几个战斗小组的汇报,我们都非常兴奋。有人建议接连在第二个夜晚再进行一次袭扰战斗,王师长解释说不宜这样做, 因为在第一次袭扰之后敌人警惕起来了,在第二天的夜晚肯定要增加岗哨和值班人员, 非值勤人员也会睡不好觉,因之使敌人疲劳的目的已经达到了。现在需要我们进一步做的是麻痹敌人,今天夜晚不再去,明天夜晚还不去,敌人就会估计我们不会去了,甚至会错误地判断我们已经远远地离开了。而敌人的"讨伐"经过了七八天一无所获,就会厌倦了,也疲劳了,那时我们该动真格的了。我们这几天是养精蓄锐，准备打这一仗。

我们一直加紧侦察工作，对伪军每天移驻在什么地方了如指掌。一天，敌人进驻了杨木林子屯，我们算起来这是伪军出来的第七天或第八天了，该是打他的时候了。杨木林子位于我们驻地的东面，约30里路，而在杨木林子再往东5里路有一个不太大的高地，我们叫它东高地。王师长决定部队第一步要绕过杨木林子占领东高地，第二步以东高地为出发阵地向杨木林子进攻，手段是利用夜暗尽量地秘密接近杨木林子，如果敌人没有发现我们就决不开枪。当靠近屯子二三百米远时，就跑步向屯子冲去，并在50米左右的地方开枪射击，使敌人无还手的时间，迫使其缴枪投降。王师长的这一计划进行得非常顺利。我们整个部队在下午6点多钟渡过了那条20多米宽的小河，以后以轻快的步伐绕道向东高地走去，没有经过任何一个村庄，于夜间11时左右到达东高地。在东高地上只有三五户人家，我们询问了情况，群众说伪军仍住在杨木林子。王汝起命令所有指战人员将白毛巾缠在臂上作为自己人的识别标志，并将队伍分为两个部分，分别负责由杨木林子的北面和东面向伪军冲击，并且规定了射击方向，以免误伤自己人。当时部队的战斗情绪极高，行军速度很快却没有发出任何响声，只有自己人才能听到脚步的沙沙声和细声低语的传达命令声。一直到我们已经能够看到杨木林子的轮廓了，还没有见到敌人有什么反应。王汝起估计距离屯子已不足一里路了，随即将部队分开各自向屯子的北面和东面前进，敌人依然没有发觉我们，说明他们真的是麻痹了。部队在距离屯子的二三百米处开火了。有如闪电雷鸣般的机关枪和步枪的声音，使得睡梦中的敌人惊慌失措。屯子没有围墙，也没有其他任何防御工事可以利用，分散住在居民房子里的伪军士兵们得不到连长的指示，只能匆忙穿起衣服操起步枪跑到屋子外面在墙头或屋角爬下观察动静，有些人向我们还击，有些人向着没有枪声的南面跑了，有些人还将步枪和子弹以及军衣丢失在老百姓家中。战斗持续了半个钟头之后，敌人已经没有还击的枪声了。我们挨家挨户搜索，一共发现敌人的尸体十来具,俘虏了 20 多名伪军,并缴获了四五十支三八式步枪和四五千发子弹。其余的敌人都慌乱地逃跑了。战斗结束后,群众从惊恐中出来看热闹,帮助收集伪军的枪支子弹和服装,还帮着抬走了几具尸体。我们也清理了一下自己的队伍,没有牺牲的,但有五个负了伤,其中两名重伤,我的右臂也负了轻伤。

清理完了战场,王师长命令部队转移到东高地休息并准备吃饭。因为东高地便于警戒。刘雁来和杨木林子的百家长商量着要买一口猪,百家长说:"别买了,我早想送一口肥猪慰劳你们呢!这也是大家的心意。这帮亡国奴(东北人对伪军的称呼)在这里住了三天,要吃要喝,可把我们折腾坏了,你们打得好啊!你放心吧!我马上就找人杀猪,杀好就送往东高地,不会耽误你们吃饭的。"

整个夜晚没有睡觉,再加上紧张的战斗,应该说战士们是很疲劳了。但是胜利的喜悦使战士们忘记了疲劳,谁怎么抓到的俘虏,谁在哪里缴获的枪支,有哪个伪军士兵跪下求饶,谁又和伪军士兵先是卧倒在一起而后又发现他不是自己人就立即骑在伪军的背上把他的枪缴掉……这些故事说不完是不会想睡觉的。等天要亮时,饭才做好。苞米糙子饭和猪肉炖豆角使大家吃得非常满意,王师长命令大家吃完饭都要睡两个钟头觉,尔后准备向沼泽地转移。我告知朴副官负责叫俘虏们集合站队听我讲话,朴副官拿出来一条长绷带帮我系在脖子上并把负伤的右臂吊起来。我原来没有把这当回事,但是当吊起右臂之后感到轻松了许多,对朴副官非常感激。

我对俘虏只讲了十几分钟的话,号召他们不要再替日本人卖命,要为中国人做些事情,要对得起自己的祖先,要保护自己的父母和兄弟姐妹……愿意打日本的可以跟我们走,不愿意跟我们走的不强留,每人发 5 元钱路费回家,讲完话之后我也抓紧时间睡了两个钟头的觉。当我们休息完了之后重新集合队伍要出发时,朴副官向我报告说有 5 名俘虏要参军,我说:"欢迎"。至于其他不愿参军的每人发 5 元钱,要他们在我们队伍出发之前先走,去哪里听其自便。

　　我们的队伍重新进入了沼泽地,选择了一块较大的树林休息。在那里把缴获的枪支弹药和伪军服装都集中起来,由刘雁来副师长负责分配。同时开了个祝捷大会。王师长决定在此休息三天,并利用此机会从下到上总结一下杨木林子的战斗经验。这三天之内大家过得非常愉快。之后,王师长决定率领队伍转移至抚远县的北半部活动,为此,他和我商量把我们五个伤员单独安置在沼泽地的一块最安全的地方养伤,并派蓝副官率战士一名负责照料我们几个伤员的生活。我们没有医生,连护士也没有。大家把从俘虏身上收缴的绷带和冻疮膏都留下来给我们。王师长答应在五天或一个星期之内设法给我们送些白面来。我们和部队同时向两个方向出发了。我们走了十来里路,来到了一个不太大的林子里住下,这里视野开阔,树林子周围的水有一尺多深,既便于警戒,又便于防御,实际上敌人难以发现我们。我们有足够的粮食,树林里的野菜也很多。自己搭了个草棚,用细木头搭了床铺,住着也很舒服。蓝副官虽不是医生,但也尽到自己的责任,每天给我们换绷带、洗绷带,用盐水洗伤口等,我的伤较轻,不到半个月就好了,两个重伤号也在一个月之内好了。在此期间,王师长曾两次派人送来粮食和一些猪肉,并且向我报告了部队的行踪。我在第 20 天随着来人回部队去了。

　　部队这一期间在抚远县北部的生活情况也很好,没有遇到敌人的出扰。那一带在乌苏里江岸还有两个镇子,一是抓吉,一是海青。海青也叫海青渔场,比抓吉镇要大些,两个镇都有伪警察,海青有 50 多名,抓吉有 30 多名,王师长整天在研究着能不能打掉这些警察,首先选择了较小的一股为目标。在一个黄昏的时候,我们突然来到了距离抓吉只有 30 里路的一个屯子住下, 在群众当中对抓吉的情况做了进一步的调查,情况并不乐观。从地形情况来讲,抓吉东面临江,而北、西和南三面都是沼泽地,不便于通行。进出抓吉的道路也在南面和北面。如果敌人死守着这条道路,我们是很难打进去的。道路两旁有高粱和玉米地,在 8 月份里长得有一人高,但仅靠高粱地和玉米地的掩护是不够的。伤亡大了也不合算。这一仗能不能打？一直下不了决心。王汝起一夜也没有睡好觉。早晨3点来钟，王汝起把我叫醒："彭主任！你看，下大雾了！"我出门看了一下，果然是对面看不见人。我说："这样的大雾的确很少见，你有什么好主意呢？""我们乘大雾前进，就能突然地靠近抓吉！"我说："太好了！咱们立即出发吧！"我们把部队叫醒，立即快步前进，大家兴致极高，简直是一路小跑。天色一点一点地发亮了，但出乎意料的是大雾在逐渐地消失着。等我们距离抓吉还有5里路时，太阳也将要出来了，抓吉也可以看得见了，继续前进就会暴露在敌人的面前。我们被迫地停留在一片树林里暂时隐蔽着。王师长察看了一下附近的玉米地和高粱地，都超不过1.5米高，利用它隐蔽前进是不行的。战士们七嘴八舌，提出各种各样的建议，有人说："硬往里闯吧！"这句话倒是提醒了王汝起，他说："对呀！我们有这么多新缴获来的伪军服装，为什么不可以冒充伪军闯进去呢？我们选拔一个20人的敢死队吧，都换上伪军服装，打上伪满国旗，大摇大摆地走进去，并直闯警察所。顺利的话，就可以把他们全部缴械。不过也得准备另一手，就是被敌人看出了破绽，人家先开枪了，那时就得和敌人拼命了，说不定我们会牺牲几个同志。如果遇到这样的情况，那时我们后续部队100多人就得一块冲进去，坚决把敌人拼掉。反正在这样的地方敌人不可能有援兵来，我们一百二三十人拼掉这股只有30来人的伪警察，还是有把握的。王师长的这个意见一说出来，就立即得到全体指战员的称赞。报名要参加敢死队的非常踊跃，最后由刘雁来副师长挑选出20个人，并指定警卫连长牟连成担任敢死队队长，每人身上携带长短枪各一支。将服装换好之后立即出发。在他们走出半里地之后，刘副师长率领的30多人的第二梯队接着也出发了，他们也都穿着伪军服装。再隔半里路，由王师长和我带领着其余的70余人紧紧地跟随着，大家都把枪装上了子弹，准备随时进入战斗。

大家一边行军，一边用眼睛盯着最前面的敢死队。他们逐渐接近了抓吉的边沿，镇子外面没有任何居民活动，也没有看出镇子里面有任何反应。看来是那里并没有设立向外的瞭望哨。敢死队已经进入了镇子。这时刘雁来率领的第二梯队加快了步伐，争取更快一点也进入镇子，决不能和敢死队脱离了目视联络，不能让他们得不到及时的支援。王汝起和我也率领着第三梯队跑步前进了。镇里没有任何枪声，说明敢死队没有遇到什么抵抗。原来他们一直没有受到市民们的怀疑，谁也没有因为走进来一支"伪军"而大惊小怪。敢死队的牟队长客气地问一位老大爷："警察所在哪里？"这位老大爷指了指前面的一个院子，还带着往前走了一段路。警察所的大门口也没有设岗哨。牟队长一下子走进了院子。院子里有几个警察无所事事地坐在那里聊天，旁边的茶几上摆着几个他们正在喝茶用的杯子。他们看见几个"伪满军"进入院内，有点莫名其妙，但还是说了一声："辛苦啦！诸位！"在牟队长后面的郭喜发班长和几个队员立即把枪口对着警察，同时大声吼道："不准动！"后面的一些队员也同样地端起枪分别窜进了几个房间内，并对着室内的警察喊了声"不准动！"这些警察被弄得惊慌失措，纷纷举起双手。我们的战士以最迅速的动作把他们的枪支收缴在一起，同时对警察们的身上进行了搜查，将所有的手枪也收缴了。牟队长命令所有的警察都进入西边的房子里，并坐在地上不准随便走动。当我和王师长来到警察所时，牟队长正在清理缴获的枪支。他报告说只有15支步枪和5支手枪，俘虏的警察也是15名。并说根据警察的交待，他们还有15人陪着两名日本人乘船去交界牌勘探去了，预计中午返回抓吉。王师长立即命令向北面派出警戒，严密监视着乌苏里江航道。并且在江岸上选择了一块地方构筑工事，准备在那里设伏，消灭从交界牌返回的15名警察和两名日本人。当时才是上午9时左右，部队一边挖工事，一边轮流吃饭休息。11时左右王汝起亲自来到设伏阵地，工事已构筑妥当。他和第二团团长郭祥云和政委李呈祥共同研究了兵力和火力配备，尔后命令部队进入工事，战士们还用江边的柳树枝条编成圈套在头上伪装了自己。当全部战士进入了自己的阵地之后，王师长命令大家不准随便走动，也不得站立。必要的移动用匍匐前进的办法进行。以免暴露目标。午后 1 时左右,发现两条木船缓慢地向抓吉划行着。王师长用望远镜观察了一下,船上正好是那批警察。大家喜出望外。看来船上的人并没有发现任何情况,他们有说有笑不慌不忙地怀里抱着枪坐在船上,盼望着中午能有一顿美餐。王师长通知大家不要着急开枪,尽量等木船靠近自己,在最有效的距离开枪,但是第一轮射击要先瞄向敌人头顶上方,为的是逼迫敌人投降,如果他们敢于抵抗,再往死里打! 时间一分一分地过去了,大家埋怨着木船走得太慢。终于,王师长下达了射击的命令。当突然听到我们密集的机关枪和步枪射击的声音时,敌人惊慌失措了,大多数趴在船舱里不动,少数人举手示意投降,有的人落水。由于敌人没有还击,我们也暂停射击。王连长喊话:1.把船划到岸边来;2.每个人都把枪倒过来高举着,没有枪的举起双手。当木船将要靠近我们的岸边时,一个日本人突然从船上跳入水中,并很快地隐蔽在柳毛丛中。我们把警察手中的枪支一一收缴,让他们离开了木船,并押送回警察所,有一名负了伤的日本人也被拖下船来。王连长率领着五名战士上了船,去寻找那个潜入柳毛丛中的日本人。很快发现了他抓着一根柳树枝浮在水面上,王洪书把这个日本人拖上了船,让他坐下。他突然又站了起来,扑向我们的战士。王连长立即开枪将他打死,并扔进水中。另一个负重伤的日本人不久也死了。这次战斗共缴获了 30 支步枪和 8 支手枪,还有一批伪警察服装。被俘虏的警察经过教育后一律释放。黄昏时,我们撤离了抓吉,重新进入沼泽地。

到了 9 月,我们的工作重点已经转入过冬准备工作了。实际上在蒿通、国富镇和抓吉几个镇内我们都已筹集了一些布匹和棉花,9 月里就在抚远县南部的一些村子里请求群众帮助缝制棉衣,随部队活动的三个女同志是缝制棉衣的组织者和指导者,她们的任务完成得很出色,到了 10 月初,我们接到了军部的命令要回饶河山里。由抚远县的南部直接返回饶河也要穿过一片近 100 里路的沼泽地。但是这片沼泽地大部分是可以通行的。经过两天的行程,我们第一师全部回到了饶河山里,并开始修整自己的密营。

二十、严峻的冬天

　　1939 年 10 月,我们第一师奉命从抚远县返回饶河山里,准备安排过冬的工作。那时我首先见到了军参谋长崔石泉同志。他是朝鲜人,因反日活动而被捕入狱两年,尔后流亡到中国,20 年代初期毕业于云南讲武堂,1925 年在黄埔军校任区队长,1926 年参加中国共产党,1927 年参加广州起义,以后又到东北从事革命活动。日本入侵东北之后他在宝清、饶河一带积极发动抗日斗争。1933 年开始创建抗日游击队,队伍发展很快。饶河游击队 1935 年加入了抗日同盟军,编为第四军的第四团,很快又扩编为第四军的第二师。1936 年秋,又根据中共中央代表团的决定改编为东北抗日联军第七军,队伍由最初的四五十人发展到 1937 年鼎盛时期的 1 500 人,崔石泉同志对此是有不朽功勋的。他长期担任第七军参谋长的工作,1938 年李学福军长病故时代理一个时期军长的工作,在第七军中威信很高。"八一五"之后,根据党的决定他回到朝鲜工作,改名崔庸健。在较长的时期内担任朝鲜人民委员会委员长的工作,他在此期间曾数次访问中国,有一次还专门和广州暴动的共同参加者叶剑英元帅会晤,两人做了长时间的交谈。他和周保中之间的战斗友谊也是相当深厚的,因为从 1938 年起他们就长期共事,私人之间的关系也较好,直到 1946 年初崔石泉同志回朝鲜工作时两人才分手。因之在崔庸健委员长每次访问中国时他都要看望一下周保中同志。1964 年秋他访问中国时,应他的要求周恩来总理亲自安排并参加了在京的东北抗日联军十几个老同志在钓鱼台国宾馆和崔庸健会面。

　　我和崔石泉同志这次的见面并非初次。1939 年初我曾见过他。但那时由于政治部主任郑鲁岩和军长景乐亭之间的钩心斗角,他不愿意对此轻易表示自己的意见,因之给我的印象他是寡言的和稳重的。这次我和他一块住了十多天,虽说他仍然是寡言的性格,但一谈论起中国抗日战争的形势和欧洲帝国主义之间的矛盾,却可以滔滔不绝。那时他刚刚去过苏联一次,和苏联的边防军领导人做过短暂的会晤,从那里带回了最新在巴黎出版由中国共产党编辑的《救国时报》,还有毛泽东所著的《论持久战》《论新阶段》等书。他扼要地向我介绍了书和报纸的主要内容,并建议我认真地读一下这些材料。他还就此对东北的抗日游击战争发表了一些议论。他对我说:1939年世界形势新的特点是帝国主义国家之间的矛盾激化了,爆发了德国法西斯和英国、法国之间的战争。这种形势对于国际共产主义运动是非常有利的。至于中国的抗日战争形势,他说,由于蒋介石的消极抗战,日本军继续在中国的南方和北方占领了不少重要城镇。但是中国的八路军和新四军却深入到敌人的后方开展抗日游击战争,发展很快,在华北的山东、山西和河北、绥远等省份建立起许许多多大小不等的根据地,对日军造成了很大的威胁,形势是一片大好的。在谈到东北的抗日游击战争的形势时,他对我说,自从1938年抗日联军遭受严重挫折之后,目前仍然处在最困难的阶段。当然,在夏秋两季我们依然能够打一些胜仗,粮食也不会困难。他还对我说,你们第一师在同江和抚远两个县境之内就活动得很好嘛!杨木林子和抓吉这两仗打得很漂亮,更新了武器,也解决了服装。但是冬季就要到了,大雪封山之后,我们首先遇到的问题是征粮的困难,山里种的地大部分被敌人破坏了。粮食不够吃,就很难打破敌人的围剿。要知道冬季是长达五六个月呀!这就要我们以最大的毅力去克服困难。只要能坚持到明年4月,我们就会重新取得主动权。这时,我向崔石泉问道:"为什么苏联不能支援我们一下呢?"他说:"这不是一个简单的问题。苏联为了加强国内建设,需要一个和平的国际环境,不会轻易地使苏日之间的矛盾激化。因之到目前为止苏联对我们的支持只限于收容一些伤病员,向我们提供一点情报等,别的我们还不能指望。"我又问:"通过苏联和我们的党中央取得联系,也做不到吗?"崔石泉说:"周保中同志已经向苏联提出过这个要求,但直到现在还没有结果。而这一点,正是我们处境困难的主要原因。我们没有办法获得党中央的指示,对敌斗争方针性、政策性的东西只能靠我们自己去制定,我们的水平太不够用了。当然,有一条是不会错的,那就是不管怎么困难,我们要坚持斗争下去。东北抗日联军即使只剩下两三千人,也会牵制日本关东军相当的一部分力量,这对全国抗战也是一种配合。"崔石泉的上述一番话,是颇有见地的。

到了11月上旬,第七军的部队都陆续回到饶河山里密营。领导上研究了夏秋两季的对敌斗争情况,认为除了第一师在抚远县取得一些胜利之外;补充团配合五军第三师在虎林县黑嘴子攻打日本军的要塞建筑工地,消灭伪军警50余人,并解救出百余劳工也是一次重要的胜利。但是由此而引起的日本军的疯狂反扑也使我们遭到重大的损失,持续一个多月的讨伐和反讨伐斗争,给我们带来了颇大的伤亡。在战争中粮食得不到保证,使部队思想情绪处于不稳定状态。在有人因饥饿而死之后,就跟着出现了逃亡现象。更坏的情况是补充团副团长李仁智和警卫员郑庆春当了叛徒。原第七军的政治部主任郑鲁岩因不满意他被撤掉职务也在这时投降了日本人。在这几个叛徒的带领下,敌人于那年秋季把我们山里种的玉米地、土豆地大部分都毁了,还把留在密营中的妇女缝衣队以及老弱病残四五十人都杀害了。在一家猎户中养病的补充团团长李一平也在敌人的搜捕中壮烈牺牲。

上述的损失给第七军带来了严重的影响。原来的设想是,把自己在山里种的苞米和土豆在秋收之后储存起来,如果收获的数量可以勉强维持四五百个人食用五个月的话,就可以使我们完全在冬季隐蔽在大雪覆盖的深山老林中,只要我们不暴露目标,在山里没有留下可供敌人寻踪的足迹,敌人是难以找到我们的。在这样封闭的环境中只要能度过冬季,我们就可以在来年的四五月间重新走出深山,再次活跃起来。

实际情况比我们原来估计的要严重。往年的冬季,敌人进山里"讨伐"都是每次用三五天时间,打完一仗就撤走了。也许在一个冬季之内敌人可能出动两三次,但这样短时间的"讨伐"我们是好对付的。在1939 年 12 月,敌人开始了对分布在饶河山里的臭松顶子、暴马顶子、一棵松等地的第七军十几所密营的进攻,为此敌人动用了 1 600 余名日军和 2 000 余名伪军,来势汹汹。但是正在这个时候,军长景乐亭带领 20 多个人越过边界到苏联去了。对于如何粉碎敌人的"讨伐"他没有向部队和干部做任何指示。实际上是放弃职权。他的行动引起了广大干部的不满。在这种情况下,参谋长崔石泉和政治部主任王效明承担起指挥的责任,决定将部队化整为零,分散兵力以缩小目标,并全部离开自己的密营进行游击活动。对于第一师的部队是这样分配的:第一团由崔勇进团长率领,随崔石泉参谋长活动;第二团由郭祥云团长和李呈祥政委率领,随王汝起师长活动;第三团共两个连,一个连由刘团长带领,一个连由我带领单独活动。我们不停地移动着,尽量避开敌人,在同一个地方不能连续住 24 个小时。白天不敢烤火,只能用干柴做饭,这样可以减少冒烟,避免暴露目标。但是晚上必须燃起大火堆,并在篝火旁的雪地上睡觉,不然都会被冻死。显然,敌人有可能从很远的地方发现火光,并据此寻踪袭击我们。还有,我们的行军会在雪地里留下足迹,这也是暴露给敌人的追踪线索。因之我们几次遭到敌人的袭击。我们在敌人来袭时对付的办法是稍加抵抗就撤走,依靠树林的掩护只要跑出去一里多路就可以和敌人脱离接触,尔后就可以从容地转向另一个方向,甩开敌人。我带的这个连队连长姓胡,连里不到 30人,其中有几个负了伤,还有几个人脚上长了冻疮,行走困难。我们想很快能找到王汝起师长或崔石泉参谋长,但常常和敌人相遇。看来敌人是要长时间地留在山里,并把兵力分成若干支对山里进行严密的搜剿,就像用木梳梳头似的来对付我们。无法和自己的部队取得联系使我们的处境相当困难,我们所携带的粮食只能吃十来天。如果得不到粮食补充,处境就更难说了。事后才知道第三团的刘团长带着一连人投降日寇了,王汝起师长和崔石泉参谋长鉴于在饶河山里的敌人过多,他们率领队伍转移到抚远县活动去了。这样,在粮食断绝了三天之后仍然发现有敌人在周围活动,我想在这样的情况下最好的办法是越过乌苏里江到苏联境内去,才能将这支为数不多的抗日力量保存下来。我和胡连长商量了此事,他同意我的意见。于是就在战士中找到两个熟悉地形的同志做向导,利用夜间以乌苏里江为目标前进。我们走了大半个夜晚,于凌晨三四点钟的时候,避开日军在边境上设置的哨卡,踏上了冰冻的江面,在吱吱的脚步声中默默地向苏联的岸边走去。

苏联红军的哨所早已发现了由乌苏里江冰面上传过去的吱吱作响的众多脚步声,他们把战士们布置在江岸上,密切注视着我们。当相互距离只有 50 米左右时,他们发出了喊声。我们不懂得俄语,但是领会到他们的意思我们站住了。立即有十几个苏军士兵上来叫我们把枪支放在地上,并且挨个搜查了我们身上是否还留有手枪。他们将武器全部收走之后,把我们带上江岸,走了好长一段路,进入了一个营房内,将我们近 30 个人关在一间大房子里。大家已经很疲劳,都横倒竖卧地躺在铺有干草的地上睡着了。亮天之后,我们被叫醒。吃过早饭之后,我第一个被他们叫到办公室接受询问,一位留着八字胡的佩戴着上尉肩章约有 30 多岁,个子不太高的苏联军官问了我许多问题,有如姓名、职务、政治态度、所在部队番号、为什么越境到苏联来等。一个看起来像是中国人的苏联军人充当了翻译。我如实地回答了他们的问题,他们详细地做了记录。询问时间约为一个小时。以后他们又询问了胡连长和几个战士。他们对我们没有什么敌意的表示,但也没有什么友好的表示。

当天夜间,我们被一辆大卡车拉走,车上盖着篷布,因之不感到太冷。走了不到一个钟头,进入了一个小城市,有人说那是比金。我们被送进了拘留所,分别住在几个房间里。我住的是一个约有 20 平方米的屋子,屋子里设有双层木板铺,可容约十几个人,其中似乎都是从东北越境过去的人,有一个 40 来岁的人说着很不流利的中国话,一眼看得出是朝鲜族人。还有两三个人对我说他们是抗日联军第七军补充团的。我在这个拘留所里住了四五天,经常被叫去接受苏联军官的询问,翻译依然是中国人,但是比在边界上担任翻译的人要年轻得多。这几天他们问得更详细些,问了东北抗日联军第七军各级领导干部的具体情况,问了我们第一师1939年游击活动的具体情况,问了我们攻打杨木林子和消灭抓吉伪警察的具体过程等。对杨木林子战斗,那位询问的军官还根据我的叙述画了一张战斗进程图,问我是不是那样。经过这几次询问之后,看出来他们在态度上有一些变化。有时问住的房子是否暖和?能不能吃饱饭等的话,笑容也多了一点。一个星期之后,我们原来的近30人一起被送到伯力,关在一个较大的监狱里。那里每间房子约有五六十平方米,设有对面木板铺,我们的人全都住在那一间房子里,而其他的房间全部是苏联犯人。房间里的温度相当高。伙食供应是定量的,不过对我们来说不够吃。在住过一段时间之后又把我们分开,和苏联人混住在一起。由于语言不通,和苏联犯人之间只能是互相通报一下姓名、年龄等。他们对我们也没有什么歧视。有时我们看到有的苏联人用铅笔杆敲击着暖气管,连续地发出"嗒嗒嘀"的声音,在一起放风上厕所时,有的苏联人将一个火柴盒放置在一个隐蔽的地方。看来他们是用这些办法和其他楼层或其他房间的人互通信息。我们在这个监狱里住了三个多月。在最后几天里,有一名苏军内务部的少校军官又找我详细问了许多情况,同时又问我有什么要求。我说:"我们是中国共产党领导下的抗日游击队。苏联是社会主义国家,理应给我们一些支持。我们遇到的问题是在冬季里所处的环境太恶劣了,难以坚持斗争。但是在夏秋两季里我们还是能够打胜仗的,我希望在解冻之后带着我的战士们返回东北境内,继续抗日。"

那位少校对此未作正面回答,却问我道:'你认识周保中吗?"我说:"当然认识,那是我们的总指挥。"他又问道:"你想见到他吗"?我说:"是的,很想见到他。"这样,在第二天,又来了另一位苏联少校,通知我准备去见周保中,并且将我们二十七八个人集合起来,逐一点名,尔后要我们换上另一套棉衣,用一辆大卡车拉我们出狱。车走出伯力市,过一个钟头之后车停了下来,少校告知我们下车。我本以为来到这里就可以看见周保中同志，但仔细看了之后，这里原来是一个有一百来户居民的农庄。当农庄的主人安顿我们住下的时候，那位少校也走了。由于语言不通，我们也无法和农庄主人问清楚是怎么回事，农庄的主人也未和我谈过什么话。我们集体住在一个大房间里。第二天饭后，农庄有人招呼我们准备干活去。我很奇怪，对他们说："没有人告知我们是到这里劳动的，我们是准备回东北打日本去的，我是要见我们的领导周保中同志的。"没有人做翻译，但是比我们先到几天的几个抗日联军第七军的战士把大意向农庄的主人讲了。他耸了耸肩膀，撇了撇嘴，表示他什么也不知道，他也无可奈何。但是他没有强迫我们去干活。又过了一天，在上午的时候来了一辆小汽车，那位送我们来这里的苏军少校陪着周保中来了，我喜出望外。周保中单独和我做了一次简短的谈话，他指出我不该没有得到上级的同意带队越境，问我是否还想继续抗日。我首先检讨了自己的错误，同时建议周保中也应该考虑一下抗日游击队如何避免在冬季里的无谓牺牲问题。我说我认为在夏秋两个季节里还是很有利于我们的抗日游击战争的，但是一到冬季，在粮食没有来源的情况下我们是完全被动的，对敌人没有还手之力，只是零零星星地今天被敌人打死几个，明天又冻死或是饿死几个。我们能不能考虑在冬季里怎样把我们的人保存下来呢？我又说，现在春天即将来临，我还是有信心返回东北继续抗日的，1939 年夏秋两个季节里我们第一师还是打过几次胜仗的。周保中说，是的，你和王汝起在一起工作，相互合作得很好，这我是知道的。至于如何在冬季里保存力量的问题，这是一个比较复杂的问题，一时还不好做出决定。现在先说如何返回东北的问题，第七军的人员在冬季越境到苏联来的共有七八十人，现在愿意返回而且身体情况又可以返回东北境内继续打游击的有六十多人。最近正准备重新组织起来回东北去。好吧！既然你有决心回去，就同我一起走吧！我说："这太好了！"

我随同周保中先是到了伯力市，随后又到了饶河县对岸的比金小城，在那里见到了第七军的军长景乐亭和集中待命的部队，共有六七十人,他们穿着苏军士兵的旧棉衣和毡靴,住在一个小院的几个房子里。为了保密白天不让到院外去,只是在房子里学习政治和文化。晚上才可以在大街上进行些制式训练,由周保中亲自任教。这些事本来应该是景乐亭去做的,但是我不知道为什么他不去做。我还看出他的情绪不高,对我只淡淡地说了几句话。给部队讲文化课是我负责,政治课也是周保中讲的。讲的内容包括对东北抗日游击战争的展望,中国整个抗日战争形势,世界各资本主义国家间的矛盾与战争态势。根据他的几次讲课我领会到要点是:中国整个抗战形势是很好的,国际形势对中国抗战是很有利的,东北的抗日游击战争依然是处在非常艰苦的阶段,但是我们要依靠自己的积极斗争扭转不利局面,东北的民族矛盾是深刻的,东北人民反抗日本帝国主义压迫的斗争一定会持续下去的,只要我们抗日联军的队伍坚持斗争下去,就会给东北人民的解放斗争带来巨大的希望。经过一个星期的训练之后,我们准备返回东北了。我们全部换上了日本军的黄呢子服装和皮大衣,暂时编为一个连,全部配发了三八式步枪和3挺歪把子轻机关枪。在景乐亭的率领下利用一个夜晚由苏联人用两辆卡车先将我们送到边界的一个营房里,尔后由我们自己步行到乌苏里江江边,踏上了尚未解冻的冰层,默默地向西岸走去。进入饶河县境之后立即走进山区。我们整整走了一个夜晚,拂晓时才在一个较为稠密的树林里休息做饭吃。当天大亮之后,景乐亭先将携带的信鸽放飞,尔后观察了一下地形,认为那里不能久留,必须再经过半天的行军才能找到第七军的部队。

二十一、1940 年的斗争

从苏联返回饶河的第二天下午,我们顺利地找到了第七军的部队,陆续见到了参谋长崔石泉、政治部主任王效明和师长王汝起以及他们所率领的队伍。在相互交谈情况中,得知在这个冬季中,他们在极为艰苦的条件下,多次与兵力占绝对优势的日军和伪靖安军作殊死战斗,特别是崔石泉和王汝起率队转移至抚远地区时,虽说是征得了不少粮食,但在12月至翌年2月期间,接连和敌人打了五仗,前后共使敌人死伤200余人,但我方也牺牲了40余人,此外还有些同志因极度疲劳,再加上冻饿而卧倒在深雪中再也没有起来。在1939年10月之前尚有400余人的第七军,到1940年3月时已减员到100多人了。他们看到了我们从苏联返回来的60多人,自然是大大受到了鼓舞。当然,我见到他们时是感到很惭愧的,相比之下,他们个个都是英雄,而我却逃避了这场斗争。我向王汝起表达了我的上述心情。他说:"我们的牺牲也有些太大了。如何在冬季里把我们的有生力量保存下来,也是应该考虑的问题。到今年冬季再像我们这样做,我认为未必是上策。"他稍停一下,又接着说:"说真心话,我对景乐亭军长的意见最大。在去年夏秋两个季节里,第七军打过几次胜仗,但没有一次是他亲临现场指挥的。到了冬季呢?他首先自己带着十几个人越境了。走之前连一句话也没有交代!多亏崔石泉参谋长负起了指挥的责任。这次景乐亭回来,不知道他会对这些问题说些什么话。还有……"王汝起在说到这里时把声音放低了,低得只有我们两人才能听见,他继续说:"崔石泉对我说过,景乐亭在去年冬天越境之前,曾想投降日本人。他曾打算先派出一个人去饶河和日本人联系如何投降的事,但尚未得到回信之前日本人就进山'讨伐'了。他就是在这样的时候越境的。崔石泉对此事已做过调查。这次景乐亭回来,恐怕对此事也得做出交待。"我说:"这样问题可就严重了。"

在我们回到饶河之后,又过了十来天,周保中同志也从苏联回到了饶河。这时,第七军党委会已经根据政治部主任王效明和参谋长崔石泉所提出的有关景乐亭企图叛变投敌的调查报告,认定景乐亭在1939年冬季曾发生动摇,企图投降日本人,为此他在内部结成反革命小团体,并与俘虏过来的伪军士兵共同密谋叛变。这一调查结果由王效明以军政治部主任身份当面向景乐亭宣布了。景乐亭曾力图狡辩,但被王效明、崔石泉等人予以驳回,并同时宣布撤销他的军长职务,开除党籍,并立即处死。

4月上旬,在周保中的亲自参加下,召开了第七军的常委扩大会议,总结了1939年冬季对敌斗争的经验,提出了1940年坚持抗日游击斗争的任务。在这次会上,我对自己未得到上级的同意而擅自率队越境之事做了检查,也受到了与会同志的批评。周保中还在会上宣布:由于部队缩减,第七军将改称为东北抗日联军第二支队,第五军也将改称为第五支队。他对此解释说:"经和北满省委共同商定,第三路军所属部队将分别改编为第三、六、九、十二支队,第二路军所属部队分别改编为第二、五、八支队,并将建议南满省委将所属第一路军部队改编为一、四、七支队。不过,目前还未和南满省委取得联系,那里的情况我们知道得很少,估计他们的处境也是相当困难的。"从这次会议的情况来看,大家对于在1940年之内继续开展抗日游击战争还是很有信心的。第二支队的活动地区依然是饶河、虎林、同江、抚远、富锦、宝清这一地区。对于如何度过1940年的冬季问题,大家提出还是要在山里种地、贮存粮食这样的办法。

会后,周保中找王效明、王汝起和我几个人又进行了一次谈话,他告知我们,崔石泉将调任第二路军总指挥部参谋长,第二支队将由王汝起任支队长,王效明任政治部主任,二支队下设第一大队、第二大队和教导大队,彭施鲁由于有擅自越境问题,暂不在第二支队内任职,但以总指挥部巡视员身份随第一大队活动,兼管政治工作。会上王汝起建议由刘雁来和我先率第一大队的一个中队作为先遣队,首先进入大旗杆进行活动,为今后第二支队在富锦、宝清一带进行活动创造条件。我很愉快地接受了这一任务。

大旗杆位于饶河、宝清、富锦、同江几个县相连的一大片沼泽地的中心,那里拥有一大片干燥无水的区域,有许多荒芜了的可耕地,还有许许多多的小片林地。我和刘雁来去那里是听说那里有一些富锦县的农民偷着在那里种鸦片,我们如果能和他们建立起联系,可以获取许多情报,还可以通过他们取得粮食和采购布匹、棉花等。种鸦片本来是一种不值得称赞的事情。但是从 1936 年起日本人就公开在三江地区安排农民大片种植鸦片，并将收获的鸦片廉价收走，再转卖到国际毒品市场，牟取暴利。现在农民躲开日本人到大旗杆私种大烟，这也是与日本人消极对抗的一种办法。由于这一原因，我们对他们采取了保护与合作的政策。我和刘雁来率队于 4 月中旬抵达大旗杆，第一步工作是寻找烟民，和他们建立联系，第二步是选择一块可耕地，种 20 垧苞米。烟民的住地都选择在相当隐蔽的小树林中，不到跟前很难发现。我们通过两个办法发现目标。一是备耕活动着的人，二是做饭时房子冒出来的烟。我们每天都要行走四五十里路，边走边通过望远镜搜寻目标，终于找到了四五十户烟民，每户只有一至两人。我们找到他们后就向他们宣布：你们在此种大烟日本人是不允许的，但为了中国人的利益我们给你们提供保护，你们也要和抗日联军合作，除缴纳少数粮食外，还应该协助我们购买布匹、棉花、胶鞋、食盐、火柴等物品，罂粟收割后交少量鸦片税。我们这些条件都是他们可以承受的，他们也在安全方面能得到保证，因此很容易达成协议。顺便说一句，我们在以后对此也确实尽到了责任。因为到了七八月份罂粟收割季节，日本人从富锦县派出伪军一个连，要进入大旗杆捣毁罂粟田，烟民闻讯后非常恐慌，都来找我们商量对策。我们就在由富锦进入大旗杆的路上利用两片树林作为阵地阻击敌人。敌人是一个连，150 人，我们只有 30 多人，显然是无力消灭敌人的。因之决定在 300 米的距离上对敌人开火。我们在阵地上等候了两个钟头，果然发现了敌人。按原定计划开火后，敌人不敢再前进，被迫在暴露的开阔地向我们射击，相互对射约半个钟头之后，敌人开始撤退了。我们也同时转移了。以后敌人就没有再进来，这就保证了烟民在鸦片收割期间的安全。当他们在 8 月里将全部鸦片收到手的时候，就纷纷地向我们道谢，之后都回到原来的屯里去了。

在此期间，我们也得到了一个非常不幸的消息。王汝起同志在 5 月间率警卫连和一大队一部从饶河密营出发，预定到大旗杆和我们汇合。在中途他得知大岱河驻有 40 多名伪警，其任务是监视那里的伐木工人为日本人干活,每天按一定的路线到秃山头巡逻。王汝起决定在中途设伏,消灭这股敌人。5月21日,这场战斗打响了,却遇到了敌人顽强的抵抗,战斗持续了一个小时,有8名敌人被击毙,1名负伤,夺取了捷克式轻机枪1挺、步枪10余支,但我方也有10多人伤亡,王汝起同志牺牲了。战斗结束后,由李成祥副大队长率领着剩余的40余人来到了大旗杆,他向刘雁来和我汇报大岱河战斗情况时,几次落下了眼泪,我们在大旗杆隆重地为王汝起及其他牺牲者开了追悼会,命名那挺战利品捷克式轻机枪为王汝起号。

到了6月,王效明同志率第二大队一部及教导大队也来到了大旗杆。在此之前,他们一直在饶河县独木河一带活动。那年四五月间,日本人又一次发动了对虎林、饶河山里的第七军队伍的围剿,为此,还由宝清、富锦两县调来了日伪军,共五六百人进入了土顶子、马鞍山、独木河、花子一带进行扫荡,发生过几次激烈的战斗。教导大队政委金品三牺牲。敌人还到处捣毁我们新修的简易房子。王效明率队巧妙地避开敌人的进攻,并乘其不备攻打独木河的木营,缴获了50多匹马和牛,还在大穆河的乌苏里江边截获了3艘运粮的木船,夺得700袋面粉和少数军服。很可惜的是这些粮食无法全部带走,只得临时存放在乌苏里江的江心岛上,以后我们也没有办法把它运回密营,在风吹雨淋下都霉烂了。

王效明率队来后,使我们在这里的总兵力达到160多人,这就是第二支队的基本力量。以后在这一带还碰见了第六军的十几个人,由景副官和李连长带领着,他们是在1938年第六军西征时留下的,是原来由六军第一师政治部主任徐光海率领的下江留守部队中的一部分,1939年徐光海牺牲之后,队伍仍然坚持着斗争,最后就剩下他们这几个人了。他们没有办法去寻找主力部队了,见到我们后他们非常高兴,结束了他们一年多孤立无援的处境,王效明和他们交谈之后,商定他们随第二支队共同行动。

在这里还发生了一件使我们颇感意外的事,有一个自称叫王鹏的

30来岁的人,在大旗杆一带找到了我们,说他是由党中央派到东北来寻找东北抗日联军的,但没有任何信件,也没有任何可以说明他身份的证件,他叙述了他是由山东经海路到东北来的,到东北后就从伪满的报纸上寻找有关抗日联军的消息,他看到了有关日本军在饶河讨伐抗日军的报道,就决心到饶河来,沿途受到了日伪军警的检查,自己不得不销毁所携带的信件和证件。我们从他的言谈以及所说到的有关八路军抗战情况来看,有可信之处,但也不排除有假冒之嫌。我和李成祥副大队长商量之后,将他转送到王效明那里。王效明认为要慎重对待,又转送到周保中那里。周保中在和王鹏详细交谈之后,认为他是可信的,尔后又将他带入苏联境内,并想在苏联人协助下使他由新疆返回中国再去延安。苏联人答复说在当时做不到这一点,以后就作罢了。王鹏被留在抗日联军教导旅,以后被派回东北做小部队工作时牺牲在战场上。这件事我一直放在心上,在全国解放后我向不少人谈起王鹏的事,最后在1981年才从原吉林省省长于克同志那里得知是经他的手将王鹏从山东派往东北找抗日联军的,他当时在山东省负责社会部工作。这件事说明东北抗日联军想在当时和党中央建立起直接联系是多么困难呀!

当王效明率队于6月间来到大旗杆之后,我们的活动范围扩大了,老等窝、燕窝、长林子也成了我们经常来往的地方,有时我们离富锦县的居民区近些,有时则离宝清县近些。日伪军一直没有再进来找我们的麻烦,说明他们不敢轻易进入沼泽地和我们较量。

那年在沼泽地里蚊子猖狂极了,我们行军时每个人的周围都有几百只蚊子跟着飞舞,在黄色军衣的后背部分也会有几十只蚊子落在那里用力地往人的皮肤上叮。人们不得不用树枝或毛巾不断地驱赶蚊子。当住下的时候,只要大火堆烧起来了,蚊子就不敢靠近了,但晚上睡觉必须借助于蚊帐。我们自制的蚊帐是奇特的、适用的而又很简易。就是用两个大床单合在一起,缝上三个边,下面的一边留下口使它贴在地面上,上面两个角各系一条麻绳,将麻绳系在两边的树上,使蚊帐拉直,尔后用两根一米或一米半的小棍横着从蚊帐的里边将两头支起,就算完成了。再将地下铺上青草就可以在蚊帐里睡觉了。小一点的蚊帐可睡一至两人,大一点的可睡四五个人,在天气逐渐凉了的时候,有人试验着在蚊帐里点一支蜡烛,可以提高蚊帐里的温度。如果再放一点木炭火,就会相当暖和。在老等窝一带,的确有不少仙鹤一类的大鸟,人们叫它们老等。它们把巢筑在有深水的高草丛中,我们的战士从它们的巢中找到了上百个老等蛋,使我们得以改善了一天的生活。总之,我们的生活是苦中有乐的。

在经过多方侦察之后,第二支队于这年秋季在富锦和宝清地区采取了两次重大的军事行动,第一次是在8月间,第二支队在此的全部人员参加了攻打富锦县第四区所在地柳大林子,那里驻有伪警察20多人,我们于午夜一举突入有层层障碍(壕沟、围墙)的大屯,和伪警发生了激烈的战斗。我们一步一步地逼近警察局想把他们全部消灭掉,最后伪警察全部缩回警察所,并利用四周坚固的围墙和四个墙角上的炮台进行抵抗。在即将天亮之时仍然无法攻破其围墙。这时王效明立即变更了部署,以少数兵力封锁警察所,主要兵力用以征粮和征用地主的牛马。在完成这一任务之后迅速撤出战斗,重新进入沼泽地,并在那里将40多头(匹)牛和马杀死,将肉烤成肉干,以备长期食用。到了9月,驻宝清县七星河镇的伪军第三十团机关枪连在班长杨庆海的策动下密谋起义,迫切需要抗日联军的策应。他们听说我们攻打了柳大林子,便派出胡景全和高海山偷偷地进入沼泽地寻找我们,果然很顺利地找到了我们。王效明在和他们交谈之后,和他们商定了接应起义的时间、方法。到了9月14日晚上,王效明将部队分三路布置在七星河镇的周围,并派出少数精干人员,进入镇内和杨庆海接头。在杨庆海、高海山、胡景全、杨振华等人的号召下,他们宣布起义了,当场打死了该连连长和日本教官,随即携带3挺重机关枪、两挺轻机关枪和100多支步枪走出七星河镇。我们征用了18辆大车装载着这批枪支弹药和军需用品进入了沼泽地。

这次行动对日本侵略者的震动是非同小可的。他们为此不仅动用了地面部队,还动用了3架飞机。第二天白天有日伪军由宝清县出动对起义者进行追击,但是他们到了沼泽地的边沿就犹豫了,不敢轻易向前走,转了一圈就返回城里,向日本人报告说未能发现目标。倒是飞机发挥了作用,整整一个上午一直有3架飞机在我们的上空盘旋,还扔下了几枚炸弹。本来杨庆海宣布起义时有80来名伪军士兵表示要加入起义队伍,但在敌人飞机投弹的威胁下陆续有些人掉队,实际上是往回跑,最后只有30多人比较坚定地随我们进入了沼泽地。过了四五天,我们得到情报说敌人又纠集了优势兵力准备进入大旗杆和我们较量。王效明决定率队向饶河转移,避开敌人的锋芒。敌人进入沼泽地之后一直未能找到我们,只是发现了正在成长的20垧苞米地,苞米粒即将成熟。他们就挥动枪杆和刺刀,把苞米地全部捣毁,这才收兵回城。当然,把捣毁苞米地作为日本人的一次胜利还是应该的。它的确破坏了我们的过冬计划。如果我们能有几万斤玉米储存的话,情况就会大不相同了。

我们在返回饶河之前,接到总指挥部通知,任命王效明为第二支队支队长。在王汝起牺牲之后,王效明一直是以支队政治部主任身份工作着,但实际承担了军事指挥的任务,此外,还调整了几个干部的职务,由我任教导大队政委,代替已经牺牲了几个月的金品三,伪军起义过来的杨庆海被任命为第一大队副大队长,原在伪军任班长的高海山被任命为支队部副官。

返回饶河的目的是为了安排过冬事宜。到达饶河之后,得知情况相当糟糕。在饶河山里的几处苞米地和土豆地都被敌人破坏了。由叛徒率领着的日伪军在八九月间进入饶河山里,专门以我们的耕地为"讨伐"目标。我们的秋收计划全部被破坏了。这时已经是10月了,必须趁落雪之前再征集一些粮食,不能坐以待毙。为此王效明决定向密山出击。密山县在1935年之前曾是抗日部队活跃的地区。但因为那里是日本人的移民区,日本人千方百计地加强那里的统治力量,1936年之后抗日部队偶尔也去那里活动过,但都没有站得住脚。王效明估计到这一情况,决定采取小鸡吃米的办法,啄一把就走战术。饶河与密山不连接,要通过宝清县境步行300多里路才能到达。预计要用5天行程。但我们无法找到够用5天的粮食,幸好夏天在挠力河捕鱼后储存了一些干鱼,就每人携带了十几条只有七八寸长的干鱼当作给养。行军的头两天还吃一点粮食,从第三天开始就只有吃干鱼了。王效明命令每顿饭每人只能吃一条干鱼。当时很多人带有日本的军用饭盒,可以自己煮饭吃,一个饭盒煮一条鱼还是够用的。鱼头、鱼尾全部都被我们吃到肚里,第二天都出现了大便不畅通的症状。这样走了五六天进入密山县境。我们比较谨慎地边侦察边前进,经过两天后发现了东二道岗的日本移民开拓团南北两个屯子。我们就利用夜间突然袭击了这两个屯子,许多日本人听到枪声就赶快逃走,由于我们对地形不熟悉,只有少数逃跑的日本人被击毙。他们没有枪支,因之我们的胜利品有军大衣、粮食、牛马等。我们放火焚烧了他们的房子后,立即撤出战场返回饶河。

由密山返回饶河的路上粮食是充足的,又有牛马肉吃,战士们精神是饱满的。中途,王效明指示崔勇进和我率领教导大队向宝清至密山的公路方向活动,最好能在公路上袭击一次日伪军运输队,以此迷惑敌人,使敌人不至于把饶河视作主要目标。教导大队在向公路方向运动当中,发现有一股日本军驻扎在一个山沟里,有十多个帐篷。我们隐蔽在山下对他们进行了半天的观察,随即在午夜对这股敌人进行了一次突然的袭击,敌人也很快占领了山顶向我们还击。在相互对射了半个钟头之后,我和崔勇进商议,认为牵制敌人的目的已经达到,随即将部队撤走,并转向饶河方向前进。我们翻山越岭,又经过一天的行军,已经进入饶河县境。中午时分,尖兵突然停了下来,回过头来将手臂向下一挥,示意大家卧倒,接着他们也卧倒并密切地注视前方。我和崔勇进弯着腰走到尖兵跟前卧倒,顺着尖兵手指的方向看去,发现前边山谷里正有一队日本军在行进,约有四五十人。崔勇进说:"看来敌人已经进山了，我们应该在此隐蔽，等天黑以后再走。"我们利用树林的掩护，未被敌人发觉。到晚间才继续前进。这天，下了第一场雪。我们伴着飞雪走了一夜。天快要亮时，我们寻找到一块比较隐蔽的地方宿营，燃起篝火取暖并做饭吃，让大家睡个觉，同时利用白天观察敌情。幸好，第二天没有发现敌人的活动。我们继续利用夜间行军，终于在第四天在大穆河找到了王效明和整个第二支队。我和崔勇进汇报了我们的行动情况之后，王效明对我们说："敌人的确已经对饶河山里开始讨伐了。看来这次进山的敌人不止数量多，而且战术不同于往常。其特点是每一股兵力不大，约为100多人。但分散面广，而且用纵横交叉来回穿梭的办法来搜寻我们。目前，我们从密山夺得的粮食和牛马肉还能维持十天左右，我们又采取了行踪不固定的办法对待敌人，因之，敌人想要围歼我们也并非易事，但必须考虑这点粮食吃完之后该怎么办。只要能继续取得粮食我们就可以坚持斗争下去。"崔勇进说："山里的粮食全给敌人破坏了，想再要粮食，除非到山外强制征粮，但每征一次粮都得付出伤亡代价，而且只能维持几天，现在又三天两头落雪，我们一有行动就会留下足迹，敌人就会沿着我们的足迹追踪我们，这样是难以长期坚持下去的。"王效明说："我们还是积极解决吃的问题吧！"

第二支队继续为粮食问题斗争着，山里的积雪已经一尺多厚，粮食和牛马肉全都吃完了，干鱼也吃完了，找遍了过去储存食品的地方，最后能够得到的仅仅是从敌人已捣毁的萝卜窖中扒出来的冻萝卜和萝卜缨子，萝卜有的已被刺刀砍成几段，每个人分了十来个萝卜，每顿饭限量一个煮萝卜，萝卜吃完了，崔勇进又带了二三十个人去大别拉坑的屯子里去夺取粮食，很不顺利，几次和敌人相遇，造成四五个人的伤亡，所得到的粮食仅仅是几斗黄豆，分了之后不够每人两天的食量。与此同时，不少人脚被冻伤，还由于每天要在没有道路的树林子里穿行，棉大衣的袖子、棉裤的膝盖部位和裤裆都被树枝划得破烂不堪，棉花也掉光了。

到了 11 月下旬，每天都有少数人由于冻饿而再也没有力量向前迈出哪怕是小小的一步,也有人有意掉队希望会另有生路,在 10 月间尚有 150 多人的第二支队这时只剩 80 余人了。

正在这时,王效明接到周保中的指示,其中说目前日本人在大穆河、三人班、七虎林河口、土顶子、臭松顶子一带长期陈设重兵,严密地搜索我军。如果这一情况短期之内改变不了,就应率部转移至安全地带,以求保存实力。在接到这个指示之后,王效明和几个有关领导商量如何转移事项,他提出:转移是必须的,但还应该留下少数人在饶河大叶子沟坚持斗争,任务主要是不断收集敌情,为以后的长期抗日斗争做准备。副支队长刘雁来勇敢地承担起这一任务,他对饶河和虎林一带的每一座山和每一道沟都十分熟悉。他还认为,十个二十个人的粮食问题还是可以弄到手的,人少了,也很容易隐蔽下来,只要不暴露目标,在一个方圆上百里的山林里,岂不是像一根针掉在海底一样吗?王效明见刘雁来有这样的信心,颇感欣慰,就决定将李成祥和郭祥云等人留下给他。但是就在第二天的拂晓,我们又一次遭到日本军的突然袭击,我们一边抵抗一边撤退。更糟糕的是崔勇进所率领的 20 多人去寻找粮食还没有回队。王效明的右手食指被打伤,另有四五名同志未能撤退出来,不过,还有第二个集合地点,这是为了防止失掉联络的常用办法。王效明带领着队伍走出了 10 多里路停了下来,还好,崔勇进回来了,还带了几百斤粮食回来。王效明在此和干部们开了最后一次会,决定晚间率队越境到苏联去,刘雁来则带领着 12 个人先一步离开去一个秘密地点,他们走后所留下的足迹由我们用雪填盖起来,崔勇进所带回来的几百斤粮食全部交刘雁来带走了。

最后,经过 4 个钟头的夜行军,队伍安全地越过了乌苏里江。

二十二、两次伯力会议

1940 年 9 月,负责和东北抗日联军联系的苏联远东军代表王新林给抗联各路军领导人杨靖宇、魏拯民、周保中、赵尚志、王效明、李兆麟、冯仲云、柴世荣、季青等发出通知,内称:"今年12月要召集党和游击队干部会议。在此会议上并有中共代表参加,所以应在此会议上解决党组织和目前游击队运动的一切问题。"同时还要求在12月前一切军事领导者、政治委员和党委书记或党委委员要到达此地。

陆续接到上述通知的抗联领导人听说有党中央的代表要来,都喜出望外。盼望和党中央取得联系,是大家等待了几年的事情。因之,从11月到12月,各领导干部带着自己的部分队伍,突破日伪军冬季的围剿网,相继进入苏联境内。在南满的队伍,因杨靖宇已于1940年春牺牲,而魏拯民当时尚未和苏联人建立起联系,故而未接得通知,但所属部队因当时处境极端困难,也被迫零散地由珲春方向撤退至苏联境内,其中包括部队的领导人金日成、安吉、徐哲等人。魏拯民当时实际上被日军围困在桦甸县牡丹岭的密营中,在长时间断粮之后于1941年3月去世。

对于这一次伯力会议的具体情况,我当时不是直接参加者,很多事情是在以后由王效明和季青陆续说给我知道的。

周保中和李兆麟等人到达苏联的伯力(即哈巴罗夫斯克)之后,都迫切地想见到我们党中央的代表。苏方一直未作明确回答。直到12月16日,苏方才正式告知中共代表不能前来参加会议。这个消息立即引起了很多同志的不安,而且对这次会议的目的产生了疑问。

1940年底,已处于极度困难境地的东北抗日联军,盼望有党中央的代表来亲自听取汇报情况并对今后抗日游击运动的方针做出新的决定,曾是当时全体指战员的最大愿望。不过当时苏联的确未能和我党中央取得联系(其中原因不详,我在《在苏联北野营的五年》一文中对此有过评说)。因之用王新林的名义向抗联领导干部发出的通知中有一句不真实的语言。但是可以理解王新林也有其好心的一面,这样的会确实是非常需要召开的,考虑到中共党员的自尊心,他认为利用中共中央代表的名义有更强的号召力。就抗日联军的队伍来说,当时都处在冬季最险恶的环境之中,使抗联队伍在苏联人的默许下撤退至苏联境内以度过冬季也是有利的。当然,就会议的进程来看,在苏联远东军的与会者当中确曾有人提出过有损于中国共产党利益的对日斗争方针,它理所当然地遭到我方的反对,最后也遭到了苏军领导本身对它的否定。因此会议,它最后的效果还是对抗日联军非常有利的。这次会议被称作第二次伯力会议,它在中苏关系历史上是很有积极意义的。

要把这个问题说清楚,还得从 1936 年开始和苏联人的来往说起。1938 年之前,由于中共中央派出了一个十几人的代表团常驻共产国际,这个代表团在苏联远东的海参崴设了一个联络站,由一个名为石达干诺夫的中国同志在那里负责。原先的满洲省委和满洲省委撤销之后的吉东特委、东满特委都是通过石达干诺夫和莫斯科的中共代表团取得联系的。到了 1937 年的秋天,中共代表团回国,并通知今后将由延安和东北的党组织建立直接联系。到了 1938 年春天,东北的抗日斗争形势出现了不利的局面。吉东、北满以及南满省委都做出决定实行西征开辟新的游击区,同时他们都焦急地想将这一情况报告给党中央。吉东省委曾派出周保中于 1938 年春由饶河县借助抗联第七军与苏联边防军的联系(实际上是情报交换关系)进入苏联境内,想在苏联的协助下去海参崴寻找石达干诺夫,希望能和党中央取得联系。但是没有找到石达干诺夫,苏联人又安排周保中安全返回东北,同时和周保中商定经常互通情报,给周保中配备了联络用的无线电台。在那年的 1 月,北满省委也派出了赵尚志从萝北县进入苏联境内想通过苏联人协助去莫斯科寻找中共代表团,同时想争取苏联对抗日联军给予援助。但不知为何苏联人反而把赵尚志关入监狱。

1938 年 2 月,抗日联军第三军和第六军各一部共 500 余人,由军长戴鸿宾和师长蔡近葵的率领,在护送赵尚志越境之后攻打萝北县城失利,随即被迫撤退到苏联境内。部队立即被解除了武装。除军长戴鸿宾被留在远东,关入监狱之外,师长蔡近葵和军秘书长徐文彬及其以下官兵 500 余人都被送回新疆,交给了国民党。这批人要求去延安未被同意,都被就地安置了,以后这批人处境都很不好,在这前后,第十一军军长祁致中也带着少数人越境进入苏联,祁致中也被关进了监狱。赵尚志、戴鸿宾和祁致中三位军长被关在监狱的同一间屋子里达一年多的时间。到了 1938 年的冬天,也曾有过几股数量不大的抗联队伍撤退至苏联,这些人都被留在远东地区,有的在农庄劳动,有的被组织起来重新进入东北境内进行武装侦察工作。原抗联第三军四师的一个团长李铭顺就长期担任过这样的队长,多次出色地完成过任务。抗联第七军第一师的政治部主任何可人 1938 年冬因负伤去苏联治病,后因残废不能再返回战场被留在苏联远东军情报部门工作。他有一定的文化,会刻制印章和关防,会鉴别各种证件的纸张、墨水的型号,因之在情报工作中曾发挥了特殊的作用。这时苏联对待抗日联军指战员的政策上有了一些变化,从开始的集体遣返新疆而变为个别地吸收、合作,共同进行对日斗争。他们也逐渐发现抗联队伍中有许多优秀的共产党员,抗联战士也都是对苏联友好的。到了 1939 年的秋天,苏联人将赵尚志、戴鸿宾和祁致中三个人释放出来,同时将留在远东地区的抗联人员 100 多人集中起来配备着全部日式武装支持他们返回东北开展抗日游击战争,并宣布赵尚志为抗日联军总司令、戴鸿宾为参谋长、祁致中为副官长,由他们率领着这支队伍于 6 月间由黑河方向返回东北境内。对于赵尚志率队返回东北之事,北满省委是在过了两个多月之后才听到消息的。在此之前,北满省委鉴于 1938 年西征之后的重大挫折,而北满和吉东两省委之间曾长期保持过的联系也暂时中断了,东北抗日联军实际上已处在危机之中,迫切需要检讨过去并制定出今后对日斗争新的方针。为此,北满省委于 1939 年夏派出下江特委书记高禹民去苏联,首先与苏联远东军取得了联系,并征得苏方同意由北满省委常委冯冲云为代表于同年 9 月到达伯力。冯仲云此行的目的是想在苏联境内召开一次北满和吉东两省委的联席会议,希望得到苏方的协助。苏方同意了,派出原抗联的团长李铭顺率领的侦察小分队进入东北寻找吉东省委书记周保中。周保中于同年11月到达伯力。正好,在12月末,赵尚志因战斗失利而重新撤退至苏联境内,也来到了伯力,并应邀参加了冯仲云和周保中的会谈。这就形成了探讨东北抗日联军对日斗争新方针的第一次伯力会议。

第一次伯力会议于1940年1月24日开始。第一阶段的参加者有周保中、冯仲云和赵尚志。在正式开会之前他们先用了较长的时间以个别交谈的方式充分交换了意见,坦率地相互提出了批评,并提出今后对日斗争的展望。在大体上意见趋于一致之后才决定正式开会。因之在会议上顺利地共同制定出两项重要文件,这就是《吉东北满党内斗争问题座谈提纲》和《关于东北抗日救国运动的新提纲草案》(又称三月十九日提纲)。会议的第二阶段是研究抗联和苏联远东边疆党组织以及军队之间的关系问题。参加人中方是周保中、冯仲云、赵尚志,苏方是联共远东边疆委员会书记伊万诺夫、远东军代理司令那尔马西、远东军内务部长王新林以及伯力和双城子两个地区的驻军负责人。会议决定事项有三:1.在不干涉中共党内事务的原则下,建立苏联远东边疆党委和远东军对东北抗日联军的临时指导与援助关系;2.指定王新林为苏方联络员,同中共的东北党组织及抗日联军保持经常的联系;3.抗联部队在对日作战战斗失利时,或因其他原因需要临时转移到苏联境内时,苏方应予接纳并提供方便。

在这个会议期间,我方又一次要求苏方帮助我们和中共中央取得联系,并将我方的书面报告转送到延安。不过,这件事情苏方承诺之后一直未获得结果。

还有一件事情是发生在这同一时间之内的,就是北满省委送来了通知:北满省委已做出决定,将赵尚志永远开除出党。原因是他在1939年下半年率队返回东北活动期间,进行了反党活动并企图捕杀北满省委的某些领导人。赵尚志对此提出了申辩,周保中和冯仲云表示支持北满省委的决定,但提出"永远开除"是过重了,建议北满省委修改一下决定,改为"将赵尚志开除出党'。以后北满省委接受了这一意见,但不欢迎赵尚志去抗联第三路军工作。以后在冯仲云、周保中和王新林反复协商之后,决定赵尚志到第二路军担任副总指挥,并于1940年4月初随同周保中返回饶河工作。

这就是第一次伯力会议及其前后的主要情况。我认为,这次会议是中共北满、吉东两省委以及东北抗日联军与苏联远东军建立正式关系的开始,这次会议对东北抗日联军尔后的对日斗争是有重大影响的。在此之前,据我所知,抗联第六军第二师师长陈绍滨、第七军军长景乐亭和参谋长崔石泉都和苏联的边防军有过来往,但那只不过是情报交换关系而已。

我在前面所说的第二次伯力会议虽说也是抗联各领导干部都希望召开的,但却是苏联远东军的有关干部发起的。王新林借用了中共中央代表要来的话是不真实的,曾引起了我方领导干部的不满。但是大家对这次到会的领导干部较多,而且有各个方面的代表又是欣慰的。因为第一次伯力会议只有三个人参加,代表性显然是不够的。

苏联远东军的有关干部想召开这次会议,说明他们对于东北抗日联军日后的对日斗争方针有些新的设想。因为在第一次伯力会议之后,东北的抗日游击斗争形势并没有出现好转的苗头,难以避开冬季继续遭受重大损失的规律。这个看法是有根据的。在1937年的鼎盛时期,东北抗日联军的总人数曾达到过3万人。但是到了1938年底,就我个人的粗略统计,总人数已不超过5 000人。到了1939年底,总人数可能还有2 000多人。而到1940年底,抗日联军撤退到苏联境内的加上仍然留在东北境内坚持斗争的合计起来已不足1 000人了。这就是说每年人员损失都在50%以上。这几年对敌斗争的规律是,每年夏秋两个季节里可以打一些胜仗,但一到冬季损失又相当惨重。这里处境最为困难的是第一路军。他们处在南满,属于日本人统治的心脏地带。不只失掉了和党中央的联系,和兄弟部队第二、三路军也无法沟通关系。而且远离中苏边境,无法从苏联方面取得任何形式的支援。1940年2月第一路军总指挥杨靖宇同志牺牲之后,部队失去了强有力的领导,即使在夏秋两个季节里也未能争得作战主动权,部队已处于解体状态。在这样的情况下,苏联人对于东北抗日联军的命运产生一定的忧虑是很自然的。他们想用召开一次会议试图改变一下抗日游击队的斗争方式。

第二次伯力会议到会人,北满代表有金策、李兆麟和冯仲云,吉东代表有周保中、季青、王效明、崔石泉和柴世荣。南满地区的部队没有接到通知,因之魏拯民未能到会。但南满的部队有几支在那时撤退到苏联境内,在他们的领导人中有金日成、徐哲和安吉等人,因之他们三个人被邀参加了会议。按王新林的通知还应有第二路军的副总指挥赵尚志参加会议,但是不管是北满的代表还是吉东的代表都不同意他参加会议,北满方面认为赵尚志已被开除党籍,无权参加这样重要的党的会议。吉东方面认为赵尚志于1940年在第二路军任副总指挥期间不只是没有工作上的积极性,还经常在下面散布对李兆麟和周保中的诽谤言论,说明他并没有悔改之意,周保中已拒绝他继续在第二路军任副总指挥,也不赞成他参加会议。这样到会的人数总共为11人,这就是:金策、李兆麟、冯仲云、周保中、季青、王效明、崔石泉、柴世荣、金日成、徐哲、安吉。

在正式开会之前,苏联人用了几天时间和抗联的各个领导人进行了个别交谈。因为他们估计到他们设想的方针会受到有些人的反对。为了不至于使会议陷入僵局,他们想先在个别交谈中说服多数人。从个别交谈中所透露出来的他们的想法大体上是以下几点:1.东北抗日联军按目前这样的游击战争方式是难以持续下去的,这样的惨重损失是难以承受的;2.日本人对东北抗日联军与人民群众的封锁隔离政策使抗日联军缺少最起码的生存条件,这是抗日联军屡次遭受挫折的原因,这种情况在目前还看不出有何转机;3.由一名苏联人担任东北抗日联军的总司令,而北满、吉东和南满的中共领导机构应和抗日的武装队伍分离开来;4.抗日联军的队伍应以小型的、分散的游击作战的方式进行对日斗争,以广泛收集敌军的情报为主,为最后的解放全东北、消灭日本关东军做长期的准备工作。

从以上四点来看，第一、二两点是符合实际情况的，第四点也有一定的道理。但是第三点却是抗联不能接受的，这实际上是取消吉东、北满和南满几个省委对抗日游击队的领导权。如果由苏联人担任抗联总司令之后，在部队小型化而又高度分散而且保密性极强的行动中，原来抗日联军的行政管理系统自然会因为不适应而自行消失。由于这些问题事关重大，在个别交谈中多数抗联同志不便对苏联人表态。但是思维敏捷的周保中同志却最先向苏联人表明了对第三点的反对意见。周保中认为，如果真的这样做了之后，有朝一日苏日战争爆发之后，在东北境内就不可能再出现一支东北抗日联军的队伍，在抗日联军中的几百名中国共产党党员和青年团员也无法形成政治上的核心力量来领导东北人民的解放斗争，中国共产党的领导机构领导自己的武装队伍是一项不可更改的原则，不能使两者分离开，由苏联人担任抗联总司令显然不适宜，那将会是苏联干涉中国共产党的内部事务，是不符合共产国际所规定的兄弟党相互关系准则的，对这样损害中国共产党和中国人民利益的意见是无法接受的。周保中和苏联人之间发生了激烈的争论，甚至于他不得不提出，如果苏联人一定要坚持自己的意见的话，他只好率领自己的队伍返回东北战场，即使是死，自己也应该面对着日本侵略者的枪口而倒下。与此同时，周保中也和抗联的各个领导人分别地交谈，争取对自己意见的支持。他还阐述了国际与爱国主义两者之间的关系，他说日本帝国主义者是中国和苏联的共同敌人，苏联支援东北抗日联军是在履行国际义务，同时抗日游击队与苏联进行某种形式的合作来搜集日本关东军的情报也是在履行我们的国际义务。但是，中国共产党必须是在独立自主的情况下进行反对日本侵略者的游击战争，不能放弃我们的自主权，我们共产党员是国际主义者，但同时也是爱国主义者，而后者又应该是主要的一面。如果只讲国际主义而不讲爱国主义，我们在中国人民当中是不会站得住脚的。我们决不能使东北的党组织和抗日联军两者都处于被取消状态。

我的回顾

在周保中的引导下,抗联的所有领导人更加清醒了,都说原来自己也感到苏联人提出的由一名苏联人担任抗日联军总司令和不让党去领导抗日游击队的意见不对头,只是自己不能从道理上像周保中说得那样清楚。在基本统一了认识之后,以周保中和李兆麟二人的名义在 12 月 20 日向王新林递交一份书面的郑重声明,其大意是:12 月 16 日与你方负责同志会面时,得知中共中央代表已不可能参加这次会议。这就与你原来通知我们来开会的情形不同。原来会议通知中共中央代表将参加会议,东北抗日游击运动与苏联远东军的工作关系,应由中共中央代表和你来共同确切规定新的方针。现在既然没有中共中央代表参加,我们只能继续执行第一次伯力会议所制订的《三月十九日提纲》的原则精神。这样,也只有我们东北党组织继续讨论这些问题而加以批准才行。因为:第一,东北的抗日游击运动,不论其现在情势如何,它是中国共产党整个革命斗争不可分离的一部分。党组织领导游击运动,游击运动的一切问题必须由党组织决定。第二,东北抗日游击运动接受你的直接指导,这是属于临时的特殊状态。第三,按照现实全部环境,不论为加强中国民族独立解放斗争,或为巩固工人阶级祖国边防而工作,东北抗日游击队与苏联远东红军间的关系问题显然有其重要性而不是单纯的。中国东北共产党组织,必须依照中共党的战略和策略的一贯精神,做出自己的规定。因此,要求王新林作为会议的召集人必须对这次会议的性质、任务及范围做出明确的规定,并要求由我们东北党的领导干部和东北游击队领导干部先召开一次预备会议,集中讨论东北的全部问题。

这个声明实际上是对有的苏联人想要直接将抗日游击队控制在自己手里的意见最明确的反驳。而当时参与这一工作的其他几个苏联负责人,都感到周保中的意见有高度的原则性,并且公开表示支持周保中,致使原来曾提出过错误主张的苏联人陷于孤立,以后他也不再负责有关东北抗日联军方面的事务了。

在这样的情况下,第二次伯力会才得以正式开始。从 1940 年 12

月下旬到 1941 年 1 月上旬,由金策、李兆麟、冯仲云、周保中、季青、王效明、崔石泉、柴世荣、金日成、安吉、徐哲共 11 人参加的会议,就东北党组织的集中统一、东北游击运动的方针政策、各省委和各路军之间的一些意见等问题,进行了广泛的交谈。苏方代表王新林只和会议保持着接触。在与会者广泛交换意见之后,逐步形成了以下几个议案:1.此次会议的性质是"满洲全党代表会";2.会议一致同意第一次伯力会议所提出的《关于东北抗日救国运动的新提纲草案》和在那次会议上所规定的抗日联军和苏联远东边疆党以及远东军之间的关系的几条原则, 也一致同意以周保中和李兆麟两人的名义在 1940 年 12 月 20 日向苏方代表王新林所递交的郑重声明;3.为实现"满洲党的统一集中领导,由各省代表选出满洲临时委员会,暂以 3 人为限,由大会直接选举书记 1 人,委员候选人为魏拯民、周保中和金策,临委机关暂设在伯力城,另外请求一位联共同志给予工作上的指导;4.派遣代表建立与中共中央的关系,经中共中央批准,要求(中国)国民政府将东北抗日联军编入全国抗战军队系统之内, 并求得实际上经济物品之补充;5.关于军队问题,设总司令部,总司令周保中、副总司令李兆麟、政委魏拯民。上述五项是作为这次会议向党中央提出的建议,须等待中央同意后才能生效。

苏联方面也同时研究了会议的全部内容,在会议结束前苏联代表正式表态,他们将依然遵照等一次伯力会议所确定的原则行事,即远东军对东北抗联的指导关系只是临时采取必要措施,而这种指导关系又必须是在不干涉中共党的内部事务的原则下进行的。从而使这次会议取得了圆满的结果。

第二次伯力会议虽说未能对各项议题做出正式决定,但是在对这些重大问题的讨论中基本上统一了认识,与会者有广泛的代表性,因之实际上是尔后各省委和抗联各路军在统一行动上的依据。对于和苏联远东军保持一种什么样的关系也一致坚持了一个正确的准则。在以后东北抗日联军教导旅的建设过程中,这些准则的精神一直是被认真地贯彻执行的。两次伯力会议是东北抗日联军和苏联远东军关系史上最重要的一页,在中苏两国关系史中也有一定意义。

二十三、东北抗日联军教导旅

在第二次伯力会议之前,东北抗日联军的队伍陆续进入苏联境内。第三路军的部队是从孙吴或逊克一带越过黑龙江的。第二路的第二支队是从饶河越过乌苏里江的。从这两个方向进入苏联境内的游击队员都被送入北野营。第一路军是从珲春方向进入苏联境内的。那里没有界河,只要避开日军的哨所就可以轻易越过边界。第二路军的第五军当时还未改编为第五支队,在牡丹江地区活动的部队是从珲春进入苏联境内的,而在佳木斯地区活动的部队是从虎林方向越过乌苏里江的。凡是从珲春方向过界的被送入南野营,而从虎林方向过界的则被送入北野营,两个野营的抗联人员最多时达六七百人。

北野营位于伯力东北 75 公里的阿穆尔(黑龙江)南岸的一片森林中。那里有良好的训练场地,更可贵的是冬季滑雪和夏日游泳不用走出去。这里也叫 A 野营,是用了阿穆尔的俄文第一个字母。1942 年之后,苏联人也把这里称之为费亚斯克野营,因为在野营的西边 2 公里处有一个农庄名叫费亚斯克。

南野营是设在海参崴以北 26 公里处的蛤蟆塘。南野营也叫 B 野营,因为那里属双城子军分区管,双城子的俄文名称当时叫沃洛希洛夫,也取用了它的第一个字母。南北两个野营原来只有少数几所木房。由于人员突然增多就临时搭了许多帐篷,帐篷里都安装了用大汽油桶改制的火炉子,以木材作燃料。

部队一进入野营就投入了训练。最初是队列和射击,以后又增加了刺杀、投弹和战斗动作、滑雪等。还有政治课和文化课。在零下 30 摄氏度到零下 40 摄氏度的户外训练,是异常艰苦的。但是我们已在游击战争环境中长期受到锻炼,因之对此没有畏缩的表现。

游击队也有过训练,但那是各有各的一套,谁会什么就让他教什么,有日式的,也有德国式的,有对的,也有错的。在这里,周保中委托苏联军官负责军事训练工作,按苏军的条令操作。在北野营的苏联军官有3人:大尉沙马尔钦科,也叫杨林,是野营主任,上尉吴刚和中尉李吉安。此外还有军需保管员上士穆沙道夫、瓦西里和上士护士马斯洛夫。翻译员是未佩戴军衔的苏籍华人别佳。苏联人每周制定一次训练计划并直接任教。他们先是给班长以上干部教课,尔后再通过后者去教战士。政治课和文化课则由我们自己安排,教员是鲍林、陈雷和我。稍后一个时期还组建了一个无线电排,从游击队员中挑选了30个年纪较轻而又略有文化的人,要他们专门学习无线电收发报技术。由苏军大尉奥斯特里科夫任教。

在供应方面,棉衣、呢大衣,还有少数皮大衣、毡靴等都是苏军换下来的旧品经过缝补和洗净的,保温性能尚好。伙食供应是每人每日1千克面包和少数肉、油、菜等,定量不算少,但多数人长时间感到不足。卫生工作还是很重视的,每周洗一次澡。澡堂虽简陋,但屋内温度高,热水充分。床单和衬衣每周换洗一次。生活保障基本上是良好的。

到了3月份,周保中和李兆麟分别通知有关领导同志准备率队返回东北战场。队伍也都重新编了组。第五军的队伍整编为第二路军的第五支队,第一路军的人员统一编为第一支队。

在即将分别之时,战友之间怀着深厚的感情互相话别,祝愿在1941年之内能消灭更多的日本鬼子,也回忆了过去的多次战斗。大家愿意在这样摆龙门阵的形式下吸收较多的战斗经验,因之谈起来都是津津有味的。我在和五军、六军的同志交谈中也逐渐弄清了我几年来一直关心的几个问题:一是从五军参加1938年西征的同志口中得知第四军李延平军长和王光宇副军长在西征途中异常的英勇顽强,百折不挠,队伍在后有追兵前有堵截而又经常断粮的情况下攻打了苇河县的楼山镇,取得了重大胜利,夺得了近百支步枪和两挺机枪。但也由此引起了敌人的疯狂报复,日本人从哈尔滨和长春两地调来重兵围剿我西征部队,使部队在人地两生的情况下处境更为艰难。不光战士中有逃亡,第四军第二师的政治部主任曲成山也逃亡了。更严重的是原吉东省委书记宋一夫在西征途中投敌了,我们的西征行动计划也暴露了,军事行动开始完全处于被动状态。四军和五军又失去了联系,第四军被迫孤军奋战,部队减员日增。当李延平和王光宇将要到达五常县这个最终目的地之时,队伍已由西征开始时的近 400 人减至不足 30 人了,士气低落。在一次宿营中,有几个战士图谋叛逃,开枪打死了李延平军长,王光宇虽逃出虎口,但也被打伤,率领着所剩的十几个人继续战斗,终于在和敌人的作战中全部英勇牺牲。我们几个人在谈到这里的时候都认为抗日联军第四军虽然未能实现其西征计划,但是他们为执行上级指示而战斗到最后一个人的英勇事迹确实是可歌可泣的。他们在战斗中也给敌人造成了重大的伤亡。应该说,1938 年抗日联军三个路军的西征行动对日本关东军是颇有震动的,牵制了几万人的关东军,对全国抗日战争的配合是很有积极意义的。

第二个情况是在我和第六军的同志交谈中,问了一下赵尚志被开除党籍的情况,赵尚志是否真的想谋杀北满省委领导人?他们说:1939年赵尚志从苏联率领 100 多人于 6 月间从孙吴方向回到东北。第一仗攻打乌拉嘎金矿获胜,但是打完仗不出 3 天就把祁致中杀害了,借口是身为副官长的祁致中在作战中没有完全执行赵尚志的命令。祁致中是原抗联第十一军军长,他在赵尚志面前敢于提出自己的不同意见,因之赵尚志很不喜欢他,就散布说祁致中有可能谋反。这才是赵尚志处死祁致中的真正原因。赵尚志这样的做法最大的后果是同志们对他的疏远和存有戒心,最后他成为孤家寡人。那时他对许多人宣传说李兆麟和冯仲云都是日本奸细,说周保中也是奸细。赵尚志声称这次他从苏联回东北就是要解决东北抗日联军领导人中的奸细路线问题。你想,解决奸细路线会有什么别的办法呢?还不是杀掉?这样的事听起来多么可怕呀!到了 9 月,赵尚志以东北抗日联军总司令名义发出通知,要北满省委的几位领导人金策、李兆麟和冯仲云到他那里开会,并派参谋长戴鸿宾去寻找北满省委。以后又给戴鸿宾一封信,信中说一定得把李兆麟等找来开会。说如果他们不愿意来开会,可以采取强迫办法让他们来。我听到这些话颇感吃惊,就又问了一句:"怎么个强迫法呢?"他说:"那不是明摆着的,绑起来,押送来嘛!"多亏戴鸿宾没有那么干,因为他对赵尚志那一套也不同意,只是他不敢当面讲就是了。再加上他带队攻打汤旺河七号桥失利,他不敢回去见赵尚志,怕像祁致中一样被杀头。以后他在陈绍滨的劝说下去找李兆麟,并向李兆麟说他怀疑赵尚志召开会议是骗局,劝李兆麟不要去见赵尚志,并把赵尚志写给戴鸿宾的信交出来了。北满省委是听了戴鸿宾的汇报和研究了那封信之后才做出决定开除赵尚志党籍的。以后赵尚志一直不服,说他没有杀害北满省委领导人的打算,要求北满省委重新审议他的问题。北满省委开了会,省委书记金策面对着赵尚志问道:"你说了多少次李兆麟、冯仲云和我金策都是日本奸细,又要找我们去开会,你和奸细在一块开会是何打算呢?"赵尚志对此无言以对。我说:"金策这句话问得太妙了!"

第三个情况是我向五军的同志问清了赵伯华的下落。赵伯华是1937年由上海去东北找到抗日联军第四军的一个知识青年。我听李延平说他是原东北抗日自卫军总司令李杜介绍来的,是1935年之后从关内去东北参加抗日联军的少数知识青年之一。李延平将他的情况介绍给周保中。周保中调赵伯华到第二路军总指挥部工作,想在适当时机再派他去内地以便打通东北和内地的联系。但是在1939年秋他跟随周保中在刁翎地区活动时逃跑了,把自己的步枪丢下了,却拐走了一部照相机和记录着我军活动的胶卷。周保中斥之为民族败类、罪人。

对于1941年抗日游击战争的前景,也是这次话别的主要内容,大家对此充满信心。因为根据1938年以后几年来的经验,在5至10月之内,是开展游击活动的最有利的季节,一般不会受到多大损失,还会有一定的发展。只要我们有办法避开日本人的冬季围剿,就可以使抗日游击战争长期坚持下去,还可以争取扭转局面,使部队再次得到发展。

3月上旬，第三路军总指挥部和王明贵率领的第三支队第一批返回东北。4月上旬，第一路军的一部分人也经过珲春返回东北。但是其他已准备好出发的部队却突然接到通知说不能走了。最初苏联人解释说是由于黑龙江和乌苏里江开始解冻了。但是很快的周保中来到了北野营，向大家说明了是由于4月13日苏联和日本签订了中立条约的关系，苏联政府出于外交政策上的考虑，劝阻了抗联队伍返回东北。这个情况变化来得突然，颇使大家茫然。经过大家反复讨论之后，认识到应该尊重苏联的和平外交政策，应该顾全大局。也认识到从长远的对日斗争考虑，也的确需要有一个长期的整训时期，以提高干部和战士的军事和政治素质。这样，大家才能逐步安下心来。

但与此同时，周保中认为我们的对日武装斗争也不能完全就此中断。而且，还有几支数量不大的队伍仍然留在东北境内，对他们不能扔下不管。派遣一些目标较小的分队返回东北也不至于有什么影响。而且从长远考虑，在东北境内进行有系统的侦察活动为将来大的战争做准备也非常必要。当周保中将这一意见和王新林交谈之后，得到了苏方的同意。因之，除了绝大多数的抗联人员留在苏联整训外，在那年5月之后，柴世荣、季青、王效明、姜信泰、李兆麟、金策、金日成等人都在不同时期率领小部队返回东北战场。直到1943年才陆续回到北野营，参加教导旅的训练工作。

由于苏日中立条约的签订而使抗联队伍滞留在苏联境内并转入长期整训，看起来有其偶然性，但是我认为这可能是苏联人考虑已久的一个问题。从第二次伯力会议一开始，就可以看出他们不赞成抗日联军继续按1939年至1940年两年来的方式进行游击活动，认为那样的做法损失过于惨重。不过他们考虑的不是让抗联留在苏联整训，而是把抗联人员改编成许许多多的小型战略侦察小分队，在东北境内广泛搜集日本关东军的情报。这固然也是抗日工作，但与东北抗日联军的宗旨却是不相同的，因之未被我们所接受。苏日中立条约的签订，使他们有了一个很正当的理由来劝阻抗联留在苏联，就我们自己来讲，如果真正是为了整训，等待有利时机再返回东北战场，也应该说是一个较好的设想。

既是要长期整训，就得有一整套措施，组织机构、供应保障、营房建设以及长期的训练计划等。从1941年春季到1942年7月将近一年半的时间里，虽说我们也在整训，但是没有完整的训练计划，是零打碎敲。而5月至9月底这个时期又是以劳动为主，盖房子、种菜几乎占去了这个时期70%以上的时间。从10月1日才转入以训练为主的阶段。北野营那时也只有3名苏联军官，教学力量有限，难以把所有的军事科目都教好。再就是当时实际上形成的双重领导关系在人事权上出现了矛盾。我们有自己的连长和政治指导员，还有野营党委，他们接受着住在伯力市内的周保中和李兆麟的领导。但苏联人是野营主任，他也在实施领导权。双重领导下矛盾虽不太多，但有其复杂性。1941年至1942年上半年，苏军的情报机关经常指名地从野营调走抗联战士并由他们派去东北搞情报工作。其中有的人是经过周保中和李兆麟同意的，有的人并未通过他们。在野营的苏联军官往往是在半夜间直接找到张三或李四，叫他们穿好衣服立即去伯力，而从伯力来的汽车马上将他们拉走。连长和指导员是在起床之后才发现少了张三和李四，野营党委更不知情。对待这一问题大家反应强烈，几次向周保中报告这一情况。以后由周保中和李兆麟向王新林提出并明确商定从野营调出任何抗联人员必须由周保中书面通知野营党委，方可生效。这一原则以后也受到了苏联人的尊重。

周保中和李兆麟对于苏联人要求从抗联的干部和战士中选送一些人专门做情报工作，并由他们直接派出是支持的。因为要击败日本侵略者关东军并收复东北，这项工作是不可缺少的。从1939年底至1940年底，零散进入苏联境内的抗联人员，加上由领导上同意留在苏联境内的伤病人员，累计起来不下二三百人，这些人都在苏联人的直接管理下或在某个农庄参加劳动，或被派回东北做情报工作。这部分人的名单保存在苏联的情报部门。由于保密关系,这些抗联人员已不可能和抗联的任何领导人直接联系。根据这一实际情况,周保中和李兆麟已同苏联人直接谈妥,这部分原抗联人员因工作需要可由苏联人直接管理,但除此之外,在南北两个野营之内的一切抗联人员都是在抗联自己的管理范围内的,在这个名单内的人员苏联人无权直接调动,有特殊需要时可由苏联人征得周保中或李兆麟的同意临时借用。这个君子协定使当时的矛盾有所缓和。

根据上述情况看来,为了长期整训,管理体制应该解决,由苏联人任野营主任的双重关系难免再次产生矛盾。因之周保中和其他领导人共同酝酿是否要组建抗联学校或抗联教导团,由抗联人员自己担任主要的军政领导人,这就使职责和权力一致起来。周保中同王新林商讨这一意见之后,又开始在苏联远东军的领导人当中进行研究。当然,这样一个涉及编制、装备、供应、隶属关系,还得考虑有关外交事项等,不是轻易可以定下来的。据说最后还是报到苏联的最高统帅斯大林亲自批准的。我认为在这件事情上苏联人想得比我们更周到些。苏联人认为最好将这个单位列入苏军的序列,这就可以有合法的后勤供应渠道,授予苏军番号而不是公开地用东北抗日联军教导旅的名称,也有利于保密,还要动员一些华侨青年入伍,充实队伍,将应征入伍的东方少数民族士兵,补充到这支队伍里来,增派苏联军官到这个单位,充任副职、参谋人员、翻译,以求训练质量迅速提高。除此之外,我听说斯大林在过问此事时,将原报方案成立东北抗日联军教导团的意见改为教导旅,他解释说,一个团的供应标准太低了,改为旅的单位才好,从这一切看来,苏联人对东北抗日联军教导旅的建立是真诚的和寄予希望的。从以后的历史进程来看,1945 年 8 月对日宣战之后,日本关东军的迅速被击溃,尔后在同国民党争夺东北的斗争当中,中国共产党居于最有利的地位,并迅速地将东北牢牢地控制在自己手中,朝鲜北半部的政权也长期巩固地掌握在共产党人的手中。这些都说明,苏联人当时花较大的力量协助办好东北抗日联军教导旅,是颇有战略远见的一步棋。

应该说,在抗联教导旅正式成立之前,整训工作也是有许多成绩的。本来,从1941年5月开始,我们已全部投入生产劳动。但是在德国法西斯突然发动侵苏战争之后,周保中和野营主任商定又重新转入训练。理由很明显,因为日本人有可能为了配合德国人而从远东入侵苏联,使苏联腹背受敌。为此,苏联必须做好准备迎击日本入侵者。如果出现这一情况,抗联的队伍将会立即返回东北配合苏军作战,开展敌后游击战争。训练内容还特别增加了爆破技术、简易地形学等。到了7月,又全部移驻到伯力市郊的一所军营内,集中进行为期一个月的跳伞训练,每人都从2000多米高空跳伞10至12次,成绩非常突出。

到了1942年的6月,也就是教导旅正式成立的前夕,一系列重大变化发生在北野营。1.从海参崴外语学校毕业而又佩戴着少尉军衔的苏联军官分两批共二十多人来到了北野营,最初说是来实习中国话的。2.南野营的抗联人员全部集中到北野营来。3.七月上旬,在饶河县东安镇伪靖安军的一个连起义之后立即越过乌苏里江进入苏联境内,这70多人经苏联人的简单审查之后于7月中旬全部送到北野营,准备编入抗日队伍。7月中旬,周保中召开干部会,向大家宣布抗联的队伍即将改编为教导旅,我们暂时称之为国际旅,将设旅、营、连三级,各级主官都由抗联人员担任,副职由苏联人担任,抗联人员将全部用苏军制式服装,佩戴军衔,生活待遇也与苏军一致;苏联将增派较多的军官到旅里来,为的是确保军事训练有显著的成果。

紧接着,有5个连队的东方少数民族战士被送到北野营;100来名20至30岁的华侨在应征入伍后也陆续来到北野营,分别被编入不同的连队,苏联军官不断地被调来,副旅长、旅参谋长、政治部主任、后勤部长,以及机关的参谋人员、政工人员、后勤工作人员陆续都由苏联军官充实起来,组建了4个步兵营和1个通信营、1个迫击炮连。每个步兵营设2个连,其中一个连由抗联人员组成,另一个连由纳纳依茨人组成(多数为纳纳依茨,还有赫哲族、乌达根氏族等)。起义过来的伪军士兵和应征入伍的华侨分别编入 4 个由抗联人员组成的连队中。迫击炮连是由纳纳依茨人组成的。通信营由抗联人员和苏联人共同组成。各营都配备了由苏联军官担任的军事和政治副营长各 1 人、参谋长 1 人和参谋 2 人，抗联配备了苏联的副连长和翻译各 1 人；纳纳依茨连和迫击炮连的军官则全部由苏联人担任，通信营的营连主要干部由苏联专业军官担任。这样，教导旅在几天之内就组建起来。

8 月 1 日，为了宣布抗日联军教导旅的正式成立举行阅兵式。苏联远东军司令员阿巴那申哥大将来到北野营检阅了队伍，并宣布授予教导旅的苏军番号为：苏联红军远东红旗军第八十八独立步兵旅。并由军区司令部的一位中校宣读了干部任命的命令，周保中为旅长，李兆麟为旅政治委员，金日成、王效明、许亨植和柴世荣为营长；安吉、姜信泰、金策和季青为营政治委员，担任连长和连政治指导员的有：崔贤、朴德山、金京石、崔勇进、彭施鲁、王明贵、朴吉松、张广迪，隋长清、陶玉峰、金光侠等。冯仲云在政治部任新闻科长，崔石泉任中共党委书记。当时有些干部还继续在东北战场上工作，如王效明、姜信泰、金策、许亨植、朴吉松等。以后因许亨植和朴吉松牺牲，由王明贵改任第三营营长。周保中和李兆麟开始都是授的少校军衔，一年之后周保中晋级中校。各营营长和政委被授予大尉军衔。连一级为上尉，排长为中尉或少尉。到了 1943 年，苏军改为一长制，将所有的各级政治委员都改为政治副职，李兆麟也改为政治副旅长。

教导旅的成立，人员的突然增加，北野营增设了大量的帐篷。与此同时，也突击修建营房。8 月初，大量的军需物资由一艘货轮运来，停留在北野营附近的黑龙江岸。上千人的干部和战士又突击卸货，用了三天的时间才搬运完毕。9 月下旬，全旅又由火车输送到双城子空降训练基地，集中进行跳伞训练。这次跳伞方法比较简单，是在跳出飞机之前将伞绳交给教官，由他挂在飞机内的一个铁柱上，只要自己跳出飞机，伞就立即被拉开，因之只要学会跳下和落地动作而且在跳伞塔上练习过两三次降落的人都可以成功地跳伞。而 1942 年 9 月我们在伯力学习空降时是自己拉伞的。因之这次训练只用了两个星期就返回北野营,转入一般军事科目的正常训练。

由于多数军事科目都是苏联军官亲自任教,而抗联战士的学习热情又很高,因之训练效果是很好的。对于训练效果的检验,每年都有一次由远东军司令部派出的检查团来到北野营逐个科目进行考核,他们一般都表示满意。战术训练收获也比较大,1942年苏军颁发的战斗条令是根据苏德战争最新的经验编写出来的,它很快成为我们的教材。在1943年冬季还组织了一次步兵营进攻和步兵连防御的对抗演习,全部由抗联干部自己担任各级指挥员,通信营的战士们在这次演习中也受到了实际锻炼。

到了1943年底,留在东北境内的抗联游击队人员已全部奉命撤退至苏联境内,被苏联情报部门借走的抗联战士也多数被调回北野营,为的是使他们都能参加一个时期的正规军事训练。

总之,从1942年8月抗联教导旅成立之日起,到1945年8月9日苏联对日宣战之时止,三年时间严格的正规的军事训练,使东北抗日联军的全体指战员军事素质有了大幅度地提高,这显然是由于在教导旅工作的全体苏联军官热诚而又努力工作所取得的成果。到了1944年,由于抗联干部多数都能对规定的训练内容自己任教,因之苏联军官也随之逐渐减少,但训练效果依然很好。

1945年春天,希特勒德国的失败已成定局。4月间,苏联外长莫洛托夫向日本宣布苏日中立条约将不再延长。这预示着苏日战争爆发的可能性增大了,因之给抗联全体人员带来莫大的鼓舞。接着又得到了中国共产党第七次代表大会召开的消息,大会所制定的政治路线"放手发动群众,壮大人民力量,在我党领导下,打败日本侵略者,解放全国人民,建立一个新民主主义的中国",抗联全体人员均表示坚决拥护。根据各种迹象看来,为解放全东北的一场大规模战争正在逼近着。因之,大家更自觉地投入紧张的训练工作。

5月,远东方面军情报部长索尔金少将(也就是王新林)向周保中传达了司令员普鲁卡耶夫大将的指示："预定中的苏联对日本的战争将会是时间长久的和相当残酷的，八十八旅将在不断参加的战斗中，逐步建立起一支为数达 10 万人的军队。"根据这一指示,周保中和李兆麟共同拟制了东北抗日联军的参战计划,决定:1.以抗日联军现有干部为领导骨干,预定建立一支 6 万人至 10 万人的军队,以便参加大规模的对日作战和开展敌后活动。2.现有的抗联人员,将分成三个部分执行战斗任务;第一部分是正在东北活动的各小分队,按指定地点开展敌后游击战争,并执行战术侦察任务,配合苏军作战,第二部分是由抗联教导旅派出伞降部队到敌后指定地区执行战术侦察任务并准备配合苏军作战，第三部分是抗联教导旅主力将随同苏军一起行动,参加战斗并扩充兵员。

　　为了彻底歼灭日本关东军,苏联在远东组成了三个方面军,即以马林诺夫斯基元帅为司令员的后贝加尔方面军,以麦列茨科夫元帅为司令员的远东第一方面军,以普鲁卡耶夫大将为司令员的远东第二方面军。抗联教导旅以第八十八独立步兵旅的番号编入远东第二方面军的战斗序列,作为方面军总部的直属部队,准备沿松花江两岸西进,预定将担负进攻佳木斯的作战任务。

　　不过,索尔金少将和周保中的谈话内容以及拟定的抗日联军参战计划,当时是极端保密的,只是在苏联对日宣战之后才逐渐透露出来。但是 1945 年 5 月之后的许多迹象都很鼓舞人心,远东的苏军突然增多,载运着坦克、火炮的火车由西向东不断地呼啸而过,显示着战争准备工作的紧张程度。6 月间八十八旅的伙食标准突然提高,按第二线的参战部队供应,虽说领导上未说明原因,但是大家心里都是明白的。因此何时宣战最为有利？战争要打多长时间？都成为每日晚饭后大家在一块闲聊时的热门话题。

　　为了返回东北,预定将党的领导机构分开,重新组成东北党委员会,朝鲜同志将不再参加这个委员会。因为苏军在进军东北的同时负有解放朝鲜北部的任务,绝大多数朝鲜同志将为解放自己的祖国去战斗,他们需要建立起自己的党的系统。

8月9日,苏联对日宣战。这个在预料之中的事情又使大多数人感到有点突然,因为它确实比预料之中来得更快些,因之给大家带来的激动心情也是无法比拟的。这场战争将很快取得胜利是没有疑问的。但是快到什么程度呢?按第二次世界大战各个战场的进程来看,我国东北要全部获得解放可能不得不用一年的时间。如果半年之内日本关东军能被彻底歼灭,应该说是很快的。东北抗联同志多数人是这样议论的,因之精神上的准备是充分的,愿意在这场战争中显一显身手,也都考虑着依据现有的基础如何把东北抗日联军的队伍重新壮大起来。如果能在东北建立起一支10万人的在中国共产党领导下的武装队伍,就可以和国民党相抗衡。

预料中的对日本的胜利,又出乎人们预料地在一个星期之内就见分晓了,这当然是值得庆幸的大喜事,但是却给东北抗日联军带来了诸多问题。合乎理想的情况是:抗日联军教导旅经过一个阶段和苏军的协同作战,大大小小的战役都经历一下,可以和苏军共同攻打像佳木斯或哈尔滨那样的大中城市,也可以单独夺取像依兰、汤原、勃利这样一些县城。这样,战争中锻炼了队伍,队伍又在战争中得到发展壮大。但是,胜利的突然到来往往使人们不知所措。原来的行动计划不适应了,得重新拟定计划。回东北的时间不得不被推迟。原来准备输送抗日联军沿黑龙江进入松花江的一条舰船在野营附近停留了两天后又空着返回伯力了。教导旅的领导层忙着和苏军领导机关共同研究新的行动方案,下面的战士和干部则心情不安地等待着,每天也按计划参加训练,但训练效果大大不如从前了。

有些情况在当时只有少数人知道。7月下旬曾有一些人从抗联教导旅陆续调出并到远东第一方面军和第二方面军里去执行战斗任务。如王乃武、王庆云、陈忠岭等9人被派到第二方面军的最前线部队担任向导兼翻译,他们于开战后最先进入萝北、同江、富锦、宝清等县城和佳木斯市。在第一方面军参加空降小分队的有李明顺、赵魁武、姜德、孙成有、傅玺忱、刘子臣、徐雁辉、郭喜云等,他们在战争刚一开始时就分别空降到海林、林口和东宁等地,执行侦察任务并伺机发动群众、武装群众,在日军后方进行袭扰活动。他们当中孙成有和刘子臣在空降中光荣献身。长期潜伏在东北各地的抗联战士也根据周保中的指示活跃起来,如在穆棱的王亚东、冯淑艳夫妇,在东宁县老黑山的常维轩,在延吉的林更芝,在松花江沿岸的李景荫等,都立即行动起来,利用农民会、农民自卫队等不同名义将群众武装起来,配合苏军作战。还有夏礼亭和孙鸣山的小分队通过电台将宝清和梨树镇的日军行动情况报告派遣总队,使得苏军飞机及时将逃跑中的日军军需运输车队炸毁。

在宣战之后不到 10 天的时间,苏军已控制了整个东北地区,许多大城市如沈阳、长春、大连等都是空降部队首先进入的。这样,抗日联军教导旅按原定计划,单单地沿着松花江行动,显然是不能适应形势发展的。而且,估计到八路军会很快地由河北、热河向沈阳方向推进,抗联教导旅也应争取尽快在这一带与八路军取得联系。因之,一项新的行动计划必须在周保中、李兆麟与苏军远东军的统帅机关之间共同拟定出来。有可能还得经苏联的最高统帅批准。

8 月 26 日,远东苏军总司令部的军事委员希金中将召见了东北抗日联军教导旅旅长周保中,向他传达了远东苏军总司令华西列夫斯基元帅的决定:八十八旅的抗联指战员和在八十八旅工作的属于苏联籍的官兵要分开行动,后一部分人将暂时留在野营待命,抗联人员中的中国同志要随同苏军各方面军分别占领东北各战略要点,其中主要负责人要被指定为驻各城市苏军卫戍司令部副司令的职务,抗联人员中的朝鲜同志将随同苏军进入朝鲜半岛北半部,并立即着手组建自己的武装队伍和政权机构,返回东北的抗联人员的任务是:1.帮助苏军维持占领区的革命秩序,肃清敌伪残余及一切反革命分子,提高苏军在群众中的威信,促进中苏人民友好;2.利用军事管制的合法地位建立共产党的组织,开展群众工作,在苏军主要占领区之外建立人民武装和根据地。希金中将在传达了上述指示后继续同周保中交换了意见，周保中还做了如下的估计：1.我们的党中央和八路军有可能向东北派出自己的部队和干部，我们要准备迎接他们；2.如果国民党的力量较强，八路军因此而受阻不能进入东北，国民党又取得了对东北的统治权时，抗联将长期进行反对国民党的斗争，准备重新上山打游击。希金中将还提出远东苏军总司令部将准予抗联教导旅中的优秀士官晋升为军官，还由于几年来在整训工作中的优异成绩，将分别为各级领导干部授予勋章。为此，周保中旅长应在两日内报来授衔、授勋名单。

从8月26日至31日，抗联教导旅投入到最紧张的准备工作中。27日晚周保中到了远东第二方面军司令员普尔卡耶夫大将的驻地，同他商谈了抗联人员返回东北的编组方案，他说，有可能在东北有党中央派出的党的秘密组织，不论哪个组发现这样的党组织存在，都应立即通过他们向党中央报告东北抗日联军的现状，争取尽早得到中央对我们的工作指示。

9月初，苏军利用飞机、火车分别将抗日联军的干部和战士输送至长春、哈尔滨、沈阳、大连、齐齐哈尔、吉林、延吉、牡丹江、佳木斯、绥化、海伦等地，这些地方是当时确定的共11个工作组的中心地点，从这些点再把力量分派到各重要县城。包括这些县城在内，原定共有57个战略要点。但是到了东北之后，根据情况的变化，实际上共占领了66个要点。各县城有的去了四五个人，最少的去了两人，大中城市则各有十余人到二三十人不等。各工作组到达自己的预定地点之后立即进入苏军卫戍司令部，并与苏军密切配合开始了紧张的工作，维护占领区内的秩序，肃清日伪残余势力，寻找地方党组织和失掉关系的原共产党员以及失散的抗联指战员，开展群众性的工作，将社会上的进步团体和人士团结在自己的周围，限制从地下冒出来的所谓国民党的活动；贮存武器；将形形色色的自发的武装队伍进行收编、改造等。总之，工作是紧张的，情况又是相当复杂的。就我所负责的佳木斯地区的政治形势来说，我是深感自己的水平不足，难以应付当时出现的极为错综复杂的政治局面。我所率领的工作组总数为 40 余人，分到各个县城最多的才五六个人，而留在佳木斯市和我一块工作的仅 11 人，这些人都是老游击队员，忠心耿耿，有一定的战斗经验，但文化水平很低，要和敌伪残余势力以及国民党分子进行周旋，显然是缺乏办法的。我当时多么盼望能从天上掉下来一批骨干啊！

有一次出现了我始料不及的情况，我在佳木斯地区开始工作还不到两个月，10 月下旬，由山东派出的八路军进入东北之后立即指定由孙靖宇率领的一个营到佳木斯地区和我联系并决定以三江人民自治军名义开展工作，到了 11 月中旬，由延安派出的干部队伍在李范五和李延禄的率领下也来到了佳木斯并根据东北局的指示立即成立了合江省工作委员会并筹建省政府。他们的工作都得到了苏军卫戍司令部的积极支持。从他们介绍的情况中，我得知八路军冀热辽的部队 9 月中旬开始进入沈阳近郊，新四军的部队也源源不断向东北挺进，先头部队已抵达齐齐哈尔地区。以彭真为首的东北局也于 9 月在沈阳开始工作。形势发展得这样顺利，确实是我不曾料到的。

在李范五来时，还带来了周保中给我的一封信，其中除了介绍李范五的身份和任务外，还通知我说和党中央的关系已经沟通，中共中央东北局已经成立，今后东北地区内整个党的工作统归东北局领导，原由抗联党组织所选出的党的东北委员会将没有必要保持其原职能，今后原抗联内的一切党员都将在当地的省委和县委领导下进行工作。抗联人员也从即日起退出苏联红军第八十八旅。

至此，正式成立了 3 年之久的东北抗日联军教导旅，即苏联红军远东红旗军第八十八独立步兵旅以胜利地完成自己的历史使命而宣告结束。

二十四、有关政策问题的回顾

有工作经历的人，没有不懂得政策的重要性的。一个政策，或者说路线的形成,不外乎两种根据:一是奋斗目标,也就是主观愿望;二是实际情况如何。这两个因素结合得好的,就会制定出一个比较正确的政策,就会使工作顺利发展。但是实际情况往往是千头万绪和错综复杂的,想看清楚并非易事。许多矛盾是在政策执行当中才被发现。因之不可能有一种政策在一开始就完全正确无误,总需要在执行中不断调整。政策上的失误多数是主观愿望太强了。急于以较快的步伐达到目标,过高地估计自己的力量,同时又低估了同盟者的作用,使自己的行动得不到广泛的支持,往往造成自己实际上并不强大的力量孤军奋战,最后在挫折中才吸取教训,被迫调整。东北抗日武装斗争14年的过程是很能说明这些问题的。

1.九一八事变之后,中共满洲省委曾发表过几个比较正确的政策性声明。1931年9月19日,即事变的第二天,满洲省委召开了紧急会议,会议发表了《为日本帝国主义武装占领满洲宣言》;9月20日,中共中央发表了《为日本帝国主义强占东三省事件宣言》,随后,中共满洲省委和中共中央又分别在9月21日和9月22日做出了《关于日本帝国主义武装占据满洲与目前党的紧急任务的决议案》和《关于日本帝国主义强占满洲事变的决议》。在短短的4天当中,从中央到满洲省委接二连三做出这样的决议和发表政策性的宣言,实可见其重视程度,其及时性自不待言。在这些决议和宣言中,揭露了日本帝国主义掠夺中国并要把中国完全变成它的殖民地的罪恶行径,严厉批评了国民党南京政府不抵抗政策的可耻行为,表明中国共产党愿领导全国人民和东北同胞誓死反抗日本帝国主义侵略并把侵略者驱逐出中国的决心。

紧接着,满洲省委和中央又做出了有关武装斗争的决定。要求在军队士兵中发动"不让日本帝国主义军队缴械",反对长官执行不抵抗命令,要求各级党组织对各地自发的抗日武装以积极的态度去领导他们,并且发动工农群众进行反日斗争以配合武装斗争,号召士兵在不得已时发动哗变,到农村去和农民结合起来,进行反日游击战争。提出要在东北地区群众斗争比较活跃而统治力量又比较薄弱的地方开展抗日游击斗争,要求各级党组织选派党员到军队中去进行工作,到各种自发的抗日义勇军中去进行抗日活动。

当时,东北各阶层人民群众,除少数的民族败类投敌卖国者外,广大的工人、农民、学生、工商业者,以及许多爱国将领、爱国人士都积极要求抗日救国,反日浪潮在东北各地风起云涌。未能入关的原东北军有些被迫投降了日寇,有些则奋起抗日。如马占山、李杜、丁超、冯占海、邢占清、苏炳文等曾率部抗击日军。还有一些东北军的下级军官揭竿而起,而且曾在一个时期内有相当声势,得到广大群众支持,形成了若干支数量不小的抗日队伍。其中涌现出来的首领人物有王德林、吴义成、唐聚五、王凤阁、邓铁梅、李海青、耿继周等人。这些抗日队伍在1932年期间总数曾达到10余万人。

除了原东北军的爱国官兵之外,在农村中的大刀会、红枪会不同形式的反日武装队伍也走进了义勇军的行列。在城市里学生罢课,工人罢工,接连不断的示威游行,还有不少青年脱下学生装,参加到抗日武装队伍里,决心为抗日贡献出自己的青春。

一场伟大的民族自卫战争本来是可以在东北境内持续发展下去的。但是,当权的国民党南京政府对此不只不予支持,还尽一切可能来扑灭抗日烈火,使绝大多数东北人民处于失望之中。而中国共产党虽然想肩负起这个领导责任,无奈在东北地区的党组织力量不强,党员数量很少,难以在各条战线上施加自己的影响。况且,本来的一条正确路线很快又受到了干扰。

2.中共中央"北方会议"的错误路线给东北带来的不利因素。1932年6月由中央召开的包括河北、河南、陕西、山东以及东北(满洲省委)的北方会议,在临时党中央主持人博古的主持下大加指责北方革命形势落后于南方革命根据地。博古毫不考虑这一客观事实形成的历史原因,即东北各省人民受到第一次大革命的影响甚微;群众的文化水平和政治水平都不如南方各省;共产党、共青团以及群众性的政治团体从质量上和数量上都远远比不上南方各省。不考虑这些特殊情况而一味批评北方革命形势的落后，而且硬说这是右倾机会主义路线的产物。这纯粹是主观主义的非马列主义的态度。但是，当时北方各省的党组织只能被迫做检讨。北方会议最后做出了《革命危机的增长与北方党的任务》《关于北方各省职工运动中几个主要任务的决议》《开展游击运动与创造北方苏区的决议》几个文件。会后，满洲省委书记罗登贤被调离，而由中央派来的魏抱一主持满洲省委的工作。

接着满洲省委召开了扩大会议和常委会，集中批判了原省委的"满洲特殊论"和"满洲落后论"的"右倾机会主义错误"。会议通过了《满洲省委扩大会议决议》。决议内容有些是正确的，如提出独立领导反日的民族革命战争是党的中心任务之一；指出建立党的独立领导的中心部队，来独立地发动与领导反日民族革命战争；对于不在党直接领导下的反日队伍，则要求各级党组织有计划地派人参加进去，以争取对他们的领导，这些决定在以后的实际斗争中产生了非常好的效果。但是决议也提出了若干不切实际的以及错误的主张。有如：武装保卫苏联是一切实际工作行动的中心，反日的民族革命战争必须与执行土地革命的任务联系起来并且开辟满洲的新苏(维埃)区，要求城市中工人普遍举行罢工与示威游行，在农村中贫苦农民实行土地革命开展游击战争，军队中普遍实行哗变，建立红军游击队等。

从 1932 年夏季开始，党直接领导下的抗日游击队陆续建立起来了。在南满有磐石游击队、安图游击队、绥宁游击队和海龙游击队等。在东满有延吉游击队、珲春游击队、汪青游击队、和龙游击队等。同时也相应地形成了一些小块的游击区和农村革命政权，以及农民反日会等。

被派到救国军和自卫军中工作的共产党员周保中、李延禄、孟泾清、金大伦、贺剑平、胡泽民、刘静安等，都在部队中分别担任了领导职务。李兆麟在辽阳的义勇军中也进行了许多工作。他们都在团结其他抗日部队共同对日本侵略军作战方面做出了贡献。以后的东北抗日联军第四军和第五军就是在这个基础上建立起来的。有了共产党直接领导下的抗日队伍,使东北的抗日战争在自卫军、救国军相继于1933年初失败之后仍然能够坚持下去,而且重新发展壮大起来。1933年之后在北满地区又创建了珠河游击队、汤原游击队、饶河游击队等。以后的抗日联军第三军、第六军和第七军就是在这几支队伍的基础上建立起来的。党的队伍已形成东北抗日武装的核心力量。

但是,北方会议的精神也使东北地区的工作遭受不小的损失。其一是在城市工作和工人运动中,多次号召罢工、罢课、罢市、组织示威游行和飞行集会等,由于我们党组织的力量不足,这些斗争并未产生重大影响;相反地都过早地暴露了自己,其后不久,党组织和工会组织就接连遭到破坏,城市工作也接着陷于瘫痪,长时期地得不到恢复。其二是农村中推行土地革命,开展抗租、抗债、抗捐、吃大户、没收地主土地等做法,使得地主和富农恐慌起来,有的转而和共产党对立,客观上是分化了农村的抗日力量,同时为了执行北方会议精神,还在农村普遍号召建立苏维埃政权,而实际上能够建立起这样政权的地方都是在比较偏僻的荒原、山沟,农户也为数不多,这些政权建立起来没多久,有的被敌人扑灭,有的自生自灭。其三,不合时宜地提出建立中国工农红军,称磐石游击队为中国工农红军三十二军磐石游击队,称汤原游击队为红军三十三军汤原游击队,还要在延吉建立红军三十四军延吉游击队;在巴彦建立红军三十六军独立师等。尽管是用了红军××军的名称,当时游击队的人数却不多。为此满洲省委要求把游击队的人数以最快的速度成倍地增加。为了执行上述指示,游击队的领导人就把许多成分复杂的山林队进行收编;再就是要求在其他抗日队伍中工作的党员策动哗变,把队伍拉出来,加入到红军中来,对于收编过来的山林队,有些头目一时难以接受我们的一套工作方法,往往因此而被我们处决。这种做法很快使其他被收编的队伍恐慌起来。他们为了保护自己,或者脱离我们,或者以牙还牙,杀害派去的党代表,缴游击队的枪。党员在其他抗日队伍中策动哗变的办法也使这些抗日队伍的首领对共产党非常不满,产生了对共产党的对立情绪。这些做法,其结果多半是把自己孤立起来。其四,在"左"的思想指导下,对于以旧军队为主体的抗日义勇军产生不信任感,认为他们仍然是旧军阀和地主阶级手中的工具,不是一支真正抗日的力量。1932年9月18日满洲省委给各级党组织的指示中,还要求共产党员向义勇军宣传反帝纲领与土地革命,使反日战争与土地革命密切联系起来。这种做法使许多义勇军的首领对我们敬而远之,并激发了相互间的矛盾和冲突,极不利于整个东北地区抗日阵营的形成。

总之,北方会议给东北党组织带来了一条"左"倾冒险主义路线,这条路线,把民族内部的阶级矛盾不适当地激化了,并由此而不自觉地把中日之间的民族矛盾这一本来的主要矛盾淡化了,地主资产阶级的代表人物在中国共产党和日本侵略者之间的敌友观念在发生着变化。

3.《一·二六指示信》纠正了"左"的路线。1933年1月17日,中华苏维埃临时政府与工农红军革命军事委员会发表了著名的《愿在三条件下与全国各军队共同抗日宣言》。接着,1月26日,中共中央给满洲省委发出了指示信。这一指示是在承认东北各省的特殊性(不是北方会议批判的"北方特殊论")的基础上,提出了抗日和反对伪满洲国的统一战线的方针,决定在东北不搞红军,不建立苏维埃,而是建立人民革命军和农民会、反日救国会等。文中提到"尽可能的造成全民族的反帝统一战线,来聚集和联合一切可能的力量与共同敌人——日本帝国主义及其走狗斗争"。同时也提出要坚持"无产阶级在这个统一战线中的领导权"和"保持自己政治上和组织上的独立性"。

东北各级党组织在接到《一·二六指示信》后,心情是十分激动的。由于过去"左"的路线影响,使自己树立了不少敌人,特别是和其他抗日山林队之间的互相摩擦,使抗日工作受到不小的影响。现在党中央正确分析了东北地区的各阶级、各种军队的政治态度之后,要求以在东北建立抗日民族统一战线的主张来解决和义勇军之间的关系问题,无疑是一种非常正确的政策。对于改红军为人民革命军和停止建立苏维埃的做法,也受到了一致的拥护。因之,这一指示很顺利地得以贯彻执行。南满的抗日游击队编为东北人民革命军第一军,东满的游击队改编为第二军,北满的珠河游击队很快地发展为人民革命军第三军,等等。随之在牡丹江地区,以周保中、李延禄分别领导的原救国军残部组建了东北抗日同盟军第四军和反日联合军第五军等。根据指示信的精神,这些部队都是以共产党员直接领导下的骨干队伍为核心,吸收了本地区其他反日山林队联合组成的。在组成之时,对反日山林队提出的条件大体上都是三个方面:一是抗日斗争要到底,不卖国,不投降;二是没收日本帝国主义以及汉奸走狗的财产和土地,充作军费;三是保护人民群众的利益,武装群众共同抗日。显然,这几个条件没有侵犯到爱国的地主资产阶级的利益,没有对旧军人以及山林队在政治态度上有过多的要求,是很容易被接受的,体现了反日的全民族统一战线精神。这种做法明显地改善了党的队伍和其他一切抗日部队之间的关系,相互配合作战的多了,游击区也相应地扩大了。并逐渐形成了南满、东满、哈东、吉东四大游击区。地方的反日会和农民委员会也普遍建立起来。事实说明,《一·二六指示信》是一个正确的文件,它有力地推动了东北地区抗日斗争形势的发展。

4.1934年的反复。1933年,由于德国法西斯上台执政,使得国际形势发生了重大变化。共产国际为此提出了建立反法西斯统一战线的主张。但是同时又不恰当地估计:世界革命危机客观前提已经成熟,国际局势具有新的世界大战前夜的性质,说目前世界已更加临近革命与战争的时期。因此也要求各国共产党用革命的方法,用建立苏维埃政府的手段摆脱政治危机。根据这一精神,在王明主持下的党中央,不看中国革命的具体情况,也认为中国的革命危机已到了新的尖锐的阶段,直接的革命形势在中国存在着,并说中国的苏维埃道路与殖民地道路之间谁战胜谁的问题已经到了决定性的时期。

党中央的这些精神不只导致了第五次反围剿的失败,也给东北的抗日斗争带来了危害。它要求在东北的抗日武装斗争和发动土地革命联系起来,消灭豪绅地主的统治,建立民众的政权。同时,在中央给满洲省委的指示信中,指责在执行《一·二六指示信》中出现了右倾机会主义,还具体地指出对待抗日义勇军不能以上层勾结代替下层统一战线。要求对旧东北军的抗日部队中的反革命派别实行使之孤立的做法,还要把抗日游击运动提高到土地革命阶段。根据这些指示,满洲省委要求各级党组织进行反右倾斗争,反对富农路线,主张没收地主土地。这样,在农村中又出现了抢粮和吃大户的做法,使地主豪绅恐慌起来,并离开了抗日阵线,转而寻求日本人的保护。在军队中反对"上层勾结"的结果,也使一部分义勇军的首领发生动摇,抗日山林队与共产党游击队之间关系重新紧张起来,抗日统一战线又面临危机。

5.《一·二六指示信》的精神重新被肯定。反五次围剿的失败,证明了王明的"左"倾关门主义路线是行不通的。与此同时,共产国际1934年也酝酿着斗争策略上的转变,认为要建立反法西斯统一战线不能只把"下层统一战线"作为正确的方法而反对与同盟者的上层联合。因为同盟者的领导机关是有权力决定问题的,事实上是,实现上层联合才有利于对其下层的统一战线的工作。

这时,驻莫斯科的中共中央代表团实际上已代表党中央直接行使着对满洲省委的领导权。1934年的冬季,代表团派吴平到东北地区巡视工作,把共产国际的新精神也带给了东北的几个党组织,其内容大体上为以下几点:一是在目前阶段东三省的党组织的基本政治任务是,推翻日本帝国主义及"满洲国"的统治,建立东三省的抗日救国政府,以争取中华民族的独立和国家统一与领土的完整;二是关于统一战线的策略问题。东北还存在着很深的"左"倾关门主义错误,应该是和一切反日队伍联合起来,结成广大的反日民族统一战线,和义勇军之间的上层联合不能批评为上层勾结。此外还有对游击根据地不能死守,不能拼命打硬仗等其他几个问题。很明显的,单就统一战线问题来说,吴平所传达的中共代表团的精神,实际上是重新肯定了1933年

《一·二六指示信》的基本内容。这对东北的抗日游击战争得以持续地发展是至关重要的。

吴平向东北各级党组织所谈的内容,实际上是中共代表团在莫斯科经过较长时期酝酿的意见。这些意见直到 1935 年 6 月 3 日才定稿并作为正式文件发往东北。文件名称是《给东北负责同志的秘密信》(《中共给满洲省委各级党部及全体党员的信》),是由王明和康生署名的。因之当时称之为《王康指示信》。信是在该年 8 月由吉东特委转交给东北各组织的。对于这封指示信的形成过程,1985 年之前,东北三省的党史工作部门做过反复考证,也听取了 1935 年曾在吉东特委工作过的李范五的回忆。大家共同认为:这一指示信是驻莫斯科的中共代表团十几个人经过长期酝酿讨论之后才形成的,而且是在共产国际反法西斯统一战线方针的直接指导下制定出来的,决不是只代表了两个署名者的思想。用个人署名来下达文件只能说是在当时情况下所采用的一种形式,更为适合的叫法应该是《中共中央代表团 6 月 3 日给东北党组织的指示信》,也可以简称为《六三指示》。

《六三指示》对当时东北革命形势的分析是:"我们应该清楚地估计到目前的状况,不是最后决定胜负的时期。因为现有反日力量,还不能将日本帝国主义从东北驱逐出去,我们当前的敌人是强大的日本帝国主义,关内红军同国外的革命运动还不能直接给东北的反日运动以帮助,特别是东北及广大的民众还没有在共产党直接领导下武装起来。"

根据上述的形势分析,指示信对东北党的斗争任务是这样提出的:"我们的策略现时不是将所有的反日力量孤注一掷,而是要更大的准备群众,积蓄力量,保存和发展游击队的实力。培养大批的军事干部,以作为准备将来更大的战争和更大的事变的基础。"

上述的一段话应该说是指示信的核心思想。指示信的另一个思想是要求东北党进一步巩固并扩大反日统一战线。本来建立反日统一战线是在 1933 年《一·二六指示信》中提出来的,而且执行中已取得了良好的效果。但是后来出现了反复,到 1934 年初又批判了统一战线中的右倾错误,特别是批判了上层统一战线是上层勾结。具体地说,像周保中和李延禄利用和救国军首领的统一战线进行的艰苦工作曾被批判为上层勾结。实际上他们在救国军失败溃退之时,能够将其中不少爱国官兵团结在自己的周围,并在这个基础上组成两支抗日队伍。这两支队伍在一年之后都发展壮大起来,都接受了共产党的直接领导,先后改编成东北抗日联军第四军和第五军。从"左"的观点出发,不顾上述事实,而一味地批判"上层勾结",显然是错误的。《六三指示》对统一战线的提法是既肯定了下层统一战线,也肯定了上层统一战线的必要性,这就纠正了曾经出现过的"左"倾错误。

在《六三指示》下达之后,紧接着《八一宣言》也发表了。《八一宣言》对于如何建立抗日救国统一战线阐述得更明确、更完整。它的公开发表对党外产生了广泛的号召力,影响深远。在建立统一战线的问题上,《八一宣言》与《六三指示》是完全一致的。

在执行了《六三指示》和《八一宣言》的精神之后,东北的抗日武装队伍在 1936 年至 1937 年有一个大发展,党直接创建的武装队伍陆续整编为 7 个军,名称也一律改称东北抗日联军。还有四个军是属于同盟军性质的,他们也有限度地接受了共产党的领导。在共产党直接领导的几个军之内,也容纳了为数不少的抗日山林队,其中有些在政治上还得到了改造。总数为 3 万余人的东北抗日联军,在 1937 年内是有相当声势的。日本侵略者曾为此惊呼:"满洲国的王道乐土几乎要变成共产乐园了。"经过实践的检验,应该说《六三指示》是不存在什么右倾或者是"左"倾的问题的。东北各党组织在研究如何贯彻执行这一指示时,都是表示拥护的。但是后来出现了争论。1936 年 9 月,珠河、汤原中心县委和三、六军党委联席会议在决定成立北满省委的同时做出决议,对《六三指示》以及《六三指示》之后的《中央代表来信》提出了许多批评意见,而且还认定《六三指示》总的精神是右倾的。当吉东省委看到北满省委的上述文件后,就给北满省委去信表示不能同意北满省委对《六三指示》的指责,说吉东省委认为《六三指示》是正确的,必须贯彻执行,此后,北满和吉东两省委之间数度书信往来,进行着激烈的争论。在此期间,北满省委内部逐渐发生了变化,省委书记冯仲云和省委委员李兆麟表示部分地接受吉东省委的意见,承认珠汤联席会议对《六三指示》的批评是不当的,应当重新审议这一决议。李兆麟还致函周保中,邀请他作为吉东省委的代表参加预定于1937年夏季召开的北满省委扩大会议,为的是疏通两省委之间的关系、协调两个地区所属部队的配合行动问题,还可以就《六三指示》互相交换意见。周保中应邀参加了这次如期召开的会议。这次会议是有重大成就的,对抗日联军各军活动区域的划分、领导关系以及相互支援等问题取得了一致意见。对《六三指示》的讨论,也有重大进展。李兆麟和冯冲云等人基本上接受了周保中的意见,认为过去把《六三指示》批评为右倾是错误的,应该改正过来,而且就组织观念来讲,对待中央代表的指示抱根本否定拒不执行的态度也是错误的。但是,北满省委委员中,仍然有人坚持认为对《六三指示》右倾的评论是不能改变的。因此,北满和吉东两省委原打算发表一份联合公告表示一致拥护《六三指示》的计划未能实现。

1938年初,北满省委中有的领导人去苏联,还有一部分部队在作战中被迫退到苏联境内。这时,省委内部继续酝酿着有关路线斗争是"左"了还是"右"了的是非问题。到了4月下旬,在省委书记张兰生的主持下召开了北满省委第七次常委会议,做出了《中共北满临时省委彻底拥护中共中央路线,坚决反对珠汤中心县委、三、六军党委联席会议之"左"倾关门主义反党路线的决议》。

在这一文件发出之后,在北满省委内部曾有人对文件内容和会议的开法提出了一些批评意见。如省委执行委员会委员、第三军第四师政委金策6月去信给省委,表示同意这一文件的基本精神,认为省委过去把《六三指示》指责为右倾是错误的,并说这是由于个别人曲解了《六三指示》的某些内容所造成的结果。但是金策又认为省委在这一决议中把前一个时期的"左"倾关门主义错误地归咎于某一个人又是不正确的,因为当时省委的主要成员都支持过这种"左"的倾向。他认为这些成员都应该对这一错误承担责任。金策还对会议的开法提出批评,说不应该在某些省委委员因为去苏联而不能出席省委常委会的情况下而做出不利于他的决定。

吉东省委在收到北满省委的上述决议之后,也写信给北满省委,表示欢迎北满省委反对"左"倾关门主义的决定。但是又遗憾地指出不应该在北满省委主要成员缺席的情况下做出这样的决定,而对省委常委成员中过去对"左"倾观点长期持调和主义态度者没有为此做出检查,也表示了遗憾。

这样,在北满省委做出上述决议又过了 8 个月之后,在 1939 年 1 月底召开的第九次常委会上,对第七次常委会的决议做出某些修正,其内容之一就是把原来的提法"反党的'左'倾关门主义路线"改为"反中央路线之'左'倾关门主义路线"。李兆麟和冯仲云等人也为自己的调和主义态度做了检讨。至此,有关《六三指示》的争论暂时告一段落。

那么,当时有的人极力反对《六三指示》,说它总的精神是右倾的,其具体内容是指什么呢?他们叫得最响而且说得时间最长的主要一点是,《六三指示》叫我们等待大事变,叫我们把枪插(藏)起来,不叫我们打仗。如果真的是这样,那说它右倾是对的。但是我反复多少次阅读《六三指示》,都找不到他们所指责的那几句话。其实,指示中有关的一段话是这样的:"我们的策略现时不是将所有的反日力量孤注一掷,而是要更大的准备群众,积蓄力量,保存和发展游击队的实力。培养大批的军事干部,以作为准备将来的更大战争和更大事变的基础。"明显的,这里没有等待大事变的意思,而是以准备群众、积蓄力量、保存和发展实力、培养干部等来准备将来的更大战争和更大事变的基础,这些都没有消极的思想。在东北抗日联军当时还只是为数几千人的游击队之时,这样的指示是正确的。无怪乎金策说有人曲解了《六三指示》。我以为最大的曲解莫过于此了。

争论中还涉及许多具体问题,有如对待日本人归屯并户是坚决摧毁还是可以派人打入内部搞两面政权?派人进去算不算是帮助敌人归屯?是不是右倾?还有对待伪军的态度,对待一些抗日山林队的态度等。这些具体问题都是应该根据当时的具体情况以不同的方式处理的。把某些具体的不同做法上升为路线问题会陷入纠缠不清的境地,是极不利于工作的。

在我和一些党史工作者反复研究了这场争论的发展过程中,发现这场争论是在东北各地的党组织处于极不健全的状态下发生的。原因之一,是1935年初王明以中共中央代表团的名义撤销了满洲省委而又不立即明确此后的领导关系,以后就通过设在牡丹江的吉东特委转发他们给其他特委或中心县委的指示。吉东特委根据王明的指示告知各地停止和满洲省委的联系,并说满洲省委机关有了奸细。珠河中心县委接到这一通知后颇感惊讶,就派人去满洲省委机关想问个究竟。满洲省委机关留守人员也不知底细,对此颇为不满,并反过来说吉东特委也可能有奸细。而事出巧合,在1935年冬,因叛徒出卖使吉东特委机关遭到了日本人的破坏。因之原来由吉东特委转送到北满的《六三指示》的可靠程度也受到了怀疑。原因之二是,王明打算在东北建立南满、东满、吉东和松江四个省委并由中央代表团直接领导几个省委,松江省委的书记候选人为李成林和李兆麟。其他几个省委依此指示相继建立起来,而松江省委的组建工作却出现了不同意见。最后在1936年秋的珠河汤原中心县委和抗日联军三、六军党委联席会议上做出决定成立北满省委,而不是松江省委。省委书记是冯仲云而不是李成林或李兆麟。由于这些都不同于中央代表团的原定方案,会议决定在"北满省委"中间加上"临时"两字,以待经上级批准之后再去掉临时两个字。

原因之三是由于王明的工作方法而形成的吉东特委的特殊地位引起了北满地区党组织的不满。1935年中央代表团派吴平到东北,不止一次地经由吉东特委向东北各级党组织提建议、发号召。《六三指示信》又是通过吉东特委转送到东北各地党组织的。之后，1935 年 11 月发出《吉特补充信》；1936 年 3 月又发出《中代信》。实际上王明是通过吉东特委来领导东北各地党的工作，而这种做法有些又是在满洲省委尚未明令撤销之时。这些很不正常的做法很自然地会引起各种猜疑，其中既有对满洲省委的不信任感，也有对吉东特委的不信任感，还掺杂着某种嫉妒成分。王明的这种极其错误的组织路线给东北党的工作造成了颇大的损害。首先是一直没有建立起来一个集中统一领导机构，遇到分歧意见没有人能够解决，远在莫斯科的中央代表团也知道这些分歧，却听任东北各平行的党组织自己去斗。有些人对《六三指示》持怀疑态度就是由于这种错误的组织路线而造成的互相猜疑情况下产生的。不成立松江省委而另立北满临时省委实际上也是这个原因，表现出北满有的同志对吉东特委所转达过来的要成立松江省委指示的蔑视态度。以后由吉东党组织给北满的几次信件，都对北满临时省委提出过批评，特别是由于《六三指示》所引起的争论，使北满某些不甘居于人下的同志难以容忍下去，使得这场争论掺杂了许多义气成分，说理性不够。因之，我认为王明在组织路线上的错误的确是应当受到严厉谴责的。在组织上处于极不健全的状态下面产生的政治路线上的长期争论则是东北党和东北抗日联军的一件非常不幸的事件。

　　6. 对抗日同盟部队的政策。在东北抗日联军的部队中，有不少是原救国军和自卫军被保留下来的队伍。第四军和第五军就是这样。由于这两支部队一直是掌握在共产党员的手中，而且又有从上到下的共产党的组织，因之部队的政治质量是好的。特别是第五军，其中原来在救国军任团以上职务的柴世荣、李荆璞、傅显明、王汝起、王毓峰等人在周保中的领导和亲自教育下都成为优秀的共产党员和优秀的指挥员。第四军的杨泰和、李延平也是救国军里的干部，都壮烈牺牲在战场上，部队在 1938 年的西征途中百折不挠，一直战斗到最后一个人，他们对祖国是问心无愧的。第十军的队伍不是共产党所创建的。他们一直孤军奋战于五常榆树两县境内，很少得到兄弟部队的支援。但是他们在汪雅臣军长的领导下一直坚持战斗到 1941 年，也是战斗到最后一个人。第十一军是勃利县托腰子金矿工人祁致中率领着 7 个拜把子兄弟在突然袭击了日本军并当场打死 7 名日寇的胜利之后干起来的，以后队伍发展较快。祁致中亲自找到北满省委，表示愿意接受共产党的领导，主动和其他抗日部队联合作战。是一支战斗力很强的队伍。1939 年之后，抗联队伍普遍遭受严重挫折。但第十一军的队伍没有出现过集体投敌事件。第八军是依兰县土龙山农民暴动后成立起来的队伍，最初叫民众救国军，被日本人打垮之后又大量收编山林队而组建起来的，政治成分很杂。对党派去的干部基本上是不欢迎的。部队战斗力不强。1938 年队伍陆续地成批投降日寇。由党派去的军政治部主任刘曙华、师政治部主任金根、军参谋长于光世也陆续被杀害。第九军是原自卫军李杜所属的部队，军长李华堂也接受了党所派去的一些干部，在共产党员的大力工作下，部队的政治质量有所好转，但 1938 年中屡遭挫折后部队叛逃者较多，除了由共产党员郭铁坚所率的一个师坚决抗日到底外，其他部队都瓦解了。到了 1939 年春，李华堂在负伤之后投降了日寇。

　　根据这些抗日同盟部队的发展和变化的情况来看，应该说我们党抗日统一战线政策在东北是取得成功的。在这 4 个军中，第十军和第十一军是无可指责的，第八军最差。但它终归是坚持抗日 4 年多的时间，它也牵制着相当一部分日伪军，它也配合着友军打过一些仗。它在 1938 年投降了日寇而且杀害了几名共产党员干部，但不能因此而证明我们和它搞统一战线是错误的。我们看待同盟军，应该按照列宁在《共产主义运动中的"左派"幼稚病》一书中所说："要利用一切机会，哪怕是极小的机会，来获得大量的同盟者，尽管这些同盟者是暂时的、动摇的、不稳定的、靠不住的和有条件的。"

　　7. 对待日本人的归屯并户有什么好办法吗？按照主观愿望来说，首先是发动群众来抵制。但是当日本兵把农民在山沟里的农舍放火烧毁而且端着刺刀逼迫农民下山的时候，农民是无力抵制的，我们游击队当时也拼不过敌人,无法打掉这些凶恶的日本兵。看来抵制这一办法是没有力量的。

把大屯摧毁行不行?这个办法用过。第五军王汝起就带着队伍打过几次大屯,摧毁一些民房,毁掉围墙和外壕。第三军赵尚志的队伍也打过大屯,第八军也打过。其结果是并没有给日本人什么打击。身受其苦的还是农民本身,给他们造成一些财产损失,并不能使农民摆脱掉归屯的苦难。他们不会因此而感激抗日联军,反而会被迫地寻找日伪军的保护。实际上靠游击队的力量也打不掉几个大屯。看来搞两面政权才是可行的办法。不过我们在农村中的党组织是过于薄弱了。当时也缺少一套发动农民的方法,群众性的组织农民会或抗日救国会在许多农村里只是昙花一现。到了1938年,"三一五"事件中,农村的党组织接连遭到破坏,这时连两面政权也没有力量去建立了。归根结底,是敌人过于强大了,我们过于弱小了。

8.伪军会起义吗?在日本人统治东北的14年中,小股的伪军起义一直没有中断过,小至班排,大至一个整团都发生过,1938年之后,东北的抗日斗争走入了低潮,但依然发生过几起起义事件。我亲自接触过的有:1940年9月驻在黑龙江宝清县七星河镇伪军三十团机关枪连的起义;1942年7月驻饶河县东安镇伪靖安军二团一个连的起义,还有一起是在1941年1月4日哈尔滨的伪航空第三飞行队85名队员的起义。这些都说明伪军当中不甘于死心塌地效忠异邦的大有人在,但是伪军起义始终没有形成大的气候,这与整个东北始终没有出现过真正的抗日高潮有关;从1933年春救国军和自卫军相继失败之后,伪军中的爱国分子就长期地抱着观望态度,不愿意轻举妄动。到了1937年,东北抗日联军在黑龙江地区有了一定的声势,再加上"七七"之后出现了全国性的抗日战争局面,才出现两起震动较大的起义行动。一起是宁安县三道通的伪森林警察大队在大队长李文彬的率领下全体人员共150人宣布起义,并立即加入了抗日联军第五军,先是编为警卫旅,队伍稍有发展后又改编为五军第三师。李文彬是个英勇善战的指挥员,而且愿意接受共产党的领导。这支队伍在周保中的领导下转战于宁安、刁翎、依兰、勃利、桦川、宝清、富锦、虎林、饶河等县境内,打了许多硬仗。1938年春在宝清县十二烈士山的壮烈战斗,这支部队中的16名战士在连长的率领下给日军和伪兴安军造成了死伤100余人的惨重损失。为此日本人对李文彬恨之入骨。1939年9月李文彬率队在宝清县境内遭到敌军的包围并英勇牺牲之后,日本军对李文彬的尸体横加蹂躏,发泄仇恨。第二起事件是1937年9月驻勃利县伪军第二十九团在团长赫奎武的率领下举行起义,参加起义的共有600余官兵,并携带有3门小炮、4挺重机枪、16挺轻机枪以及大批步枪和弹药物资。日本军对此颇感恐慌,立即派出数批飞机跟踪轰炸,这支伪军接受了第八军的改编,但由于谢文东军长的无能,未能使起义部队立即轻装并脱离原地区,以游击活动的方式在松花江两岸神出鬼没地袭击敌人,而是采取了保守的、消极的方针,带领着这600余人躲避在深山老林之中,粮食供应困难,只得依靠马肉充饥。日本军采用了长期围困政策,不到半个月部队就处于瓦解状态,到了10月底,赫奎武又率队投降了日寇。到了1940年9月,驻宝清县七星河镇的伪军三十团机关枪连,由两名班长发难,在得到抗日联军第七军的接应下,暴动成功,并参加了第七军。1940年的初冬,在哈尔滨的伪航空训练大队40余人宣布起义,并立即开赴哈尔滨西北的三肇地区,想与在那里活动的抗日联军第三路军取得联系。但是在日本军的追击下惨遭失败。到了1942年,驻在饶河县东安镇的伪靖安军第二团一个连,在3个班长的发动下,暴动成功。在他们的号召下,有70多名士兵共同宣布脱离伪军,随即越境投靠苏联,并由苏联决定将这70余人编入东北抗日联军教导旅。

上述一系列的伪军起义事件,说明在伪军中的爱国志士大有人在。但是1937年,在抗日联军还相当活跃的时期,伪军第二十九团起义之后,一时不能适应游击战争的要求,连正常生活也得不到保证,靠吃马肉维持生命,因之"士无斗志"是完全可以理解的,他们再次投降了日寇的这一事实,很快会在伪军中产生非常广泛的消极影响。使他们不得不重新地观望下去, 不到最有利的时机是不会轻举妄动的。1939 年之后的几股人数不多的起义,看来是在忍无可忍的情况下爆发的。当时抗日联军普遍处于极端艰苦的斗争环境中,这些起义者都是下定了最大的决心,即使被迫上山为匪也在所不惜。

虽然伪军中的爱国志士不乏其人,不少人在待机而动。但是在一般的情况下是不会出现起义高潮的。如果没有出现全面性的抗日战争的有利局面,起义成功的可能性也较小。就游击队本身来讲,小股的起义队伍比较容易消化掉。团以上的起义队伍会立即带来问题:生活保障难以解决,他们无法立即适应游击队的艰苦生活环境;他们不会立即运用游击战争的方式来和敌人作战,靠他们在伪军中的作战经验来对抗日本军的进攻是难以取胜的。因之,如果我们自己没有坚强的领导班子,也难以带领他们打开局面。小股起义成功的例子较多,其影响也不可低估。拿 1942 年 7 月饶河县东安镇伪靖安军一个连的起义来说,当时虽然处在东北的抗日斗争最低潮的时期,但也引起了关东军的极大恐慌。他们被迫重新调整了整个边防线上的伪军部队。虽说它只不过像是一枚手榴弹的爆炸,但冲击波却走得很远。因之决不能轻视对连以下伪军单位的策反工作。连以下单位的起义,往往会在三两个人的密谋策划下取得成功。而团、营单位的起义,如果没有单位头头的参与,是颇难奏效的。

9.“抗日”和“反满”并提不并提的问题。在 1936 年 10 月,王明发出了新政策路线一份文件。提出了“不要反满抗日并提”,以此来孤立日寇,使“满军”内某部分人来参加抗日统一战线或使其中立。还说这个口号也免得将东北与关内(抗日反蒋不并提)对立。这后一个理由是缺少分析的。当时关内正酝酿着推动国民党及其头目蒋介石转向抗日,而且在国民党内部的抗日力量正在壮大起来。因此我们党把过去的抗日反蒋的口号改掉了。东北已沦为日本人的殖民地,所谓的“满洲国”政权是傀儡性的,政权中任何一个机构,伪军中的任何一个单位都是在日本人的直接控制之下,没有任何一个政权头子或任何一个伪军头目可以有自己不同于日本统治者的政治主张,更不可能有不经过日本人同意的独立行动。因之不提"反满"并不能对他们的政治态度产生任何积极影响。至于在伪政权和伪军中的一些不满日本人统治而同情抗日的人,也自然的不会是伪"满洲国"的拥护者,或者说他们也应该是"反满"的。只赞成抗日而不赞成推翻"满洲国",是极其矛盾的提法,是不能成立的。本来在《六三指示信》中,许多地方都是把打倒日本帝国主义和推翻"满洲国"同时提出的,都是正确的。在事隔一年多之后,在东北的伪政权和伪军中没有显示反日力量有所增长的情况下,提出改变这个口号实无必要。由于对这一口号不同理解和不同对待方法而引起的争论,对北满和吉东两省委之间的关系产生了不少消极的影响。实属憾事。

我写出的这些东西是想使对东北抗日联军的斗争历史有研究兴趣的人们提供一些具体情况。尽管我想力求真实地反映历史,但毕竟是四五十年以前的事了,记忆中模糊不清的事情是颇多的。虽然现在有条件借助翻阅历史资料来弥补这一缺陷,但我感到保留下来的历史资料也是很不完全的。所能看到的资料,由于诸多原因,其真实程度也不是无可挑剔的。因之回忆内容中错误之处在所难免。如能得到好心者的指教,我会非常的感激。

东北抗日联军第四军的战斗历程

　　东北抗日联军第四军是中国共产党亲自创建起来的一支抗日队伍。最初是原吉林省宁安地区的救国军补充团。在救国军失败之后，根据吉东党组织的指示，以补充团为基础成立了东北抗日救国游击军。以后又经历了东北人民抗日革命军、东北抗日同盟军第四军和东北抗日联军第四军几个时期。从 1933 年 1 月起，至 1938 年末，第四军先后战斗于宁安、穆棱、密山、林口、刁翎、勃利、依兰、方正、通河、宝清、富锦、饶河、虎林等县境内。到了 1938 年，根据东北抗日联军第二路军总指挥部的决定，第四军主力部队参加了西征，从宝清县出发，途经勃利、穆棱，而后越过 300 里原始森林的老爷岭山区，进入了苇河县境。在攻打了楼山镇之后，经珠河向五常县境前进。在整个西征过程中，经常在严重缺粮的情况下和敌人的追剿与围堵的部队作战，伤亡与非战斗减员较大，条件极为艰苦，最后在珠河一面坡地区陷入重围，军长李延平和副军长王光宇，在顽强地和敌人拼搏中先后献出了自己的生命，全军失利。至此，留驻在三江地区的第四军留守处也结束了自己的工作，全部人员转入第二路军总指挥部。东北抗日联军第四军的历史于此结束。

　　东北抗日联军第四军的创建人李延禄同志是吉林省延吉县人，出生于 1895 年。幼年时期在工厂当过学徒工，参加过反袁(世凯)帝制大同盟。后在东北军的地方部队当兵，任过排长和连长。1931 年 7 月，在延吉参加了中国共产党。同年冬，为反对日本人入侵东北，他受党的派遣到救国军里工作，亲自组建了救国军补充团，以后又组建抗日救国游击军、抗日同盟军和抗日联军第四军。他忠实地执行了党的指示,执行反日统一战线政策,为抗日部队的发展壮大做出了贡献。1936年春,李延禄奉命经莫斯科、巴黎返回关内工作,由李延平继任军长。李延平是李延禄的弟弟,在救国军中担任过游击队队长,1934年赴莫斯科学习,1936年初返回东北。李延平在1938年的西征途中英勇顽强、百折不挠,最后壮烈牺牲于日本侵略者的围剿中。李延平同志不愧为一个中国共产党的优秀党员和意志坚定的抗日联军领导人。

抗日联军第四军的发展情况,是相当曲折的。

一、救国军时期的补充团

在"九一八"事变之后,由于蒋介石所领导的国民党政府的不抵抗政策,使日本侵略军得以长驱直入,在几个月之内,辽宁、吉林和黑龙江等省的大部分地区陷入敌手。与此同时,一场声势浩大的群众性的爱国救亡运动在东北大地蓬勃发展起来了。1931年9月19日,中共满洲省委发表了《为日本帝国主义武装占领满洲宣言》;9月20日,中共中央发表了《为反对日本帝国主义强占东三省宣言》;9月21日和22日满洲省委和党中央又先后做出《日本帝国主义武装占领满洲与目前党的紧急任务的决议》和《中央关于日本帝国主义强占满洲事变的决议》。其中号召全国人民和东北同胞行动起来救国自救,开展抗日游击战争以及其他各种形式的反日斗争。同时,党中央和满洲省委还派出一批优秀干部到东北各地去发动和领导群众的抗日运动。随之,原东北军的中下级军官和广大的士兵,也纷纷自行组织起来,进行抗日武装斗争,东北各地的爱国志士、农民也自发地起来抗日。一时间,各种番号的抗日队伍风起云涌,声势浩大。

这时,在延吉地区,原吉林省防军第十三旅六十三团的第三营,在营长王德林的率领下,在延吉小城子宣布起义抗日。他们的行动立即受到东满各界爱国人士的热烈响应和支持。延吉、汪清、和龙、珲春及所属各地的警察队、保卫队爱国官兵纷纷来投,部队很快地由原先的 500 人增加到 1 200 余人。到了 1932 年 2 月 3 日,在延吉小城子宣布中国国民救国军成立。王德林任总司令。

中共满洲省委非常重视在东满地区出现的这支抗日武装。先后派到救国军里工作的共产党员有李延禄、孟泽清、金大伦、贺剑平、胡泽民、刘静安等人。不久,周保中也到了救国军。李延禄担任了救国军总部参谋长,孟泽清、刘静安任正副参谋长,金大伦和贺剑平先后任总部宣传部长,胡泽民任前方司令部参谋长,周保中任总参议。由于这些共产党员的积极工作,救国军的抗日旗帜更为鲜明,经常主动出击敌人。在 1932 年 2 月中旬,接连攻克敦化、额穆、蛟河等县城,迟滞了日军向东满地区进军的计划。

李延禄和王德林有多年的私交。王德林当时也迫切需要各方人士的支持。李延禄到达王德林的部队之后,以其鲜明的政治观点支持了王德林的爱国行动,使王德林的抗日救国决心更加坚定了。加之李延禄运用自己的社会影响,动员当地爱国士绅为部队筹得不少的钱款,使王德林深为感激。

此时,原依兰镇守使、吉林省防军第二十四旅旅长李杜,已组建了东北抗日自卫军。其中包括冯占海和邢占清两个部队的人马,人数众多。李杜得知王德林的老三营起义,立即派人到小城子与王德林联系,意将王德林部队收编为自卫军一个团。还携带了一万元现款表示慰问。王德林本想自立门户,不愿依附他人,但又看到自卫军兵力雄厚、装备精良,并拥有北满和吉东一大片地盘,不敢得罪。这时李延禄劝王德林收下一万元作军饷应急,同时另外为李杜组建一个团以应付此事。王德林采纳了这一建议,很欣赏李延禄运筹帷幄的才干。因之,任命李延禄为救国军总部参谋长,并把组建补充团之任务委托于他,下令李延禄兼任团长。

李延禄从各地前来参军的爱国青年中挑选了 400 余人,成立了三个连,组成了自卫军的补充团,直属救国军总部领导。同时,宁安中心县委又派共产党员孟泽清、金大伦、贺剑平等到救国军工作,并在补充团内成立了秘密的党支部,还发展了一些新党员。

1932年2月15日,在救国军攻打敦化的战斗中,补充团首次参战,击毙日伪军50余人。接着,在2月24日和28日,又连续攻克额穆和蛟河两县城,缴获机枪2挺和长短枪1 600余支。驻额穆的伪警备旅两个排也在战斗中起义参加了救国军。在此期间,宁安县保卫总队长刘万魁亦率部起义,参加了救国军。

救国军的接连胜利,使日军大为惊恐。日本人急于修通敦化到图们的铁路线,以便能从朝鲜向东满地区输送兵员和军用物资。但是救国军的行动威胁着筑路工程。因之日本关东军司令本庄繁下令给独立守备队司令森连中将,对救国军进行清剿。但第一天清剿行动失败,伤亡115人。森连中将被迫继续调遣驻郑家屯的守备队第六大队开往敦化编为上田支队。本庄繁还增派第二师团的十五旅团,在天野的率领下由哈尔滨进入海林,又于3月6日占领了宁安,企图和上田支队配合消灭救国军。此时,驻绥宁的镇守使,吉林省防军旅长赵芷香背弃抗日盟约投降了日军。但其部下张振邦和郭英奎两个团却起义参加了自卫军。

对于这次日本军的进犯,李延禄率补充团在南湖头西岸墙缝一带构筑工事,占领了阵地。这里居高临下,控制了宁安通往敦化的冬季通道。3月20日拂晓,上田支队沿着牡丹江的冰面向宁安进发之时,突然遭到补充团密集火力袭击,近80人死亡。21日,李延禄又派出补充团一部,由李延平率领在松乙沟一带袭扰敌人。上田支队的另一路骑兵百余人,在东京城外也受到救国军的阻击,30余人被打死。至此,天野部队和上田支队于3月27日匆匆撤回哈尔滨,救国军也随之收复了宁安县城。这次墙缝战斗的重大胜利,大大鼓舞了牡丹江地区广大群众,抗日热情空前高涨。穆棱县兴源镇伪警察队、一面坡伪警察署,都全部投奔救国军。苇河县的伪保安队长也率所属200人起义参加救国军。很快的,救国军的总兵力发展到1万多人。

救国军收复宁安的胜利消息，也大大鼓舞了密山县的人民群众。平阳镇小石头河子保董苏怀田及其好友杨太和、聂海山、姜炮等在共产党员田宝贵的发动下起来抗日。他们串联亲友，筹集武器，成立起一支20余人的队伍，并先后收缴了梨树镇白俄矿警队和荒岗缉私队的枪支。队伍很快发展到二三百人，以后他们投奔了李延禄。在征得王德林的同意后，将他们编为自卫军补充第二团，仍由李延禄兼任团长，苏怀田和田宝贵任副团长，聂海山、杨太和分任营长。此时，在李延禄亲自领导下的补充一、二团总人数达到700人。

在当时，救国军与自卫军之间，以及救国军和自卫军内部都有不少矛盾，有时还借故互相争斗。补充二团在密让、平阳镇小石头河子休整之时，突然被丁超的护路军包围缴械，并将主要领导人苏怀田、田宝贵、聂海山、姜炮等杀害。仅有第三营营长杨太和率80人逃脱出来。

当时在吉东地区活动的有王德林的救国军、李杜的抗日自卫军和丁起的护路军，总人数共有6万余人。但缺乏统一领导，而且内部矛盾日益激化。加之日本人的收买诱降、挑拨离间、政治瓦解等阴谋手段，使内部的自相残杀事件日益增多，在对日作战中不能互相配合和支援。这就使日本军逐步在北面占领了依兰、汤原、佳木斯等地，在南面又占领了宁安。救国军与自卫军在作战中一再受挫，而护路军又准备叛变投敌。到1932年冬，形势显然恶化了。王德林的抗日信心也开始动摇。

1932年11月，绥宁中心县委召开了紧急会议，在救国军里工作的李延禄和孟泽清也应邀参加。会议认为，王德林的救国军有可能遭到失败，我们的党是无力挽救败局的。但是在党员直接掌握下的补充第一团和第二团三营，应该在李延禄和孟泽清的带领下，在适当时机摆脱救国军的控制，独立自主地进行抗日斗争，肩负起在宁安地区领导对日武装斗争的重任。会议决定，李延禄为这支游击队队长、孟泽清为政委、张建东为参谋长。

二、创建救国游击军

为了实现绥宁县委创建共产党自己的抗日武装的指示,李延禄向救国军总部提出自己将率领补充团赴前方阻击敌人。王德林批准了李延禄的计划,还将救国军十七团和总部卫队营一并交给李延禄统一指挥。

在1932年的12月,日本军击败了黑龙江北部嫩江地区和海拉尔地区的马占山和苏炳文的抗日部队,并开始向吉东地区进攻。李延禄率补充一团和二团三营500人、十七团500人和总部卫队营170人,于12月26日,在兴源镇集结,准备开赴磨刀石抗击敌人。磨刀石位于牡丹江以东20公里处,在铁岭河与穆棱之间。1933年1月1日晨,日军元部支队的三十九联队近2 000人,向磨刀石我军阵地发起进攻。截至中午时分,日军的四次冲锋都被击退,两个小队被消灭。直至第二天早晨,才有另一支日军部队迂回到磨刀石以东,占领了代马沟,企图包围李延禄所部。李延禄被迫组织部队向五河林转移。这次战斗共打死打伤日军100余人,我方牺牲官兵40余人,丢失军马30余匹以及一批军用物资。

这次日本军向吉东地区发动的进攻,没有受到救国军和自卫军的有力抗击,有的不战而退,有的边战边退。使日军很快地占领了穆棱,再由穆棱兵分两路,一路沿梨树镇、平阳镇、密山县城直逼虎林;另一路由下城子越绥芬河,并占领了东宁。自卫军总司令李杜于1933年1月9日被迫退入苏联境内。驻绥芬河自卫军二十一旅旅长关庆禄于1月5日投降日寇。救国军总司令王德林和副总司令孔宪荣于1月13日率2 000余人退入苏联境内。护路军总司令丁超于1月上旬到长春投降,当上了伪满洲国的内务部大臣。吉东地区的抗日战争形势急转直下。

这时,在救国军内部工作的共产党员,根据党的指示竭尽全力挽救全局,坚持抗日。当时任救国军总部总参谋长的周保中,说服了救国军前方总指挥吴义成,率领所部 3 000 人退入老黑山一带坚持斗争。宁安地区也有一大批有志继续抗日的救国军所属部队,纷纷另立山头,或者是继续沿用救国军的番号,进行抗日活动。人数有的几十人,有的上百人。其中较大的两支是王毓峰所率的一个步兵营,和冯守臣所率的一个骑兵营,各有 200 人左右。他们有些在后一个时期成为东北抗日联军第五军的组成部分。

李延禄所部于磨刀石战斗之后,于 1933 年 1 月 2 日到达五河林,决定按绥宁中心县委的指示立即改编部队,成立抗日游击总队。部队组建了 4 个团:由补充二团三营为基础组成第一团,团长杨太和;以补充一团二营为基础组成第二团,团长李凤山;以补充一团三营为基础组成第三团,团长史忠恒;以十七团为基础组成第四团,团长邹风翔。此外,还有一支游击队,队长李延平。

但是,当时部队成分比较复杂,思想上也颇不稳定。在部队改编当天,原补充团团部吴副官等四人携带公款投敌,原五河林保董赵保义又暗中勾结日军,袭击抗日游击总队。李延禄闻信之后,立即命令部队连夜转移。在转移中邹风翔又率第四团逃走,其他各团人员也失散不少。次日到达指定集合地点柞木台的只有杨太和的第一团、李凤山的第二团、史忠恒的第三团和总部警卫队,共计 300 余人。处在这样危急情况之下,党支部决定立即将队伍带至宁安寻找县委,以便能得到上级党组织的指示,确定下一步行动方案,解决部队的军需供给。同时,决定由杨太和率领第一团去密山,依靠其原有的群众基础开展活动。

李延禄、孟泾清、张建东等人,率领第二、三团隐蔽地穿越中东铁路,在 1 月中旬于宁安县的和尚屯会见了县共青团书记李光林同志。他们几个人共同分析了宁安地区的抗日斗争形势,认为部队分散活动容易被敌人各个击破,应该是加强组织,统一指挥,并且派人和救国军的另外两支队伍王毓峰部和冯守臣部联系,以便共同行动。王、冯二人原都和李延禄比较熟识,他们很愿意参加抗日游击总队。这样,游击总队的总人数可达 800 余人。宁安县委研究了这一情况之后，于 1 月下旬决定将游击总队扩编为东北抗日救国游击军。部队编了 3 个团、2 个独立营和 1 个游击支队：第一团团长杨太和，第二团团长王毓峰，第三团团长史忠恒，步兵营长李风山，骑兵营长冯守臣，游击支队队长李延平。游击军司令员为李延禄，政治委员为孟泽清，参谋长张建东，副参谋长刘汉兴。与此同时，宁安县委还决定将一支有十多名队员的北满工农义勇军编入游击支队。其中多数为朝鲜族人，政治素质较好。

抗日救国游击军成立之时，也正是日本军在宁安县地区猖狂"讨伐"之时。由于游击军处于初建时期，武器弹药不足，李延禄确定的作战方针是既打击敌人气焰，又不能和敌人硬拼。在 2 月和 3 月之间，先后在团山子和八道河子两地和日本军打了两仗。团山子战斗首战告捷，使敌方死伤多人，被迫匆匆收兵退回宁安，我方无一伤亡。团山子群众纷纷杀鸡宰羊慰问我军。八道河子战斗共击毙日军官兵 37 人，我方有 3 人牺牲、6 人负伤。其中第三团团长史忠恒身上三处负伤。这次战斗的胜利使附近的抗日山林队大受鼓舞，纷纷前来联系，希望与救国游击军协同作战。当地青年也纷纷要求参军杀敌。

在八道河子战斗之后，李延禄和孟泽清决定率救国游击军主力到汪清一带活动。汪清县是当时东满特委的所在地，也是群众工作较好的抗日根据地之一。李延禄到此是为向特委汇报情况并请示工作。但是当 500 余人的队伍到达嘎呀河区的马家六屯时，看见了当地的妇女会、自卫队、儿童团等组织主动为战士们洗衣、缝补、站岗放哨、送粮送菜，而且还听到当地群众大唱革命歌曲，使救国游击军的官兵耳目一新，深受教育。汪清游击队的政治工作和严格的纪律也给救国游击军以良好影响。

3 月下旬，日本人从延吉、和龙、珲春、汪清四个县抽调兵力，想对汪清苏区进行"清剿"。消息传来，李延禄立即制订了救国游击军和汪清游击队联合作战方案，并指挥部队分别占领了四个山口。当地群众也组成担架队和救护队参战。朝鲜族妇女宣传队还张贴了一些宣传标语和传单来瓦解伪军警。敌人开始来犯,但在我军英勇抗击下未能前进一步。这次战斗,持续了一整天,使敌人死伤 200 余人,汪清游击队还将伪军一个连缴了械。最后,敌人利用夜晚撤出战斗。这次战斗缴获长短枪 250 余支、迫击炮 4 门。汪清抗日根据地的群众参战和利用政治攻势相配合挫败敌人的讨伐,使救国游击军很受启发。

1933 年的 1 月,《中央给满洲省委各级党部及全体党员的信》经由苏联海参崴转送到东满特委。这封信,东北党以后简称为《一·二六指示信》。是为了纠正过去"北方会议"的"左"倾政策发出的。指示信提出了"全民族反帝统一战线"的总策略方针。李延禄和孟泽清对照着指示信的精神,回顾了前段工作,认为基本上符合党中央所提出的策略精神,从而增强了信心。同时,为了进一步贯彻《一·二六指示信》精神,李延禄提出了到密山开展抗日活动的建议。他认为:密山一带流散着为数不少的自卫军残部,急需有人去进行工作,把这些部队收拢过来;就敌人力量来讲,那里相对薄弱一些,使我们有回旋余地;还有一条理由是救国游击军的第一团,在杨太和率领下已在那里打下了基础。他的建议得到大家的支持,也经过东满特委的同意。这时,东满特委同时还做出两个决定:一是将政委孟泽清留在汪清搞地方工作,二是由于第三团团长史忠恒负伤未愈,要留在汪清养伤,第三团也随着留下。以后第三团编入了人民革命军第二军。这两个决定对今后救国游击军的发展壮大产生了某些不利影响。

当部队准备向密山出发之时,许多战士由于浓厚的乡土观念不愿离开宁安汪清地区。由于部队的政治思想工作对这种倾向未能及时掌握,当部队到达横道河子之时,步兵营中有一个坏分子王凤山利用这种情绪,煽动士兵离队当"胡子"。他闯入六连连长共产党员车振声的房子并将他杀害之后,又胁迫营长李凤山将全营 80 余人连夜从横道河子拉走。但是途中李凤山又说服了多数官兵继续抗日,大家愿意到汪清去投奔史忠恒的第三团。最后王凤山只携带少数人携枪逃走。以后李凤山的步兵营也编入了人民革命军第二军。

根据李延禄的要求，吉东局再次派李光林到和尚屯帮助整顿部队。同时派张文偕和张奎分别担任政委和军参谋长，派李发任军政治部主任。原参谋长张建东调回宁安县委工作。

1933年6月下旬，李延禄、张文偕、张奎等率游击救国军王毓峰团和冯守臣骑兵营共约400人到达密山县境，在黄窝集山区与杨太和的第一团会合。

密山位于当时吉林省的东部，与苏联接壤。居民中，朝鲜族占百分之十，共产党的活动比较活跃。自卫军退入苏联境内时，有许多队伍继续留在密山境内进行抗日活动，计有30余支队伍16 000余人。2月8日，报字"双胜"的一支300人的队伍攻入过密山县城。3月9日和18日，双胜又联合张宝和、陈东山等5支队伍共千余人，两次围困密山县城。还有另一部分自卫军和救国军队伍约500人，于2月13日包围并炮击了有日伪军重兵把守的平阳镇。但由于缺乏统一指挥，加上补给上的困难，并未取得重大成效，反而在敌人的收买与打击相结合的政策下，有的投降了敌人，有的动摇溃散。

救国游击军于6月间到达密山后，首先在密山南部半截河的郝家屯召集反日山林队联席会议。出席会议的有："小白龙"队首领苏衍仁，还有赵金山、邱甲长、李营长、"小金山"、"友山"、"清洋"等十余支队伍的头头。会上，由李延禄、张文偕分别向大家宣传了抗日救国的方针、政策，介绍了救国游击军在宁安县的作战情况。同时，根据李延禄的建议，通过了各抗日队伍的三条共同守则：①坚持抗日到底，不投降，不叛变；②保护抗日游击区贫苦农民的利益；③打进城内向敌人夺取武器和给养。这次会议对密山地区的抗日队伍有较好的影响，但未能解决组织上的联合问题。只有苏衍仁表示愿意接受救国游击军的收编。

李延禄的到来，立即引起了敌人的重视。就在郝家屯会议结束之后，日伪军突然包围了救国游击军的军部。在突围中，军部政治保安连连长张永富、副连长戴启发等15人牺牲。这次战斗的失利，与人地生疏关系较大。因之,战士们思乡情绪又增长起来。这次突围之后,李延禄急需在地方党的指导下,加强部队的思想工作,便派人到穆棱县找到了吉东局的职工部长吴赤峰同志。吴赤峰立即来到密山县小石头河子,与李延禄、张文偕、张奎等分别研究了部队的情况。决定首先要健全共产党的组织,整顿党支部。张奎被选举为支部书记。各团建立了党小组,还吸收了第二团团长王毓峰和军部副官长朱鸿恩、副官陈荣久等十多名骨干入党。在士兵中也建立了反日会组织。与此同时,还加强了政治思想教育,吴赤峰肯定了李延禄在密山所召开的反日山林队联席会议的做法,是加强反日统一战线的正确做法。为了提高效果,他还和李延禄、张文偕共同决定,将部队名称改为"东北人民抗日革命军",并以此名义向各反日山林队发出邀请信,再次召开反日山林队联席会议,以期更广泛地团结各方面的抗日力量。这次会议于 7 月下旬在郝家屯召开,有李营长、赵队长等十多个队伍首领参加。吴赤峰在会上做了东北反日武装斗争形势报告,并提出各抗日武装不分党派、民族,在抗日到底、保护基本群众利益和没收敌伪财产三个条件下联合起来,为扩大抗日游击区,进行联合行动。这一倡议得到各队伍的赞同,并公推李延禄为军长,张文偕和张奎仍然为政委和参谋长。下属部队为:第一团团长杨太和、第二团团长王毓峰、第三团团长苏衍仁、骑兵营营长冯守臣、步兵营营长李秀峰、军部政治保安连副连长金龙国。全军总数近千人。

在密山期间,还利用地下党的关系开展了对平阳镇伪军第四骑兵旅机关枪连的策反工作。为此,吴赤峰和张奎先后打入机关枪连当兵。他们通过拜把子、交朋友的办法秘密串联,在机关枪连建立了反日会,有会员 14 人。经过半年多的工作,终于在 1934 年 5 月,根据吉东局的指示发动了起义。除了机关枪连有 40 余人携带武器出来宣布抗日之外,伪军第四骑兵旅的其他几个连也相继有 30 余名官兵哗变出来。

在 1933 年的秋天,李延禄的部队发生了一些重大变化。一是李秀峰的步兵营 500 人,在和日伪军作战中私自撤退至苏联境内;二是因冬装和粮草均无着落,官兵纷纷要求返回宁安。经军部同意,王毓峰和冯守臣率领第二团和骑兵营共 300 余人返回宁安。这时,留在密山县境的人民革命军队伍只剩下杨太和的第一团和政治保安连,仅有近百人。在这样的情况下,李延禄并未动摇其坚持抗日武装斗争的决心。为了解决冬季的粮食和服装问题,李延禄与张文偕联合了赵队长和另外几支抗日山林队攻打密山县城。在 9 月 16 日夜晚,杨太和指挥各路队伍分别由四个方向攻城,防守西城门的伪保董张某见势不好,慌忙将西门打开,率队逃出城外。我方有意放他们逃走,而自己的队伍则迅速进入城内直扑伪警备队,缴获其全部武器。此后将负隅顽抗的日军封锁在县署之内,着手从仓库中收缴布匹、棉花、胶鞋、粮食等物资。完成这些任务之后,部队于 17 日凌晨 2 时撤出县城。这次战斗缴获了步枪 130 余支、短枪 4 支、子弹万余发。我方仅牺牲 1 人。在 1932 年的 11 月,政委和政治部主任张文偕、李发先后被吉东局调回。以后张文偕被派赴饶河县任游击队队长。在 1934 年春节前夕,李延禄化装进关,去上海寻找党中央,以期取得援助。部队交由杨太和和军部副官陈荣久共同指挥。7 月,李延禄又经海参崴返回密山。这次上海之行,由于党中央已迁走,未能取得联系。

三、密山游击队的创建

中国共产党密山县委在日本军进入密山境内之后,曾广泛地发动群众开展抗日斗争。在 1933 年之内,先后建立了反日会、妇女救国会和儿童团,拥有反日会会员 300 余人。其中一些人被派到各反日山林队和自卫军残部进行工作。在 1933 年的春天,由于日本人下令收缴民间枪支,反日总会曾计划在 3 月 26 日举行一次武装暴动。但因有几户地主害怕动摇,将原定参加暴动的人员和枪支撤走而使暴动计划未能实现。而自卫军残部原二十六旅也在酝酿着投降敌人。因此密山县委认为必须有一支自己创建起来的抗日队伍。在二十六旅当兵的县委委员金百万等四人根据这一精神,携带枪支逃了出来。县委决定以此为基础建立游击队。从敌人手中夺取武器,发展队伍。从1933年秋到1934年春,他们先后从敌人手中夺得2支手枪和一批子弹。2月20日,密山游击队正式宣告成立。有队员34人,长短枪34支。由张宝山任队长,金百万任副队长,金根负责政治工作。队内有党员10人、团员4人。队长张宝山原为旧军人,懂点军事,但政治上不坚定。在一次作战中,密山游击队被敌人包围。他带着14名队员在突围之后,就宣布要上山当"胡子"。还将不愿当"胡子"的青年团员宋刚一枪打死。之后,有一名党员从中逃跑出来,并将情况报告了县委。县委组织了两支抗日山林队立即追击张宝山。张宝山无可奈何地只身携带两支步枪逃跑,其他人都被追了回来。到5月,吉东局调原宁安县委朱守一(周子歧)到密山任游击队长。

在1934年的春天,勃利县和依兰县发生两起群众自发性的武装暴动。在2月间,勃利县连珠岗有上千户群众参加暴动。砸坏敌人数辆汽车,有200名大排队员哗变。3月间,依兰县土龙山农民暴动,曾打死了日本军六十三联队长阪冢大佐。在他们的影响下,密山县委决定组织第二次哈达河暴动,以密山游击队为骨干,联合其他抗日武装攻打哈达河街日本军守备队。在反日总会的联络下,"大鸣字"和"交得宽"等几支反日山林队和几户地主武装也同意参加暴动。成立了指挥部,由朱守一任总指挥。但是有两户地主动摇,暴动的消息也走漏了出去。在预定暴动的当天早晨,驻哈达河的日本守备队四五十人出来搜索,在五间房张家大院后山和密山游击队相遇展开了激战。"大鸣字"队的骑兵闻讯主动出击,向日军包抄过去。日军一个小队长被击毙,但总指挥朱守一也中弹牺牲。这时,张家大院的反动地主张老四打开大门,将日本军接进院内隐蔽待援。不久,日伪军增援部队赶到。密山游击队和各反日山林队只好撤出战斗。这次暴动未能实现原定计划。

朱守一牺牲之后,密山县委决定调张奎(原救国游击军参谋长)任密山游击队队长。7月下旬,张奎率游击队攻取张家大院,将反动地主张老四活捉,并没收其部分财产充作军费。

当时密山县委曾打算以密山游击队为核心,将附近的几支反日山林队联合起来,组成一支纪律严明的抗日队伍。但是,县委对此有些过急。在一次会议上,县委副书记朴风南严厉指责"亮山"和"邱甲长"等队伍侵犯了群众利益,下令不准他们再到哈达河一带活动,还公开鼓动队员起来反对他们的头头。这些做法使"亮山"等人非常气愤。因之引起了一桩"亮山"队将密山游击队一个分队缴械之事。共被缴去9支步枪、4支匣子枪和1架望远镜。县委请求李延禄用通缉的办法迫使"亮山"送还枪支。这时正值中央代表团成员吴平到密山巡视工作。他是带着如何扩大全民反日统一战线这一问题而来的。当李延禄和他交谈这一问题时,他们都认为不能按照县委的要求解决这一问题,过去"左"的一些做法应该改变。因之,不只没有通缉"亮山",而是以给"亮山"去信,号召联合抗日并将那些枪支作为赠送物品给了"亮山"队,以求缓和矛盾。

这样的做法对其他反日山林队影响颇大,避免了事态的扩大。此后,密山游击队就经常在李延禄的领导下活动了。当时的吉东局也正酝酿着将李延禄的部队改称为抗日同盟军,以便进一步体现党的反日统一战线政策。

四、改编为东北抗日同盟军

在1934年的下半年,中共中央驻共产国际代表团已开始考虑如何在东北地区进一步扩大反日民族统一战线问题,曾派吴平到吉东地区对此进行调查研究。9月,吴平在吉东局职工部长李发的陪同下到达密山县哈达河沟参加了密山县委的扩大会议,和县委的同志们共同总结了前一阶段的工作。在肯定了创建游击队、发展反日会、团结广大群众和反日山林队共同抗日这些成绩的同时,也认为有些"左"的倾向必须纠正,如对反日山林队的统一战线,只讲和下层统一而不重视团结其首领,对反日的山林队在政治上要求过高,吸收游击队员和反日会员条件过严等。同时,还提出将李延禄所领导的人民抗日革命军番号改称为抗日同盟军,以体现党的统一战线政策。由李延禄任同盟军司令,将密山游击队改编为抗日同盟军第二团。原李延禄所属的杨太和的第一团和苏衍仁的第三团番号顺序不变。

当时,东满和南满的人民革命军第一、二军已相继成立,哈东的人民革命军第三军也相当活跃。在宁安的反日联合军第五军也在酝酿成立。因之吉东特委确定将李延禄的部队番号称为东北抗日同盟军第四军,以期能逐步将番号统一起来。吉东特委还决定将从苏联回国工作的党员何忠国、邓化南,穆棱县委成员李守中,密山县委的胡伦等人派到同盟军工作。整个干部配备如下:军长李延禄,政治部主任何忠国,参谋长胡伦;第一团团长杨太和,政治委员李守中;第二团团长张奎,政治委员何忠国(兼);第三团团长苏衍仁,政治委员邓化南;独立营营长文荣。军部卫队连连长金百万,副连长金龙国,军部参谋处处长金根,军需处处长罗英,政治部组织部部长朴凤南,宣传部部长李太俊,妇女主任李槿淑,抗日救国会会长罗英(兼),经济委员会会长金根(兼)。全军人数共计为 231 人。

在吴平的参加下,密山县委扩大会议为抗日同盟军制定了当前任务和行动纲领。当前任务是:开展抗日游击活动,打破敌人的冬季围剿;巩固抗日同盟军组织,保存实力准备日后发展。三条行动纲领是:(1)联合一切抗日义勇军和抗日山林队,执行民族革命统一战线。(2)抗日同盟军专打日军和卖国贼,中国人不打中国人;联合不愿当亡国奴的伪满军和民团,反正归来者官升一级。(3)主张有钱出钱,有枪出枪,有人力出人力,共同抗日救国。

为了庆祝抗日同盟军的诞生,并打破敌人的围剿,杨太和率第一团在穆棱河南收缴了一支准备投降敌人的山林队武装,得步枪 20 支和轻机枪一挺;密山游击队在胡伦的率领下到穆棱县境内游击活动,瓦解敌人一个自卫团,缴获了一批冬装和军马;第二团在团长苏衍仁带领下缴获敌人步枪 20 余支。这些胜利使全军上下很受鼓舞。

在干部得到调整和充实之后,部队中的党组织也逐步健全起来,成立了军党委会。团和连分别建立了党支部和党小组,在战士中还建立了反日会组织。吉东特委还先后从第四军中抽调了 13 人,将他们送到苏联学习。在加强了政治思想工作之后,部队的政治素质有明显的提高,官兵大唱革命歌曲、学文化、向群众宣传、向敌军喊话等方面都开展得较好。从 1934 年 12 月至 1935 年 1 月末,第四军各团配合地方党组织在密山、穆棱和勃利三个县的山区边沿地带组织起反日救国会 47 个,发展会员 200 余人。在这一时期内,还有不少伐木、筑路的劳工参加了队伍。一些反日的山林队也积极向第四军靠拢。在对伪军广泛地进行了抗日救国宣传之后,在 1935 年的 5 月内曾有两批伪军起义。一是伪二十六团机关枪连的一个排长,带领了 10 名士兵起义投奔抗日同盟军第四军,并带来 18 支步枪、一挺轻机枪和子弹 5 600 余发。还有伪军十五团驻二人班的一个班长带领全班战士打死了排长之后起义,带出步枪 13 支和子弹 2 000 发。为了寻找第四军,他们从密山的二人班,辗转奔走了若干天,最后才在七台河的茄子河附近找到了杨太和的第一团,受到了当地抗日军队的热烈欢迎。

五、第四军的发展时期

在 1935 年之内,抗日同盟军第四军所属的第一、二、三团都有所发展。在同盟军成立之后,李延禄指示以团为单位分别进行游击活动。第一团在军参谋长胡伦的率领下,以密山与勃利交界处的茄子河为中心,发动群众并开展对伪军的宣传活动。在 5 月之内,先后有两批伪军共 20 余人哗变出来参加第一团。以后又在和反日山林队的联合作战中,吸收了"占高山"队的 50 余人入队。农民群众也陆续有人参军。这时第一团的人数已达到 200 人。到了 6 月,杨太和率领第一团进入密山县境,突然袭击了滴道车站,将守护车站的伪军警全部俘获,缴得步枪十余支,子弹3 000余发。还破坏了车站内的许多设施,使铁路运输中断数日。第二团在1月攻打了勃利县方家沟的伪军骑兵部队,打死敌人20余名,在4月里,军政治部主任何忠国率第二团和第三团进入依兰县境,攻打了阁凤楼镇,经过3个小时的战斗,将其中的一个伪军守备连完全打垮。敌人狼狈逃走,死伤20余人,30余支枪被我们缴获。战斗结束后,将阁凤楼镇的敌伪军和汉奸的资产全部没收,并将其中一部分发给贫苦群众。但对镇上的民族工商业者则秋毫无犯。这些做法对当地群众的政治影响非常良好。在这一时期内还有一批群众参军,第二团的人数已扩大到100余人。苏衍仁所率领的第三团和文荣的独立营共同活动于勃利县青山沟一带。在2月里他们根据李延禄的指示,攻打了青山沟里日本人的“清水木业组合”的伪森林警察队,3名敌人被打死,其余溃逃。第三团将附近的一个军马场100余匹军马也缴获了。木场的伐木工人纷纷要求参军。第三团的人数由原来的110余人发展到近300人。此后,第三团又随何忠国主任配合第二团攻打了依兰县阁凤楼。到了5月,第三团和独立营接连攻打了龙爪沟的伪自卫团和日本人办的东稻田公司,共缴获步枪22支。6月,何忠国率第二团和另一支反日山林队“自来好”队,在奎山的何家屯宿营时,曾干净利落地消灭了一支仅有7名日军和1名翻译的侦察小队,缴获轻机枪1挺、步枪4支、手枪1支和掷弹筒1个,我方无一伤亡。但是当我部到马鞍山北沟刘家店休息之时,日军奎山守备队乘汽车而来,突然包围了刘家店。部队虽然安全突围了,但军政治部主任何忠国胸部两次中弹,并于突围之后不久牺牲,使第四军失去了一个颇为优秀的领导人。

在这个时期内,又有些新的队伍编入第四军。

早在1934年的春天,吉东局就派原来的救国游击军政治委员张文偕去饶河任游击队长。

同年3月,张文偕在三人班牺牲,由李学福继任队长。 1935年9

月，吉东特委决定将饶河游击队编为抗日同盟军的第四团，以李学福为团长、李斗文为政委、崔石泉(崔庸健)为参谋长。全团250余人，仍在虎林、饶河地区活动。在这一时期内，经常和李延禄部队共同活动的几支反日山林队，也陆续接受了第四军的收编，计有：报字"自来好"的李天柱部队200人被编为第五团，李天柱为团长；报字"海乐子"的孙成仁的队伍40余人，被编为第三团，孙成仁为团长；报字"北侠"的宫显庭部队200余人，被编为第七团，宫显庭为团长；山林队"老来红"部队100余人被编为独立第二旅；报字"海龙"的郭德福部队被编为独立第五旅。至此，抗日同盟军第四军共编有三个团、2个独立旅和一个卫队连，队伍总人数曾达到1800余人。

第四军所收编的这些部队，都曾在李延禄的领导下发挥过各种各样的作用，体现了党的反日统一战线的正确性。其中比较好的是第三团、第五团和第七团。第三团团长苏衍仁英勇善战。前面已经说过，他们曾在勃利县青山沟地区攻打过日本人的清水木业组合，袭击龙爪沟日本人的东稻田公司，以后又在攻打阁风楼战斗中取得了重大的胜利。第五团李天柱的部队曾在军政治部主任何忠国的率领下参加过何家屯战斗，以后又在李延禄的指挥下袭击过林口县城。他的部队还单独攻打过依兰县的土城子，取得了胜利。独立第五旅旅长郭得福社会联系较多，李延禄通过他和伪军的李毓玖部取得了联系，并且暗中商定相互间不真刀真枪的作战。第七团宫显庭的部队以后也长时期地随同军部共同活动。这些都使第四军在广大的地区中，南至穆棱、林口；东至密山、饶河、虎林；西至勃利、依兰、方正等县，都有较大的影响。但不足的是，由于干部缺少，对所收编的部队无力进行政治上的改造，政治思想工作基本上未曾开展过。因之，当形势恶化时，他们往往要远离我们，以求保存自己。这样，难以使第四军形成一支战斗力较强的骨干队伍。

六、在《八一宣言》的鼓舞下

1935 年秋,《八一宣言》和中共中央驻共产国际代表团发给东北党的《六三指示信》,先后由海参崴转到吉东特委,而后又分送各地。这是继《一·二六指示信》之后,为进一步贯彻执行全民族反日统一战线,纠正"左"的错误思想方面的两个极为重要的文件。当第四军收到从吉东特委转来的这两份文件之后,立即在团以上党员干部中进行了传达学习,并检查了自己过去的工作。在学习和检查当中,大家更加认清了进一步扩大反日统一战线的正确性,同时也提高了工作信心。为了执行中央的指示,李延禄决定与在依兰和方正一带活动的李华堂支队和谢文东的民众救国军建立联系,更多地在抗日游击战争中相互配合作战。为此,李延禄选定了方正县的大罗勒密作为自己的活动地区。前五家子和陈家亮子都是地形较好的山区。第四军派出一些干部到群众中开展宣传和组织工作,在那里建立起反日会、妇女会和抗日儿童团等组织。在伪军警中也有成效地进行了工作。伪自卫团和森林警察中队里也都设置了我们的联络员。不单能传递敌情,还能取得弹药补充。由上海武装自卫委员会派到东北寻找第四军的新闻记者王克道先生,就是先被警察中队作为嫌疑分子抓获、审讯,在弄清了身份之后,由警察中队队长陈云让暗中保护下来,又护送到第四军军部的。

为了保证军需供应,李延禄和大罗勒密的裕方木材公司经理张景隆建立了联系。在 1935 年下半年之内,经过张景隆购置的物品有:服装 300 套、胶鞋 300 双,还有油印纸等。李延禄还在大罗勒密开设了一个小药房,用以向部队供应药品。

在 3 月下旬,抗日联军第三军第一团在团长刘海涛、政委李兆麟的率领下来到了大罗勒密,他们从李延禄那里得知了《八一宣言》和《六三指示信》的具体内容,深受鼓舞。正好李华堂的部队也到了这里。这三支抗日队伍在一起开了一个盛大的联欢会。李延禄和刘海涛还商定共同打一个胜仗来庆祝第三军和第四军的会师。9月7日,在李华堂部队的参加下,第三、四军的队伍向松花江岸边的洼洪发起了进攻,在不到一小时之内,歼灭了伪军1个排和另一个大排队,缴获20余支枪。这个伪军据点被消灭,使大罗勒密以南和以东,牡丹江以西的一大片地区,变成了抗日联军的天下。

洼洪的胜利,使部队情绪高涨,各部队领导人纷纷建议李延禄再组织几个部队打一个大胜仗。为此,李延禄调第四军第二团到大罗勒密,又邀请谢文东的民众救国军一部参战,作战目标选择了南刁翎镇。那时,和李延禄长期共事的孟泾清在刁翎任区委书记,李延禄在听取了孟泾清的情况介绍之后,制定了作战计划。决定由第四军第二团、独立第二旅(老来红部)、第三军第一团、李华堂部和谢文东部,总共600人攻打刁翎;第四军第五团(自来好部)负责阻击由林口方向来的敌人援兵。9月26日上午开始总攻,很快占领了刁翎镇,镇内警察大队60余人溃散,伪军守备队全营起义。我军缴获军需物资甚多。在战斗结束后4个小时,抗日部队撤出刁翎。次日我军在西北楞和大盘道一带与敌人增援部队500余人相遇,由于我方抢占了有利地形,激战6个小时,未分胜负,敌人主动退走。这时接到第五团团长李天柱的报告,说林口方面日伪军已经出动,城内比较空虚。李延禄认为是袭击林口的大好时机,决定奔袭林口县城。9月23日深夜,各部队集结于林口外围。经过2个多小时的准备,于29日凌晨3时发起进攻,从南北两面攻入城内,占领了日军兵营,夺得军马近100匹和一批粮食、弹药。在拂晓前部队安全撤出林口。李延禄率第四军的部队返回依兰县五道河子休整。

攻打刁翎和袭击林口的胜利使敌人大为震惊。在经过一段时间之后,日本人发动了对方正和依兰一带抗日部队的"讨伐"。李延禄率部队巧妙地避开了敌人的锋芒,保存了主力,未受到重大损失。但是在这次讨伐中,大罗勒密的群众性抗日组织遭到摧残,第一团团长杨太和在作战中牺牲。与此同时,第四军参谋长胡伦同志受李延禄派遣去上海,准备和上海的救国总会取得联系时,在哈尔滨被叛徒告密遭敌逮捕,被判 7 年徒刑。出狱后他辗转多日到了延安。大罗勒密群众组织被破坏,杨太和牺牲和胡伦的被捕,都是抗日联军第四军当时颇大的损失。

七、与第三军、第五军的协同作战

在 1935 年的 9 月里,反日联合军第五军政治部主任胡仁率领第五军东部派遣队到达了勃利县的马鞍山、马鹿沟一带,与原来在那里的第四军第二团会合。9 月 2 日双方共同派出一支队伍,预定在勃利至林口的公路上伏击敌人运输车辆,不慎误入敌人伏击圈。胡仁率第五军与第四军二团二连赶来接应。由于腹背受敌,第五军杨连长在战斗中牺牲,我方另有两名战士负伤。敌方死 4 人,伤十余人。到了 9 月 29 日晨,敌讨伐队向抗联第五军东部派遣队和第四军第二团的留守部队发起进攻。由于我方两支队伍密切配合行动,在数小时的激战中毙敌多人,我方仅有 1 人负伤。日军的进攻目的未能实现,就焚烧农民房屋来发泄怒气。马鞍山、马鹿沟、大肚川、大小杨木背等地一大片农民房屋被烧毁。

第四军第二团,最初是李杜的自卫军的一部分。在 1933 年春,李杜率自卫军的大部经由密山撤退至苏联境内。苏衍仁不甘心寄身于异国他乡,但又不愿屈膝于日寇,就带着自己的部队留在密山和日本人周旋。当时密山县境内像他这样的反日山林队共有 30 余支、16 000 余人。但是各立门户,不能形成对日本人具有威胁的一支力量。有时还为各自的利益而互有摩擦。当那年 6 月李延禄率救国游击军第一次到达密山时,他看到了希望之所在,立即表示愿意接受救国游击军的收编。以后就一直是救国游击军的第三团,长期活动于密山、勃利两个县境之内。根据李延禄的指示,有时独立活动,有时配合兄弟部队协同作战。苏衍仁报字"小白龙",由于他英勇善战,颇有点名气,他的队伍也不断扩大。李延禄看到这支部队生机勃勃，又派了共产党员邓化南到第三团担任政委。在1935年之内，接连打了几次胜仗。第三团的战斗力，颇得李延禄的赏识。

这次在配合第五军的东部派遣队打了两次胜仗之后，苏衍仁就派出第二营的100余名官兵在王营长率领下向穆棱方向出击，以牵制敌人兵力，而自己则率领一部分兵力在勃利县的九龙沟休整。

10月30日，人民革命军第三军军长赵尚志率军部及第四团来到勃利县境，并在九龙沟见到了苏衍仁的队伍。由于双方互不了解，第四军第三团的行动竟引起了赵尚志的怀疑。第三军的队伍突然包围了苏衍仁的部队，将他们缴了械，苏衍仁当场被打死。后经邓化南政委出面交涉，赵尚志方知是出于误会。当第三军的队伍离开九龙沟之后，苏衍仁的部下出于报仇心理，将留在九龙沟养伤的第三军第四团政治主任张一武和第四军的卫队连连长崔成浩两人打死，而后投敌。以后，当第四军第二团的王营长在冬季率队返回勃利，得知上述情况之后，大为悲观失望。在无所依靠的情况下，他率领队伍向南无目的地走去，陆续地将部下遣散，自己也把枪掩埋起来，销迹在农村中。至此，一支颇有战斗力的苏衍仁的队伍，不复存在了。

第二团的遭遇，是第四军的又一次重大损失。

1935年的11月末，第三军军长赵尚志在依兰县境和李延禄相会，赵尚志向李延禄解释了有关苏衍仁被打死和部队被缴械的事，希望取得谅解。李延禄从大局出发，不再追究责任，只提出希望兄弟部队之间互相支持，共同发展壮大，再不要互相削弱了。同时希望将被缴获的武器归还第四军，以便重建第二团。赵尚志解释说，枪支都已分到部队了难以收回，并希望再次取得谅解。由于当时面对着日本人的"讨伐"，李延禄不便再坚持下去，随即与赵尚志共同研究如何粉碎这次冬季"讨伐"问题。

第三军和第四军决定共同行动，越过松花江冰面，摆脱敌人，向汤原方向前进。同时，为了牵制敌人，命令第四军第二团留在松花江南岸方正和依兰县境继续寻机歼敌,并命令第四军第五团李天柱部东去桦川、富锦地区活动,与在勃利活动的第四军第七团宫显庭部取得联系。李延禄则率军部和第一团,协同第三军向江北前进。

在通河县的东六方屯,在当地雷保董的协助下,第三、四军的联合部队首先将该屯的伪保安队缴了械。以后又从三、四军中各选派15名战士,组成一支精干的队伍,全部换上伪保安队的服装,由第三军第一团团长刘海涛率领直奔二道河子。

在二道河子驻有伪清河警备队。据雷保董提供的情况,得知那里刚刚下发一批冬季服装。雷保董又自愿带路前往。部队利用黄昏时分接近伪警备队驻地,雷保董先单人上前喊话,说他带的是六方屯的保安队,路过二道河子,要哨兵开门,让保安队进院休息片刻。哨兵认识雷保董,没有产生怀疑,开门迎接,当三、四军的部队进院后,突然将各房间封堵,喝令敌人缴械投降。有1名日军军官开枪顽抗,被当场击毙。另一个日本兵逃跑,也被抓获。伪警备队和警察署成员全被缴械。共获得轻机枪2挺、捷克式马枪100支、匣枪9支、子弹5万余发。还夺得几百套新旧棉衣,在取得这次胜利之后,部队立即离开通河县境,向汤原县的太平川前进。

八、反日联合军军政扩大会议

李延禄和赵尚志共同率领各自的队伍来到汤原,有两项重要任务。一是协助汤原抗日游击队整编为抗日联军第六军。二是召开一次东北民众反日联合军军政扩大会议,商讨在北满地区建立总司令部和临时军政府的问题。为此,还邀请了谢文东和李华堂也到了汤原。汤原游击队的领导人夏云杰、冯治刚,以及预定到第六军任政治部主任的李兆麟都参加了会议。

在会议召开之前,李延禄和赵尚志为了帮助汤原游击队补充一批武器而决定收缴亮子河金矿局伪警备连的武装。这个警备连的孟连长是一个有民族气节的人,和汤原游击队早有来往。当李延禄和赵尚志共同将孟连长邀请出来,并诚恳地劝说他参加抗日救国的正义行动之后,孟某当即表示愿将全连武器贡献出来,以表爱国之心。接着就随第三、四军的队伍一同来到警备连驻地,由他召集部下训话,命令全连缴械。计有轻机枪 2 挺、步枪 100 余支、手枪 3 支、子弹 2 万余发。这些武器全部交给了汤原游击队。1936 年 1 月 30 日,东北人民革命军第六军宣布成立。夏云杰为军长,李兆麟为政治部主任。

1 月下旬,东北民众反日联合军军政扩大会议在汤旺河沟里召开。这次会议,南满的第一、二军和吉东的第五军未参加,但是它包括了北满地区所有抗日部队的重要领导人。会议推举了赵尚志为联军总司令,李兆麟为联军总政治部主任。赵尚志曾建议李延禄留在汤原组建军政府,李延禄认为时机尚不成熟。在会议结束之后李延禄率队返回方正县陈家亮子密营。

2 月下旬,李延禄接到勃利县委的通知,要他到勃利县青山沟,说有上级指示要向他传达。他当即率军部警卫连和第一团前去勃利。勃利县委书记李成林向李延禄转告说:中共中央驻莫斯科代表团决定调他转道巴黎去上海,并在那里开展抗日救国统一战线工作。第四军军长一职,由刚从苏联学习归来的李延平担任。根据吉东特委的决定,还宣布了黄玉清(朝鲜族人)为军政治部主任。

这时,第三军第四师也在勃利县境内活动。师长郝贵林和政治部主任金策得知李延禄要出国,特建议由第三军和第四军的部队联合一起攻打小石头河子金矿局,以此来表示对李延禄的欢送。参加这次战斗的有第四军警卫连和第一团、第二军第四师,共 300 余人。李延禄任总指挥。2 月 2 日凌晨,战斗打响,共持续了两个小时。我军夺得一批粮食和军用物资,焚毁了矿警队住房,随即撤出战斗。

2 月下旬,在李延平率队护送之下,李延禄到达密山县哈达河沟里。尔后,在密山县委的安排下于 4 月 1 日越过中苏边境赴莫斯科。

李延平从密山返回勃利,本想继续西行去大罗勒密和第四军第二团以及陈家亮子的留守部队会合，但在青山里西北楞与日军遭遇，在战斗中李延平腿部受伤。第二团政委李守中等3人牺牲，另有9人负伤。还丢失了轻机枪1挺及长短枪15支。李延平不得不留在勃利县境内养伤，在第七团宫显庭部队和第一团满景堂团长的安排下，经过一个月的治疗恢复健康，开始随部队做适应性的游击活动。

九、开辟富锦、宝清新游击区

1936年2月22日，中共中央发表了《东北抗日联军统一军队建制宣言》，宣布将原东北境内的由共产党领导的人民革命军、反日联合军和抗日同盟军一律改变番号为东北抗日联军(简称抗联)。据此，原抗日同盟军第四军于同年4月起正式改称东北抗联第四军。与此同时，由于原第四军第四团在虎林、饶河地区发展较快，吉东特委决定将它改编为第四军第二师。同年11月，又将第二师扩编为东北抗联第七军。为此，李延平决定将第四军的部队做些新的调整。第一师由第一团、第二团和由"占高山"部队改编的第二团组成；第二师由原第五团李天柱部队为基础组成；第二师由原第七团宫显庭部队为基础组成。以后，还收编了刘振国的部队为第四师。不过，这是在1936年至1937年之间逐步实现的。

开辟富锦、宝清两县为新游击区，是第四军在1936年之内的重大军事行动。这个计划的实现，对于1937年在三江地区出现的抗日游击战争高潮是很有关系的。东起虎林、饶河，西至依兰、方正，使三江地区的抗日游击斗争逐步连成一片。而且还可以和松花江以北的汤原、萝北、绥滨等县境内的抗日斗争互相呼应。

第四军开辟宝清和富锦新游击区的斗争，是和第二军第四师共同进行的。在1936年春季，日本人在东北已经开始执行它的《满洲国治安肃正三年计划》，在三江地区原抗联比较活跃的勃利、密山、林口等县境之内，日伪军的"讨伐"活动日益频繁，兵力也逐步增加。因之勃利县委书记李成林同志邀请第四军军长李延平和第二军第四师师长郝贵林、政治部主任金策共同开了一次联席会议,商讨如何以开展外线活动的办法来粉碎敌人的讨伐计划。在这次会议上做出了向宝清进军的决定。参加这一行动的有第四军的警卫连和第七团宫显庭部队及第二军第四师,共有350余人。由于黄玉清主任将率领第一团留在勃利县坚持斗争以牵制敌人,李成林建议金策同志在一个时期之内常驻第四军军部,以便协助李延平同志进行工作。这个决定是很正确的,因为李延平同志毕竟是离开了部队已有两年之久,刚从苏联回国就肩负军长的重任,总会有些生疏。加上在4月之内战斗失利,需要逐步恢复其工作信心。

动身前往宝清,是在7月中旬。由勃利县茄子河去宝清,要越过没有人烟的山区400里行程。经过四五天的行军,部队到达了宝清的兰花顶子山里,再向前走就有居民了。李延平先派出少数人进入一个小屯子,为的是告知群众我们是抗日部队,不要当作土匪看待;再就是了解一下伪军和伪自卫团的分布情况。由于首先进行了宣传工作,部队进屯时并未引起惊慌。在进一步向山外延伸时,又通过百家长了解到一些伪自卫团的政治态度。那时大一点的屯子都设有20至30人的武装自卫队。但他们面对300~400人的这样大的抗日队伍是无力抗拒的。因之在经过我们的政治宣传之后,有的自卫团长就主动前来求见,表明自己不会与抗日部队为敌,还向我们介绍了伪军和伪警察的部署情况。

宝清县共分七个区,只有区一级的镇子才设警察署,有40~50名警察。此外,大中等地主家都有自卫枪支,最少的也有两三支步枪。而且他们都修有较坚固的围墙。这样的院子当地称之为大院套。对于这样的住户,部队决定先礼而后兵的政策,首先通过抗日救国的宣传,要求地主给予合作,向抗联提供食宿方便条件;同时做强行进入大院套的准备。具体做法是:利用夜间突然进入较大的屯子,

如果发现有的地主鸣枪抵抗,就派出事先准备好的突击队强行

突入。在用这样的方法惩罚了几家中等地主之后,情况就发生了变化。群众看到抗日部队进村之后比较守纪律,抗日救国的宣传讲话很能感动人心,所唱的革命歌曲通俗易懂。除了提供粮食之外,一针一线都不会有所损耗。因之,部队再向前伸展就比较容易了。不过,有些较大的没有四邻的孤立的大院套,没有主动开门迎接我们而又是不易攻打的目标,部队也不轻易动武。只要他们采取不干扰态度,就可相安无事。

宝清县城有伪军第三十团驻守。由于我们都是在山边活动,当伪军出动时部队很容易隐蔽在山里,未受过重大损失。这样,宝清县西部靠近山区的七区和六区很快变成了抗日部队经常出没的地方。到了3月,又向前伸展到富锦县的西部兴隆镇地区。在部队对当地群众广泛开展了抗日救国宣传之后,筹粮、筹款和补充兵员工作都有了较大的进展,甚至有的伪自卫队队长也来参加了第四军。

第二军第四师在与第四军共同开辟了宝清游击区之后,郝贵林和金策即率领第四师向虎林、饶河前进,以求打通和第四军第二师之间的联系。

在宝清与富锦交界处的杨荣围子,有一家较大的地主老方家,一直拒绝与抗联合作,而且当抗日部队在其邻近通过时,它还鸣枪报警。这家地主院墙坚固,有十多支步枪和三支大抬杆(火药枪)作为自卫武器,很难攻下。这就迫使部队在富锦与宝清两县之间通行时,要绕道锅盔山,非常不便。到了1937年的春节,由第四军政治部主任黄玉清,率领了一支精干的只有20人的骑兵队伍,伪装成日本军,利用夜间进入这家地主院内,未费一枪一弹收缴了其全部自卫武器。这一胜利,使富锦与宝清之间通行无阻,为在1937年春季抗日游击战争在富锦与宝清地区的大发展创造了极为有利的条件。

在开辟宝清和富锦新游击区的同时,第四军其他部队继续活动在勃利、桦川和方正一带。第二团随第二军主力部队远征至小兴安岭的铁骊和海伦地区,开辟了一片新的抗日游击区。留在勃利县的第一团在军政治部主任黄玉清的领导下袭击保安屯自卫团获胜,缴得步枪

19 支；以后又在青龙沟伏击日军讨伐队，打死打伤日军 9 人。还收编了反日山林队"占高山"为第三团，任命吴明月为团长。第一、二团经常联合作战，在攻打勃利县七星屯自卫团和青龙山伪警察所当中都取得了胜利，使得勃利县抗日游击区不断扩大和巩固，连日伪控制较严密的小五站和青龙沟，也成为抗日部队经常出入的地方。第四军第五团在团长李天柱的率领下一直活动于桦川地区，李延平通知李天柱率队逐步东移，预定于 1937 年春在富锦、宝清地区参加进一步扩大游击区域的活动。第四军第二团在随同第二军主力向铁骊、海伦两县远征中，历时 5 个月，往返两千余里，共参加大小战斗十多次，歼敌上百人。部队经受了一次很好的锻炼。他们返回方正之后，又于 1937 年 2 月参加了由第五军军长周保中指挥的，第三、四、八、九几个军的联合部队攻打依兰县城的战斗。

十、三江地区的抗日高潮

1937 年春天，抗联第六军第一师来到了富锦县的集贤地区，接着，独立师的队伍由双鸭山逐步向富锦县的别拉音山伸展。第四军第五团奉李延平之命也来到富锦的兴隆地区。由于原第四军第二师已扩编为第七军，而第五团的队伍在这个时期之内也有所发展，因之军部决定重新组建第二师，其中包括原来李天柱的队伍和李鹏飞的队伍、刘久贤的队伍，再加上新组建的两个连，整编为第二师的第四团和第五团。任命李天柱为师长，曲成山为政治部主任。原第七团扩编为第二师，任命原第七团团长宫显庭为师长。与此同时，原在双鸭山地区活动的刘振国的队伍，也开始在集贤地区活跃起来。刘振国的队伍有 200 余人，兵强马壮，原属李杜的自卫军的一部。在李杜退走苏联之后，他们长期隐蔽在山里。当第四军于 1936 年冬在富锦的兴隆地区活动时，他们开始从山里走出来。由于原第四军军长李延禄与李杜之间在共同抗日方面有过合作，因之，刘振国对第四军有所信赖，这支队伍于 1937 年初被李延平收编为第四师,刘振国被任命为师长。

第四军和第六军及独立师的队伍先后接触之后,共同商定要进一步扩展抗日游击区域,打开一个新的局面。从 5 月开始,第四军第四师与独立师共同行动,首先在别拉音山站住了脚跟。尔后又在富锦县城的南部和东部的平原地区开展游击活动。第四军的第二师则和第六军的第一师负责向宝清县的七星泡、星河镇和凉水泉子比较富庶的居民区开展活动。到了 7 月,第五军的第二师又来到宝清县,第四军、第五军的联合部队又进入了靠近宝清县城的平原地区第四区。而第七军则从虎林、饶河方向进入宝清、富锦的东部地区。在松花江北岸,第六军又和第二军的部队从汤原向东伸展,进入了萝北、绥滨两县境之内,与松花江南岸的抗日部队互相呼应。这样,在三江地区来说,东起乌苏里江,西起方正、通河,南至勃利、刁翎,北抵汤原、萝北,这样一大片地区几乎可以连成一片,除县城和较大的镇子外,抗日部队在农村基本上是通行无阻的。原来许多大地主拒绝与抗日部队合作的,这时也主动打开大门,让队伍住在自己的家中。抗日部队也利用这个大好时机,征得大批粮食。在宝清地区,还征得上百匹好马。到了秋季罂粟收割季节,鸦片税的征收数目也相当可观。在 1937 年内,日伪军出动“讨伐”都是短期的,不超过一个星期。这样的“讨伐”,有时被击退,有时因抗日部队隐蔽在山林中,无功而返。

1937 年,在三江地区进行过许多重大的战斗。有如:抗联第三、四、五、八、九军联合部队,于 2 月 19 日在周保中、李华堂的统一指挥下攻打依兰县城,占领了大半个城区,歼灭日伪军 300 余人。抗联第六军一部在参谋长冯治刚的指挥下,于 5 月 13 日夜间攻入汤原县城,砸开了监狱与看守所,救出了格节河的区委书记张世俊和 90 多名被关押人员,还缴获迫击炮 2 门、机枪 3 挺、步枪 60 余支和子弹万余发。抗联第四军第二师在师长李天柱指挥下,于 9 月 13 日攻打集贤地区的国强街基(今升昌镇)。抗联第四、五、六军在宝清县境内,还组织过一次规模较大的联合作战,由第六军第一师炮击凉水泉子警察署,诱使敌人从宝清县城出动援兵，由第四、五军的部队在二道河子设置埋伏。果然敌人中计，但当敌人一发现有伏兵立即掉头回窜，被打死打伤的敌人有 20 余名，我方无一伤亡，还夺得一批武器。中共汤原县委为了纪念"九一八"国耻日，在格节河区发动了农民群众反日暴动，举行了声势浩大的示威游行，散发了一千多份标语和传单，烧毁了汤原县城到莲江口，汤原二保至鹤立之间的五座公路桥，炸毁了鹤立至莲江口以及汤原县城至鹤岗之间的输电线路和电话线路，砍倒了 60 多根电线杆。抗联第六军的部队为了保证暴动群众不受伤害，一直埋伏在日伪军据点之外监视。岂知日伪军不止不敢出动，反而偷偷地逃跑了。

群众在胜利地完成了暴动任务之后，立即化整为零，隐蔽在广大农村之中。

由于三江地区出现的抗日高潮，加上"七七"之后全国抗战爆发的影响，伪满军警中的爱国志士也活跃起来。最早的是在 7 月 12 日，宁安县三道河子森林警察队 150 人，在大队长李文彬的率领下全体起义，并宣布参加抗联第五军。军长周保中立即率领这支部队离开原地来到三江地区，他们的英勇善战给三江人民留下了深刻的印象。他们的宣传活动现身说法对当地伪军影响很大。到了 3 月 21 日，驻集贤的伪军第三十三团第二连和机关枪连共 119 名官兵起义参加了第六军，并在 9 月 1 日发表了《亲日满军二十三团反正抗日救国宣言》。接着 9 月 11 日，驻勃利县伪军第二十九团在团长赫奎武的率领下 600 余人起义。在这之前，6 月 15 日，富锦县头道林子警察署署长李景荫率领其全部警察起义的同时，将其附近的警察署和自卫团缴了械，得步枪 87 支，尔后加入了抗联独立师，影响也颇大。

上述这些情况，使日本人惊恐万状，并自我解嘲地说："三江省已成为共产乐园了。"

十一、形势又在逆转

还在 1936 年的时候，日本关东军已经炮制出一个所谓满洲国的《治安肃正三年计划大纲》。内容包括：组成以日本宪兵、特务、警察为主的警察网和国境特务警察网；军事上围剿；强制实行归屯并户，建立保甲制并实行十家连坐法；实行粮食配给制，以加强对抗日部队的经济封锁；政治上对反日团体和部队采取破坏、胁迫、收买、诱降等手段和分化瓦解政策。这样的计划首先在南满和东满实行并取得了成效。到 1937 年下半年，在三江地区已开始布置归屯并户和粮食配给制度，并逐步调集部队以加强军事上的围剿。因之在 1937 年冬季到来之前，三江地区抗日部队的处境逐渐恶化了。第四军的部队在此期间也出现了不少问题。8 月间，在勃利县活动的第二团团长吴明月在作战中牺牲，第二团因此也逐步溃散。9 月间，李天柱率领第二师攻打集贤地区的国强街基时牺牲，队伍失去了这位核心人物之后，也逐步瓦解了。参谋长李鹏飞动摇，打算投敌，原第二师的部队只有刘久贤所率领的 50 余人保留了下来，刘久贤被任命为新编的第四团团长，他的部队整编为一个连。9 月间，由军部派到第四师的政工干部朴德山和曹曙焰被刘振国师长赶回军部，理由是第四师第九团团长丛海山因不满意朴德山的领导而将部队拉走，他为了保持部队的稳定而不得不如此。事实上刘振国不久也离开了部队。他的部队以后由"老来好"率领，打算到富锦县投降日寇。到 1933 年 2 月被军部缴械，"老来好"被处死。第二师宫显庭的部队则隐匿于深山中，不再听军部调遣。活动在勃利县的第一团团长满景堂长期消极厌战，生活上开始腐化、吸毒，并在地主的勾引下想要投降。

在这种情况下，吉东省委指示第四军着手整顿部队，内容包括：加强政治思想工作，坚定抗日信心，调整部队编制，调整干部等。与此同时，吉东省委为了加强第四军的工作，建议北满省委将长期配合第三军活动的第四军第二团迅速归还第四军建制。10月初,第二团经勃利县到达宝清大叶子沟第四军军部密营。新组建的第一师包括第一、二两个团,任命张相武为师长,黄玉清兼任政治部主任。调第五军第二师师长王光宇任第四军副军长,调第五军第一师参谋长王毓峰到第四军第二师任师长,新组建的第二师包括:第四团、第五团(原第七团)和第六团。由曲成让任师政治部主任。吉东省委还调勃利县委书记鲍林到第四军参加整顿工作。在整顿过程中,第一团团长满景堂,原第二师参谋长李鹏飞二人因准备投降日寇被处决。曾担任过第四军政治部主任的罗英, 在1935年秋季被日本人捕去之后叛变, 尔后又被日本人派回。他回到第四军之后,经过一段时间对他的严格审查,认定他是由日本人派回来的奸细,亦被处决。经过整顿之后,在1937年冬季,李延平军长和王光宇副军长率领部队重新活动于桦川、依兰、勃利一带。在12月底和第五军、第三军、第十一军各一部联合作战,打开了桦川县聚宝山警察所,缴获步枪140余支、轻机枪1挺、匣枪6支、子弹万余发,俘虏伪警察百余人。还在"孙大脖子"屯缴获伪军一个连的武器,得轻机枪2挺、步枪百余支。在此之前,王光宇所率部队曾在土龙山遭敌人包围,在突围中打死打伤敌人40多名,我方仅受轻微损失。

十二、西征中的挫折

1938年初,日本侵略者调到三江地区参加"讨伐"的,除日军和伪满军之外,还出现了蒙古地区的伪兴安军,总兵力达6万人。与此同时,强制推行的"归屯并户"、保甲制度与十家连坐法等,也使抗日联军的衣食来源几乎被断绝了。3月15日,中共佳木斯市委和汤原、桦川、富锦、勃利、绥滨等县的党、团组织和反日组织遭到了大破坏,党团员与反日会骨干近400人被捕, 幸存的地方干部也只好转移到部队中来。

吉东省委在1937年夏季就曾有将部队转移到五常和舒兰地区的

考虑。因为三江地区抗日部队共有 3 个军的所属队伍在活动,过于集中。而敌人正好为此而安排了一个"聚而歼之"的计划。第二路军总指挥部于 9 月成立之后,即着手西征计划的具体安排,首先整顿第四、五、七三个军的部队,调整干部,调查研究西进的行军路线等。

西征部队由第四、五两个军的主力部队为主组成。计划先向西南方向的宁安地区前进,如果能在这块老抗日游击区取得立足点并能与第二军第五师的陈翰章部队协同作战,从而使汪清、珲春、东宁等老游击区的抗日斗争得以恢复的话,就可以此为依据向舒兰、五常两个县境前进,以期能和第十军汪雅臣部取得联系,那将会对伪满的心脏地带长春和哈尔滨构成直接的威胁。还有希望能经由舒兰地区向南和杨靖宇的第一路军取得联系。第四军军长李延平和副军长王光宇率领第一、二两个师的大部分人员,和第五军第一、二师的全部人员参加了西征。

由于日伪军在三江地区加紧军事围剿和政治上的诱降活动,第四军在西征行动即将开始时,就遭受到了一些损失。第二师师长王毓峰同志于 1938 年 2 月,在一个山沟里养病时被叛徒杀害了。5 月间,西征部队于集贤地区集结当中,受到敌人的袭击,第一师师长张相武又不幸牺牲。这样的损失对于执行西征任务产生了颇为不利的影响。

西征途中,所遇到的困难比原来预料的要大得多,许多地方归屯并户已经完成,征粮极其困难。保甲制度的建立与十家连坐法使人民群众不敢和抗日队伍接触,还得随时将所遇到的抗日部队的情况层层上报。为了征粮就必须打仗付出伤亡代价,因之断粮之事经常出现。加之地理上的生疏,在和敌人作战中损失较大。这就使部队思想情绪难以稳定,逃亡现象时有发生。因此西征部队并未实现第一步的计划,未能首先到达宁安一带老游击区。到达穆棱之后已无法继续南进,而被迫向西直接向五常县境前进。但是那就必须穿越荒无人烟的 300 里原始森林老爷岭。一出老爷岭就碰上了苇河县的楼山镇。在出其不意的情况下攻打楼山镇虽然取得了不小的胜利,但却暴露了我军西征意图。敌人急忙从长春和哈尔滨两个方向调集兵力，围堵我军。在这样处境极为不利的情况下，西征部队被迫分兵行动。第五军的部队返回依东和刁翎地区。第四军的部队在李延平军长和王光宇副军长率领下向五常县境继续前进，以期能找到第十军汪雅臣的部队，完成西征计划。但这时汪雅臣的部队也在敌人围剿中受挫，而第四军的部队已所剩无几。1938年11月20日，李延平和王光宇率领仅有的7名队员在珠河县一面坡南错草顶子宿营时，其中有2名图谋叛逃者在打死李延平，打伤王光宇之后逃跑投敌。王光宇带伤继续率领4名队员坚持战斗，他们虽说到达了五常县的五十九顶子山，但是始终未能找到第十军的部队。12月，在和敌人的最后一次战斗中，王光宇等5名同志全部壮烈牺牲。

到此时为止，第四军的全部队伍所剩下的只有富(锦) 宝(清)留守处了。这个留守处是在部队西征之前，由原第四团政委彭施鲁率领的原第四团二连所组成的。这个连队不足40人。军部交给留守处有伤病员、医护和后勤人员、家属等20余人。留守处由彭施鲁任主任。任务是：恢复伤病员的健康；在富锦、宝清地区继续征集粮食、布匹、胶鞋等，以备西征部队返回时使用；伺机对敌人进行袭扰活动以牵制敌人；和三江地区的兄弟部队保持联系，密切协作；留守处受第二路军总指挥部的直接领导。在敌人的严密封锁和不断的讨伐中，留守处曾在集贤地区的腰六排、刘铁嘴子、徐风山屯等地交战数次，部队也陆续有些伤亡。在此期间，还将一些家属和老弱病残人员安排到地方。到了1938年的11月，当总指挥部已得知西征部队遭受惨重损失，不可能再返回三江地区时，周保中通知留守处撤销，全部人员转移到饶河地区。这时，留守处所剩人员已不足30人了。1939年春，彭施鲁奉周保中之命到第七军第一师任政治部主任，王庆云和曹曙焰所率领的连队编入第二路军总指挥部直属队。至此，东北抗日联军第四军的斗争历史遂告结束。

十三、结束语

东北抗日联军第四军是一支在中国共产党领导之下，忠于抗日救国的、毫不动摇的、富有牺牲精神的抗日队伍。军长李延禄在创建第四军、在执行党的早期的抗日民族统一战线工作中做出过重大贡献。

李延禄及其继任者李延平同志，在收编并团结抗日山林队方面做了大量工作。这样的队伍在第四军中数量上超过了半数。尽管这些队伍在政治上不太可靠，但是作为抗日武装同盟军这一点，曾经起了很大作用。他们曾在第四军的领导下，坚持战斗二三年之久，没有发生过大的矛盾。而且像第二师师长李天柱、第二团团长吴明月都是在抗日战场上壮烈牺牲的。原来的第三团在苏衍仁团长的率领下也是一支颇有战斗力的队伍。

第四军在开辟抗日游击新区中，有过重大贡献。如 1935 年在勃利、方正、通河等县的活动；1936 年至 1937 年开辟宝清、富锦为新游击区的活动，都曾使抗日联军各军相互间迅速地建立了联系，并使抗日游击战争在十几个县境内连成一片。

抗日联军第四军在执行上级指示方面是坚决的。1938 年春，根据第二路军总指挥部的决定，要第四军离开自己熟悉的区域去开辟五常、舒兰地区。李延平军长和王光宇副军长知道这一任务非常艰巨，征途中充满危险。但是他们都非常愉快、斗志高昂地率领着第四军的主力踏上了征途。在沿途遭受重大损失的情况下，仍然以不屈不挠的精神坚决斗争、勇往直前。终于以战斗到最后一个人的精神，为中华民族的解放事业献出了自己的一切，表现出中国共产党党员的高尚情操。这是特别值得我们永远怀念的。

（1991 年 7 月 22 日）

开辟新的抗日游击区

在 1936 年的夏季，长时期在勃利县境内活动的东北抗日联军第四军的部队，为了扩大自己的军事活动范围，争取更多的东北人民群众支持抗日战争，壮大自己的队伍，决定以宝清县为目标，开辟新的游击区。

原来在勃利县七台河、茄子河、桃山、偏脸子、青山河、九龙沟等地活动的有第四军的第一团、第三团、第七团和军部警卫连。军长李延平曾在 4 月间，在大四站和日军作战时负了重伤，经过一个多月的治疗，已恢复了健康。在与勃利县委书记李成林及第三军四师师长郝贵林、政治部主任金策共同议定之后，决定参加进军宝清的队伍有第四军的第三团、第七团，第三军的第四师，总人数四百余人。由李延平军长统一指挥，郝贵林和金策分别在军事和政治工作方面进行协助。四军第一团则仍留勃利地区活动。

7 月里，队伍按原计划出发。从七台河地区去宝清县要走四百里路，多是荒山野岭的无人烟地带。部队晓行夜宿。三军四师的四团、四军的第三团和第七团，轮流担任前卫。这是一次颇为愉快的行军，每日行程约为 80 里路，许多地方是没有道路的。有的地方有些道路的痕迹，但青草长得很高，这里长时间没有人走过。也经过一些大片的山中平原，每一片都会有几百亩地，长着茂密的青草。不时地，战士们呼喊起来，都跑向一片长着蘑菇的草地抢着捡蘑菇，并高兴地对司务长说今天中午可以美餐一顿了。

每天中午，李军长下令休息两个小时，以便大家吃好饭之后还可以打个盹。晚上吃完饭之后，燃起许多堆篝火，战士们每人都要割一抱青草，并把它铺在篝火的周围，准备躺在草上美美地睡一觉。自然，宿营地的周围都是有站岗放哨的，用以防止敌人的夜袭。晚饭之后，战士们坐在篝火旁总是要先唱一阵歌。李延平还告知警卫连派出几个人到三团和七团教唱革命歌曲，很受他们的欢迎。警卫连的人住得靠军部很近，李延平也常到警卫连和战士们一起唱歌，他还喜欢在唱完歌之后和战士们聊一阵天，想通过闲聊了解一下战士们的情绪。有的战士对李延平说："咱们一路上看见那么多大片的平原，要是都种上地，该能打多少粮食呀！"有的战士说："我走了这一路，越发地感到祖国大好河山的可爱，要不是日本人来侵占，我们该多好呀！"李延平说："对日本来说，他们对东北这块肥肉是馋得要命的，他们要掠夺到手，这就叫帝国主义。我们对待日本帝国主义就是要斗争到底，直到把他们全部赶出去为止。"

在第五天的中午，部队已接近了宝清县的兰花顶子，在七沟八梁的山边边，每个小山沟都有少则五六户多则二三十户的人家。我们了解了一下，宝清县的西部、南部和东部都是山区，属完达山系。北半部属丘陵地带和少数平原，是三江平原的南端，北与富锦县相连。富锦县是以平原为主，但也有不少丘陵地带，还有不少沼泽地。这对游击活动是很有利的。

在即将进入居民区时，李延平命令部队停止前进，先隐蔽在山上。尔后派出少数人下去，一是为了侦察情况，二是为了通知居民，告诉他们我们是抗日军队，免得他们惊慌。当侦察分队已经进入几家农户并过了一阵之后，他们在院外摆动了几下旗子，这时李延平才命令部队前进。尔后部队有秩序地分布在四五个山沟里住下。

金策同志这时已经开始在第四军工作了。他在一个较大的院子里召集连政治指导员会议，布置了如何向群众展开宣传工作问题。要求是：一要向群众讲清我们是抗日救国的部队，是专门打日本鬼子的；二是要说明我们的队伍是不准随便拿群众的东西和调戏妇女的，如果群众发现抗日战士有违反纪律的行为,可随时告发;三是要多唱抗日歌曲。这样做是为了让群众知道我们是抗日军,土匪部队是不会唱革命歌曲的。我们的歌曲都是群众一听就懂的,是很好的宣传教育工具。开完会之后,金策又请群众去通知十家长和百家长来开会,向他们讲我们到宝清来的目的,并请他们协助抗日联军解决粮食和在农户家的住宿问题。部队进入各个山沟,的确没有引起群众的不安。群众忙着给部队烧水做饭,屋里有两铺炕的就腾出一铺给部队住。饭是很简单的,苞米糙子饭、黄瓜菜、炒茄子等。

李延平亲自向各连连长布置警戒任务,他指示说,这是一个新的地区,情况不熟,因之警戒要严密。在白天要把岗哨设在附近山包的顶上,负责监视各条通路上车马行人的情况。太阳落山之后,就要把岗哨收回,设在驻地附近的通路口。

紧张的侦察工作多方面进行着。第二天李延平和金策、郝贵林等人共同研究情况,认定目前新到达的地区属于宝清县的第七区,是在凉水泉子和双柳河子的山边上。在凉水泉子有一个伪警察署,有四五十名伪警察。在双柳河子有一个伪自卫团。伪警察署比较反动,但一般不敢轻易进山和抗日军作战。自卫团没有什么战斗力,但它和宝清县原有的抗日山林队"天德"队有秘密联系,老乡都说自卫团不会打抗日军的。宝清县城和七星河镇有伪军第三十团驻防,由于过去这里没有正式的抗日部队活动,他们也没有和抗日部队打过仗。至于居民区,在山沟里的人家没有太富裕的,连中等地主都没有,他们无力保卫自己,家中都没有自卫武器。但他们并不害怕土匪的侵扰。东北人把土匪叫作"胡子"。"胡子"绑架的对象都是大中地主。对于山沟里的穷户人家,顶多是要点粮食吃。因此住在山沟里的人家对土匪并不害怕。从山沟再往外走,就是一片丘陵地带。居民村庄渐渐多起来,二三十户或四五十户人家的村庄比较多,每个村都有两三户地主,他们很重视自卫,家里修上院墙,质量最差的院墙是用树桩修的。买不起步枪的也得买两支洋炮(火药枪)作自卫用。土匪想要到这样的院子里绑架是会遇到抵抗的。至于较大的地主，一般都修了土围墙，四角有炮台，一般的家中都有四五支杂式步枪，还得有两支大抬杆(即射程较远的火药枪)。一般的土匪队伍是颇难进去的。

根据上述情况，李延平和郝贵林、金策等人认为可以逐步由山里向山外扩展游击活动。对于拥有自卫武器的地主家，要先通过该屯的百家长告知他们，希望他们对抗日部队采取合作态度。李延平说，估计会有多数地主出于爱国之心是抱合作态度的，但不排除出现对抗的可能。郝贵林说："要准备两手，对于敢于抵抗抗日队伍的地主应给予惩治。"金策说："我赞成你们二位的意见，我们把抗日救国的宣传活动放在前面，尔后在进村之前发出通知，使全村人知晓，争取多数群众采取合作态度。在这之后，部队进村如果遇到地主武装的反抗，就以武力解决。用中国的古话说，这叫先礼而后兵嘛！"

这样的决策在实践中证明是颇为正确的。在做出这样的决定两天之后，第四军和第三军的队伍分头利用夜间进入了几个稍大一点的屯子，仅仅遇到少数中等地主家的抵抗。由于部队事先组织了突击队，他们的抵抗很快被摧毁，有几家地主被抗日联军关押起来，并勒令他们交出 500 至 1 000 元的罚款。这些事情都在第二天公开向群众做了宣布。

这次行动，引起了凉水泉子和双柳河子两地很大的震动，好几个屯子的百家长主动前来求见抗日联军的领导人，申明他们对抗日联军是欢迎的。他们说，哪有中国人不欢迎自己的军队的道理呢?不过他们也解释说："山沟里的人，没有见过世面，也不够开化，有些人对抗日救国这些道理还不太懂，只顾自己的家。对这些人需要开导。"双柳河子伪自卫团的队长也来求见李延平，声称他的自卫团从来就不愿和抗日队伍作对，说宝清县原来有一支抗日队伍是"天德"的队伍，"天德"是比较了解他们的。说自卫团也有时在日本人的逼迫下出来和抗日军打仗，不过他们每次和"天德"的队伍遇见时，都是只对着老天爷放枪，谁也伤不着谁。李延平赞扬了自卫团的这种态度。

几天以后,部队进入了凉水泉子周围较大的屯子,而且就住在凉水泉子警察署外面二三里处的屯子。警察署对此没有做出什么反应。我们把它叫作龟缩政策。部队进入了一些地主大院,这些大院都有土围墙,围墙的四角还有炮台。

李延平的军部每次到王福岗都要住在老华家。这个大院的主人叫华馨圃,40多岁,留着八字胡,略有文化,对抗日联军的到来表示了真挚的欢迎。他并没有用丰盛的饭菜招待客人,但态度上热情诚恳,和抗日联军亲如一家。

在凉水泉子和王福岗一带,有一些地主大院是独立的院子,它的周围半里地之内没有任何居民,院墙又比较坚固,院内有防卫武器。这些院子,如果他有心抵抗的话,我们是要付出一定的代价才能打进去的。对于这些院子,李延平和金策经慎重研究之后,决定以政治攻势为主,不轻易动用武力。具体做法是通过百家长向他们做些宣传,试探其态度。如果他们欢迎抗日军进驻,当然很好。如果他们婉言谢绝,但又答应愿为抗日军提供粮食者,我们就不采取强行进驻的办法,避免把事情弄僵。在宝清县境之内,这样的大院曾保留了不少。他们对抗日军的行动,也没有干扰过。不过,到了1937年的五六月以后,当抗日联军第六军第一师和第五军第二师先后来到了宝清县境内之后,这种情况才有了较大的变化。这些地主大院也不得不开门迎接抗日队伍了。

这样,开辟宝清县抗日游击区的活动在1936年当中取得了较大进展。宝清县广大群众积极参加抗日活动,不少青年农民参军,抗日联军的粮食得到了充分的供应。冬季落雪之后,向山里给部队运送粮食的马爬犁络绎不绝。

在第四军开辟宝清县游击区的同时,还派部分兵力向宝清北面的富锦地区进行试探活动,并在兴隆地区(现友谊县境)站住了脚跟。1936年秋季,在富锦地区的集贤一带(现集贤县),曾有第六军的少数部队活动过,在富锦的别拉音山地区曾有抗联独立师祁致中的队伍活动过。第四军向富锦县开展活动,也是为了能够和上述部队取得联系。

278

在宝清和富锦县交界地区七星泡的西南面,有一个较大的屯子叫杨荣围子。在杨荣围子的西面是锅盔山。杨荣围子和锅盔山相距较远,约有 40 里路,中间地形开阔,但是没有人烟,又缺少良好的隐蔽条件。因此第四军从宝清往富锦县去的行军路线颇难选择。若绕道锅盔山脚下路程太远。杨荣围子屯里有伪自卫队驻守,他们一般不主动出来和抗日联军打仗,但也不会轻易让你住在他们的屯子里,那样他们向日本人也交代不了。在杨荣围子西边三里路远的地方,有一个孤立的地主大院老方家。李延平决定争取老方家。如果他们对抗日联军采取合作态度,通路问题就会很容易解决。

1936 午 8 月里的一天,在下午三四点钟的时候,李延平率队来到杨荣围子的西边,并在距离老方家约二里路的地方停留下来,并派副官带两名战士前去做老方家的工作。李延平对陈副官说:"你去时,首先说明来意,说明我们是抗日队伍,从不对老百姓进行抢夺,但我们有时要借用老乡的房子住一下,要用一些粮食,希望他们合作。"陈副官去后半个多钟头就回来了,肚子气得鼓鼓地说:"不行,和他们说什么也不通,还一直骂我们是胡子,还威胁说,如果我们不走他就开枪。"李延平说:"太岂有此理了。看来这家地主是缺少点中国人的味道。不过也罢,我们暂时不理他,但是我们不能不去富锦,还非得经过这里不行。陈副官,你再去一趟,通知这家地主,就说我们将在他的院墙西边路过,向北去,希望他不要干扰,我们双方将会平安无事。"陈副官再次抵达方家大院时, 李延平命令队伍成一字队形拉大了距离向北前进,准备向富锦县去,但当队伍正在行进的时候,方家大院开枪了,枪是朝天上打的,但明显是警告队伍不得前进。与此同时,陈副官也飞快地跑回来了,向李延平报告说,和这家地主讲不通,连路过也不让,李延平立即命令队伍卧倒待命。他和副官长朱鸿恩商量了一下。朱鸿恩认为对待这样的地主不能太客气,如果我们就此向后转,也太丢人了,还会助长他们的反动气焰,他主张打一下。李延平说:"我也主张打,但是地主家的院墙高,在他已有充分准备的情况下,是不太好打的。"这时警卫连连长也凑上来说:"我们不能就这样罢休,大家都憋着一口气,还是打一下吧。"李延平思考了半天,最后说:"好!打就打吧。"他立即命令队伍散开,曲着身子,沿高粱和玉米地前进。方家大院见势不妙,就不断地向我们队伍打枪,我们的步枪和轻机枪向地主家的院墙角炮台回击。但是双方都处于视野不良的状态,我方没有良好的地形地物可以利用,火力效果很差。

天很快地黑下来,枪声稀稀拉拉地响着。月亮又上来了,战士在高粱地里来来往往,相互间看得比较清楚。由于步、机枪的射击没有产生效果,李延平找朱副官长和陈副官再次商量对策。李延平说:"因为我们没有炮,对地主家的土院墙构不成什么威胁,我们也没有手榴弹,看来是无法攻破这道院墙的。"陈副官说:"经过侦察,这家地主除了里面一层土院墙外,还有外面的一层用树桩修的院墙,是比较难打的。警卫连正在设法向院墙根匍匐前进,想用斧头攻断木桩,首先进入外面一道围墙,尔后再设法在里面的土围墙下面挖洞,也许能够打进去。"李延平说:"现在是地主家已经有了充分的准备,这些办法都难以奏效。"说到这时,李延平看了我一眼说:"彭秘书,你去把警卫连杨连长找来,你顺着高粱地走,别暴露目标。"我说:"好!我这就去。"我走了一段路,看见警卫连战士,问了一下杨连长在什么地方。他说就在前边院墙跟前。在我继续往前走时,那个战士喊着说:"彭秘书,你不能这样向前走,太暴露目标,你得匍匐前进。"就在这时,我突然觉得右腿被什么东西碰了一下,我弯下了腰摸了摸小腿,摸到绑带上有一块破洞。那位战士上来要我卧倒在地上。他说:"你一定是负伤了。"我说:"我只觉得好像有人对着我的腿打了一拳,还没有觉得痛。"他又说:"刚一负伤是不觉得痛的,一会儿就会痛的。你赶快下去吧。"我说:"军长还叫杨连长去呢,我得找到杨连长。""这事交给我办好了,你跟我来。"说着,他叫我站起来,曲着身子,沿着高粱地走了几步,尔后告诉我:"你就这样走,不会暴露目标的,赶快回去告诉军长,杨连长一会儿就会去的。"

李延平看我负了伤,叫我暂时坐在地下休息。一会儿杨连长来了,李延平得知地主家防守的很严密,木桩墙里不断有人向外射击,而且最不利的是墙外面的人看不见里面,墙里面的人看外面却很清楚。我们的人想上去破坏院墙,但是无法上去,太暴露。李延平当即下令撤退,队伍利用夜间进入富锦县境,在下半夜到达了富锦县兴隆区的李金围子。一路上李延平让我骑着他的马,而我的伤口开始疼痛起来。到了李金围子之后,才找到了一个土医生,将伤口做了处理。由于当时缺医少药,我的腿部经过两个多月的治疗才痊愈。

尽管第四军攻打方家大院没有成功,但李延平率领部队进入富锦县境内的李金围子却是一个正确的决策。紧跟着就将抗日游击活动扩展到兴隆镇的西部炭窑沟、老道沟和孟家烧锅一带,并且和抗日联军独立师(到1937年底改编为第十一军)取得了联系。同时还和几支抗日山林队建立了密切的联系,其中最大的一支是刘振国,还有唐青山、老来好等人所率领的队伍,多数为骑兵。刘振国这支队伍原是东北自卫军李杜手下的一支人马,李杜退到苏联境内时他们留在东北境内,长期出没于桦川县的新城和富锦县的别拉音山地区,原本处于孤立无援状态。李延平率队在炭窑沟与他们会面之后,使这支队伍大为振奋,并在1936年底接受了第四军的收编。李延平在经过广泛协商之后,将上述几支队伍统一整编为第四军的第四师,并任命刘振国为师长。从第四军到达李金围子开始,就着手筹建自己的密营。经多方面的调查研究之后,决定将密营建在大叶子沟里。这里本是宝清县境,但根据山的走向出口是以李金围子和炭窑沟最为方便,实际上是面向富锦县的。

尽管这些工作都比较顺利,但是富锦与宝清两县之间的通道阻塞问题未能解决,始终是军长李延平的一块心病。在两县交界之处的杨荣围子以西的方家大院如果不打掉,我们的军事活动就放不开翅膀。正在这时,第四军政治部主任黄玉清率领第一团的一个连从勃利县来到了宝清县的大叶子沟第四军军部的密营。他们的到来使李延平很受鼓舞。第一团在1936年之内一直坚持在勃利县的桃山和七台河地区进行游击活动,和那里的广大群众建立了较密切的关系,筹款及征粮工作很有成绩。第一团曾向密山县出击,攻破过四人班小镇。冬季又截击过伪军护送的木材运输队,缴获 50 多匹良马,击毙伪军数人,并缴获一批伪军军装。第一团的队伍也有所扩大。七台河地区的一支伪自卫队起义加入了第一团,该队共有三四十人,改编为第一团第三连。黄玉清所率领的队伍全部为骑兵,其中还有两匹日本种的大洋马,马身上配的不是中国式的木质马鞍,而是日本制的皮鞍子。其余的马都显得很健壮,而且鞍辔整齐。黄玉清和 30 多名战士全身着黄军装,军用皮帽和军大衣都很整洁。不了解情况的人,很容易误认他们为日伪军。李延平在和黄玉清交谈如何进一步开展宝清和富锦地区的抗日活动时,又重新提起了连接宝清和富锦两县的通路问题,认为杨荣围子实际上是两个县之间的重要通道。而杨荣围子日前虽驻有伪自卫团 30 余人,但他们对抗日联军并非主要障碍。而在杨荣围子以西三里路的方家大院,采取与抗日军为敌的态度,才是这一问题的关键所在。李延平认为应该在春暖花开之时进一步对方家发动一次政治攻势,如果不行,就下决心再攻打一次;如果攻下这个地主大院,杨荣围子的伪自卫团说不定会主动投降我们,这样富锦与宝清两县之间就会畅通无阻了。这时,黄玉清提出了一个智取的方案。李延平非常感兴趣地问黄玉清有何妙计。黄玉清说:"和我同来的共有 30 多人,我们为什么不可以冒充日本军而闯进方家大院呢?"李延平听了这话,立即将两手一拍,说:"对啊!太好了!那么,你这个老'高丽'就可充任日本太君了!"黄玉清说:"那没问题,还有朴德山、金龙国等几位朝鲜同志,都得去打头阵。"李延平说:"我得给你选几个中国同志,选对那一片地形最熟悉的人去。还有,要利用夜晚,是不是?"黄玉清说:"当然,白天我们会露馅的。"李延平说:"那么,我们选在大年三十如何?"黄玉清说:"太好了。"在做出这个决定之后,李延平和黄玉清共同挑选了 40 来名战士,加紧训练,包括对地形的研究、语音的训练等。充当翻译官的人选,李延平看上了陈副官。陈副官只有 25 岁,精明能干,有战斗经验;他是由伪军中起义过来的,日本话还能对付几句,对方家大院周围的地形又很熟悉,只要他能演好这出戏,就十拿九稳了。

离大年初一还不到一个月,李延平决定,这些日子里队伍只在富锦的炭窑沟、老道沟和孟家烧锅一带活动。至于和宝清县交界的李金围子,则根本不去。因为那里离杨荣围子只有30多里路。这样可以使杨荣围子很少发现有抗日队伍在自己的附近;同时,李延平还派侦察员住在李金围子,密切注视着杨荣围子方向有无日伪军出动的消息。还派侦察员化装到宝清县的双柳河子,找到了那里的伪自卫团的王队长,通过他了解有无日伪军出动的消息。

在阴历年的前两三天,侦察员回到了大叶子沟密营里,报告了最近不可能有日伪军出动的消息,李延平决定按原计划行动。

在年三十的上午,黄玉清主任率领骑兵出发了。李金围子过去是第四军从山里出来的必经之路,这次却偏偏不进李金围子。下午四点钟左右,他们在距李金围子尚有10多里路的密林里吃了晚饭,等待天黑之后开始行动。黄玉清和陈副官再次研究了前进的路线,决定首先绕道至杨荣围子的南边,尔后再转回头向西,装作这支队伍是从宝清县城出来的,并经杨荣围子向西,装成进山追剿抗日联军的样子。按照上述设想,他们在天完全黑下来之后才出发,马在没有道路的深雪里慢慢地行走,在距离李金围子三四里路的地方越过了一条冰冻的小河,进入了宝清县境。由于地形熟悉,队伍先从杨荣围子西边七八里路的地方向南行走了一段,尔后又转过来向东走了五六里路,再向北又走了一段。陈副官一直在前面带路。他们估计自己距离杨荣围子只有二里路时,就又小心地寻找道路,以便沿着道路直接奔向方家大院。时间已接近晚间十点钟,周围漆黑一片,部队只能凭着雪的反光摸索前进,没费太大的劲就找到了道路。这时他们才快马加鞭,雪地上发出的沙沙的马蹄声可以在一里地之内被细心的人发现,黄玉清和几个朝鲜同志开始大声地说话。当然他们说的是朝鲜话,是故意地让方家大院里的人听的。同时还有几个战士拿着手电筒四处乱照,这些动作都是平时在游击活动中最禁忌的。在到达方家大院前,陈副官小声告知第二班留在大院的东面,让他们向杨荣围子方向警戒;防止伪自卫队出扰。

就在方家大院门前,几个朝鲜同志大声嚷嚷着,几个战士又用手电筒向大院的门里门外和大门两边的炮台照射了半天,似乎是在寻找什么。这时院里的一家人显然是被惊动起来了,他们以怀疑的目光注视着墙外的一切。过了一会儿,陈副官开始用马棒敲了敲大门,并大声喊:"掌柜的,出来!快点开门!"这时院里一个中年人慢慢走向大门,并对叫门人说:"老总!我们也不知道你们是谁?"陈副官说:"我们是宝清县城里的皇军,到这里来是追赶一支马胡子,不知你们见没见到这支马胡子?有没有马胡子跑进你们的院子?"院里的人赶快说:"报告皇军,马胡子的没有见到,也没有马胡子进过这个院里!"这时黄玉清以愤怒的语言对陈副官用朝鲜话说了半天,陈副官向黄玉清点了一下头,接着还喊了一声"咳!"就又转过身来对院里的人说:"太君的生气了,明明是马胡子从这个方向跑来了,你们怎么说没有看见呢?你们的院子里马胡子大大的,你们通匪的有!"院里的人赶快说:"报告翻译官,真的没有马胡子,我不会撒谎的。"陈副官又转过身来对黄玉清叽里呱啦说了一阵。接着又对院里的人说:"太君要搜查这个院子,要你赶快开门。"院里的人说:"深更半夜的,我们不敢开门。"陈副官大声吵嚷说:"正因为院里有马胡子,你们才不敢开门,你也不是好人,你死了死了的有!"这时院里人赶快跑了回去,并且很快地跟着一个老头子出来,老头子叫那个中年人快开门,接着自己先走出大门,对陈副官说,他们都是良民,还和马胡子打过仗,不会通匪的,请皇军进院搜查吧。

黄玉清不慌不忙地叫队伍进院,陈副官告知连长按预定分工叫战士们占领了四个炮台,同时有一部分战士对院子里进行了一次搜查,确信不会有什么埋伏。此后大部分战士留在院里,少数人跟随黄玉清和陈副官进到屋里。坐好之后,黄玉清才叫陈副官告诉大家,说我们不是日本军,是东北抗日联军。这时看见方家的老头子显然地吃了一惊。

接着陈副官问他："记不记得你家在去年9月间和抗日联军打仗的事？"老头子说："有此事。"陈副官说："你家对中国人民是有罪的，知道吗？"老头子说："我们是怕胡子队进院乱抢，不敢和抗日联军作对。"陈副官说，"当时就是我来的，我反复向你家讲我们是抗日队伍，要求你们合作，你们为什么一口拒绝？我们并不打算进院，只不过在你的院外一里路远的地方路过，你们还是开了枪，这是为什么？"老头子不说话了。黄玉清这时用不太熟练的中国话说："你们应该受到惩罚，你说对吗？"方家老头子无可奈何地说了一声"认罚"。这次从方家搜出八条枪，决定全部没收。并告知方家，准备带走他家五个人作为人质，要他们准备好一万元赎金，换回人质。

黄玉清认为此地不宜久留，立即告知方家将自家的爬犁准备好，准备拉着5名人质随队行走。

在方家只停留了半个小时，黄玉清率领自己的队伍出发了。他们快马加鞭，不到一小时，到了李金围子。在那里休息了三四个钟头，不等第二天天亮，就动身返回密营去了。

对方家地主的惩处，又一次使宝清县境内的地主们受到了震动。他们认为方家大院是宝清县西部面向锅盔山的一扇大门，大院里只有八支步枪和几支大抬杆，但要比拥有三四十支步枪的杨荣围子伪自卫团的作用大。地主武装都是父子兵，人心齐。伪自卫团的兵不会像他们那样卖命的。

以后的事实很快地证明了。到了4月间，方家大院已成为第四军出富锦去宝清的中转站了，经常要在那个院里吃上一顿饭，再由那里去王福岗和凉水泉子。到了6月。杨荣围子的伪自卫团主动撤走了，住到七星泡镇里去了。第四军得知这一情况之后，就进入了杨荣围子。原来伪自卫团的人只留下一个史班长，也成了第四军的办事员，凡是部队托他到七星泡或宝清县城购买的东西，他都能给你办好。

6月间，抗联第六军第一师的两个团400余人，在师长马德山和政治部主任徐光海的率领下，来到富锦县的兴隆地区。在和李延平会面之后,共同决定进一步扩大宝清县的游击活动区域。接着就调了第四军的第四师、第二师的第五团(即李天柱部队,也称自来好队)和第三师的第七团,于李金围子和杨荣围子一带集结。尔后在一个白天的上午十时左右,一支约有800多人的队伍浩浩荡荡地进入了七星泡附近的小门程家到穷棒子岗一带的许多屯子。小门程家是当地一家比较大的地主,但是他们带头在家门口挂上了长幅红布,以表示欢迎抗日联军进住。这样,周围的家家户户都仿效着挂起了红布。在以后的几天里,这支队伍又进入了凉水泉子和双柳河子一带过去未曾进驻过的大部分屯子,并立即着手征粮、征款和征用马匹工作。仅第四军的队伍就在这一带补充了良马100多匹,还征收了民间私藏的几十支杂式步枪,青年农民参军者也相当踊跃。

从此,富锦和宝清两县的抗日游击区域很快连成一片(包括现在的友谊农场、集贤县、双鸭山直至桦川县境),成了抗日联军纵横驰骋的原野。正如日本人所惊呼的:三江平原已经变成了"共产乐园"了。

一九三八年以后的东北抗日联军

东北抗日联军是在中国共产党的领导下创建起来的。是原东北的抗日救国军、自卫军(统称抗日义勇军)于 1932 年至 1933 年相继失败溃散之后,由中共满洲省委重新发动东北人民创建抗日游击队的基础上逐步发展起来的, 到 1935 年已初具规模。根据党中央的指示,在 1936 年初又统一了番号,将各特委领导下的人民革命军、抗日同盟军、游击军等统一改称为东北抗日联军。在共产党直接领导下的队伍先后编为第一军至第七军。以后又将非共产党的抗日队伍也授予抗日联军的番号,编为第八军至第十一军。各军人数有的四五千人,有的二三千人不等,最高峰时总数曾达四万人。

我是在 1935 年 12 月由北京的党组织派到东北,直接到李延禄同志所领导的抗联第四军部队里去的。在第四军军部担任了一年多秘书,1937 年改任团政委,1939 年初又被调到东北抗联第七军担任第一师政治部主任。我刚到李延禄的部队时,队伍正处在一种蒸蒸日上、生机勃勃的气氛中。虽说游击队的生活还是艰苦的,冬季多半在深山里休整,枪支各式各样,服装五花八门,粮食是高粱米和苞米糁子为主,还得习惯于长年累月不脱衣服睡觉。但是队伍中充满了乐观主义精神,对战胜日本帝国主义具有充分的信心。第四军当时共有一千五百人,分散在好几个县里进行游击活动。有时为了打一个目标,集中二三百人的兵力是常有的。但以较少的兵力进行分散的游击活动是主要的方式。

东北抗日联军的蓬勃发展时期,是在 1936 年至 1937 年。而最活跃的地区又在松花江下游南北两岸。那时第一军和第二军仍然活动在东满和南满一带，和其他各军不易取得联系。第十军活动在吉林省中部五常县境，也难以和其他部队联系。除此之外，第三、四、五、六、七、八、九、十一军之间在这两年之内都有较密切的联系，几个军通过协商，各集中自己的一部分队伍共同开辟一块游击区，或者是攻打一个目标，这是常有的事。抗日游击区空前扩大了，松花江下游南岸的方正、依兰、桦川、勃利、集贤、桦南、刁翎、宝清、富锦、饶河、虎林，松花江北岸的通河、海伦、汤原、铁骊、庆城、鹤立、萝北、绥滨等县，都成了抗日游击队经常出没的地区。日伪军只能守住县城和各区的警察署。在新开辟的游击区，经过大力进行抗日救国的宣传之后，抗日队伍的筹款、征粮、征用军马工作，以及扩充游击战士的工作都有较大的成绩，部队生活有较好的保障。两年之内还拔除了大量的敌人据点，攻占过县城以下的城镇四五十个。1937年全国抗日战争爆发后，伪军警十分动摇，较大的起义有驻勃利县的伪军第二十九团六百余人在团长赫奎武带领下的起义。带出三门炮、三挺重机关枪、十六挺轻机关枪及大量的步枪和弹药(这个团在几个月之后又投降了日寇)；有宁安县三道河子森林警察大队一百五十余人在大队长李文彬率领下的全部起义；有驻依兰县的伪军三十八团的部分起义等。所有这些，曾使日本侵略者大为惊恐。他们曾自我讽刺地说：三江平原不是他们自己的"王道乐土"，反倒变成了"共产乐园"了。

从上述情况看来：东北的抗日游击战争当时曾存在一个很有利的形势，本来可以在那个基础上进一步掀起全东北的抗日高潮，但由于种种原因，不仅未能做到这一点，反而在1938年之内遭受到了严重的挫折。东北的党组织和抗日联军的弱点从内部情况来看，当时东北的党组织是非常不健全的。原来的满洲省委被驻共产国际的中共中央代表团团长王明在1935年初莫明其妙地否定了。他向各特委发出通知，说满洲省委出了问题，要中断同它的联系。但他又不重建满洲省委，而指示分建南满、东满、吉东、松江四个省委，由他直接控制。但北满并未建成松江省委,而那里的党组织自己组建了北满临时省委,借以表示不同意王明的组织路线。当时党中央正在长征路上,无法和满洲省委联系。王明想借此机会把东北的党组织完全控制在他的手中,但实际上他并未达到目的,反倒破坏了东北的党内团结,使东北的党长期缺少一个领导核心。"七七"事变后,王明率中共中央代表团回国,东北各省委又完全失掉了和党中央的联系渠道,长期无法得到党中央的指示,也得不到干部上的支援。从军事指挥系统来讲,只是根据党中央的指示组建了第一、二、三路军几个指挥部,东北抗日联军的总司令部没有组成。因之军事行动只能靠相互间的主动协调,实际上各部队间矛盾很多,难以解决。

从游击队的政治质量来讲,十一个军中有四个军不是共产党所领导的。在共产党所领导的七个军当中,都收编了相当数量的山林队,有的可达50%。这些队伍中没有共产党的组织,他们多数时间是单独活动的,和他们之间只能是保持着松散的联合形式。

日本侵略者的强化统治

与此同时,日本侵略者加紧了对东北的统治。他们蓄意要把东北变成侵略全中国和入侵苏联的后方基地。日寇不断向东北增加兵力,到1937年,日本在东北的武装力量已由20世纪30年代初的日伪军十几万人增加到六七十万人,还有不少武装警察。此外,在"围剿"抗日游击队方面,它采取了灭绝人性的三光政策,配合归屯并户、保甲制度,在抗日游击区大肆焚烧民房,强迫农民离开山区,丢掉了自己的田园,而搬进难以谋生的大屯中去。日本人以此作为断绝抗日游击队粮食供应的主要办法;在日寇的正式文件中把这叫作"匪民隔离"政策。这一政策在1934年和1935年在东满和南满一带试行过,曾使第一军和第二军遭受到一定程度的挫折。1937年起,日本人又制定了三江地区的归屯并户计划,于1938年春季付诸实施,并配合以军事上对三江地区抗日队伍的"围剿"。为此,日本侵略者调来的兵力包括关东军第四师团,伪军混成第十六旅、二十三旅、二十七旅、二十八旅,靖安军四个团,还有内蒙古地区的兴安大队等。同时,还专门派出特务部队田中工作队,在三江地区负责对抗日部队的诱降工作。

由于日本侵略者采取多种措施来对付我们的抗日部队,也由于抗日联军本身存在许多弱点,东北的抗日游击战争形势发生了急剧的变化。

一九三八年之内几个重大事件

在 1938 年的春天,被收编的抗日山林队的动摇、溃散和成批地投降日寇,是东北抗日联军队伍中出现的第一件大事。当时,日本的特务机关借这些山林队情绪低落的时机,广泛地开展了诱降活动。他们大量地利用抗日游击区里的地主分子以老朋友的身份劝说山林队的头子投降,并取得了较大的效果。抗联第八军的军长谢文东,原来是在土龙山暴动时被农民群众逼着出来当头目的地方保董,本人也是地主。这年他率领政治部主任刘曙华同志同去抗联第四军第四师刘振国的部队。那时他准备投降,被我们自己缴了械,队伍遣散。抗联第四军第二师的第五团原也是山林队,被我们收编的。在 1938 年 3 月间,他们杀了第二师师长共产党员王毓峰同志之后也都叛逃了。此外,也有较多的山林队是自己散伙,各自投亲靠友了。这样一来,形成一个抗日武装力量急剧下降的局面。

抗联队伍出现的第二件大事,是共产党的队伍成批地越境进入苏联。1938 年 2 月,由于处境困难,又失掉了和我党中央之间的联系,中共北满省委决定派第三军赵尚志同志越境到苏联去。一则要求苏联支援武器弹药,二则要求苏联帮助取得和党中央之间的联系。赵尚志同志在黑龙江下游的萝北县越过了边界。与此同时,护送赵尚志的部队,包括抗联第三军一部和第六军一部,各自决定进攻萝北县城和佛山镇,想以这种方式表示对赵尚志的欢送。但这一仗打得不顺利,在敌人的援兵来了之后形成了敌众我寡的态势,伤亡惨重。原想只把伤兵送过境之后队伍可以轻装撤出战斗,但在送伤兵过江的同时,一些人产生了动摇思想,也随伤兵的队伍越了境。很快引起了连锁反应,最后大部分队伍越境了,第六军军长戴鸿宾和第三军的师长蔡近葵也跟着越境了。还有第十一军军长祁致中也因请求苏联支援越境了。因为第三军和第六军是北满地区主要抗日力量,其影响是可想而知的。

第三件大事是远征部队遭受严重挫折。敌人把松花江下游当作重点"围剿"地区,迫使抗日联军的队伍要重新调整部署。几个总指挥部已经建立起来了,第一军、二军组成第一路军,由杨靖宇同志担任指挥,活动于东满和南满一带。第四军、七军、八军和第十军组成第二路军,由周保中同志担任指挥,活动于牡丹江至乌苏里江一带。第三军、六军、九军、十一军组成第三路军,由李兆麟(张寿箋)同志担任总指挥,活动于松花江以北的北满地区。1938年春季,第二路军和第三路军决定将自己的队伍迅速脱离三江地区,实行远征,以避开敌人的包围。第三路军以小兴安岭西麓的嫩江地区为目的地。第二路军则以第四军的绝大部分和第五军的第一、二师各部组成西征部队(一千余人)。在第四军军长李延平和副军长王光宇的率领下,于5月由富锦、宝清、刁翎出发,向西以五常县和榆树县为目的地开始远征,打算和在五常活动的第十军汪雅臣部队会师,共同开辟新的游击区。第三路军虽说在远征的沿途遭受到不小的损失,但由于小兴安岭西麓是敌人统治较为薄弱的地区,开辟游击区的工作还是取得了一些进展,部队在那里站住了脚。而第二路军的远征部队则要途经集贤、勃利、桦川、桦南、依兰、方正、苇河、延寿、珠河等县境,这些都是敌人的重兵防守地区。沿途经常是在前面有敌兵堵截,后面有敌兵围追的情况之下,处境极为艰险。第四军第一师师长张相武同志在远征刚刚迈出第一步的时候,在集贤县的国强街基镇附近牺牲。部队经常在饥饿的情况下和日伪军作战,伤亡、逃跑者日益增多。第十军军长汪雅臣曾在同年7月率领队伍去珠河县楼山镇一带接应第四、五军的远征部队,但在小山子和日军遭遇,汪雅臣同志负伤,队伍返回了五常县九十五顶子山里。第五军第一师和第二师的四团是从刁翎地区出发西进的。由于进展困难,中途被迫折返,又回到刁翎和宁安地区。剩下第四军的远征部队经过五六个月的拼死奋战,虽说在最后还有几十个人于10月间到达了五常地区,但未能和第十军取得联系,终于在日伪军的"围剿"下全部献出了自己的生命。军长李延平和副军长王光宇都先后牺牲。除富锦的留守处四十余人之外,再也没有别人了。

上述的几件大事对我党内部不可能不产生重大的影响,这对每一个共产党员和抗日游击战士来说都是重大的考验。加强政治教育,其中主要的又是进行革命气节和民族气节的教育,是有成效的。但是,终于还是有些共产党员,包括有些领导人经不起考验。原吉东省委书记兼抗联第五军政委宋一夫在随军西征的途中只身逃跑并投降了日寇。第四军第二师政治部主任曲成山也逃跑了。第五军第一师师长关书范在远征途中,带领自己的队伍离开了主力部队,企图投降日寇,很快被周保中同志发现而将他处以死刑。至于战士当中的个别逃亡或因伤因病掉队之后无法归队者也为数不少。

这一年是东北抗日联军大伤元气的一年。计算起来,有一个非党的军长(八军谢文东)带着自己的队伍投降了日寇。有三个党员军长(三军赵尚志、六军戴鸿宾、十一军祁致中)携带了自己的部分队伍越境去了苏联。有一个军的军长和副军长(四军的李延平和王光宇)战死,部队也遭到十分严重的伤亡;其余各军也都受到了不同程度的损失。还有一个省委书记兼军政委(宋一夫)逃跑后投敌。到1938年底,东北抗日联军还剩下多少人,谁也没掌握到可靠数字。我只知道第四军只有四十多人了。第七军还有五百多人,这是我于1939年春被调到第七军时所看到的。这样,以1938年为分界线,东北抗日游击战争转入了低潮。

争取苏联的援助未获成果

当时和苏联的关系又如何呢？在此之前只是有共产国际在苏联远东边境所设立的联络站。东北党向中央送的报告和派往莫斯科的留学生都是通过这个渠道来转送的。但是同苏联政府和军队之间是没有建立正式联系的，也没有从苏联方面取得过任何支持。失掉了党中央的领导，又碰到了1938年时的严重局面，抗联的领导才不得不设法争取苏联的支持。一是想通过苏联重建和党中央的联系，二是想取得武器弹药方面的一些援助。

第三军军长赵尚志同志就是在1938年的2月为此而越境的。但是苏联人却把赵尚志同志关在监狱里达一年半之久。在赵尚志同志之后带领部队越境的第六军军长戴鸿宾同志和第十一军军长祁致中同志，和赵尚志关在同一个房间里。越境的其他部队也不知安排到何处去了。以后发现有的被送回新疆了，有的被苏联情报部门派回东北搞谍报了。到了1939年6月，苏联人才把赵尚志、戴鸿宾和祁致中三个人释放出来，表示承认他们是东北抗日联军的领导人，支持他们返回东北继续抗日。但是原来的越境队伍，只收拢了一百二十人交他们带回，发还了足够的枪支弹药。并宣布赵尚志为司令员，戴鸿宾为参谋长，祁致中为副官长。他们在嘉荫县附近渡过黑龙江回到东北。他们第一仗攻打了乌拉嘎金矿守备队，歼灭了敌人，解放了一部分工人，队伍一下子发展到二百多人。但在第二仗由戴鸿宾率领的一百多人攻打汤旺河七号桥的白俄守备队时却伤亡惨重，戴鸿宾带着剩下的二三十人不敢再去见赵尚志。因为在攻打乌拉嘎金矿之后，赵尚志曾以祁致中作战不力为理由而错误地将他处死。赵尚志派出的另一支五六十人的队伍由队长刘凤阳带着去攻打鹤立镇，也因失利而部队溃散，刘凤阳率少数人又越境退入苏联。这样到1939年年底，赵尚志身边只剩下二三十人了。此外，赵尚志刚回东北境内时还曾派人寻找第三路军和第二路军的领导人李兆麟、冯仲云、周保中等人，想请他们到一起开个会共商抗日大计。但是只找到了李兆麟，而李兆麟又听别人说赵尚志对他颇有仇恨心，而不愿和他见面。这样赵尚志在队伍遭受挫败之后而又处于孤立无援的处境。

苏联人支持东北抗日游击队重新返回东北，据我所知还有三起，就是应第二路军总指挥周保中同志的要求，把抗联在1939年底零星越境的人经过三个月的关押审查之后，又收拢了四五十人，他们返回东北饶河地区继续活动。周保中同志原来与苏联人之间也没有直接的联系，在王明和康生离开了莫斯科回国后，周保中也急于想通过苏联人的帮助和党中央建立联系，就派人去苏联远东地区，去找到共产国际派驻远东的工作人员石达诺夫交涉此事，但这样的事是难以立即办成的。以后，由于1938年和1939年抗联部队零星越境屡次发生，其中又包括一些领导干部，如何妥善处理这些人员，也很使苏联的边防部队感到为难，因为他们也想与东北抗联的几个主要领导干部建立直接的联系。在1939年期间，苏军情报部门通过他们派到东北的情报人员中，包括原抗联第三军的一个团长李铭顺到宝清和虎林县一带寻找周保中同志，还有到小兴安岭西麓寻找李兆麟和冯仲云同志，邀请他们到苏联境内参加伯力会谈，因之实现了1940年初抗联领导干部的伯力会议。抗联第二路军和第三路军之间的联系和军事活动上的互相协调是通过伯力会议才得到解决的。这一年又通过同样的办法和第一路军取得联系。这时第一路军的领导人杨靖宇同志已牺牲，南满省委书记魏拯民同志也在1941年初牺牲，因此召开第二次伯力会议时，代表第一路军和南满省委的领导人是安吉和几个同志。从小兴安岭到长白山这样分散而又难以联系的东北抗日联军的几个领导人能够会晤，只有在苏联的帮助下才可以做到。我们还进一步要求苏联人帮助我们建立和延安党中央之间的联系，并希望抗日游击队在敌人的"围剿"下被迫越境者能受到庇护，以免遭到日寇的歼灭。在武器弹药方面，苏联的所谓支援，只不过是越境的游击队在允许重返东北时，可以佩戴日本式的轻机枪、步枪、掷弹筒、手榴弹和可以背得动的弹药而已。从数量上来说,这些是微不足道的。

这些就是在 1938 年之后极为困难的时期,能够从苏联方面取得帮助的情况。

斗争必须坚持下去。东北抗日联军就是在这样遭受严重挫折之后又未得到外界的有力支持下坚持斗争的。虽说要战胜敌人是非常困难的,但他们并未失去信心,而且绝大多数的共产党员是有气节的,他们以难以置信的革命毅力坚持着斗争。这以后的斗争又可以分为 1940 年底之前和 1941 年之后的两个阶段。

在 1939 年和 1940 年的两年当中,抗联曾利用夏秋两个有利的季节在许多地方发动过进攻行动,也取得过许多胜利。但是伤亡是不断增加的,特别是每年冬季,减员特别严重。大量的师以上优秀领导干部又相继牺牲了。因此,到 1940 年年底,绝大部分人员被迫撤退到了苏联境内,在苏联同志的协助下转入整训阶段。当时的总人数已不超过一千人了。1941 年之后,留在东北的还有为数很少的几支队伍坚持着斗争。同时也从苏联境内派回到东北各地十几个小部队,每队人数不等,多则十几人,少则五六人,以隐蔽的侦察活动为主要目的,获取了大量的有关日伪军的军事部署和坚固筑垒地域的情报资料。为 1945 年苏军进军东北迅速地粉碎日军的防御体系,创造了极为有利的前提条件。在 1945 年 8 月,苏军进军东北和朝鲜期间,他们曾直接参加了许多方面的工作,为解放全东北和朝鲜做出了重要贡献。

在 1939 年至 1940 年的两年中,我是在抗联第七军第一师工作的。这两年的夏秋两个季节,我们都取得过一些胜利。在 1939 年的 5 月,我们从饶河山里密营走出来,越过北面一片沼泽地带进入同江县勤得利山区征粮,尔后转向东部,在一位向导鄂伦春族老大爷的带领下进入了抚远县境。在四个多月的活动中,消灭过乌苏里江岸抓吉镇的警察署,缴获了三十余支步枪。以后又打垮了驻在杨木林子村的伪军、讨伐队的一个连,俘虏二十余人,缴枪四十余支。还进入过沿江的集镇蒿通和果夫镇。到 10 月返回饶河之前,没有受过大损失。1940 年的夏秋两季,第七军改称第二支队。在王效明支队长的率领下以富锦、同江、宝清三县接壤的一片沼泽地为依据,活动得相当顺利。因为这一片地区里有大量的荒废的良田,夏天就有不少的农民偷着进来种鸦片。每户一二人,极为隐蔽分散。我们就靠这些群众的联系,取得粮食供应,获取情报,选择攻打目标。9 月曾攻打富锦县柳大林子,虽未能消灭其中的四五十名警察,但却夺取了大批的粮食和牛马。10 月又通过策反工作,发动了驻宝清县七星河镇的伪军三十团机关枪连的起义,携带出三挺重机关枪、三挺轻机关枪和八十余支步枪。入冬之前又突然进入密山县,袭击了日本的开拓团,夺取了大批粮食、牛马和军用皮大衣。这几次战斗损失很少。其他各军也都同样地在夏秋两个季节里取得了许多胜利。第三路军在小兴安岭一带更活跃些,两年里共打过四十几次仗,有三十几次取得成功,其中包括袭击克山、讷河,打开了监狱,释放了犯人,队伍也发展壮大了。但是夏秋两季这些胜利,很快被冬季来临之后的损失所抵消了。有经验的日本侵略者,把主要"围剿"力量集中使用于落雪之后的冬季。对游击活动的不利条件有三:第一是树木落叶,我们缺少隐蔽行动的条件;第二是大雪封山,行军不便,雪地的足迹使日本人很容易发现并追踪我们;第三是冬季更难以和群众联系,无法征粮。原想依靠自己在山里种地,储存粮食供冬季食用,但遭到日军一次又一次的破坏,因此断粮是对游击队最大的威胁。这几个问题,在 1937 年以前还不突出,因为那时日本人没有力量在冬季进山"围剿"。在没有归屯并户之前,群众赶着雪橇(爬犁),往山里送粮是半公开的事,而且山里还有大大小小的伐木队、炭窑、猎户,都能或多或少地征用些粮食。但是在 1938 年之后就完全不同了。日寇对游击队活动的地区全部封锁,不许群众进山。日寇进山之后把游击队作为密营的房子全烧毁了。游击队每天在日寇追赶下无法住房子,只好睡在雪地里,靠篝火取暖。正如李兆麟同志在《露营之歌》中所写的:"朔风怒吼,大雪飞扬,征马踟蹰,冷气侵人夜难眠。火烤胸前暖,风吹背后寒。"因此,每熬过一个冬季,部队都要遭到大量的减员。夏秋两季发展的一些游击队员,一到冬季就很难巩固下来。如三路军从克山解放的三百多犯人中吸收了二百多人参军,这些未经受过长期革命教育和战争锻炼的人,一遇到冬季缺粮和被敌人追赶的情况,就悲观失望,相继逃亡。第七军在虎林县黑咀子解放的二百多名劳工,参军后不适应冬季的艰苦环境,也多数逃亡了。在1939年和1940年的两年当中,抗联师以上干部相继牺牲的有:第一路军总指挥杨靖宇,第一军第三师师长曹亚范,第二军第五师师长陈翰章,第五军第三师师长李文彬和副师长张镇华,第五军政治部主任王克仁,第七军第一师师长王汝起,第三军政治部主任张兰生,第六军参谋长冯治纲,第三军第九师师长雷炎等同志。

面对着上述领导干部的较大牺牲,部队人数严重下降,如果再不设法把最后剩下的已不足一千人的力量保存下来。可能成为历史性的重大错误。这样,在1940年的12月前后,绝大部分的抗联队伍陆续越过中苏边境,并在苏联远东军的协助下,分别集中在伯力和双城子附近的两个野营里进行冬季休整。原来打算在冬季过去之后再分别返回东北,以利用夏秋的有利季节继续开展游击活动,但由于1941年苏联和日本签订了中立条约,苏联同志阻止了我们的上述打算。在不得已的情况下这部分人员转入了长期整训。

1942年后的斗争情况。在1940年的年底,还有一部分游击队没有撤退到苏联境内。有些队伍是因和上级失掉了联系而未得到撤退的命令。有些是奉命留在东北坚持斗争的,为的是保留几个联络站,并且可以视情况做一些群众工作。这部人人数较少而又留有一定数量的食品,冬季隐蔽下来还是可以做到的。在1942年的春季,我们还征得苏联方面的同意派回十几个小部队。有的是执行侦察任务,有的是为了寻找失掉联系的游击队,并在可能的情况下开展打击敌人的活动。事实证明,执行侦察任务的小部队是有成绩的,但执行游击活动任务的小部队未见明显收效,且伤亡很大。直到1943年的年底,才决定将执行游击活动任务的小部队全部撤至苏联境内。担任侦察任务的各个小部队,工作到苏军进军东北之后才停止活动。在1941年之后又相继牺牲于东北大地上的抗联领导干部有:第一路军副总指挥魏拯民,第三路军参谋长许亨植,第三军军长赵尚志,第九支队政委郭铁坚,第五军第二师政治部主任陶净非,第十二支队政委朴吉松等同志。这些同志在牺牲时多半是身边只剩三五个人了,他们这种感人的献身精神永远值得我们怀念。

在苏联境内的整训,是在1942年8月以后才全面展开的。在此之前,由于分散在两个野营内,而且由于派回东北执行任务的人员也较多,形成野营之内人员流动性较大,影响了整训的效果。1942年秋,在苏军的协助下整编为东北抗联教导旅,开始按照严格的计划进行训练。几年之内,效果极为显著。训练内容是步兵连以下的技术和战术。考虑到预定的对日作战的需要,敌后的游击战成为重点的学习内容,因之特别安排了空降、滑雪、游泳、爆破、地形学中识图用图的训练和各种轻武器的使用等。到了1945年的7月,一部分抗联战士在苏联远东军区的统一计划下,被派往东北担任敌后侦察工作,有些是空降进入的。苏对日正式宣战之后,全部抗联同志都投入了苏军进军东北和朝鲜的行动。三百多名朝鲜族的抗联战士组成了朝鲜工作团立即返回朝鲜,开始独立地建党、建政、建军的工作。四百来名中国同志被有计划地派到东北五十七个大中城市和重要县城,任务是利用苏军占领期的有利条件开展群众工作,恢复中国共产党在东北各地的组织,建立自己的武装队伍,争取迅速地和党中央取得直接联系并打通和八路军之间的关系等。这些任务都较好地完成了,为在东北境内和国民党之间争夺领导权做出了应有的贡献。

结束语

东北抗日联军遭受过严重的挫折,但可贵的是在挫败之后仍然能够不屈不挠地积极进行武装斗争,并继续为此付出了重大的代价。大量的优秀领导干部,其中包括杨靖宇、魏拯民、陈翰章、赵尚志、许亨植(朝鲜族)等二十余名师以上干部都是在这样的苦斗中献出了自己的生命。东北的共产党组织虽说长期地失掉了同党中央的联系,未能经常地得到党中央指示,使自己在和日本帝国主义做斗争中能够运用更有效的手段。但是,他们所走的道路在方向上来说是没有错误的,立场是坚定的。不管在什么情况下始终是紧紧掌握着武装斗争的手段,以驱逐日本帝国主义出中国为最终目的,而这一目的也终于达到了。他们对党,对自己的民族可以说问心无愧。

遭受挫折的原因是多方面的,如在全东北缺少一个党的核心领导机构,以后又完全失去了和党中央的联系。抗日队伍没有形成统一的总司令部,队伍的政治质量还不高等。而面对的敌人又是一个强大的日本侵略者。这些我在本文的前面已经说了,但是除此之外,我认为还有一个问题是值得检查的,就是我们没有在农民群众中进行广泛而又深入的宣传教育和发动工作。当时各省委对抓武装斗争有足够的重视,但对如何把广大农民发动起来这一课题却没有列入议事日程。东北的党组织没有能够使广大农民认识到抗日战争的胜利与他们自身解放之间的关系,没有激发起广大农民参加革命的热情,因之也没有在抗日队伍和农民之间建立起一种生死与共的关系。东北的党组织一直未能在经过充分的调查研究之后制定出若干条农村工作的政策来。使之可以把农村中属于贫农、雇农阶层的群众紧紧地吸引到自己的周围。由于以上情况,东北的抗日游击战争实际上是在没有农村根据地的条件下进行的,在农村中没有自己的政权机构,也难以掀起广泛的抗日救国运动的高潮,致使兵员来源短缺。在这样的情况下,日本统治者所推行的"匪民分离"政策也就易于实现。

在1940年底,在不得已的情况下,东北抗日联军决定将所剩下的总共不足一千人而又分散在各处的游击队撤退到苏联境内,以求保存骨干,待机再战。这个决定曾有人怀疑为逃跑主义。我认为应当从当时的形势和战略需要上去分析研究这一问题。如果环境的恶劣是暂时的,付出的代价是少量的,整个战斗形势还是有利的,在这种情况下擅自撤离战场,应该称之为逃跑主义。但是,像东北抗日联军那样在极端艰难的形势下坚持了多年的斗争,付出了重大的代价,依然不能扭转失败的局面,而继续战斗下去就有全军覆灭的危险,这时毅然决定撤出战场,保存最后一点骨干力量,待机重整旗鼓,以求战胜敌人,应当说,这不是逃跑主义,而是从长远斗争需要出发,所做出的正确的决定。革命不应该是单纯的拼命主义,不讲求战略和策略的拼命主义并不能给革命带来多少利益,把自己拼光也正是日本侵略者所希望的。历史已经证明,保留下来的这批骨干虽说人数不多,但他们经过几年整训之后,大大提高了军政素质,在后来配合苏军进军东北消灭日本侵略者的战斗中,发挥了作用,做出了贡献,并成为我党我军最后战胜国民党,解放全东北的一支重要力量。

抗联七军一师活动情况

　　我是 1938 年 11 月由抗联第四军调到第七军的。原来我担任四军下江留守处主任,在宝清、富锦两县活动。10 月间,奉抗联第二路军总指挥周保中之命,撤销留守处,由我率领留守处的四十余人同第二路军参谋长王效明同志一起向饶河转移。11 月间到达饶河十八垧地,会见了七军政治部主任郑鲁岩。王效明同志向郑传达了周保中同志的指示,介绍我到七军分配工作。

　　当时第七军共有三个师,军长景乐亭,政治部主任郑鲁岩,参谋长崔石泉(崔庸健),第一师师长王汝起,政治部主任何可人(易恩波),副师长刘雁来;第二师原为收编的山林队,师长邹其昌,在 1938 年因动摇投敌而被处死,队伍被解散;第三师师长云鹤英,政治部主任金铁宇,副师长隋长清(刘健平);军部警卫连连长郎占山,总共有五百余人。我去后,军部打算重建第二师,以原来的第三团团长刘廷仲为师长,彭施鲁任政治部主任。但是就在这时,日伪军对第七军的密营发动了一次进攻,激战了一整天,刘廷仲牺牲,何可人腿部受重伤,队伍伤亡不少。在敌人撤退之后,立即将何可人送苏联治疗。军部同时重新研究了部队的整编和干部的重新配备问题,决定第一师和第二师合并,仍称第一师,师长王汝起,政治部主任彭施鲁,副师长刘雁来;第一团团长崔勇进,第二团团长郭祥云,政委李宗祥;第三团团长刘中城、政委夏礼亭;师部警卫连连长王洪书。全师二百余人。

　　当时第七军几个领导人之间关系不好,比较有威信的只有崔石泉同志。景乐亭原为第三师师长,在 1938 年夏季,军长李学福同志病故之后,景乐亭未经过第二路军总部的同意,就抢先发动大家要推选军长,郑鲁岩当时威信也不高,景乐亭被"选举"为军长。政治部主任郑鲁岩当时因和一个有特务嫌疑的女人桂顺同居,在群众中议论纷纷,组织上劝说也无效,因此景乐亭就借此理由又搞掉了郑鲁岩(郑鲁岩以后投敌)。

第七军一直是在饶河、虎林两个县发展起来的,群众基础是很好的。但是在1938年归屯并户之后,日本侵略者把山边的居民全部赶下山,房子也被全部烧毁,使游击队和广大群众隔绝,粮食供应成了问题。不过当我到第七军的时候,还没有发生绝粮的情况,山里还有少数木营,可以从那里弄到粮食。喂马的豆饼成了我们经常性的饭食,再就是一天两顿小米稀粥,饿肚子是常有的事。

为了解决部队的给养问题,第七军计划在山里自己种地,品种是玉米、土豆、萝卜等。

1939年4月,七军一师二团和三团由王汝起师长率领离开了饶河山里,从七里沁渡过了挠力河,越过一片沼泽地进入同江县境。这时沼泽地还未解冻,很容易通行。实际上当时我们是准备进入抚远县的,为了迷惑敌人,首先在同江地区暴露自己,在勤得利镇征粮,并将勤得利至同江的电线杆子破坏了一部分。之后我们利用沼泽地里的树林子又休息了十多天,同时找到了一位鄂伦春族老大爷做向导,准备向抚远县前进。

同江至抚远完全是一片沼泽地,荒无人烟,只在松花江岸边有一些村庄。这片沼泽地很多地方是不能通行的,这样的地方水并不深,很混浊,有红锈,人走进去往下陷,深及腰部,自己无法走出来,越是挣扎就越陷得深,别人很难援救。另一些地方虽可通行,但要非常小心,必须踩在有草根的地方,有的地方像牛肚子一样,有些弹性,脚踩的地方下沉,前面却鼓起来,有些地方水虽深及腰部,但可通行。通过这一片沼泽地没有向导是不行的。我们在同江县经过几天的了解,终于找到了一位鄂伦春族老大爷,他是一位猎手,比较熟悉这一带的地形。我们以每天一两鸦片的报酬请他带路,他欣然答应了。这片沼泽地也夹杂不少干净的小树林子,晚间、中午休息都很方便。我们经过三四天的行军,进入了抚远县的边沿村庄。

抚远县的居民过去没有看见过抗日队伍,也没有遭受过土匪的侵扰。我们进入村子后,群众看见我们时并没有引起不安,因为我们守纪律,说话和气。在召开的群众大会上,由我向他们宣传了我们的抗日救国主张之后,他们更表示欢迎。接着我们走访了更多的村庄。这些村庄相互间距离都比较远,多数村庄只有三五十户人家,没有太大的地主,除了沿乌苏里江几个镇之外,所有的村庄都没有武装自卫人员,相互间的交通也不方便,这些对我们来说比较有利。

经过了一个来月的侦察活动,逐渐获得抚远地区东部靠乌苏里江的几个重要集镇的情况,得知蒿通镇及云南果夫镇(国富镇)没有敌伪的武装力量驻守,只有少数行政警察。但是沿江有日本人的巡逻队常来常往。海青镇和抓吉镇则有武装警察驻守。我们在6月间,利用一个月黑风高的夜晚进入了蒿通镇,首先捕获了两个行政警察,尔后召开了群众会,宣传了我们是抗日救国的部队,要大家不要惊慌。同时召集了几家地主和商号的老板,和他们商量征收抗日救国的捐款问题,他们很快都承担了义务。第二天我们又在那里住了整整一个白天,向居民进行了抗日救国宣传。在蒿通的江东面,就有苏联人的一个村镇,我们这些共产主义者的游击队能够在五六百米的距离之内眺望着对岸的苏联人民,心情是颇为兴奋的。下午,我们放火烧毁了警察所,当火焰冲天而起时,对岸也突然地活跃起来了,孩子们的欢叫声清晰地传了过来。我们以自豪的心情向对岸挥手示意,心情久久不能平静下来。

在当天晚间,我们利用十几条渔船沿江南下,经过五六个小时,在拂晓前突然进入了云南果夫,在该处住了一天,那里的对岸也是苏联的一个村庄。白天,苏联的汽艇曾出来巡逻,沿着乌苏里江的西岸行驶,很可能是为了侦察一下游击队的情形。我们在岸上向他们招手欢呼,他们也在船上挥手打招呼,这也是我们第一次同苏联的同志们联欢,大家的愉快心情简直是无法形容。在云南果夫那天的下午,突然出现由抚远县方面来的一艘大轮船,我们不了解,其中是日伪军还是普通的商船?在云南果夫,停船还是不停?但我们有一个方便条件,我们在岸上敌人在水上,对我们是有利的。队伍立即沿江岸散开占领阵地,等待着轮船到来。但后来发现该船并不准备停留,为了不失去时机,随即命令步枪和机枪向轮船射击,只见船内惊慌失措,毫无回击,只是仓促逃走,后来得知是艘商船,并有一个日本中佐被击伤。

在蒿通与云南果夫活动后,考虑到沿江敌人行动方便,我们不宜久留,故立即主动退至抚远西部地区。此时已引起敌人的不安,从同江及抚远县调来警察队由北面出击,并由饶河的东安镇调来伪军一个连出击。警察的战斗力不强不敢冒进,只同我们接触一次就跑掉了。我们得知由东安镇出来伪军一个连,便决定以他作为主要攻击目标。我们进入沼泽地宿营,因为这样的地方敌人难以进攻,实际上和敌人仅隔着一条小河,距离二十多里路,晚间派出侦察员了解敌人的动静。有一天,我们确切得知他们住在杨木林子村,决定乘夜间渡过小河绕至敌人的背后实行夜袭。队伍迅速成功地进入杨木林子村内,敌人毫无准备,不到半小时结束了战斗。敌人被俘二十多名,击毙四五名,余者逃跑,缴获步枪四五十支。当时对我们这个仅有五六十人的游击队来说这是一个很大的胜利。我们都换了装备,用缴获伪军的衣服解决了一部分夏服问题。我们也正确执行了优待俘虏的政策,由我负责向他们讲了一次话,宣传了抗日救国的主张,之后把他们释放了,每人还发了五元钱,有的还交代了工作任务,少数人参加了我们的队伍。

8月间我们又开始向抚远北部活动,到达距抓吉镇三十里的一个村庄住下,侦察了抓吉的情况,准备夜间进攻抓吉。据我们侦察所知,抓吉有伪警察三十多人,并且有日本人在那里(行政人员),而地形又极其不利于进攻,一面是江,北面及西面都是不可通过的沼泽地带,只有西南有一条乡村路可以进入该镇。如果敌人防守起来是很难攻破的。只有抓吉镇外的高粱、苞米地,可以隐蔽我们的行动。当时对这一行动很难决定,认为有些冒险。但是等天将拂晓时,突然发现降了大雾,我们喜出望外,随即决定乘雾迅速前进。但三十里的路程还未走完,雾全消了,天已大亮。此时还有十来里路的行程,而高粱、苞米又不超过腰部,我们不易隐蔽前进,经过研究,决定智取。我们都穿着伪军的服装,冒充伪军进抓吉。我们选拔十来名敢死队,携带手枪和步枪,打着伪满洲国的旗子,大摇大摆地向该镇前进。后面的队伍距他们一里来远,以便发生紧急情况及时支援。实际上当时伪警察并无警戒,连我们的到来也未发觉。居民看到穿着伪军服装的一队人进来,谁也没有表示奇怪,我们很顺利地进入了镇内。待进入警察所之后还有人向我们问辛苦,我们很快地缴了他们的武器。当时有一半警察跟随两名日本人坐船去北面视察捕鱼,我们封锁该镇,设置好埋伏。过了三四个钟头,敌人乘两艘木船回来。当他们进入伏击圈,我们突然开枪射击,很快地结束了战斗。警察全部举手投降,一个日本人腰部受重伤,另一个日本人跳下水,藏到柳毛子里。待我们把他拖上船时,他又企图抢夺我们的枪支,我们立即开枪将他打死。那个负重伤的日本人不久也死去。在这次战斗中,我们共缴获三十多支枪,击毙两个日本人,杀死了群众所痛恨的一个特务,晚间撤离了该镇。

10月,队伍准备回到饶河山里去,因为封冻后在沼泽地区已不能继续活动,等树林落了叶,沼泽地封了冻,就对敌人的行动有利了。但当回到饶河山里后,敌人在秋季到山里把我们种的地大部分都破坏了,粮食没有存下来。落雪后敌人利用最有利的条件到山里来围剿游击队,他们可以根据雪地里的足迹来追赶抗日游击队,我们已不能在同一个山沟里停留上两天,也无法住房子。敌人到处追赶使得我们根本不可能修建房子,粮食是分散地贮存一些,但不可能久住在存粮食的地方和附近,这时只有和敌人转圈子,在一个地方背满了吃的东西(可吃十来天)到另一个贮存粮食的地方去。但往往是和敌人打了一仗就无法到达原定地点,在困难的情况下,队伍中不坚定的分子逃跑、投降了敌人,随后又领着敌人来破坏粮食。所以冬天很多时候是挨饿的。

苞米粒子、冻土豆子、萝卜已经成了最上等的供应品。干青菜、榆树皮煮的粥也是求之不得的,根本吃不到东西的时候是不少的。山里本来可以打野兽,但为了保持自己的行进路线是不敢打枪的,甚至有时成群的野猪在队伍的跟前跑过也不敢开枪。在这种情况下,少数队伍被迫越境到了苏联。由于第三团团长叛变投敌,这时饶河山里已经成了敌人最注目的地方。队伍不得不避开这一带,到敌人意料之外的地方活动。一次是由王汝起师长带队伍到抚远去搞些粮食,不过这次行动不是很顺利,在返回的途中曾和敌人打了一次遭遇仗。敌人有日军、有伪军。因为我们在平原上,只有利用小树林作依托来和敌人作战,到黄昏后才退出战斗,返回饶河。尔后又向虎林前进。虎林是敌人国防要塞地带,日本人抓了很多劳工给他们修国防工程,七军一师配合五军三师曾突然袭击了工棚,带出了二百多名工人,并夺得了不少粮食。有了这些粮食就可以和敌人绕大圈子,工人中有一些参加了游击队。有些工人顽强得很,他们因为没有经验,脚冻了,膝盖以下完全变成了黑色的,但还是坚决跟着队伍行动,直到最后还表示对日本帝国主义无比仇恨,感到自己为救国而牺牲是光荣的。

1939年冬由于冻饿而死、伤、逃跑、投敌以及越境到苏联等原因,使七军第一师减少了将近50%的力量,到1940年春七军一师只有七八十人了。

在1939年冬季最困难的情况下,第七军军长景乐亭竟动摇、企图投敌,他和队伍中俘虏过来的伪军士兵商量,要和日本人取得联系,叛变投敌。这件事被党小组察觉了,很快反映给七军政委王效明同志,并迅速地报告了第二路军总指挥周保中同志。周保中同志于1940年4月到达饶河之后,逮捕了景乐亭,处以死刑。

1940年春,第二路军总指挥周保中同志和副总指挥赵尚志同志在第七军着手整编工作,将第七军改编为第二路军第二支队,王汝起同志为支队长,王效明同志为政委。王汝起同志5月牺牲后,由王效明同志任支队长兼政委。原来第一师改编为第一大队,刘雁来为大队长;第三师改编为第二大队,隋长清为大队长,李永镐为政委;原军部警卫连改编为教导大队,崔勇进为大队长,彭施鲁为政委。整编完毕后,准备在春季重新到"大旗杆"一带活动。王汝起所率之第一大队于五月内从饶河往同江县的"大旗杆"途中得知伪军两个排护送着木材营业者到饶河山里伐木,遂决定在大代河设置埋伏。这次战斗进行极其激烈,击毙敌人三十余名,夺得轻机枪一挺、步枪十余支,但我方伤亡也极大。支队长王汝起同志在这次战斗中光荣牺牲。战斗结束后,我们曾在很多木业工人帮助下,掩埋了牺牲者的尸体。但在我们走后敌人又从饶河出来,把尸体都挖了出来,利用叛徒辨认出了王汝起同志,又把王汝起的尸体运到饶河城里作为他们宣传的资本。

1940年夏、秋两季,第二支队的大部分都活动在"大旗杆"一带。这个地方位于同江、富锦、宝清之间,是一片广阔的沼泽地。当时还在宝清地区发现了原第六军的景副官与李连长率领的十余人在那里活动,他们是在作战中和自己的队伍失掉了联系的。六军当时已转向北满,而他们在宝清以东的沼泽地带里隐蔽了一年多,依靠种大烟的人给他们偷送粮食,未被敌人发觉。这次他们和第七军相遇,对双方都是一件又惊又喜的事,以后他们就和我们在一块活动。

夏季时,第二支队曾组织了一次攻打富锦县第四区所在地柳大林子的战斗,那里住了三十来名警察。我们虽已在拂晓前攻入镇内,但伪警察仍依靠其院墙抵抗,我们始终没有能够将他们消灭。我们只好以一部分人封锁他们,以另一部分人征收粮食,没收了几家地主的牛马,然后撤出。我们进入沼泽地后,就将牛马全部杀死,架上火堆烤肉干,作为长期的给养。

当时,我们也开始了对宝清县伪军的瓦解工作。于该年10月间,住在宝清五区七星河镇伪军三十团的一个机关枪连,以杨清海为首,还有胡景全、高海山、杨振华等几名骨干,要求我们接应起义。他们计划好了之后,就派胡景全和高海山二人偷着来到"大旗杆",向我们说明了起义的计划。我们当即决定由第二支队支队长王效明亲自率领队伍前往,在那里打死了他们的连长和日本人,号召该连士兵跟他们一同起义。带出重机枪三挺、轻机枪两挺、步枪一百余支,并携带出大批军用品与粮食。我们迅速地退到宝清东部沼泽地里。日本人第二天就派出了三架飞机追击,对我们进行扫射和轰炸,物资和马匹都稍有损失,新出来的伪军在中途逃跑了不少,最后只剩下十余人参加我军。

当回到饶河时已开始封冻,饶河的敌人已开始封锁山里的主要地区。我们的粮食供应不上了,吃自己带回来的肉干。天天吃肉干也是很不好过的,便回到我们贮藏青菜的地方。那里的萝卜都被敌人从菜窖里挖出来用刺刀切碎了,我们也只好把它装在自己的背篓内,每人靠这十来斤萝卜维持三四天。后来把萝卜缨子都搂起来吃了。在艰难困苦的情况下,逃亡投敌的情况不断发生,有的叛徒领着敌人把贮藏的粮食破坏得精光。

为了摆脱敌人,我们准备出击密山。每人带了点自己烤的鱼干,向密山前进。每顿饭只吃两条三四寸长的鱼干,什么鱼头、鱼尾巴都吃到肚子里去了。过了两三天都闹一样的病,大便便不出来。但为了胜利,每个人都能坚持到底,毫无怨言。

密山是敌人移民屯垦区,有不少新由日本和琉球群岛移来的日本人。当我们到了密山北部时,进行了简单侦察,突然向一个日本人的屯子袭击。那里居住的日本人有少数武装,好像是退役军人很多,着军装者不少。当我们袭击时,因为我们不熟悉地形情况,封锁得不严密,使得那里大多数居民逃跑了。但我们获得了大批军用棉大衣和粮食,用那里的牛、马驮着粮食迅速退出密山,返回饶河。因为所得的粮食都是大米、白面,又有牛、马肉,游击队员们过了半个多月的好生活。在返回饶河时,为了迷惑敌人,由我和崔勇进率领教导大队向宝清前进,准备在密山至宝清的公路上扰乱敌人的运输。在中途遇到敌人住在山里的测量队,并对其进行了一次夜袭,随后即返回饶河。

当我们全部返回饶河后,敌人封锁得更严了,差不多每天都和敌人相遇。山上的雪下得一天比一天大,粮食一天比一天少。最艰苦的是雪夜行军,没有吃的,走路非常吃力。雪下得很大,前面的足迹很快被雪盖起来了,掉队的就无法再寻找到队伍,每天都有几个人因冻饿而死,或被敌人俘虏。到 1940 年 11 月底,原来第一师的人只剩下了三十多人。敌人依然是每天跟踪追击着,能够吃的东西都吃光了。在这种情况下,第二支队被迫越境到了苏联。

为了在根据地饶河保留一个小的立足点,决定第二支队第一大队大队长刘雁来同志率领二十余名同志留在饶河。他们在饶河山里一直坚持到 1943 年底,成了那个时期由苏联派回东北小部队的一个重要联络站,他们为抗联继续搜集情报,做了很多工作。

七军第一师是一支在游击活动上极其活跃的队伍。本来在 1938 年后抗联已进入了艰苦阶段。但在 1939 年、1940 年两年内有过智取抓吉镇、夜袭杨木林子、大岱河伏击战等战斗。这都是在我们兵力不超过敌人的情况下所取得的胜利。第二支队攻打柳大林子,接应宝清伪军的起义,奔袭密山等也都是对日本侵略者的重大打击,这些胜利极大地鼓舞了抗联战士的斗争意志。最后于 1940 年底,在不得已的情况下越境以保存实力。这个行动也是正确的,这对于坚持对日本帝国主义的长期斗争,争取东北的解放都有其实际意义,而且的确发挥了他们的作用。

在回忆第七军第一师活动历史时,不能不使我对在第一师的斗争史上有极大功绩的、最后在 1940 年春天饶河山里大岱河伏击战中光荣牺牲的师长王汝起同志表示沉痛的哀悼。

东北抗日联军的训练史料

东北抗日联军开始创建于 1933 年，是继东北人民抗日义勇军遭受失败之后由中国共产党独立创建起来的一支队伍。最初曾由党中央授予工农红军的番号，以后又改称为东北人民革命军。八一宣言发表之后，为了广泛建立起反日统一战线，把东北各地的抗日武装都吸引到共产党的周围，根据党中央的指示，将在东北境内的抗日武装部队统一整编为东北抗日联军。在 1936 年 2 月先编了六个军，到 1937 年共编了十一个军，总数达三万人，是抗日联军的鼎盛时期。

抗日联军的经常性训练工作是利用游击战争的间隙进行的，干部的培养则是选送优秀的人才去莫斯科学习。到了 1936 年，由于部队的扩大，各军深感干部的奇缺，才开始成立教导队，培训基层干部。1936 年北满抗日联军总司令部成立之后，于翌年 5 月在松花江北岸的汤旺河沟里的伊春河畔成立了北满抗日联军军政学校，由北满抗日联军总司令赵尚志兼任校长，由总政治部主任张寿篯（李兆麟）兼任教育长。由于战斗频繁，学校的授课地点无法稳定下来，但还是坚持办了三期，每期三个月。三期的授课地点分别在伊春河畔、乌敏河畔和翠峦河畔。学习内容是军事政治。政治教育的目的是提高学员的政治思想觉悟，坚定抗日救国决心，要讲授一些马列主义基本知识。军事课是制式教练、射击、刺杀以及游击战术等。这些学校先后训练了一百多名军队干部。抗日联军的第三军和第六军的团一级领导干部大部分都在这里学习过。这个学校还为地方党组织培训了一些干部。

到了 1937 年秋，抗日联军第二路军总指挥部成立了，根据部队的要求,决定成立抗日联军下江教导大队,由第五军派出干部和教员负责训练工作。教导大队设在宝清县,大队长是宋长安,他还任军事教员。他们聘请了当时第五军第三师的政委季青同志担任政治教员。文化课教员是一位女同志叫李志雄,她还兼任政治教育辅导员。学员共一百人,他们来自第五军、第六军、第七军和第九军。各军来的学员分别编为分队,由他们自己推选出自己的分队长。

这个教导大队从 1937 年 10 月 1 日开学到 1938 年 3 月底结束,学习期限为半年。学员一开始是自己修建教室,他们为了安全起见,花了二十天时间,挖了一个大山洞,准备在里边上课。因之正式开始上课是在 10 月 20 日。

课程分军事课、政治课和文化课。军事课为制式教练、技术和战术;政治课是讲授社会进化论、中国近代史和中国革命史。政治教育的目的是使学员坚定地树立抗日战争胜利的信心和共产主义的人生观。文化课则按文化程度分编为两个班,将有阅读能力的编为一个班,学习语文,另一个班则为识字班。

每天上课八个小时,两个小时军事课、两个小时政治课、两个小时政治辅导课、两个小时文化课。

李志雄同志还负责教导大队的文化娱乐活动,根据学员们的意愿她还利用现成的曲子填写了一首《联军下江教导队歌》,可惜的是歌词没有被完整地保留下来,根据能够查到的材料我将其中完整的两段,抄录如下:

一

十月二十民国二十有六年
石灰窑前南山里,革命之源泉。
正式成立教导队,各军精强汉,
联军下江新气概,寓于此峰间。

二

我东北父老兄弟共有三千万，

日本强盗来蹂躏，谁个肯心甘！

男女老幼齐奋起，誓与敌人战！

白山黑水知疾风，革命奏凯旋。

尽管这首歌词在艺术性上不能说是完美的，但当时的学员很爱唱它，而且在回到自己的部队之后还教给自己的战士们唱，说明歌词内容确实是反映了自己的心声。

在 1936 年的 7 月，东北抗日联军北满总司令部还成立了唯一的一些电视学校，地址在松花江以北伊春地区的八浪河谷。由第三军的通信科长于保合任校长兼教官。接收比较年轻的略有文化的战士，通过训练使学员比较熟练地掌握收发报技术。

以上这些材料，是根据东北三省的党史工作委员会编写的《东北抗日联军斗争史》草稿，以及原东北抗日联军第五军政委季青同志创写的回忆录《于无声处听惊雷》，重新整理出来的。除此之外，据我所知，东北抗日联军第四军在 1937 年冬至 1938 年春曾在黑龙江省宝清县大叶子沟山里办过一期教导队，学员五十人，教导队长为第四军第二团的参谋长李德润，训练期限为三个月。在 1940 年，当东北抗日联军第七军编为第二支队时，成立了一个教导大队，大队长是朝鲜族干部崔勇进，大队政委是彭施鲁、金品山。在 1940 年，因战斗频繁，环境艰苦，教导大队实际上还得经常参加战斗，时而在富锦县境，时而在密山县境。他们在参加进攻富锦县柳大林子警察署的战斗之后，又去宝清县七星河镇策应伪军第三十团机关枪连的起义。随后又长途行军一百里到密山县境，攻打了东二道岗的日本移民开拓团，实际上多数时间是在战斗中锻炼干部，只有少数时间用于讲授些政治课及游击战术等。

抗日联军其他各军也都办过教导队，据《东北抗日联军斗争》原稿中都能查到的资料:1937 年 9 月第二军第四师教导团三队在延边地区的柳河与日本军守备队及伪军交战,击毙日军大队长以下十人;同年 10 月,第二军政委魏拯民指挥第二军教导团,独立旅和六师第八团共同攻克了东满辉南县城;1938 年 2 月第一路军总指挥杨靖宇指挥第一军教导团袭击辑安县城等。由于没有文字记载可查,他们的具体训练情况无法在此介绍。

东北抗日联军教导旅是抗日联军的一次有重要意义的集训形式。到了 1940 年底,东北抗日联军大部分退出苏联境内,本来预定在 1941 年春返回东北, 但是由于在那年 4 月苏联和日本之间订立了中立条约,苏联同志劝阻了抗日联军实现这一计划,建议抗日联军应以集中整训为主,以准备在时机有利的情况下再投入战斗。因此,从 1941 年春季开始,东北抗日联军的队伍除了一部分仍坚持在东北境内与日军做斗争外,部分人集中在苏联境内远东地区伯力和双城的两个城市附近的北野营和南野营两个地方进行整训。1941 年 6 月,当苏联战争突然爆发之后,为了防止日军和德国从远东地区进攻苏联,远东地区的部队都进入了一级战备,抗联部队的整训工作也加快了步伐,抗联部队的作战形式将会是在东北境内以敌后游击战争方式打击日本侵略者。并以此和正面作战的苏联红军相互配合,整训中的训练内容除了射击、刺杀、投弹、连以下的攻守战术外,还特意增加了爆破、地形学中的地形识别和按方位角运动、游泳等。1941 年的 7 月,又专门以一个月时间进行了空降训练,每人都进行了十次以上空中跳伞练习,取得了非常良好的成绩。在冬季,又增加了滑雪训练,包括滑雪急进以及在穿滑雪板时的射击动作、进攻战斗动作等。

到了 1942 年的夏季,经苏联最高统帅部的批准,将抗日联军在苏联境内南北两个野营的部队集中到伯力城附近的北野营内,合编为东北抗日联军教导旅。同时,为了确保有一个正常的渠道,并按照苏军的统一标准以保障生活和训练武器与其他物资供应。苏联最高统帅部还授予了抗日联军教导旅以苏联红军远东红旗军第八十八旅的番号,任命原东北抗日联军第二路军的指挥周保中为旅长，授予中校军衔；任命第三路军总指挥李兆麟为政治委员，授予少校军衔，旅下编了四个步兵营和一个无线电营、一个迫击炮连，每个营下建两个步兵连，全旅共一千五百人左右。任命金日成、王效明、王明贵、柴世荣、金策、安吉、季青、姜信泰等为营长和营政治委员，营级干部多数为大尉军衔。旅司令部、政治部和后勤部则基本上由苏联军官组成。为了协助抗联领导同志进行训练工作，还任命了苏联军官任副旅长、副营长和副连长以及旅参谋长、营参谋长的职务。这些苏联军官都是颇有部队训练经验的优秀干部，还有些是从战争前线调回来的营连干部，为的是把最新的作战经验充实在军事训练之中。

抗日联军教导旅成立之后，因为有了较多的苏联军官的协助，训练效果有了明显的提高。按照抗日联军领导人和苏联远东军区领导机关的设想，在苏联对日本战争开始之后，需要将东北抗日联军的部队扩编为六万至十万人，要分别在不同的方向协同苏军消灭日寇。根据这个设想，抗联教导旅的所有战士不只是要熟练掌握步兵轻武器的射击技术、刺杀、投弹、土工作业、爆破等技术，还应学会连以下的进攻和防御战术。所有军官都要学习营团战术并学会必要的地形学知识。至于夏季的游泳、冬季的滑雪，也是不可能少的辅助训练。空降的训练共进行过两次，这样的训练必须在附设有良好的空降场地的飞机场进行，因此每次都是集中在一个月之内进行完毕。抗联教导旅就是根据上述这些要求制定出每个年度的训练计划，再分季度付诸实施。

训练效果最好的，还要数无线电通信营的同志们。在这里学习的都是二十岁以下的男女战士，他们多为小学文化程度，至少有二至三年的抗日游击战争经历，深感无线电通信联络的重要性。他们学习非常刻苦，敲电键的嘀嘀嗒嗒声昼夜响个不停。他们的学习和实战的结合非常紧密。他们经常被派出，跟随十五个侦察小分队深入东北境内靠近日本军的营房、飞机场、重要的铁路、公路桥附近进行秘密活动。所以发报的技术都经过各种恶劣环境的考验。

　　1945 年 8 月 9 日苏联对日宣战,东北抗日联军教导旅的全体人员立即投入了为解放东北全境与日本帝国主义的最后决战。

　　早在 1945 年的 5 月,苏联远东方面军情报部长索尔根少将约见了周保中旅长,向他转达了方面军司令员普鲁卡耶夫大将这样的作战意图:"预想在东北境内对日军作战,将会是相当长时期的和残酷的,建议抗联教导旅随着苏军的战争进展情况,在东北境内扩大队伍,成立一支十万人的军队,并参加解放全东北的内蒙古的战役。"依据这一精神,在周保中旅长和李兆麟副旅长共同主持下具体制订了反攻作战计划,决定以抗日联军现有干部为领导骨干,建立起六万人至十万人的一支武装力量,以便参加大规模对日作战和开展敌后活动。预计将抗联部队按作战任务划分为三个部分:第一部分是一直在东北境内执行侦察任务的各小分队。除进行侦察活动外,要相机地扩大自己的力量,按指定地点开展敌后游击战争,联合苏军作战。第二部分是准备在战争开始的同时空降到敌人后方执行战术侦察任务,配合苏军作战。第三部分就是抗日联军主力部队随同苏军一同作战,具体的作战方向将在佳木斯地区。

　　在 1945 年 8 月,苏联正式宣布对日战争开始之时,上述的第一部分和第二部分人员都已进入了紧张激烈的战斗行列之中,他们都出色地完成了自己的任务。不少同志还光荣地献出了自己的生命。除此之外,还有一批人被派到苏军的第一线部队担任翻译和向导工作。但是,由于战争进程出人意料地缩短了,东北全境各大中等城市几乎在十天左右时间内都已处于苏军控制之下。因之,将抗日联军主力仅仅使用于一个狭小地区的作战计划,显然是不适应了。与此同时,已处于苏军控制之内的各大中城市,又迫切需要加强力量维护治安,肃清日伪残余势力,而这样的工作,没有抗日联军的大力协助,是难以做好的。有鉴于此,苏联远东军总司令部在与中国抗日联军的领导同志研究之后,决定改变原定计划,而将抗日联军的主力分别编入十一个地区委员会之内,迅速进入长春、沈阳、哈尔滨、吉林、大连、佳木斯、牡丹江、齐齐哈尔、绥化、海伦、北安，协助苏军进行维护治安、消灭日伪残余势力的工作，在各地区工作委员会之下，又分出若干个小组，分别进入所有的重要县城。这样一共组成了五十七个工作组。这些地区工作委员会和各工作组的主要负责人都被任命为该地区苏军卫戍司令部的副司令员。同时，中国共产党东北党委员会还赋予各地区委员会和工作组织以自己的任务，这就是：寻找党的地下组织，设法和党中央取得联系；寻找失散在各地的抗日联军战士，组建自己的武装部队，贮存武器弹药，准备和企图夺取胜利果实的国民党相对抗；设法和八路军、新四军取得联系，迎接他们进入东北。在执行上述各种战斗任务中，抗联教导旅几年内的训练效果受到了全面的检验，他们在环境复杂、政治斗争尖锐的条件下胜利地完成了自己的任务。

东北抗日联军教导旅是在抗日战争时期为了与日本侵略者做斗争，恢复我国失地而在苏联军队的直接帮助下建立起来的，受到了斯大林同志的关怀，效果显著地完成了训练任务，最后又协同苏军对日军作战，消灭了日本的关东军，解放了全东北。这些在我军训练史和作战史上都是具有特殊意义的。在中苏关系史和中朝关系史当中都是值得书写在内的。

东北抗日联军和
苏联远东军关系的回顾

在 1938 年之前,东北抗日联军及东北的中国共产党各省委,都未能和苏联远东军或远东地区的苏联共产党建立联系。这个现象似乎不太正常,因为很多队伍活动在中苏边境地区,如松花江北岸的萝北、绥滨县,松花江南岸的富锦、同江县,乌苏里江西岸的饶河、虎林、密山、抚远等县,东满的汪清、珲春等县。此外,在莫斯科还有中共驻共产国际代表团,它在 1933 年至 1937 年之间一直领导着东北各省和抗日联军的几个主要领导人。但这些都未能帮助东北抗日联军从苏联远东军处取得任何帮助。据我所知,有少数抗日联军领导人,如第七军的军长景乐亭、参谋长崔石泉(崔庸健),第六军师长陈绍滨等,曾多次穿越国境线,并在苏联边境停留若干天之后,又返回部队,但这些只是他们个人与苏联边防军之间的情报交换关系。

到 1938 年春,日军开始对东北抗日联军进行大规模"围剿",并使我们遭受重大挫折之时,抗联有些领导人才开始谋求苏联人的援助。这时,中共北满省委决定派第三军军长赵尚志去苏联寻求援助。赵尚志曾是大革命时期黄埔军校的学生,而当时的苏联远东军区司令员布留赫尔元帅曾在那时的黄埔军校授过课,是孙中山请来的军事顾问,当时称之为加伦将军。赵尚志想凭借过去的师生关系取得苏方认可,于是就写了一封信给布留赫尔元帅来推荐自己。但不幸的是,1938 年春天,这位元帅正在国内接受一场肃反运动的审查,他被怀疑为日本奸细,不久被处死。赵尚志当时不仅未受到朋友式的接待,还因此被长期关押受审,直到 1939 年才被释放回国。

和赵尚志命运相似的,还有抗日联军第六军军长戴鸿宾和第十一军军长祁致中。戴鸿宾是在赵尚志越境几天之后,因与日本军作战失利而被迫率 500 名抗联战士越境。部队被苏军缴械,绝大部分人被遣返新疆。祁致中是计划在东北建兵工厂,想从苏联求援些军工设备,因此进入苏联境内寻求苏联的支持。他们两人都被苏军扣留,并和赵尚志关在同一个狱室。

第一次伯力会议

抗联另一位领导人冯仲云则比较幸运,他在 1939 年 9 月以中共北满省委常委的身份,在中共下江特委书记高禹民的护送下进入苏联境内。也许是苏联人此时已经从对赵尚志、戴鸿宾和祁致中等人的审问中得知抗日联军的许多情况,由此确信有个中共北满省委在领导着这支武装队伍,而且冯仲云是个重要领导人。因此他们有礼貌地接待了冯仲云。当时冯仲云还不知道赵尚志已在此前的 6 月间率领戴鸿宾、祁致中,还有 100 来名战士返回东北。因此,他向苏联人提出三点要求:一是将赵尚志释放回国;二是请苏联人向抗日部队提供武器援助;三是请苏联人帮助打通和延安之间的联系。对此苏联人答复说:赵尚志已经率领部队回国;打通和延安之间的联系问题他们可以报告莫斯科;至于提供援助问题,他们说事实上已在执行,因为赵尚志率队回国时所携带的步兵武器全都是日本的最新武器,今后会继续这样做。除此之外,苏联人还向冯仲云提出建议,东北抗日联军应该有一个统一的领导机构。冯仲云认为这个建议很好,但这样的问题须由东北的中共吉东省委和北满省委共同商议才能做出决定。目前的情况是,我们和中共吉东省委的负责人周保中很难联系上。如果有办法找到周保中,苏联人很愿意在苏联境内和他会见,共商大计。在这一情况下,周保中直到 11 月才到达伯力。接着在 12 月间,赵尚志因部队在战斗中屡次受挫,重新返回伯力,这就形成了周保中、冯仲云和赵尚志之间的三人会谈,他们把这称之为中共吉东、北满两省委联席会议,东北的党史工作者称此为第一次伯力会议。会议除了讨论如何在极为严峻的形势下坚持抗日游击战争的方针之外,还就如何争取苏军援助方面取得共识,即在未取得同中共中央的联系时,争取获得苏共边疆区党组织的指导和支持,这些都得到了苏方的认可。同时,由苏方指定一位苏军少将王新林(瓦希里的谐音)和一名校官海路为固定联系人,从此才开始了东北抗日联军和苏联远东军之间的工作关系。稍微遗憾的是,抗联第一路军总司令杨靖宇一直战斗在南满地区,距中苏边境较远,因而一直未能和苏联人取得联系。

第二次伯力会议

尽管在 1938 年东北抗日联军遭受过重大挫折,东北的抗日游击斗争在 1939 年至 1940 年的两个夏秋季节里依然是活跃的。在小兴安岭西麓,抗联第三路军曾成功地袭击过克山、讷河、肇东等县城;在松花江南岸的三江地区,抗联第二路军曾成功策反驻宝清县伪军第30团的机关枪连起义,而且袭击过富锦县柳大林子镇和密山县的日本开拓团,都夺取了相当数量的武器、弹药和粮食,使日本关东军颇为震惊。但一到冬天,我们却完全处于被动挨打地位,人员伤亡较大。抗联向苏方提出,如果冬季能在苏联境内休整,而一到春季来临时重返战场,是最理想的方案。但苏联人没有明确同意这样的方案,因为这极有可能增加苏日之间的纠纷。

到 1940 年 10 月,苏联远东军用王新林的名义发出电报,要求抗日联军军以上领导人到伯力市开会,并说届时将有中共中央代表莅临。因此,在 11 月至 12 月期间,周保中、李兆麟等陆续在部队的护送下分别从萝北、饶河、珲春等边境地带来到了伯力市。这时在东北境内依然保留了为数不多的游击队伍。

1941 年 1 月,王新林告知周保中和李兆麟准备开会。当时大家都

我的回顾

以焦急的心情等待和中共中央的代表见面，但王新林却闭口不谈此事。经过一再追问，王新林才解释说，实际上并没有中共中央代表要来，不过我们确有必要请大家来共商东北抗日联军今后行动大计，但无法用远东军的名义召开这样的会议，请大家谅解。周保中在表示遗憾之后问，既然是这样，那会议又怎样的开法？王新林答，由我参加和大家共商大计。周保中说，这不合适，如果有中共中央代表到会，理应由他主持这样的会议。现在并没有中共中央代表到会，这样的会只能是抗日联军各部领导人自己人共同商讨的会议。在此阶段如果王新林参加进来，肯定大家是不会畅所欲言的。应该是在开始阶段先开抗日联军领导人的内部会议，尔后再综合大家的意见，并和苏方共同商讨决定。紧接着，为慎重起见，周保中和李兆麟共同签署了一封给王新林的信，以书面形式表达上述的意见。王新林原想由他来主持控制会议的企图遭到了拒绝，这引起了他极大的不满，导致会议无法马上召开。

在此期间，王新林采取了另外的途径，以求实现自己的主张。他找这些抗联领导人进行个别交谈，宣传他的主张，争取他们的支持。而周保中在和自己的战友们接触中得知王新林的谈话内容：王新林想找一位苏联将军担任东北抗日联军总司令，还说东北抗日联军应该和中共吉东、北满省委脱离关系，也就是说不要受中国共产党的领导。

周保中听到这些意见后，显然有些不悦。他反复思考了王新林的主张，又一再地摇头，表示自己的忧虑。他逐个地给自己的同志分析情况讲清道理。他说，王新林的这两条意见都不能接受。如果照这两条做下去，那就不会再有东北抗日联军的存在。我们这支武装队伍是由中国共产党人创建的，怎么能不要中国共产党的领导呢？再说，由一个苏联人当我们的司令，他能够当好吗？他会按照我们党中央的指示办事吗？当有的同志说苏联人拿国际主义的原则来劝说我们时，周保中说，共产党人是讲国际主义的，但是当国际主义的行动有时会损害到另一方的国家利益时，就要加以分析。譬如说苏联对我们的援助是履行国际主义义务，但这个行动是有一定限度的，这个限度就是不至于触发日本人的愤怒,引起国际纠纷,从而影响到苏联远东地区的安全。苏联人对我们的援助也是国际主义的行动,但是在这一行动中要把抗日联军的指挥权交到苏联人手里,而且要使这支队伍脱离中国共产党的领导,那就会不同了。试想,那样的话,这支队伍还能够为东北人民的解放而不懈地战斗吗?

经过这一谈话之后,抗日联军的领导人都明确拒绝了王新林的提议。这使王新林大为不满,他直接找到周保中谈话,谈话的气氛几乎是在吵架。周保中则冷静地说,如果你王新林一定要坚持自己的意见,那么预定的会议就没有必要开了,我们将会带领我们的抗日游击队立即返回东北战场,即使我们多数人会在与日本侵略军的战斗中死去,也是光荣的。

事情陷入了严重的僵局,谁也说服不了谁。这种状况拖延了一个月之久。这期间,苏联人只是礼貌地表示着友好姿态,还送来了好多列宁和斯大林的著作,却没有人再提起实质性话题。

在经过了近一个月的沉闷之后,转机终于来了。苏联校官海路领来了另一位索尔金少将和周保中等人见面。海路解释说,王新林同志已有职务上的调动,上级指定由索尔金将军接替他的工作。为了今后称呼上的方便,中国同志依然可称呼他为王新林同志。

周保中这时已经猜测到事情可能发生了变化。果然,这位王新林没有以前那位王新林那样盛气凌人的样子。他在听取周保中陈述自己意见时,不断点头称是。

周保中说,东北抗日联军虽然遭受了严重的挫折,但事情是会扭转的。从1939年至1940年两年中,我们在夏秋两个季节里,在与日本军的战斗中,曾取得不小的胜利,只是在冬季处于被动局面。现在我们要总结这几年的战斗经验,如何度过严冬的恶劣环境。比如说,如何在深山老林里贮备足够的粮食,可以把冬季变成我们的休整期等。我们认为,无论如何困难,我们的战场永远是在东北大地上。在这个战场上保留一支活跃的抗日武装,对苏联远东地区的国防安全也是有利的。

再说,这支武装力量一直是由中国共产党创建和领导的,尽管它一直未能和关内的八路军取得联系,但它依然是整个中国抗日战争的一个组成部分,这支队伍不能在另一种形式下被取消了。

王新林表示,他基本同意周保中的意见。至于在冬季所遇到的困难,苏联依然会伸出援助之手。对于那些由于敌情所迫而退入苏联境内的抗日游击队,苏方也会安置他们临时整训,并在他们认为有利的时机重新返回东北战场。这支队伍依然要保持中国共产党的领导权。不过,我们也有一个想法,希望得到你们的支持。周保中说,你尽管说。

王新林说,在东北地区驻扎着 70 万日本关东军,这对我们远东地区是一个最大的威胁,或早或晚,我们将不得不面临日本军队的入侵。因此,我们一直不断地加强在东北境内的情报工作,你也知道,在最近的两三年中,不断有东北的抗日队伍在战斗失利的情况下撤退到苏联境内,我们已从这些队伍中挑选出一部分人,为我们做情报工作。有些人干得非常出色。我希望你支持这项事业,可否再给我们一批人,充实这一工作。因为他们都是经过长期战斗锻炼的,勇敢、机智,我们无法从其他方面寻找这样的情报人员。

周保中听到对方这样诚恳的要求后,会心地笑了起来。他说,我完全理解你的要求,我会同意这个做法的,我们将说服一些同志参加你们所需要的情报工作,这毕竟是为了战胜日本侵略者的共同需要嘛!不过,我们之间应该商定一个原则,这样的工作毕竟是极为保密的,他们在此期间应该是在你们的直接指挥下工作,我们不会再和他们保持隶属关系,但必须保留他们抗日联军的军籍。在他们完成任务之后,可以随时返回我们的队伍。王新林说,我非常感激你们的承诺。周保中又说,在此之前的那位王新林,说什么苏联人要当抗日联军总司令,要中国共产党组织不再领导这支抗日武装,我真担心他会把这支队伍完全变成苏军的情报支队!王新林说,我对我的前任不便加以评论,让我们重新开始合作吧!

从此之后,双方在交谈中有过对不同意见的互相讨论,但没有争吵了。到 1941 年 1 月中旬,周保中在和抗联十多位领导人取得共识之后,在王新林的同意下,召开了只有抗联领导人参加的会议。经过两至三天的会议,形成了几项决议:(1)此次会议的性质,是中国共产党东北地区代表会议。(2)为实现东北地区的集中统一领导,由各省代表选举东北地区中国共产党临时委员会。委员暂定为 3 人,委员候选人为:魏拯民(原南满省委书记)、周保中(原吉东省委书记)、金策(原北满省委书记),并从全会直接选举书记一人。临时机关暂设在伯力市,另外请求一位苏共同志给予工作上的指导。(3)派遣一名代表在苏联的协助下,去延安寻找党中央。(4)建立统一的总司令部,推选周保中为东北抗日联军总司令,李兆麟为副总司令,魏拯民为政治委员。此项有待中共中央正式批准。

上述各项议定,因当时实际情况,未能全部实现,但反映了东北抗联各部队的一个共同愿望, 即东北的抗日游击战争一定要坚持下去;坚持中国共产党对抗日联军的领导权;建立统一的指挥机构。这些事项通过不断和苏方代表王新林的协商,获得了他的认可。

这时已到 1941 年 2 月底了, 会议的前后过程实际上用了两个多月,可见其艰苦程度。但大家对会议的结果是满意的,尤其是认可周保中所发挥的主导作用。事后不少人回想起在开会的最初阶段,周保中顶住了第一个王新林的压力,坚持了独立自主的原则,保证了东北抗日联军的原有性质不被改变,这是其他人很难做到的。在尔后的东北抗日联军教导旅的组建过程中, 他的作用还赢得了许多苏联人的赞赏。

到 1941 年 3 月下旬,这支抗日部队已开始分批返回东北战场。抗联第三路军的李兆麟、王明贵,抗联第二路军的王效明、姜信泰,都各自率领着一支分队返回东北境内投入战斗。但是到了 4 月中旬,苏方却告知留在苏联境内的抗联将士原地待命。同时,周保中也从伯力市赶到野营,向在那里继续整训的几百名抗联将士说明了真相。原来那时苏联政府已经和日本政府共同签署了《日苏中立协定》,因之苏联人已不可能协助抗日部队返回东北境内,以免引起苏日之间的纠纷。周保中说,这对我们来说,实在是无可奈何的事。因为此时苏联面临德国法西斯和日本法西斯两面入侵的威胁,而《苏日中立条约》可以暂时解除日本法西斯的威胁,对苏联的国防安全是非常重要的。在这一情况下,我们只能利用这一时期进行整训,提高我们的军事政治水平,等待有利时机再返东北战场。

教导旅的组建与训练

长期的整训工作必须有一个长期的训练计划,还要有一个完整的组织机构。筹备工作一直在极为保密的情况下进行的,主要运作者就是周保中和王新林。

1941年6月,正当两个野营展开紧张的军事训练时,希特勒发动了突然袭击,大规模入侵苏联。大家都很震惊。北野营立即召开了声讨希特勒法西斯的大会。周保中在发言中指出,德、日、意所组成的三个法西斯轴心国都是侵略成性的,在这一时刻,我们必须警惕日本帝国主义者从远东发动对苏联的入侵。因此,我们要加强军事训练,学好作战本领,随时准备投入对日本侵略军的战斗。我们的战场最大的可能依然是东北境内,即在日本人的后方狠狠地打击敌人。这个讲话立即赢得了一片掌声,群情激昂。

与此同时,苏军的许多部队也立即被部署在远东的国境线上。许多人兴奋地认为,我们会很快地和苏联军队并肩作战了。7月,北野营的全体抗联战士到伯力市郊区一个空降兵训练基地进行伞兵训练。大家对此极为兴奋,训练十分投入。在一个月的训练期内,每个人都从2 000米的高空跳伞10多次,没有发生任何事故。任务完成之后,重新返回北野营,继续进行正常训练。

1941年12月,日军偷袭珍珠港,引发了太平洋战争。这一形势的突然变化,使苏联暂时解除了对远东地区的忧虑。这时,王新林和周保中共同下定决心,要为野营人员制定长期的训练计划。周保中的想法是:将南野营的抗联人员全部集中到北野营来,组建一个教导团,并聘请苏联人充任教官。而行政管理工作则由抗联人员自己负责。周保中还认为,中国共产党的组织系统还应保持在这个教导团之内。王新林完全同意,并说,苏军的教官应该有足够数目,以保证训练质量。

苏联远东军司令部根据这些意见,制定了一个组建东北抗日联军教导团的方案,并上报苏军统帅部审批。最后,当这一方案送到斯大林的手中时,斯大林说,一个团的机构,经费有限,应扩大为教导旅,授予苏军正式番号,按苏军标准保证供应。王新林解释说,授予教导旅苏军正式番号的目的是:(1)为了保密,不使东北抗日联军教导旅的字样出现在苏军的上下公文之中;(2)为保证供应,今后这个旅的军需财务、武器供应都将正式列入远东军的预算之中,军官和士兵都享受与苏军同等的待遇,授予军衔,发薪金等。周保中说,我们只有近700人,与一个旅的兵员相距较远。王新林说,苏方将会在入伍新兵中把远东地区的东方少数民族战士补充在教导旅中,还会有一些华裔侨民士兵调进。这将使教导旅的员额达到1 500人左右。根据这一决定,王新林和周保中又重新修改了方案。

到1942年7月,南野营的全部抗联人员已转移到北野营,同时新来了一大批苏联军官。原北野营的人员不完全了解这些变化的原因,但还是很高兴地迎接这些新人。7月中旬,周保中和王新林一同从伯力市来到北野营,向南北两野营的人宣布了这个重大决定,并宣布了人事安排。他说,教导旅下设四个步兵营、一个通信营、一个迫击炮连。每个步兵营编两个步兵连,一个连为原东北抗联人员;另一个连由新入伍的东方少数民族战士组成。迫击炮连全部由东方少数民族战士组成。因其中绝大多数为纳纳依茨族,我们可以简称他们为纳纳依茨连。通信营编两个连,分为有线和无线电连。无线电连由抗联人员组成,有线电连由苏联人组成。人事方面:周保中任旅长,李兆麟任旅政治委员(均为少校军衔,1943年周保中升为中校),崔石泉为旅副参谋长 (大尉),冯仲云为旅政治部新闻情报科长(上尉),副旅长为什林斯基少校(1944年晋级中校)和巴达林少校,参谋长为沙马尔钦科大尉(后晋级少校)。四个步兵营的营长和政委为原抗日联军的军一级干部。

教导旅除设司令部之外,还有旅政治部、后勤部、军械处等,均由苏联军官少校一级任主官。此外苏军还设有内务部,相当于我们的保卫部,但不属于政治部,该部门在军队系统内受垂直的上级机关领导,部队的军政首长都无权过问他们的工作。

步兵营有苏军的副营长、参谋长、翻译和参谋等人。步兵连有苏军副连长、翻译、副政治指导员等人。这样一来,教导旅内的苏联军官共有近70名。

由于苏籍军官和士兵的数目相当多,因此苏共党员也相应增多。相应地就建立了苏共以及共青团的组织系统。教导旅设少校苏共党委书记,中共系统由崔石泉任党委书记。在苏军的制度中,党委书记是在旅长的领导下工作的,只做党务工作。

7月底之前,一切组织工作就绪,700多名新入伍的纳纳依茨族战士以及华裔战士也都编入了有关连队。全旅热火朝天地进行着队列训练,原抗联所有官兵都换了新军装并佩戴了相应的军衔。8月1日,苏联远东军司令员阿巴纳申科大将在王新林的陪同下来到野营参加教导旅的成立典礼,并举行了阅兵式。阿巴纳申科致祝贺词,宣读各级军政干部任命名单,授予部队的正式番号为"苏联远东红旗军独立第八十八旅"。

随后,全旅转入了紧张的训练工作。在9月内,全旅经火车运输到双城子附近的空降兵训练基地,进行了为期两周的伞降训练。在短期的空降训练之后,全旅转入了正常的步兵训练。主要科目为队列训练、步兵武器射击、刺杀、投弹。辅助科目为工兵作业(构筑阵地)、爆破作业、地形识图等。每周还有一部分文化课和政治课。随着时间的推移,步兵战术学习了步兵连的攻防战术。每年的夏季和冬季,游泳、武装泅渡、滑雪课,都成为重点课。在每年的秋季,远东军司令部都派出考核团到八十八旅进行考核,以队列、射击、连以下战术等为重点考核项目。每个冬季全旅要进行野营拉练、滑雪行军、雪地宿营、野外射击、战术演练等。1944年冬季还进行了步兵营进攻和步兵连防御的实兵演习,由王新林亲自指挥。总的来说,经过几年的训练,成绩非常显著。

1945年5月德国战败之后,远东的形势有了新的变化。有十多名参加过对德战争的军官被调到八十八旅任职,将最新的战斗经验传授过来,同时还带来了最新出版的步兵战斗条令。在5月和6月期间,凡是从伯力市返回野营的苏联军官,都会带来一些最新见闻:大批的西方前线部队转移到远东地区;大批的火炮和坦克经铁路运输呼啸而过等。这些都明显发出一个信号,即对日本军的进攻已迫在眉睫,大家对此兴奋不已。同时八十八旅的伙食标准有了提高,虽未正式说明,但有人解释说这是属于第二线作战部队的标准,黑面包变成了白面包,过去看不见的黄油摆在了早餐的餐桌上,午餐肉食的定量也增加了。在此之前是按后方部队供应的。这就使大家确信,我们会随时派赴前线的。每天晚饭后大家3人一撮、5人一团的自由聚会是最热闹的时候。谈论的话题多是:什么时候会开战?消灭日本关东军的一场战争会用多长时间?一年还是半年?八十八旅的作战任务是在前线还是关东军的后方?如果在后方,那么最好的空降区应在什么地方?8月初,开始有几十名八十八旅的干部和战士被调出,分别派到前线,为苏军担任翻译和向导,有的被分配到空降战斗组,但当时很多人对此完全不知情。

参战的原定计划又被修改

1945年8月9日,苏联政府对日宣战。8月10日,北野营的黑龙江岸边,停靠了一艘运输舰。我们事后才知道,苏联远东军司令部早就和周保中、李兆麟共同拟定了第八十八旅的参战方案。在苏联对日作战计划中,共投入100多万大军,主要有海参崴地区的第一方面军、伯力地区的第二方面军及后贝加尔方面军。第八十八旅配置在第二方面军序列之内。计划向东北派遣 57 个工作组,周保中、李兆麟以及冯仲云各率 20~30 余人进驻长春、哈尔滨和沈阳三个大城市,同时领导十余个县市的工作组。每个城市的组长都被任命为该地区的苏军卫戍司令部副司令员。之所以这样做,是借用这个名义在公开场合露面,可以引起当地人民群众的关注,也必然会引来当地的共产党秘密组织和原抗日联军失散人员前来联系,把这些人收拢在自己的周围继续开展党的工作并组建自己的武装队伍。除了恢复中国共产党的组织系统之外,还必须利用群众性的社会团体在我们的指导下进行活动。在政治斗争方面,今后主要的任务必然是与国民党之间争夺东北的斗争。周保中说,九一八事变之后,蒋介石以不抵抗主义来面对日本侵略者,整整 14 年国民党没有出一兵一卒在东北打日本,只有中国共产党的队伍坚持了 14 年的武装斗争。因此,国民党是没有脸面来见东北的乡亲父老的,我们共产党人却可以理直气壮地和国民党进行抗争。

开完这个会之后,各工作组于 9 月初进入了东北各目的地。我在 9 月 3 日率领 40 余人乘苏联军用运输机到达佳木斯市,并在第二天将应到依兰、勃利、汤原、方正、通河、富锦、宝清、鹤岗各县市开展工作的各二至三人用苏军汽车送达目的地。我则率 12 名干部和战士到佳木斯地区苏军卫戍司令部报到,并立即开展工作。经过几天在群众面前公开亮相之后,果然有人陆续找我,并说明了自己的身份。其中有自称是在依兰县委做过书记的;有在抗日联军第六军当过团长的;有从河北省委派到鹤岗煤矿开展工作的;有从山东解放区在日本军大"扫荡"中逃跑出来而流亡在东北做劳工的。他们都希望能重新开始为共产党工作。我一时无法查清他们的真实历史情况,唯一的办法就是交给他们工作任务,从工作中认识他们的政治面目和工作能力。当时他们当中有些人已经有了自己的武装队伍,都是在日本军溃逃之时,从这些散兵中夺取了武器之后,自发地组成了一支队伍。他们都以某地自卫队的名义,清理当地的汉奸、走狗,没收日伪财产,也有些人借机打、砸、抢,成分相当复杂。我就命令那自称为县委书记和团长的两人,让他们设法把这些队伍收编过来。不久以后那位团长说,他已收编了共2 000人的队伍。

那时,我还不知道八路军冀东部队在曾克林和唐凯的率领下已于9月上旬到达沈阳郊区。这是最先进入东北的一支队伍。但苏军不允许他们入城,理由是此前苏联政府与国民党政府之间曾有过协定,即在为期3个月的苏军占领期之内,不允许中国军队进入东北地区,以免造成军事管制上的混乱。当时抗联干部的代表冯仲云还未抵达沈阳。以后苏军得知他们是中国共产党的部队,并在他们改称为东北人民自治军之后,才默许他们的存在。同时苏军派一名代表在曾克林的陪同下乘飞机去了延安。中共中央这时才得知东北地区的最新情况,并立即决定组成中共中央东北局。首批人员在彭真的率领下很快乘飞机到达沈阳,并立即开展工作。接着,八路军、新四军的队伍从各个方向一路奔跑地进入了东北。从各地抽调的党、政干部也都用两条腿匆匆地进入东北的各大城市。佳木斯地区在10月下旬迎来了第一支八路军的队伍。11月中旬又迎来了以李范五、李延禄率领的党政干部40余人。在我和苏军司令部沟通之后,苏军默许了他们在不大肆张扬的情况下开始建军、建党和建政的工作。到1945年底,由党中央派赴东北的十万大军和两万名党政干部都已到达各自的工作和战斗地区,开始了以北满地区为依托,与国民党争夺东北为时3年的斗争。

在1945年12月下旬,周保中从长春向各地的原抗日联军干部发出通知:在中共中央东北局的领导下,东北各省、市、县的党组织都已建立起来。因此,原东北抗日联军所建立起来的党的工作系统已没有保留的必要,所有原抗日联军的干部必须在各省、市、县党委组织的领导下进行工作。从此,东北抗日联军教导旅光荣地结束了自己的历史使命。

东北抗日联军教导旅中原抗日联军人员不过700人左右,其中朝鲜族占2/5,另外还有一批不知确切数字的人被苏军使用于情报战场上。这些是在 14 年艰苦奋战中硕果仅存的人。他们在迫不得已的情况下,从 1941 年春季起,转入了在苏联境内的整训。在整训期间,他们得到了苏军的帮助,使他们五年之内在政治思想上和军事技术上得到了很大的提高。他们一直期待着在适当时机重返东北战场。

德国法西斯在 1945 年 5 月战败,使世界形势发生了重大变化。大家一直期待的苏日大战终于在同年 8 月开始了。按抗联指战员多数人的估计,战争将会持续一年之久。最乐观的估计是半年之内可以把日本关东军全部歼灭在东北战场上。但出乎意料的是,战争刚刚开始仅仅一个星期,日本人即宣布投降。这既是惊喜,却又给人带来遗憾:没有仗可以打了! 但无论如何,带给这些战士的仍然是欢笑。与此同时,人们肩上的担子却又加重了:国民党要来抢夺胜利果实了。这?如何面对?他们为此做了充分的准备,做出了具体部署。周保中、李兆麟和苏军将领们共同做出决定,立即将自己手中的力量分送到东北全境。除恢复中国共产党的组织系统,组建自己的武装队伍外,还要准备迎接八路军进入东北。这些要求在随后的两三个月内做到了。

由于周保中和李兆麟正确估计了形势,并合理地分布使用了这批并不强大的力量,巧妙地利用苏军占领期的有利时机,取得了事半功倍的效果。东北抗日联军教导旅光荣地完成了自己的历史使命。

东北抗日联军教导旅组建始末

在原苏联远东边境的伯力(哈巴罗夫斯克)附近,在 1941 至 1945 年 8 月将近 5 年的时间内,有一个东北抗日联军教导旅,一直在紧张热烈的气氛中进行着军事和政治整训。这个旅的全体抗日联军战士在 1945 年 8 月苏军进军东北及朝鲜境内的战役中,密切配合苏联红军共同战斗,终于完成了它的历史使命。这些在东北抗日战场上战斗多年的中国人和朝鲜人,没有辜负中国共产党所赋予的历史使命,问心无愧地完成了自己所肩负的重任。

一、我在东北抗日联军的经历

我是这个旅的成员之一。在旅内担任过连指导员、连长、营司令部参谋、旅司令部参谋等职,上尉军衔。在 1945 年 8 月即将返回东北战场前,被苏军统帅部授予红星勋章。在 1940 年之前,我曾在东北抗日联军第四军和第七军工作过。我是 1935 年底在北平读高中三年级时,被北平的党组织派到东北抗日联军第四军工作的。我是共青团员,那时还不满 20 周岁,开始时任军部秘书。

1937 年时任团政委。1939 年又被调到抗日联军第七军任第一师政治部主任。在这期间,参加过 1936—1937 年,由第四军和第三军的联合部队在三江地区开辟新抗日游击区的军事行动。首先在松花江下游的宝清和富锦两县取得成功,打掉了许多区、镇的伪警察署、自卫队和地主武装。在 1937 年初,与当时抗日联军第五军和第六军取得联系之后,声势更加浩大,抗日游击区扩大到松花江下游南北两岸的绥滨、萝北以及乌苏里江岸的虎林、饶河等县。在这二十多个县境之内,孤立的伪警察署和自卫队纷纷投奔抗日联军,地主武装也荡然无存。因此,共有抗日联军8个军的所属部队曾聚集于这一地域,人数近两万人。这一形势引起了日本人很大的惊恐,也促使他们调集了近5万人的关东军和伪军,到松花江下游三江地区围剿抗日联军;同时推行归屯并户政策,将靠近山边的居民点全部焚毁,强迫居民迁至平原地区,以使抗日联军无法从农民手中取得衣食支援。当时抗日部队对此缺少预见和应对措施,致使在敌人大举围剿下进退失措,导致了1938年间的重大挫折。多数非共产党直接控制的部队溃散、投敌,也有少数共产党的领导干部做了逃兵。到这年年底,抗日联军的总人数锐减至5 000人。那年我所在的第四军为了突出重围被迫西征,而我被指定为下江留守部队负责人,在第二路军总指挥周保中的直接领导下,坚持与敌周旋,避免了重大损失。尔后在1939年初被周保中调至饶河地区任第七军第一师政治部主任。在1939年和1940年两个年头的夏秋季节,我和师长王汝起率领的部队,以宝清、富锦、同江和抚远四个县境中间广大的沼泽地区为依托展开游击活动。既可以利用其天然的隐蔽条件得到充分的休整,又可出其不意地出击。在那两年当中我们曾多次袭击伪警察所和分散孤立的伪军据点,或者是日本人的开拓团。但一到冬季,我们就处于完全被动地位,在得不到粮食供应而又长期被日军袭击下,伤亡增多。叛逃者也时有发生。终于在1940年底有组织地撤退至苏联境内,转入休整期。

我们自己想象中,是利用冬季在苏联境内为期三四个月的军事和政治学习,而到春季冰雪融化时立即返回东北境内重新投入抗日游击斗争。但我们并不知道,苏联人为了自己的安全,是不会这样做的。这样会引起苏联和日本之间的纠纷。

这次进入苏联境内,照例被苏联边防军解除了武装,尔后在边防军哨所的院中接受盘查。但所有人员都没有被看管,只被告知不要走出院墙。他们给了面包，还给了牛肉和土豆要我们自己做饭吃。直到夜晚，才来了几辆大卡车。车辆是用大块帆布严密封闭的，利用夜晚将我们全部送至伯力市。在那里由苏军内务部接待了我们。休息、吃饭、洗澡，换下了早已破烂、长满了虱子的衣服，尔后又被送至距伯力市75公里处位于黑龙江岸边的一个营地。当我们下车后，突然发现在那里欢迎我们的都是抗日联军的战友，有的还是老相识，大家高兴地相互握手拥抱。尔后被安置在一个个帐篷内，每个帐篷只能住十人，靠大火炉取暖，这里后来成为东北抗日联军教导旅的营地。它隐蔽在一片森林中，紧靠在黑龙江边。因为附近有一个小村庄叫弗亚斯克，苏联人称之为弗亚斯克野营，而我们称之为北野营。因为在海参崴附近的蛤蟆塘还有一个同样性质的野营，那里住着第五军和第一路军的许多抗联战士。我们称之为南野营。

二、东北抗日联军教导旅是由此开始的

我们来到野营后，第二天就参加了军事训练。首先是队列训练，立正、稍息、原地转法、走步等，还有就是射击、刺杀、单兵战术、政治课等。大家学习热情很高。当时野营只有三名苏联军官，由他们担任教官。

到了3月下旬，有两批人已经返回东北重新投入抗日斗争，另外几批人也整装待发。但就在这时，苏联人发出了暂停返回的口令。由于在4月中旬苏联和日本签署了苏日中立协定，苏联人为了避免惹起两国之间的纠纷，告知了我们已不能再协助抗日联军部队返回东北境内。在迫不得已的情况下，我们只好决定在苏联境内长期整训，并等待时机再返战场。

这时，东北抗日联军的总人数只有近700人了。除此之外，还有一批人被控制在苏军的情报部门。他们经常地直接由苏军派回东北境内进行武装侦察工作。多由三五人组成的小分队化装为日本军人，定点

地对日本人的军事设施进行短期的侦察活动。这些人完全生活在封闭状态,因之人数无法查清。但他们都是原东北抗日联军优秀的干部和战士,直到抗日战争胜利结束之后,才陆续回国。

三、东北抗日联军和苏联远东军的关系

说到这里,我想有必要就东北抗日联军和苏联远东军之间的相互关系,略加叙述。

在 1938 年之前,东北抗日联军或者是东北的中国共产党各省委,都未能和苏联远东军或远东地区的苏联共产党建立起联系。这个现象似乎有些不太正常。因为很多队伍活动在中苏边境地区。如松花江北岸的萝北、绥滨县,松花江南岸的富锦、同江县,乌苏里江西岸的饶河、虎林、密山、抚远等县,在东满的汪清、珲春县等。在莫斯科还有中共中央的代表团存在,它在 1933 年至 1937 年之间,一直对东北各省和抗日联军的几个主要领导人存在着领导与被领导的关系。但这些都未能帮助东北抗日联军从苏联远东军处取得任何帮助。据我所知,有少数抗日联军领导人,如第七军的军长景乐亭、参谋长崔石泉(崔庸健),第六军师长陈绍滨等,曾多次穿越国境线,并在苏联边境住留若干天之后,又返回部队。但这些只能是他们个人与苏联边防军之间的交换情报关系,对部队无所补益。

到了 1938 年春, 日本军开始了对东北抗日联军的大规模围剿,并使我们遭受了重大挫折之时, 有些领导人才开始谋求苏联人的援助。那时驻莫斯科的中共代表团已经回国。这时,北满省委决定派第三军军长赵尚志去苏联寻求援助。

赵尚志曾是大革命时期黄埔军校的学生,而现时的苏联远东军区司令员布留赫尔元帅曾在那时的黄埔军校授过课,是孙中山请来的军事顾问,当时称之为加伦将军。赵尚志想借过去的师生关系取得认可,就写了一封信给布留赫尔元帅来推荐自己。但不幸的是,在 1938 年的

春天,这位元帅正在接受一场肃反运动的审查,他被怀疑为日本奸细,以后因此而被处死。赵尚志当时不仅未受到朋友式的接待,还因此而被长期关押受审,直到 1939 年才被释放回国。

和赵尚志相似的,还有抗日联军第六军军长戴鸿宾和第十一军军长祁致中。戴鸿宾是在赵尚志越境几天之后,因与日本军作战失利而被迫率 500 名抗联战士越境。部队被苏军缴械,绝大部分人被遣返新疆。祁致中是想建兵工厂,想从苏联要些军工设备。他们俩都被苏军扣留,并和赵尚志关在同一个狱室。

冯仲云是比较幸运的,他在 1939 年的 9 月以中共北满省委常委的身份,在下江特委书记高禹民的带领下进入苏联境内。也许是苏联人此时已经从赵尚志、戴鸿宾和祁致中等人审问中得知抗日联军的许多情况,由此而确信有个北满省委在领导着这个武装队伍,而且冯仲云是个重要领导人。他们有礼貌地接待了冯仲云。当时冯仲云还不知道赵尚志已在此前的 6 月间,率领戴鸿宾、祁致中和一百来名战士返回东北。因此他向苏联人提出三点要求:一是将赵尚志释放回国,二是请苏联人向抗日部队提供武器援助,三是请苏联人帮助打通和延安之间的联系。对此苏联人答复说:赵尚志已经率队回国;打通和延安之间的联系问题他们可以报告莫斯科;至于提供援助问题,他们说事实上已在执行,因为赵尚志率队回国时所携带的步兵武器全都是日本的最新武器,今后会继续这样做。除此之外,苏联人还向冯仲云提出建议,说抗日联军应该有一个统一领导机构。冯仲云认为这个建议很好,但这样的问题须由东北的吉东省委和北满省委共同商议才能做出决定。目前的情况是,我们和吉东省委的负责人周保中很难联系上。如果苏联人有办法找到周保中,我们很愿意在苏联境内和他会见,共商大计。在这一情况下,周保中直到 11 月才到达伯力。接着在 12 月间,赵尚志因部队在战斗中屡次受挫,重新返回伯力。这就形成了周保中、冯仲云和赵尚志之间的三人会谈。他们把此称为吉东、北满两省委联席会议。

东北的党史工作者称此为第一次伯力会议。会议除了讨论如何在极为严峻的形势下坚持抗日游击战争的方针之外,还在如何争取苏军援助方面取得共识。即在未取得中共中央联系时,应该能得到苏共边疆党组织的指导和支持。这些都得到了苏方的认可。同时由苏方指定一位苏军少将王新林和一名校官海路为固定联系人。从此,才开始了东北抗日联军和苏联远东军之间的工作关系。稍微遗憾的是,由于第一路军总司令杨靖宇一直战斗在南满地区,距中苏边境较远,一直未能和苏联人取得联系。

四、1940年底的第二次伯力会议

尽管在 1938 年之内东北抗日联军遭受过重大挫折,东北的抗日游击斗争在 1939—1940 年的两个夏秋季节里,依然是活跃的。在小兴安岭西麓,第三路军曾成功地袭击过克山、讷河、肇庆等县城;在松花江南岸的三江地区,第二路军曾成功策反过驻宝清县伪军三十团的机关枪连的起义, 袭击过富锦县柳大林子镇和密山县的日本开拓团,都夺取了相当数量的武器、弹药和粮食,使日本关东军颇为震惊。但一到冬天,我们却完全处于被动挨打的地位,人员伤亡较大。如果冬季能在苏联境内休整,而一到春季来临时重返战场,是最理想的方案。但苏联人没有明确同意这样的方案,因为这极有可能增加苏日之间的纠纷。

到了 1940 年 10 月,苏联远东军用王新林的名义发出电报,要求抗日联军的军以上领导人到伯力市开会,并说届时将有中共中央代表莅临。因此,在 11 月至 12 月期间,周保中、李兆麟、冯仲云、金策、崔石泉(崔庸健)、柴世荣、季青、王效明、金日成、安吉、徐哲等,陆续在部队的护送下分别从萝北、饶河、珲春等边境地带来到了伯力市。这时在东北境内依然保留了为数不多的游击队伍。

在 1941 年 1 月,王新林告知周保中和李兆麟准备开会。 当时大家都以焦急的心情等待和中共中央的代表见面,但王新林却闭口不谈此事。在一再追问下,王新林解释说,实际上并没有中共中央代表要来，但是我们确有必要请大家来共商东北抗日联军今后行动大计，无法用远东军的名义召开这样的会议，请大家谅解。周保中在表示遗憾之后又问，既然是这样，那会议又怎样开法？王新林答曰：由我参加和大家共商大计。周保中说：这不合适，如果有中共中央代表到会，理应由他主持这样的会议。现在是并没有中央代表到会，这样的会只能是抗日联军各部领导人自己共同商讨的会议。在这样的阶段如果王新林参加进来，大家肯定是不会畅所欲言的。应该是在开始阶段先开抗日联军领导人的内部会议，尔后再综合大家的意见，并和苏方共同商讨决定。紧接着，为郑重起见，周保中和李兆麟共同签署了一封给王新林的信，以书面形式表达与上述意见。王新林原想由他来主持控制会议而遭到了拒绝。这引起了王新林极大的不满，因此会议无法马上召开。

当时还有一个矛盾。王新林原来的通知中还有赵尚志也应参与会议。但当时李兆麟和周保中都拒绝他与会，也引起了王新林的不悦。李兆麟和周保中不得不反复向王新林说明自己的理由。他们说在1940年初赵尚志已被北满省委开除党籍，并拒绝他在第三路军内任职。理由是他在1939年6月返回东北期间一再散布说李兆麟、冯仲云和周保中、金策等人是日本人的奸细，说现在抗日联军执行的是奸细路线；并多次宣布他返回东北的任务之一，就是肃清奸细路线。因此，北满省委怀疑赵尚志可能以奸细罪名谋杀他们，并依此做出决定开除赵尚志的党籍。在无可奈何的情况下，周保中为了给赵尚志以改正错误的机会，在1941年春接受赵尚志为第二路军副总指挥。但在此期间，赵尚志又多次向第二路军的一些人散布不满情绪，说李兆麟、周保中等有奸细嫌疑。周保中对此非常惊讶，并不再视赵尚志为自己可以与之共事的人，这样赵尚志在抗日联军内已没有任何职务了。

因为上述的一些问题，使会议未能及时召开。但就在此期间，王新林采取了另外的途径，以求实现自己的主张。他个别地找这些抗联领导人交谈，宣传他的主张，争取他们的支持。同时，周保中在和自己的战友们接触中，得知王新林在讲些什么。他们说王新林想找一位苏联将军担任东北抗日联军总司令；还说东北抗日联军应该和吉东、北满省委脱离关系，也就是说不要受中国共产党的领导。

　　周保中听到这些意见后，显然有些不悦。他回想起自己从1928年底到1931年秋在莫斯科学习期间的遭遇。那时他被党中央派到莫斯科中山大学学习，正赶上当时的校长米夫拉拢王明等人掌握了学校支部局的大权，大搞宗派斗争，反对以瞿秋白为首的中共驻共产国际代表团。在1929年清党运动中，许多中国共产党党员被怀疑为托洛茨基派。周保中也因此被送到莫斯科一个机器制造厂当工人，以后又转到一个集体农庄当副主席。但经过半年之后又被平反，得以继续在国际列宁学院中国部短训班学习，一年之后派回国内。在1931年12月到上海党中央报到后，经周恩来派赴东北负责满洲省委的军委会工作。这一段经历使周保中在和苏联人打交道中保持着应有的清醒。他反复地思考了王新林的主张，又一再地摇头，表示自己的忧虑。他逐个地给自己的同志分析情况讲清道理。他说王新林的这两条意见都不能接受。如果照这两条做下去，那就不会再有东北抗日联军的存在。我们这支武装队伍是由中国共产党人创建的，怎么能不要中国共产党的领导呢？再说，由一个苏联人当我们的司令，他能够当好吗？他会按照我们党中央的指示办事吗？当有的同志说苏联人拿国际主义的原则来劝说我们时，周保中说，共产党人是讲国际主义的，但是当国际主义的行动有时会损害到另一方的国家利益时，就要加以分析。譬如说苏联对我们的援助是履行国际主义义务，但这个行动是有一定限度的，这个限度就是不至于触发日本人的愤怒，引起国际纠纷，从而影响苏联远东地区的安全。苏联人对我们的援助也是国际主义的行动，但是在这一行动中要把抗日联军的指挥权交到苏联人手里，而且要使这支队伍脱离中国共产党的领导，试想这支队伍还能为东北人民的解放而不懈战斗吗？

　　经过这些谈话之后，抗日联军的领导人都逐渐地以明确的否定态度告知王新林。这使王新林大为不满。他直接找到周保中交谈，谈话的气氛几乎是在吵架，就连类似中国式骂人语言"他妈的"也从王新林的口中说了出来。周保中则冷静地说：如果你王新林一定要坚持自己的意见，那么预定的会议就没有必要开了。我们将会带领我们的抗日游击队立即返回东北战场，即使我们多数人会在与日本侵略军的战斗中死去，也是光荣的。

事情陷入了严重的僵局。谁也说服不了谁。这种状况拖延了一个月之久。这期间，苏联人只是礼貌地表示着友好姿态，还送来了好多列宁和斯大林的著作，却没有人再提起实质性话题。

转机终于来了。在经过了沉闷的将近一个月之后，苏联校官海路领来了另一位索尔金少将和周保中等人见面。海路解释说，王新林同志已有职务上的调动，上级指定由索尔金将军接替他的工作。为了今后称呼上的方便，中国同志依然可称呼他为王新林同志。

周保中这时已经猜到事情可能发生了变化。果然，这位王新林没有以前那位王新林那样盛气凌人的样子。他在听取周保中陈述自己意见时，不断地点头称是。周保中说：东北抗日联军虽然遭受了严重的挫折，但事情是会扭转的。从1939—1940年两年中，我们在夏秋两个季节里，对日本军的战斗中，曾取得不小的胜利，只是在冬季处于被动局面。现在我们是要总结这几年的战斗经验，如何度过严冬的恶劣环境。比如说，如何在深山老林里贮备足够的粮食，可以把冬季变成我们的休整期等。我们认为，无论如何困难，我们的战场永远是在东北大地上。在这个战场上保留一支活跃的抗日武装，对苏联远东地区的国防安全也是有利的。再说，这支武装力量一直是由中国共产党创建和领导的。尽管它一直未能和关内的八路军取得联系，但它依然是整个中国抗日战争布局中一个组成部分。这支队伍不能在另一种形式下被取消了。王新林表示他基本同意周保中的意见。至于在冬季所遇到的困难，我们会依然伸出援助之手。那时由于敌情所迫而退入苏联境内的抗日游击队，我们会安置他们临时整训，并在他们认为有利的时机重新返回东北战场。这支队伍依然要保持中国共产党的领导权。不过，我们也有一个想法,希望得到你们的支持。周保中说,你尽管说。王新林说,在东北地区驻扎着70万人的日本关东军,这对我们远东地区是一个最大的威胁。或早或晚,我们将不得不面临日本军的入侵。因此,我们一直不断地加强在东北境内的情报工作。你也知道,在最近的两三年中,不断有东北的抗日队伍在战斗失利的情况下撤退到苏联境内,我们已从这些队伍中挑选出一部分人,为我们做情报工作,有些人干得非常出色。我希望你支持这项事业,可否再给我们一批人,充实这一工作。因为他们都是经过长期战斗锻炼的,勇敢、机智,我们无法从其他方面寻找这样的情报人员。周保中听到对方这样诚恳的要求后,会心地笑了起来。他说,我完全理解你的要求,我会同意这个做法的,我们将说服一些同志参加你们所需要的情报工作,这毕竟是为了战胜日本侵略者的共同需要嘛!不过,我们之间应该商定一个原则,这样的工作毕竟是极为保密的,他们在此期间应该是在你们的直接指挥下工作,我们不会再和他们保持着隶属关系,但必须保留他们抗日联军的军籍。在他们完成任务之后,可以随时返回我们的队伍。王新林说,我非常感激你们的承诺。周保中又说,在此之前的那位王新林,说什么要当抗日联军总司令,要中国共产党组织不再领导这支抗日武装。我真担心他会把这支队伍完全变成苏军的情报支队!王新林说,我对我的前任不便加以评论,让我们重新开始合作吧!

从此之后,双方在交谈中有过对不同意见的互相讨论,但没有争吵了。到了1941年1月中旬,周保中在和抗联十多位领导人取得共识之后,在王新林的同意下,召开了只有抗联领导人参加的会议。经过二至三天的会议,形成了几项决议。1.此次会议的性质是:中国共产党东北地区代表会。2.为实现东北地区的集中统一领导,由各省代表选举东北地区中国共产党临时委员会。委员暂定为三人。委员候选人为:魏拯民(原南满省委书记)、周保中(原吉东省委书记)、金策(原北满省委书记),并从全会直接选举书记一人。临时机关暂设在伯力市,另外请求一位苏共同志给予工作上的指导。3.派遣一名代表在苏联人的协助下,去延安寻找党中央。4.建立统一的总司令部,推选周保中为东北抗日联军总司令,李兆麟为副总司令,魏拯民为政治委员。此项有待党中央正式批准。

上述各项议定,因当时实际情况,未能全部实现,但反映了一个共同愿望:即东北的抗日游击战争一定要坚持下去;坚持中国共产党对抗日战争的领导权;建立统一的指挥机构。这些事项在不断地和苏方代表王新林的协商中,都得到了他的认可。

这时已到了1941年的2月底了。会议的前后过程实际上用了两个多月,可见其艰苦程度。但会议的结果大家是满意的,尤其是对周保中所发挥的主导作用的认可。事后不少人回想起来在开会的最初阶段,周保中顶住了那个王新林的压力,坚持了独立自主的原则,保证了东北抗日联军的原有性质不被改变,这是其他人很难做到的。在尔后的东北抗日联军教导旅的组建过程中,他的作用还赢得了许多苏联人的赞赏。

到了3月下旬,这支抗日部队已开始分批返回东北战场。第三路军的李兆麟、王明贵,第二路军的王效明、姜信泰,都各自率领着一支分队返回东北境内投入战斗。但是到了4月中旬,苏联人却告知我们立即停止待命。同时,周保中也从伯力市赶到野营。向在那里继续整训的几百名抗联战士说清了真相。原来那时苏联政府已经和日本政府共同签署了苏日中立条约。因之苏联人已不可能协助抗日部队返回东北境内, 以免引起苏日之间的纠纷。周保中说,这对我们来说,实在是无可奈何的事。因为此时苏联面临着德国法西斯和日本法西斯两面入侵的威胁。而苏日中立协定可以暂时解除日本法西斯的威胁,对苏联的国防安全是非常重要的。在这一情况下,我们只能利用这一时期进行整训,提高我们的军事政治水平,等待有利时机再返东北战场。

五、教导旅的组建与训练

为了长期的整训工作,必须有一个长期的训练计划,还要有一个完整的组织机构。因此,一系列的筹备工作开始了。这个筹备工作一直是在极为保密的情况下进行的。主要运作者就是周保中和王新林。

正在两个野营展开紧张的军事训练时,1941 年的 6 月希特勒发动了突然袭击,大规模地入侵苏联。大家都很震惊。北野营立即召开了声讨希特勒法西斯的大会。周保中在发言中指出,德、日、意所组成的三个法西斯轴心国都是侵略成性的。在这一时刻,我们必须警惕日本帝国主义者从远东发动对苏联的入侵。因此,我们要加强军事训练,学好作战本领,随时准备投入对日本侵略军的战斗。我们的战场最大的可能依然是东北境内,即在日本人的后方狠狠地打击敌人。这个讲话立即赢得了一片掌声,大家群情激昂。

与此同时,苏军的许多部队也立即被部署在远东的国境线上。许多人兴奋地认为,我们会很快地和苏联军队并肩作战了。

到了 7 月,北野营的全体抗联战士,到伯力市郊区一个空降兵训练基地进行了伞兵训练。大家对此极为兴奋,训练十分投入。在一个月的训练期内,每个人都从两千米的高空跳伞十多次。没有发生任何事故。任务完成之后,重新返回北野营,继续进行正常训练。

1941 年 12 月,日本人偷袭珍珠港,引发了日美之间的太平洋大战。这一形势的突然变化,使苏联暂时解除了远东地区的忧虑。这时,王新林和周保中共同下定决心,要为野营人员制定长期的训练计划。

周保中的想法是:将南野营的抗联人员全部集中到北野营来,组建一个教导团,并聘请苏联人充任教官。而行政管理工作则由抗联人员自己负责。周保中还认为,中国共产党的组织系统还应保持在这个教导团之内。王新林完全同意,并说,苏军的教官应该有足够数目,以保证训练质量。

苏联远东军司令部根据这些意见,制定了一个组建东北抗日联军教导团的方案,并上报苏军统帅部审批。最后,当这一方案送到斯大林的手中时,斯大林说,一个团的机构,经费有限,应扩大为教导旅,授予苏军正式番号,按苏军标准保证供应。根据这一决定,王新林和周保中又重新修改了方案。王新林解释说,授予苏军正式番号的意义是:一、为了保密,不使东北抗日联军教导旅这样的字样出现在苏军的上下公文之中;二、为保证供应,今后这个旅的军需财务、武器供应都将正式列入远东军的预算之中,军官和士兵都享受与苏军同等的待遇,授予军衔,发薪金等。周保中说我们只有近700人,与一个旅的兵员相距较远。王新林说,我们将会在入伍新兵中把远东地区的东方少数民族战士补充在教导旅中,还会有一些华裔侨民士兵调进。我们将使旅的员额达到1 500人左右。

到了1942年7月,南野营的全部抗联人员已转移到北野营了。同时,新来了一大批苏联军官。原北野营的人员对于这些变化不完全知道其原因,但很高兴地迎接这些新人。在7月中旬周保中和王新林一同从伯力市来到北野营,向南北两野营的人宣布了这个重大决定,并宣布了人事安排。他说,教导旅下设四个步兵营、一个通信营、一个迫击炮连。每个步兵营编两个步兵连。一个连为原东北抗联人员;另一个连由新入伍的东方少数民族战士(纳纳依茨、赫哲、乌德根氏等)组成。迫击炮连全部由东方少数民族组成,因其中绝大多数为纳纳依茨族,我们可以简称他们为纳纳依茨连。通信营编两个连,分为有线和无线。无线电连由抗联人员组成,有线电连由苏联人组成。人事方面:周保中任旅长,李兆麟任旅政治委员 (均为少校军衔,1943年周保中升为中校),崔石泉为旅副参谋长(大尉),冯仲云为旅政治部新闻情报科长(上尉),副旅长为什林斯基少校(1944年晋级中校)和巴达林少校,参谋长为沙马科钦大尉(后晋级少校)。四个步兵营的营长和政委为原抗日联军的军一级干部。营长分别为:金日成、王效明、徐亨植(牺牲后由王明贵接替)、柴世荣;营政委为安吉、姜信泰、金策、季青,均授予大尉军衔。连一级干部是原抗联的师一级干部,其中有崔贤、朴德山、崔勇进、彭施鲁、金京石、金光侠、隋长清、张广迪、陶玉峰等,都被授予上尉军衔。通信营营长为苏军的一名大尉。在 1943 年苏军改为一长制之后,各级政委都改称政治副职。

旅设司令部之外,还有旅政治部、后勤部、军械处等,均由苏联军官少校一级任主官。此外苏军还设有内务部,相当于我们的保卫部,但不属于政治部。在军队系统内受垂直的上级机关领导。部队的军政首长都无权过问他们的工作。

步兵营有苏军的副营长、参谋长、翻译和参谋等人。步兵连有苏军副连长、翻译、副政治指导员等人。这样一来,旅内的苏联军官共有近七十多名。

由于苏籍军官和士兵的数目也相当多,故苏共党员也相应增多。因之建立了苏共以及共青团的组织系统。旅设少校苏共党委书记。中共系统由崔石泉(崔庸健)任党委书记。在苏军的制度中,党委书记是在旅长的领导下工作的。只做党务工作。

在 7 月底之前,一切组织工作就绪,700 多名新入伍的纳纳依茨族战士以及华裔战士也都编入了有关连队。全旅热火朝天地进行着队列训练,原抗联所有官兵都换了新军装,并佩戴了相应的军衔。8 月 1 日,苏联远东军司令员阿巴纳申科大将在王新林少将的陪同下,来到了野营参加教导旅的成立典礼。举行了阅兵式。阿巴纳申科致祝贺词,宣读各级军政干部任命名单,授予了部队的正式番号为苏联远东红旗军独立第八十八旅。

随后,全旅转入了紧张的训练工作。在 9 月内,全旅经火车运输到双城子附近的空降兵训练基地,进行了为期两周的伞降训练。在短期的空降训练之后,全旅转入了正常的步兵训练。主要科目为队列训练、步兵武器射击、刺杀、投弹。辅助科目为工兵作业(构筑阵地)、爆破作业、地形识图等。每周还有一部分文化课和政治课。随着时间的增加,步兵战术学到了步兵连的攻防战术。每年的夏季和冬季,游泳、武装泗渡、滑雪课,都成为重点课。

在每年的秋季,远东军司令部都派出考核团到八十八旅进行考核。以队列、射击、连以下战术等为重点考核项目。每个冬季,全旅要进行野营拉练、滑雪行军、雪地宿营、野外射击、战术演练等。在1944年的冬季,还进行了步兵营进攻和步兵连防御的实兵演习,由王新林亲自导演。总的来说,经过几年的训练,成绩非常显著。

在1945年5月德国被战败之后,远东的形势有了新的变化。有十几名参加过对德战争的军官被调到八十八旅任职,通过他们将最新的战斗经验传授过来,还带来了最新出版的步兵战斗条令。在5月和6月期间,凡是从伯力市返回野营的苏联军官,都会带来一些最新见闻:有大批的西方前线部队转移到远东地区啦,大批的火炮和坦克经铁路运输呼啸而过了等。这些,都明显发出一个信号,即对日本军的进攻已迫近眉睫,大家对此兴奋不已。同时八十八旅的伙食标准有了提高,虽未正式说明,但有人解释说这是属于第二线作战部队的标准,黑面包变成了白面包,过去看不见的黄油摆在了早餐的餐桌上,午餐肉食的定量也增加了。在此之前是按后方部队供应的。这就使大家确信,我们会随时奔赴前线的。每天晚饭后大家三人一撮五人一团的自由聚会是最热闹的时候。多是讨论:什么时候会开战?消灭日本关东军的一场战争会用多长时间?一年还是半年?八十八旅的作战任务是在前线还是关东军的后方?如果在后方,那么最好的空降区应在什么地方?8月初,开始有几十名八十八旅的干部和战士被调出,分别派到前线,为苏军担任翻译和向导,有的被分配到空降战斗组,但当时很多人对此完全不知情。

六、参战的原订计划又被修改

1945年8月9日,苏联政府对日宣战。8月10日,北野营的黑龙江岸边,停靠了一艘运输舰。我们事后才知道,苏联远东军司令部早就和周保中、李兆麟共同拟定了第八十八旅的参战方案。在苏联对日作战计划中,共投入一百多万大军。有后贝加尔方面军、伯力地区的第二方面军及海参崴地区的第一方面军,第八十八旅配置在第二方面军序列之内。在向东北腹地的进攻中,八十八旅将沿松花江一直西进,预定在进攻佳木斯的战役中投入战斗。尔后,再向哈尔滨方向攻击前进。除了作战任务之外,八十八旅的全体指战员还肩负动员东北人民就地参战扩军计划。预计将以抗日联军现有人员为骨干在连续的作战行动中扩编为六个步兵军。

但是前线的军事行动出乎意料的顺利。很多县城不经战斗就进驻了,长春、沈阳、哈尔滨三个大城市也在几天之内被苏军占领,到处是溃逃的日本军。第二方面军司令部认为已没有必要将第八十八旅投入战斗,而是要考虑他们在被占领的整个东北地区如何发挥作用的问题。

当时苏联并不想在中国的东北地区长期占领,并和中国的国民党政府有一个协定,即在战争结束三个月后就撤军。对撤军之后的形势,周保中、李兆麟和苏联将领之间也有过分析。可能出现的几种情况是:一、国民党军队全面地接管整个东北地区。那时,由原东北抗日联军为基础所组建起来的新型武装队伍将会与国民党军队相抗衡,但将处于相对劣势;二、中共中央将会派出八路军进入东北地区,与国民党军队展开争夺东北的斗争,但所派出部队的数量无法估计,态势上孰优孰劣也难以估计;三、要做最困难的打算,即原东北抗联的队伍还要依据山林与国民党军队展开游击战,那时,将继续得到苏军的援助。

因此,周保中认为尽快地和中共中央取得联系,争取八路军部队尽快地进入东北地区才是当务之急。根据这一设想,抗联教导旅若按原定作战方案向佳木斯、哈尔滨方面进军就没有意义了。必须尽快将这支力量分布到东北全境的大、中等城市和重要县城,利用苏军占领期的有利条件,恢复中国共产党的组织系统,寻找有可能依然存在的共产党的地下党组织,并通过他们取得党中央的联系。收回原东北抗日联军的失散人员,重新组建自己的武装队伍,收集散落在民间的枪支弹药,也争取苏军移交一部分战利品,用以武装自己的队伍。

但是,计划赶不上变化。几天之内,情况又有惊人的进展,在"八一五"日本宣布投降之后,苏军不仅迅速控制了东北全境,而且已经进入朝鲜境内,和美国达成协议,以北纬38度为分界线共同占领朝鲜。周保中和苏军将领迅速地做出决定:将原东北抗日联军中全部的近300名朝鲜同志交由金日成率领进入平壤,并利用苏军占领之便组建自己的政府和军队。因此,人员分布名单又做了修改,将所有朝鲜的干部和战士从东北各地分布名单中除去。

由于上述原因,致使八十八旅的全体官兵停止待命达半个多月。大家不知其故,因之原有的兴奋心情变成了焦急。直到8月底,周保中和李兆麟才召开了原抗联人员的干部会,宣布了上述决定,并公布了在东北地区各大、中城市以及若干重要县城工作人员派遣名单,共57个工作组。

周保中、李兆麟以及冯仲云各率20~30余人进驻长春、哈尔滨和沈阳三个大城市,并同时领导着十余个县市的工作组。每个城市的组长都被任命为该地区的苏军卫戍司令部副司令员。之所以这样做,是借用这个名义在公开场合露面,可以引起当地人民群众的关注,也必然会引来当地的共产党秘密组织和原抗日联军失散人员前来找你。我们需要把这些人收拢在自己的周围继续开展党的工作,并组建自己的武装队伍。除了恢复共产党的组织系统之外,还必须利用群众性的社会团体在我们的指导下进行活动。在政治斗争方面,今后主要的任务必然是与国民党之间争夺东北的斗争。周保中说:九一八事变之后,蒋介石以不抵抗主义来面对日本侵略者,整整14年,国民党没有出一兵一卒来东北打日本。只有中国共产党的队伍坚持了十四年的武装斗争。因此,国民党是没有脸面来见东北的乡亲父老的。我们共产党人可以理直气壮地和国民党进行抗争。

开完这个会之后,各工作组于9月初进入了东北各目的地。我在9

月 3 日率领 40 余人乘苏联军用运输机到达佳木斯市。并在第二天内将应到依兰、勃利、汤原、方正、通河、富锦、宝清、鹤岗各县市开展工作的各二至三人，用苏军汽车送达目的地。我则率十二名干部和战士到佳木斯地区苏军卫戍司令部报到，并立即开展工作。经过几天在群众面前公开亮相之后，果然有人陆续找我，并说明了自己的身份，其中有自称是在依兰县委做过书记的，有在抗日联军第六军当过团长的，有从河北省委派到鹤岗煤矿开展工作的，有从山东解放区在日军大扫荡中逃跑出来而流亡在东北做劳工的，都希望能重新开始为共产党工作。我一时无法查清他们的真实历史情况，唯一的办法就是交给他们工作任务，从工作中认识他们的政治面目和工作能力。当时他们当中有些人已经有了自己的武装队伍，都是在日军溃逃之时，从这些散兵中夺取了武器之后，自发地组成了一支队伍。他们都以某地自卫队的名义，清理当地的汉奸、走狗，没收日伪财产，也有些人借机打、砸、抢，成分相当复杂。我就赋予那两位自称为县委书记和团长的人，让他们设法把这些队伍收编过来。以后那位团长说他已收编了共两千人的队伍。

那时我还不知道，八路军冀东部队在曾克林和唐凯的率领下已于 9 月上旬到达沈阳郊区。这是最先进入东北的一支队伍。但苏军不允许他们入城，理由是此前苏联政府与中国国民党政府之间曾有过协定，即在为期三个月的苏军占领期之内，不允许中国军队进入东北地区，以免造成军事管制上的混乱。当时抗联干部的代表冯仲云还未抵达沈阳。以后苏军得知他们是中国共产党的部队，并在他们改称为东北人民自治军之后，才默许他们的存在。同时苏军派一名代表在曾克林的陪同下乘飞机去了延安。中央这时才得知东北地区的最新情况，并立即决定组成中共中央东北局。首批人员在彭真的率领下很快乘同一架飞机到达沈阳，并立即开展工作。接着，八路军、新四军的队伍从各个方向一路奔跑地进入了东北。从各地抽调的党、政干部也都用两条腿匆匆地进入东北的各大城市。佳木斯地区在 10 月下旬迎来了第一支八路军的队伍。11月中旬又迎来了以李范五、李延禄率领的党政干部四十余人。在我和苏军司令部沟通之后,苏军默许了他们在不大事张扬的情况下开始建军、建党和建政的工作。到1945年底,由党中央派赴东北的十万大军和两万名党政干部都已到达各自的工作和战斗地区。开始了以北满地区为依托与国民党争夺东北为时三年的斗争。

在1945年12月下旬,周保中从长春向各地的原抗日联军干部发出通知:在中共中央东北局的领导下,东北各省、市、县的党组织都已建立起来。因此原东北抗日联军所建立起来的党的工作系统已没有保留的必要。所有原抗日联军的干部必须在各省、市、县党委组织的领导下进行工作。从此东北抗日联军教导旅光荣地结束了自己的历史使命。

七、结束语

东北抗日联军教导旅中原抗日联军人员不过700人左右,其中朝鲜族占五分之二。另外还有一批不知确切数字的人被苏军使用于情报战场上。这些是在14年艰苦奋战中硕果仅存的人。他们在迫不得已的情况下,从1941年春季起,转入了在苏联境内的整训。在整训期间,他们得到了苏军方面真诚的帮助,使他们在五年之内在政治思想上和军事技术上得到了很大的提高。他们一直期待着在适当的时机重返东北战场。

由于德国法西斯在1945年5月战败,使世界形势发生了重大的变化。大家一直期待的苏日大战终于在同年8月开始了。按抗联指战员多数人的估计,战争将会持续一年之久。最乐观的估计是半年之内可以把日本关东军全部歼灭在东北战场上。但出乎意料的是,战争刚刚开始仅仅一个星期,日本人就宣布投降。这既是惊喜,却又给人带来遗憾。没有仗可以打了!但无论如何,带给这些战士的仍然是欢笑。与此同时,人们肩上的担子却又加重了,国民党要来抢夺胜利果实了。将如何面对?我们为此做了充分的准备,做出了具体部署。周保中、李兆麟和苏军将领们共同做出决定,立即将自己手中的力量分送到东北全境。朝鲜同志则立即进入北部朝鲜,开始建军建政工作。中国同志则除了恢复中国共产党的组织系统,组建自己的武装队伍外,还要准备迎接八路军进入东北。这些要求在随后的两三个月内做到了。

由于周保中和李兆麟正确估计了形势,并合理地分布使用了这批并不强大的力量。巧妙地利用苏军占领期的有利时机,取得了事半功倍的效果。至此,东北抗日联军教导旅光荣地完成了自己的历史使命。

1.在本文中的史实绝大部分是作者的亲身经历。

2.1941年春,第二次伯力会议的内幕,过去还没有在公开的史料书刊中叙述过。我是在那次会议之后从王效明和季青两位同志的谈话中得知的。周保中也在有些会议上讲过当时和王新林之间的争论情况。

3.为了核实事实过程,我在写作中反复翻阅了由人民出版社出版、由东北三省共同编写的《东北抗日联军斗争史》,还查阅了《周保中传》《李兆麟传》《赵尚志传》《冯仲云传》等书。这几部书,都是黑龙江党史研究室编写并由黑龙江人民出版社出版。

4.因此,我认为本文章反映了历史的真实性。

苏联北野营的五年

北野营设在苏联境内,西距哈巴罗夫斯克(伯力)约七十五公里,在黑龙江(苏联人称阿穆尔江)南岸靠近江边的一片森林中。由野营顺着江边向下游走上两公里,有一个苏联的集体农庄,名叫弗亚斯克,约有四五十户人家,因此苏联人把北野营称为弗亚斯克野营。我们称之为北野营是因为,在苏联的双城子附近还设有一个同样性质的野营,从地理位置上我们把那里称为南野营。在 1940 年冬季,东北抗日联军的大部分部队有组织地撤退到苏联境内,分别集中在两个野营内。我刚到北野营时,那里只有两三栋不大的房子,尽管已是严冬腊月,我们大部分人还得住在帐篷里。里边装有大铁筒改制的烧木柴的炉子,倒也暖和。开始只有两名苏联军官在那里,一个是上尉,他起了个中国名字叫吴刚,一个是中尉,都叫他李吉南。到 1941 年的 1 月,苏联任命了一个野营主任,他的中国名字叫杨林,大尉军衔。这几个苏联军官负责照管着我们的生活以及军事、政治学习。

抗日联军为什么要撤退至苏联境内

在 1940 年的 12 月前后,东北抗日联军的队伍绝大多数被迫越境进入了苏联。这实际上是个战略性的撤退,是迫不得已的一个有组织的统一行动。为什么我们不在东北坚持抗日而要撤退至苏联境内呢?这要从 1938 年以后的东北抗日游击战争的形势说起。

在 1937 年之前,东北抗日联军处于发展时期。七七事变后的全国

我的回顾

抗战形势,对东北的抗日斗争产生了极为有利的影响。那年在松花江下游和牡丹江地区,到处都可以看到红旗招展浩浩荡荡的抗日游击队伍。许多大县城十里之外都变成了游击区。如依兰、萝北、绥滨、勃利、富锦、宝清、集贤、汤原、桦川、刁翎、鹤立等地,我们的队伍都可以按照自己的计划进行活动,日伪军是没有力量出来骚扰的。当地的伪军如三十团、三十五团和三十八团都是非常动摇的,伪军第二十九团曾在团长赫奎武的率领下起义(以后又投降日寇了)。遇有大批日伪军出来"讨伐"时,我们只不过在山里隐蔽三五日并转移个地方也就平安无事了。即使是冬季落雪后,也只是把深山里面的密营作为暂时休息的地方,大部分时间还可以活动在居民区里。但是就在这时,日本侵略者在三江地区策划着一个归屯并户政策,这个政策在此之前曾在东南满一带使用过,并曾使东北抗联第一军和第二军处于困难境地,尔后被迫从原游击区转移。1938年刚一开始,侵略者的这一计划便付诸实施了。凡是游击队活动过的山沟里,居民一律被强迫搬下山来,到指定的大屯子里安家,强迫不走的就被杀掉,房子被烧掉,东西、粮食被抢光。那时真是村村冒烟、家家哭喊。没过两三个月,我们的游击区变成了无人区,我们的存身之处成了问题,粮食来源断绝了。与此同时,日本侵略者广泛开展了劝降活动,过去游击区里的伪保甲长和一些地主头面人物,这时不少人被日本人用来向游击队劝降。首先选择的目标是被我们收编的山林队头目。这一手很见效,他们在这种困境中对抗日的前途失掉了信心,有些就投降了。但更多的山林队是自行解散各奔前程。在这种形势下,我们开展了一场反对投降主义的斗争。发现有的山林队头头有投降征兆,就果断地将他们的队伍解除武装并将头头杀掉。那时我还在第四军工作,任第四团政委,亲自参加了对山林队老来好队伍的缴械工作。这个队伍有一百多人,曾被收编为第十团。此外,还缴了一个有三十多人的小山林队,是属于自来好(李天柱)手下的一个连。此时,我们也遭遇到一些不幸。派到第八军谢文东部队担任政治部主任的共产党员刘曙华同志被所在的部队杀害了,部队投降了日寇。

第四军第二师师长王毓峰同志也被一支收编的土匪队给杀害了。此后，东北抗日游击战争的形势就起了一个重大的变化，队伍大大缩小，剩下的只有共产党直接领导的队伍。原有的游击区不能继续活动，日本侵略者已把"围剿"抗日队伍的重点放在松花江下游。敌人的军事"围剿"配合归屯并户政策，使我们处于较为困难的境地。

这期间，中共中央驻共产国际的代表团离开莫斯科回到延安，抗日联军和党中央互相联系的线索也中断了。在这样的处境下，唯一的希望是能够取得苏联的某些支援。东北抗联第三军军长赵尚志同志，根据北满省委的决定，带几个人从萝北县越境去苏联，想得到一些武器和弹药的援助，但他的离开也给部队带来了不稳定因素。第六军军长戴鸿宾和第三军的一个师长蔡近葵等，在萝北县同日伪军作战失利，伤亡较多，他们也各自带着一部分队伍越境去苏联。在这前后带队越境的，还有第十一军军长祁致中，第三军第四师的于保合和李铭顺等，有的是从虎林县退到苏联境内的。他们原以为苏联既然是工人阶级的祖国，从那里取得一些援助再回来打日本是不会有问题的。实际上他们全部被苏联关在监狱接受审查，并没有得到苏联的任何援助。

这种情况引起了松花江下游形势的急剧变化。抗日联军必须重新部署自己的力量，必须迅速地脱离松花江下游地区，开辟新的活动区域。因之决定第三路军所属的三、六、九、十一军在李兆麟同志率领下转移至小兴安岭以西嫩江地区；而第二路军所属的四、五、八军则向吉林西部五常、榆树一带转移，以期能和第十军汪雅臣的部队会合，共同开辟新的游击区域。第七军则仍坚持在虎林饶河一带活动，因为那里是和苏联保持联系的主要通道。这些计划执行得都不顺利。第八军谢文东的部队在1938年全部投降了日寇。第四军和第五军的远征队伍，在李延平军长和王光宇副军长的带领下，由宝清县出发经集贤、桦川、依兰、方正、延寿县前进，一直处于前有敌人堵截，后有敌人紧追的不利态势，沿途战斗减员相当严重。第一师师长张相武同志在刚一踏上征途时就在集贤县国强街基附近牺牲。五军第一师于西征时在关书范师长的带领下又中途返回刁翎地区。关书范在悲观失望的情绪下准备向日本人投降,下级揭发后,被第二路军总指挥周保中同志判处死刑。随军同行的吉东省委书记宋一夫和第四军第二师政治部主任曲成山也逃跑了。远征部队虽说到达了五常、榆树境内,但并未和第十军汪雅臣的部队取得联系。实际上那时汪雅臣的部队也处于极端不利的境遇。第四军军长李延平、副军长王光宇相继牺牲于一面坡地区,少数队伍被迫返回刁翎地区。1938年是抗联队伍损失惨重的一年。

1939年1月,我被调到抗联第七军工作。第七军以虎林饶河为根据地。在1938年中他们也遭受了一些损失,但基本保存了自己的力量。冬季利用山里贮存的粮食勉强度日。1939年春节后,日伪军攻进山区,但因兵力不大,被第七军打退。4月,冰雪开始融化。军部决定,队伍改变活动方式,到新区开辟游击活动。那时我是第七军第一师的政治部主任。师长是王汝起,副师长是刘雁来。游击活动地区我们选择在同江、富锦、宝清和抚远几个县之间的沼泽地带。这次活动不能在一片村庄里住几天,必须远离村庄。为了征收粮食,只能夜间突然进入村庄,完成征粮任务后,天不亮就迅速离开。遇到有的村庄设有伪自卫团,就边打仗边征粮。只要在天亮之前离开村庄我们就是安全的。那一片沼泽地纵横几百里,其中又有不少断断续续的干燥的树林子,便于隐蔽,可作良好的宿营地。因为在每个树林的周围都有沼泽地,敌人想在此接近我们是很难的。那时我们的队伍也比较精干,一个团不到一百人,目标较小,征粮数量也不大,敌人不大容易发现我们。我们在这里可以养精蓄锐,休整好了就组织出击。1939年我们向抚远县出击过,在6、7、8三个月时间内,我们占领过乌苏里江边的蒿通镇和果夫镇,袭击过江边的抓吉镇,消灭了那里的警察队三十余人,缴获了全部枪支,还打死了两个日本侵略者。在这次战斗之后,日本人派了一个连追踪我们,这个连在杨木林子村宿营时,遭到我们的夜袭,被打死了三十多人,我们缴获十多条枪。1940年,我们截获过乌苏里江的运输船,夺取了百袋面粉,袭击过富锦县的柳大林子警察队。那一次因为敌人死守在那里,依靠院墙四个角的炮台顽抗,未能消灭他们,完成征粮任务后于拂晓撤回沼泽地。9月,我们又到达了宝清地区,和伪军三十团机关枪连的几个爱国分子取得联系,策应了他们的起义。这次行动非常成功。他们打死了几名日本军官和连长,号召全连起义,领头的是班长杨清海。由于同时有抗日联军第七军(已改为第二路军第二支队)的二百多人包围了伪军的兵营,一些伪军被吓得魂不附体,糊里糊涂地跟着起义。但是杨清海对其中大多数人并不相信,在和我们商量之后,决定把他们所背的枪支的枪栓全部卸下来,集中装在一个麻袋里,用车拉着走,只给他们每人背一个枪筒。那次共带出三挺重机关枪、两挺轻机关枪、八十来条三八式步枪。这件事对日本人震动不小,除了派地面部队追击外,还有三架飞机追踪着我们。我们和起义者的队伍在天亮时进入沼泽地,九点多钟三架敌机逐个飞来。我们的队伍是一字长蛇阵行进,每人距离有十来步远,一看见飞机就都停下卧倒在两旁草丛中。尽管飞机打枪、投弹,我们没有什么伤亡,只是炸伤了一匹马。我们终于摆脱敌人的追击,安全地在几个小树林子里安营扎寨。

此后,我们又趁尚未落雪,突然进入密山县境,袭击日本人在那里的移民团。在枪响之后,他们纷纷逃窜,少数人被我们打死了。我们没收了大批粮食和牛马,决定返回饶河过冬。

1938年冬季,虽也是在非常困难的情况下度过的,每天每人还能分四五两小米熬粥喝,或用豆饼当饭吃。1939年的冬季就比较困难了,不像1938年那样还可以住在自己的密营里。日伪军利用冬季深雪的有利条件,分成若干路讨伐队在山里搜索,发现到我们的脚印就跟踪追击,发现我们住的房子或临时搭的窝棚就烧,他们还利用叛徒来搜寻我们的粮食仓库和菜窖。我们随身携带的粮食只能吃四五天,完之后想再取得粮食就非常困难。大山里的深雪给我们造成的困难是极大的,行军艰难,一小时难以走出四五里路,去向难以保密,行军的踪迹很快会被日伪军发现;夜间要打火堆,大家围着火堆睡觉,在零下三四十摄氏度的气温下是难以持久的,除了冻伤之外,在敌人的持续追踪下伤亡数量很大。总的说来,在 1938 年之后,冬季给东北抗日联军的游击活动所带来的困难是致命性的。

回顾从 1938 年春到 1940 年冬的三年抗日游击战争的形势,我们虽采取许多措施扭转不利的态势,但并未取得成效。伤亡逐步增加,又得不到兵员补充。自己曾设法种地,以争取冬季粮食自给。但我们种的地都被日本人空中侦察发现,并派部队捣毁青苗。我们队伍中的变节者,有时也变成了日伪军寻找我们的粮食和菜窖的向导。冬季绝粮问题未能找到解决办法,迫使我们彻底检讨自己的工作和重新确定斗争方针。

日本侵略者自 1938 年初所实行的归屯并户政策,把抗日游击队伍和人民群众隔离开来。我们在极为艰苦的条件下坚持了三个年头的抗日游击活动,损失惨重。这说明离开了人民群众这个最根本的条件,抗日武装是没有可能发展壮大的。党在农村中的基本群众必须是贫农和雇农阶级,而不包括地主阶级在内。由于我们和党中央的联系处于隔绝状态,中央行之有效的发动贫雇农的农村政策,我们无法获悉,因此对于农村中的阶级路线始终是模糊不清的。我们也有自己的根据地,但这个根据地的含义,只不过是深山里的秘密营地,不包括农民群众这个条件在内。没有农村政权的根据地,是无法长期坚持的。

还有一件特别值得一提的事,1939 年的夏季,东北抗日联军第三军军长赵尚志、第六军军长戴鸿宾、第十一军军长祁致中等人由苏联重回东北。苏联人将能够组织起来的一百二十人交给了赵尚志带回东北打游击,由赵尚志任司令员,戴鸿宾任参谋长,祁致中任副官长。他们进入东北境内后战斗意志非常旺盛,第一仗打乌拉嘎金矿消灭了金矿守卫队,吸收了大批工人参军,队伍发展到二百多人。总结这场战斗时,赵尚志认为祁致中有违抗军令的行为,而且私下散布过对赵尚志不满的言论,将祁致中处死了。这个做法引起了严重的后果。第二仗是由戴鸿宾率领的一百多人,攻打汤旺河七号桥老白毛子的守卫队,在激战中战士死伤惨重,戴鸿宾只带回了二十多人。他害怕赵尚志追究罪责,不敢回去,就直接找抗联第三路军总指挥李兆麟去了。当时,赵尚志还派队长刘凤阳带几十人去打鹤立县城,战斗失利,队伍跑散一部分,刘凤阳又带着剩下的少数人越境了。不到半年时间,赵尚志身边只剩下二十多人。他想和李兆麟取得联系,但李兆麟避而不见。有一次第六军第二师师长陈绍滨所带的队伍和他们相遇,赵尚志派人去联系,但发现陈绍滨对他们有明显的敌视行动,双方都迅速地脱离了接触。在这种情况下,赵尚志已无力继续开展自己的游击活动计划,在1939年冬季落雪之后,重新越境进入苏联。他们的失败,也使苏联人对抗日联军的支持丧失信心。

面对严峻事实,抗日联军不得不把保存自己的有生力量,免遭日本侵略者的歼灭作为首要任务。在这个革命低潮形势下,战略性撤退是完全必要的。因此,在1940年,由东北抗日联军的领导者周保中、李兆麟、冯仲云、崔石泉等和苏联代表会谈,达成协议,允许游击队伍在冬季撤至苏联境内休整。这个决定是极为保密的,广大的干部是不知道的,只有支队长和政委才知道这个精神。

1940年冬季,在松花江下游的抗日队伍,饶河地区已成为主要目标了。由于我们在富锦和密山各打了一仗,又有宝清县伪军一个机枪连的起义,因之日伪军一直追踪我们这支队伍。11月,山里积雪逐渐加深,我们的不利因素日益增加。深雪里所留下的足迹成了追踪者最好的向导。不过由密山返回时我们还有较为充足的粮食,还是颇有信心地和敌人周旋。为了对付敌人的跟踪,我们几次用埋设手榴弹的办法,多次造成日伪军的伤亡。不到一个月,粮食要吃光了,我们的子弹和手榴弹也所剩无几了,而敌人并没有收兵的迹象。日伪军采用了长期围困的办法。每一股兵力都不大,无数的小股的分布使我们经常和他们遭遇。到12月份,很多地方雪深超过三尺,我们常常利用夜间艰难地前进。每当坐在雪地休息后,总有几个同志由于饥饿很难站得起来,得由别人搀扶着走。这就使队伍的行动更缓慢了。我们的行进目的地,常常是向着分散在几个地方的粮食库,但粮食库又被日伪军捣毁了,连萝卜菜窖也被挖开了。但这些东西还是维持了我们几天的生命。每个人都背着十几个冻萝卜,到吃饭时由司务长下命令每人可煮一个萝卜吃。因为没有米,每个人用自己背的饭盒可煮自己的一份萝卜吃。有的战士发现了一堆蘑菇,那是最幸运的事了。再就是榆树皮也有人尝试过,用里边的一层嫩皮切成小块,长时间用水煮,会变成米汤一样的东西,喝了可以充饥的。但太费事,在敌人的追赶下,也没有可能每天搞榆树皮吃。当时我们每天的话题就是如何减轻饥饿的感觉。那时还有个共同的体会,在断粮之后头两天有点饥饿难忍,但到第三天反倒不感觉饿了,只是浑身没有气力。当时我们的斗争任务无非是两条:一是尽一切可能找到粮食吃;二是要避开日伪军的搜索。如果有了能够吃四五个月的粮食,我们完全可以在深山里隐蔽到第二年春天。只要不暴露目标,敌人的搜索也难以收到任何效果。但当时我们非得到处找粮食不可,难以隐蔽自己,不容易避开敌人的搜索。而每次和敌人的接触,自己都有几个人的伤亡。

有一个夜晚,支队长王效明同志派大队长崔勇进同志带二十多人出去找粮食。为了等他们回来,我们在一块隐蔽的地方打起火堆睡觉。拂晓,他们还没有回来。突然,站岗的打了一枪,边往回跑边喊:"敌人摸上来了!"大家急忙爬起来,操起枪,背起背篓,这时敌人已经在四五十米处出现了。我们忙乱地向敌人打了几枪,就开始撤退,这时敌人才激烈打枪。我们利用稠密的树林摆脱了敌人。翻过一个山头,队伍又慢慢地集结起来,清点人数,有十来个同志没有撤退回来,有五六个同志负了伤,队长王效明同志的右手食指被子弹打断。崔勇进同志带的人,直到中午才到了集合地点。他们什么粮食也没有带出来。大家沉默地互相看着,都希望别人能出人意料地拿出一个什么好主张,或者是想起了在什么地方还保存有几袋粮食。但是谁也没有说出什么来。

黄昏时,王效明把几个大队干部找来商量说:"我们断粮已经七天了,日伪军摆出了对我们长期围困的态势,企图将我们赶尽杀绝,我们必须将这支久经考验的队伍保存下来,以便在有利形势到来时,把抗日战争的任务继续完成,现在只有争取国际援助这唯一可选择的道路了。根据周保中同志的预先指示,我认为今天夜晚应该撤退至苏联境内。"与会者对他的这段话没有表现出热烈的称赞,也没有反对,只有一两个人慢吞吞地说:"事到如今,只好如此……"于是,队伍向着乌苏里江前进了。到第二天早四点钟左右,到达了江岸,对面就是苏联的比金镇。我们一百多人踏着江上的冰雪,响声非常之大。我们还选择了一个稍懂俄语的同志走在前面准备答话。突然岸上发出了喊声,并打了一枪。队伍停下来。前面的人高喊:"巴尔吉赞!"俄语这个词的意思是游击队,通常我们只用这个词来说明我们是抗日游击队,而苏联边防哨所也完全懂得它的意思。这时苏联人派了一个班的人过来了,并且示意要所有的人把枪放在地上。我们都照办了。他们来回地检查了几遍,确信我们的身上已经没有佩带武器时才叫我们向前走,并由他们带着上岸,把我们安置在一个大房间里休息。我们在这里整整待了一天,苏军送来面包,还有土豆和牛肉等,叫我们自己做饭吃,同时还嘱咐不得随便在院子里走来走去,以免被日本人的瞭望哨发现。支队长王效明被他们叫去询问情况,在边界城镇比金住的一个苏军上尉来此和王效明谈了好长时间才走。这个上尉是负责与东北抗日游击队取得联系的联络军官,中国名字叫海路。第二天早饭后,来了两辆大卡车,卡车用篷布盖得严严实实,一是为了御寒,二是为了保密。我们上车以后,苏军战士把篷布扣好。经过三四个钟头颠簸得很厉害的运行,中午到了伯力城内的一个地方,我们被带进一个大房间里休息、喝水。在这里看见了较多的苏联军官。他们出出进进,问问这个,问问那个。有的会一些中国话,什么"冷不冷?""你叫什么名字?"等等;使我们增加了一些亲切感。过了一会儿,他们给我们送来了午饭:面包、咸鱼、白开水。面包很快被吃完了,他们只好又拿些来,每人又分了一块。不料吃完之后,很多人还是觉得没吃饱。我们自己在商量怎么办好,应不应该再请他们拿些面包来。因为大家经受了长时间的饥饿,肚子里已经没有任何"积累"了,现在还吃不饱饭的确是难以忍受的。我们只好厚着脸皮向苏联军官提出要求再拿些面包来,他听到这个要求后表示有些吃惊,耸了耸肩膀,微笑着对我们说:"黑列巴耶西!"就是"有面包"。过一会就又拿来一堆面包,才算满足了大家的肚子。我们一个人吃了他们三个人的定量,难怪他们吃惊。

到了北野营

饭后,安排我们全部的人洗澡,从里到外的衣服全部换掉。我们的衬衣都是长满了虱子的,外面的棉衣都是破烂不堪,特别是棉裤膝盖部分,都在游击活动中被树条子划得开了花,不少人的裤裆也都被划破了,确实是衣不蔽体,不堪入目。大家换上了苏军的旧棉衣和旧毡靴,显得精神多了。晚饭后,我们又被卡车运走,大约走了两个钟头,来到了一片树林里。下车之后,很惊喜地发现在迎接我们的人当中,不少是相识的老战友,有三军的、五军的、六军的。相见之下,一片欢腾,话怎么也说不完了。在我们之前已经有一百多人先到达了。这就是北野营。我们被引进房子里,那里悬挂着煤油灯,双层铺挤得满满的。炉子是暖墙式的,俄国人把它叫别里达。因为就在树林子里,别里达总是用木柴烧得旺旺的,屋里非常暖和。因为房子不够住,有些人就住在帐篷里。最初几天,在抗联战士中负责管理司务的是由第六军来的陈雷同志。不久,他又被派回东北去执行任务。

我们在这里开始休整,人陆陆续续地增加。每天安排学习,有政治课、队列训练、步枪射击、单兵和班的战术、刺杀,还有滑雪。政治课由我和陈雷、鲍林几个人讲,由苏联人指定内容,是从联共党史中选的一些章节,还有苏联1936年的宪法等。射击、刺杀、队列教练是由吴刚先训练出几个小教员,以后再由他们分头教给大家。

吃饭依然有问题

在这里吃饭是按定量分配,每天每人一公斤面包,菜食是以汤菜为主。按说,一公斤定量是相当高的,但那时除了女同志可以吃得饱以外,男同志没有一个说自己够吃。开始是按三顿饭分面包,有人老觉得顿顿吃不饱有意见,因此就将一公斤面包在头一天晚饭前一次发给,由自己分成三份计划着吃。有些人就吃预支粮。有一个叫孔昭礼的战士,他每天晚饭时将所领的一公斤面包全都吃光,第二天的早饭和中午就只吃菜汤和只有一两米的一勺菜粥。时间长了,多数人觉得我们不应该再这样忍受饥饿,酝酿着要和苏联人交涉一次增加面包供应问题,终于推选了姜新泰、乔树贵和我三个人和苏联人谈判。那时野营又来了一位苏联大尉军官,中国名字叫杨林,以后才知道他的苏联姓是沙马尔钦科,苏联人任命他为野营主任。一个专职的翻译是个苏籍华人,苏联人称他为别佳,中国人也跟着喊他别佳,而自始至终不知道他的中国姓名,也猜不透他的来历。他对我们这些抗日游击战士很缺乏热情,他担任翻译时语气也跟苏联人一样盛气凌人。为了增加面包供应问题,杨林带着别佳接见了我们三个代表,谈了半天,毫无结果。杨林对我们谈了半天热量计算问题,说一公斤面包有多少卡路里的热量,对于人身的需要量是足够的了。我们不懂这些,只懂饱不饱的问题。

日苏中立条约对我们的影响

·

在此期间,周保中、李兆麟、冯仲云、崔石泉、王效明、季青、安吉等人还住在伯力,他们曾集中讨论了东北抗日游击运动的经验教训和今后如何将抗日斗争坚持下去的问题。他们每隔十天或半个月就到野营来看大家一次,有时讲自己的经验教训,有时讲关内八路军和新四军的斗争形势。他们在伯力可以收听广播,可以得到迟到的延安《新华日报》。皖南事变后,周保中专门给大家讲了事变发生的经过和对国民党阴谋的谴责。与此同时,周保中号召大家经过休整之后,准备重新返回东北坚持游击战争。

1941年的3月,我们已接到通知,准备分批回东北去,编组工作已做好。到了4月初,第一批的一百多人即将去伯力,在那里改换服装和领取武器。女同志被告知一律留下,下一步再回去。一个朝鲜族女同志全顺姬哭着送别了自己的丈夫金忠烈。第一批同志离开野营之后,晚上大家很晚才睡觉,经过三四个月的休整,都觉得精神焕发,认为回东北后在春夏秋三个季节里大干一场是很有把握的,相互鼓励,预祝取得胜利,表示希望到东北之后在战斗中重逢。

不料,去伯力的同志第三天又全部回到了野营,因为苏联人告知,乌苏里江开始化冰了,无法渡江。大家猜不透怎么回事。这意味着谁也回不去了。今年的抗日斗争如何开展呢?没过几天,周保中、李兆麟、冯仲云等来到了野营,向全体同志讲话。他说,在4月里,日本的外相松岗洋佑访问了莫斯科,日本和苏联签订了中立条约。苏军当局考虑到这个条约的因素,不能再协助中国的抗日游击队伍返回东北。在这种情况下,我们只好在野营长期整训,学好更多的杀敌本领。一旦条件许可,随时准备重返战场。大家对他的讲话没有报以掌声,但每个人都对这个问题思索着,气氛是严肃的、沉静的。是啊!苏军当局的考虑固然是有道理的,但我们也在怀疑是以此为借口。大家在互相交谈中一致认为,在东北开展抗日游击战争的有利条件很多,也一致认为如何坚持冬季斗争是个难题,谁也没有提出个好办法。这个问题不解决,就谈不上游击战争的发展壮大,解放全东北的目标自然也是渺茫的。那么,可不可以设想在冬季里由苏联给抗日游击队提供庇护所呢?在我们自己看来似乎是最理想的办法,但是在国际关系上的确会引起许多麻烦,苏联人不同意这样做是可以理解的。苏联和日本之间的关系,当时也的确存在着问题。1938年日军在张鼓峰挑衅,1939年日军又在外蒙边境诺门坎挑起了武装冲突。这两次事件虽说都以日军的失败而告终,但这样的事件不是苏联希望发生的。一个平静的远东国境线是符合苏联当时的国际政策的。从长远看,日苏必有一战,我们终于会有一天和苏军并肩战斗,共同消灭日本侵略者,解放全东北。但这一天何时到来呢?大家在沉思。在这种形势下,加强自身的军事训练,学好杀敌本领,也不应该认为是个消极的主张。

这样,大家又投入紧张的军事训练中去了。

5月里,北野营周围冰雪逐渐融化,我们开始用一半的时间组织生产劳动。种土豆、圆白菜、西红柿、黄瓜等,还要伐木盖房子。只有无线电通信排三十多人没有停止训练,电键的嘀嗒声每天叫个不停。其中多数是女同志,有张景淑、朴京玉、金伯文、李敏、金玉顺、金贞淑、李在德、邢德范、王玉环等。男同志中有夏礼亭、白生太、曹曙焰、郝凤才、段大吉、姜焕周、李俊、李忠义、高嘉流、李兴汉等。苏军大尉奥斯特列可夫担任教员。

小部队的派出

尽管抗日游击战争的继续没有取得苏联的支持,但是周保中、李兆麟还是同苏联同志商定,可以派出十几个小组回到东北搞经常性的侦察工作。这样的小组少则五六人,多则十几人,都携带着武装和无线电台。周保中和李兆麟给予小部队的任务主要有两项,其一是和留在东北境内的游击队保持联系,给予最必要的经常性的指示;其二是对东北境内的日伪军的部署与设防情况进行不间断的侦察。

1940年底,抗联队伍没有退至苏联境内的尚有以下几支:第一路军魏拯民以及郭池山、郝久成、曲玉山等同志所率领的队伍;第三路军金策、许亨植、朴吉松,王明贵、张光迪、王钧、郭铁坚、张瑞麟等同志所领导的队伍,第二路军刘雁来、陶净非等同志所领导的队伍。第三路军的队伍在1942年和1943年还在嫩江平原地区坚持了一个时期的游击活动,但伤亡也相当大。队伍经过几次的发展,也遭受几次重大的挫败,许亨植、朴吉松、郭铁坚等同志相继牺牲。王明贵、张光迪、金策、王钧、张瑞麟等同志,相继奉命带领自己的队伍撤退至苏联境内。第二路军的陶净非同志于 1942 年牺牲,刘雁来同志于 1943 年底奉命撤退至苏联境内。

参加过上述的小部队活动的有王效明、姜信泰、李永镐、陈雷、于天放、陶玉峰、于保合、杨清海、曹曙焰、杨振华、陈春树、张鸿林、裴金凤、姜焕周、李在德(女)、陈玉华(女)等。有不少我忘记了名字,其中有些同志在执行任务中贡献出了自己的生命。

做小部队工作的还有另外一部分人,他们是东北抗日联军的人,但一直未到过野营也未列入教导旅花名册内。这部分人所执行的任务是由苏军情报部直接赋予的,不通过周保中和李兆麟。估计有二三百人,名单列不出来。东北解放之后,他们之中很多人又回到中国共产党的领导下进行工作。如现在在沈阳工作的李铭顺、郝永贵和在哈尔滨工作的李东光同志等,他们都曾在抗联第三军和第七军担任过团一级的领导工作。还有些人去世了,如曾在第十一军担任过师长的李景荫同志,在第五军第三师担任过副官长的王亚东同志等。他们当中有多少人在同日本侵略者的斗争中献出了自己的生命,难以说得清楚,因为他们的工作任务和地点极端保密,事后难以查到可靠的资料。他们是在另一条战线上继续进行抗日斗争的,其中有不少人是做出了重要贡献的。东北人民是不会忘记他们的功绩的。

战争消息突然来到

1941 年的 6 月 22 日,德国法西斯突然进攻了苏联。我们没有收音机,不可能从广播中得知这个消息,是由苏联军官吴刚上尉在临时召开的全体军人大会上宣布的,大家颇为震惊。吴刚又说由于日本和德国有同盟关系,我们必须警惕日本人从远东向苏联发动进攻,号召大家加强军事训练,一旦远东发生战争时,能随时给日本侵略者以有力回击。这突如其来的消息,虽使我们震惊,但更多的是带来了希望和兴奋,认为可以和苏军携手作战了,解放全东北的战争只有在这样的情况下才能取得胜利。在野营的全体抗日游击队员,以极热烈的心情,讨论了这个突然变化了的国际形势和我们应有的态度。在冯仲云同志的倡议下,起草并由全体军人通过野营全体人员致斯大林同志和苏联政府的请战书,着重表达了我们准备在日本侵略者敢于发动对苏战争时,不惜一切牺牲同苏联红军并肩战斗,狠狠地打击日本侵略者,彻底解放全东北,消除日本帝国主义者在远东方面对苏联领土的威胁。

6月的25、26日,野营附近有苏军活动,他们是向边界一带展开,防止日本军的突然袭击。战争的气氛增加了。

空降训练

7月,我们全部到伯力城去接受一个月的空降训练,我们驻在城郊的一个营房里,周保中同志也同我们一起参加学习,十几个女同志也参加了。为了不引起别人注意,在我们的旧军服上都钉上了苏军领章,帽子上加了帽徽,我戴了个中士领章。教官是一位苏军少校,他的教授方法很得法,先学了一个星期的地面基本动作,第二个星期就练习从跳伞塔跳伞。这个练习使大家兴致很高,绝大多数跳得很成功,只有张鸿旗同志一到塔顶,就不敢往下看,头晕眼花,更不敢往下跳。同来的野营苏联上尉吴刚第一次上跳伞塔,也显出胆怯的样子,我在旁边看了暗自好笑。苏联教官对他解释了半天,要他放心大胆往下跳,保证无事。我听到他总是一句话:"亚尼莫姑"(我不能跳)。终于他又从楼梯走了下来。

教官马约尔对我们的刻苦学习和取得的好成绩非常高兴,他有几个助手都是上士和中士,也是朝夕和我们一起相处,非常亲热。空降训练中的一个科目是降落伞的折叠和包装法,都是士官负责教的。这个科目是很细致的,如果叠得不对头、装得程序错误,伞就打不开,就会摔死人。每个人用的伞都是由自己加一名助手亲自折叠包装,并由另一名教官检查合格履行签字手续后放入专柜保管,不得错用别人的伞。我们在地面上反复练习开伞动作,熟练之后又在地面的飞机模型里练习下跳动作。经过半个月的基本动作练习后,马约尔告知我们,明天要进行第一次空中实际跳伞,大家又都兴奋起来。当天对每个人又进行了身体检查,没有不合格的。第二天早饭后,卡车把我们拉到了飞机场。每架飞机一次可以装二十多人,由教官亲自站在飞机的舱口,指挥着每一个人跳出飞机。第一次空中跳伞全部成功了,大家喜悦的心情真是终生难忘的,回来的路上都在夸耀自己是如何拉伞的,伞怎么开的,自己在空中又是怎样看见别人动作的,落地时谁摔了筋斗,谁站得稳了等。这些话说起来没个完。这样前前后后每个人跳了十来次,最后两次增加了难度,有几个人从飞机的机翼上往下跳也都很成功。

1941年冬,野营又增加了一些人,他们是在夏秋两季去东北执行小部队活动的,完成具体侦察任务、联络任务陆续返回野营休整。

12月,传来日、美在太平洋爆发战争的消息。大家认为形势对我们越来越有利,英、美对日宣战对中国抗日战争的最后胜利肯定是有促进作用的。

和我们的党中央未能取得联系

在苏联头一年的时间里,大家经常关心的是如何和我们党的中央取得联系的问题。有一次我向冯仲云同志问起这个问题,他说已经向苏联同志提出了请求,希望协助我们建立和我党中央之间的直接联系,但没有结果。周保中同志也说过曾打算派王鹏从苏联经新疆去延安,但苏联人一直说无法安排。在此后的几年里,经过多次努力,都没有取得结果。苏联方面解释说他们和延安之间没有取得联系。这个解释我们始终认为是不圆满的,但也无可奈何。

　　为什么周保中打算派王鹏去延安呢？1940年秋,我们在富锦同江一带的沼泽地打游击时,忽然一个人来到了我们的队伍,自称王鹏,是从延安来找东北抗日联军的。我和他谈话,他说是党中央派来的,任务是要东北抗日联军的党组织派出代表去延安参加正在筹备中的党的第七次代表大会。我问他有无党中央的信件或自己的身份证明,他解释说由于沿途日伪军警一次又一次的盘查,他被迫把所有的证明文件都销毁了。说他在路上走了好几个月,是从伪满报纸上找到了一点抗联活动的消息后,才来富锦和宝清县找我们。我们对他的话不好相信,但也没有根据怀疑他是敌人派来的奸细,因此派人把他送到支队长王效明那里,王效明又将他转送到周保中那里。周保中就一直带着他,到冬天时他随着到了苏联,以后也到了北野营。在1941年春天被派到东北搞小部队工作,并牺牲于东北。

　　1942年夏,刘亚楼、卢冬生同志来到北野营。他们都在中国工农红军里当过师长。我们对此曾抱一线希望,认为他们一定会和延安有联系。但是以后了解到他们也和党中央断了联系,他们从苏联的伏龙芝军事学院毕业之后无法回延安去。刘亚楼同志文化程度较高,俄语也学得好,被安排到苏联远东军区司令部工作,授予大尉军衔,改名王生。卢冬生同志和苏联人吵了架,拒绝苏联人派遣他到东北搞情报工作,被送到八十八旅,在旅政治部担任组织干事,授军士衔,改名宋明。以后我听说还有一些从八路军去苏联学习的同志和刘亚楼、卢冬生两人一样被滞留在苏联,都和我党中央失去了联系。

　　对于为什么我们一直未能和党中央取得联系这个问题,我一直想求得一个正确的答案。1945年我回到东北后,遇见了许多从延安来的同志,有不少人都证实党中央在抗日战争期间,曾屡次派人去东北寻找东北的党组织和抗日联军。甚至在1940年还组织了一个东北干部团,准备进入东北。但是到了晋察冀边区就被迫停止了,未能实现自己的计划。至于上边所提到的王鹏,的确是由党中央派去东北的,是唯一找到了东北抗日联军的人。现在的吉林省省长于克同志证实是他经由山东省于 1940 年派出的,走后就再没有回音了。

苏联代表王新林

　　前面我提到了王新林这个名字,他是由苏联方面派出的与东北抗日联军进行联络的主要负责人。凡是需要双方在文字上达成共同协议的,我方由周保中和李兆麟等签字,苏方由王新林签字以示负责。可能最初的苏方代表叫瓦西里,为便于中国人呼叫,就用了王新林这个谐音,又利于保密。以后苏方代表曾更换过,但王新林这个名字没有更换。他在苏联军队的具体职务我不清楚,但在教导旅成立之后,经常到野营里来的王新林是一个少将,是远东方面军的情报部长,苏联军官称他为索尔根将军。他来到教导旅常常是为了检查军事训练的成绩。有一次步兵营的进攻演习是他参加指导的;每年教导旅的成立纪念日,他都要亲自来参加庆祝活动。游击队员自编自演的文艺节目虽说水平不高,他也要全部观看完毕,有时还提出点评论性的意见。他是一个在军事和政治上都有较好水平的领导人。据周保中同志讲,在那以前的"王新林",很瞧不起抗日游击队,态度傲慢,不讲理,和他商谈问题经常要引起吵架,双方关系搞得很僵。这个情况以后曾反映到斯大林那里,把他换掉了。听说斯大林也说过那个王新林是可恶的。和前一个王新林的争吵涉及的问题,包括中国共产党东北党组织在苏联境内该不该保持自己的独立性问题;东北抗日游击队要不要保持自己行政组织上的完整性,以利于重新开展东北地区的抗日战争等问题。以周保中同志为代表的抗联领导者多数同志,坚决主张要保持中共党组织是独立于苏联共产党远东地区党组织之外的,并且坚决反对了对东北抗日游击队的取消主义态度。现在看来,这些主张是完全正确的,当时的斗争是很必要的。而后一个王新林,即索尔根将军对周保中同志的意见是完全尊重的,体现了国际主义精神。

伪满军一个连的起义和越境

1942 年的 6 月,驻在饶河县东安镇的伪靖安军二团二营六连起义。发动这次起义的是三个爱国的班长祁连升、国如阜和周砚峰,都是二十来岁的小伙子。他们出于对日本侵略者的仇恨,出于对自己祖国和民族的热爱,共同策划了这次事件。他们在起义过程中,打死了中尉连长日本人黄谷成男和一排长傅志馆。但是东安镇处于边境地带,起义之后没有什么回旋余地。他们出于对苏联社会主义国家的向往,起义后毅然组织队伍越境到了苏联。对于这一部分人的安置问题,王新林在和周保中、李兆麟商量之后,决定将他们全部交给我们,接受抗联部队的领导。他们的人数共有七十余名,在苏联经过三年军政训练后,于 1945 年 8 月和我们一同回到东北,参加了解放全东北的斗争,以后又参加了三年解放战争,绝大多数表现很好。祁连升同志以后还担任过吉林省的公安师师长,国如阜同志改名张维国,现在仍在哈尔滨林业总局工作。周砚峰同志现在在辽宁省阜新市任归国华侨联合会主任。

教导旅的成立

1942 年夏季,经共产国际批准,决定将东北抗日游击队编为教导旅。这事在上层酝酿时间较长,我们得知消息时已是万事俱备了。据王明贵同志回忆,当时周保中同志所关心的是需要有一个整训性质的机构,名正言顺地管理东北抗日联军这一批人,有职有权。譬如说搞一个学校机构或者是教导团的机构,让抗联同志自己管理自己,请苏联人出教官负责训练。他的想法得到其他领导同志的赞同,又得到王新林同志的支持。斯大林批准组建一支教导旅,同时授予苏军八十八旅的番号。从那年五月开始,北野营发生了不少的变化,南野营一路军的同志全部来到北野营;起义的伪军一个连交由抗日游击队领导;6月底有十二个翻译学校的苏联人毕业生到野营来实习中国语等。最初,这些实习生自己集中住在一个帐篷里,十来天之后,索尔根将军来检查他们的实习情况,批评了他们不该单独住,要他们和游击队员们混住,为的是有更多的实习中国语言的机会。我认为索尔根这样的安排,也有使他们更多地熟悉抗联干部的含义。我们对他们的来到很欢迎,因为他们的态度都是友好的,和他们相处也便于学习俄语。他们都受过正规的军事训练,对于我们的训练很有帮助。一个月后,第二批翻译学校的实习生又来了,实际上这两批人都成了改编后的教导旅的苏联军官,对教导旅的建设起了重要作用。我还能记得其中一些人的姓氏,他们是:高巴计、库肯、斯米尔诺夫、伏罗希洛夫、什罗诺夫、阿法纳申哥、卡沙特肯、舒米痕、丢林、瓦什科维茨、叶尔绍夫、普洛化代夫等。

　　7月底,周保中和李兆麟正式向抗联干部宣布,根据共产国际的决定,将抗联队伍全部按苏军的编制和制度进行改编,以便进一步加强军事训练,提高战斗力,随时准备给敢于发动侵略战争的日本帝国主义关东军以有力的回击。改编工作包括:(1)充实兵员,将应征入伍的苏籍华人和远东地区少数民族士兵编入教导旅,这样兵员总数可达一千五百人。(2)充实干部力量,调配大量苏联军官到教导旅工作。编制体制按旅、营、连三级,共编四个步兵营、一个无线电营、一个迫击炮连。每个步兵营两个连,每连三个排。1944年还增加了一个自动枪营,全是俄罗斯人;八二迫击炮连,全部是东方少数民族。(3)旅、营、连三级的正职由抗联干部担任,副职由苏联军官担任,此外各级还配翻译军官;旅、营两级设司令部,由苏联军官组成;旅政治部主要由苏联军官组成,少数抗联干部参加;旅后勤部全由苏联军官组成。(4)武器装备按苏军步兵的装备配备。(5)服装按苏军陆军服装配发。(6)抗联人员凡担任正排长以上干部者授予军衔,其薪金与苏军的同类军官相同。副排长和班长则授予军士衔。

类似教导旅的组织形式,第二次世界大战期间在苏联还有过南斯拉夫旅、波兰旅等,他们在解放自己的祖国方面都起了重要作用。我们对于这次改编抱赞成态度,以后事实也证明在大量苏联军官的参加下我们的军事素质提高较快。苏联军官对待我们是平等的、尊重的,军事训练方面要完全依靠他们,而他们能够以培养我们独立工作能力的方法进行工作。因此那几年内学到的东西很多,同苏联军官的相处是友好的。

1942 年 7 月,整编工作紧张地进行着。新兵陆续来到,苏联军官增加得很多,重新搭起了大量的帐篷,营房的修建也加快了速度,全新的武器、服装也都陆续运来。这时,周保中、李兆麟也都住到军营来了。

一天,我们全部换穿了新的苏军服装,尔后按预定的营、连序列整队集合在帐篷前,由苏军远东军的代表向大家宣布命令: 旅长周保中,政治委员李兆麟,崔石泉为旅党委会书记,冯仲云为旅政治部新闻科长。同时,授予了军衔。周保中、李兆麟为少校,一年之后,周保中晋升中校。

苏联军官中任副旅长的为什林斯基少校,1944 年晋升中校;参谋长为沙马尔钦科少校,即原来的野营主任杨林大尉;旅政治部主任为塞辽根少校,后勤部长为金牙少校,军械处长为杜也夫少校。在营里都配有苏联人的副营长和副政治委员, 还有司令部的参谋长和参谋等人。我在第二营先任政治指导员,后改任连长。第二营的副营长是上尉喀沙特肯,副政治委员是上尉阿达莫夫。原来野营的苏联军官李吉南任第三营参谋长,他的苏联名字实际上叫沙保什尼克(中国意思是皮鞋匠)。

为了庆祝教导旅的成立,专门开了一次大会。远东军区司令员阿巴纳申哥大将到野营来了一次,在王新林(索尔根少将)的陪同下检阅教导旅并讲了话。他讲话中宣布了教导旅的正式番号为苏联远东方面军第八十八独立步兵旅。这次担任翻译的是苏军少校佐林,他的中国话讲得非常流畅,以后在旅司令部的侦察科担任两年科长。教导旅成立后两个月,我们又进行了一次空降训练,是在双城子附近的空降训练场进行的。这次跳伞已经不用自己拉伞了,是自己把拉伞绳递给教官,由教官将绳套挂在飞机上,往下跳时,伞就自行打开。这样跳伞,也叫速成法。没有经过严格训练的人也可以往下跳。不过这次确实不如在伯力那次训练组织严密。伞不够用,不是自己用自己亲手折叠过的伞。在名单上安排了跳伞的,没有拿到伞,都觉得很乱。在半个月中,我只从飞机上跳了两次。快要结束前,出了一次重大事故。在下午四时左右,我们在地面观看一批跳伞者的降落情况,伞一个一个地打开了,但是一个人在折了几个筋斗之后伞还没有打开,大家以为他是在搞特技跳伞。伞终于被拉出来了,但不是伞状,是片状。大家吃惊了,伞没有拉开,人继续往下掉,速度越来越快,救护车赶快出动。迫击炮连的一个排长沙马尔不幸被摔死了。这样的事故在空降训练中是从未发生过的。以后检查降落伞的情况,发现主降落伞被用线缝死,根本无法打开;而备补伞打开后,一部分伞绳是断的。这是政治破坏事故,敌人钻了组织不严密的空子。

军事训练颇有成效

11月1日开始冬季训练。由于盖营房和秋收,以前训练时间较少。冬季训练每天八小时,加半个钟头早操。苏联军官每周有计划地给班长上辅导课,尔后再通过班长照着样子给战士们上课。队列、射击、刺杀、投弹都是如此,这种方法很见效。战术课则是由排长和连长亲自教,军事地形学和爆破课是由苏联军官以连为单位统一讲授,班教练的辅导课是由旅司令部的作训科长亲自教。连里每周都公布战士的学习成绩,对战士的学习推动很大。

落雪后,野营附近和黑龙江上都是积雪不化,滑雪训练季节开始了。滑雪板是自己做的,我们连里有两位上等木匠,一个是乔邦义,原为第一路军的一个连长;一个是陈春树,原为第二路军第七军的排长。他们在树林里选锯上等水曲柳和色木,回来破成板以后再精心制成滑雪板。滑雪棍也是战士自己做的,树林里的野葡萄藤很多,用它制成二十厘米直径的藤圈,再加上两根一米三长的棍子,就是一副好的滑雪棍。大家对滑雪的兴趣很高,这是因为在东北的冬季游击活动中吃够了苦头。学会滑雪,对冬季游击活动是有帮助的。

苏联远东冬季气温多为零下三十至四十摄氏度。在这样的严寒条件下进行训练非常艰苦。耳朵、鼻子、面腮很容易受冻。连长天天吩咐大家互相观察着这几个部位,一发现皮肤的颜色发紫,就知道是冻了,赶快告知本人用手搓揉,过一两分钟就会恢复正常。如果不让别人看见而是自己感觉到受冻的时候再搓揉就来不及了,就得找医院治疗。有一次二营第三连进行六十公里滑雪训练,当回到家里的时候,一个朝鲜同志副排长金曾东的两手几乎冻僵,两个人用雪对他的手进行搓揉,一直搓了半个钟头才慢慢恢复过来。防止冻伤也是一堂必不可少的卫生课。

每年冬季,都要组织一次拉练训练,时间两周。利用滑雪的办法把部队带到一百公里以外的地方,在有树林和荒野的地方搭帐篷军营。在行军途中要做许多课目,战斗行军队形的编成、行军警戒的搜索、伏击、遭遇战斗等。宿营后要组织宿营警戒,对其他连队驻地的侦察以及偷袭等。还得设置临时射击场进行实弹射击。炊事班则学习野炊。这些课目都很适用于游击战争,有些我们也不熟。但我们很能适应这些活动,每次训练成绩都是比较好的。

每周有一天是军官学习日,全旅军官集中学习,内容为战术和司令部工作,还有汽车驾驶等。

1944年,我被任命为第二营司令部参谋。司令部是精干的,一个参谋长、两个参谋、一个书记。参谋长是原来我当连长时的副连长,苏联

我的回顾

翻译学校毕业生高巴计中尉,1944年晋升为上尉。另一个参谋也是翻译学校的毕业生瓦什科维茨中尉。我分工制定每周两个连队的课程表,每个课目除要写上时间、场地、授课人,并将学习内容列出几个要点,还要根据远东军区司令部所颁发的步兵训练大纲来填写。这样的计划可以保证课目进度和质量,也使连长,排长在工作中有所遵循。再一项工作就是每天填报全营实力统计。由于高巴计会中国话,而我也已粗通俄语,我们之间中国话和俄国话可以通用,合作得很好。营司令部书记是上士王勃士,是苏籍纳纳依茨族人。在1944年,苏联军官已逐渐减少。由于中国连长已能独立主持连里工作,有些苏军副连长已调走或改做别的工作。营里也不设苏军副营长了,只有一个苏军参谋长。

1944年冬季,在索尔根将军的亲自监督下组织了一次战术对抗演习。这次演习准备了一个月,由第四营七连在预先构筑好的阵地上组织防御,第二营担任进攻。攻防双方的指挥官都由中国同志担任,苏联军官充当顾问。攻方的营长为王效明,参谋长是我,连长是杨清海、沈太山、陶玉峰。守方的连长是金光侠。演习基本上是成功的。但是索尔根将军临时出了几个情况,弄得我们不会处理,也暴露了我们学习的不足。

苏军中内务部的组织

教导旅成立后,苏军内务部的机关也在野营建立。内务部长是阿尔布佐夫少校(阿尔布佐夫中国话含义是西瓜)。开始,我们这些游击队员对这些工作很不熟悉,不知道他们的任务是什么。以后,他们的活动逐渐触及每一个人,但又不易为人们所察觉。他们在部队里不受任何人领导,只有垂直系统的上级机关。旅里对各营连宣布,内务部可以不经任何行政首长,直接找任何干部或战士谈话。他们找了哪些人,谈了些什么,我们无法知道。我们当时也没有兴趣过问这些。在野营的一般苏联军官对他们的工作要比我们熟悉些。最初在第三连担任翻译的库肯中尉,在 1943 年被调至内务部工作。他在三连时和我相处很好,到内务部之后似乎是负责第二营这个单位的工作,依然经常和我们接触,冬季拉练时也是随第二营一块行动。他曾两次约我到内务部去闲谈,好像没有什么主题,他也不作谈话记录,随便问问这个人打过哪些仗,在何处打游击,那个人何时参军,担任过什么职务。自然,没有什么不可以对他们讲的。有时他还对情况作某些更正,因为我发现他对每一个人情况的了解比我们自己所知道的要多得多。实际上他们是对每一个人都建立了一份档案材料。他们在和你谈话时没有作任何记录,实际上全部都记在他的脑袋里,而在事后再记录在书上,这种方法可不引起谈话者的过分重视。他们的工作没有引起过我们的不安,我们也完全理解这些工作的必要性。

在教导旅成立后的三年多当中,政治性的事件发生过几起。在 1943 年的秋季,有两个战士逃跑。这两个人是东安镇伪满军起义时跟着出来的,并没有什么革命觉悟。可能由于思念自己的故乡而想要逃回东北,因为北野营距离边界只有一百多公里。但是他们不熟悉地形,又得躲避任何可能遇到的人。他们俩利用树林的隐蔽盲目地向西走了两三天也没有到达边界,被苏联边防军截获了。对他们的审讯都是苏军机构进行的,定为叛变罪,死刑。定罪之后,苏军通过教导旅的领导人通报了全旅。大家一致拥护这个判决,这两个人被一辆囚车送到北野营,在全体军人面前被押出了囚车,由苏联人宣读了判决书之后立即被枪决。

1944 年的冬季,由伯力来的一位中校在一次干部大会上宣布一个副排长赵西林为反革命分子,并将其逮捕后送到伯力审讯。听说是判了一年徒刑并在刑满之后留在苏联农庄参加生产劳动,以后一直未回中国。给他定的罪是图谋杀害领导。事情的起因极其平常,赵西林的爱人金玉坤怀孕,赵西林从厨房偷了几个土豆给金玉坤烧着吃,被别人揭发了。旅长周保中和副旅长李兆麟批评了他品行不端。他因此不满发牢骚,甚至公开说出了要危害周保中和李兆麟生命安全的话。苏军内务部弄清了这一情况,决定将他逮捕法办。

第四营营长柴世荣,原为抗联第五军军长。该营政委季青,原为第五军政委。他俩在1944年之内先后被捕,尔后下落一直不明。对他们两人的处境野营的人颇为关心,当时传说季青私自藏了一部电台,还说柴世荣和季青两人从东北去苏联时所带的人当中有一个是日本特务,因此苏联机关怀疑他俩也和日本特务机关有联系。对他们被捕后的审讯情况,苏联人一直没有正式向周保中和李兆麟通报。周保中问过苏联人,得到的简单回答说他们是日本特务。在我们1945年8月底准备全部返回东北时,周保中再次问到两人情况,回答同前。周保中问他们有何根据?没有进一步回答。1955年,周保中向党中央报告了这件事,希望能通过外交途径向苏联提出要求澄清两个人的情况,并要求将两人遣返中国。1955年,季青被送回中国,他是从西伯利亚的集中营中被找回来的,多年来在那里伐木头,身体被摧残得很厉害。原来给他妄加的罪名始终没有得到材料证实,是一桩冤案。柴世荣同志则一直没有下落,可能含冤而死,苏联人也无法向中国人做出合理的解释。1955年和季青一同回中国的还有金润浩,朝鲜族人,原为抗联第五军秘书。我在1937年时曾和他相识,也是因日本特务嫌疑而被捕,但他从未到过北野营,回国前在北冰洋挖煤。对以上这些人的处理,我认为都是苏联内务部参与的。

共产国际宣布解散

1943年国际上一个重大事件就是共产国际的解散。这个消息在北野营引起了一定程度的震惊。教导旅的中共党委曾组织了一次讨论。但如何正确认识这一事件,在野营这个狭小的天地里,没有多少材料可供我们分析,谁也不可能发表太多的议论。在这个不太热烈的会议上,大家都只能是听领导多讲讲。领导讲的着重是应该如何拥护这个决定。但共产国际解散后,对国际共产主义运动到底会产生什么影响,谁也说不出来。对这件事情的私下议论比较活跃。

来自延安的学习材料

因为我们长期地和党中央处于隔绝状态,所以对于来自延安的任何消息和材料都十分珍视。周保中同志通过苏联机关得到一些不完整的《新华日报》,还有少数书籍文件。我记得曾列为党内学习文件的有:《中共中央关于增强党性的决定》《关于整顿党风学风和文风的指示》,我们学习了,而且根据其中精神整顿了自己。所得到的书籍是毛泽东同志写的《中国人民解放的道路》。这个书名是当时用的,从内容看,就是《新民主主义论》。当时书中还有毛泽东同志的画像。我是那时唯一的能够照着样板放大画像的人,因此每个连都要找我帮忙画一张毛主席像,挂在自己的俱乐部里。这本书根据党委的指示,列入了连队政治教育教材。当然还有一本毛主席写的《论持久战》,这是我们1939年在游击队时就有的,也是教导旅的政治教材之一。

中国共产党组织在苏联的存在形式

1940年底,还存在吉东省委、东南满省委和北满省委几个平行的领导机构。刚到苏联时是用几个省委联席会议的形式共同决定问题。同时根据集中统一的需要,决定建立三人团,负责对东北党和抗日游击队的全盘领导工作。三人团由周保中同志任书记,李兆麟和崔石泉为委员。他们常驻伯力。同时在北野营和南野营设野营中共党委员会。北野营党委由金京石任书记,委员有彭施鲁、崔勇进、冯仲云和王一知等同志。1942年8月,南北两野营合并,成立教导旅,才正式决定将吉东、东南满和北满几个省委合并,组成中国共产党东北地区委员会,委员有周保中、李兆麟、冯仲云、崔石泉等,由崔石泉担任书记。这个东北党委同时也是中共的教导旅党委。战争期间,苏军实行一长制,确定旅党委在旅长的领导下进行工作。实际上在苏联的近五年时间里,是由周保中同志领导着全盘工作。特别是在和苏联同志打交道时,周保中的见解常起着决定性的影响。中国共产党在各营都建立了支部,连建立了党小组。在教导旅还有一个平行的苏联共产党委员会,党委书记实际上是旅政治部的组织科长,是个大尉。姓氏我忘记了。

1945年8月,苏军对日宣战后,为了适应战争形势的需要,重新调整了东北党委的成员。东北党委由周保中任书记,委员有:李兆麟、冯仲云、王效明、姜信太、卢冬生、王明贵、金光侠、彭施鲁、王一知、崔石泉等。为了在东北全面开展党的工作,在东北党委的领导下,组建了松江地区、黑龙江地区、佳木斯地区、牡丹江地区、延边地区、吉林地区和沈阳地区几个委员会,分别由李兆麟、王明贵、彭施鲁、姜信太、王效明、冯仲云等担任书记,这些地委都在1945年8月底和9月初先后到达指定地区开展工作。

东 北 的 解 放

1945年5月,苏军占领柏林,结束了苏德战争。与此同时,苏军开始大量东调,由火车装运的飞机、坦克、火炮也源源不断地来到了远东。从伯力回北野营的人无不兴奋地谈到这些见闻。我们估计对日宣战的时刻将很快来到。东北抗联的同志在这种情况下心情是既兴奋又焦急。从6月份起我们的伙食标准也未经宣布而提高。过去中级军官每月要交二百多卢布的伙食费,对我来说相当于薪金的四分之一。此时伙食免费,黄油、香烟、糖的供应量也增加。这意味着什么,我们还不太懂。由于苏联军官较多,他们对于供给制度比我们熟悉,有人懂得这是战争第二线部队的供应标准。原来远东军区,已经确定为新的战场了。这明确地告知我们快要投入战斗了,大家的心情更焦急。7月下旬，一位远东军区最高领导成员来到教导旅，苏联军官说他是远东军区三人军事委员会的成员列昂诺夫中将。他是仅次于司令员的决策人。他在教导旅待了半天，找少数干部谈话。他主要是向旅的主要领导人传达有关对日宣战的重要决定和赋予教导旅以相应的战斗任务。同时还有一些苏军的炮兵和坦克兵的军官，携带东北地区军用地图，找我们一些游击队员去核实道路和桥梁的通行情况。8月初，有少数抗联的同志调走，分别派到苏军部队，承担进入东北第一线部队的向导任务。在教导旅工作的苏联少数民族纳纳依茨人，有一些人被派出，他们的任务是空降到日本军队的后方，侦察日军的防御部署和调动情况。原来在第四营当副排长的乔尔根在执行任务后，于8月20日，又回到了北野营。他曾在依兰地区空降得到当地农民的协助，完成了侦察任务。

尽管有相当繁忙的战备活动，但正式对日宣战的时间我们没有被告知过，消息的到来依然是突然性的。在8月8日下午，小道消息从苏联军官口中传出来，说在乌苏里江沿岸发生了战斗。

8月9日清早，广播了对日宣战的消息，苏军进入东北，顺利向腹地挺进。野营响起了一片欢呼声。早饭后，立即召开了教导旅的全体军人大会，由周保中宣布了对日宣战的消息，他号召大家为随时投入战斗而做好一切准备。会后，单独召开了抗联干部会，要抗联的干部战士准备好待命出发，具体行动方案将另行通知，但方案迟迟没有宣布。以后才得知，我们将不作为第一线部队立即投入战斗，而是随第一线部队之后进入东北，尔后就地扩建部队。第一步先扩编为军，再相机投入战斗。8月10日，一艘运输舰已停靠在野营附近的黑龙江岸边。大家认为可以立即出发了，但迟迟没有得到任何命令。在开战的头一两天，大家都在估计解放全东北的战争会打多久，谁也没有料到这一仗竟没有超过一个星期。8月14日，日本宣布投降。我们大家既欢喜若狂，又惋惜自己没有打上仗。下一步怎么办呢？焦急的心情更甚，得赶快回东北去。苏联朋友们很同情地说："思念祖国吧！你们回去后的任务更重了,你们还将要面临一场和蒋介石政权的生死搏斗,相信你们会胜利的。"

8月底宣布了行动方案。在这次大家都极为关心的会议上,周保中和李兆麟讲了话。周保中宣布,由于全东北已经解放,原来设想的集中行动的方案已经不能适应形势发展的要求了。决定组成五十几个工作组进入伪满的一些省城,包括沈阳、长春、哈尔滨、吉林、牡丹江、佳木斯、延吉,齐齐哈尔、绥化等。此外还要进入一些重要的县城,特别是过去开展过抗日游击活动的地区,如依兰、勃利、宁安、富锦、方正、珠河、宾县、汤原、巴彦、海伦、铁骊、鹤立等。中等以上城市每个工作组十人以上,大县城三五人,一般县城二三人。各工作组到达这些城市后的任务,首先是尽快发现有没有我党的地下工作者在活动,并和他们建立工作联系。如果他们能和党中央直接建立联系,应立即通过他们向党中央报告我们现在的情况,并听取党中央对我们的指示。在各城市中,即使没有党的正式组织,也会有一些过去失掉组织联系的共产党员在苏军占领的情况下公开出面活动。我们要通过他们建立各种形式的群众团体,广泛开展群众性的革命工作,尔后逐步建立党的各级组织,还要设法收集并储存枪支,建立自己的武装队伍。周保中在谈到这个问题时说,我们必须做上山打游击的准备,如果国民党占领东北,我们就不得不第二次在东北开展游击战争,因此要掌握枪杆子。周保中等经与苏军商定,我们的各个工作组组长将以苏军的卫戍司令部副司令员的公开身份出现。这是为了利用这个较大的目标,迅速和当地地下党的活动者取得联系,原东北抗日联军的失散人员也容易来找我们。周保中还宣布了新组成的东北地区中国共产党委员会的名单,并由他担任书记,领导机关暂设长春。东北各地区委员会的成员以及所属几个县的工作组的名单,也都由周保中同志一一做了宣布。教导旅里服兵役的苏籍华人和远东少数民族战士,全部留在北野营由苏军另行安排。

从8月29日到9月3日,各工作组分别由苏联派运输机送往东北及朝鲜的指定城市中。我当时被指定为佳木斯地区委员会的书记，随我同行的有刘雁来、杨清海、武昌文、曹曙焰、郝凤才、秦长胜、高家流、杨凤鸣、刘凤文、卢连峰、王显忠、孙发谦等四十余人。在9月1日到达佳木斯之后，又见到了为苏军担任向导的王乃武和宋殿选二人，一在汤原，一在佳木斯。遂将他们纳入我的组内，除在佳木斯留下八人，其余都迅速地通过苏联军队或用汽车或用船只送至富锦、依兰、汤原、鹤立、勃利、宝清、方正、通河等县城开展工作。在佳木斯苏军卫戍司令部的司令员是一个苏军上校师长，下面有两个苏军中校副司令员，另一个中国籍的副司令员是我。苏军的政治副司令员戈利洛夫负责和我共同做城市群众工作。那时，佳木斯的地下国民党组织很快公开出来活动。同时发现了一个与国民党相对立的进步团体，叫"中华民族解放委员会"，从他们的传单内容来看，很像是一个共产党的组织，负责人是井田和赵子学，他们自称都是失掉组织关系的共产党员。还发现了兴山镇的刘银喜和桦川县的史春儒，一个称自己是河北省委派到东北来的，一个称是原抗日联军第六军的团长（以后失散了），都有一支几十人的武装队伍。我对上述几个人的历史情况无法立即弄清，从他们和国民党做斗争的态度看，应该依靠他们开展群众工作和建立自己的武装队伍。苏军对他们几个人也持支持态度。群众性的组织民主同盟和自卫队性质的武装迅速发展起来。但是很快发现各种各样的投机分子也混进来了。我们自己的干部太少，很难把民主同盟和自发性武装完全掌握在自己的手中。

9月底，我派到长春去给周保中同志送工作报告的交通员徐玉林回来带了好消息：周保中和党中央已经建立了直接联系，得知党中央所派出的大批干部和军队正陆续不断地向东北前进。10月下旬，由山东来到东北的八路军一个营在孙靖宇的率领下到达勃利县。我闻讯立即从佳木斯动身，于半夜到达勃利县迎接自己的军队。孙靖宇给我看了李兆麟写给我的介绍信。三天之后，我率领他们进驻佳木斯。我和戈利洛夫中校还从苏军仓库中弄出了几十支缴获的日本人的步枪和轻机枪交给孙靖宇。11月中旬,李范五和李延禄率领三四十名地方干部来到佳木斯。我习惯地用苏联人的欢迎方式拥抱了李延禄同志。因为他原来是东北抗日联军第四军的军长,1936年4月他离开东北之前,我给他当过几个月秘书。他们带来了周保中给我的信,介绍说李范五是合江省工作委员会书记,李延禄是合江省省主席,指示我在合江省委领导下工作。

至此,压在我身上的重担终于减轻些了。由于东北的党组织和抗日游击队伍长时间地失去党中央的领导,政治上始终处于营养不良状态,对于方针、政策和路线等,全靠自己的摸索是难以找到正确的结论的,干部长期得不到提高。当时干工作第一靠对共产主义的牢固信念;第二靠自己对国家对民族所肩负的责任,抗日战争必须干到底;第三是必须坚持武装斗争,我们对斯大林同志所指出的中国革命的特点是武装的革命反对武装的反革命这句话是特别赞成的;第四是认为东北的地理条件,有可能争取到国际主义的支援。这几条对大多数东北地区的党员来说,是他们在极其艰苦又屡遭挫折的情况下,能继续坚持斗争的精神支柱。但当时的东北党组织还是一支缺乏经验的队伍,党员数量也相当少,在1938年屡遭挫折的情况下,无力扭转这一局面。直到1940年底,为保留骨干,被迫撤到苏联境内。

到苏联后,生活上安定,军事和政治训练加强了,有朝一日和苏联红军并肩战斗,打败日本侵略者,解放全东北这一奋斗目标,始终鼓舞着全体游击队员。但我们的心情始终像一个孤独的孩子在茫茫草原上呼喊思念妈妈一样,时刻盼望突然有一天,我们又回到党中央的怀抱中来。

1945年11月,合江省委建立,三江省人民自治军以八路军?先遣部队为主体宣布成立。接着,东北民主联军宣布成立,尔后改编为中国人民解放军第四野战军。党中央的指示,东北局的指示都及时地指导着东北各部队各地区的一切工作。仅仅经过三年的时间,东北解放了。作为一个长期在东北地区的党的成员和战士来讲,还有什么比这更能感到宽慰呢?

回忆提供小部队活动资料，为研究东北人民抗日斗争史做出贡献

——在东北抗日联军小部队工作座谈会上的讲话

在 1940 年到 1945 年 8 月这段时间内东北抗日联军在和日本帝国主义者的斗争中，有一个重要的斗争形式就是小部队活动。小部队活动就是以分散的方式在东北进行游击活动，其任务是：1.继续和东北各地爱国的人民群众保持着联系，进行抗日救国的宣传和组织工作；2.待机袭击日伪军，破坏其军事设施和运输线路；3.侦察日伪军的设防和军队调动情况；4.侦察公路、河流在军事上的通行能力等。小部队活动是在极其艰难和危险的条件下进行的。因为日本实行了"归屯并户"政策，我们和爱国的群众很难取得联系，经常得不到给养补充。为了完成侦察任务就必须接近军事目标，这种斗争本身就要冒着生命危险。不难估计在执行这些任务当中我们有许许多多优秀的同志付出了自己宝贵的生命。由于这项工作都是在极端保密的情况下进行的，除了直接领导者之外，其他人是无法列出这些英勇的烈士们的名单的。不少人成了无名英雄！他们对革命的贡献是巨大的！

苏军在 1945 年 8 月对日宣战时，准备进入东北三省的部队有一百五十万人，而当时日本关东军还有七十多万人部署在东北。力量对比虽说苏军占优势，但一般情况下，想要全部消灭关东军并非易事。虽说当时整个国际形势已对日本非常不利，美国又在日本掷了两颗原子弹，但是以日军的战斗力来看，他并不是不可以在东北坚持打上半年或一年的。而实际上这一仗只打了十来天。苏军进入东北境内之后，除

个别地方遭到顽强抵抗之外(如虎头),大部分地区进展是神速的,日军的防线很快被摧垮了。个别尚在顽抗的要塞都可以很快迂回过去,并使其孤立在苏军的后方,尔后再由后续部队逐个围歼。苏军所以能够如此,是由于在开战之前已经对日伪军的数量、番号、要塞分布、防守兵力等情况一清二楚,对东北的铁路、公路、河流的运输通行能力也有了全面的资料。苏军在进军东北之前,连以上军官都有敌情资料,人手一册,这些资料就是从多年来的情报资料中整理出来的。其中就有许多是东北抗日联军小部队活动的成果。

当然,我们可以推想,苏军的情报工作队伍是人数众多的,苏军在东北地区肯定存在一个周密的情报网。东北抗日联军的十五个小部队只能说是为苏军提供了一部分重要情报,但绝不是全部。不管怎么说,十五个小部队的武装侦察活动曾获取了大量的而且准确的有关日伪军在东北地区部署的情报,而这些情报对于东北抗日联军和苏联红军共同解放全东北的战争行动都是极为有用的。也应该说小部队活动对于我们全中国抗日战争的全面胜利是做出了重要贡献的。

如何认识情报工作的意义?自古以来,战争的双方都是力求以各种手段获取对方的情报。《孙子兵法》写的"知己知彼,百战不殆"就是这个意思。我们抗日联军在东北坚持了十几年的游击斗争,也是没有一天不在力求弄清敌伪军的情况的。尽管我们的经验不足、办法不多,但游击队每到一处都要询问敌情,在群众也设有我们的情报人员,东北土话叫"坐探",有时也派自己人化装进城探听敌情。没有情报工作,游击队是活不下去的,只不过我们没有专职的侦察机构或侦察参谋就是了。这个工作多半是指挥员亲自干的,或者是委派副官干的。

从1940年初开始,东北抗日联军的领导同志确定了保存实力、集中整训、待机再战的方针,绝大部分游击队员集中在中苏边境苏联一侧的南北两个野营之内,开始了系统的军事与政治整训。

所谓待机再战,这个"时机"是指什么呢?当时还不可能有个很准确的估计,但是十分可能发生以下几种情况:一是东北境内人民群众自发性的反日暴动，即土龙山类型的斗争；二是苏日之间的局部战争，如 1938 年的张鼓峰事件和 1939 年的诺门坎事件；三是苏日之间的全面战争，这个战争很可能是由日本帝国主义者发动起来的。在 1941 年夏苏德战争爆发后，日本人确实是有此意图的。不管是哪种情况发生，东北抗日联军的全体战士都会立即投入战斗的。我们参加战斗的主要方式应该是游击战斗。而作战的方向又主要是在日军的后方。其任务是积极地破坏日军的后方交通运输线，炸毁铁路、公路、桥梁和军运列车，破坏其通信线路，摧毁飞机场、军用仓库等。造成敌人的后方混乱，同时大力发动东北的人民群众以各种方式开展对日斗争。因此，我们的军事训练内容也是针对敌后游击战的需要，有如空降、无线电通信、爆破、地形学、滑雪、游泳、各种轻武器的使用和小分队攻防战术等。

为了抗日联军的主要力量重新进入东北打击日本帝国主义者，是需要首先进行大量的侦察活动的。要事先弄清楚日伪军的部署情况和预定作战地区的地形情况，决不是到事件发生之后才去匆忙地询问敌情地形等，那是不可能打胜仗的。正因为如此，周保中同志和李兆麟同志才决定利用小部队活动方式对东北地区进行不间断的侦察活动，特别是在我们过去的老游击区，更易于在取得人民群众的支持下实现这一目的。在周保中和李兆麟的直接掌握下，从 1940 年到 1945 年 8 月有隐蔽小部队、特殊侦察小部队、游击小部队、伞降小部队等活动于北起黑龙江，南到长白山的广大地区内。当然，苏联由于面临着日本帝国主义的威胁，比我们更加重视对东北地区的情报工作，而且投入的人力要大得多，获取情报的手段更是多种多样的。

对此，就我所知道的情况是：除了周保中和李兆麟同志所派遣的小部队之外，还有一部分是苏联人直接指挥的，也就是说，没有经过周保中和李兆麟同志的手。有一部分东北抗日联军的同志到苏联之后没有被送到野营，而被苏军编成抗联特殊侦察小部队受苏军指挥。周保中同志曾要求苏军将这批人送到野营并划归抗联指挥，但未得到苏联同意。

我的回顾

不管怎么说,东北抗日联军和苏联的远东军区有一个共同的敌人,这就是日本的关东军。苏联很需要一个在远东地区对其安全没有危害的邻国,希望会有一个社会主义性质的中国。把日本帝国主义侵略者彻底赶出中国,而且首先从东北地区消灭关东军,是完全符合苏联的国家利益的,这就是我们和苏联的战略一致之处。

在这样的历史背景下,我们和苏联在情报工作上的合作是完全必要的,是符合两党利益的。也是当时的历史条件所形成的。决不能拿现在的各国共产党之间的关系去衡量第二次世界大战之前的政策,那种做法是违反历史唯物主义的。

因此我们应该明确地说,小部队工作是我们党的需要,也是苏军为了对付日本帝国主义者所不可缺少的。其目的是为了将日本侵略者从东北地区驱逐出去。这方面的情报工作完全符合我们党的利益,丝毫也不曾给我们的党带来任何损害。我们可以挺起胸脯说:我们大家对我们自己的党是有贡献的,是有功绩的。

在"文化大革命"期间,抗联的同志几乎都被打成了"苏修特务",关进了监狱,没有做过小部队工作的也同样被打成"特务",这些都是"四人帮"的诬陷,以后都平反了,这些事我们都可以不再去说它了。党的十一届六中全会通过的《关于建国以来党的若干历史问题的决议》明确指出:"'文化大革命'不是也不可能是任何意义上的革命或社会进步"。在"文革"期间挨过整的人有上百万,参与整人的是有罪的,而我们挨整是没有什么不光彩的。

我想在这个会上,上述的是非问题可以不再多讲了。我们这次会应该对小部队活动的作用、贡献给予充分肯定,用我们自身的经历证明,我们是和日本帝国主义者一直斗争到底的;我们是在极端艰难困苦而且是每天都在死亡的威胁下来执行任务的,其中有说不完的英雄事迹;小部队的工作是有重大成果的,这些成果对于东北抗日联军和苏联红军一同进军东北,全部歼灭日本关东军是有重大作用的。因之解放全东北决不是像苏联的一些出版物所说的那样,只是一百多万苏军的作用，东北抗日联军的重要作用是不容抹杀的。

我们应该用具体资料来把这一段历史的空白填补起来，为什么说是空白呢？因为东北三个省的党史研究部门至今没有得到小部队活动的资料。当然全部资料是没有可能得到的。因为抗日联军的主要领导人都已经去世了，现在尚健在的人对这个问题都很难说清楚。但在老同志们的脑子里还都保存着不少材料，依靠战友之间的进一步交谈，就能使这方面的材料得到充实或核实。有些同志因为过去挨了整，不愿讲这一段经历，更不愿写材料。事情已经过去了，党已经给我们平了反，我们要敞开胸怀，挺起腰杆，把这段历史搞清楚。因为这一段的历史资料是我们党对日斗争的很重要的一个方面，是东北抗日联军斗争史的一个重要部分，也是和苏联关系史的一个重要组成部分。

也许有人认为，小部队活动意义不大、人数不多，写不写没有关系。我看不能这样说。东北抗日联军经过 1938 年的严重挫折之后，继续在极为艰难的条件下坚持武装斗争，特别是 1938 年冬季以及 1939 年和 1940 年共三个冬季，每过一个冬天都要牺牲一批我们可爱的同志，活过来的人几乎都是在死亡线上幸存下来的。每年 5 月可称之为复活月。首先是有了野菜吃，再就是可以出山活动了，能够征到粮食了，还可以攻打日本人的孤立据点了。每年夏秋两季还是打过不少胜仗的。但是从人数上讲，1938 年冬可能还有五千多人，到 1940 年冬就不超过一千人了。这时，周保中、李兆麟等同志做出决定，保存力量，在中苏边境进行整训，是完全正确的。我们过境到苏联去不是为了逃避斗争，而是为了经过整训之后重新投入斗争，而这个目的以后实现了，不只是和苏军配合解放了全东北，还解放了朝鲜北部。朝鲜一直是以东北抗日联军中的朝鲜同志为骨干，建设起自己的国家政权和军队的。因之决不能轻视在苏联野营内所保留下来的这不足一千人的抗日队伍的作用。毛主席在 1938 年所写的《抗日游击战争的战略问题》一书中，有这样一段话："东三省的游击战争，在全国抗战未起之前当然不发生配合问题，但在抗战起来以后，配合的意义就明显地表现出来了。那里的游击队多打死一个敌兵，多消耗一个敌弹，多钳制一个敌兵使之不能入关南下，就算对整个抗战增加了一分力量。至其给予整个敌军敌国以精神上的不利影响，给予整个我军和人民以精神上的良好影响，也是显而易见的"。

从毛主席的这段话来看，小部队活动尽管人数不多，但是除了在情报工作上有许多收获之外，它对于配合全国抗战来说，也是起了它应有的作用的，牵制了日本的力量，给东北人民以鼓舞，又是日本人的心腹之患，有时还弄得他们手忙脚乱。日本人对此只能是哀叹：斩草而未能除根，解不了心头之恨。这对日本人在心理上的不利影响也是很明显的。

我是不赞成对东北抗日联军的功绩做过高的评价的，但也不应该妄自菲薄。我以前曾有过妄自菲薄的思想，认为抗日联军自从1938年遭受严重挫败之后一直没有恢复元气，最后被迫退入苏联境内。"八一五"的胜利，又应该把功劳算在苏军的账上，似乎是抗日联军对东北的解放没有什么功绩可言。"文化大革命"前，有人因为写了陕北根据地斗争的小说而被说成"反党"。在海南岛坚持斗争的琼崖纵队，有许多的英雄事迹，但是那里的领导人冯白驹同志也曾受到了不公正的批判。到了"文化大革命"期间，又有人批抗日联军是逃跑主义，有人说抗联最后没剩几个人了，又说抗联的人都是"苏修特务"等。这就更使我不愿意去写抗联斗争的历史材料了。如果没有党中央这几年来大力提倡写党史，如果没有许许多多党史工作者从各方面的鼓励，我也是不愿意提笔的，可喜的是，在党中央的正确领导下，全国的党史界有了一个正确地对待革命历史的态度，他们很重视所有地区的斗争事迹，不管这些事迹的大小如何，浩瀚的长江是由许许多多的涓涓细流汇合而成的。没有千千万万个大大小小的各个地区的斗争事迹，就不可能写出整个中国革命轰轰烈烈的光辉历史。

我最近看到东北三省党史工作者所整理出来的东北抗日义勇军的一些资料，在1931年九一八之后到1932年年底，东北的抗日队伍曾发展到三十万人，当时日本人还是立足未稳的。但是由于国民党不给抗日队伍任何支持，又是在强敌面前，加上义勇军本身的弱点，因而只干了两年多便大部分瓦解了。其中较强的一支是在东满一带的王德林的救国军共四万多人，到1933年春天因为坚持不下去而退到苏联去了。苏炳文的抗日民众救国军是在海拉尔一带抗击日寇的，有五千人，和日本人打了五六个月的仗，到1932年的春天就因为弹尽粮绝而失败了，其中有两千多人转到察哈尔，还有两千多人退到苏联境内。马占山抗日也只干了几个月，李杜和王德林差不多。尽管他们都是在很短的时间内就失败了，但现在的党史工作者还是对他们做了充分的肯定，他们为了维护中华民族的尊严做出了榜样，他们的浩然正气应该受到歌颂。

和救国军、自卫军的情况比较起来，我们东北抗日联军值得肯定的东西应该说更多一些。因为论兵员数量，论武器的质量，我们比他们差得多，但是我们坚持抗日斗争的时间最长，我们的斗争环境最艰苦、最恶劣，我们又是参加了把日本关东军全部歼灭在东北境内的最后战役的。我们终于完成了党和人民所赋予我们的神圣任务。

可以想象，小部队工作中我们所付出的代价是很大的，牺牲了许多优秀的同志。小部队工作也不可能每次都顺利完成任务的，这丝毫也不奇怪。千军万马的统帅者也要经常以"胜败乃兵家常事"来慰勉自己，何况是一支小小的队伍，而且又是在戒备森严的敌人的鼻尖下进行活动的人们呢？

因此，我希望大家珍视这次座谈会，最好能通过这次座谈会所提供的资料，整理出一个能在基本上反映出小部队活动全貌的材料来，这将是我们抗日斗争历史中重要的一页。

东北抗日联军教导旅时期
所派出的小分队活动情况

东北抗日联军教导旅在苏联境内整训期间,曾长期地派出十五个侦察小分队在东北境内活动。任务是不间断地观察日本关东军的动态,查清与苏联接壤的东北边境地带筑垒地域的工事构筑情况和坚固程度,收集飞机场、铁路、公路交通运输线路的各种资料等,以便在一旦苏日战争爆发时,有比较可靠的敌情资料来制定打击敌人的作战计划。

日本人在 1931 年占领东北之后, 就积极地在各个方面进行侵犯苏联的准备工作, 仅在边境地带的筑垒地域就有绥芬河筑垒地域、密山筑垒地域、虎头和饶河筑垒地域、富锦和同江筑垒地域、兴山筑垒地域、孙吴和黑河筑垒地域、海拉尔和满洲里筑垒地域等。绥芬河筑垒地域还一直向南延伸到朝鲜北部。在铁路和公路方面,从 1931 年到 1945 年, 日本人在东北修筑了铁路 13 700 公里, 比原有铁路增加了两倍 (原为 6 140 公里), 修筑公路 22 000 公里,(原来只有很少的公路),其中通向中苏边境的铁路线每昼夜可通行 90 列火车,可输送日军两个师团。日本人还大量修建飞机场和空军基地。计有 20 处基地 133 处机场、200 多个起降场,总共有 400 处机场设施,战役容量达 6 000 架以上飞机。

此外, 还修筑了可容纳 55~60 个步兵师团的兵营,拥有 75 000 个病床的 150 家医院,以及大量的供应基地和仓库。

以上材料均引自苏联弗诺特钦科著《远东的胜利》一书第 20 页和

30 页。此书已由沈军清译为中文,于 1979 年由辽宁人民出版社出版。这些资料充分说明日本人为了进攻苏联所作的准备。东北抗日联军是在中国共产党的直接领导和教育下的一支队伍,长期地受到国际主义教育。日本侵略者是中国和苏联的共同敌人,这一思想一直是很明确的。东北抗日联军也一直在争取得到苏联的援助。只是由于多方面的原因,直到 1938 年之后,当东北抗日联军和我党中央失去了联系,而又遭受到严重的挫折之后,经过多方面的努力,才和苏联远东方面军建立了正式的联系。

苏联方面对于东北境内的抗日斗争,曾长时期地采取不介入政策,这也是苏联的和平外交政策所决定的。在 1933 年的春夏之间,东北的抗日救国军和自卫军大批地败退至苏联境内,立即由苏联转道新疆遣返中国。到了 1938 年 2 月,东北抗日联军第三军和第六军的联合部队,在萝北县境与日本军交战中失利,被迫撤退至苏联境内计有 500 余人。苏军立即解除其武装并将绝大部分人员转道新疆遣返中国。但是,对于在这时期进入苏联境内求援的抗日联军三位军长,即第三军军长赵尚志、第六军军长戴鸿宾和第十一军军长祁致中,却长期地扣留在苏联境内进行审查,而苏联人是通过审讯才弄清他们的共产党员和抗日联军军以上领导人身份的。到了 1939 年的 6 月,又允许他们率领着 100 余人的武装队伍返回东北境内继续抗日,这是抗日联军和苏联远东方面军所建立起来的正式联系之一。

在 1938 年初,东北抗日联军第二路军总指挥周保中通过在饶河地区活动的第七军代理军长崔石泉的关系进入苏联境内,想通过苏联的帮助取得和我党中央的联系,这一目的未能实现,但在周保中返回东北之前,苏联人表示愿和周保中保持不间断的联系,特别是对重要敌情要互相通报,苏联人为此提供了无线电通信工具。应该说,这是东北抗日联军重要领导和苏联远东军所建立起来的最早的联系渠道。

在此之前,抗日联军第六军的一位师长陈绍滨、第七军代理军长崔石泉都有过和苏联人的交往,那都是个人和苏联情报机关的联系,不能代表抗日联军和苏联远东军之间的联系。

在1938年和1939年之间，日本人在东北地区两次对苏联边境地区挑起冲突，都以失败而告终。这就是在中朝苏边境的张鼓峰事件和中蒙边境的诺门坎事件。当时抗日联军曾以袭扰交通运输路线的行动来牵制日军。这一行动不能不对苏联远东军产生影响。在1938年冬季，第三军的一个团在弹尽粮绝的情况下，在团长李明顺和政治工作人员于保合率领下由虎林方向进入苏联境内，经苏联审查并确认其为抗日联军的一部分，而且其中还有一些中共党员之后，就分别地向他们提出参加情报工作的要求。这批人政治上可靠，有战斗经验，对苏军情报机构来讲，是颇为难得的。以后这批人经过专门训练之后就长期地在苏军的情报机关工作，李明顺在1935年参加抗日联军之前就是一支抗日山林队的首领，以英勇善战而闻名于宝清地区。他所率领的侦察小分队一般情况下只有三至五人，多次胜利地完成了苏军情报部门交给的任务，很受苏联远东军的重视。直到1945年9月，苏联人才允许他回归东北抗日联军的队伍中来。他写的回忆录《烽火完达山》共有15万字，于1934年由辽宁人民出版社出版，其中许多章节是叙述他的侦察小分队活动情况的，颇值得一读。

与李明顺的情况相类似的，在1938年至1940年当中还有不少。他们都是在苏联情报机关直接安排下工作和学习的。因为保密关系，我们一直无法弄清他们的名单，数量上也无从得知。

到了1940年年底，东北抗日联军的队伍转移至苏联境内进行整训。在此期间，根据苏军情报机关的要求，为了加强情报工作，在周保中和李兆麟的亲自审定下，又挑选了一批抗联干部和战士担负侦察工作。这一批人与前边的一批人有所不同的是，每次所担负的侦察任务和具体的行动方案由苏军情报机关负责安排。但是他们的名单都编在东北抗日联军教导旅之内，每次侦察任务完成之后都返回野营参加整训。这样做是为了使这一批人一直保持在抗联教导旅的实力之中，如果战争爆发，可以随时召回。起初这一批人数量上很不固定，以后根据

工作上的需要，大部分时间保持有 15 个侦察小分队，每个小分队多为
3~5 人。因为这些小分队的工作都是在周保中、李兆麟和苏军情报机
关的直接领导下进行的，而且有严格的保密制度，因之在周保中和李
兆麟相继谢世之后，再没有人可以将这些小分队的活动情况介绍出
来。不过可贵的是在抗联战士的幸存者当中还有不少人曾参加过小分
队工作。为了抢救资料，中央党史资料征集委员会曾于 1984 年 5 月在
北京召开了东北抗日联军小分队工作座谈会，邀请了参加过小分队工
作而当时健康状况尚好的 20 余位老同志到会。在为期 5 天的会议中，
他们提供了许多极为宝贵的材料，使我们对这些侦察小分队的活动情
况，有了进一步的认识。

座谈会提供的材料说明，小分队所侦察的目标主要是：日本关东
军筑垒地域的工事构筑情况、军用飞机场和兵营的位置和容量、铁路
枢纽部情况、铁路的运输量、公路的质量、公路桥梁的承重量、通过铁
路和公路的运输所显示出来的日军调动情况等。

据原抗日联军第二军朝鲜族干部吕英俊同志所提供的情况表明，
他所在的小分队从 1941 年至 1945 年长期在吉林省的东宁县至图们
一带进行侦察活动。最初是在东宁县老黑山地区查明日军防御工事构
筑情况，碉堡群的位置、数量、火力方向，碉堡的结构和内部面积，防御
设施，包括铁丝网、反坦克壕等。以后又对老黑山地区的铁路公路运输
情况进行长期的观察，重点了解军事运输的情况。他们还逐步将侦察
范围扩大到牡丹江的宁安地区和图们的南阳地区。要弄清这些地区日
军设施和兵力配备情况、兵营的位置等。有时对一个目标要进行持续
两三个月的观察，才能对敌情做出较为准确的判断。

原抗日联军第一军的干部沈凤山和黄生发两同志在会上发言说：
他们所在的小分队共有十几个人，在崔贤(朝鲜族人)的率领下，受领任
务到汪清县的罗子沟查明日本飞机场的情况，跑道的长度、宽度，飞机
数目，机窝数目，每日起落架次等。他们长期隐蔽在飞机场以北十几里
的密林里，利用夜间潜入飞机场进行侦察，经过两个多月的时间，终于

完成了任务。

由原抗日联军第一军干部陶玉峰同志和第四军干部曹曙焰同志所负责的小分队,曾长期在林口、勃利、宝清、七台河、密山和虎林一带进行侦察活动,任务是了解日军的军事部署和兵力调动情况。对每一个地区的侦察都要持续两三个月时间才能完成。这个小分队曾多次遇到险情。为了对公路运输情况进行观察,常常要在公路一侧缺少隐蔽条件下工作,只得藏身于灌木丛或土坎之后。有时要在那里连续蹲上几天才能收集到可靠的资料。有一次他们被砍柴人发现了,不久就出现了敌人的搜索队。在无路可退的情况下,全凭自己良好的伪装,与精神上的沉着,和严格的纪律要求,才没有被敌人发现。同时得有在万不得已的情况下和敌人同归于尽的决心准备。有一次,他们还在和敌人突然相遇的情况下,靠自己当时都穿着日军服装,在敌人尚未辨认出真伪的情况下"从容"地离开了现场。

原东北抗日联军第九军干部陈忠岭同志在座谈会上说,他所在的小分队在1941年9月期间曾专门负责观察北安至孙吴这段铁路线,弄清每日有多少次列车通过,装运物资的品种等。他们活动的地区隐蔽条件良好,每天从山上下来,潜伏在铁路一侧的树林里进行观察,并在每天夜间通过电台将观察到的情况发回苏联。他们住宿尚可在陈清山里借用一个炭窑作为宿营地。在这个小分队里还有秦长生、夏秉志、张风宽、孙志远等人。原抗日联军第七军干部陈春树同志说:在1941年6月里,他被编入侦察小分队,队长是王庆云,副队长是郎占山,队员还有戴有利和魏树义。这个队共有5人。他们先经过3个月的严格训练,尔后在9月间受领任务到穆棱县的梨树镇飞机场进行侦察。由于飞机场离山较远,他们不得不白天隐蔽在靠近屯子的几个大草垛中,到夜间再偷偷地接近飞机场。看来敌人当时并没有什么严密的戒备,因之他们很容易地丈量了飞机跑道的长度和宽度,还把停留在那里的30多架飞机中哪些是真飞机,哪些是伪装用的木制飞机模型都用手亲自摸出来了。但是在他们回到草垛中休息的时候,被当地群众无意中发现了。敌人的搜索队很快出现了,他们不得不赶快逃跑。在撤退当中戴有利牺牲,队长王庆云负了伤。

还有一些小分队是执行特定任务的。如原抗日联军第二支队支队长王效明同志曾率领一支有 30 余人的小分队,于 1941 年至 1942 年,用一年的时间在饶河、宝清和勃利几个县境之内活动。除执行一般侦察任务外,还负责选定几个空降地区和确定陆空联络信号。原抗日联军第五军干部金光侠同志所率领的小分队,奉命将林口至佳木斯铁路线上的一列军用车炸毁。原第五军干部李忠彦同志所率领的小分队奉命炸毁牡丹江至图们的一座铁桥。此外,周保中同志在 1941 年的春季和秋季,曾两次派出小分队去南满寻找第一路军副总指挥魏拯民同志及其所属部队。一次是由原第一军干部金成柱同志率 30 余人去安图、敦化、桦甸、蛟河地区;第二次又派原第五军军长和政委柴世荣与季青率 50 余人去东满地区,以求取得和第一次派出的金成柱同志的联系,继续完成寻找魏拯民的任务。当他们确切得知魏拯民牺牲消息之后,才于 1941 年底返回苏联集训营地。

负责执行长期潜伏任务的原抗日联军第五军干部王亚东及冯淑艳夫妇,于 1941 年冬奉命秘密返回穆棱县泉眼河,以生产做掩护广泛结交朋友,陆续弄清了八面通的飞机场、军用仓库、兵营位置和铁路运输等方面的情报,并及时通过电台将所得材料发往苏联。到了 1945 年 8 月,当牡丹江地区的日军处于溃退之时,他们迅速组织起来一支 30 余人的队伍,首先消灭了泉眼河的伪警察署,尔后又发动 100 多人去砸开日本军用食品仓库,将其中的鱼肉、猪肉罐头和饼干等分发给广大群众,武装队伍也发展到 200 多人,连续消灭了几伙逃散的日本兵,还收降了一支有 30 余人的伪森林警察队。到了 9 月,当他们得知原第五军干部陶玉峰同志已随同苏军进驻牡丹江市时,就立即和陶玉峰取得了联系,并将他们所带领的 300 余人的队伍交给了人民自治军。

长期执行潜伏任务的原抗联第一军干部常维宣同志,于"八一五"前后在汪清地区也迅速组织起一支 200 多人的队伍,配合苏军维持治安,以后加入了东北人民自治军。原抗日联军第三军干部李明顺是率领小分队执行侦察任务时间最长而且功绩较大的。这个小分队在1945年8月发挥了颇大的作用。他当时被分配在苏联远东第一方面军参加战斗。8月8日,方面军集中了几百名有经验的指战员,准备空降到日军后方进行侦察并袭扰交通运输线,其中有一部分就是东北抗日联军的指战员。李明顺、赵魁武、孙有成和姜德四人所编成的战斗小组,以李明顺为组长,每人都佩带自动枪和手枪各一件,并携带三套军装,日军的、伪满军的和抗日联军的,根据具体情况随时换穿。李明顺佩戴着日本军少佐军衔,其他三个人分别佩戴日军尉官和士官衔。他们还携带以东北抗日联军名义发布的宣传单,号召日军投降,号召伪满军掉转枪口消灭日军,号召东北人民群众自行组织起来协助苏联红军消灭日本侵略者。经过一天的准备之后,8月9日晚开始行动。当时在双城子机场同时有三架运输机起飞,每架飞机装载40人。李明顺的小组编为空降第六组。晚9时,飞机起飞,半个钟头之后,李明顺小组奉命跳伞,降落在牡丹江以西海林县境内的拉古甸子。到10日拂晓,他们进入了沙虎南沟。和屯子的百家长联系之后,说明自己是东北抗日联军的队伍,是来配合苏联红军消灭日本鬼子和解放全东北的。在百家长的协助下,召开了群众大会,号召群众起来抗日。几天之内,人民群众在长期受压抑的状态下逐渐觉醒过来,排除了恐惧心理,由开始的只敢在内心里同情抗日联军转变为勇敢参战了。三四天后,不少群众拿起枪来参加到李明顺的队伍里来,前后消灭了几伙20~30人不等的狼狈逃窜的日本军人。除此之外,姜德还通过电台向苏联报告了日军向后撤退的种种征兆,使苏军及时地炸毁了日军撤退途中必经的桥梁,加速了牡丹江地区日军的覆灭。终于在8月14日,即宣战后仅一个星期之内,解放了牡丹江市。

原抗日联军第七军干部傅玺忱同志是在开战之后奉命伞降至林口地区的。由于和他同时跳伞的另一名同志在跳伞中被摔死了,他只好一个人单独执行任务,隐蔽在山上靠望远镜观察铁路和公路上日军来往的动向,并及时将情况通过电台发往苏联。当苏军根据这样一些报告判断日军已有撤退征兆时,就加强了进攻的节奏,使牡丹江至佳木斯一线日军的防御很快地被彻底摧毁。

原抗日联军第七军干部夏礼亭同志所率领的侦察分队,在苏军对日宣战之前就一直在饶河和宝清之间进行侦察活动,战争开始后,他奉命观察饶河宝清公路上的动态,直到 8 月 16 日才奉命结束工作,并率所属人员到宝清县城苏军指挥部报到,在那里和抗日联军所派出的人员取得联系。

原第七军战士郭喜云同志在 1945 年 7 月间,曾奉命潜回东北境内,到穆棱县的几个农村专门调查日军有没有征集新兵的动向。查明这一件事,有利于判定日军对于苏联预定于 8 月即将开始的进攻行动是否已有相应的对策。

上述资料表明,在 1941 年 6 月苏德战争爆发之后和 1945 年 8 月苏联对日宣战前后,小分队的侦察活动是最为频繁的。在德国法西斯突然入侵苏联之后,苏联必须对日本关东军是否借机入侵远东边疆做出准确的判断,以便决定在远东地区的军事行动方针。在 1945 年 8 月苏联对日宣战之前,参战部队连以上干部,每人都领到一本日本关东军在满洲地区的防御部署手册。这个手册就是根据长期的系统的侦察活动所收集到的材料经过加工整理而编辑出来的。虽说抗日联军成员所参加的侦察活动只能是苏联远东军情报部门中很少的一部分,但是无论如何,这一小册子中的不少资料都是东北抗日联军的干部和战士用鲜血和生命换来的。

的确,侦察小分队的活动都是在颇为危险的地区且工作条件相当困难的情况下进行的。"不入虎穴、焉得虎子"这句话对他们来说是再恰当不过的了。与会者李东光、刘巨海、金广才、孙明山、李忠义、陈明、姜焕周、王传圣等同志在发言中说:首先要穿过在敌人严密封锁下的国境线就是一种冒险行动。要设法避开敌人的巡逻兵,越过边界之后还得采取措施防止敌人跟踪。如掩盖脚印,用烟末或辣椒粉干扰警犬的嗅觉等。有时也专门利用暴风雨之夜或大雪天越过边界，以求不留下任何踪迹。往往要经过一整夜紧张的行军才能找到安全地带稍事休息。顺利越过边境之后，又得经过一个星期或十多天才到达目的地。行军道路多半是陌生的，在深山老林里完全靠地图和指北针一段一段地摸索前进。沿途可能会碰到好心的猎人或山珍采集者，会得到一些帮助。但也会碰到经过伪装的敌人派进山里的特务。警惕性不高也会上当，其结果是引来了敌人的搜索队。由于不熟悉情况而闯到敌人设在山里的据点跟前，也是常有的事。对所有军事目标，除利用高地以望远镜观察外，还必须尽量接近目标，并潜伏到目标附近几米的地方用肉眼观察。这就首先要利用夜间接近目标，尔后在亮天之前选择好既能隐蔽又能观察的地点执行任务。这时就得准备在整个白天之内不做任何较大的移动，以免暴露目标，即使是潜伏的条件很不好，如在烈日曝晒之下、地下潮湿，或者是卧在冰雪中手脚冻得难以忍受也得挺住，遇到蚊虻叮咬，或者是虫子爬到身上，也只能悄悄地驱赶，不能挥动手脚。其艰苦程度可想而知。因之完成任务要靠三条：一是要有高度的政治觉悟，二是有良好的隐蔽条件和伪装，三是有严格的组织纪律性。至于粮食供应，在最初的半月之内靠自己携带是可以的，以后的时间要靠就地解决。遇到好心的群众，托他代购点粮食是可以的。但也有时为了购买粮食而暴露了自己，引来了敌人。在秋季，利用夜晚直接到农田里取得玉米和土豆也是可以的，这是迫不得已的办法。许多时间要靠采集野生植物充饥。山葡萄、狗枣子(猕猴桃)、蘑菇等并非到处都有，野菜也只是夏秋两季可以采到。到了冬天就只有树皮可以吃了。常常要在饿着肚子的情况下坚持执行任务。在此情况下，参加侦察分队的同志有较大的牺牲是必然的。

　　遗憾的是，由于当时保密制度的限制，牺牲的人数至今还是无从查考的，许多人连个姓名都没有留下。我们对他们只能是在无名英雄的墓碑前表示悼念，并感激他们为东北人民的解放事业做出了重要的贡献。

"八一五"之后的佳木斯地区

1945 年 8 月 9 日,苏联政府对日宣战之后,8 月 17 日苏军沿松花江进入佳木斯。伪三江省省长卢之淦、伪第七军管区司令吕衡,以及伪军少将旅长王嘉善等一批将校军官被俘,并被集中看管于佳木斯以东十里处蒙古力军营之内。被俘的还有一批日本军官和行政官员。

苏军建立了佳木斯卫戍司令部,由一位上校师长任司令员。东北抗日联军的成员是最先随苏军先头部队进入佳木斯市的,是佩戴苏军上士军衔的王乃武同志。他在卫戍司令部任翻译,兼作苏军先头部队的向导。

东北抗日联军教导旅在中苏边境的北野营经过三年的整训,已经熟练地掌握了各种轻武器的射击技术和爆破器材的使用,还学会了空降、游泳、无线电通信等各种敌后活动所需要的技术和小分队战术。他们在 1945 年的 4 月从广播中得知苏联外长莫洛托夫声明废止苏日中立条约后,心中已经明白了,这是即将对日宣战的极为重要的信号,光复东北的历史使命将会在东北抗日联军和强大的苏联红军协同作战的情况下去完成。同年 5 月初,德国法西斯宣布投降之后,一批批的苏军野战部队立即调头开向远东。这更明白无误地预示着苏军正在积极地部署解放中国东北和朝鲜的战役行动。

由抗日联军教导旅所派出的十五个敌后小部队,九年内一直在东北境内积极地活动,执行着战略侦察任务,他们的活动条件是极其艰苦的,其中有不少同志光荣地牺牲在这个战线上,但成绩也是显著的。日伪军的边境要塞的位置、兵力,日伪军沿铁路和公路线的调动,

399

都一直在他们的监视之下；并且不间断地将敌人情况通过电台报告给抗联教导旅的领导周保中和李兆麟同志。这些情报在经过苏军司令部的分析后，为苏军进军东北的战役部署提供了最可靠的根据。

抗联教导旅直接参加了解放东北的战斗

在 1945 年 7 月间，一批批苏联炮兵、坦克兵和工兵军官来到抗联教导旅，把他们手中的东北地区军用地图摆在桌上，向抗联战士们作调查，核实了所有道路和桥梁的通行能力，各条河流的宽度、深度、流速和渡口情况等。

7 月底，有二十余名抗联战士分别被派到苏军的野战部队里去。这些野战部队都已驻扎在国境线一侧的二十公里之内。这些战士简直成了苏军的顾问，什么东北境内的城镇村庄名称、道路通行程度、少数民族分布情况、风俗人情等，都能向苏联军官做出满意的解答。苏联人也像对待贵客一样地关心着他们的食宿。

8 月初，旅长周保中和副旅长李兆麟，分别向少数抗联干部亲自交代了任务，要他们随时准备以空降方式进入东北腹地，在日军的后方开展游击战，发动群众，袭扰铁路和公路运输，切断通信线路等。8 月初有十九名抗联战士被调走。他们是在 8 月 6 日或 7 日的夜晚被空投至东北境内的，任务是对指定的九个主要的铁路和公路线进行严密监视，随时通过无线电台报告日军的移动情况。

还在 8 月初，苏军远东军区军委委员列昂诺夫中将来到了抗日联军教导旅，和旅长周保中、副旅长李兆麟做了长时间的密谈。中午，他在军官食堂利用吃饭时机和军官们见了面，问了大家对伙食有何意见、身体健康情况和军事训练成绩等。在他走后，传出了一些小道消息，说马上要对日宣战了，说抗联教导旅要在松花江南北两岸投入战斗，配合苏军歼灭日寇；还有的说教导旅很快要扩编为一个野战军，三个步兵营要扩编为三个步兵师等。这些话听起来是可信的，但一直没有被周保中和李兆麟所证实。

8月8日一整天,在教导旅小道消息满天飞,有的苏联军官说已经打起来了;有的说这是胡扯;又有人诅咒发誓地说他听到的才是最可靠的消息。人们纷纷和别人互相核实着所得到的最新消息。尽管有些消息不完全可信,但都足以鼓舞人心。直到那天半夜,还有三五成群的人在热烈的气氛中、在帐篷外交谈着。

8月9日早晨六点钟的广播,头条新闻就是苏联政府对日宣战,并宣布苏军已突破日军防线,进入东北境内。教导旅顿时沸腾起来了,人们欢呼着,互相拥抱着,互相传播着所听到的广播内容,又互相议论着抗联人员会在何时何地参加战斗等。

上午八点钟召开了全旅的军人大会,周保中同志和李兆麟同志向全旅人员宣布了苏联对日的战争已正式开始,中国的东北部和朝鲜半岛被解放的日子已经不远了。抗联的所有人员都要整装待发准备随时投入战斗,狠狠地打击日本侵略者。

军人大会结束后,周保中召集了营以上干部开会,宣布了全旅将在一两日内出发,将有一只苏联运输舰负责沿阿穆尔江送我们在富锦县方向投入战斗。

8月12日,一只苏联运输舰沿阿穆尔江来到北野营附近,停靠在岸边。大家加紧地整理行装,擦拭武器,准备马上踏入祖国大地,去完成解放东北的神圣事业。

行动计划改变了,要迅速进驻五十七个要点

但是行动被推迟了。原因是苏军的第一线部队出乎预料地进展神速,几乎没有遇到什么日本军的有组织的抵抗,而且可以预见全东北的解放可能只是几个月的事情。

情况变化得太快了,开战三四天之后,苏军已经从四面八方指向哈尔滨、长春和沈阳等中心城市,日本人发出准备投降的信息。苏军准备了大量的空降部队,准备用他们去占领上述几个城市。

这些都是极为振奋人心的消息。但是抗联教导旅的行动却因此而被推迟了。原因很简单,原来的行动方案已不适应这种形势了,应该考虑的是在全东北解放之后,所有的抗联干部和战士该如何行动了。原来想扩建为一个野战军,只在某一个区域行动的方案,显然是有局限性了。

中国共产党东北委员会的主要成员,包括周保中、李兆麟、冯仲云以及朝鲜同志金日成、崔石泉等,整天在开会分析形势,研究行动方案,不时地还和一些苏联军官们共同商讨这些问题。终于确定了以下一系列方案:1.抗联教导旅集中行动的方案已不能适应形势发展的需要;2.所有抗联的同志将要被分派至东北各大中等城市及一些重要的县城,为此指定了五十七个要点要进驻;3.绝大多数朝鲜族干部和战士要回到朝鲜去独立地进行工作;4.各工作组进入东北城市之后的任务是:寻找我们党的秘密组织尽快和延安党中央取得联系;找回来失掉组织关系的共产党员和失散的东北抗日联军战士;贮存武器弹药,重建武装队伍,准备和国民党相对抗;建立群众性的左派政治团体,开展群众性的工作。

根据这样的决定,确定周保中、李兆麟、冯仲云三人分别带领一个大工作组到长春、哈尔滨和沈阳;王效明、王明贵、陈雷、彭施鲁、张瑞麟、金光侠、姜信太、陶玉峰、乔书贵、刘健平、张广迪等分别带领十几人的工作组进入吉林、齐齐哈尔、绥化、佳木斯、北安、牡丹江、延吉等城市;此外,还有重要的县城四十多个点,各去四五人。各组的主要负责人都以该城市的苏军卫戍司令部的副司令员身份出面,为的是便于开展群众工作,也便于和苏军协同进行工作。

根据上述决定,我于9月3日携带了在合江地区工作的四十余人乘飞机来到了佳木斯,并且很快按预定计划把力量分布在各个主要县城。刘雁来在富锦,杨清海在依兰,曹曙焰在勃利,宋殿选在汤原,张凤岐在兴山镇,武昌文在方正,卢连峰在通河,杨凤鸣在宝清(李铭顺从苏联回到宝清后,实际上由他负责了)。他们也都是该城的苏军卫戍司令部的副司令员。在佳木斯和我共同工作的有高英杰、王乃武、秦昌胜等十二人,高英杰是我的主要助手。

佳木斯的政治情况

我到达佳木斯之后,先听了王乃武同志的汇报,得知当时地方政权是由苏军指定的维持会负责,维持会长是当地的一个较大的资本家曲子明。国民党的组织已公开出现,这使我莫明其妙。在抗日战争整整十四年当中,国民党在东北没有对日本人放过一枪,没有进行过任何抗日救国的宣传活动,人们根本不知道他们的存在。怎么日本人一投降,国民党的组织就突然地跳了出来呢?国民党党部的牌子公开挂出来了,书记长是一个伪省政府的高级职员,叫张人天。此外,还出现了一个政治团体,宣传单上用的名称是中华民族解放委员会,从内容上判断可初步确定是一个左派团体,可能有地下共产党员在其中进行工作。经过几天的了解,没发现有正式的共产党的秘密组织在活动。

我和国民党党部未正式接触过。虽说抗日战争期间国共是合作的,但是在东北地区没有过国共合作共同抗日的历史。是国民党把东北人民出卖了,我们抗日联军的战士没有任何人和国民党人之间会产生战斗友谊。对于这一问题,我同苏军的佳木斯卫戍司令部的政治副司令格里洛夫交谈过,认为不应承认国民党党部在佳木斯有合法的活动权利。他的回答是,这属于中国人民的内部政治事务,苏军不便于干涉。他的回答是有一定道理的,也是苏军在东北各地的统一政策。但是抗联战士在情感上是不能完全接受,过往于佳木斯的抗联战士曾气愤地对我说过他在别的城市曾撕下过国民党的旗帜。

我急于要寻找中华民族解放委员会的组织者,在9月6日,由王乃武同志找到了赵子学和井田两个发起人。在交谈中,赵子学自称是1938年前在依兰县工作过的共产党员,以后失掉了组织关系,井田自称是共产党员,是在1942年日本侵略者在山东省大扫荡时,从那里逃跑出来到东北当劳工的,也失掉了组织关系。他们称是在日本宣布投降之后自发地组织成立了中华民族解放委员会。开始只有十九个人，其中有参加过抗联的，也有在关内参加过八路军，被日本人俘虏后强迫到东北当劳工的。他们都是急于寻找党组织的人。当他们看到国民党党部在佳木斯出现时，心中很着急，便商量着成立一个政治团体，并且写了自己的宣传单，用以揭露国民党出卖东北，并表示了感谢苏军解放东北的政治立场。

我当时对赵子学和井田的历史无法进行查证，但从他们对待国民党的态度来讲，可暂定为左派团体，需要依靠他们来开展群众性的工作。

由于我的公开身份是苏军的卫戍副司令员，而且经常和另一位副司令员格里洛夫共同行动，一时名声很大，人们理所当然地断定我是共产党人。因之，在兴山镇工作的刘银喜（从河北来的秘密党员）、在勃利县工作的李述（失掉组织关系的党员）、在宝清县工作的程绍良（失掉组织关系的党员，我在1937年在宝清打游击时认识他们）、在汤原县工作的邢健、在长发屯的史纯儒（原抗联第六军团长）都陆续来找我，要我承认他们是共产党员，并要求给予工作任务，他们都向我讲述了自己的历史。

看来是需要很快建立一个群众性的政治团体把上述的这些同志吸收进来，首先用以和国民党进行斗争，同时由他们去领导各地自发的武装队伍。当时自发性的武装队伍较多，都是在日本军溃败时群众利用所得到的枪支自动组织起来的。

我于9月10日找来赵子学和井田，和他们商讨中华民族解放委员会如何确定自己的政治任务。我说在日本帝国主义宣布投降之后，民族解放的任务已经基本完成了。现时应该是研究我们要建立一个什么样的国家。一个是以毛主席的《新民主主义论》为纲领的国家制度，一个是国民党的一党专政下的半封建和半殖民地式的国家。我们应该明确提出争取人民民主，反对国民党的独裁统治。因之我们可以建立一个为争取实现中国政治民主化为主要目标的政治团体，其名称也可以称之为佳木斯人民民主同盟。我的这个建议为赵子学和井田所接受了，他们决定将中华民族解放委员会改为人民民主同盟佳木斯委员会，赵子学和井田为副委员长。开始，赵子学宣布一个在伪军当过团长的罗庆本为委员长，我认为不妥。罗庆本以后实际上未参与任何工作。在9月中旬公开宣布成立时，参加成立大会的有二百余人，由我就民主同盟的政治任务做了讲话。

当人们都知道了人民民主同盟是在我这样的有苏军卫戍副司令员身份的人支持下建立起来的时候，愿意参加这个组织的人突然多起来了。其中确有不少是在关里八路军或东北抗日联军干过一段时间的人，但也有一些是抱有各种不纯动机的人。不过，这些还一时弄不清楚，只好先干起来再说。当时主要的活动任务是：1.宣传中国共产党和东北抗日联军在解放东北三省中的作用，揭露国民党出卖东北的罪恶行径；2.揭露国民党在政治上的反动性和腐败性，宣传在中国必须结束国民党的专政、独裁体制，建立有各党派参加的民主的联合政府；3.把各地自发性的武装队伍组织起来，选择原来在抗日联军工作过的人去掌握这些武装；4.在合江地区各县建立人民民主同盟的分支组织。

与此同时，国民党的活动也相当积极，在佳木斯办了三民主义青年团训练班，吸收了男女青年四五十名参加；组织了宣抚委员会，用以收容日伪军警和宪兵、特务残余分子和收编地方自发的武装队伍。我原来对它的能量估计不足，总认为东北人民对国民党的反动统治是不会拥护的。但是，后来的事实证明，他们所造成的影响不算太小。

佳木斯维持会实际上起着市政府的作用，当时他们只能根据苏军的指示行事。维持会的主要任务是保证苏军占领期间的后勤供应。会长曲子明在日伪时期当过勤劳奉仕大队长、协和会长等汉奸职务。维持会虽说自己美其名曰地挂着中国复兴委员会的牌子，而实际上却在暗中保护着日伪时期的警察、特务和检察官等。苏军在搜查这些人时，曾在曲子明的商店福顺泰的后院里查出三十余支长短枪支和九百发子弹,曲子明实际上是继续与人民为敌,群众对他是极为仇恨的。

各县的民主同盟分支组织很快地相继建立,有的是由佳木斯民主同盟派去的人为骨干,有的是由各县来找我联系的自称是共产主义者的人为骨干,都得到了在该县工作的抗联同志的支持。分散在各县的自发性武装队伍,多数与民主同盟建立了联系。

根据佳木斯民主同盟某些成员的报告,得知在蒙古力俘虏营中的伪军少将旅长王嘉善几次到市内来,并到过国民党党部开会。同时得知由沈阳派来了一个国民党的代表(姓罗)在佳木斯以宣抚委员会名义秘密进行收编地方武装的工作。我和格里洛夫研究了这一情况,他对此很吃惊。我们商定对这一情况要继续予以严密监视。两三天之后,我得知王嘉善又去佳木斯国民党党部开会,就和格里洛夫立即驱车前去,突然闯入了国民党党部,正好王嘉善和六七个国民党人都在场。我们责问了王嘉善为什么随便从俘虏营出来,他无言以对。我又质问了国民党的书记长张人天,为什么要和伪满的将领勾结在一起?他支吾了几句。我们命令王嘉善随我们返回了俘虏营。

在日本统治时期,佳木斯的伪市长是段宝坤。我到佳木斯时他不当市长了,住在家里。民主同盟有人提出应该将他按汉奸来惩治,我很赞成这一主张。民主同盟派了四五个人携带武装于半夜越墙进入段的住宅,将他抓走,关了起来。此事我并未告知格里洛夫,并且打算借公审汉奸以进一步发动群众。但是两三天之后格里洛夫问我是谁抓走了段宝坤?我佯装不知。格里洛夫说他认为是民主同盟干的事,并说他不赞成这样的事,要求我做工作,将他释放。我说对待汉奸,惩办一下也是应该的。他说,有两条理由可以赦免他。一是他本是一个工程技术人员,搞煤矿的,你们恢复生产需要他;二是他当市长的时间只有四个月。根据这样的情况,我和赵子学与井田二人商量了一下,认为当时还是苏军军事管制时期,我们的一切重大行动都应该和苏军之间有个协调。凡是苏军不赞成的事情,我们可以缓办。在我们商量了之后,决定释放段宝坤回家。

佳木斯地区的地方武装

佳木斯一带的自发性地方武装相当多,在政治态度上也是颇难以捉摸的。开始都是以自卫名义出现的,在日伪军被击溃之后,中国人民自己的政权尚未建立起来之前,苏联军队只驻扎大中城市,广大农村处于权力真空地带。这时任何一支武装力量都会对今后的政权发生影响,同样的,每个人具有的实力的大小,也会影响他本人今后的政治地位。真正的明确政治目标的武装队伍我认为是很少的。当时东北的政局还有许多捉摸不定的因素,国共之争谁胜谁负,的确难以预测。地方武装都在观望着。开始他们看到共产党人占有一定的优势,表示要依附于共产党。但以后又听说国民党要接收全东北,而国民党的军队沿山海关、沈阳、四平、长春向北节节进逼,又感到还得依附于国民党。但是究竟鹿死谁手,谁也难以判断。当时流传着的话是:"此处不养爷,自有养爷处,处处不养爷,老爷当八路。"这是当时对一般人处于投机心理状态的如实的写照。许多武装队伍还处于两面派状态,就是当时所说的"明八路,暗中央",公开地接受了共产党的收编,但暗中又接受了国民党的委任,国民党在各大城市设立的非公开的宣抚委员会就是做这个工作的。

当时在合江地区的武装队伍的头头,和民主同盟有较密切联系的,有驻长发屯的史纯儒、驻悦来镇的王福和赵凯良、驻大来岗的顾老太太、驻兴山镇的刘银喜、驻鹤立的郝风山、驻宏克力的李忠祥。此外,依兰、富锦、宝清、勃利等县的民主同盟也都建立了自己的武装队伍。史纯儒和赵凯良原为东北抗日联军潜伏下来的人员,刘银喜为关内秘密派到兴山镇的共产党员,顾老太太是抗联时期的抗日积极分子,两个儿子都参加了革命。他们几个人所率领的队伍以后都参加了东北民主联军。但是王福、郝风山和李忠祥等过去是惯匪,这几支队伍在1945年12月前后陆续投向国民党,李忠祥的队伍还伏击了苏军。

以后他们都被三江人民自治军消灭了。

大来岗的顾老太太,我是在1945年的9月中旬认识的。那时苏军司令部得到报告说,在大来岗的西边十几里一个小屯子有日伪军的残余武装袭扰。苏军立即派出一个连,由我和格里洛夫率领,乘三辆卡车前往。但是经过对该屯的搜索,并未发现目标,可能是已经跑掉了。我们执行任务完了之后,就回到大来岗休息。我和格里洛夫住在一家较宽敞的院里。这家的主人正是顾老太太。她对我们非常热情,谈起话来得知,她有两个儿子都参加了革命。大儿子叫顾传忠,参加过抗日联军,已经死去,二儿子叫顾烽,在关里八路军工作。这就使我们的关系亲近了一步。以后又进一步了解1936年到1938年期间,抗联第六军的队伍经常活动在汤原、依兰、桦川一带,第六军军长戴鸿宾经常过往大来岗,顾老太太是抗联的积极支持者。她家虽然是地主,但是抗日的政治立场是鲜明的。对她有两个儿子参加革命,很感到自豪。她在1945年底至1946年期间对三江人民自治军的建立和共产党在合江地区政权的建立,都采取了积极合作的态度。她的第四个儿子顾传远还率领大来岗的自卫武装三四十人参加了三江人民自治军。

党中央派出的军队和干部陆续来合江

1945年10月初,我派往长春向周保中同志送工作报告的交通员徐玉林回到佳木斯。周保中同志在给我的信中告知我已和党中央建立了联系,我们今后将在党中央的直接领导下进行工作。这个消息使我得到了极大的宽慰,因为东北抗日联军从1937年底开始就和党中央失掉了联系,我们长期处于极端困难且孤立无援的状况之下,孤儿一样的心情一直沉重地压在心头。这时一下子豁然开朗了。

振奋人心的事情一个接着一个地来到了合江。10月25日,关内共产党的部队八百余人在孙靖宇的率领下来到了勃利县。勃利县的抗联代表曹曙焰同志立即派人送信给我,我接信后立即动身坐火车去勃利县,并于半夜时分见到了孙靖宇。我热泪盈眶地拥抱了他。我们终于和八路军会师了,真是天大的喜悦啊!孙靖宇在途经哈尔滨时会见了李兆麟,并由李兆麟写了一封信给我,说孙靖宇奉命率领八路军到三江地区组建人民自治军,要我给予协助。孙靖宇告诉我,八路军和新四军的队伍已经源源不断地由关里开到东北来。他是由山东渤海地区乘船在辽宁的兴城附近登陆,尔后开赴北满来的。

对于孙靖宇所率的部队,为什么使用三江人民自治军而不用八路军的番号,以后我了解到其原因是:当时苏联政府和中国政府曾约定:在苏军占领东北期间(原定三个月),中国的军队不应进入占领区。这样的规定可能是为了避免在占领期间秩序管理上的多头化。但这一规定并不限制各地区为了自卫所建立起来的数量不大的武装队伍。实际上孙靖宇同志所率领的八百余人的武装队伍,其中只有不足一百人是在山东地区的八路军队伍。他们到达沈阳附近时才扩编成一个连,同时在干部方面得到了一些补充,并在去佳木斯的沿途上大量补充了新兵。因之他们的确不能说是八路军的正规部队,并且根据东北局的指示用了"三江人民自治军"的番号 (两满地区用的是"人民自卫军"的番号)。

苏军对于共产党的部队出现在合江之事是高兴的,同时也是出乎预料的。因为我知道苏联对中国共产党能否和国民党相抗衡一向是估计不足的。而且按照中苏两国政府间的协定,苏军在东北占领期为三个月,结束占领时将由蒋介石的国民政府来接管东北。因之苏军未曾预料中国共产党的军队会抢先到达合江地区。格里洛夫和我交谈这一问题时流露了上述想法。那时实际上他们不想介入国共两党的斗争,但又无法完全保持中立状态。开始他以喜悦的心情支持我把孙靖宇的部队迎接进驻佳木斯市。而且我为了在佳木斯车站广场举行欢迎仪式所组织的一千余人的地方武装部队,也事先在佳木斯市内住了两三天。这些事情格里洛夫都是默许了的。但是在孙靖宇到达佳木斯几天之后,他又向我转告说,他得到上级指示,要求共产党的部队离开佳木斯,最好驻扎在农村。他说这是为了避免国民党寻找借口,说苏军已在事实上把佳木斯移交到中国共产党手中。在这种情况下,我们的部队都离开了佳木斯。孙靖宇的指挥机关设在佳木斯以南三十里的长发屯。

到了11月17日,又一个喜讯传来了。我吃完早饭,突然有一位年轻同志来到卫戍司令部的后院见我,说他是和李延禄、李范五一同从延安来的,共有三十余人。他们住在大街的一个客店里,并说李延禄和李范五一会儿就到卫戍司令部见我。我真是喜出望外,便拉着他一块快步出去向他们住的客店方向走去。走到半路,在佳木斯的电话局(现中山路邮电局)附近遇见了李延禄和李范五等四五个人。我和李延禄分手快十年了,他的面貌未变,我首先和他握手之后长时间地拥抱了他,尔后又和李范五等同志一一握手。

当我带领他们来到苏军司令部后院我住的小平房时,李范五同志交给我一封周保中同志的信,内中说根据东北局的决定,由李范五同志担任中国共产党合江省工作委员会书记,李延禄同志担任合江省主席,并指示我今后在合江省工作委员会的领导下进行工作。我读完信之后说:这太好了,我们的党、政府和军队的建设现在可以同时在中央的直接领导下进行了。接着我就向他们汇报了以下几件事:1.抗联同志在合江省几个县的分布情况和工作情况;2.民主同盟的情况;3.和国民党之间的斗争;4.孙靖宇部队来后的情况;5.苏军对我们的态度等。我建议我们应该立即和苏军的卫戍司令员见见面,争取他们的支持。李范五说,对!是否现在就能见到他们?我说,你们先等一下,我马上就去找他们商量此事。当我到了银行的楼上找到格里洛夫时,他对我带来的新消息也感到高兴,并且愿意和另一位管军事工作的中校副司令一同会见李范五和李延禄同志。我很快地把李范五和李延禄从银行的后院引到楼里来和格里洛夫等交谈了一小时。苏军总的态度是:对新来的客人是欢迎的,但表示了以下的政策:苏军解放了东北之后满三个月就准备撤走,并把政权移交给中国人民。至于是国民党接收东北还是共产党接收东北,这是中国人民自己的事,苏军不去干预。现在他们新接到的指示是不允许任何正式武装部队驻在佳木斯市区之内,这是为了保证市区的正常秩序所必须的。至于你们的部队在农村的广大领域之内和国民党怎么斗,那苏军就不应该过问了。此外,你们的党、政机构如何工作,是否设在佳木斯市内,我们不便干预。正如国民党的机构设在市内我们不便干预一样。但同时格里洛夫又郑重地声明说:作为共产主义者,我们是希望中国共产党能战胜自己的对手的,我们将会尽可能地给予支持。

这样,实际上苏军是以默许的方式支持了我们的党和政府的建设工作。自从李范五来了以后,从关内派到东北来的党政干部,一批接着一批地来到了佳木斯,到了1945年底合江地区几乎所有的县委和县政府都搭起了架子。合江省工作委员会的班子也逐步配齐了。到12月下旬,方强同志又到了佳木斯,受命组建合江军区司令部。高大钧同志亦被任命为佳木斯市委书记,董仙桥同志为市长(他原为佳木斯的老地下党员),孙西林为副市长。

国共两党的斗争逐步激化

国民党和共产党在合江地区的斗争,是从共产党的武装队伍到达之后逐步激化的。国民党不甘心处于劣势地位,他们凭借在全国范围内的优势和我们进行着针锋相对的斗争。他们大力收编土匪队伍,像原东北抗日联军的叛徒谢文东和李华堂的队伍,虽说每支也不超过一千人,国民党却封之为上将集团军总司令。已经被孙靖宇收编为三江人民自治军的孙荣久的队伍,也被国民党拉了过去,封为中将军长。还有一个张雨新只有几百人,也同样被封为中将。到12月时,由于国民党的军队在美国的大力支持下,攻占了山海关和锦州,并向沈阳、长春挺进。这时合江地区的土匪也开始嚣张起来,他们攻打勃利、林口、鸡西、汤原、同江等县城,杀害共产党的干部。这就开始了三江人民自治军和这些国民党土匪部队长达一年之久的生死搏斗。原来佳木斯民主同盟新收编的队伍,如在悦来镇的王福、在鹤立的郝凤山和宏克力的李忠祥,也暗中接受了国民党的委任,开始打起共产党了。李忠祥的队伍还打死了19名苏军士兵。方强同志到达佳木斯之后不到十天时间,就到依兰县,以孙靖宇的三江人民自治军司令部为基础,组建起了合江军区司令部,并开始了剿匪作战。

与此同时,国民党还利用佳木斯民主同盟大发展之际打入了这个组织。像刺杀孙西林同志的凶手邬捷飞,参与抢劫民财的民主同盟手枪队队长冷松彬,都是国民党有计划地派进来的。民主同盟内部的严重不纯在12月间已被我们发现了。省委决定由市委书记高大钧同志亲自率领工作组进驻大同盟了解情况,对其中自称为共产党员而又在历史上能提供出自己的真实经历、无大问题而又现实表现较好者,准其重新办理入党手续。对有些虽也自称为共产党员,但历史尚未弄清而现实表现又不好的,暂不承认其党籍。对其中少数人既缺少明确的政治态度,又参与过抢劫民财、侮辱妇女的予以清理。在1946年1月,发生了民主同盟的宣传部长邬捷飞刺杀副市长孙西林案件。同时还发现了铁血青年团这个反动组织也都是民主同盟的成员。这个多数为十八九岁的青年团体,以张中甲为首,以暗杀我党干部为目标。鉴于上述情况,省委确定:由于民主同盟内部的严重不纯,决定停止其一切活动。对其中表现较好的重新分配工作。这样佳木斯人民民主同盟的存在前后只有五个月的时间,而开展工作的时间也只有1945年的九、十、十一这三个月的时间。在此期间他们同国民党进行过斗争,还争取到一部分地方武装站到共产党一边。这些对我党都是有利的。

在发生了孙西林被刺事件之后,我们组织了一次对国民党成员的搜捕。国民党党部的公开存在也由此结束了。其后的斗争形式主要是和国民党所勾结的土匪队伍之间的殊死搏斗。

我省政府曾被苏军赶出佳木斯

在 1946 年的 2 月到 4 月上旬苏军撤退之前,还出现一次苏军把李延禄的合江省政府赶出佳木斯的事件。当时情况是这样的,国民党的军队攻占了四平和长春,并继续向北推进,似有攻占哈尔滨的意图。我们的党中央也有明确的电报指示,在东北的我军应暂时放弃大城计划,而转向广大的农村以建立巩固的根据地为主。我军从四平和长春的撤出也是在接到这一指示之后。苏军在这个急剧变化的局势下,又过高地估计了国民党的实力,认为他们有可能接管全东北。因之他们做了迎接国民党合江省主席的打算。这就必须先把我们的省主席赶出佳木斯。在 2 月初,苏军卫戍司令部约见了省工委书记李范五和省主席李延禄,并提出了上述意见,实际上是下了逐客令。当时李范五同志向他们讲了自己的看法,他认为国民党是没有力量进到佳木斯来的。他的军队来不了,省长也不可能来的,苏军对此完全不要担心。但是苏军解释说,他们是在执行上级的指示,无法对此加以讨论。经过反复争论之后,未能使苏军做出让步。第二天,李延禄率省政府的班子离开佳木斯,改在依兰办公。省的工作委员会则留下了一个精干的机构,坚持留在佳木斯。

实际上,当时的情况并不像苏军想象的那样。国民党的军队进占长春之时,已经被打得精疲力竭。我军主动撤退到德惠以北的第二松花江北岸设立了防线。国民党的军队沿铁路进至该江南岸的陶赖昭火车站之后,就不敢再前进一步了。以后也一直未能跨过这条不大的江河。共产党在北满稳如泰山。在这种情况下,李延禄所率领的省政府的班子在离开了二十多天之后,又回到了佳木斯。

苏军的撤退

中苏两国最初商定,苏军在东北的占领期为三个月。依此,苏军应于 1945 年的 12 月撤出东北。但是这个时间表应国民党政府的要求大大地推迟了。这是为什么呢?我认为其中有两个原因:一是国民党政府的庞大官僚机构,办事效率极低;二是国民党内部的争权夺利,接收东北的各级干部班子难产,贻误了时机。本来国民党有许多有利条件,特别是在运输工具上,陆路、海路、空中都占有优势。但是直到 1945 年的 10 月下旬,也就是日本投降之后拖延了两个月,熊式辉才率领了一个四百人的接收班子到达长春。而我们党所组建起来的人民自治军或自卫军已经遍布东北,大批的党政工作干部,来自延安的、来自山东的、来自山西与河北的,全靠两条腿昼夜兼程,和国民党赛跑,到 10 月下旬已多数到达了北满各城市并开展了工作。我前面已经说了,佳木斯地区在 10 月 25 日已经出现了从山东来的孙靖宇的八路军队伍和一部分党政干部,11 月中旬共产党的省委机构和省政府都宣布成立了。而国民党接收大员熊式辉所率领的四百人的班子,住在长春的高级旅馆里,面对这种形势,惶惶不安,不敢把人派到各省城和专区去执行接收任务,认为生命安全无保障。他们在长春住了好久,什么事都没干成。

共产党在抢占东北这一战略行动上,效率之高确实是出乎国民党的预料的。我们分析其原因:一是党中央的决心大,在日本宣布投降之后,很快做出决定,派十万部队、两万名干部进入东北;二是八路军的冀热辽军区占有先机之利,进入东北的路途最短,在 9 月中旬就进至沈阳周围;三是共产党的干部能吃苦,不计较地位高低,点到谁的名谁就走,让到哪就到哪儿,没有任何扯皮现象;四是东北抗日联军也占有先机之利,到 9 月初就进驻了东北的五十七个工作点,除了负责恢复党的组织和建立武装队伍之外,还起着抗日联军办事处的作用,各点的负责人又兼有苏军卫戍司令部副司令的名义,为八路军部队和从延安来的党政干部进入该地区创造了特殊的有利条件。

鉴于上述情况,国民党认为如果苏军在 1945 年的 12 月从东北撤退,那就会使东北全部成为共产党的天下,因之要求苏军缓期撤退。但是这个缓期实际上对共产党也有利,使我们有时间巩固一下自己的阵地。

到了 1946 年的 4 月初,苏军佳木斯卫戍司令部告知我们省委和省政府,他们将于 4 月 5 日撤离佳木斯,并且申明他们将不向我省政府正式办理交接仪式。我们表示,对这样的决定完全理解,可以免得引起国民党政府的异议。他们还申明:鉴于佳木斯地区土匪猖獗,他们的撤退将不公开宣布,以免土匪利用这个时机攻打城镇。任何群众性的欢送苏军回国的场面都是不必要的。撤退的行动将在一个夜间之内完成。双方很快达成了协议。随后,我们迅速地组成了若干个接收工作组及其警卫分队,分别于 4 月 5 日夜晚将所有苏军撤走的营区、机关、仓库加以占领。当 4 月 6 日清晨佳木斯的人民群众醒来时,已经看不到任何一个苏联军人的影子了。从此之后,佳木斯地区的政权,被牢牢地掌握在共产党的手中。

忆东北军政大学合江分校

东北军政大学合江分校原为陕北抗日军政大学总校直属第四大队。1945年"八一五"之后，抗日军政大学总校及其所属各大队奉命迁移至东北境内。东北局决定把总校放在黑龙江的北安市，并在齐齐哈尔、佳木斯、吉林等城市办几个分校。名称改为东北军政大学。原抗大的第四大队奉总校之命于1946年4月抵达佳木斯市，刚一开始是以北满干部学校的名义招收学生的。到了同年7月又改称东北军政大学合江分校。校址设在佳木斯市东5公里处的蒙古力。分校受到总校和合江省委的双重领导。根据东北局的决定，由当时东北民主联军后勤部长兼政委钟赤兵兼任东北军政大学合江分校校长，合江省委书记张闻天(当时用张平之的名字)兼任分校政委，原抗大第四大队大队长王泮清任副校长兼教育长，原抗大总校政治部叶明任分校副政治委员兼政治部主任。同年9月，合江省委又决定调我到军大分校工作，任副教育长。在此之前我任佳木斯市卫戍司令员。

根据东北军政大学总校和合江省委的指示，合江分校的训练任务是：1.为前线部队轮训连排干部；2.为合江地区培养地方干部，其中有些招收的是地方青年学生，有些是地方各机关团体抽调出来的干部，还有一批农村基层干部。训练期限为5~6个月。

从1946年6月开始，到1947年12月为止，军政大学合江分校一共办了3期。为合江地区输送的基层干部共3 223人，其中部队干部为1 196人，知识青年和地方干部为1 402人，农村基层干部为625人。在总的学员数中，包括朝鲜族126人。

学校的训练计划和训练内容不仅要根据当时形势的需要,而且要按照不同学员对象的思想情况进行安排。对部队选送来的学员用60%的时间学习政治,40%的时间学习军事。对从地方招收来的知识青年和机关团体的干部,则用80%的时间学习政治,20%的时间学习军事。

政治教育的比重较大,是当时国内政治斗争的需要。处于当时大的政治变革时期的东北青年一代,对于国家前途的认识是模糊不清的,不少人抱着观望的态度。他们对共产主义知之甚少,对中国共产党的政治主张和斗争历史也知之不多。由于国民党政府统治中国已近20年之久,使许多人存在着以国民党为正统的观念。他们不了解正是由于蒋介石对日本入侵东北的行径采取了"不抵抗政策",才使整个东北沦陷,蒋介石是出卖东北的罪人。他们也不了解,由于中国共产党坚持不懈的斗争,才促使了在中国境内全面抗日战争局面的形成,而在共产党领导下的八路军和新四军以及东北抗日联军,是整个抗日战争中最坚决抗日的力量。在日本人统治之下的东北青年也不知道蒋介石政府的腐败、无能和反动黑暗统治情况。由于这些原因所产生的盲目正统观念,是必须打破的,不然他们是难以接受中国共产党领导的。除此之外,东北青年还受到14年奴化教育的影响,几乎对中国的历史一无所知。许多人不知道九一八事变和七七事变是怎么回事;还有人说"满洲国"比旧中国好,日本人在东北新建了那么多铁路和工厂,是旧中国不曾有的等。

综合上述,当时政治教育的任务,正为张闻天同志所提示的,就是"三个摧毁"和"一个确立"。即摧毁正统观念,摧毁奴化思想,摧毁封建思想,确立为人民服务的世界观。

根据上述政治教育的任务,政治课程设有:《中国共产党介绍》《八路军介绍》《论联合政府》《中国革命与中国共产党》《土地革命问题》《中国的政治党派》《苏联和美国》《建立革命的人生观》《反对自由主义》《青年修养》等。

由于是短期训练,不可能使学员掌握系统的理论,而只能是为了改造思想,使学员毕业之后能立即参加到火热的革命斗争中去。因此,政治课程没有安排系统的政治理论和历史教育的讲授,只是按上述课程进行专题讲授。

政治教育的方针,先是进行正面教育。在每个专题讲授之后,再拿出一定的时间使学员通过讨论、质疑,教师解答问题几个环节,加深理解、统一认识,并树立正确的观念。

有些专题在正面教育之后还要采取联系实际的方法提高教育效果,如开展诉苦运动和忠诚老实运动。在专题教育进行到适当阶段时,由于学员的思想觉悟逐步得到提高,在学习讨论当中会产生两种情况。一部分学员在讨论当中会联系到旧的社会制度给自己的家庭或者个人带来的苦难,开始对阶级压迫有所认识,对地主阶级残酷的剥削和对农民的迫害讲出许多生动具体的事例。另一部分学员在政治觉悟提高之后也会很自然地在讨论中谈到自己比较曲折的历史经历,而且会自觉地讲述自己走过的错误道路,表示要坚定树立革命的人生观,跟着共产党走。在这样的时机,我们就选择几个典型,经过充分准备之后,让他们在广大学员面前发言。前一种典型的发言可以引导出群众性的诉苦运动,是群众性自我教育的好方法。而后一种典型的发言可以促使每个学员以新的观点认识自己的历史,检讨自己所走过的错误道路。这实际上是一种忠诚老实运动或者叫作坦白运动。这种做法有助于组织上弄清每个学员的真实历史。当时正处于中国新旧社会更替的重大时期,为了弄清每一个涌入革命阵营成员的历史情况,以加强对他们的教育改造,忠诚老实运动是产生过良好效果的。军事训练在军事队和政治队中都要进行,只是在内容多少上有差别。在军事队中有五大技术,即射击、刺杀、投弹、爆破和土工作业;战术是单兵到班的进攻和防御。在政治队中只学三大技术,即射击、刺杀和投弹;战术只是单兵到班的进攻和防御动作,只要求他们有这个常识,不像军事队要求战术动作上的熟练。

学校的组织机构当时比较简单,设军事教育科(简称军教科)、政治部、供给处、门诊部和管理科。政治部下设组织科、宣传科和保卫科。在军教科、组织科、宣传科和保卫科担任科长的分别为傅清尘、盛殿邦、严文祥和唐纯一。

合江分校对于学员的课外活动是非常重视的。丰富多彩的业余文化生活既是一种积极的休息，也是一种辅助教育手段。每个学员队都设有俱乐部，俱乐部活动的内容包括：出黑板报、组织周末晚会、歌咏比赛和球赛等。在周末晚会上除了唱歌和舞蹈表演之外，学员自编自学自演的小话剧、歌剧和活报剧也不少。这就使具有各种特长的学员都有机会表现自己的才能，因此在整个学习期间学员在精神上是比较愉快的，思想上是活跃的。在1947年一年之内，学校排演过大大小小65部剧，组织过8次秧歌舞演出，有的队在四个来月中就学会了25首革命歌曲。文娱活动的内容都和政治教育与时事教育紧密结合着。在第三期，增办了两个农村基层干部队，他们对于这样的文化生活反映更强烈。他们说，在学校里的时间不到半年，但学到的东西实在不少，认识了什么是地主阶级，换上了新的思想，认识了很多字，学会唱好多首歌，经常有晚会，能看到戏，又能开动脑筋，一辈子也没有像在分校这段时间生活得愉快而有意义。

军政大学经常走出去积极参加社会上的重大活动。这一方面是社会政治斗争的需要，另一方面也是为了使学校的干部、教员和学员尽量多接触一些社会上的实际斗争生活，学校教育与社会实践紧密结合。在1946年4月学校刚刚进入佳木斯市时，市内的社会治安问题很多。那时苏军刚刚撤走，需要立即建立起我们自己的卫戍司令部，但是缺少干部。根据合江省委的指示，学校立即派出以叶明副政委为首的十多名领导干部充实卫戍司令部机关。他们在那里工作了两三个月，情况好转后才陆续返回学校工作。在1946年秋天到1947年上半年，学校派出300多人，其中包括干部和学员，到桦川、集贤和绥滨等县参加土改工作队，发动农民搞土地改革斗争。学校的警卫连还配合军区的剿匪部队进行作战，活捉过30多名土匪。1947年秋天，又派出几个学生队去桦川县参加助民劳动,收割了4 000余亩庄稼。所有这些,都是军政大学传统性的教育方法,是军政大学整个教学活动的一个组成部分。

在1947年的夏天,合江省政府教育厅根据省委书记张闻天同志的指示,利用暑假两个月的时间,为全省的1 000余名中小学教师举办了一次讲习会。讲习会的目的是改造教师们的思想,使其接受共产党提出的教育方针。张闻天同志还亲自交代要军大合江分校派干部参加讲习会的领导工作。他明确地指示说,讲习会的宗旨就是要摧毁教师头脑中的"正统观念",摧毁他们对蒋介石的幻想。这次讲习会收到了预期的效果。特别是当时邀请了被俘虏的国民党军一位少将和一位营长,他们俩以亲身所见、现身说法的办法揭露了国民党内部的腐败黑暗,对教师震动很大。这次讲习会在改造教师队伍的思想方面收到的成效,必然对全省几十万青年学生的成长产生重大的影响。

军政大学合江分校结束于1947年12月。中共中央东北局鉴于东北的解放战争即将进入决战阶段,决定东北军政大学集中全部力量,为野战军轮训连排干部。为此,军政大学总部从北安市移驻齐齐哈尔东大营,将原西满分校改编为东北军政大学第一团;合江分校全部机构移驻齐齐哈尔市,改编为第二团,并在北安市组成第三团。此外,在吉林市内保留了吉林分校,到1948年7月,吉林分校也奉命移驻齐齐哈尔的南大营,改编为东北军政大学的第四团。从1948年1月开始,东北军政大学的训练任务已全部改为轮训东北野战军的基层军事干部了。

东北军政大学合江分校只存在了1年8个月。时间虽是短暂的,但它适应了当时政治形势的需要,在训练工作上颇有其特殊性,特别在改造青年思想方面有其独到之处。它继承了延安时期抗日军政大学的传统,对中国革命做出了贡献。

东北军政学校的创建和成长

1989 年 10 月 15 日,大连陆军学院迎来了 40 岁生日。我有幸应邀参加了校庆活动,在那里会见了几位当年共同创建这所学校的同志,也会见了在建校初期毕业于当时命名东北军区军政学校,尔后又改称为第二十七步兵学校、第七步兵学校的十几位同志。在交谈中我们有个共同的认识:大连陆军学院的今天和昨天是不能分开的。这所学校有一个光荣的历史,他在创业时期,在比较简陋的条件下打下了基础,取得了较好成绩,为以后的发展创造了条件。为了让后人了解这个历史,应该把那个时期的情况回忆一下。

(一)

1949 年 4 月,中国人民解放军百万大军跨越长江天险,解放了南京。由此中国革命形势日新月异,国民党的统治败局已定,全国的解放指日可待。此时,根据中央军委的决定,设在齐齐哈尔的东北军政大学准备移驻武汉,为中南地区部队培训干部。这时应东北军区的要求,军委同意军政大学留下一个团,改建为一所军政学校,为东北军区所属部队培养干部。东北军大当时共有五个团。每个团都设有三至四个营,每营四个连。因之,一个团的完整机构可以接收 2 000 名学员,改建为一所军政学校是不费力的。军政大学党委会决定把我们第四团留在东北。军政大学各团的学员于当年 6 月结业返回部队。7 月,军大其他各团分三批乘火车开赴武汉。在军大总校机关离开齐齐哈尔市之后,我们第四团由该市的南大营移驻东大营。

第四团原来是由东北军政大学吉林分校改编的。1948 年秋奉命由吉林市迁至齐齐哈尔市归总校直接领导。由于原吉林分校副校长涂锡道调军工局工作,改编后的第四团团长由从部队调来的第三师师长彭景文担任。我从第二团副团长调任第四团副团长。原吉林分校副政委朱士焕任团政委,吴殿甲任政治处主任,胡兆祺任训练处处长。几个月后,彭景文又调回部队,我接任团长。当时的训练任务是轮训野战军的连排长,学制八个月。

军政学校的筹建工作是从 1949 年 5 月开始的。在学员尚未结业之前,我和朱士焕政委两人就去沈阳听取东北军区首长对建校工作的指示。当时东北军区的司令员和政委都是高岗兼任的,其他副职尚未任命, 实际上是参谋长伍修权和政治部主任周桓两位首长主持工作。我和朱士焕同志在回到齐齐哈尔后,向第四团党委会汇报了军区首长和领导机关对军政学校建设的指示,概括起来有如下几点:

1.校址:齐齐哈尔东大营

2. 建校思想:由于全国基本上已由战争状态转入经济恢复时期,因之学校各方面工作都要随之做出相应的改变,训练期限适当放长,训练内容尽量全面一些,军事生活上要强调正规化,要严格管理。

3.训练任务:为部队培养排长和连队政工干部。

4.学员来源:一是接受部队的班长和优秀战士;二是由地方招收初中毕业的青年;三是政治队学员应是部队的排长和优秀班长。

5.学习期限:暂定一年。

6.名额:青年学生 1 800 人,共编为三个大队;部队生 1 100 人,编军事、政治各一个大队。

7.训练内容:军事训练为:三大条令、五大技术和由单兵到连的攻防战术。三大条令是队列、纪律和内务。五大技术是射击、刺杀、投弹、爆破和土工作业。政治教育内容为:社会发展史、中国革命与中国共产党和部队政治工作等。军事教育和政治教育的比重,在军事队为 7:3,

在政治队为 3:7。

为了循序渐进,将每期一年的时间按军事教育内容划分为三个阶段。第一阶段为军人基础训练,以三大条令为主。第二阶段以五大技术为主。第三阶段以战术教育为主。政治教育则按比例将几门课程分别安排在三个阶段之中。

8.关于正规化军事生活问题,军区首长指示说:在和平时期培养出来的连排长,首先要学会对部队的正规化军事生活方面的管理,一切都应按照内务、纪律和队列条令办事。从整理内务卫生、军容风纪、军人姿态、礼节等都要有严格的要求。学校应该对部队起示范作用。

对以上各项指示,团党委做了充分的讨论,以求正确领会其精神,尔后就由训练处和政治处分别起草训练计划和招生计划。

与此同时,我们还提请军区领导再选调若干名部队干部到学校担任领导工作,而且建议由军区首长兼任学校的校长和政委,目的是增加在招收学员时的号召力,而学校的实际工作由副校长和副政委来做。据此,军区很快调来一位师长刘子仪同志到学校担任第一副校长,以后还调来热河省军区参谋长徐乃斌同志任教育长。兼任过学校校长的先后有军区参谋长伍修权和副司令员贺晋年两位首长;兼任过学校政委的是最初为军区政治部主任,以后又任副政委的周植同志。

为了加强学校的力量,军区于 9 月初下令将辽东、辽西和热河三个省军区的教导队调归军政学校,共有干部 120 余人。第十三后方医院也被调来改作学校的医院,共有医务和行政干部近 50 人。

8 月下旬,由中央军委和东北军区分别签署的命令下达到齐齐哈尔,内容为:以原东北军政大学第四团为基础,组建东北军区军政学校;校长和政委分别由军区参谋长伍修权和政治部主任周桓兼任;副校长为刘子仪和彭施鲁,副政委为朱士焕,政治部主任为吴殿甲。

9 月底,应招学员陆续到校,10 月初开始进行入伍教育,10 月 15 日举行了第一期开学典礼。由此开始了建设一所正规化军事院校的光荣历程。

（二）

军区首长已向我们讲过,和平时期与战争时期的办学方法应当有所不同。这就是说,我们既要继承并发扬抗大和军大的光荣传统,又要敢于在具体方法上做出一些新的变动,以适应新形势的要求。在这一问题上,我们做了以下几件事情:

1. 建立正规化的军事生活。军区首长要求我们培养出来的连、排长,应首先学会对一个连队的正规化生活管理,一切能按照内务、纪律和队列条令办事。为此,我们学校在军人生活准则方面进行严格管理。从早起床、出操、整理内务,到上下午的出操上课,直到晚点名、熄灯,该怎么做,不该怎么做,都有具体要求。如被子叠成什么样,脸巾怎么挂,鞋子放什么地方,都在整齐划一的要求下做出规定。再譬如,在队列教练中学到的东西,要求贯彻执行于一切集体行动之中,不管是正式的出操上课,还是在往返于食堂或电影场的途中都要准确执行口令,要求步伐整齐。

这些做法在执行中遇到过许多困难。主要问题是学校各级干部很少是科班出身,自己不能以身作则,又感到许多规定过于琐碎、麻烦,因之不少干部是执行不力的。对此,校党委做了研究,认为应该从两方面着手:一是强化队列训练,二是强调养成教育。我们决定在学院入学的头两三个月,每天都安排一至两个钟头的队列训练,每周末安排一次全校性会操,每月举行 1~2 次阅兵演习,利用互相评比竞争加强训练效果。对于干部还适当安排一些单独的队列训练,使他们的队列动作能够基本符合要求。同时我们还不断宣传队列训练的重要性,说明它是技术训练和战术训练的基础,又是纪律教育的一种手段。

提起纪律教育,有一件事值得一提。在一次全校性会操中,有一位大队长因为放不下架子而没有根据会操现场指挥员的口令出列并带队操作,一时出现了颇为尴尬的局面,在场的校首长只好指示会操指挥员重复一次自己的口令。这时这位大队长才被迫出列带队操作，但是会操一结束他就一边甩着皮带一边说些气话。首长当即决定下午召开团以上干部会，严厉批评了这位大队长。他被迫地做了检讨。从这以后，情况好转了，在多次会操和阅兵式当中，各级干部都能自觉地站在自己的位置上并和自己的分队一起操作。全体学员也从这件事情上受到了一次极为有效的纪律教育。

我们重视抓好日常养成教育，因为队列训练以及内务条令的教育不能只靠正课时间来完成，也不能靠一朝一夕的功夫取得成果，只有在所有日常生活中贯彻执行才能巩固下去。不然连队干部稍有松懈，哪怕是只有3天时间没有坚持严格的要求，散漫现象很快就出现。因此连队干部必须为此付出巨大的精力。为了强化养成教育，我们还提出一个口号"现地纠正，追上一级"。就是当你看见部属在军人举止上不符合要求时，应当场批评纠正，而且要查明被纠正者属何单位，要他的直接首长检讨自己教育不严之责。这个口号有不少人是不赞成的，但毕竟还是执行了，以后也证明是有效果的。

尽管在这个过程中我们经常听到下边干部有这样或那样的不同议论，但是当我们的学员队伍以整齐的步伐和严整的军容出现在齐齐哈尔市的大马路上，而外界的赞美声又不断地传播到校内时，大家终于理解了，也因此有了一些自豪感。到了1951年，军区领导和军委领导的干部到我们学校视察时，我们每次都要以阅兵式来请他们检查我们的队列训练效果，都受到了肯定的评价。这就使我们的学校有了一点名气。以后我校被指定参加了两次重大的阅兵典礼。一次是在学校改名为第二十七步兵学校后的1951年9月，奉命派出800人组成若干个方队，参加了沈阳市的国庆纪念阅兵式。另一次是在1952年改名为第七步校后，以240人组成一个方队参加了在北京的国庆节阅兵典礼。在沈阳的阅兵，对东北地区的部队有较大的影响，都认为我们的学校队列动作符合标准，分列式阵容颇为振奋人心。北京的阅兵式，参加的方队是较多的，第七步校的方队以"动作标准、队列严整，训练有素"

而得到普遍好评。有鉴于此,军委决定:从第七步校的方队中选出120人担任国家临时的仪仗队,于同年9月28日和10月17日分别参加了为蒙古人民共和国政府总理泽登巴尔举行的欢迎和欢送仪式,圆满地完成了任务。东北军区为此给第七步校第三大队集体记大功一次。至此,第七步校在全国范围内声誉更高了。1953年6月,军委召开的第三次全军院校会议,号召各校学习第七步校的经验。从此,到齐齐哈尔参观学习者接踵而至。第七步校的正规化军事生活管理也就是在这一情况下得以巩固下去并继续提高的。

2.抓紧教育训练工作。建立军政学校后,训练方面的变化很大,由短期变长期,由科目少变为训练内容上的系统与完整,过去在课程安排上都是单元式的,一段时间集中训练一两门课,半天之内连续4个钟头不变换科目。这种方法有其历史原因。抗大和军大时期都是行政干部兼教员的,叫作"行教合一"。繁忙的行政领导工作使得连长只能用不太充分的时间去备课,因之只好一门课一门课来教,称之为单元式或者叫"单打一"。教完这一门,再教那一门。但是在由短期训练改为长期训练之后,就有可能产生下述现象,即在开学之初几个月之内学完的课程到毕业之前已部分地被遗忘了,学员到部队工作之时也不可能将这门课程的知识较好地传授给战士。另外,如刺杀和射击、投弹这类动作比较单纯的课目,连续四个小时的练习效果不见得就好,很容易在一两个钟头之后就在一些学员中产生了厌烦情绪,而调剂为另一个科目之后有可能使学习兴趣增加,效果提高。因此我们决定改变排课方法,按照穿插配当的原则安排。除了战术课程因场地较远可以连续4小时进行外,其他课程每次都安排在两小时以内,把几门课程在一个阶段之内有机结合地穿插进行。譬如说,全期分为三个阶段,各个阶段都有主要内容。第一阶段为入伍期基础教育,内容除政治课之外,还有内务、纪律和队列等课。第二阶段是五大技术。第三阶段是战术教育。但是有些课程三个阶段都要占用一定的训练时间。如射击课在第一阶段就可以安排射击姿势以及瞄准、击发要领的训练,而在第三阶段也可以安排几次实弹射击。我们把这种做法比喻为长流水不断线，为的是便于巩固所学的知识。不过，这样排课是需要有专职教员的。为此，我们请示军区政治部，希望能调一批解放入伍的原国民党军官到学校工作，让他们担任射击、战术、工兵、炮兵等专业教员。这个请求被批准了，在1951年学校改称第二十七步兵学校时，把教育处按全军步兵学校统一的编制表改为训练部，下设教务科和战术、技术、特种兵等科，有了一支像样的教员队伍，改变了过去"行教合一"的体制。这些改变使训练效果有了明显的提高。

在教学中，我们继承了军政大学时期那些好的传统。政治教育依然是以改造思想，树立正确的人生观为主要目的。我在大连参加校庆时，会见了十多位在军政学校毕业的学员，他们一致称赞当时政治教育的效果，认为那一段时间的思想改造对于他们能始终如一地忠于共产主义事业是有决定意义的。什么猴子变人啦，劳动创造了人类和创造了世界啦，这些在四十年之前的讲课内容他们仍然记忆犹新，对当时讲授这些课程的教员张定亚和王敬等同志，他们依然怀着崇敬的心情，这都说明政治教育的成功。

在军大时期所采用的先行连做法在军政学校时期也继续采用了。先行连的训练进度比其他连队提前一周，多数科目是在校首长和训练部长直接指导下实施的，以求通过实践来检验我们教学方案的合理性。如果有的科目收效不好，那就及时改进。当时我校有一个每周一次教育准备会制度。校首长在每次准备会上都要把先行连的训练情况介绍给全体与会的连队以上干部和教员，效果是相当好的。当时在认识上稍有不同的是，有人认为应该将先行连称之为示范连。我们不同意这个叫法，因为那意味着先行连的一切做法别人都得照搬不误，这是不科学的。先行连的效果应当是启示性的，它既有经验可吸取，也会有教训引以为戒，这才是更为确切的看法。

3.对学员兼职班长的具体指导。当时学校的行政管理工作在学员队是通过学员兼职班长来实现的。但是在由青年学生组成的连队中，班长丝毫没有部队生活经验。兼任班长的学员水平不一,有的不敢大胆管理,有的又有些简单生硬。因此我们认为应该给他们一些具体的指导。在开学一个多月之后,校领导亲自到几个大队分别召开了几次小型的班长座谈会,听取他们谈各自的工作体会。以后,校领导根据几次座谈会所得,整理出一份材料,主要是讲当好一个班长所应掌握的工作方法若干条,并召开了全体学员班长大会,对他们进行讲授。内容主要为四条:(1)班长要以自己的示范作用带动全班,只要自己能够事事做出榜样,全班人就会照着班长的样子去做,什么事情都容易干好,如果不是这样,只靠嘴说,靠下命令,而自己却起不了榜样作用,那么什么事情都难以办好。(2)既要严格管理,又要讲清道理。自己做出榜样之后,就应该要求学员坚决执行一切命令和规定;同时要讲清楚为什么这样做是对的,而不这样做是错的,这就可以提高学员执行命令的自觉程度。(3)在批评与表扬两种方法的运用上,要多用表扬先进的方法,在表扬中使先进者受到鼓舞,同时也必然会使后进者,受到触动,而又不损伤自尊心。反之,只一味批评后进者,后进者固然不会舒服,先进者又会感到班长没有看到他的先进事迹而不悦,班内整个消极情绪会增加,是很不利的。(4)当必须运用批评手段时,也应该同时运用鼓励的语言,如肯定他是个很好的同志,或说他在哪些事情上做得很好,有些什么优点,尔后再转过来指出他在这一件事情上是做错了。这样就会使他感觉班长对他的看法是公正的,容易接受批评,不会产生对立情绪。这样的会开了之后,收到了较好的效果。不只班长,连区队长都认为这几条对他们也非常适用。

(三)

学校的重要发展是在 1951 年之后。1950 年的 11 月,中央军委召开了全军院校第一次会议。我和胡兆祺教育长到北京参加。这次会议是军委对全军院校统一领导的起点,提出了要加强全军院校的建设,进一步提高学校正规化训练的要求,按照统一的制度、编制、教育计划和条令教材进行学校建设和训练。还提出了要请苏联专家担任学校顾问,以便更直接地学习苏军先进经验。这次会议精神的传达使东北军政学校的全体干部大受鼓舞。12月下旬,苏联专家马卡洛夫上校到我们学校担任顾问并立即开始工作。他原是列宁格勒步兵学校的副校长,工作经验丰富。他在东北军政学校的3年任期内对学校的建设做出了重大贡献。1951年1月,全军统一的步兵学校教育计划下达。4月5日东北军区转发了中央军委的命令:东北军政学校更名为中国人民解放军第二十七步兵学校。当时全军的步兵学校为32所。东北军政学校被列入全军正式的步兵学校序列,无疑给学校带来了荣誉感。到1952年6月,军委又将全军的步兵学校调整为9所,第二十七步兵学校又改称为第七步兵学校。1951年3月12日至15日,东北军区苏联顾问团团长索科洛夫中将受军区首长的委托,率领军区的政治顾问和后勤顾问检查了我校的各项工作,并提出了许多批评和建议,但在总的方面又说了许多赞扬的话,对学校起到了鞭策作用。1951年3月19日,军委军训部发出通报,介绍了东北军政学校的三点教学经验:一是改变过去突击式教育中常用的单打一的方法为穿插配当的排课方法,认为这是适合长期培训任务的;二是对课程内容的重点掌握和全面照顾的要求是正确的,使学员得到的知识面宽一些;三是贯彻执行写教学提纲、制定教案及授课时间的核算制度,认为这是保证教学质量并按时完成授课所必需的。5月15日军委军训部军校管理局的领导到齐齐哈尔视察,对学校建校以来的各项工作做了肯定性的评价。军委领导机关对东北军政学校几点教学经验的肯定,使学校提高了信心。加上学校党委会有力地号召全体干部和学员认真学习苏军的先进经验,虚心地接受苏联顾问的指导,在这一时期内,学校全体干部怀着十足的信心,迈着雄健的步伐,追求着跨进全军第一流学校行列的目标。果然,到了1952年10月,以第七步校的受阅方队在天安门广场上严整的阵容受到了普遍赞扬为标志,使学校跨入了全军院校的先进行列。

我的回顾

我认为第七步校之所以成为先进单位,绝不只是它在队列教练方面取得了成就,还由于它在这一时期内完成了许多重大的任务:

(1)毛泽东主席第一次访问苏联,是在1950年2月下旬乘火车经满洲里回国的。为了保证毛主席乘坐的专列绝对安全,东北军区对自己境内的铁路全线组织了安全警戒。军政学校也奉命派出800余人到大兴安岭地段参加保护铁路任务。学校党委会决定由副政委朱士焕和教育长徐乃斌带领由部队生组成的一、四两个大队去执行这项任务。在零下30摄氏度至零下40摄氏度的冰天雪地里,铁路两边每百米一个岗哨。寒风凛冽,又缺少良好的食宿条件,但是全体干部和学员以高度的责任心克服困难,坚守自己的岗位,圆满地完成了任务。毛主席的专列于2月28日安全地通过了大兴安岭。

(2)派出部分干部和学员参加抗美援朝战争。1950年6月美帝国主义悍然发动侵略朝鲜的战争,中国人民志愿军于10月抗美援朝。为了保证志愿军能顺利地通过几条江河和后勤供应的畅通,东北军区下令组成若干个江防司令部。军政学校副校长刘子仪奉命率第一大队大队长孟涛、大队副政委兰增寿等一批干部和200多名学员到辑安和临江两地组建了两个江防司令部,军区为两个江防司令部各配属一个工兵团。刘子仪为辑安江防司令员,孟涛先后任临江江防司令员和朝鲜境内的清川江渡江指挥部司令员。他们都胜利地完成了任务。刘子仪于1951年6月奉命返校。孟涛于1951年10月完成任务后返回沈阳,因工作需要被分配到部队工作。

(3)为东北军区高干会议做示范表演。1951年5月,军区司令部命令第二十七步兵学校在沈阳东陵地区为与会干部进行两个示范表演。一是从单兵到连的队列训练,一是步兵连在炮兵和坦克的支援下的进攻战斗。共有四个学员连队参加了演习,另有军区调来的一个坦克连。这两个演习都是在我的直接领导和苏联顾问马卡洛夫的协助下进行的。示范演习取得了成功,受到了东北军区的通令嘉奖。

(4)参加抢险救灾工作。1951年8月,中长铁路部分地段被洪水冲毁，交通中断。学校奉命紧急出动了 2 400 人在副校长刘子仪的带领下赶赴开原地区抢修路基。在所承担的长达 100 米的地段上，共积土 6 500 立方米。原定四天半的工作量，在两天半之内完成了。接着又支援四平地段承担了 114 米长路基上 46% 的继续积土任务。在一天的突击劳动中，积土 3 000 立方米。以后又积沙 1 100 立方米，到 4 个火车站卸下枕木 2.8 万根，共重 1 680 吨；装炉灰 146 车，共重 4 500 吨。整个抢修任务比原定 12 天计划提前 5 天完成，于 8 月 28 日胜利通车。在参加抢修任务的各单位中，第七步校被评为完成任务质量最好和进度最快的单位，在有 3 万多人参加的庆祝通车大会上受到了表扬，并获得锦旗一面，干部和学员为此而立功者共有 405 人，被评为劳动模范者 92 人。就这一点来说，也应该说当时的第七步校是一支有相当战斗力的队伍。

从建立东北军区军政学校，40 年过去了。细细回想起来，建校初期之所以能够打下一个好的基础，原因是多方面的。在 1989 年 10 月大连陆军学院校庆期间，原东北军区副司令员贺晋年同志和参谋长伍修权同志也应邀参加了。他们都是 80 岁左右的老人了，但是他们很高兴地以东北军政学校和第七步校的第一任和第二任的校长身份参加了这次校庆活动。在交谈中，我说这所学校之所以从开始到现在一直能够处于先进行列之中，与当时的东北军区首长所给予学校的正确指示是分不开的，我们在学校做具体工作的副校长、副政委等人只不过是认真而坚定地执行了他们的指示而已。

学院现任黄政委在校庆讲话中说，学院之所以持续不断地向前发展，是因为发扬了党的优良传统。学校的前身是抗日军政大学的第三大队。我们在东北军政学校时期，还一直把毛主席为抗大规定的教学方针、校训："坚定正确的政治方向，艰苦朴素的工作作风，灵活机动的战略战术"和"团结、紧张、严肃、活泼"这三句话八个字作为格言遵循着。学校的政治教育是改造思想的重要手段，也是抗大的传统。

在校庆期间有人还谈道，校史应该对苏联第一任顾问马卡洛夫写上一笔。他不只是工作热情高,而且工作经验丰富,不只是在战术技术训练方面做了大量工作,在学校正规化军事生活建设方面也进行了许多具体的指导。在他刚上任时,他看到我们学校有较好的基础,因此满怀信心地对我建议:向全校干部和学员发出号召,要把我们学校办成全军第一流单位。我很赞成这一精神,不过在我们校党委会研究之后,决定不公开提出这个号召,而是在实际工作上默默地向这一目标奋斗、前进。1953年底,马卡洛夫同志任期结束返回苏联时,高兴地看到自己的愿望实现了,他为此而表示要感谢第七步校的领导同志们。其实,更应当受到感谢的是他。

还应该说,学校进步幅度较大,是因为中央军委从1950年底开始把全国军事院校统一管理起来,紧接着调整了院校的格局,颁发了统一的编制和教育计划、教材等,对正规化训练的要求也更加严格了。这样,就使我们这些在学校做具体工作的人有所遵循,敢于阔步前进。在那几年之内,我们之所以能够做出一点成绩,以上是主要的原因。

丹东会议为东北抗联历史做结论

1985 年 7 月中旬,在辽宁省丹东市召开了一次东北抗日联军历史问题座谈会。这个座谈会是经中央党史工作小组胡乔木、杨尚昆、薄一波同志批示同意,在冯文彬、韩光同志主持下召开的。参加会议的原东北抗日联军老同志有:原抗日联军第一路军的董崇彬、赵振华、黄生发,第二路军的王效明、季青、王一知、彭施鲁,第三路军的王明贵、王钧、张瑞麟、陈雷、李敏,原中共驻共产国际代表团成员赵毅敏,原吉东特委和东满特委的成员李范五、钟子云、黎侠,原珠河县委成员朱新阳,原五军第一师师长李荆璞,还有东北三省的党史工作者约二十人。

为什么要召开这次会议呢?原来是在整理东北抗日联军历史中遇到了一个重大的分歧问题:对《六三指示信》认识上存在着不同看法,使得东北三个省的史学家难以在史书上落笔,不得不召开这样一次座谈会,以求统一认识。

东北抗日联军的历史编写,是在党中央的指定下,由东北的辽宁、吉林、黑龙江三个省的党史工作者从 1981 年起开始工作的。其中有各省的党史研究室、党校、社会科学院所派出的人员参加,共二十余人。他们最初是大力收集资料、访问老抗联,以后就逐步整理资料,统一观点。前后经过不到五年时间,初步完成了编写工作。

在整理材料中,对于各军的战斗历程是不存在争议的,但一遇到《六三指示信》的问题,则出现很大的分歧。在每年一度的研讨会上,总是要花较多时间来讨论这一问题。吉林和辽宁两省的史学界认为《六三指示信》基本上是正确的。黑龙江的史学界则说《六三指示信》基本上是错误的,总的精神是右倾的,一直未能统一认识。因之影响编写这部史书的进度。

《六三指示信》是在 1935 年 6 月 3 日由中共驻共产国际代表团团长和副团长王明和康生两人签署的一封给东北各级党组织的指示信,因之在东北抗战期间曾一度称之为《王康指示信》。以后根据党史工作者多数人的建议,认为这封信是中共代表团发出的指示信,不应该以王、康两人的姓氏称呼它。应该按照惯例,有如《一·二六指示信》那样,称之为《六(月)三(日)指示信》。因之,自 20 世纪 80 年代初期,就一致地改称为《六三指示信》。

在丹东会议上,到会的原东北抗联老同志遵循党的实事求是的思想路线,以历史唯物主义的态度,回顾和分析了东北抗联历史上争论的主要情况,就几个问题取得了共同认识,产生了一个《东北抗日联军历史问题座谈会纪要》。

在这份座谈会纪要(以下简称纪要)上指出:"对《六三指示信》及其补充信的是非,要放到当时的历史条件下来看,进行具体分析。"文件接着说:"一九三一年'九一八'事变后,在我国东北地区,民族矛盾上升为主要矛盾,东北党组织面临的主要问题,是如何建立和扩大抗日民族统一战线,反对日本帝国主义的侵略。但是,当时王明'左'倾路线统治着全党,一九三二年六月临时党中央政治局在上海召开的北方各省代表联席会议,不顾东北地区的实际情况,要求东北党组织实行土地革命,建立苏维埃政权,改编反日游击队为工农红军,坚持'武装保卫苏联'口号。这一系列'左'倾政策,曾给东北党的工作和抗日斗争造成严重损害。随着国际局势的变化,共产国际于一九三四年准备召开'七大'期间,开始实行建立广泛的反法西斯统一战线的策略转变,纠正只搞'下层统一战线'的关门主义错误。中共代表团的《六三指示信》是在共产国际这一策略转变的直接影响下产生的。"

《纪要》接着说:"《六三指示信》的主要内容是扩大东北反日游击运动和实行全民反日统一战线。信中提出要打破关门主义,纠正把上层统一战线与下层统一战线相对立，甚至把上层统一战线看成是与'上层勾结'的错误观点，要以我们自己的队伍为中心，普遍地与各种反日队伍建立上层与下层统一战线，团结一切反日武装共同抗日，要巩固和扩大建立抗日联军或抗日同盟军总司令部一类的组织，统一游击队的领导与指挥。"

《纪要》继续说："东北各地党组织于一九三五年秋冬之际，接连收到《六三指示信》和《八一宣言》，普遍地贯彻了两个文件的基本精神。在此后一年中，东北的抗日斗争出现了较好的发展形势。"

"《六三指示信》的主导思想是与《八一宣言》相一致的，它在东北地区全民反日统一战线的发展和东北抗日联军的形成等方面，是起了积极作用的。"

座谈会上大家也指出了《六三指示信》及其以后的补充信，带有明显的教条主义、主观主义成分，有的政策提法不当或有错误。"例如，在《六三指示信》中，把对伪军和地主武装的士兵工作，不适当地提到'占党的工作第一等的主要地位'；在《新政策信》中，把党在关内实行的'抗日反蒋不并提的方针'，演绎为'不要把抗日反满并提'等。"

《纪要》接着说："历史情况表明：《六三指示信》的主导思想来自共产国际的策略转变，而不是出自王明和康生。它不是王明'左'倾路线的产物，也不能与全国抗战初期王明的右倾投降主义等同看待。因此，对这一历史文件的是与非，要以实践是检验真理的唯一标准来衡量，以它对于当年东北党的工作和抗日斗争的实际影响方面实事求是地加以分析，不能把东北抗联历史上围绕《六三指示信》及其补充信的争论归结为路线性的争论。"

参加这次会议的赵毅敏同志，是当时中共代表团成员之一。他在发言中画龙点睛地说："《六三指示信》从战略角度来看，是正确的。"

这次会议在讨论《六三指示信》这一主题的同时，也批评了王明和康生在组织领导上的错误和混乱，说这是引起并加深抗日联军内部争论的重要原因。其中说：

我的回顾

"一九三五年上半年，中共代表团把满洲省委主要负责人调往莫斯科进行审查，切断了省委对各地党组织的领导关系，并径自通过吉东特委或用吉东特委、中共代表团名义向东北各地党组织转发指示。在这期间，中共代表团还经过吉东特委转告北满党组织，说'满洲省委有奸细'，而北满党组织又从满洲省委留守人员处听说'吉东特委可能有奸细'。在这严重猜疑下，组织关系非常混乱的情况下，北满党组织和抗联第三军领导人赵尚志等同志认为，满洲省委、吉东特委和中共驻东北代表都不可信，于一九三六年九月召开了珠河、汤原中心县委和抗联三、六军党委联席会议，做出政治决议和组织决议，批评《六三指示信》总的精神是右倾的，决定成立北满临时省委并派出代表到莫斯科找中共代表团直接反映情况与建立联系。一九三七年初，吉东省委与抗联第五军负责人周保中同志得知北满发生的情况后，写信给北满临时省委，认为他们把《六三指示信》曲解为右倾是错误的，希望他们纠正，同时写信给中共代表团，指出满洲省委撤销后，中共代表团与东北各地党组织及各地相互间的联系非常薄弱，要求加强领导，密切中共代表团与各地的联系。但是，王明、康生对北满和吉东几位负责同志之间的争论和他们迫切要求加强领导的要求，完全弃置不管，没有采取任何切实有效的措施加以解决。"因之，"对东北党组织上发生的这些问题，中共代表团不能不负直接责任。"

接着，这次座谈会对于北满省委在1938年5月对赵尚志的错误处理问题，做出了以下评论："一九三八年五月，北满临时省委常委会在赵尚志同志不在当地的情况下，否定了一九三六年九月珠河、汤原中心县委与抗联三、六军党委联席会议的决议，指责这次会议犯了'左'倾关门主义反党路线的错误，赵尚志是主要责任者，并决定撤销赵尚志同志在党内军内的职务；一九四○年初，北满省委据有人报告说，赵尚志同志要他以强迫手段让省委几个领导人去开会，从而严重怀疑赵尚志同志有捕杀他们的企图，又做出开除赵尚志党籍的决定。"

《纪要》说："赵尚志是东北抗联有影响、有功绩的主要领导人之一,但他生前在思想上和执行政策上,确有其缺点,也犯过严重的错误,在党内对他进行批评并帮助他改正错误,本来是应该的,但是,当时北满省委对他所作的组织处理,则是错误的。从根本上说,这是由于当时在分散的游击环境中,党的生活很不健全,又长期受'左'倾思想影响造成的,应当引为历史教训。"又说:"一九八二年,中共黑龙江省委根据中央组织部通知进行复查后,已为赵尚志同志恢复了党籍和名誉。这件事情已经过去四十年并已得到解决,就不应再纠缠细节,追究当年有关同志个人的责任。"

上边这些是这次会议的主要内容,此外还对整个东北抗日联军十四年的艰苦奋斗历史给予了充分的肯定。至此,东北抗日联军在历史上的分歧意见基本上得到了解决。

(2005 年 12 月 1 日)

我对《六三指示信》的看法

在 1935 年的 6 月 3 日,中国共产党中央驻共产国际代表团发出了一封《给东北负责同志的秘密信》,信的最后是由王明和康生签署的。这封信是关于整个东北如何进行抗日斗争的指示信。最后在党内有人将此信称之为《六三指示》,有人称之为《王康指示信》。如何对待这一指示信的内容一直是过去东北党内的一个有争论的问题。在最近几年东北党的历史和东北抗日联军历史的整理过程中,也是无法回避的一个问题。因此,以认真地科学态度去评论这一文件,是很有必要的。

在评论这一文件时,我认为最好不要采取因人废事的态度。就是说,不要因为王明和康生都是中国共产党内的应该为大家所咒骂的人,而去判定这一文件的好坏。我们是马克思主义者,应该以历史唯物主义的态度来对待这一历史性文件。王明和康生二人应该受到咒骂是无疑的,但决不能由此而得出结论说由他们署名的文件就一概是错误的。这就和为了把洗澡后的脏水倒掉,而连小孩子都一块泼在臭水沟里一样。由他们俩署名的文件实际上是驻共产国际的中共中央代表团的集体产物。文件中许多正确的东西不一定就是王明和康生的思想,同样文件中错误之处,也不应该一概归罪于"王康"。我们党在过去许多年之内,类似的教训是太多了。当某一个领导人受到批判的时候,人们就习惯于把出自他口的一切言论,和出自他手的一切文章,都一概斥之为谬论。这种做法使党的威信受到严重的影响,也使党的工作受到严重的损失。这都是不尊重历史唯物主义的态度所致。如果按照上述的错误态度来处理《王康指示信》问题，那就会立即碰到一个难题，就是如何评价1935年以党中央名义发布的《八一宣言》问题。《八一宣言》是由驻莫斯科的中共中央代表团所写出来的，也是在共产国际的直接指导下所完成的一个极为重要的文件。《八一宣言》的正确性是党中央历来所肯定的。它对中国革命进程所起到的作用是重大的，推动了国共的第二次合作，也将全民族的抗日战争引向了胜利。《八一宣言》不一定是王明亲手起草的，但当时他毕竟是中共中央代表团的团长，理所当然地是领导了文件的起草工作。我们没有必要为了咒骂王明而否定他在这一工作中的积极作用；当然到目前为止，谁也不曾以这一理由，而对《八一宣言》抱否定态度。

《王康指示信》是有一些错误之处，也有些不足之处。但是我认为就总的精神来说，指示信是要求东北党进一步贯彻执行统一战线的策略，联合一切反日武装力量共同抗日的问题。这个精神继承了1933年1月26日中央《给满洲各级党部及全体党员的信》的正确指示，是应该加以肯定的。

《王康指示信》第一个问题的最后一段中，对于东北的革命形势的分析是："我们应该清楚的估计到目前的状况，不是最后决定胜利的时期。因为现有反日力量，还不能将日本帝国主义从东北驱逐出去，我们当前的敌人是强大的日本帝国主义，关内的红军同国外的革命运动还不能直接给东北的反日运动以帮助，特别是东北极广大的民众还没有在共产党直接领导下武装起来。"根据这样的分析，指示信接着说："因此，我们的策略现时不是将所有的反日力量孤注一掷，而是要更大的准备群众，积蓄力量，保存和发展游击队的实力。培养大批的军事干部，以作为准备将来的更大的战争和更大的事变的基础。"前一段对形势的分析是符合当时情况的，而后一段所讲的策略无疑是指示信的核心思想。如果这一段话是错误的，那就可以对指示信从基本上予以否定；反之，就应该从基本上加以肯定。

中央代表团的上述指示，是来自中国革命实践的正确的经验总结。在中国红军初创时期,盲动主义的领导者曾经几次调遣红军主力去攻打大城市,使红军遭受重大损失。为了不使东北的游击队在幼小时期重复这样的错误,中央代表团这样的指示是非常必要的。这样的话对东北并非没有针对性。东北的红色武装在 1932 年至 1933 年的初建时期,曾因执行了当时中央的"左"倾冒险主义指示而遭受过不少的损失。这种倾向在接到了以党中央名义所发出的《一·二六指示信》之后,逐步得到了纠正。但是"左"倾盲动主义的思想还是时有表现的。我于 1936 年 1 月到达游击队之后,部队经常唱的歌曲中有一首少年先锋队歌,歌词中有一段是这样的:"炮火连天响,战号频吹,决战在今朝,夺取那吉林奉天黑龙江等中心城市……"因之,中央代表团提醒东北党不要将所有的反日力量孤注一掷是很有必要的。接着,指示信要求东北党把工作的重点放在"更大的准备群众,积蓄力量,保存和发展游击队的实力"这些方面去,这都是无可非议的。

指示信还有一个重要的精神,就是要求东北党进一步巩固并扩大反日统一战线。本来建立反日统一战线是在 1933 年 1 月 26 日的中央指示信中早就提出了的。但是,指示信发出后的两年时间内,中央发现东北在执行这一政策当中,还有一些思想认识上的阻力,如错误地把建立上层统一战线视之为上层勾结和在扩大抗日武装队伍中的关门主义态度等。因之,在指示信中,阐述如何进一步扩大反日统一战线问题,占用了比较大的篇幅。其内容也是与总的指导思想中所提出的"要更大的准备群众,积蓄力量,保存和发展游击队的实力"这些精神相一致的。

在上述指示信发出之后的不到两个月,《八一宣言》发表了。宣言的制定者和王康指示信的制定者同属于中共中央驻共产国际代表团。《八一宣言》对于如何建立抗日救国统一战线,阐述得更明确、更完整。它的公开发表对党外有广泛的号召力,影响深远。但是就推行抗日统一战线这一精神来讲,指示信和《八一宣言》是完全一致的。因之,《王康指示信》在这一方面的积极意义,也是不应该否定的。

东北党在接到《王康指示信》之后，不管是在南满和东满、吉林东和北满，绝大多数领导同志都是赞成指示信的基本精神的，也是认真贯彻执行的，只有北满少数领导同志抱反对态度，指责指示信总的精神是右倾的，几乎是全盘否定的。

在执行了《王康指示信》和《八一宣言》的精神之后，东北的抗日武装队伍在1936年至1937年有一个大发展的时期。在1936年初，中央只是将共产党自己领导的队伍整编为六个军，人数为五千左右。到1937年夏为止，在东北较大的抗日队伍都先后响应了共产党的号召，整顿队伍，统一建制，接受共产党的领导，陆续增加到十一个军，人数发展到三至四万，有了相当的声势。活动的区域也由原来的二十多个县增加到七十多个县。新增加的五个军中，第七军是党直接创建的队伍，是原第四军的第四团在发展壮大之后扩建的；第八、第九、第十军都是同盟性质的部队，都在不同程度上接受了共产党的领导；第十一军也是同盟性质的部队，但政治质量还是比较好的，军长祁致中还加入了中国共产党。这几个军，除第八军是在军长谢文东的带领下，于1938年的严重关头全部投降日寇之外，第九军军长李华堂是在1939年作战中负伤后被俘而投降日寇的。但第九军的部队在遭受重大挫折之后，在第九军的一个师政委、共产党员郭铁坚的率领下一直是坚持抗日的。第十军的部队在汪雅臣烈士的领导下一直孤军奋战于五常、舒兰一带。在1938年之后，在最艰苦的环境下坚持了三年多的抗日游击战争，直至1941年的春天，当汪雅臣同志身边只剩下二十几个人的时候，还在和侵略者顽强地作战，直到最后全部壮烈牺牲。第十一军的部队也是坚持抗日到底的，军长祁致中于1939年为抗日而献出了自己的生命。十一军的一个师长，共产党员李景荫原是富锦县第四区的伪警察署署长，1937年起义后加入了第十一军。在队伍遭受严重挫折之后，他和他的队伍一直在李兆麟所领导的第三路军中坚持抗日斗争，在1945年苏军进入东北的前夕，他自己还在东北执行着极为艰苦而又危险的敌后侦察任务。

我的回顾

在1937年,在我们反日统一战线的影响下,加之七七事变前后全国人民抗日情绪高涨的形势下,伪军十分动摇。部分起义的有伪三十五团、三十八团等,全部起义的有伪二十九团及宁安县三道通的伪森林警察大队,这些都曾在日本侵略者内部引起了极大的恐慌。

上述这些都说明东北的党和抗日联军在执行王康指示信之后的两年时间之内是有所发展的,所推行的反日统一战线政策是取得了重大成果的,把许许多多的爱国志士团结在共产党的周围,他们的英雄事迹也是可歌可泣的。至于东北抗联在1938年的重大挫折,其原因是多方面的。从《王康指示信》当中也可以找出一些值得研究的内容,但与当时有人指责的所谓右倾精神关系不大。本文在后边将对此加以评述。

《王康指示信》的反对者指责这一文件总的精神是右倾的,是消极地去保存实力,等待大事变。还说指示信的精神是不要抗日联军去粉碎敌人的讨伐,不要去消灭敌人,不要去粉碎敌人的"集团部落"政策,不要去粉碎敌人对根据地的破坏等。我认为这些指责都是缺乏根据的。"等待大事变"这样的话,指示信中是找不到的。不应该将信中的"以作为准备将来的更大战争和更大事变的基础"这样的话改变为"等待大事变"。这两句话的含义是很不同的,也有人说指示信的原文有"等待大事变"的话,以后改了。但到目前为止谁也没有找到过原始文件,而现有的文件是根据朝鲜文和日本文翻译本重译过来的,而且其中内容大致相同。说原始文件有过"等待大事变"的话,目前还缺乏根据。那么,从整个文件的精神看,能不能说是要求东北的抗日队伍消极的保存实力,等待大事变呢?也不能这样说。因为不只是在总的指导思想中提出了"更大的准备群众,积蓄力量","培养大批的军事干部"等要求,而且在指示中提出的许多具体工作要求都是积极的。如在关于游击队问题中,提出了要通过各方面的工作去扩大游击运动与联合一切反日武装共同抗日问题,要全党努力动员群众加入游击队问题,要建立所有的反日武装的总司令部问题,要继续创建类似盘石、珠河、吉东、间岛、汤原等地在共产党直接领导下的游击队问题等,这些都没有消极等待的含义。

争论的焦点还集中在以什么样的战术来对待敌人的讨伐问题。指示信中在关于游击队问题的"戊"段中,是这样说的:我们在反对敌人讨伐时,应注意不与敌人强大的兵力作正面的冲突,要运用灵活的游击战术袭击敌人的弱点,扰乱他们的侧面和后方。并指出:主张集中游击队形成主力以消灭敌人的办法是危险而有害的。还说:要在斗争中扩大与保存游击队的实力,不要为固守根据地而牺牲实力;批评了:提出"不让敌人侵入游击区一步"的口号是异常错误的,是客观上帮助敌人消灭游击运动的办法;并主张:如果为了避开强大的敌人,袭击敌人的不备而离开原有阵地,这决不是逃跑主义,否则坐以待毙是愚笨的事。这一段话能不能解释为不要抗日联军去粉碎敌人的讨伐,不要去消灭敌人和不要去粉碎敌人对根据地的破坏呢?不能!我认为这些话都是正明的,但同时我又认为这些正确思想并非来自于王明,应该说是在中国红军反第五次围剿失败之后的经验总结。原来在如何保卫中央根据地的问题上,在王明和博古主持中央工作时曾提出过"不放弃根据地一寸土地","御敌于国门之外"的错误口号,使红军和十倍于我的国民党部队拼消耗。毛主席批评了这是防御中的保守主义,其结果是过多地拼掉了自己的力量,最后还是不得不放弃江西根据地。而当时毛主席的正确主张是:承认敌强我弱;游击战和带游击性的运动战不能要求在固定的战线上长期和敌人作战;必要的转移决不是退却逃跑主义。《王康指示信》是在1935年6月3日发出的,看得出信中所说的"不要为固守根据地而牺牲实力";不要提"不让敌人侵入游击区一步"的错误口号等话,是中央代表团的成员中某一些毛泽东路线的坚决拥护者坚持要写进去的,而且对东北的游击战争是有重大的指导意义的。从这一段话中是找不出"消极""保守"和"右倾"因素的。

当然《王康指示信》是有某一些错误和不足之处的。我认为其中最重要的不足之处是没有提到发动农民群众的问题。指示信虽然正确地指出了"要更大的准备群众,积蓄力量",但是没有具体地指出"准备群众"首要的是要在广大的农村中做发动贫农和雇农的工作。只有这一工作做好了,才会有千百万群众涌入抗日斗争的行列,才会使游击队有源源不断的兵员补充,才会有可靠的游击根据地,才会粉碎日本侵略者的"集团部落"政策,破坏日本人的"匪民分离"政策。但可惜的是,《王康指示信》在这一问题上,只着重地讲了如何做好各式各样的反日队伍的统一战线工作和要求东北党"集中最好的力量"到伪满军中去组织哗变工作,而且把这样工作说成是"党的工作第一等的重要地位"。做好各式各样反日队伍的统一战线工作是必要的,但是把到伪军中去搞策反工作列为第一等重要地位,而且要"集中最好的力量"打入伪军中去,这样安排党的工作重点是非常不适当的,也是不现实的,是难以办到的。指示信没有指出"准备群众"的重点应该放在发动农民这一工作上,而东北党和游击队的领导也没有认识到发动农民的重要意义。我认为这才是东北抗日游击战争在 1938 年之后严重受挫,而且在这之后一直未能扭转局面的真正原因。而这一点,在过去《王康指示信》的反对者中还不曾提到过。

东北抗日联军之受挫,是由于我们当时没有一套破坏日本侵略者归屯并户政策的办法,使日本人成功地实现了所谓的"匪民分离"的目的。日本人以后想把这一经验运用于华北地区,但是我们党运用了两面政权的政策使日本人未能得逞。其经验就是我们在农村工作有广泛的基础,农民群众发动得好。美帝在侵略越南时所运用的战略村办法,也是吸取了日本人统治东北时的经验,但并没有取得成功,也是由于越南劳动党在农村工作有广泛的基础。战略村的政权多半是掌握在劳动党员或者是他的积极同情者的手中,侵略者无法借此实现"匪民分离"的目的。东北的解放战争初期,1945 年末至 1946 年夏,由于我们当时没有把工作重点放在发动农民上,军事工作也一度处于被动状态。但从 1946 年秋工作重点转移之后,三万干部下农村搞土改,发动贫农、雇农翻身闹革命,经过半年至一年时间,东北的军事斗争形势也跟着发生了完全有利于我的变化。这些经验都说明,如果东北在 1935 年至 1937 年期间能够把工作重点放在发动农民上,用减租减息的办法使农村的广大贫农和雇农能在经济切身利益上得到一些好处,又不至于过多地损害地主阶级的利益,从而维护着农村中的反日统一战线的话,就会极大地调动贫雇农阶层献身于革命的热情,游击队的兵员来源会比较充足,许多农村政权会实际上掌握在我们手中,那时要和敌人的"集团部落"政策做斗争,办法就会多些。打入"集团部落"内部,在其中建立我们党的基层组织,逐步从实际上掌握政权,也应该成为斗争手段之一。这种政策曾受到《王康指示信》反对者的批评,我认为他们的批评是不正确的。

对于发动农民的工作,在党中央的《一·二六指示信》中,曾占有一定的分量。在接到这一指示之后,1933 年 5 月 15 日由满洲省委所做出的《关于执行反帝统一战线与无产阶级领导权的决议》中,也曾列为问题之一,而且其中有一句话是说得非常中肯的。这就是:"应该清楚的了解,我们在反日游击运动中束手无策的现象,中国农民群众工作不发展是主要原因之一。"但可惜的是,这个精神一直没有能够向东北的全体党员深入宣传,也没有在发动农民方面见之于行动。其原因很可能是一些领导人消极地接受了在 1932 年至 1933 年初的过"左"的土地革命政策所碰到的教训。在《王康指示信》中,对于如何发动农民群众,就更没有什么内容了。因此,在一个长时期内,东北的抗日运动,只是单纯地依靠军事行动来扩大影响,依靠打击敌人来夺取武装壮大自己,而广大农民那时只是处于观望状态。

赵尚志同志是英勇的,战斗积极性是非常之高的,他所领导的东北抗日联军第三军打过许许多多胜仗,部队发展也相当快。但是由于没有和发动农民斗争相结合,在 1938 年之内同样地处于相当困难的境地,损失也不算小。更能说明问题的是在 1939 年夏,赵尚志同志从苏联回到东北境内,以东北抗日联军总司令名义带领着只有一百二十人的队伍重新开展游击活动。他没有考虑到东北当时反日运动形势仍处于低潮,地方的党组织几乎被破坏殆尽,党在农村中的群众工作几乎等于零。同时,抗日联军各军在经过 1938 年的重大挫折之后,在 1939 年之内都采取了较为隐蔽的分散活动方式。赵尚志同志从嘉荫方向带队回东北之后,既没有和任何省委取得联系,也没有和任何游击队接触过,就接二连三地打了几仗。第一仗打乌拉嘎金矿取得了胜利,消灭了敌人的守备部队,吸收了一百多名工人参加了队伍。紧接着赵尚志同志就派出总队长戴鸿宾同志率领一百余人攻打汤旺河七号桥,碰上了顽强抵抗的老白毛子守备队,戴鸿宾的队伍损失惨重,只带出二三十人。他不敢见赵尚志,怕问罪杀头,自己率队去找第三路军总指挥李兆麟去了。赵尚志还同时派出刘凤阳为队长的六七十人去攻打鹤立,也因失利而队伍失散了一些人。刘凤阳也不敢再见赵尚志,而是自行越境逃往苏联。这样前后不到半年的时间,赵尚志同志身边只剩下了二三十人。最后无可奈何地又带队越境到苏联去了。

赵尚志的这次失败的行动说明什么问题呢?我认为应该重复一下满洲省委在 1933 年 5 月 15 日做出的决议中的一句话:"应该清楚的了解我们在反日游击运动中束手无策的现象,中国农民群众工作不发展是主要原因之一。"除此之外,《王康指示信》中虽说对农民的群众工作没有着重阐述,但是它的核心思想的一段话应该说是正确的,这就是:"我们的策略现在不是将所有的反日力量孤注一掷,而是要更大的准备群众,积蓄力量,保存和发展游击队的实力。"赵尚志同志既没有领会满洲省委决议中上述的一句话的非常重要的含义,又对《王康指示信》不加认真研究,简单地抱全盘否定态度,并把上述一段话斥之为右倾根源。1939 年赵尚志同志的失败,正是由于他将自己所仅有的一百多人的游击队用孤注一掷的办法投入了战斗,自以为能打上几个胜仗,马上就可以产生重大的影响,从而再一次掀起东北的反日运动高潮。而实际情况却完全不是这么回事,从军事上来说,赵尚志同志第一仗所取得的胜利完全是靠突然性。那里长期没有抗日游击队的踪迹,日伪军疏于戒备,赵尚志率队从苏联秘密返回东北境内,很快地攻打麻痹大意的乌拉嘎金矿守备队而取得了胜利是可以理解的。但是在此之后又想以同样手段攻打汤旺河七号桥白毛子守备队，攻打鹤立；而这时敌人已经处于戒备状态下，当然难以轻易取胜，反倒使自己受到严重挫折。赵尚志同志没有认识到自己当时是活动在这样一个地区，在那里没有我们党的组织，没有我们的群众工作，因之也缺乏当地群众的支持和掩护，情报来源是极不充分的。在这样的情况下攻打汤旺河七号桥和鹤立，都属于莽撞仗，或者是冒险主义的。第一仗攻打乌拉嘎金矿虽然是胜利的一仗，但使自己过早地暴露目标也是失策的。他自己既然是以抗联总司令名义返回东北，理应是和东北各省委取得联系并和一些游击队主要领导人接触之后，共同制定出一个新的行动方针来，再开始打仗才是稳妥的。一个总司令单靠自己身边的一百二十人去打仗，使人难以理解！

一个时期内的策略或路线是"左"了还是右了，拿什么去划分呢？主要应该是以广大群众的觉悟程度为尺子去衡量。当广大的工人和农民群众没有被发动起来，而共产党人只靠自己和群众中的少数积极分子去硬干，甚至以命令主义的方式强制群众参加，这是"左"。如果群众都动起来了，而共产党人却缩手缩脚，不敢带领广大群众去争取胜利，那是右。在1935年，东北的革命形势如何呢？单单从武装斗争的形势来讲是较前有所发展了，共产党领导下的游击队从1933年时的一千多人发展到了五六千人，武器质量也有所提高，抗日游击区也扩大了许多。这个形势虽说是可喜的，但游击队毕竟还是处于幼小阶段，的确是还得继续"积蓄力量，保存和发展游击队的实力"，而不可能靠这点力量去打硬仗、打大仗，使自己过多地受到损失，更不能孤注一掷地想靠这点力量去换得更大的胜利。至于1935年城市内的工人和广大乡村中的农民如何呢？很遗憾，谈不到有什么革命形势。即使在1936年和1937年抗日游击战争有了进一步发展之后，在共产党的领导下或影响下的抗日游击队总数已达四万人左右的时候，仍然谈不上在城市工人和乡村农民群众中有了什么革命情况高涨的征兆。那时广大的农民群众实际上对抗日游击战争是处于观望状态的。严格来讲,我们所执行的是一条单纯军事观点的路线。而当时真正需要的是能抽出相当一部分力量去做发动农民群众的工作。没有他们作为强大的后盾而只靠先锋队自己去干,这虽然不是一种典型性质的"左"倾,但有"左"的含义。这种单纯军事观点绝不是只在赵尚志同志身上有所表现,其他的领导都是如此。1938年内的挫败是全面性的,只是在抗日联军的各军中损失的程度有所不同而已,没有什么根据可以说周保中同志和李兆麟同志执行了《王康指示信》的精神而招致失败,赵尚志同志抵制《王康指示信》而取得了斗争的胜利。赵尚志同志在敌人的"集团部落"政策面前,在日伪军的大讨伐面前同样是束手无策的。1938年初,在赵尚志同志亲自指挥下,第三军和第六军各一部共有近三千人的队伍,在松花江以北的萝北地区和日伪作战当中,因战斗失利而溃退,几乎全部退入苏联境内,连第六军军长戴鸿宾同志、第三军的师长蔡近葵同志也都一块越境了。赵尚志是在他们之前独自越境的,他当时所能做到的只不过是想从苏联方面得到某些援助,其结果还是落空了。斗争的实践并没有证明赵尚志同志有一条能够把东北的游击战争引向胜利的正确路线,他对《王康指示信》的全盘否定态度,没有能使他从中吸取应该吸取的正确的东西,是导致他在革命斗争生涯中屡次失败的原因。

赵尚志同志对"抗日反满不并提"的口号,是反对的。当然,他本来应当说得更准确些,因为这句话在《王康指示信》本文里是找不到的。这句话出现在《中央新政策路线》文件中,而这一文件是中央代表团于1936年10月2日发出来的,当然也是出自王明之手。在1936年关内出现了新的形势,我党那时要争取和国民党及其统率下的军队建立抗日统一战线是有其可能性的,因之要改"反蒋抗日"为"联蒋抗日"是正确的。但是在东北的伪政权和伪军之内并没有出现过反日情绪高涨的征兆,没有必要套用"反蒋抗日不并提"的公式。看来王明是过多地寄希望于伪满军的反日起义上了。据说中央代表团的成员吴平同志,在东北还说过"伪军是难得的同盟军",或者"满军是天然的同盟军"这一类的话,这都是有些空想了。革命战争的历史证明,敌军中少数人或较小单位的起义是不断出现过,但是较大规模的起义,团以上单独的起义,必须是在整个革命形势有重大变化时才会发生的。关内在1936年之所以能够争取到东北军和西北军一起站在抗日立场上,并且能够和共产党联合起来逼蒋抗日,是由于1935年"一二·九"反日运动之后出现的全国抗日情绪高涨的新形势。而这样的形势在东北一直没有出现过。因之争取满军的大规模起义是不可能实现的。

总之,我认为在《王康指示信》的内容中,确实包含有一些错误和不足之处。但这些只能说是属于次要性的,不能因此而否定其基本上是正确的这一面。对于东北抗日联军的受挫原因也必须加以具体分析,不能简单地归罪于王明的领导。特别是赵尚志同志自己的几次挫败(包括他在1942年初的牺牲),其原因决不是由于执行了什么右倾机会主义路线,而倒是应该从"左"的影响方面寻找其根源。

我在4月份写成了本文的初稿,曾向少数同志征求过修改意见。在听取了意见之后,本文做了一些修改和补充,但仍难免有许多错误之处,欢迎批评指正。

(1983年6月5日)

赵尚志入苏久去未归之谜似已解开

东北抗日联军第三军军长赵尚志于 1938 年初去苏联求援，曾被扣留长达 1 年半之久。至 1939 年 6 月，苏联才放人，并允许其率领一支队伍返回东北境内。对于这件事，一直有人做出各种各样的猜测。现在终于由俄罗斯历史学家对此做出说明。我国的《参考消息》2006 年 1 月 25 日第 9 版登载了俄罗斯历史学家叶夫根尼·戈尔布诺夫在俄罗斯《独立报》1 月 20 日的文章，题为《我们在伪满洲国的游击队》一文。其中有一段是这样说的：

"有意思的是，赵尚志是何时，如何来到苏联的？他在哪里待到 1939 年春？"

"浩如烟海的档案中，有助于解答上述问题的唯一材料便是那份珍贵的会议记录，我们可以从中做出若干猜测。这位中国游击队领导人，很可能是在 1937 年大清洗后前往苏联的。当时特种远东红旗集团军的全部的情报部门，在斯大林发动的大清洗中遭遇重创，负责人波克拉多夫上校、其两名副手，以及若干工作人员被指控为'日本间谍'，遭到内务人民委员部枪杀。这是那个年代司空见惯的事情。苏军与中国游击队之间的联络渠道被完全切断。

因此赵尚志一进入苏联，便遭逮捕，并在监狱或集中营里蹲了一年半，1939 年春方被释放。这一猜测是非常合理的。"

对于俄罗斯历史学家戈尔布诺夫的文章，我在此应该指出：该文标题《我们在伪满洲国的游击队》是不妥的。因为东北抗日联军从 1932 年的抗日游击队的初创时期，直到 1936—1937 年发展壮大到近 3 万人,并成立了共 11 个军。这个时期曾给日本关东军以重大打击。但这一期间,即使有些部队活跃在黑龙江和乌苏里江中国一侧,可以和苏联人隔江相望,也没有得到过苏联人和苏联远东军的任何支援,没有一枪一弹是从苏联那里获得的。在 1938 年初,曾经有一支第三军和第六军的联合部队共 500 余人在黑龙江西岸的我国萝北县地区与日军作战失利,被迫越过冰冻的黑龙江进入苏联境内,立即被苏联边防军解除武装。几天后,500 余人几乎全部被苏军转道遣返至中国的新疆国民党统治区,就地遣散。以后他们的处境都非常悲惨。要知道,这支部队是真正的中国共产党所创建的,政治素质较高,战斗力较强。他们被迫离开东北战场之后,对东北地区抗日游击战争的消极影响是很大的。这说明在 1938 年之前,苏联人并不了解在中国共产党领导下有一支强大的为数 3 万余人的东北抗日联军,更谈不上有什么支援了。因此戈尔布诺夫先生把抗日联军说成是"我们(苏联人)在伪满洲国的游击队",并且说曾给予过大力支持,是不符合历史事实的。

至于赵尚志于 1938 年初入苏求援不成反而被扣留长达一年半之久始释放返回东北战场一事,戈尔布诺夫先生说出了是由于当时的苏联大清洗行动所产生的影响,这是实事求是的。赵尚志正是在这一最不巧的时机进入苏联境内,而且求见远东方面军司令员布留赫尔元帅。而那时的布留赫尔已经被怀疑为日本奸细。在这一情况下,赵尚志也被怀疑而长期被关押受审是完全可以理解的,我们为此不该责怪任何人。对于这件事,我们也有几位历史学家做过考证,而且得出过相同的结论。

早在 1996 年,辽宁省党史学会的张大庸和韩裕平两位同志就编写了一本书《关东报国珍闻录》,其中有一篇闻文所写的题为《赵尚志与布留赫尔》的文章,文中说了在 1937 年期间,苏联远东方面军司令员是布留赫尔元帅。这位元帅就是在 1924—1927 年孙中山领导的北伐战争期间,受中国国民党的请求,由苏联派遣到中国担任孙中山顾问的加伦将军。他多次到黄埔军校讲授军事课,而那时赵尚志是黄埔军校第 4 期学员,多次听过加伦将军的讲课。从这一点来说,是有了一段师生之情。因之赵尚志在 1937 年有了向布留赫尔求援的想法。正在这时,抗日联军第六军的一位师长陈绍滨在饶河县境利用抗联第七军的情报交换关系,进入苏联境内,并请求由苏方提供武器支援。苏联人认为他的官职太小,不愿向他作任何承诺。几天之后,陈绍滨返回东北境内向北满省委汇报了此事,认为应该派出高一级的领导人和苏联人谈判。在经过北满省委的认真讨论之后,决定由当时任北满抗日联军总司令兼第三军军长的赵尚志承担此一任务。赵尚志这时也认为过去的师生之情可能有助于这次求援任务的顺利完成。据闻文同志文中所说,赵尚志在成行之前就写好了一封给布留赫尔元帅的信。信中表达了对昔日老师崇敬之情,开头的称呼是:"尊敬的布留赫尔元帅",尔后在信中写了三个方面的问题。大意是:第一,讲述了他在和日伪军的战斗中有很大困难,希望远东军司令部和布留赫尔本人给予指导协助。还说:由于我们在军事上、政治上及各方面的薄弱和敌寇强大力量的进攻,尚不能达到如期的工作成绩,而且各部之间存在意见分歧,不能协同一致进行战斗;给养及一切供应缺乏,较大的队伍不易活动。不过,我们仍将继续努力前进,以完成这些任务。第二,是希望苏联援助一批武器弹药,其中包括掷弹筒、轻重机关枪和子弹、炸药以及化学药品、防毒面具、军事、政治教材等。第三,他在信中恳请布留赫尔元帅代转他写给中共中央的信。

根据抗联史料记载,赵尚志是在 1938 年初 1、2 月之间,由第六军军长戴鸿宾率领第六军和第三军各一个师共 500 人左右的队伍护送着赵尚志从松花江北岸到达萝北县境,尔后,赵尚志在少数战士的护送下,越过冰冻的黑龙江进入苏联境内。而戴鸿宾所带的500 余人正在准备返回之时,突然遭遇到数量上超过他们数倍的日伪军围追,并陷入不利境地。为了免遭包围被歼不得不撤退至苏联境内,并立即被苏军缴械。除了戴鸿宾和少数几个人被留下之外,其余包括第三军的师长蔡近葵在内的近 500 人被苏军押送乘火车绕道遣返中国的新疆境内。

闻文同志在文章中所说的赵尚志在苏联被长期关押受审的原因

和戈尔布诺夫所说的情况是完全一致的。因之我对此感到欣慰，对戈尔布诺夫先生也深表感激。由中俄两国的历史学家做出相互一致的考证是很重要的。因为在此之前，许多人对赵尚志在苏联久留不归之事，做过各种各样的猜测，而且有些猜测涉及东北抗日联军几位主要领导人的关系问题，曾产生过非常不好的影响。如曾有一位黑龙江省的作家，在为赵尚志写传记小说时，曾把这件事说成是李兆麟极力鼓动赵尚志去苏联求援，让赵尚志离开东北，之后又在赵尚志不在东北期间发动北满省委开展对赵尚志"左"倾路线的批判。还有一位同志在某一个知名度较高的杂志上发表了有关赵尚志生平的文章，文章在谈到赵尚志滞留苏联一事时，做了各种猜想：是不是周保中不愿让赵尚志返回东北？并列举了几种理由；又问是不是李兆麟不愿赵尚志返回东北？也列举了几种理由。这些文章的作者在一种倾向性的思考下写出来的东西给人们的暗示是：赵尚志被暗算了。我在当时是非常认真地阅读了这些文章。认为有的人是别有用心，有的人是出于无知。试问：赵尚志入苏求援是北满省委共同做出的决定，怎么硬要突出地写李兆麟的态度呢？再说，赵尚志的性格是不会受别人摆布的，如果他不愿去，别人说什么都没有用。

从赵尚志给布留赫尔的信来看，说明他很想利用过去的师生之情，来达到求援的目的，而李兆麟是缺少这样的条件的。既然是赵尚志为此写了亲笔信给布留赫尔，说明他对此抱有信心而且是自愿的。至于赵尚志去苏联之后不让他返回东北这件事，想把它说成是出于李兆麟或周保中的"使坏"，这两位作者真是想象力过于丰富了。要知道，涉及非法入境者，以至于涉及布留赫尔这样的显赫人物是否是日本奸细的问题，这是苏联"克格勃"最高当局的事务范围，怎能允许别人插手？如果李兆麟或是周保中在赵尚志是否返回东北战场之事上能够起到决定性的作用，那他们不是比"克格勃"还要"克格勃"吗？谁能相信呢？

好了，现在由俄罗斯的历史学家说出了历史的真相，应该结束一切猜测了。

我的回顾

　　戈尔布诺夫先生在文章中还提到了赵尚志是如何成为东北抗联军总司令之事。文中写道：苏联远东军的某一位负责人对赵尚志说："我们认为，您是伪满洲国游击运动的主要领导人，我们将通过您就所有问题下达指令。与此同时，我们还将与活跃在中苏边境的其他游击队保持联系。"赵尚志率队返回东北战场后，依此下达了几道命令。

　　其中第一道命令是宣布"赵尚志为东北抗日联军总司令"。但是这个总司令是由哪一个权力机构任命的呢？他没有写明。以后又利用总司令职权做出许多不该做的事。这固然首先应该由赵尚志负责，因为他原先作为中共北满省委委员之一，应该是懂得东北抗日联军的主要领导人都是由原满洲省委以及党中央(或者是莫斯科中共代表团)来决定的，怎么能凭苏联人一句话自己就成为东北抗日联军总司令呢？在1980年之后，东北的党史工作者在整理东北抗日联军历史期间，曾经想核实赵尚志这个总司令是由谁任命的，但是一直没有弄清楚。和赵尚志一同返回东北战场的几位健在的同志也含糊其辞，说可能是共产国际任命的。直到去年，还有赵尚志的某一位亲属以炫耀的口气说赵尚志的总司令是共产国际任命的。现在可以明确了，戈尔布诺夫先生的文章说了，当时只是苏联远东方面军的某一位负责人向赵尚志说了"我们认为，您是伪满洲国游击运动的主要领导人"。这是赵尚志回东北之后宣称自己是东北抗日联军总司令的唯一依据。且不管苏联人怎么做，赵尚志在返回东北之后，首先要做的应该是寻找中共北满省委，并向省委汇报自己这一年多的情况，并说明苏联人对他的工作职务有什么说法，是否能得到省委的认可。但是他没有这样做，而是一进入东北境内就开始行使总司令的权力，首先是以攻打乌拉嘎金矿战斗不力为理由处死原东北抗日联军第十一军军长祁致中；其次是以总司令名义通知北满省委要召开党和军队领导人的会议，而且在通知中要求这些人"必须到会，对不愿前来者可使用强迫手段要他前来"等。他的这些做法使北满省委产生了重大的怀疑，认为他以总司令名义召开党和军队领导人会议是一种枪指挥党的做法，而共产党的正确做法是党指挥枪,这样的会议只能以北满省委的名义召开。而赵尚志还以威胁的语气说要"强迫他们"到会。什么是强迫手段?明显的是武装押送嘛!联系到赵尚志以作战不力为由处死另一个原来有军长职务的祁致中,认为他在滥用杀人权力。而当时赵尚志又不断向他周围的人讲,说李兆麟、周保中、冯仲云等人是奸细,说抗日联军现在执行的是一条奸细路线,他要肃清奸细路线等言论,怀疑赵尚志可能要以奸细罪名加害于人,因之他们拒绝参加会议。这时,赵尚志所率领的队伍也屡打败仗。到 1939 年底,原 100 多人的队伍仅剩 20 来人在他的身边,其他抗日队伍谁也不想靠近他。实际上是他自己把自己彻底孤立起来,他有再大的权力也无处施展,被迫重新进入苏联境内。应该认为,苏联人这次对东北抗日联军的援助是不成功的,苏联人未经和中国共产党的领导机构协商之下任命了一位东北抗日联军总司令是一个错误的行为。这一做法也误导了赵尚志,使他认为自己权大无边,做出一系列错事。应该说,当时的远东方面军司令员科涅夫将军也是有责任的。

　　俄罗斯历史学家戈尔布诺夫先生在该文中对于远东红旗军独立第八十八旅只字未谈,可能是因为他对这件事根本不知道。其实这才是当时中苏两国为了在中国的东北地区打击日本侵略者而相互支持的一个成功的范例。这个八十八旅,我们称为"东北抗日联军教导旅"。从 1941 年初就实际上已经存在了。在 1940 年底大部分东北抗日联军的队伍已转移至苏联境内,并立即进行整训,那实际上是尚未授予番号的八十八旅。那时,由于东北抗日联军在 1938 年之后屡屡遭受严重挫折,继续开展抗日游击战争遭遇到连续三个年头的恶劣的冬季环境。为了保存实力,在 1940 年冬有秩序地转移至苏联境内休整。这一重大决定,是在 1940 年初,由东北抗联的三位领导人周保中、冯仲云和赵尚志和苏联远东军领导机关共同协商下决定的。因此才有了此后的东北抗日联军教导旅的组建,并进行了长达五年的整训。在 1945 年 8 月苏联对日宣战后,中苏两国军队之间有效地协同作战,在消灭东北境内的百万日本关东军之后又占领了朝鲜。原东北抗日联军的指战员虽说仅有 700 人左右,却为此做出了重要的贡献。再加上还有几百名苏军直接指挥下的原属东北抗日联军战士的情报工作小分队,或长期潜伏于东北境内,或在开战初期空降敌后。这些都是中苏两国军队密切协同作战的典范,是值得载入史册的。

同时我应该说明的是,在组建第八十八旅之前,也曾出现过有关东北抗日联军的领导权的争论。当时苏方所指定的与抗日联军联系的联系人是远东军的内务部长(H.K.B.D)王新林 (瓦希里的谐音)。他提出了两条:一是由苏联人任东北抗日联军总司令,二是要抗日联军脱离与中国共产党东北各省委之间的关系。这显然是我们不能同意的。因为它违反了中国共产党所决定的军队要接受共产党的绝对领导这一原则。周保中为此和王新林进行过激烈的争吵,那位内务部长甚至连类似中国骂人的话"他妈的"都说出口了。

这惹恼了周保中。周保中坚决地说:你那两条我们不能接受,如果你这样坚持的话,我们只能立即率领队伍返回东北战场,哪怕是有可能面对日本侵略者的枪口立即倒下,我们也不会犹豫的。在这样谈崩之后,那位王新林不再出面了。过了一个月,才由另一位索尔金少将出面和周保中见面,说从现在开始由他负责和中国同志共同商谈所需解决的问题。这位索尔金将军的态度显然和他的前任有所不同。最终还是周保中胜利了。苏联人同意在哈巴罗夫斯克附近组建东北抗日联军教导旅。被授予远东红旗军第八十八独立旅的番号,是出于保密的考虑。旅下设四个营,每营两个连,总定额为 1 500 人。旅长、营长和连长以及各级政工主要领导人都由抗日联军的干部担任,另派苏联军官在各级担任副职。这说明了抗日联军教导旅依然是东北抗日联军的一种组织形式,旅长和政委就是抗日联军的主要领导人,否定了原先那位王新林所主张的由苏联人担任抗联总司令的主张。旅内建立了中国共产党的组织系统,由崔石泉(崔庸健)担任党委书记。这体现了中国共产党对这支队伍的领导权,而不是王新林所主张的让这支队伍和中国共产党的领导机构脱离关系。以后周保中在和索尔金将军交谈中也直接批评了那位王新林的主张,说他实际上是要把东北抗日联军变成在苏联人直接控制下的情报专业队伍。周保中又问索尔金将军,如果有一天苏联和日本真的打起仗来,在东北境内有一支强大的抗日联军和苏军配合作战,是不是对苏联是非常有利的?索尔金点头称是。接着他又向周保中提出请求说,不能忽视对日本关东军开展情报工作的重要性,我们非常需要有一批在抗日游击战争中坚定、勇敢而又对共产主义事业忠诚的指挥员和战斗员来开展对日军的武装侦察工作。我希望得到你的允许,从你们的队伍中挑选一批这样的人员。周保中说,你这个意见是合理的,可以从抗日联军调出一些人给你们做情报工作。但要确定一个原则,这部分人需要保留抗日联军的军籍,他们完成任务之后可以重新回到抗联队伍中来。他们在你们的情报部门工作期间,则完全听命于你们,我们和他们不存在工作上的联系,这是由于工作性质所决定的。索尔金将军非常满意周保中的这些决定,连声说:谢谢! 谢谢!

在这之后,索尔金将军每年都要到抗日联军教导旅去几次,每次都会对旅的军事训练工作提出许多建设性的意见。在 1944 年的冬季,他还亲自导演了步兵营进攻的实兵演习。在这当中我从一些苏联军官的口中知道他的职务是苏联远东军的情报部长,是个能力非常强的军官。一些苏联军官也说了,索尔金对周保中说了许多赞扬的话,说他是一位优秀的共产主义战士,有一种伟大的国际主义精神。此后,在整个教导旅的组建、训练,以及对日宣战中如何把抗日联军的兵力合理使用在各个战斗场合,周保中都会在事先和索尔金将军协商之后,再向苏联的统帅部门提出自己的建议,而周保中的意见总是会充分得到尊重的。应该说,东北抗日联军在这个时期内和苏军的关系才真正是友好的、平等的,体现了国际主义精神,是值得载入史册的。

对于这一段史实,戈尔布诺夫先生在文章中只字未提。看来他不了解此事,应该补上这一课。这样才能更加完整地评述在反法西斯战争当中,中苏两国人民和军队在东北战场上兄弟般的合作打败日本法西斯侵略者的历史。

初读赵俊清著《赵尚志传》

　　黑龙江人民出版社于 1999 年 10 月出版了一本《赵尚志传》,是作为《抗联将领丛书》之一,由黑龙江党史工作者赵俊清同志著作的。作为抗日联军的一名老战士,我很感兴趣地初读了一遍,认为是一本好书。在此之前,作为《抗联将领丛书》的《周保中传》和《李兆麟传》分别在 1987 年和 1989 年出版。前者由刘文新和李毓卿两同志合著,后者由刘枫和李颂鸾两同志合著,都是好书。通过这些传记,不只可以了解他们个人的革命斗争经历、成长过程和在抗日战争中做出的贡献;也可以了解东北抗日联军的创建、发展壮大、挫折和坚持斗争,直到最后取得胜利的全部经历,是研究抗日战争史和中国革命斗争史不可不读的书,也是革命传统教育的好材料。

　　这三本书,以《周保中传》和《李兆麟传》比较好写一些。而要写好《赵尚志传》,是要颇费一番脑筋的。为什么呢?因为赵尚志是一位有争议的人物。一直对赵尚志抱崇拜态度者有之,非议者也不少。在此之前,为赵尚志写的传记,有中等篇幅的,也有近 20 万字的,都写得不好。许多抗联老同志对作者不满意,认为那些传记不能反映历史的本来面貌,有的甚至竟有意歪曲历史。

　　对赵尚志同志评价的争议是什么呢? 两条:一是他是不是长期地抵制着一条错误路线,而又因此屡次遭受打击。二是他是否有杀害北满省委几位领导人的企图。为赵尚志写传,如果没有把这两点写清楚,或写得不公正就是失败的。

　　赵俊清同志在这本书中,依据大量的历史资料,把当时产生这些问题的错综复杂的历史环境,忠实地介绍给读者,而又根据中央所转发的《东北抗日联军历史问题座谈会纪要》的精神阐述了自己的看法。这就可以使读者正确了解这些历史事实的经过,也可以正确地了解赵尚志为什么会有那些坎坷的经历,并在最后成为悲剧式人物。

以前为赵尚志写传记的人,一再宣称赵尚志长期抵制着王明康生的错误路线。因之不言而喻,赵尚志是在东北抗日战争中正确路线的代表者。并依此可以推论说,在当时,凡是在路线问题上对赵尚志持批评态度者,都是在维护和执行着王明和康生的错误路线。这个问题,简单地看,似乎有点道理。但深究起来,情况并非如此。对待历史问题是不能以这种形而上学的态度处理的。

在 1981 年到 1985 年期间,东北三省党史工作者受领任务,负责整理东北抗日联军的历史资料,第一个碰到的就是路线斗争问题。他们谁也没有对此轻率地下结论,而是查资料,访老人,听取各方不同的意见,思考研究,再思考,再研究。把问题的焦点集中在《六三指示信》,也就是中共中央驻共产国际代表团写给东北党的一封指示信的分析上。这封信在当时称之为《王康指示信》,因为是由他们俩签发的。党史工作者反复阅读这封信,逐段、逐行、逐字地研究推敲。既要找出其错误部分,也要找出其正确部分,弄清楚其起草过程等。他们每年都要开一次会,对此各抒己见。经过将近五年的时间,才逐步将认识统一起来。最后在 1985 年的 7 月,在辽宁省的丹东市召开了东北抗日联军历史问题座谈会,取得了一致的认识,产生了丹东会议纪要。在会议纪要中,对东北抗日联军的斗争经历做出了正确的评价,也对《六三指示信》及其几个附件的正确部分与错误部分做出了客观的分析,对抗联将领中属于有争议的人物也有几句较为公正的评语。

这次会议是在中央党史资料征集委员会的直接主持下召开的,参加会议的有 18 位抗联老同志,还有 20 多位三个省的党史工作者,历时五天,会议气氛是良好的。会上除个别同志对会议纪要有所保留外,绝大多数与会者对会议结果是满意的。丹东会议纪要由冯文彬和韩光两位同志署名上报中央。在 1986 年 4 月,以中共中央文件形式下发。我认为,在党中央的文件《东北抗日联军历史问题座谈会纪要》(以下简称《纪要》)下发之后,延续了半个世纪的这场争论就应该结束了。但是很遗憾,在 1986 年之后,继续有人发表文章,写大本大本的书,不是和中央文件精神保持一致,而是还在宣传赵尚志因为抵制王明、康生的错误路线而屡遭打击,甚至被开除党籍这样的话。为什么要重新挑起争论呢?是想否定党中央的文件吗?难道说还要把马克思再请出来为此说话吗?

赵俊清同志在这本书中,对于《六三指示信》做了客观的评述。在书中,是这样写的:

《王康指示信》是共产国际准备召开"七大"期间写成的。其基本精神反映了共产国际关于建立反法西斯统一战线的策略思想。信中强调要打破关门主义,要以我们自己队伍为中心,与各种反日队伍建立上层与下层统一战线,其基本精神与后来的"八一宣言"是一致的。它对发展东北地区全民反日统一战线,建立东北抗日联军等方面起了积极作用。但是,《王康指示信》及其补充信,带有明显的教条主义、主观主义成分,有的政策提法不当或有错误。如《王康指示信》中把对伪军和地主武装的士兵工作,不适当地提到"占党的工作第一等的重要地位";只强调反对"孤注一掷",积蓄力量,准备将来更大战争,更大事变基础一面(而究竟什么是,"大事变"又未讲明,使人费解),没有回答怎样组织当时急需解决的反"归屯"斗争和建设根据地等问题。在"吉特信""中代信"中,关于对待伪军和伪自卫团,对付敌人的"集团部落""保甲制度"的政策规定和对游击区划分、部队建制等指令性的安排,也不大切合当时的实际斗争情况。

赵俊清同志的这段话,是他在多年来研究这一问题之后所得出的看法,也是东北三省绝大多数党史研究者的共同看法。同样,在丹东会议上,采纳了这样的见解。在中央所批转的《纪要》中,对《六三指示信》的评价一段话中,所表述的内容与此基本上是一致的。不过我还想补

充一点,《纪要》中还有一段话也是相当重要的,它是这样说的:

"历史情况表明:《六三指示信》的主导思想来自共产国际的策略转变,而不是出自王明和康生。它不是王明'左'倾路线的产物,也不能与全国抗战初期王明的右倾投降主义等同看待。"

这两段话意思是清楚的:一是《六三指示信》的主要部分是扩大反日统一战线问题,是和《八一宣言》一致的,因而是正确的。如果提高到路线认识的话,是一条正确路线。同时也指出了指示信中有些部分有教条主义和主观主义成分,但不能依据这些错误部分而冠之以"右"或"左"的概念。

实际上,赵尚志同志不管是自觉的或不自觉的,他所领导的第三军的发展壮大完全是靠正确地执行扩大全民反日统一战线这一正确的政策而取得的。从赵俊清在本书中的叙述可以知道,从珠河游击队的创建仅有 7 个人之时起,到 1937 年发展壮大到拥有 6 000 人之众的抗联第三军,其中有四分之三是被收编过来的各式各样的反日队伍。第三军本身的历史也表明,凡是在统一战线政策的执行中有错误时,队伍的发展壮大立即会受到影响。如在 1935 年中,赵尚志曾将李延禄所收编的第四军第三团,原来称之为"小白龙"的队伍缴械了。团长苏衍仁当场被打死。这件事刚一发生,在勃利和依兰一带的义勇军对第三军就普遍产生了恐怖心理,认为赵尚志"不开面",不敢和第三军接触。原"小白龙"所属的"海龙""占中华""压三省"等 130 余人极力寻觅三军干部,欲为"小白龙"报仇。第三军四团有的干部就是因此而被杀害的。还有,根据该书所述,在 1936 年之内,赵尚志将考凤林的队伍收编为第八师,正是因为当时考凤林看到了第三军对待其他抗日部队真心实意地做争取和团结的工作,才自愿接受领导的。原来在 1935 年秋天,因为赵尚志缴了"压东洋",曾吓跑过考凤林。而现在的情况,正是赵尚志总结了缴"压东洋"的教训之后正确地执行了统一战线政策的结果。

赵俊清同志通过这本书说明了把《六三指示信》作为错误路线来

抵制是不对的,他正确地回答了这个多年来有争议的问题。不过,较为可贵的是书中也分析了当时赵尚志之所以对指示信采取不信任态度,是由于王明在组织工作上所造成的东北党组织的极不正常的相互关系这种历史原因所产生的。赵俊清同志依据《纪要》的精神,在该书对此做了介绍,很值得一读。我认为,赵俊清同志对这一个比较重大问题的评述,是比较成功的。

对于第二个问题,即赵尚志是否有杀害北满省委领导人的企图?北满省委据此而将赵尚志开除党籍是否正确?赵俊清同志在书中以较多的篇幅叙述了问题产生的起因并提出了他个人的看法。他向读者提供了许多宝贵的鲜为人知的历史资料。这些资料都是比较可靠的,是可以说明问题的。

在此之前,我一直认为这件事情是由一系列的误会而造成的。北满省委在开除赵尚志党籍的决定中说赵尚志"企图捕杀冯仲云、高禹民以及张寿篯、许亨植、张兰生、金策等,硬扣上日寇侦探罪名……"这一段话是不确切的。因此,开除赵尚志的党籍是不适宜的,至少是一个草率的决定。

赵俊清同志在书中说,赵尚志被开除党籍的主要原因是北满省委听信戴鸿宾、陈绍滨的汇报后,推断其所要召集的北满党军负责人会议是"以奸细名义论罪,企图捕杀冯仲云等……"

根据北满省委当时对这一问题的解释,对赵尚志的这种"捕杀企图",是"推断"出来的,而不是根据确切的事实,这本身就说明了问题。

不过,赵俊清同志接着就提供了许多历史资料,说明赵尚志长时期地把党内的路线斗争与反奸细斗争混同起来,因之一次又一次地加深了同志们对他的误解。从 1936 年起,他就怀疑吉东特委有奸细,还怀疑中央代表里有奸细,1938 年至 1939 年之间,他在苏联被关押期间,又认为东北抗日游击斗争遭受挫折的原因是日寇凶残进攻和奸细走狗从内部分裂破坏所致,他对戴鸿宾一再讲党内和抗日联军内存在有一条奸细路线,并着重怀疑周保中、冯仲云、张寿篯三人是奸细。赵尚志在给戴鸿宾的指示中,谈到要召集的党军负责人会议时曾说,"有人借故不到,你 (指戴鸿宾)或金策可详细考查其内容,必要时可强迫派送来部,或监视考查之。"

过去我也看到过由黑龙江省党史部门整理出来的有关这一问题的资料,在赵尚志对戴鸿宾的谈话或给戴鸿宾的信件中,不止一次地说过:"他要在抗日联军内转变奸细路线并肃清奸细"。还用很肯定的语气指名道姓地说过:"……确有内部奸细和反动派别。譬如黄吟秋……宋一夫、兰志渊……但是更重要的是现在仍然混在党内和队伍内继续活动,是革命致命的危险。首先是日寇狗徒托派分子周保中,其次是张(寿篯)、冯(仲云)等人嫌疑最大。所以应确实考查之。"

在这里,赵尚志既要"转变奸细路线",又要"肃清奸细",而且讲了奸细嫌疑为哪几个人。大家都知道,对一条错误路线的纠正,往往不得不采用撤换领导人的办法来实现。但是赵尚志说的是奸细路线,不是一般的"右"或"左"含义上的路线,是属于敌我矛盾了。那就必须用赵尚志所说的"肃清"手段了。如何肃清法,不言自明。如果北满省委据此而推断赵尚志要把他称之为奸细的人都要杀掉, 这个推断是合理的。何况他还要求戴鸿宾以"强迫"手段,或"监视考查"手段把某些人送到总司令部去,如何强迫法?明摆着是"押送"嘛!

在书中,作者引用了《访问戴鸿宾同志记录》的一段话,戴鸿宾说:"赵尚志对周保中、冯仲云仅是怀疑,并不是肯定说他们是奸细,他没有说要杀掉哪个人,也没有说要杀北满省委哪一个人。我当时认为,被他怀疑的人是危险的,如果是奸细就能杀掉。这是我根据他的怀疑和他的性格分析的。到北满省委我向金策同志汇报并没有说赵尚志要杀谁,但我把自己对赵尚志的看法是说了的。"

根据这些材料,我认为本书作者已经把这些问题说清楚了。就是说,赵尚志说过某些人是奸细,而且说过要肃清奸细,还说过要以强迫方法使某些人来开会。这就引起了北满省委对他的误解,从而推断说他要借开会为名而将其以奸细论罪,捕杀北满省委领导人。但是这仅是推断,尽管这个推断是合理的,但他并不等于确凿的事实。靠推断而做结论是容易失误的,因之当时做出的开除赵尚志党籍的决定,是欠妥的。

我想为了研究赵尚志一生的经历,对他的性格做一下分析是很有益处的。凡是与赵尚志共过事的人都知道,赵尚志有一个与众不同的性格。这个性格有其好的一面,也有其缺点的一面。意志坚强,矢志不移,突出的斗争精神,对所有的重大政治问题有自己的独立见解,不盲目服从,这都是很好的一面。但是执拗、好胜、过于坚持己见、不服输、永不甘居于人下等,也是非常不好的一面。

赵俊清同志在书中也对赵尚志的性格提出了自己的看法。其中有这样一段话:

"赵尚志就是这样的人,他毫无掩饰,长处、短处就是那样明显地摆在那里。他正直、坦率,而有时失于急躁、粗暴,他坚定、自信,而有时失于执拗、倨傲;他顽强、自信,而有时失于轻率、冒失……他可谓是一个瑕瑜互见,而又瑕不掩瑜的人。"

在这里,不妨再将党组织对他的批评一并拿出来看一看,有助于更全面地研究赵尚志的性格对于自己工作的影响。在书中谈到1937年秋北满省委扩大会议时,有这样一段话:"讨论问题中,(赵尚志)情绪急躁,有时发脾气,要个性。对此,与会同志向他提出批评,指出他个人骄纵,存有小资产阶级情绪的观念,英雄主义色彩。"

还有,在1939年底,在北满和吉东两省委的联席会议上,由周保中、冯仲云和赵尚志三个人互相作鉴定。在书中写了对赵尚志的鉴定内容如下:

"肯定赵尚志在革命斗争中有坚强性,有过艰苦工作和重大意义的斗争成绩,但是他有为党所不容许的重大弱点,带有急躁的城市小资产阶级性,对问题的认识和确定带有许多诡辩论的思想观点。在斗争生活上,带有浓厚的个人英雄主义色彩。在党的政治路线执行上表现了'左'倾机会主义,有脱离群众、脱离党的严重倾向。实质上在斗争条件改变下,易走到取消主义方面去。反对王康信及中代信、吉特补充信。对反奸细问题欠确实性等。并说赵尚志应受布尔什维克党铁的纪律处分,以至讨论他的党籍问题。"

对于这两次在党的会议上的批评,赵尚志的态度是:在北满省委扩大会议上,他对会议给予的批评表示接受,承认自己犯有错误和存在缺点。在北满和吉东省委联席会议上,赵尚志、周保中和冯仲云三个人对鉴定内容都共同签了字,表示通过。赵尚志另外表示了对鉴定中所说的"诡辩论""取消主义"问题保留意见,表示不同意。

书中向读者介绍的这几个材料,是大体上可以说明赵尚志的性格的。赵尚志是个有抱负的人,他的坚定、自信、顽强、敢想敢干,都很有助于干一番大事业;但是轻率、冒失常会导致他的失败。他的勇敢、坚韧,有助于他在军事上取得某些重大成就;但也是轻率和冒失造成了他在军事指挥上的一些失误。他聪明、思维敏捷,使得他在政治思想上进步较快;但是执拗的态度、不善于和同志们交流思想、固执己见等,往往使自己不能从牛角尖里走出来。他的军事才干曾赢得了许多同志对他的崇拜,甚至也使敌人震惊过;但是他的粗暴、傲慢,也使许多同志感到难以和他共事,也吓跑过一些人。这样的情况,使他成为一支缺少绿叶的荷花,难以实现自己的宏图。

纵观我国的历史,凡是在事业方面有过重大成就的人,都离不开善于用人一条,而赵尚志所缺少的正是这一点。他不是豁达大度式的人物。他听不得反面意见,往往是一触即跳。和他共事的人常常不得不以迁就的态度,避免和他闹僵。

同志间关系如此,和党组织的关系也有问题。珠河游击队时期他受珠河县委领导;北满省委成立之后,第三军军长也好,北满抗日联军总司令员也好,都应该接受省委领导。但是赵尚志这样的观念是不明确的。书中有这样的一段话:

"赵尚志在党籍未得到恢复的一段时间里,常因对一些问题的看法与党团县委的同志不一致而发生争论。在讨论问题时,他表现自恃,无视别人意见;有时埋怨责备省县委对地方工作开展得慢,跟不上军事斗争的需要,说省县委右倾。在统一战线问题上存在"宁可让它左,也别叫它右,左了比右了强"的观点。有时他还跟组织闹情绪,对省委也说过一些过头的话,表现出对省县委不够尊重。

在书中还有这样一段话:

"会议期间:……他表示对省委'没有信念',对全会'没有信心'。讨论问题中,情绪急躁,有时发脾气、耍个性。"

应该说,在党的会议上抱这样的态度,是组织观念不强的表现,这就颇不利于在党内相互间的合作与团结。

他还有一个多疑的缺点,怀疑这个人是奸细,那个人是内奸。总之,凡是在路线问题上和他的看法不相同的,他都认为有奸细嫌疑。和他多年共事的战友,也竟然受到这样的怀疑,而且他声称要肃清奸细。谁不担心自己的脑袋何时会搬家?对祁致中的处理,也是由于自己的疑心太大而处理失误。根据该书所介绍的材料,赵尚志处死祁致中的原因,是有人认为祁致中在攻打乌拉嘎战斗中情绪反常,按兵不动;在战斗结束后,祁致中对部下说,"赵司令是让我去送死","我没好了,赵尚志要害我"。就是根据这样的几句话把祁致中置于死地。对待这样的问题,赵尚志为什么不可以找祁致中谈一次话,让祁致中解除思想顾虑,同时又严厉批评他"按兵不动"是重大的错误呢?他没有这样做,而是害怕祁致中"会联络几个人,先动手","部队有毁灭的可能"。这样的假设又成了处死祁致中的罪证。这样轻率地对待一个曾经有过许多战功的抗日联军第十一军军长、共产党员祁致中,怎么能不使其他的人不寒而栗呢?又怎么能不使人认为赵尚志是以"顺我"或"逆我"的原则来对待别人呢?戴鸿宾不光是因此不辞而别,他还到北满省委说了赵尚志有可能想杀某某等的话。还有陈绍滨率领着一支 60~70 人在汤原活动的队伍,如果赵尚志真是一位众望所归的总司令,陈绍滨本会找上门来接受领导的。但正是他听说了祁致中被处死,就不敢见面了。而且和戴鸿宾一块去了北满省委,也说了赵尚志许多坏话,随之北满省委就做出了开除赵尚志党籍的决定。

因之,我很同意赵俊清在书中所说的这一段话:

"乌拉嘎金矿战斗结束后,部队内部发生了一起非常事件。这一事件的发生,对赵尚志以后的活动,乃至赵尚志本身的境遇都产生了极大的影响。这就是处死祁致中事件。"

我在前一段时间所写的评祁致中之死一文中,也说过这样一句话:"在祁致中悲剧终了之时,立即拉开了另一场赵尚志悲剧的帷幕。"我想这样认识赵尚志最后的境遇是有道理的。

本来赵尚志率队从苏联返回东北,北满省委闻讯后都很高兴。省委书记金策向部队发出通知,要接受赵尚志的领导。李兆麟说第三路军总指挥还是要赵尚志来当,在军事方面他比我强。但是当他们一听到祁致中被杀之事,都被惊呆了。又听说赵尚志指名道姓地说要肃清奸细,他们不能不考虑自己的安全问题了,也不能不考虑整个部队的安全了。谁还敢和他一起共事呢?这就是由于他自己的原因而被孤立起来的事实。

还有一件令人难以理解的事情,赵尚志失去了最后一次返回抗日队伍领导岗位的机会。当北满省委已经拒绝了赵尚志回到第三路军之时,他本已无路可走了。这时周保中伸出了友谊之手,同意赵尚志作为副总指挥到第二路军工作。 但是只有半年多一点时间,周保中就得到下面的报告,说赵尚志经常对下面议论北满和吉东省委领导人,散布不满言论,使同志们难以容忍。立即引起了周保中的不安,他感到继续和赵尚志共事已不可能了。对于这件事,据过去我所阅读过的档案资料,是这样叙述的:在1940年11月6日,抗联第二路军总指挥部直属队党员大会做出的决议草案中,有关赵尚志问题是这样写的:

"大会阅读了王一知、姜生玉、郭祥云、王乃武诸同志的申明书,一致认为赵尚志最近所有言论,完全是站在反革命立场上进行制造谣言,挑拨离间,暴露工作秘密,及无耻吹牛夸大,并一致认为在其整个言论中蕴藏着一种最阴险毒辣破坏革命、破坏军队的阴谋。

曾有一次无根据的害我们最忠实可靠的革命同志的奸细企图。

赵尚志过去在北满党犯过最严重的错误,并由北满党宣布开除其党籍,吉东党为顾及革命干部的意义上要求他参加第二路军的领导工作,并要求北满党对赵尚志党籍问题重新审查,借与以最后改正错误机会。但赵尚志对过去错误丝毫未加改正,大会一致要求上级党迅速对赵尚志加以审判,并要求与以最严厉的处置。"

对待下级党组织这样的报告,周保中没有急于按报告的要求处理,而是采取非常慎重的态度。他没有轻易地给赵尚志下什么"反革命"或"奸细企图"的结论。他当时只做了两件事:一是停止赋予赵尚志的副总指挥职权;二是撤销原来他向北满省委提出的重新审查赵尚志党籍的申请。

从此之后,赵尚志自己也不知道该到哪里去,只是由苏联人将他供养起来。直到1941年秋天,苏联人派他率领一支小分队返回东北执行一项特殊任务。单纯为了爆破铁路,本不应该由他去执行,他也决不会满足于这种任务完成得好坏。他是想借这次机会重新创造起一支抗日队伍,重新打开一个局面。这虽然不符合苏联人派遣他的目的,但是对于一个中共党员来说,精神是可嘉的。他手下只有四五个人,但还是想要攻打梧桐河警察所。这虽然是力不从心,但他不应该因此而受到指责。我们只能遗憾地认为他竟然办了这样一件蠢事,自己处于日本特务掌心之中而毫无察觉。他最后的牺牲是悲壮的,但它本可以不发生的。

从以上这些经历,很能说明由于他性格上的特点对他的后期境遇产生了多么重大的影响。他到第二路军担任副总指挥,本是周保中出于好心而给他的一次改变自己形象的机会。但是他不甘居于人下,即使是暂时"屈身"也不行。他要用破坏周保中声誉的办法来达到某种目的,群众对此无法容忍了。这里,赵尚志突出的个人英雄主义因素,不能不影响他的事业难以有何成就。

李兆麟遗作——《露营之歌》

——给黑龙江省委、省政府的信(节选)

　　我看过了《黑龙江日报》在 12 月 12 日刊登的陈雷同志的生平。感到黑龙江省委和省政府对陈雷同志的悼念活动,对他一生的革命战斗经历,以及对黑龙江省社会主义建设的重大贡献给予了较高的评价是适宜的。虽说有某些过誉之词,但这是人们可以理解的。对陈雷同志的经历有某些不准确的叙述,我本人不想仔细推敲。作为陈雷同志的老战友,我非常感激你们对陈雷同志悼念活动的隆重举行。

　　但有一点我应该提出。在生平中说了他在 1938 年 5 月,写下了著名的革命历史歌曲《露营之歌》第一段歌词。这一说法,是不够慎重的,有可能使《露营之歌》著作权纠纷再起。实际上会有损于陈雷同志的声誉。

　　事情是这样的,从 20 世纪 30 年代后期开始,《露营之歌》在东北抗日联军之内已广为流传,也明确公布李兆麟将军为该歌全部四段的作者。抗日战争胜利之后,李兆麟在 1946 年 3 月遇害。为了纪念李兆麟将军,哈尔滨中共市委(书记为钟子云)当即出版了纪念李兆麟的专题小册子。在叙述李兆麟一生的光荣事迹中也把《露营之歌》四段歌词全文刊登,并注明为李兆麟遗作。1946 年初抗日联军主要领导人之一冯仲云同志所写的《东北抗日联军十四年苦斗史》一书中也诉说了李兆麟在抗日游击的艰苦斗争中,在黑龙江省绥滨地区写下了《露营之歌》,并在该书中公布了该歌的全部四段歌词。书中虽未写明写作时间，但史书中可以查明李兆麟在黑龙江东部绥滨地区的活动时间是在1937年秋季到1938年春。在李兆麟遇害之后，党中央的机关报——延安的《解放日报》和重庆的《新华日报》，都在1946年4月期间发表了怒斥国民党特务杀害抗日英雄李兆麟的文章，并登载了李兆麟所作《露营之歌》四段歌词。1957年中国青年出版社出版了《中国抗日战争歌曲集》，其中《露营之歌》署名为李兆麟。1961年，由人民出版社出版的《中国新民主主义革命时期通史》中有关东北抗日联军章节里也写了由李兆麟写作的《露营之歌》。1959年在北京中国人民革命军事博物馆抗日战争纪念馆内，展品中也有装饰在特制镜框中的《露营之歌》全部四段歌词，并注明为李兆麟将军所作。此后，大家还看到过中国台湾的文史资料《东北文献》第24卷第二期(1993年12月26日出版)登载的题为《抗日英雄李兆麟所作(露营之歌)简介》一文，作者王良。文中登载了《露营之歌》全部四段歌词。作者还说："日本人从《星火燎原》中发现此歌后，将它译成日文并普遍流传，在1983年5月15日《爱媛通信》第148期转载了这首歌曲。王良先生称此歌是抗战时期的重要文献。

以上所述，说明从20世纪30年代起广为人知的《露营之歌》的著作权属于李兆麟。

我的革命引路人——李常青

当我在河南省焦作市高级中学读书的时候,曾接受过一位语文教师的教育。之前的老师是薛幼卿,他是擅长古典文学的,连甲骨文和篆书都可以讲得头头是道,颇使我们佩服。到了1934年的春天,语文老师换了,新来的老师带着明显的东北口音,他自我介绍说是东北人,叫李常青,他的个子不高,两眼炯炯有神,说话声音清晰易懂。他的气质和较好的口才给学生们的初步印象是良好的。他对学生说他将着重讲现代文学,并且要讲一点文学理论。

同班学生们水平是不整齐的,学习态度各异,有的学生还相当调皮,总想叫老师出点洋相。当时的英语老师患痔疮,一个好心的学生在讲台上放了一把椅子,准备请老师坐着讲课。调皮的赵启明把半根马铃薯竖在椅子上,想跟老师开个玩笑。老师走进了教室,一眼瞥见了讲台上的情景,露出了一丝微笑。他拿起点名册一一呼名。就在这一两分钟之内,他发现有几个同学注视着赵启明,有的在生气,有的鄙视地嘟着嘴。老师心里明白了大半。这时他把马铃薯用手举在空中,用英语发问:"这是什么?"学生无人愿意回答,他继续用英语说:"米斯特赵启明,请你回答,这是什么?"赵启明被迫起立,涨红着脸,没有勇气和老师对话。最后还是老师解了围,自己回答说:"这是马铃薯。"他要求赵启明重复一遍。赵启明羞愧地像嘴里含着一个核桃似的重复了这句话。并在老师的命令语气中坐下,以别人难以察觉的动作擦了擦额头上的汗珠。

也是这位调皮的赵启明,在李常青第二次来到课堂讲课之前,在黑板上写了"亡国奴"三个字。许多同学都骂赵启明太无知了,要他立即擦掉。但是李常青已经跨进了教室,大家只得安静下来。同学们注意到了李常青以不寻常的目光看了一下黑板上的三个字,猜想着他可能会被激怒。但是老师却以非常平静的语气开始了讲授。他说在前一课中已经讲述了文学作品应该真实地反映现实生活,并从中提出人们最关心的问题,最好是再提出解决问题的办法。一篇短文可以反映现实生活的一个侧面;而长篇的著作就应该选择现实生活中的重大社会问题为内容,写出其中错综复杂的矛盾,并能指出解决这些矛盾的办法,这样的作品就会受到读者的欢迎。那么,什么是当前的重大社会问题呢?这样的问题可以举出若干个!譬如说:我国四万万同胞绝大多数处在极度贫困之中,他们受着压迫,受着剥削,中国应该找到一条道路,使广大的工人和农民不再遭受压迫和剥削,摆脱贫困。青年们有责任为创造一个新的合理的贫富并不悬殊的社会而奋斗,再如,当前我们国家的重大问题是国难当头,日本侵略者已经占领了东三省,现在又在阴谋蚕食华北并进而侵吞我全中国。我们堂堂的中华民族谁人甘愿接受外国人的统治呢?现在东北三千万同胞们如在水深火热之中,过着亡国奴的生活。他这时才回过头来看了看黑板上的三个字,接着又说:"那么,是东北同胞甘愿做奴隶吗?绝不是!东北人民几千年的历史一直是和反抗外国入侵,争取生存自由的斗争联系在一起的。在九一八之前,东北曾有三十万军队负责保卫国土,而当时日本侵略者是以一万多人的军队发动了事变。这时,我们的国民政府竟然下了不抵抗主义的命令,要东北军撤退到山海关以南,从而拱手将东北的大好河山奉送给日本强盗。在不到半年的时间,北至黑龙江,南至长白山,全部沦陷在敌人手中。这时,肩负起抗日重任的只是由东北各地的爱国军民自动组织起来的抗日义勇军,他们为了保卫自己的家乡,为了维护自己的民族而浴血奋战,并且付出了巨大的牺牲。但是,他们并没有得到政府的支持,只有爱国群众团体表示过声援。抗日义勇军在缺少支援的条件下遭到了挫败。东北的丧失到底是谁的过错呢?是东北人民自己的责任吗？不是的！我是在东北沦亡之后被迫离开自己家乡的。我的家在吉林省延吉县，那里土地肥沃，盛产水稻和黄豆。我直到现在还是认为自己的家乡是可爱的，但是现在人民群众都遭受着日本强盗的掠夺。日本兵每到一处，稍一遇到反抗就要杀人，烧房子，抢劫财物，奸淫妇女，人民简直无法生活下去。我也是受不了这个气才流亡到关里来的。同学们！面对东北沦亡的现实，你对东北同胞是表示无限的同情呢？还是把他们当作丧家之犬加以嘲笑呢？如果在你面前有一位东北同胞，而你在和这位同胞谈话之后，要你写一篇感想文的话，你将写出一篇什么样的文章呢？同学们！文学的特点就是这样，每篇文章，不管你是否意识到这一点，对当前社会上的重大问题，你总是会有个态度的。你是同情谁？鄙视谁？歌颂谁？仇恨谁？总是会在字里行间流露出来的……"

李老师的一番话，引起了每个学生的深思，赵启明把两只胳膊支撑在课桌上，两个手放在眉毛之上，极力不看任何人。下课之后，同学们纷纷责怪赵启明的无知，说他给全班丢人。赵启明悔恨得无地自容。

就这样，最初的几堂课，学生们就从内心里佩服这位新来的老师，每听他讲一次课都会觉得有一些新的收获。过去的老师讲语文都是把知名人士的文章当作范本叫大家去理解，而李常青则要大家以分析的态度去读书。他在教梁启超的《敬业与乐业》一文时，说梁启超先生要求人们敬重自己的工作，喜爱自己的职业，但是他却不理解许多劳动人民是为生活所迫而去从事又脏又臭的劳动。如果让梁先生去淘大粪的话，我不相信他会为此而大谈敬业与乐业的。接着他就此解释说，文学是有阶级性的。如处在剥削压迫地位的人，和处在被剥削被压迫地位的人，两者对同一事物是不会抱有完全相同观点的，这在哲学上叫作存在决定意识。

他在另一次讲课中，还讲了一个十分有趣的故事：一次在火车上，坐在周围的旅客热烈地议论着刚刚过去的一个穿着奇装异服的女人。但坐在附近的一个彪形大汉却什么话也没说。有人征求他对这位身着奇装异服者的意见,他说他不曾注意到她的衣服,只看到她的脖子长得长了些。以后在和他聊天当中才知道他的职位是刽子手。这时才明白他为什么专门研究人的脖子,因为这是他职业的需要。李常青说,从这个故事中我们可以明白一个道理,就是不同社会地位的人和不同职业的人对同一件事物观察的侧重点是各不相同的。要他们写感想文的话,是决不会写出内容完全相同的文章的。不同的立场其观点是不会相同的。

这样,是与非、善与恶、真理与谬误的看法不可能在一切人的中间有一个共同的标准。这样的认识使许多同学思想解放了,敢于向传统的旧观念挑战了。许多人懂得了:地主阶级和资本家认为是有理的事情,在农民和工人的心里就会认为是错误的。同样的,蒋介石说谁反对他就是反革命,但是站在人民大众的立场上,倒应该说是蒋介石破坏了国民革命的利益。

在李常青的教育下,不少同学开始了对于真理的追求,也产生了对马克思主义的向往。但是由于国民党的白色恐怖政策,再加上国民党进行了大量的对共产主义的诋毁宣传,同学们的心情又是相当复杂的。怀疑李常青是共产党人因而和他保持一定距离的人也是不少的。我在来焦作读书之前,曾在河南开封市上过初中,在那里听不少同学谈起在 1929 年到 1930 年期间共产党在那里的宣传活动情况,有的说他看过共产党的传单,文章写得好极了。有的说共产党的活动神秘莫测,当你夜间一觉醒来之时,会发现屋子里不知从何而来的共产党的传单。有的说往往在开完大会人们正在走散的时候,发现许多椅子背后贴着共产党的传单。有更多的人说他亲眼看见过国民党枪杀共产党员,说他们都是青年学生,真是好样的,临死也不含糊,还喊出共产党万岁!那时我还没有听到过对共产党具体内容的宣传,但得到的印象是:共产党人都是极为精明强干的人,也是些神秘的人,不怕死的好汉。当时只是从内心里佩服共产党人,却没有追求的愿望。现在刚刚对共产主义有了初步的理解,因此也懂得了为什么会有像开封年轻的共产主义者们为了自己的高尚理想而献身的精神。渴望成为共产党人成了我的志愿。

经过半年之后，我和另一位同学余士珍终于在李常青的指引下，成为焦作中学的第一批共产主义青年团团员，和焦作大学的共青团员编在一个支部里，开始走上了一条新的道路。

李常青在焦作的公开身份是高中教师，但他实际上是共产党焦作中心县委书记。当时在焦作大学有共产党和青年团的组织，扶轮小学的教师中有党团员，焦作中学有青年团的组织。此外，在煤矿工人和农村中也都有党团组织。在焦作中学的教师中，除李常青外，还没有第二个共产党员，多数人没有明确的政治立场，但他们又对国民党的黑暗统治抱有一定程度的厌恶情绪。李常青为了给自己创造一个有利的工作环境，就尽量地处理好和其他教师之间的关系。还由于他在学生中的威信较高。由此也博得了其他教师的尊敬。对焦作市的国民党组织以及工会组织的内部情况，他也做过必要的调查，以便决定以什么态度来对待他们。所有这些，都对以后发生的突然变化起了重要的作用。

在1934年的10月，也就是李常青在焦作中学担任教师第二个学期的中间，当一个下午他在自己的房里批改学生作业时，一位不速之客访问了他。此人姓赵，是焦作日报社的"记者"，和李常青只有一面之交。李常青不大了解此人，来人自称是征求对《焦作日报》文艺副刊有何看法，并询问学生们的作文是否可以选用几篇。李常青对来访者的意图猜不透，应付着说了一些无关紧要的话，内心却力求探索来访者的真实目的。谈着谈着，这位"记者"突然问了一句："李先生有一个弟弟也在焦作工作吗？"这句话一下子引起了李常青的高度警觉。不错，他确实有一个弟弟在扶轮小学当教师，也是共产党员，叫李秉才。但是他们的兄弟关系是不公开的，只有少数共产党员知道。这位姓赵的"记者"是从哪里得知的呢？他又为什么问起这个与《焦作日报》文艺副刊无关的问题呢？李常青马上把这件事和党内有人向国民党告密联系在一起。因为他在十天之前得知河南省委遭到了破坏，其中有人叛变了。

因此判断他和李秉才的身份都已暴露了。他又断定：这位"记者"的真实身份实际是密探，他的来访目的是一次侦察行动。李常青当时的紧张内心活动和他的外部表情形成了鲜明的对照。他依然是那样的安详，微笑着说："我没有弟弟，只有我的妻子和儿子在焦作，妻子是个家庭妇女，儿子才九岁！"那位"记者"说："是没有吗？可能是我弄错人了。""你是听谁说的呢？"李常青又问了他一句。"噢！没什么！没什么！是我弄错了。"这位记者又看了一下手表，"噢！快五点了，我该回去了，今后报纸的文艺副刊还得请你多帮忙啦！告辞了！"李常青说："再见！"

当这位"记者"走后，李常青才真心紧张起来，认识到形势已十分严峻，自己有被捕的可能。但他知道敌人多半是利用夜间捕人，他必须在晚上八点钟之前做好一切准备。他先把办公室的书籍和学生的作业简单地整理一下，并将房间里的东西和床铺做了一些安置，决定立即回家。到家之后，他将上述情况告诉了妻子范自修，说自己可能被捕，因此今晚不能住在家里，要找个地方躲避一下，观察动静，并告诉范自修赶快将家中的秘密文件烧毁。九岁的儿子范政已经非常懂事，在紧张的气氛中他在一旁从不乱说一句话，只是在烧文件时帮着将文件撕碎，一页一页地放入火中，并用小棍将残留的纸片投到火堆中，使之不留痕迹，尔后全家三口人沉闷地吃着晚饭。

晚上七点半钟，李常青有意地以不慌不忙的脚步走回学校。他没有去高中部自己的房子，而是到了校部训育主任张汉英的房子里。张汉英与校长张润三是好友，无党派背景，但为人正直，敢于仗义执言，常常流露出对国民党黑暗统治的厌恶感。他和李常青相识不到一年时间，他佩服李常青的学识渊博，对李常青经常公开责骂国民党出卖东北的言论，他总是说骂得好。由于这些原因，李常青对张汉英是信赖的。今天他到张汉英这里的目的是想观察一下，看张汉英是否会知道点情况，好证实一下自己的判断是否正确。因为张汉英是个心直口快的人，若有情况他会对李常青主动讲的。再一个考虑是：如果焦作市的国民党要抓人，必然要通过学校当局，除了校长张润三之外，就得找张汉英。因为他坐在张汉英的房间里既可躲开自己的家和办公室,又可以观察动静。李常青像往常一样和张汉英闲聊,但是话题没有离开文学。他说还有不少学生对古典文学有兴趣,而对现代文学重视不够。由于张汉英没有打断他的话题,他断定张汉英是不知道有什么异常情况的。但是要断定今晚会不会有人来抓他,则可能要拖到半夜十二点。他不好向张汉英说这些,只是由《红楼梦》说到《三国演义》,由李白、杜甫说到陆游、陶渊明。有时也说到鲁迅、茅盾、郭沫若等。张汉英也兴致颇高。因为他也兼授一些语文课,很需要从李常青那里汲取知识。

不知不觉,时间已经过了十点钟了,这时工友孙大爷来敲张汉英的门。张汉英走出门外问孙大爷有什么事。孙大爷说:"来了几个当兵的,张校长请你到校会客室去一下。"张汉英说:"知道了,我就去!"张汉英回到室内,对李常青说:"对不起,我得到校会客室去一下,军队的人半夜三更到这里来,也不知有什么事?"他说完这话接着就往门外走。李常青立即说:"请等一等!"他稍微停了一下,郑重地说:"他们来可能是要抓我的。有人告密,说我是共产党。其实,我只能说是共产主义的信奉者,信奉者和共产党员还不是一回事。不过,如果他们真的是来抓我的话,是不是要把我交给他们,由你决定吧!"张汉英立即重新把门关好,也郑重地对李常青说:"李老师,你这话说到哪里去了?我是出卖朋友的人吗?"李常青说:"不!你是个很正义的人!"张汉英说:"不容多说了。这样吧,你先到我屋后的贮藏室躲避一下,我弄清情况回来再说。"张汉英立即把通向贮藏室的门打开,要李常青先躲在这里。尔后他自己向校长办公室走去。

在校会客室里,校长张润三还在和军队里来的三个人交谈着。校长把训育主任张汉英介绍给几位客人之后对张汉英说:"他们是来逮捕李常青的,请你陪他们办一下这件事。"张汉英略带惊异地问:"李常青犯了什么罪?"一位军人说:"他是共产党!我们奉豫北绥靖公署的命令要抓他。"张汉英说:"有这样的事吗?我们可是一点也不知道。不过,你们既是奉命而来,那我就陪你们去吧!他在另一个院子里,是高中班

477

的院里。是不是现在就去？"军人说："是！现在就去！""请校长休息吧，这件事交给我办好了！"

张汉英带着三个军人从会客室走出来，向北穿过了操场，从旁门出来，再过一条马路，就到了高中部门口。张汉英左右扫视了一下，看见有几个便衣在走动。当工友刘大爷开门时，被来人吓了一跳，对张汉英说了声："主任！什么事？"张汉英问："李常青老师住在哪个房子？"刘大爷指了指，并带着他们走向李常青的办公室兼宿舍的房子。军人抢先去开门，门锁着。敲门，里边没有人答应。张汉英说："这个人怎么睡得这么死。"军人感到有疑问，就打破窗户进去了。用手电照射一下全屋，"没有人！"他们打开电灯，大家都看清楚了：后窗户打开了，床上的被窝是刚才有人睡过的样子。"跑了，赶快到后面去堵！"后窗户是校外了，其实早已有密探在那里监视。一个军人从校门走出去，问了一下那里的密探，都说没有人从后窗户逃走。之后军人又回到屋里检查，摸了摸被窝，完全是凉的，不像有人睡过。军人议论说："这家伙真鬼，早跑了。"张汉英说："我一下午就没看见过他！"军人甲说："也可能他住在家里。"军人乙说："那里也去人了。"

的确，与此同时，也有三个军人到一个小胡同里找到了李常青的家。当他们叫门时范自修已经猜到是什么人，她再次查看一下有没有秘密文件或违禁书籍，发现还有一本普列哈诺夫的"艺术论"。她拿起之后寻思着：放在哪里呢？销毁已经来不及了，枕头下和被褥下肯定是要被搜查的。怎么办呢？这时她看了一下睡在小床上的孩子范政，范政也以关心的目光看看妈妈。范自修走到小床前，说道："孩子！你尽管睡觉，什么话都不要说。"之后把书塞到范政的身子下面。范政说："妈妈！我知道了。"这时，范自修才出去开门。三个军人进来之后，说要找李常青。范自修说他吃完饭又回学校去了。军人搜寻了一下院子和屋子。院子很小，无藏身之地，屋子也很简陋。看看桌子上和抽屉里没有什么可疑的书籍和文件，枕头下面和被褥下面也没有东西。一个军人在小床跟前推了推范政，范政睡得很死，他们也就没有再管了。就这样，他们毫无收获地走了。

李常青在同国民党做斗争中取得了第一回合的胜利,说明他有丰富的对敌斗争经验。他的警觉性、他的敏锐的观察和判断事物的能力、他的应变措施,都是非常令人惊叹的。但是和敌人进行第二个回合也并非易事。他需要安全地逃离焦作市,而那时焦作市的大街小巷遍布着国民党的军警和密探,简直使人插翅难飞。在敌人预定要逮捕的共产党员名单中,除他之外,其余人都已被捕。

在校训育主任张汉英把前来逮捕李常青的几个军人应付走了之后,他才松了一口气回到自己的房间,把门关好,立即到了房后的贮藏室,在黑暗中向李常青谈了刚才的情况。尔后就和李常青商讨如何逃离焦作市的问题。实际上这时李常青已经考虑好了一个方案,他说了出来并和张汉英反复商量了之后,最后决定:(1)在三天之内暂时不挪动地方,现在藏在贮藏室内除了张汉英之外,没有第二个人知道,不至于暴露。这三天之内,国民党肯定要加紧搜捕,不便于走出去。(2)要逃离焦作只靠张汉英一个人掩护是不行的,还得找几个得力的关系才行。(3)焦作中学女中部女教师周英学是左翼文学团体的成员;扶轮小学校长韩秩吾是国民党的豫北特派员,但他是国民党的抗日派,已和李常青有了深厚的交情;焦作市工会负责人唐济永是韩秩吾的好友,和李常青也有过几次交往。虽说工会是国民党的黄色工会,但唐济永本身受韩秩吾影响较大,和李常青的几次谈话也使他深感敬仰。利用韩秩吾和唐济永的掩护是最有利的。

经过李常青和张汉英两人的精心安排,李常青终于准备在第三天的夜间实行自己的逃离计划。在周英学的帮助下,李常青化装成一个农民,装作周英学家的一个长工由周英学陪着走出了校门,尔后两人走了一段路就登上了韩秩吾等候在那里的马车,周英学请求韩秩吾把他的这位有病的亲戚拉去看一下病,而她自己则因为晚上还要备课得立即返回学校。韩秩吾也乐于为老朋友帮这个忙,让这位"病号"坐好,就让车夫赶着马车向北奔去,到了焦作市边沿一个院子外停下。韩秩吾先下了车,到院里找到工会副主席唐济永,唐济永出来问了一下"病号"的情况,就立即将李常青带到院内。

当唐济永、韩秩吾、李常青三个人进了一间刚刚整理出来的空房间坐下时,他们同时会心地笑了起来,接着就无拘无束地畅谈起来。他们要李常青一百个放心,并赞扬李常青的抗日热情和学识渊博。李常青也非常感激他们二位的盛情掩护。

第二天一早五点钟,李常青骑着毛驴,沿着北部山边,扬长而去……

(1988 年 8 月 30 日)

我耳闻目睹的周保中同志

周保中同志在东北抗日联军的干部中享有很高的威信。之所以如此,我认为与他本身所具有的较高的领导水平,对待工作高度的原则性,对待革命事业的惊人毅力是分不开的。

(一)

我在1936年初刚一到达东北抗日联军第四军工作时,就听军长李延禄经常提起周保中的名字。那时周保中是东北抗日联军第五军的军长。李延禄和周保中都是在1932年由党派到救国军王德林部队工作的,因此,他们相互间还是很熟悉的。救国军于1933年失败,被迫退到苏联境内时,李延禄和周保中极力挽救残局,各自团结了一部分救国军的队伍,继续坚持在东北境内抗击日本侵略者,并在牡丹江地区逐步发展壮大。这就是东北抗日联军第四军和第五军的前身。这两支部队都曾在宁安地区活动了相当长的时间,以后第四军向北转移,在密山、勃利、依兰、方正一带开展斗争,但与第五军一直保持着亲密的战斗友谊。

李延禄经常对同志们说:"周保中是大革命时期国民革命军的副师长,很有军事经验,以后又在苏联学习了几年,有较广的阅历,政治上也比较成熟,是个不可多得的领导人才。"因此,我一直对周保中怀着敬仰的心情。不过我亲眼见到周保中,还是在1937年的秋天之后。那时,周保中作为吉东省委的代表来到宝清地区,亲自领导抗日联军第四军的整顿工作。当时我已由军部秘书改任第四团政委,因此军部开会时我不在场,只听说在那次会上周保中对第四军的代理军长李延平提出了许多批评。我原以为受批评后的李延平心情会是不舒畅的。但是,当李延平亲自向团以上干部传达会议情况时,我听到的却是李延平一连串的自我批评。他说自己担任代理军长以来,队伍在数量上虽有所发展,但是部队的战斗力没有得到明显提高,有负于党对自己的希望,也有负于老军长李延禄同志对自己的委托。除此之外,李延平还谈到了第四军的许多不足之处,如在培训干部方面缺乏措施,对收编的抗日山林队也没有一套改造提高的办法等。他说这些都使我们不能适应当前抗日斗争形势发展的需要。他很感激吉东省委对他的批评,认为这实际上是对他的很大帮助。我听了李延平的这一番话,看到一个领导人受到上级批评之后,不但没有怨言,反而心悦诚服,一种对周保中同志领导水平的敬佩之感油然而生。

1937年的6月间,抗联第五军第二师在师长王光宇的率领下来到了宝清县。这使我有机会和王光宇同志以及该师的另外两位领导王效明和季青同志经常接触。在和他们的交谈中,他们总是以非常信任的态度谈到周保中对这一件工作是怎么安排的,对那一桩事情又是怎样处理的。凡是遇到难以解决的困难时,他们总是说:"我们请示周保中吧!他会有办法的,或者说这件事情等周保中同志来了之后再处理吧!"这些情况无疑证明周保中同志在抗日联军第五军中享有很高的威信。同时也使我感觉到一个领导人能够得到下级这样的信任,必然会产生一种无形的力量,这种能使上下团结一致的凝聚力,必将成为克敌制胜的重要因素。

到了1939年1月,我由抗联第四军调到第七军第一师任政治部主任。师长王汝起、前任政治部主任何可人同志也经常与我谈起周保中同志。每当谈到周保中对他们的教育时,他们都感受颇深。王汝起同志原是宁安县的一个普通农民,日军入侵东北后,他成为一支红枪会的首领,并带领队伍参加了王德林的救国军。这支队伍对日军作战非常勇敢,但伤亡也较大。救国军失败后,他率领队伍参加了周保中领导的绥宁反日同盟军,他的队伍被整编为一个团,他任团长。王汝起对我说,他原来是有封建迷信思想的,也有农民的狭隘意识,但在周保中的教育下很快成长为一个共产主义者。他说:"每当周保中发现我的缺点、错误时,并不是像有些领导那样大骂一顿了事,而是在指出这些错误和缺点的同时还讲我的工作成绩、我的长处和我的进步表现。所以,我没有一次因为受了批评而垂头丧气过,我总是心服口服地接受他的领导。"的确,在我和王汝起同志相处的一年多时间里,我几乎不相信他曾经是一个红枪会的首领。他原来是个文盲,但是到1939年他已经能够自己动手写一些简单的工作报告了。王汝起的战斗积极性非常之高,且又善于指挥作战。他在部队中享有很高的威信,我从未看见他对待下级有过任何简单斥责的做法和粗野表现。下级犯了错误,他在谈话时总是先说:"你是个好同志,但是这件事做得不对!……"或者说:"你平时工作很好,打仗很勇敢,你是不该做这样的错误事情的,我为你惋惜……"我发现凡是经过他批评教育的人,都能很爽快地承认自己的错误,而且改正也很快。我对王汝起说:"你对别人的批评教育都能收到良好的效果,我应该向你学习。"王汝起说:"我没有那个本事,这都是从周保中那里学来的。"

第一师的原政治部主任何可人和王汝起共事一年,两人关系亲密无间,都很得人心。当我在这里和何可人第一次见面时,他立即对我说:"我们认得的,是你把我从勃利县带到宝清县去的。"我说:"你不是叫易恩波吗?改了名字啦?"他说:"是的!我到第七军之后就改用了何可人的名字。"

易恩波原来是勃利县城的地下党员,公开身份是伪县政府的职员。1937年秋勃利县党组织遭到破坏。抗联第四军政治部主任黄玉清将他交给了我,由我负责护送他到宝清县,再转交给第二路军总指挥部安排工作。他于1938年春天到了饶河县,到第七军第一师任政治部主任。不久前他在战斗中负了重伤,由于部队缺医少药,组织上决定送他去苏联治伤。在他未离开部队之前,我俩天天在一起交谈,我想从他那里多了解一些第七军部队的情况,特别是干部队伍的情况。他对我谈了周保中派他到第七军工作时谈话的情形。他说,他刚一见到周保中时,感到保中同志非常严肃,因此,谈话时很拘谨。但在谈话中他发现保中同志对人很亲切。保中同志向他提了好几个问题,问他愿不愿意到游击队工作?怕不怕打仗?怕不怕牺牲?怕不怕一连几天吃不上饭?还说,你是个知识分子,能不能和以农民为主要成分的游击队员相处?一句话,凡是可能遇到的困难都给他提出来,并让他来回答。他感到那次谈话使他终生难忘,是对他的一次很有成效的教育,使他走向新的工作岗位之前的思想准备更加充分了。所以,他是在充分考虑了各种困难之后才向保中同志表示接受工作任务的。但是,由于自己没有在游击队做政治工作的经验,他怕完不成任务。保中同志耐心地对他说,政治部主任是代表党在部队里工作的,首先要在部队中不断宣传党的方针政策,保证党的抗日救国主张的贯彻执行,还要在部队中建立并健全党的组织,保证部队的纯洁性,严防奸细混入进行破坏活动。只要抓住这几条就可以开展工作了。保中同志还说,没有工作经验不要紧嘛,自己可以摸索,可以创造嘛! 我们共产党员都不是先有了做党员的经验之后才干的。何可人说,这段话对他的教育很深,他在第一师工作之所以能有一点成绩,都是接受这些教育的结果。

当时抗联第五军第三师的师长李文彬同志也带领着第九团在饶河活动,我在和他的接触中也听到过他谈论对周保中的印象。他说,他刚一见到总指挥周保中时,感到周总指挥过于严肃,但相处一段时间之后,便逐渐产生了一种亲切感。因为周总指挥办事认真,简直是一丝不苟,你错了受到他的批评感到应该,又因为他在批评的同时还有鼓励,从不会使你感到灰溜溜的,因此,情感上不是和他疏远了,而是靠近了。李文彬还对我说,因为他是起义过来的,最怕人家不信任自己。但是他在周保中的领导下就没有这种感觉。他感到周保中每次和他谈话都是推心置腹的,没有对他说过一句表面上的恭维话。这体现了周保中的真诚,也是对他的信任。他说,由于周保中在军事指挥上细致严密,从不粗心大意,这就使下级产生一种信任感。

以后,我又逐渐知道,抗联第五军中许多优秀的领导干部都是原救国军的将领,如副军长柴世荣、第一师师长李荆璞、第二师师长傅显明,以及担任过团长以后又担任副师长的王毓峰、王汝起等人。周保中同志能把救国军里的许许多多有才能的爱国志士牢牢地团结在自己的周围,并经过教育使他们成长为优秀的共产党员,这不是一般的领导干部能够做到的。

1938年我任抗联第四军下江留守处主任时,是直接受周保中领导的。我每个月都要向第二路军总指挥部写书面报告,派交通员送到周保中那里。每次报告都能得到周保中的亲笔回信,对我所提出的困难、问题他都具体指示解决办法,对我们工作的不足之处既有批评又有鼓励。因此,我们的处境虽然比较困难,但我对工作还是很有信心的。

(二)

周保中对待党的事业具有高度的原则性。他在处理东北抗日联军和苏联远东军相互关系的问题上,使人感触颇深。

当时,我这个还不满25岁的共产党员,很多事情是不懂的,而且对于国际主义、对于苏联都有颇为天真的想法;一谈到国际主义就是可以不分国界地为共产主义事业而斗争,一谈到苏联是社会主义祖国或工人阶级的祖国就是对它的无限信赖。我记得在苏联填写履历表时,我在"是否党员"一栏内填写了"共产党员"4个字。周保中看见后说:"应该写中国共产党党员"。我当时只是顺从地改写了几个字。过了若干年之后,我才对于两个国家之间的党与党的关系有了更深一步的理解。

东北抗日联军的斗争本应早就能够取得苏联的支持,因为就地理位置来讲,我们抗日游击活动区域的很多地方和苏联仅隔一条江,我们可以隔江望见苏军的哨所,有时还可以在岸边和沿江行驶的舰艇招手致意。在 1938 年之后抗日联军极为困难的时期,我们多么渴望得到苏联的支持啊! 抗联第六军的一个师长陈绍滨到苏联去过,空手而归。第十一军军长祁致中去过,被扣留了。以后第六军军长戴鸿宾和第三军的师长蔡近葵率领 500 余人的队伍在战斗失利的情况下退入苏联境内,本想暂时休整一下再返回战场,但是戴鸿宾被扣留了,蔡近葵以下 500 余人被遣返新疆。赵尚志于 1938 年 1 月去苏联,以北满省委负责人兼北满抗日联军总司令身份和苏联人谈判,不但谈判未成功,还被扣留了,而且一下子被关押了一年半。我们在这件事情上反倒损失了一些得力的领导干部和一些部队。看来,想取得苏联的支持多么艰难呀!

周保中同志也懂得争取苏联支持的重要性,但他又懂得这不只是中苏两国之间的事情,还涉及苏联与日本的关系问题,这样复杂的问题是不能简单处理的。他从 1938 年初开始试探着与苏联远东军接触,他凭多年的经验没有对苏联提出过多的要求,只是保持着最必需的联系,其主要目的是想通过苏联和延安的党中央打通关系。又过了一年多的时间,到了 1939 年冬,反倒是苏联主动派人到东北境内找周保中,并邀请他去苏联共商要事。那时苏联也感到为了防止日本军队入侵,有必要和东北的抗日联军建立协作关系。在这次会晤中,双方还达成了进一步的谅解,苏联对在战斗不利的情况下被迫撤退到苏联境内的抗联队伍,允许在经过短期休整之后重返东北。周保中和苏联远东军区所达成的这个协定,无疑对我们是非常有利的,这是其他抗联领导人想做而不曾做到的。

但是到了 1940 年下半年,情况又有了新的变化。在苏联远东军领导人邀请东北抗日联军各路军领导人参加的伯力会晤中,苏方代表提出要一位苏联将领担任东北抗日联军的总司令,并建议抗日联军的队伍全部撤退到苏联境内,以免遭受无谓的牺牲。而抗联战士进入苏联境内之后,将重新编组,再分别派回东北境内进行侦察活动,为有可能爆发的苏日战争预先提供可靠的情报。当然,那位苏方代表,当时并没有把话说得这么明确,以致有个别的抗联领导人竟感到这一建议是可取的,认为从长远来看,这既有利于东北人民的解放事业,又符合国际主义精神。但是,周保中同志一再表示这一建议绝对不能同意。他认为:如果这样做的话,东北抗日联军实际上将不再存在,也就等于被取消了,同时,在抗日联军中的几百名中国共产党党员以及各级中国共产党的组织机构也将无法保持其原有的生活状态,实际上也等于被取消了。经过周保中这么一说,大家恍然大悟,都说自己对苏联方面的建议,只是感觉不大对劲,但是从道理上讲,是听了周保中的解释之后,才更加明白的。周保中同志进一步说:中国共产党是共产国际领导下的一个支部,但中国共产党又必须保持自己的独立性,不该是其他国家共产党的附属组织,这个独立性我们不能丢掉,这是原则。在讲到国际主义精神时,周保中又说:"各个国家的共产党应该是相互支持的,但是每个党员又必须是首先为自己国家和民族的无产阶级革命事业而斗争的。为共产主义事业奋斗不仅不能排斥爱国主义,而且在爱国主义和国际主义二者之间前者应该是主要的。如果颠倒过来,就等于头朝下走路。"就这样,在周保中的影响下,抗联的领导干部几乎是一致地抵制了那位苏方代表的建议。这曾使那位代表非常气恼,而且很不礼貌地和周保中争吵起来。周保中此时并未因有求于苏联的帮助而表示软弱,他申明如果对方坚持自己的错误主张,他将立即率领部队返回东北,即使牺牲也要面对日本人的枪口倒下去。斯大林得知这场争吵的情况后,曾明确表示,周保中的意见是正确的。

经过这样一场斗争,东北抗日联军和苏联远东军之间的关系不是疏远了,而是进一步密切了,周保中也进一步受到苏联方面的尊重。此后,才有了东北抗日联军教导旅的成立并得以在苏联境内进行整训近5年之久。教导旅的旅、营、连三级的正职都由抗联的军官担任,由周保中任旅长。同时,为了帮助抗联同志进行正规的军事训练,还指派了苏联军官担任副职和参谋。教导旅内始终保持着中国共产党的组织。

因此,在 1945 年 8 月苏联对日宣战后,东北抗日联军得以立即进入东北境内协同苏军作战,并和八路军、新四军密切配合,完成了解放全东北的神圣任务。

(三)

周保中同志有着惊人的毅力,这点从他坚持 14 年写抗日游击战争日记一事,就看得再清楚不过了。一般来讲,能够坚持长期写日记的人不多,而在长期艰苦的抗日游击战争环境中,像周保中那样能够从 1932 年参加东北抗日战争开始直到 1945 年 9 月抗日战争胜利结束为止,坚持记录自己及部队的战斗、工作和生活情况达百万字的更属罕见。

当我翻阅了这些日记之后,不禁为这厚厚的一大摞日记本震惊了。这些本子规格不一,纸的质量也差异很大,看得出在游击战争环境下所能得到的记事本,只能是今天这样,而明天又是那样。但是其内容的丰富和资料的宝贵程度却是难以估量的。它记录了几百次战斗的时间、地点和参加作战的部队、人数,记录了敌我双方的伤亡情况等。这些准确程度颇高的资料,给党史工作者提供了极大的方便。日记还记录了他所领导的抗日队伍的组建,部队序列的变迁,重要干部的调整,抗联第五军和兄弟部队的关系,吉东省委和东南满省委、北满省委相互间的来往以及共同商讨决定的问题,中国同志和朝鲜同志、苏联同志之间的关系等。这些资料无疑是极为珍贵的。在 1941 年至 1945 年的日记中,周保中详细记录了东北抗日联军和苏联远东军之间的往来以及苏军协助东北抗日联军教导旅进行整训的史实。由于东北抗日联军教导旅在苏联境内进行过将近 5 年的整训,还被苏联最高统率部授予了苏联远东红旗军第八十八旅的番号,使得这个旅有了合法的供应渠道,在这个旅内还破例地保持着独立的中国共产党的组织系统。现在看来,这不只是苏联最高决策机关的决定,有更多的可能是经过共产国际领导人的深思熟虑之后所做出的决定。因此,日记里的这些资料,不仅是证明苏联在抗日战争期间支持中国人民正义的反侵略战争的重要文献之一,也是研究共产国际与中国革命关系的重要参考材料。

从这些日记本中还能查到许多抗日联军领导干部的经历。每有一位重要领导干部牺牲,周保中都怀着极度悲痛的心情,在日记上用几百字以致上千字记下烈士的主要生平,并对他做出历史的评价。同样,对待有特殊贡献的战士,在他们牺牲之时,周保中也要为他们写下几百字的悼文。如小英雄姜墨林和女战士陈玉华等。对于叛变革命的原吉东省委书记宋一夫和第五军第一师师长关书范一类的人物,周保中也要在日记上加以痛斥,同时将他们的主要经历记录下来。从周保中的日记中,可以查到2 000多人的名字,大多是抗日联军的干部和战士,包括炊事兵、饲养兵等,其中有汉族人、满族人、朝鲜族人、赫哲族人、鄂伦春族人等;还有流亡到东北境内的朝鲜共产主义者,在抗日联军教导旅内协助进行军事训练的苏联军官和战士的名字也有上百个。这些,都有极为重要的史料价值,也是中朝人民和中苏人民战斗友谊的见证。

很可惜的是,现在保存的周保中游击日记并不是它的全部,只是1936年之后的那部分。在此以前的日记,他当时委托秘书代为保管。在极端艰苦的游击环境中,秘书整天把日记背在身上,尽力避免日记的丢失与损坏。但在1937年,吉东省委秘书处遭到了日军的突然袭击,保管日记的同志不幸牺牲,1936年之前的那些日记本成了日军的战利品。日本人如获至宝,将它全部译成日文,作为他们研究抗日联军情况的重要资料。现在我们只能查到这些日记的日文本,但其可靠程度显然是没有保证的。

鉴于这一套日记的重要性,中央有关部门已决定将其整理出版。它的出版,必将受到广大有志于研究东北抗日联军历史的读者们的热烈欢迎。

(1987年9月10日)

李兆麟是东北抗日联军的
一位优秀领导人

　　李兆麟是一位出色的政治工作者。在抗日战争后期,他又成为一位出色的军事指挥员。

　　在 1938 年初,当北满抗日联军总司令赵尚志赴苏求援未成并长期被滞留在苏联境内之后,北满省委就把所属的抗日联军第三军、六军、九军和十一军的军事工作领导任务委托于他。他开始是以北满抗日联军总政治部主任身份工作的,根据北满省委的决定,他组织上述几个军分三批实行西征,成功地突破了日伪军在三江地区的重重包围,并于当年冬季到来之前陆续到达小兴安岭西麓的海伦地区,而且站稳了脚跟。虽说部队在西征途中历尽千辛万苦,而且人员损失也相当大,但是部队的斗志丝毫未减。在 1939 年至 1940 年的两年中,这支北满抗日部队在黑嫩平原地区广泛地袭击敌人,攻打城镇,取得了许多重大的胜利。

　　那时,也正是日本统治者大肆宣扬其对松花江下游地区和东南满地区的治安肃正计划已取得重大胜利之时。而北满抗日部队从松花江下游地区西征,选择了黑嫩平原作为进军的目的地,则是敌人所未预料到的。

　　在 1938 年至 1939 年之间,正是日本帝国主义者对苏联远东地区虎视眈眈的时候,曾在张鼓峰和诺门坎地区两次挑起针对苏联的边境冲突。李兆麟为了给日军以牵制,命令部队相机袭扰日本侵略军的交通运输线,嫩江县的霍龙门火车站和鹤山车站、铁骊县的圣浪车站、讷河县的抗哈车站等都受到过第三路军部队的袭击,使铁路运输计划一度陷入混乱。这时,日本侵略者才认识到第三路军对它的重大威胁。在伪满警察协会出版的《满洲治安小史》中曾这样写道:"东北抗日联军第三路军以旧三军、六军为基干编成……盘踞于北安、三江、黑河、滨江各省边境之小兴安岭山中"以通北、北安两县为根据地,蠢动于北满一带。

日本侵略者为了对付抗联第三路军,除了大量增加"讨伐"部队之外,还遍设警察署,以完善其对抗日联军的封锁线。李兆麟则指示部队在各地袭击伪警察署。在 1939 年至 1940 年的两年中,遭到第三路军袭击的伪警察署就有:德都县江霍尔基警察署、讷河县九井子警察署和讷南镇警察署、嫩江县四站警察署、科洛屯警察署和森林警察大队、望奎县高贤村警察大队、克山县通宽镇警察署和北兴镇警察署、铁骊县关门嘴子警察署、龙镇紫霞宫警察署、木兰县大青沟里三合店警察大队、沐河村森林警察大队等。

日本侵略者对付抗日联军的另一条手段,就是所谓的"匪民分离"政策。他们把抗日联军称之为匪。他们要把抗日联军和人民群众隔绝开来,断绝其衣食来源,使其没有条件生存下去。为此,日本统治者除了遍设封锁线以外,还把所有分散居住在山沟里的农民住户赶下山来,并烧掉其原有住房。因此,有如在 1937 年之前由农民群众自己往山里给抗日联军送粮食之事,再也不存在了。这就给抗日联军造成了极大的困难,经常要在断粮的情况下坚持斗争。李兆麟就是经常靠吃野菜、野果、蘑菇和马皮来维持生命的。这就迫使抗日联军为了得到粮食和布匹服装,必须和敌人打仗,一边打仗一边夺取粮食和服装。在这种情况下,李兆麟除了号召指战员发扬艰苦奋斗、不怕牺牲的精神之外,还发动大家敢于创造新的战术,打开新的局面。由此,平原游击战术应运而生了。在此之前,由于平原地区缺少良好的隐蔽条件,颇不利于游击战争,抗日队伍总是要在有山有林的地带活动。在被迫必须走出山林地带之时,第三路军的部队就试验着在夏秋两季利用大片的高粱地和玉米地作为隐身之处,夜间出来袭击敌人。这种试验取得成效之后,李兆麟及时总结了经验,并归纳为几句话:远距离奔袭,利用青纱帐昼伏夜动,打了就走。这个经验普遍推广之后,第三路军的部队就在更广阔的范围内给敌人以打击。在1939年至1940年的两年当中,为了消灭敌人夺取武器弹药以及布匹服装,部队袭击过铁骊县日本青年义勇队、依吉密日本守备队、克山县的北兴镇和西城镇、讷河县的讷南镇和讷漠尔河南的日本开拓团、通北县的小南河木业公司和日伪军护林队、铁骊县东北的山村日本守备队、绥棱县瑞德村日本人移民团、嫩江县大椅山满拓建筑工地、木兰县三合店兵站、通北县的日本人移民团等。尤其使日本人感到震惊的,是攻克过讷河县城和克山县城,还一度占领过距哈尔滨较近的肇源县城以及肇州县的大镇丰乐镇。

攻占讷河县城,是第三路军龙北指挥部的负责人冯治纲亲自指挥的。当时北满省委在讷河县一带地方党和反日会的建立已有一定的基础,讷河县委会的工作已伸展到嫩江、布西、克山和德都一带,还成立了一支有四十人的武装游击队,即讷河人民抗日先锋队。根据北满省委和第三路军总指挥部加紧活动,破坏敌人后方牵制敌人兵力的指示,在1939年9月,冯治刚率领一支精干的仅有120余人的队伍,经过三个夜晚的行军,接近了讷河县城。尔后在9月18日夜晚,在地方反日救国会和抗日先锋队的密切配合下,冯治刚、姜福荣和王福等同志率领着各自的队伍,兵分三路一举突入讷河县城,占领了伪县公署、警务科和警训所驻地,并打进了伪警备队驻地北大营,活捉了伪军团长孙承义等人,击毙日军十余名。当即打开了监狱,释放了百余名犯人,还缴获了步枪、手枪和轻机枪二百余支以及三万发子弹和军需品一大批。次日上午,在县城内召开了群众大会,宣传了为纪念九一八而进行的这次战斗的重大意义之后,迅速撤离了县城。这次战斗,影响深远,对日伪军的震动极大,也使北满部队在黑嫩平原的抗日游击活动出现了新的局面。

攻打克山县城是在攻打讷河之后一年,在1940年9月间进行的。在战术的运用上也颇为巧妙。原来据地方党组织的敌情调查,克山城内有伪军、伪警加日本的铁路警备队总数达千余人。第三路军的三支队和九支队能用于攻城的部队才二百余人。在第三路军政治委员冯仲云的亲自领导下，支队的几位领导人王明贵、王钧、边凤祥和高禹民等人共同制定了一个要冒相当大风险的计划，派出一部分队伍在讷河与克山交界地带佯动，把克山城里的敌军调动出来，尔后再攻城。此计划果然奏效。当确知城内只留下了分散在几处的伪军警不足二百人时，攻城部队利用了两个夜晚的急行军，在 9 月 25 日拂晓前隐蔽在克山县城以西的一大块高粱地里。经过了一整天的休息和准备，于夜间十时后突然冲入城内，占领了伪县公署、伪军团部、伪警察署，打开监狱，释放了二百多名囚犯，还缴获了大批军用物资。部队在黎明之前安全撤出克山，迅速转移至德都县境。

攻打肇源县城，也是在平原地带的一次战斗，而又是在部队处境极度艰难的情况下进行的。原来第三路军第十二支队在 1940 年 9 月 20 日采取突然袭击战术，一举攻入肇州县的丰乐镇，征得一批军用物资。但是这里距哈尔滨不足一百公里。在部队撤离丰乐镇转入肇东县境想再攻打宋站警察署之时，突然遭到了大批日伪军的包围。支队领导人许亨植、徐泽民、张瑞麟、俎景芳等在突围中又失去联系。突围出来的一支队伍又在敖木台遭到日伪军的包围。经过苦战，原有近百人的队伍仅有三十余人突出包围。幸好在一块沼泽地里受到了爱国渔民刘凤林的掩护，使部队得到了短时间的休整。之后又有些失散的指战员陆续被找回来。在渔民的帮助下，得到了可贵的一个月的休整时间。仅有的五十余名指战员逐渐恢复了健康，治愈了伤口。这时他们又忍耐不住了，又要寻找战机打击敌人了。

原来北满省委在三肇地区的地方党和反日救国会的工作开展得较好，对敌情的掌握也相当准确。在敖木台战斗之后，敌人大肆吹嘘第三路军第十二支队已被全部歼灭，并将"讨伐"部队驱离肇源，还在 11月 8 日在三肇地区召开了庆祝胜利大会。这时，在地方党组织的大力协助下，第十大队与一支有十余人的当地的抗日义勇军艾青山部共同制定了一个袭击肇源县城的计划。在肇源县城之内,有可以做内应的一些爱国人士分别在县公署、报馆和少数退职警察之中。这样,就在敌人开完祝捷大会的当天夜晚,部队突然进入肇源,冲进县公署,警察署被全部缴械,监狱被打开,夺得三百余支长短枪和大量军用物资。这次战斗,据敌人 1940 年 11 月 16 日的《哈宪字第 849 号情报》的记载,是这样写的:"抗联第三路军临时指挥第十二支队长徐泽民率匪六十余名,纠合附近土匪 120 余名,为补充武器弹药的不足,掠夺物资,突于 11 月 8 日 3 时 30 分来袭肇源县城,击退和解除了我 116 名军警的武装。"还说抗日部队动作迅速,战术巧妙。攻城部队从县城东门及正门侵入,……次日(9 日)将民众集合在一起,散布传单,进行赤化宣传活动,而且在齐唱歌曲声中从北门撤出。

从攻打丰乐镇的胜利,到敖木台被敌人包围中遭到严重损失,尔后经过仅仅一个月的休整而又在攻打肇源县城中取得了重大的胜利,这显示了在李兆麟将军的领导和教育下的第三路军的部队是何等的英勇啊!又是何等的顽强啊!

本来,在 1938 年之后,东北的抗日游击战争已进入了低潮时期。第一路军和第二路军的西征计划是都未实现,不得不继续在老游击区坚持斗争。由于老游击区都有敌人的严密封锁线和重兵搜剿,处境极为艰难。而第三路军的部队在实现了西征计划之后又在 1939 年至 1940 年的两年当中袭击过那么多的伪警署、日本守备队、火车站,还接连攻克讷河县城、克山县城以及肇源县城,这是何等的振奋人心啊!而这些对敌伪统治的打击又是何等的强烈啊!

到了 1940 年的冬天,由于所处环境的不断恶化,第一路军和第二路的部队相继转移至苏联境内休整。这时,李兆麟将军所指挥的第三路军虽说也有一个支队被迫退入苏联境内;李兆麟、冯仲云和金策等几位北满省委的主要负责人也都按通知如期到达苏联的伯力城准备参加第二次伯力会议。但是,在研究东北抗日战争的形势时,他赞成抗日联军的部队实行战略转移以保存实力并进行以整训为主方针。同时他又认为第三路军处于小兴安岭西麓,是属于敌伪统治较为薄弱的地区,北满省委在那里广大的农村中已建立起不少的反日救国会组织,党组织也有所发展,第三路军依靠这些得以在 1939 年至 1940 年两年内取得了对敌斗争不小的胜利。当然,伤亡也相当大。不过,抗日游击战争在这一地区还是可以进行下去的。因之他主张第三路军的部队在东北境内再坚持一个时期。虽说现有的部队在数量上已不太大,但也会对日本侵略军起着难以估量的牵制作用,对全国的抗日战争也是一种积极的配合,对东北人民的解放事业也是一种希望所在。他的意见得到了大家的赞同。

在 1941 年 3 月里,趁着尚未解冻之时,他和金策等人率第三支队又越过黑龙江返回东北境内,并立即奔赴各地布置各个支队在 1941 年内的作战任务。他指示部队要小型化,是战斗队又是工作队,他指示第六支队和第十二支队分散地活动在铁骊、庆城、巴彦、木兰、东兴几个县境之内,而第九支队则由通北县转移至绥棱、海伦一带活动。在部队的帮助下,上述各地的反日救国会有了较大的发展。在军事行动上,1941 年之内,受到过第三路军各支队袭击的目标有:东兴县六合屯敌军据点、绥棱县安古镇日本人武装开拓团、棉泉县勤俭村警察分驻所、展清火车站警察分驻所、瑷珲(爱辉)县罕达气金矿区警察队、阿荣旗振威庄警察署、张家围子警察所、宝山镇警察所,还捣毁了兴安省北部的日满鲜木业四号营和五号营等。在 9 月,又在石场沟、王家营子、霍勒气与日伪军交战中取得一些胜利。

但是,1941 年夏季国际形势所发生的重大变化,使东北境内的形势也随之严峻起来。德国发动了侵苏战争。日本的陆军部于 7 月间下达了动员令,关东军在伪满洲接近苏联的边境地带进行了特别大的演习,黑河地区成为军事设施的重点区。这一切都使第三路军的处境更加不利了。这时,李兆麟和北满省委果断地做出决定,按照 1940 年春第一次伯力会议所确定的方针,实行战略转移,为了保存实力而进入苏联境内,部队进入整训期,为今后反攻东北做好充分的准备。但是,与此同时,他们仍然决定由省委书记金策和第三路军参谋长许亨植领导朴吉松和张瑞麟为首的两支小分队留在东北境内坚持斗争。

金策和张瑞麟在东北境内所坚持的对日斗争,处境极度困难,人员伤亡也较大。许亨植和朴吉松相继牺牲。直到1944年春,他们才奉命转入苏联境内参加抗联教导旅施行整训工作。这支部队是东北抗日联军在东北境内坚持抗日游击斗争时间最久的。他们显示了中国人民英勇不屈的气概,表达了要与日本侵略者抗争到最后一个人的决心。其政治上的重大意义是不可低估的。

1942年8月,当抗日联军教导旅在苏联境内正式成立,而且被苏军统帅部授予苏联远东红旗军第八十八旅的番号时,周保中和李兆麟分别被任命为旅长和旅政治委员,半年之后,苏军改为一长制,李兆麟即任政治副旅长。

在此之前,李兆麟也一直是一位经验丰富的政治工作者,1935年至1938年在抗日联军第三军和第六军担任过政治部主任。当时未设政治委员,因之政治部主任实际上和军长两人共同领导着部队。到了1936年2月,在松花江两岸的抗日部队共同组成北满抗日联军时,赵尚志被推选为总司令,李兆麟被推选为总政治部主任。

我是在1936年2月开始在抗日联军第四军军部担任秘书工作的。由于我是刚刚从关内到达东北的,军长李延禄在向我介绍抗日联军的情况时,曾以很推崇的口气谈到了李兆麟。他说抗日联军虽说是以党的部队为基干,但是从数量上来说非党的抗日武装力量比我们要多,只不过他们比较零散,没有一个统一的组织。根据中央代表团的指示,我们要在东北建立起全民族的反日统一战线,不分党派和阶级,把这些分散的各自为政的武装队伍团结在共产党的周围,逐步地把他们纳入抗日联军的序列之中。李延禄接着说,李兆麟在团结非党的抗日武装方面做了大量的工作,因此大家才推选他为北满抗日联军总政治部主任。至此,李延禄深有感触地说:我们第四军的第三团是一支很有战斗力的队伍,但是在去年秋天被第三军缴了械,团长苏衍仁也被赵尚志给杀了,是把他们当成了胡子队伍。这一来不要紧,立即引起了方正和依兰、勃利一带非党的抗日武装队伍的恐慌,不敢再靠近我们。我们怎么能够这样把自己孤立起来呢? 以后还是李兆麟出面代表第三军向我们道了歉,才缓和了这个矛盾。

李延禄又向我介绍了一件事。他说,第四军的第二团是党直接领导的一支队伍,是密山抗日游击队发展起来的。但是这支队伍长期被第三军占有,我们提了几次意见都无效。这样以削弱兄弟部队的办法来壮大自己的做法是不符合党的政策的。

第二团的归属问题,直到1937年才得以解决。那时李兆麟已经到第六军担任政治部主任,他率领着队伍来到了集贤地区的夹信子镇。第四军闻讯后,代理军长李延平和政治部主任黄玉清立即率队前往求见,我作为军部秘书随行。李兆麟在该镇的一家商店接见了我们。这是我第一次见到李兆麟。只见他仪表堂堂,态度颇为诚恳地接待了这几位过去不曾相识的同志。李兆麟先表示愿意倾听李军长的意见。李延平说:他是在一年之前从苏联回来接替李延禄的工作的,黄玉清同志对历史情况比我熟悉,还是请他谈吧! 李兆麟笑着说:我和黄主任未曾见过面,但是我听说过玉清同志是一位老布尔什维克,我还知道你是朝鲜同志,对吗? 好! 我洗耳恭听。就是这样几句话,顿时使双方在情感上接近起来。也可能,李兆麟事先估计到第四军会向他提出些什么问题,他有意地要制造一个和谐的气氛,我暗暗地佩服他这种非凡的政治家的风度。

黄玉清的中国话不算流利,但意思表达得都十分清楚。他对第三军的领导意见很大,但极力保持着心平气和的态度,不使自己过于激动。但是不管怎么样,他的意见依然是尖锐的。黄玉清说:第四军的一个团被赵尚志缴了械,团长被杀掉,另一个团被赵尚志占为己有;这种做法怎么能有利于抗日联军内部的团结呢? 难道只靠第三军一支部队就能把日本人打出去吗? 按照中央代表团的《六三指示信》,是要在东北境内最广泛地建立起反日统一战线,对党外的抗日武装力量也要采取争取和团结的方针,而第三军的做法是对自己的兄弟部队也要欺侮一下,这种做法怎么能实现统一战线的方针呢? 这算不算一种过"左"的路线呢?

在黄玉清讲话的时候,李兆麟始终面带着微笑地听着,从没有要插嘴的表示,有时还要给黄玉清的水碗里加点白开水,劝他喝口水再讲。直到黄玉清讲完了意见之后的,他又问了一下李延平有没有补充意见。在李延平摇了摇头,并说黄主任已经把意见全讲出来了之后,他才开始讲他自己的意见。

他说,他很高兴地听了第四军领导同志的意见。他说他现在在第六军工作,但是第四军第三团和第二团的两个事件都发生在他在第三军任职期间,因之他自己对这两件不该发生的事情都要承担责任。对第三团的缴械他已代表第三军向四军道过歉。第四军的第二团确实是一支政治质量较好的队伍,随同第三军共同活动已有一年半之久。他们长期未能归还第四军也有该团领导人的思想问题。不过无论如何将他们归还第四军建制是应该的。我虽已不在第三军工作,但作为总政治部主任和北满省委委员来说,我将会尽我的职责促成第二团回归第四军,请你们放心。

李兆麟诚恳而又负责的态度,使李延平和黄玉清两人很满意。到了那年秋天,在吉东省委的代表周保中和北满省委共同商谈若干重要问题时,周保中和李兆麟都极力主张第三军将第四军的第二团归还原建制,终于使北满省委做出正式决定。根据这一决定,第二团在中秋节之时从方正县出发,装备齐全,服装整齐而又精神焕发地到达了富锦地区的李金围子。第四军全军上下为之大喜,召开了欢迎大会,李延平军长在讲话中一再表示对北满省委和李兆麟主任的感激之情。

类似这样的兄弟部队之间的矛盾,李兆麟还处理过多起。因为,在东北抗日联军中,李兆麟一直是一位威信很高的政治工作者。

在抗日联军教导旅时期,我担任过政治指导员、连长和参谋等职务,一直都是在周保中和李兆麟的直接领导下工作。这时,我们游击队的生活和工作方式与苏军的现代化训练制度要有一个适应期,中国同志和苏联同志之间、在抗日联军内部也有中朝同志之间和不同山头之间的许多人与人之间的关系要处理好,训练工作中的许多思想认识问题也都要及时解决。这些,都要通过李兆麟不懈的工作,一个个处理得非常的好,相互间的关系一直是密切的,训练工作成绩也是显著的。当1945年8月,苏联对日宣战,抗联教导旅全体人员要立即进入东北境内参战,但是任务各有不同,很多同志要被派到敌军后方以三五人为一组独立作战,也有些同志单独被派到苏军第一线部队任向导和翻译,要和素不相识的许多苏联人相处,李兆麟为了做好思想动员工作,日夜不停地和许多抗联同志单独谈话,既要明确交代各个人的任务,又要提出纪律要求。当五十七个工作组即将奔赴东北各大中城市开展工作之时,李兆麟又对各组政治任务提出要求,如协助苏军维持当地治安工作,进行中苏友好宣传活动,积极寻找当地的共产党秘密组织以及失掉关系的共产党员和失散的抗联人员并将他们团结在自己的周围,为了把社会上的进步人士会聚起来,可建立争取民主同盟一类的政治团体,使他们能在共产党的领导下进行工作,以求能在江北境内建立起一个非国民党一党专政的为广大工人和农民谋利益的政权。如何对待国民党,李兆麟说:东北的沦亡是由蒋介石不抵抗主义造成的,整个抗战期间,国民党没有派一兵一卒在东北抗战,因此国民党没有理由到东北来当家做主,我们也不打算和国民党合作,相反,我们应该是无情地揭露国民党出卖东北的真面目,不许他们欺骗东北人民。

李兆麟的这些指示,当我们回到东北进入各大中城市之后遇到了许许多多眼花缭乱的情况之时,就更加体会到它的正确性。我们很快地在工作上打开了局面,特别是有效地限制了国民党的各种活动,因此,也为八路军和新四军进入东北创造了有利的条件,为我党我军夺取并巩固在东北全境的统治做出了应有的贡献。

可能也正是这一原因,国民党对李兆麟恨之入骨。当1946年的3月,我在佳木斯地区和李范五、李延禄等关内去的同志共同合作并使

我的回顾

工作相当顺利开展之时,突然传来了李兆麟遇害的噩耗,使我们大为震惊。

出卖东北的国民党反动派,对于一个和日本侵略者浴血奋战了十四年的民族英雄李兆麟在祖国光复之后半年多一点的时间,就下了这样的毒手。李兆麟的遇害,必然使日本帝国主义分子拍手称快!参与这一阴谋活动的国民党反动派,也理所应当地受到一切爱国人士的声讨谴责,并为其罪行受到应有的惩罚。

李兆麟的一生,是战斗的一生,是为了东北人民而和日本侵略者做生死搏斗的一生,是为建设新中国而奋斗的一生。李兆麟是值得东北人民,特别是在他的战斗足迹踏遍过的黑龙江的大地上的人民永远尊敬和怀念的!

李兆麟同志永垂不朽!

抗日名将祁致中短暂的一生

在东北抗日联军中，有一支由金矿工人祁致中为首所创建的队伍。这支队伍在松花江下游的三江地区,同样的赫赫有名。它创建于1933 年 6 月,开始仅有二三十人。到 1937 年底曾一度发展到 1 500 人。在 1936 年抗日联军统一建制之后,先被授予独立师番号,以后又扩编为第十一军。在 1938 年东北抗日联军遭受重大挫折之时,第十一军也损失惨重。以后在李兆麟的率领下,参加了第三路军的西征,继续活跃在小兴安岭西麓的黑嫩地区,并坚持到抗战最后胜利。现在仍然健在的卢连峰老人就是当年祁致中的部下。卢连峰已 85 岁,离休前曾任广州空军后勤部营房部部长。

祁致中原籍山东,闯关东后到佳木斯地区的驼腰子金矿当了工人。他为人义气,在工友中很有人缘,并有许多拜把兄弟。他们亲眼看到日本矿警对工人兄弟的非人待遇,愤愤不平之情时常流露。终于有一天他和几个拜把的兄弟一起动手打死了几名日本矿警,夺取了七八条枪,立即号召工人起义,上山打日本,有二三十名工人跟他走出矿区,宣布成立"东北山林义勇军",并且仿照绿林好汉的做法报了个"山头"为"明山"。紧接着就利用伏击战、偷袭战的方法消灭了几批日伪军警。枪多了,人也多了,有些小股的山林队也逐渐地投靠他。

到了 1935 年, 也是共产党所领导的抗日队伍逐步壮大时期,"明山队"在方正县境遇到了由赵尚志和冯仲云所率领的第三军,使他耳目一新。他曾多次听说过共产党是坚决抗日的,也很想使自己成为共产党人那样的英雄。为此他主动求见赵尚志和冯仲云。冯仲云向他讲述了共产党的抗日主张以及统一战线政策之后,他立即表示要跟共产党走,并且接受了冯仲云的建议,把自己的名字由原来的祁宝堂改为祁致中,说要致力于中华民族的解放事业。自己也立即废弃"明山"称号,说要摆脱胡子(土匪)的习俗。从此,他经常和抗日联军各部联合作战,还仿效第三军的样子整编了自己的队伍,加强了纪律性,战斗力也显著地提高了。

之后,他的队伍到汤原县活动。他主动地找到中共汤原县委,要求参加共产党,要求县委把他的队伍整编为抗日联军。县委为了考验他,要他率队和汤原县警察局打一次仗。他就用计把警察从城里引出来打了个伏击战,消灭了大部敌人。县委很满意。尔后又让他参加为期半个月的党训班,学习结束后接受他为中共党员。随即又派三名党员到祁致中的部队任政工干部。

从此以后,他的部队战斗积极性更加高涨,率队在桦川、依兰、富锦一带活动,到处寻找可以消灭的目标,如区乡的自卫队、地主武装、公路上的运输队等,每次可以夺取 10~20 支以上的枪支,有时还可以夺取 40~50 支枪。在这样的影响下,有更多的小股山林队愿意接受他的收编。到 1936 年春天,队伍发展到 400 余人,北满省委决定他的部队编入抗日联军序列,番号为独立师,祁致中被任命为师长。

但与此同时,独立师的问题也暴露出来了。收编的队伍纪律性较差,有些人匪性难移,还有些人对共产党怀有敌意。祁致中本人也因取得一些胜利而产生了骄傲情绪,个人英雄主义色彩也有浓厚的表现。这些情况对祁致中的队伍产生了不利的影响,有些抗联领导人怀疑独立师依然是胡子队伍。

这些事引起了北满省委的重视。因之派李兆麟以北满抗日联军总政治部主任身份去独立师工作。李兆麟用了十天时间住在独立师,和祁致中以及其他几个主要领导干部交谈,探讨如何提高部队的政治质量问题。祁致中对李兆麟十分敬仰,随即按照他和李兆麟共同商定的办法整顿队伍,将一个严重破坏组织纪律的团长撤职;将一部分匪性难移的成员清理出队;加强队伍中共产党的组织建设,还发展了一批新党员。祁致中还检讨了自己的骄傲情绪,曾说过自己打仗并不比赵尚志差等个人英雄主义论调等。

经过这次思想整顿和组织纪律整顿,部队的政治质量提高了。接连在富锦、同江、抚远等县境消灭了几支伪保卫团、地主武装和乡镇警察队。这几次战斗的胜利也促成了头道林子警察署署长李景荫的起义,不光带出了80多条枪,还将自家私藏的两挺轻机枪也全部交给了祁致中,一时使他名声大噪。随即由北满省委决定扩编为抗联第十一军。

在1938年之初,祁致中为了给自己的小型兵工厂购置一些机床,借用第七军的关系,越境到了苏联境内。不料苏联人不承认他,还将他扣留,并且和在他的前后越境的两位军长赵尚志和戴鸿宾关押在同一狱室里长达一年半之久。由此改变了他的命运。在这段时间里,他们三个人都处于非常无奈的状态。沉闷、急躁、对天长叹!同时也经常发生相互间的争吵。戴鸿宾性格软弱,而赵尚志和祁致中都具有个人英雄主义色彩。在谈论到东北抗日联军发展壮大的过程时,两个人都津津有味,但也经常发生争执。赵尚志总是说,抗日联军的发展壮大是他的功劳,是他帮助了谢文东和李华堂两支部队发展壮大的,使他们改编为东北抗日联军第八军和第九军;汪雅臣部队改编为第十军,也是他的功劳。又说,"你祁致中的部队还不是在我第三军的帮助下才搞得像个模样!"祁致中则说,"你赵尚志有功劳是事实,但你不要把这些都记在你的名下;李兆麟和冯仲云都为此做了许多工作;李兆麟在我的部队里工作了十天,帮我整顿了独立师,清洗了一些不纯分子,调整了干部队伍,使部队政治上更纯洁了,战斗力也跟着提高了。独立师接连打了几个胜仗,在富锦、同江和抚远县境内消灭了几支伪保卫团、地主武装和乡镇伪警察队,这几次胜利还促使了头道林子伪警察署署长李景荫的起义,不光多了80多个兵员和枪支,李景荫还把自己家中私藏的两挺轻机枪也交给了部队。我的独立师就是这样壮大的,紧跟着北满省委将独立师扩编为东北抗日联军第十一军。在此期间赵尚志不是正在海伦一带活动吗？我们的队伍那时只是在第六军的配合下打过仗，这都是北满省委领导有方，是共产党领导了我。怎么能把抗日联军的发展壮大都记在你赵尚志的账上呢？"赵尚志听了祁致中的这些话，很生气地说："你祁致中原来是胡子(土匪)，现在仍然是胡子，谁知道你把抢来的大洋(银圆)寄了多少回家？"祁致中这时也生气了，他说，"怎么到现在你还把我当胡子看？我没有抢过大洋，更没有往家寄过一元钱，你别冤枉好人。"赵尚志说，"你现在还是胡子，我可以代表党开除你的党籍！"

类似这样的争吵，他们俩之间经常发生，简直到了相互憎恨的程度。而戴鸿宾把这些看在眼里，不愿介入。他明知赵尚志说了很多错话，但他比祁致中更了解赵尚志，和他顶撞是不会有好结果的，顶多只是劝一劝赵尚志不要开除祁致中党籍……

在被关押一年半之后，苏联人释放了他们，而且交给了他们100多名原东北抗日联军指战员，并任命赵尚志为东北抗日联军总司令率队回国。

就在返回东北境内几天，打完乌拉嘎金矿之后，赵尚志借故处死了祁致中，消息传来，抗联指战员无不为之震惊。

这一事实，在20世纪80年代，由黑龙江人民出版社出版的《东北抗日联军史丛书》中回避了，只说祁致中在1939年作战中牺牲。直到2006年重新编写并出版的第十一军史料中，才增加了"军长祁致中之死"一章，如实地叙述了赵尚志如何杀害祁致中的具体情节。我在20世纪90年代初，为了评论黑龙江一位作家所写的《赵尚志传》，曾说这是一代抗日英雄祁致中的悲剧。同时我又说，这一时间也是赵尚志悲剧的开始。我将在另写的文章中就同一事件对赵尚志的行为做出评论。

(2005年11月)

东北抗日联军第四军
第二师师长李天柱斗争史迹

　　李天柱原为旧东北军的一个下级军官。九一八事变之后,东北军的许多官兵出于自发的爱国心,对蒋介石政府的"不抵抗主义"出卖东北三省极端愤慨,纷纷自动组织起来抗击日本侵略者。原驻依兰县的镇守使李杜领导下的自卫军就是一支较大的抗日力量,在松花江沿岸打过许多次仗,影响颇大。李天柱就是李杜部队里的一名军官。1933年自卫军遭受挫折,李杜率领大部分队伍退入苏联境内。李天柱决心继续抗日,带领着一支有二百余人的队伍依靠深山密林,坚持在依兰一带活动。按照当时山林队的习惯,他报字"自来好"。

　　1934年冬,在密山县活动的抗日同盟军军长李延禄,曾派人到宝清、勃利、依兰几个县活动,和那里的抗日山林队广泛地建立了联系,对他们宣传抗日救国思想,并商定如何加强抗日队伍之间的团结,以便更加协调一致地对日作战。李天柱首先和抗日同盟军建立了联系,表示愿意参加抗日同盟军。和他同时表示要参加抗日同盟军的还有:"海乐子"孙成仁的队伍、"北侠"宫显庭的队伍、"海龙"郭德福的队伍,还有"老来红"的队伍等。

　　从1935年春季开始,李天柱的队伍就经常和抗日同盟军的第二团和第三团配合活动。在该年的3月12日,李天柱率领自己的部队攻打依兰县的土城子,取得了胜利。以后就以土城子为中心,在那一带开展抗日游击活动。在同年6月,李天柱的队伍被授予东北抗日同盟军第四军第五团的番号,李天柱被任命为团长。

　　李天柱的队伍被正式列入抗日同盟军序列之后,全国上下受到莫大的鼓舞。李天柱立即根据军长李延禄的指示,对部队进行政治教育和纪律教育。教育内容主要是根据抗日同盟军所统一制定的三条行动纲领,这就是:(1)联合一切抗日义勇军和山林队,执行抗日救国统一战线,共同对敌;(2)抗日同盟军专打日本军和卖国贼,联合伪满军和伪自卫队中的反日志士,赞助他们的爱国言论和行动,反正归来者官升一级;(3)主张有钱出钱,有枪出枪,有人力出人力,有计划地并合理地征粮筹款,不扰民,从此之后,部队纪律有了明显的改善,和群众的关系也比过去密切多了。

接受改编后的第五团,根据军部的指示,多半时间是独立自主地进行抗日游击活动。但是只要有军部的命令,他们是坚决执行命令听从指挥的。根据李延禄的指示,在勃利和依兰地区活动的第四军的队伍,都由军政治主任何忠国同志领导。1935 年 6 月 17 日,何忠国率领第三团和第五团一起活动,部队宿营于奎山附近的何家屯。次日清晨,驻奎山的日军守备队派出一个侦察小队到何家屯执行任务,其中有七个日本兵和一个翻译,另外还抓了一名当地群众做向导,他们在屯子外面观察时,发现屯里有可疑情况,向屯里打了一枪。战士们正要还击,被何忠国制止了。何忠国立即组织部队隐蔽地撤退到山上。日军没有遇到任何抵抗,便大摇大摆地进村,并挨门挨户地搜查。而在这时,何忠国命令第五团和第三团兵分两路,以主要一部分兵力绕道至敌人来时走过的道路上,卡住敌人退路。而另一部分兵力则从山上冲向屯子。日军发现有抗日军向他们进攻,认为自己人数太少,只好顺原路逃跑。正好被我埋伏在原路上的部队堵住,很快有六名日本兵被击毙。只有一个日本兵和翻译逃跑出来。这次战斗还缴获了一挺轻机枪、一个掷弹筒、四支步枪和两支手枪。我方无伤亡。

何家屯战斗之后,何主任立即率队转移到马鞍山北沟的刘家店休息。驻在奎山的日本守备队在接到伤亡报告之后,暴跳如雷,立即派出部队乘汽车追踪抗日队伍。到达马鞍山后,兵分两路包围了刘家店,形势对抗日军非常不利。何忠国只好组织部队奋勇突围。但是在突围中何主任的胸部被两发子弹打中,生命垂危。李天柱组织自己的部队竭尽全力保护着何忠国同志冲出重围。在部队转移到安全地带时,何主任才闭上了眼睛,安然长逝。

何忠国同志的牺牲,使李天柱深感悲痛。他在何忠国的亲自领导下,工作时间虽不算长,但何主任的艰苦朴素、克己奉公,对战士们的寒暖伤痛无微不至的关心,这些都深深感动了李天柱同志本人和他的官兵们。何忠国坚决执行党的统一战线政策,对非党的抗日部队采取团结、谅解、教育、帮助的态度,使他深受李天柱部队的爱戴。因之李天柱组织当地群众,对何忠国同志举行了隆重的安葬仪式,并号召自己的部队学习何忠国的革命精神,并为完成何忠国的遗志而奋斗。

在1935年的9月,抗日联军的联合部队在李延禄的指挥下攻打刁翎镇和林口县城。参战的部队有抗日同盟军第四军的第二团、第五团和独立第二旅,有第三军第一团,还有李华堂和谢文东等部队共七百余人。在9月26日攻打刁翎镇的战斗中,李天柱率领第五团在刁翎的南面负责向林口方向警戒,准备阻截由林口出援的日伪军。攻打刁翎镇的部队于26日上午十时开始战斗,很快将全镇占领,伪警察大队六十余人溃散,四处逃窜。伪守备队段营则在营长带领下全部起义。抗日联军在刁翎城内停留了四个小时,将城内的防御工事全部拆除焚毁之后撤出。

在刁翎战斗之后的第二天,李延禄率领队伍又在西北楞红大盘道一带与日伪军遭遇。我军首先抢占了有利地形,双方激战达六个小时,战斗一直处于僵持状态。就在此时,李天柱从侦察员那里得知这批日伪军是从林口出来的,目前林口已是空城,因之他建议李延禄乘机攻占林口。李延禄采纳了李天柱的建议,立即决定留下少数部队在原阵地上牵制住敌人,其他部队则迅速转移,并以第五团为前导,奔袭林口。经过急行军,部队于9月28日深夜到达林口,在只有两三个钟头的战斗准备完成之后,于凌晨三时向林口县城发起了进攻。很快从南北两个方面攻入城内,那里日伪军果然很少。我军占领了兵营,缴获军马近百匹和一批粮食、弹药。李天柱的部队在攻打林口的战斗中起了重要的作用,而且在战斗中纪律严明,规定战士只准没收日伪军警的物资,对居民住房不得骚扰。部队在林口只停留了一个半小时,就有组织地撤走了。

在打完刁翎和林口之后,李延禄动身去方正县大罗勒密,准备在那里建立密营。在李延禄西去之前,指示李天柱要在 1936 年到桦川和富锦地区开辟新的游击区域。李延禄解释说:这样,第四军的队伍就可以西起方正、通河,接连着依兰、勃利,东至桦川、富锦,广泛进行机动互相牵制敌人,寻找有利进攻机会,并准备在适当的时机和远在虎林、饶河的第四团沟通联系。李天柱欣然地接受了这一任务。

到了 1936 年的春天,根据党中央的指示,所有的东北地区党所领导的部队统一整编为东北抗日联军,为的是能够进一步建立广泛的反日统一战线,把在东北地区所有抗日部队都能吸收在党所领导的部队的周围。为此原称人民革命军的第一军、第二军和第三军,原称抗日同盟军的第四军,原称反日联合军的第五军,统一地改称抗日联军,抗日同盟军第四军随之改称抗日联军第四军。李天柱的部队亦改称东北抗日联军第四军第五团。

同年 4 月,李延禄奉中央之命,转道莫斯科和巴黎返回上海,负责在那里开展抗日救国统一战线工作,争取在国民党统治区的有志于收复东北的爱国人士对东北抗日联军的支援。刚从苏联回国的李延平接替了军长职务。在 5 月间,李延平在作战中负了重伤,在勃利县养伤并休整队伍。过了两个月,李延平又率队赴宝清县开辟新的游击区,因之无暇照顾第五团。直到 1937 年的春天,才又在集贤地区会见了李天柱的部队。这时第五团已在桦川县和富锦的集贤地区站稳了脚跟,并在双鸭山的深山里建立了自己的密营。在 1937 年 3 月,李天柱率第五团在桦川地区攻打石虎山矿伪自卫团取得胜利,缴获了步枪三十一支、手枪两支和一批弹药。在此期间,李天柱还和另一支抗日山林队李鹏飞的队伍建立了良好的关系,最后李鹏飞表示愿和李天柱进一步合作,将自己的队伍编入第五团。这就使李天柱的队伍进一步扩大了,共有三百余人。因之,李延平经请示上级,将第五团扩编为第四军第二师,并任命李天柱为师长,李鹏飞为参谋长,下辖四、五、六三个团。

1937年的9月,李天柱经过详细的侦察之后,决定攻打集贤地区的国强街基镇(即现在的昇昌镇)。攻打国强街基是由于:这个镇处于兴隆镇和集贤镇两个区之间,属于交通要道。兴隆镇和集贤镇两地虽都有伪军驻防,但伪军多数是在不得已的情况下才出动"讨伐",而每次讨伐都未对抗日联军造成重大伤亡,说明他们不愿当铁杆汉奸。而在国强街基,虽只有伪警察和伪自卫团驻守,但是伪自卫团队长潘孝堂(外号潘大牙)是个死心塌地的日本走狗,而且手下有几个枪法很准的枪手。他们一发现附近有抗日队伍活动,就立即出动进行骚扰,并经常以冷枪冷炮伤害抗日联军战士。所有的抗日部队无不对潘大牙怀有切齿之恨。有鉴于此,李天柱决心要为抗日联军除掉这一祸害。他选择9月18日攻打国强街基,也是想在此打个胜仗来纪念这个国耻之日。

是否要在大白天攻打国强街基?在李天柱和其他几个领导干部当中进行了一番研究。有几个干部都说按常规的游击战术,最好利用夜间,以偷袭的进攻方式为好。但是李天柱主张在大白天打。他认为,第一,那时高粱和玉米都已长得一人多高,可以隐蔽地接近敌人;第二,伪自卫队和警察不超过一百人,第二师有三百多人,从兵力对比上可以消灭敌人;第三,我们事先切断国强街基东西两面的电话线路,使它没有救援的可能,兴隆和集贤两镇的伪军不会来增援的。因之取得成功的可能性是很大的。

在李天柱下定了决心之后,9月18日上午八时,第二师的部队向国强街基发起了进攻。在国强街基东西两边的道路上,各派出一个排负责警戒,他们还负责破坏电线杆子,砍断电线,尔后就在距国强街基两公里处构筑阵地,准备阻截援军。李天柱指挥着其余二百多人分三路由南、东、西三个方向进攻国强街基。不出李天柱所料,利用高粱地和玉米地隐蔽前进,部队很快地接近到离国强街基只有五十米远的地方。队伍稍微停留了一下,观察到敌方没有什么动静,只有镇子外面的零星居民发现了我们的队伍后,有人惊异地往镇里跑。这时李天柱督促部队趁敌人还未发现我们之前,跑步靠近镇子附近的房屋,并利用房屋的掩护继续前进。镇子内的警察和伪自卫队是在接到群众的报告之后才知道抗日联军攻到镇内的。他们慌乱地占领了炮台,并凭借院墙胡乱地向外射击,也不敢出院,因之未对进攻部队造成伤亡。我军很快地靠近了警察署和自卫队的院墙,并对敌人射击。但是当时我方既没有迫击炮,也没有手榴弹,因之对依靠院墙进行抵抗的敌人没有太大的威胁。李天柱又组织部队向敌人喊话,号召他们不要当亡国奴。顽固的敌人都以对骂来回答,这样的战斗僵持了两个多小时。这时李天柱无意中碰见了一个叫杨老师的人,此人以贩卖牛马为业,也叫杨马贩。他在贩卖牛马时为了走山路的安全,寻求过李天柱的保护。因之杨马贩和李天柱也算得上江湖上的好友。他们相互间说上一阵话之后,李天柱问杨老板,和伪警察自卫队的人有相识的吗?杨老师说:"认是有认得的,他们都是铁杆亡国奴,就得死打。"李天柱说:"你劝说一下,叫他们投降吧!""投降?"杨老板反问:"这些人还会投降?他们都不是中国人了!潘大牙这狗日的打死过多少抗日军人,你是知道的,他还会投降?"李天柱说:"别的人不会都是潘大牙一路货色的吧,总有些人有点爱国之心吧。"杨老板说:"认得几个,过去和他们打交道,我只能是花钱买个交情,要不然我的买卖也做不成。"李天柱坚持要杨老板去试一试,动员他为打日本做件好事。杨马贩不好再推辞,只好说去试试看。

杨老板先找到伪自卫队的一个家属,让他到自卫队的院里递个信,说他想见一见自卫队的潘队长。家属很不愿意去,说两边打着仗谁敢去街上走呀!杨老板说:"抗日军不会打老百姓的,你不要怕。我见一见潘队长,兴许可以使两边讲和了,对我们岂不是好事?"听了这话,家属才小心翼翼地利用房屋的隐蔽条件,走到自卫队的大墙外面,喊着自己亲属的名字,叫他出来说几句话。自卫队的人说:"不行啊!枪打得这么紧,谁能出来?"又说:"你写个纸条吧,包一个土块扔进大墙里就行了。"杨老板心领神会,随即找了张纸,写了几句话,包上一块瓦片,扔到院里。过了十几分钟,听到院里的人喊了一声之后,从墙里扔出一张纸条,上边写着要杨马贩从院墙的西边旁门到院里来。杨老板给李天柱看了看纸条,说自己准备进院了,李天柱说:"你去对他们说,要他们投降,把武器全交出来,我保证全体人员的人身安全。愿抗日者跟我们走,不愿跟我们走的允许回家,但不得再替日本人卖命。"杨马贩顺利地进了院子,但过了二十多分钟才出来。在杨老板进院之前,李天柱就命令暂时停止射击,以便使谈判顺利进行。杨老板回来之后,对李天柱说:"潘大牙说了,他不会投降的,他还说要让你投降呢!""混蛋!"李天柱骂了一声。杨老板继续说:"我对潘大牙说,你现在被抗日军包围了,还有什么好主意呢?老潘说,很快他们的援军就来了,到那时自来好就得投降。"李天柱说:"他还这样猖狂?他的电话打不出去了,谁来援救他!"杨老板说:"对呀!我也这样说,说你的电话线都被切断了,援兵是难以指望了,还是双方讲和吧!打个什么劲。以后潘大牙左思右想,最后又对我说,投降他不干,讲条件可以,顶多他递给你几条枪,几百发子弹,让你安全撤走完事。"李天柱说:"我又不是要饭吃的,几条枪不行。少说也得五十条枪,一万发子弹。"杨马贩说:"说的是呀!太少了怎么行!不过潘大牙最后说,他愿意和你当面谈条件,你如果愿去的话,他可以在院墙外面周保长家见你。"李天柱说:"我愿意和他当面谈判,这就去!我要亲自教训教训他!"杨马贩说:"去是去,不过潘大牙心狠手辣,诡计多端,要多加提防!"李天柱说:"不妨事。他已是瓮中之鳖,我还怕他?他立即催促杨老板陪他前去。"

这时双方停止射击已有半个多钟头了,李天柱感到很安全。两国交兵,不杀来使嘛!这是公认的惯例。他带着警卫员让杨老板走在前面,绕着房屋中间的空地走,要去周保长家。走着走着,走进了一个小胡同内,前边不远就可以看到周保长家的院子。从这个胡同也可以看到自卫队院墙角上的炮台。突然,从自卫队炮台里发出一声枪响,同时李天柱就觉得像是有人从背后轻轻地打了他一拳。他的警卫员立即将他推到墙边,并迅速地走进一户人家。警卫员说:"首长!你负伤了!"李天柱用手捂着自己血流不止的肚子,愤愤地说:"他妈的!潘大牙这个王八蛋!我中了他的奸计了。"杨老板也赶快说:"嗨!我真不该呀!我也上当了,我对不起你自来好啊!"

　　这时,伪警察和自卫队立即恢复了射击。抗日部队的参谋长李鹏飞也下令自己的队伍加强对敌人射击,同时派出五个人将李天柱抬着,向安全地带转移。李鹏飞这时追问杨老板,问他是不是和潘大牙合谋杀害李天柱的?杨老板立即跪下,并对天发誓,表白自己。李天柱听说了此事,把李鹏飞叫到了跟前,告知他不要怀疑杨马贩,说杨马贩曾提醒过他多加小心。是他自己粗心大意了。说毕,李天柱又告知李鹏飞要狠狠地打,一定要消灭掉这帮伪警察和自卫队。对此,李鹏飞提出了自己的建议,说我们已经打了三个钟头了。之所以久攻不下,是因为我们只靠步枪和机关枪射击,看来没有小炮和手榴弹破坏不了他们的炮台和院墙。因之敌人可以有恃无恐,固守待援,这样的仗拖下去是不利的。不如下决心撤退,等你伤养好了咱们再来打他。李天柱说,我的伤很重,看来是活不了的,我真咽不下这口气呀!这时其他几个领导人也说,还是先回山里给师长治伤要紧,这样的仗再打下去是不利的。最后李天柱同意了大家的意见。在撤退中,躺在担架上的李天柱逐渐进入了昏迷状态,不久即停止了呼吸,结束了自己英勇奋斗的一生。这时队伍行进至国强街基南边十里左右的地方,李鹏飞下令在附近几个屯子休息,并立即寻找木料,制作棺材。在当天的傍晚,将李天柱安葬在附近的一个小树林中。李天柱牺牲时年仅三十五岁。

　　事隔近五十年之后,我于1986年8月重访了集贤县。为了寻找李天柱的墓地,专程去了昇昌镇,并在那里待了一天。在当地政府的帮助下,找到了六七位六十岁以上的老人,请他们回忆一下李天柱攻打国强街基的情景。还好,我的收获不小。更使我感激的是,他们领我找到了李天柱的墓地。

　　我又问了潘大牙的下场如何?他们告诉我,潘大牙1946年在清算汉奸的斗争时受公审之后被镇压了。他的罪状之一就是暗算杀害抗日联军的师长李天柱。看来,国强街基的人民是没有忘记潘孝堂所欠下的这笔血债的,李天柱同志是会永远活在人民心中的。

怀念战友张振华

在 1938 年的夏天，我作为东北抗日联军第四军下江留守处主任，率领着留守处的五十余人坚持在富锦、集贤和宝清几个县境之内活动。原来在三江地区活动的抗日联军各部的主力队伍都在那年的五六月份之内陆续离开了这个老游击区，为的是打破日伪军的围歼计划，并向西远征开辟新的游击区。

大部队都走了，像 1937 年在三江地区村村红旗飘扬，处处有浩浩荡荡的抗日队伍那样的场面再也看不见了。但是日伪军依然猖狂地经常出击，搜索着继续坚持在三江地区活动的抗日联军各部的留守队伍；并加强他们靠近山区的各个据点的兵力，用以封锁抗日队伍，不让我们和人民群众接触，断绝我们的衣食来源。我们只好改变过去的活动方法，多数时间隐蔽在山区，但也经常利用夜间下山，到虎林筹集粮食，托人代购布匹等。

我们留守处在集贤地区南山里的葫芦头沟建立了密营，把征购得来的粮食和布匹储存在那里。从那里到宝清县的兰棒山建立起了一个交通路线，我每月都要派交通员向第二路军总指挥部送情况报告并带回总指挥周保中同志的指示。

那时第五军第三师依然坚持在下江活动，队伍分布在虎林、饶河、宝清、勃利和刁翎一带。第三师的第八团是在勃利和刁翎一带活动的，他们的团长黄广兆和政委姜信一为了去宝清和饶河，几次都要把我们的留守处作为中间站。同样的，第三师的政委季青和副师长张振华由宝清县去勃利和刁翎，也要把我们的留守处作为中间站。我和张振华同志成为好友也是在这个时候。

　我在 1937 年的秋天就认识了张振华同志。因为他所在的第五军第三师是一支颇有名气的抗日部队。师长李文彬原来是伪满宁安县三道河子森林警察大队大队长。是在张振华同志的策动下于 1937 年起义的。起义时他们打死了在警察队里的日本军官，烧毁了警察所，携带着全部军用物资由李文彬率领着队伍开到宁安县的莲花池，在那里受到了抗日联军第五军当时的军长周保中、张振华同志和第一师参谋长、群众的隆重欢迎。李文彬在欢迎大会上发表了《三道河子森林警察大队抗日救国告东北各地民众及满军满警书》。周保中同志代表吉东省委和第五军军部宣布坚决支持森林警察大队的爱国正义行动，并欢迎他们参加东北抗日联军第五军，编为警卫旅。任命李文彬为旅长，张振华为政治部主任，蒋继昌（原森林警察队的小队长）为参谋长，王杰忱（王亚东，原三道河子的木匠，李文彬的表弟，策动李文彬起义者之一）为副官长。

　会后李文彬向周保中军长请战，提出要攻打这个警察局所，袭击那个保安队；周保中当面嘉奖了他这种高昂的战斗精神，但又担心他只知和敌人死拼而遭受到无谓的损失，于是就指示张振华多向李文彬介绍一些游击战术。张振华原为军事干部，现在虽说改任李文彬的政治部主任，但是在军事指挥上他同样要为李文彬出谋划策。凡是有把握打胜的仗，他就鼓励李文彬下决心打下去，凡是有可能是一场得不偿失的仗，他就劝阻李文彬和敌人脱离接触，转移到安全地带。他说毛主席曾将游击战术概括为四句话：敌进我退，敌驻我扰，敌疲我打，敌退我进。说我们当前还是处于敌强我弱时期，不能不在保存实力的要求下打一些巧妙的仗，既消灭了敌人，又可不断壮大自己，这就是我们的作战方针。

　这样，在张振华同志的帮助下，李文彬旅长率领队伍忽而出现在刁翎，忽而出现在桦川，神出鬼没，敌人难以捕捉到他们的行踪，而他们却可以主动地打击敌人。7 月下旬，他们在依东地区的十大户和日本军打了一仗，打死敌人官兵二十余人和六匹马，自己只牺牲了干部和战士四人。8月，在孟家岗又配合另一支抗日部队击溃了日本军骑兵黑石部队，使敌人丢下了不少枪支和马匹。以后又在桦川县的太平川打开了大地主李春华的三个连环大院，征得大批粮食。8月下旬又在宝清县二道山子和五军第二师并肩战斗伏击伪军三十团第五连，缴获步枪三十支、轻机枪一挺，俘虏伪军三十名，以后又陆续参加了星河镇夜袭战和肖家油坊伏击战等。一连串的胜利行动，使警卫旅全体官兵异常振奋，张振华同志以自己的实际行动取得了官兵的爱戴，队伍也有所发展壮大。

到了10月，第五军军部决定将警卫旅扩编为第三师，提升李文彬为师长，张振华为副师长。部队的活动范围是以宝清县为依据，东至虎林、饶河，西抵依兰、刁翎。在宝清县的部队还负有保护第二路军总指挥部的责任。在1938年的3月，日伪军在三江省地区发动了准备已久的对抗日联军的大规模围攻行动。向宝清县兰棒山第五军密营进攻的敌军部队，被阻止在石灰窑沟里的头道卡子房。迎击敌人的正是五军第三师第八团一连连长李海峰同志所率领的共十六名官兵，而面对气势汹汹的日伪军和兴安军(蒙古族)则多达三百多人。李海峰连长凭借着小孤山居高临下的地形，将敌人阻挡在又陡又滑的冰雪山坡之下。再加上这十六名官兵大多数是枪手，枪法准确，因之他们能够使敌人尸横遍野。虽说经过一整天的战斗，我方有四人负重伤，并有十二人壮烈地牺牲在小孤山阵地上，但是敌人付出的代价却比这大得多。二十七名日本官兵、二十多名伪军被击毙，十六名日伪军被打伤，五十多名日伪军被冻伤。到天黑之后，我后方支援部队赶到，敌人被迫撤退，阵地上的四名伤员才从容撤退。战斗之后，第二路军总指挥周保中同志亲自到小孤山安葬烈士遗体，开了隆重的追悼会，并命名小孤山为"十二烈士山"。号召全军向烈士们学习。

这样一支能攻善守敢打恶仗的部队就是在李文彬和张振华两名领导下的五军第三师，它曾经使日本侵略者心惊胆战，但又使东北人民欢欣雀跃。我对李文彬和张振华这两位同志一直是很敬仰的,不过在 1937 年期间,我作为第四军的一个团政委仅仅和他们见过面,没有更多地接触。

在 1938 年,由于张振华同志往返于宝清和勃利之间,几次在我们留守处停留过,每次都要住上三两天,我们俩就成为无话不谈的好友。我很喜欢他那活泼开朗的性格,读过书却没有知识分子气味,职位不低又没有当官的架子,和别人一见为故。他第一次来到我们留守处见到我时第一句话就是:"你就是老彭吧!看样子你还活得不错吧!"接着他就向我介绍了他当前的任务,说是奉周总指挥之命要到刁翎去领导第八团执行一项战斗任务。讲完这些具体情况之后,又说:"老彭,你可得好好招待招待我,我可是好几天没有吃好饭了。"我说:"不会亏待你的,苞米糙子管饱,野菜有的是,你该满意了吧!"他说:"感谢大大的。"他住在我们那里时,正赶上我们每周末的一次晚会,他除了也要唱几首歌曲之外,还主动拿出自己携带的口琴,吹奏几首曲子。大家除了感到他的口琴声好听之外,随着节奏他的身体也不断地颤动着,很多观众都不由地咧着大嘴来欣赏他的表演。完了之后我称赞他的表演是音乐与舞蹈有机的结合。他听了这话很高兴,说这样的评价还差不离,但是紧接着他又埋怨有的人就是不懂艺术,听了他的口琴演奏之后就笑着问他:"你吹口琴就吹呗!还要跟着哆嗦干什么?"他说他不客气地回答说:"你简直是土包子!你就不懂得演奏中自然而然个人情感的真实流露。就像全神贯注的琴师在拉胡琴时他的头部和上身经常要有节奏地晃动一样,说明他进入了角色。不带情感的歌唱和演奏,是不会感染听众的。说什么哆不哆嗦你懂得个屁!"他这几句话,说得我笑了起来,说:"真想不到你对艺术有这样精辟的理解,很可以写篇文章了!"他说:"不能写,在这样大山沟里面,也找不到报刊发表我的文章,可能也只有你一个人是我的读者,不值得。"

我们俩经常在夜间入睡之前利用这样的闲聊来解闷。有一次,我倒真想起一件正经事,我说:"老张,我听说你干了一件了不起的事,就是策动了伪森林警察大队全体起义,李文彬率领部队南征北战,赫赫有名,真了不起,在他们起义之后,又带动了勃利县伪军第九团和依兰县伪军第三十八团的起义。一时间,弄得日本关东军大为惊恐,这才慌忙纠集了十万人到三江地区来围剿我们。李文彬起义的作用,这不是很明显吗?你能对我说说你是怎样打入李文彬的部队来完成这项工作的吗?"

张振华说:"我自己不认为在这件事上有什么了不起的功劳。事情是这样的,我受周保中军长之命要做伪军警的工作,从1935年起我就对驻宁安县伪军伪警做过广泛调查,最后了解到在三道河子的森林警察大队大队长李文彬颇有爱国之心。当调查他们社会关系时,发现他和三道河子的一个木匠王杰忱(王亚东)是表兄弟,而王杰忱(王亚东)又是我的老乡。因之我就利用各种机会多和王杰忱(王亚东)接触,又和他结拜为兄弟。因为王杰忱(王亚东)在家中排行是老三,我也称他为三哥。对他的老婆冯淑艳我就喊三嫂。等我们关系热乎了,我就找机会对他们说:"三哥三嫂,咱们都是中国人,不能老挨日本鬼子欺负。你们的表亲李文彬是个堂堂正正的男子汉,我知道他是万不得已才干森林警察的。目前咱们已经有了抗日联军,为什么不可以做做李文彬的工作,要他把队伍拉出来打日本呢?"王杰忱两口子都说是个好主意,但是这件事是要冒生命危险的,搞不好要掉脑袋的。不过他们两口子都是机灵人,又出于一片爱国之心,愿意干这件事。因之我们三个人就在一起研究工作方法,我告诉他们说这事不能着急,不能像竹筒倒豆子把话一下子全捅出来,要一点一点地试探着干,首先利用亲戚串门的办法经常去看他,再拿人民受日本人气的具体事例来激发他,看他的反应,如果他敢当你们的面骂日本人,那就好办,以后就看情况先透露一点你们在抗日联军中有哪些朋友,看他听了有什么反应,对抗日军是有好感还是反感,经过一段接触,他们告诉我说李文彬经常骂日本人,还问抗日军对他有什么看法,是不是把他当汉奸看,从这些看来,他对抗日军是怀有好感的。以后我就让王杰忱故意向李文彬透露出我们之间的把兄弟关系,还说我张振华很了解李文彬的为人,知道他是爱国的。这样说了之后李文彬很高兴。

张振华说:"这个工作是个细致活,决不能操之过急。"他经常要和他的把兄弟王杰忱两口子研究进展情况并决定下一步的做法。有一次,她的三嫂向李文彬开口说,张振华要向你借五发手枪子弹。李文彬没有犹豫,一下子给了十发。看来,他是没有多大顾虑了。以后又经过一年多的工夫,王杰忱利用给警察队干木匠活的机会和下面的小队长、班长接触,和他们称兄道弟,同时向他们宣传反日救国思想。以后又遇到两个班长挨了日本人打,这就更给我们的策反工作造成了有利条件,进一步开展了磕头拜把子的工作,把森林警察队里的基层骨干力量七八个人都团结在我们的周围了,这之后就是等待有利时机了。

我问张振华:"你们的整个工作进展得还算顺利吗?"张振华说:"在警察队里还没出什么纰漏。这样的事就是需要耐心,要等待。稍有急躁就容易出差错,容易暴露目标。我当时经常要离开部队秘密地潜入三道河子做这件事,没有敌情时到王杰忱家里住一两天还可以,碰到日伪军出来讨伐,就得躲在苞米地挨蚊子和虫子咬,还提心吊胆,真不好受呀!"最后,到了1938年的五六月间,李文彬终于认为时机已经成熟了,他对冯淑艳说:"三嫂,你叫我三哥王杰忱到我这里来一趟吧,我看队伍可以拉出来了,要和他商量一下具体做法。"随后,王杰忱立即带着木匠活的斧子、锯等进入了警察队,并和李文彬研究了起义计划。李文彬要王杰忱一定要很快找到我,要抗日联军第五军派出部队接应他们起义。

终于,这支森林警察队在1937年7月19日起义成功了。日本人对此大为震惊,慌忙调集军队跟踪着李文彬的队伍,想一举把他消灭掉。周保中军长预见到这一点,决定让五军第二师配合着这支新编的警卫旅行动,带领着他们迅速离开宁安地区,转移至刁翎、依兰一带。日本人想要消灭这支起义队伍的计划,完全破产了。

张振华同志在这件事上的确有重大的贡献,但是他从不因此事而夸耀自己,每逢别人向他提起这件事,他总是说:"这哪里是我的功劳!我还不是靠我的三哥和三嫂这两口子来做李文彬的工作,没有他们我会一事无成。"有时,当第三师的副官长王杰忱在他的身边时,张振华就说:"这就是我的三哥,他才是有功之臣呢!"说着他又转过身来对着王杰忱说:"三哥!咱们还是接着去做瓦解敌军的工作吧!再有十个像李文彬这样的人,准得把日本军的头子气死。"

在 1938 年之后,抗日联军进入了极为艰苦的阶段,五军第三师在李文彬、张振华和王杰忱等同志的领导下长期地断粮和衣不蔽体的情况下坚持着斗争,仍然打了一些胜仗。但是干部和战士伤亡也颇大。在 1939 年的 9 月,当李文彬师长率队从虎林去宝清寻找第二路军总指挥部时,于途中遭到伪军第三十团和伪警察队的追击包围,在激战中李文彬以身殉职。当敌人从尸体中辨认出来是李文彬时,在日本军官的命令下对尸体进行了野蛮的凌辱,使伪军士兵也感到惨不忍睹。由此可见,李文彬率领宁安县三道河子森林警察大队起义及其以后对日伪军的打击,曾引起日本人何等的恐慌和痛恨。由此也可以从另一方面说明张振华同志对抗日战争做出的重要贡献。

使我深感不幸的是,在 1940 年之内,张振华同志在继续坚持对敌斗争中,又把自己最后的一滴血洒在了东北的大地上。

和王汝起同志战斗在一起的时候

在 1938 年的冬天，我奉东北抗日联军第二路军总指挥周保中之命，从第四军调出，于 12 月间来到了乌苏里江岸边的饶河地区。

这里是抗日联军第七军长期活动的地方。在 1938 年，日本侵略者对这个地区同样地进行了一次又一次的讨伐。由于第七军在这一地区的群众基础较好，没有遭受太大的损失。但也有不小的变化，就是原来收编的山林队都不存在了。在 1938 年极为艰苦的环境下，这些山林队有的投降了日寇，有的逃往苏联，还有一些被我们自己遣散了。剩下的只有共产党自己的队伍了。第七军原有三千多人，当我们到达饶河山里时，这个军还保留有五六百人，有两个师的番号，即第一师和第三师。此外，军部有一个警卫连，还有一个补充团。

经军部决定，让我到第一师担任政治部主任。第一师师长是王汝起同志。我原来就听说过他是一个很有才华的领导人，在抗联第五军当过团长和副师长，1937 年下半年被调到第七军来工作的。我很愿意和他一起工作。接到命令之后，我很快地来到了第一师的密营。这个密营设在饶河深山里十八垧地附近，王汝起的师部和警卫连共住在一所大房子里。在密密的树林里，只有走到近五十米左右时，才能看见这所房子。房子是自己修的，全部是木质结构。屋里用大汽油桶当作炉子，整天用木材烧得通红，相当暖和。我到达时，王师长正和战士们一起在室外劈木材，满身大汗。当别人领着我踏着深雪来见他时，他很热情地和我握手，连说了几声"欢迎"。

在相识的头几天里，我们相互作了自我介绍。知道他老家是山东，

我的回顾

从小给地主放猪放牛,以后又逃荒随父亲闯关东,落户在宁安县,种了两垧荒地。在日本人占领了东北后,父亲赶着大车,在日本人到处抓马车时,逃跑中被车压死了,国难家仇连在一起,使他认识到不把日本侵略者赶出中国去,自己是没有活路的。在1932年时,他已经是二十六七岁的人了,为了抗日救国,他组织过红枪会,自任头目,凭着大刀、扎枪,先把一个十来人的伪自卫团缴了械,弄到了几支洋枪。以后又袭击了在南湖头修铁路的日军的一个小队,打死了七个日本兵。还截击日军汽车,伏击过军用火车,活捉过五个日本兵,共夺得了十几支步枪。这一连串的胜利使他的红枪会出了名,附近一些自发的抗日队伍自愿投靠他的越来越多,曾一度发展到五百多人。以后被救国军收编为第三旅第八团,由他担任团长。但在1933年之内,日本侵略者向救国军发动了残酷的"讨伐"之后,救国军的队伍多数溃散了。王汝起的队伍也被大大地削弱了。他依然是很坚强的,但也不得不经常地孤军奋战,处境艰难。正在这样的时候,共产党所领导的绥宁反日同盟军于1934年成立了。他喜出望外,立即决定加入反日同盟军。这支队伍是东北抗日联军第五军的前身。王汝起同志在军长周保中同志的领导下,政治上的成长也加快了,在一年多的时间内,他已经由一个朴素的爱国主义者成长为一个坚强的共产党员,并且被任命为第五军第一师第三团的团长。

我听了他的这一段自我介绍后,使我对他更加敬佩了。他朴素的语言和谦逊的态度使我很乐于和他相处。

我告诉他说,我原是北平的青年学生,共青团员,1935年底被党组织派到东北抗日联军李延禄的部队中来。担任过军部秘书、团政委,在第四军远征时我被留下担任下江留守处主任。说到这里,他很关心地问我,远征部队情况怎么样了?我告诉他说,自从1938年5月从富锦、宝清出发西征之后,我就很少听到他们的消息,只听周保中同志说过他们的处境极为艰难。也有人传说军长、副军长都牺牲了。看来是凶多吉少。我所带的留守处原有四十多人,在这七八个月当中,牺牲、逃跑一些,还有三个人图谋叛变,被我们自己杀掉了,现在还剩下三十来人,看来这些人是第四军的少数幸存者了。王汝起同志说:是啊!1938年之内,东北抗日联军的损失是太大了。第七军的第二师原是收编的山林队,师长是邹其昌。在情况恶化时,他动摇了,企图投降日寇。被军部察觉后,将他逮捕并且处决了,队伍遣散了。第一师第三团原来也是收编来的,团长是宋天君,打算越境逃往苏联,在国境线上被苏联边防军开枪误伤后死掉了。但是共产党自己的队伍政治上是坚定的,伤亡虽然较大,但队伍保留下来了。他又说原来第一师的政治部主任何可人是个很好的同志,在腿部受了重伤之后,被送到苏联治伤了,一师副师长姜克智在一次作战中被流弹击中牺牲,团长刘廷仲在敌人冬季向我密营进攻时牺牲了。他说这些都是很优秀的同志呀!

当我们研究到1939年的游击活动计划时,他说:饶河本来是抗联第七军的根据地,一直是群众基础较好的,但在1938年日本人实行了归屯并户,利用烧杀办法把山边的居民全部赶进了大屯内,并对抗日联军实行了封锁,断绝了粮食来源。因之游击活动难以继续开展下去,必须开辟新的游击区。他继续说,他做过一些调查,同江县和抚远县是敌人统治比较薄弱的地方,在1939年我们应向那个方向发展。一师的副师长刘雁来同志对同江地区比较熟悉,但抚远县却是完全生疏的。最后,他很有信心地说,我们的队伍虽说是缩小了,但是战士们的政治质量是很好的,在这个基础上我们坚持抗日游击活动是没有问题的。

王汝起同志为了欢迎我,说吃饭时要加一个菜。午饭和晚饭都是煮豆饼,其中加一点咸盐,早饭是小米稀粥。加菜的内容是炒盐豆,就是先将黄豆炒熟了,加上咸盐水,等水熬干了就出锅。当时确实是吃得很香。至于豆饼,本来是马饲料,是从山里的林业队买来的。虽说吃起来并不可口,但充饥还是可以的。早饭喝小米粥,每人平均只能分二两米,大家都说喝不饱,司务长就拼命往锅里加水。这样一来,就出现了一个反常现象,每个人喝得肚子都鼓了起来,但还是感到不饱,还得再加一碗,这纯粹是心理作用,因为都知道喝粥不抗饿,就尽量往肚子里灌。

　　王师长要求我利用 3 月份的时间给大家讲讲政治课,因为 4 月里就得准备出发去同江活动。我说就给大家讲毛主席的《论持久战》吧。师警卫连和二团由我亲自讲,一团和三团则由团政委去讲。王师长还要求我帮他学文化,他说他才认识两千字,很不够用。我说这容易做到。我们相识之后,很快地在私人情感方面也融洽起来。他是爱吸烟的,用烟斗装着黄烟加树叶,经常叼在嘴里。一次,我利用休息时间观察着他的侧面,为他画像。其实画得并不像他,但是有个烟斗,有他头上稍向后背的头发,加上鼻子有点像他,战士们都说画得很像,他也十分高兴地藏起了那张画稿。有时我还问他,红枪会真的能刀枪不入吗?他说,刀枪不入的事是没有的,最初他自己还信,慢慢地才知道是假的。但是为了打日本,总得有个东西去提高大家的勇气,不然怎么敢和日本人去拼命呢?他当时就是利用年轻人的一股子虎劲才从日本人手里夺得了几十条步枪,以后就不再用红枪会的那一套了。

　　到了 4 月下旬,王师长、刘雁来副师长和我共同率领着师警卫连和第二团共一百多人从饶河山里走出来,经西北向同江方向进发。那时山里积雪依然很厚,只是在阳坡上看得出融化的迹象,有些地方还露了土层。第一天傍晚走到了七里沁,选择了一个山湾处宿营。大家一齐动手去准备木柴,师部的两个副官一个姓杨、一个姓朴都是朝鲜族人,加上警卫员金阳春、于一寿、于一喜、姜海军等人,还有缝衣队的几个女同志,一共有十几个人准备共用一个大火堆。师部的火堆被安排在一个破房子里面,门窗全都没有了,只是不用打扫积雪。女同志在别人打柴期间就去采集小树枝和一些还带着干树叶的树枝,准备在火堆两侧打地铺。警卫连和二团在师部的周围共打起四五个火堆。等大火着起来之后,司务长也把饭做好了,依然是豆饼,大火把大家烤得热乎乎的,很快地都入睡了。但是睡了一两个小时就又冻醒了,必须坐在火堆旁烤一会儿火,把身子烤热了就可以再睡上一两个小时。火堆旁值班的是缝衣队的女同志李淑兰,她的主要任务是阻止火星落在人身上烧着了衣服,同时负责往火堆上加木材。由于我们是在破房架内烧的火,散烟困难,因之烟气熏人,眼睛也刺激得难受。还真不如就在雪地里烧火好一些。躺下之后,空气稍微好一些。这一个晚上,实际只睡了五个钟头的觉。

第二天,我们继续向北走,过两个钟头就出了山,到了挠力河边。河水全部解冻了,附近是没有居民的,更没有船只。王师长命令扎木排,就近取材地伐了许多木头,在两个小时之内就扎好了,一次能坐十来个人。一共经过十几次摆渡,大家都到了河北岸,还算顺利,河的北岸是一片无边无际的沼泽地。地表虽解冻了,但下面依然冻得很结实,走起路来倒很方便,不会出现下陷的问题,因之是到处可以通行的。我们在这个荒无人烟的沼泽地又走了一天,傍晚选择了一块干燥的小树林宿营,大火很快地把湿的鞋袜和裤子都烤干了,这一夜睡得很好。

副师长刘雁来对这一带地形比较熟悉。根据他的判断,再走出五十里路就会有村庄。因之决定第二天分两步走:上午先走出三十里路,中午让大家得到充分的休息;下午四点钟动身,预定傍晚到达距离村庄十来里的地方再停下来;等八点钟以后再前进并隐蔽地进入村庄。这个计划还是很周到的。当离村庄还有二里远的时候,王师长命令队伍隐蔽待命,只派出三个人进入村庄,探听虚实。他们从村庄外面的独户人家得知村内并无自卫武装时,王师长才命令队伍快步前进,进入村庄,并命令二团负责封锁村庄外出的道路,不许任何人逃走。

这个村庄有四五十户人家,不少人已经入睡,群众都以惊疑的眼光看着我们。我找到了百家长,告诉他我们是抗日队伍,到此只是为了征用一些粮食和少量的牛马。此外不会使群众的财产受到任何侵犯。百家长听到这话之后稍微松了口气,说你们为了抗日救国,爬冰卧雪,忍饥挨饿,我们虽没有看见过抗日队伍,但是多次听说过。凭中国人的良心说话,你们只是为了粮食而来,我们岂能无动于衷。好吧,你们说个数,我好为你们筹划。当百家长知道我们只要三千斤粮食时,很慷慨地说,这好办,我很快就去办。王师长到村的两边检查了岗哨,回来后命令大家吃完饭抓紧睡觉,并通知大家明早四点钟离开村庄。

第二天出太阳时,我们已从村庄走出了二十里路。回到了沼泽地,在一个比较大的树林里准备休息一天。有了粮食,大家的精神振奋得多了。在1938年至1939年春的整个冬季里,第七军的队伍虽说没有完全断粮,但多半时间处于半饥饿状态。当大地回春之后,又进入了游击活动的有利季节。战士们都兴高采烈地在王师长面前谈论着自己的想法,献计献策,都想能打上几个胜仗,消灭几个日伪军据点,打开一个新局面。王汝起同志总是全神贯注地听取着这些意见,不断地点头表示赞许。他的烟斗中已经全部换上黄烟了,不再掺树叶子了。晚饭后,王师长建议我组织一次娱乐晚会。我们一百多人都集中在一个大火堆旁,多数人是自告奋勇出来唱一两首歌的,朝鲜同志除了唱歌之外,还以口琴伴奏跳起集体舞,少数同志还会说一段莲花落。一直到十点多钟才安静下来。

以后又以同样的办法进入过几个村庄。同江地区村庄比较稀少,相互间距离较远。有一次在白天进入了松花江边的八岔屯。可能是我们事先暴露了目标,老乡全都跑光了。那里住的全是鄂伦春族人,以渔为生,家家有船,大人小孩没有一个留在屯里。但许多家的门都是敞开的,东西都原封未动,院子里晒的许多一两米长的大鱼依旧挂在绳上。证明他们逃跑得过于匆忙。王师长看到这种情景,颇有感触,说鄂伦春人一向和汉人之间有隔阂,他们害怕,我们完全可以理解,他特地通知大家不许动用老乡家中的任何东西,我们只在此休息吃饭,用自己带的米,吃完饭就走。有的战士想用院里晒的鱼做菜吃,被王师长制止了。在我们离开屯子时,我和第二团政委李宗祥同志一块查看了战士们的背篓,防止有人带走老乡的东西。

在我和王师长、刘雁来副师长研究了同江地区的情况之后,认为那个地方我们不宜久留,还是准备早日向抚远县前进为好。因之决定到勤得利镇再征一次粮,并寻找一两个熟悉抚远地区情况的向导。这件事是由刘雁来同志带着二团王连长去的。向导找到了,是一位鄂伦春族老大爷,四十多岁,猎人,对汉话懂得。王汝起同志问了他家中情况之后,对他说:汉人和鄂伦春人都是一家人,都受着日本人的压迫。我们是为了打日本鬼子才请你来帮忙的。老大爷用简单的汉语表示同意,但没有说更多的话。王师长问他会抽鸦片烟吗?他说要抽的。王师长答应每天给他一两大烟土。他表示高兴。

在我们准备离开同江县时,决定将沿松花江岸的电线杆子给予破坏。二团的两个连和师部警卫连分散在四五里路的一条线上,锯断了三四十根电线杆子,并把电线用斧子切断了,尔后立即集合起来,大家精神抖擞地出发了。

在5月里,沼泽地已全部解冻了,我们随着向导向抚远前进。有些沼泽地是完全不能通行的,人陷进去之后无法挣扎出来。有的地方水深可达二尺,但下面是硬底,可以通行。有些地方像牛肚子,脚踩的地方下沉,前面却鼓了起来,但可以通行。很多水长着红锈,但对人体无害。每走出十来里路遇到小树林子之后,就休息一阵。中午大家休息时除了做饭吃之外,就是用大火把鞋、袜、绑腿、裤子等烤干,这样下午再行走就会舒适些。饭好后,王师长总是叫通信员于一寿把饭先送给向导吃。这样经过了三四天的行军,进入了抚远县边沿村子。

抚远县的居民基本上是汉族人,他们没有看见过抗日队伍,也没有土匪侵扰过。我们进入村子后,群众没有引起什么不安。因为我们守纪律,说话和气。在召开了群众会由我向他们宣传了抗日救国的主张后,他们更表示欢迎。接着我们走访了更多的村庄,都受到了友好的接待。这些村庄相互距离都比较远,多半只有三五十户,没有太大的地主,也没有自卫武装。

王师长在到达抚远县之后,一直在调查日伪军的驻守情况。经过一个来月的侦察活动,得知该县没有日伪军驻防,只是沿乌苏里江的几个集镇有伪警察所,如海清镇和抓吉镇。在蒿通镇和果夫镇只有几名行政警察,但是沿江经常有日本人的巡逻艇来来往往。在得知了这些情况之后,王汝起同志拿出了一个夏秋两季的行动计划和我们商量,这就是:第一,抚远县的群众是对我们友好的,我们应该积极开展抗日救国的宣传活动扩大兵员;第二,要进入沿江的几个集镇筹款;第三,选择进攻对象,打上几仗,夺取伪军警的枪支弹药补充自己。他的这几点计划得到了我和刘雁来同志的积极响应。

6月间,我们利用了一个月黑的夜晚突然进入了蒿通镇,首先捕获了两名行政警察,封锁了出入口的一切船只,以免走漏了消息,尔后召开了群众大会,宣传了我们抗日救国的主张,要大家不要惊慌。刘雁来同志则把几家商店的经理找来,和他们商量征收救国捐款问题,他们很快都承担了义务。第二天我们又住了整整一个白天。在蒿通的江东岸,有苏联人的一个村镇,我们这些共产主义者游击队员能够在五六百米之内眺望隔岸的苏联人民,心情是颇为兴奋的。下午五时左右,我们放火烧毁了警察所。当火焰冲天而起时,对岸也突然活跃起来了,孩子们的欢叫声清晰地传了过来。我们也立即以自豪的心情挥动红旗示意。愉快的心情长久地不能平静下来。

当天晚上,我们征用了十几条渔船沿江而上,经过五六个小时之后,在拂晓前又突然进入了果夫镇,在那里又住了一个白天。上午有一个苏联的汽艇出来巡逻,紧贴着我方的岸边急驶而过,很可能是为了要侦察一下游击队的情形。我们在岸上向他们挥手致意,他们也立即拿起军帽摆动着,双方又欢呼起来。这也可以称得上是我们同苏联同志的第一次联欢,大家的愉快心情简直是无法形容的。

当天下午,突然发现由富锦、同江方面来的一只大轮船,我们一时弄不清其中是日伪军呢?还是普通商船?在果夫镇是停还是不停?王师长立即命令队伍沿江岸散开卧倒,等着轮船靠岸。只见该船稍微放慢了速度,但又慢慢地驶过去了。王师长立即命令开枪射击,想迫使船只停下。船内引起了一阵慌乱,立即加快了速度逃走了。

在蒿通与果夫镇两地活动之后,考虑到沿江敌人行动方便,我们不宜久留。王师长决定立即主动退至抚远西部地区。这时确已引起了敌人的不安,曾从同江及抚远县调警察队二百来人由北面出扰,并由饶河的东安镇调来伪军一个连由南面出扰。从北面来的警察队战斗力不强，不敢冒进，只和我们接触一次即匆匆返回。由东安镇出来的伪军一个连，曾打算在两个星期的时间内立点功劳。我们得知情况后首先退至沼泽地，选择四面有水的一个较大的树林子宿营。因为这种地方甚至在白天也是难以进攻的。实际上那里距离敌人仅二十多里路，隔着一条小河。每天晚上我们都要派出三五个侦察员到敌人驻地附近打上一阵枪，散发些传单就回来，致使敌人疲惫不堪。四五天之后，我们通过当地群众弄清楚了这个伪军连已移驻在杨木林子村庄时，王汝起同志研究了当地的地形情况，认为可以利用夜袭消灭敌人。黄昏后，我们悄悄地渡过了小河，而后以最肃静的动作先到达杨木林子东边的小山上。这里离村只有三里路，王师长和排以上干部详细布置了战法。在午夜十二时，部队开始前进，几乎听不见大家的脚步声。还有半里路，队形散开了，在还有七八十米时，队伍突然飞快地前进，占领了村子边沿的几幢房屋，并立即向村里住有伪军的院里开枪。伪军从睡梦中惊醒，乱作一团，失去了指挥，有些夺窗而逃，少数人胡乱放枪。不过半小时，枪声全部停止了。我们俘虏了二十多名敌人，击毙四五名，另外的大部分跑掉了。到天亮之后，清理了一下现场，共得步枪四五十支。我在战斗中右臂受了轻伤，王汝起同志发现后赶快叫警卫员于一寿搀扶着我回到小山上去。第二天早上在小山上吃完早饭后，我们决定再回到沼泽地里休息，同时将俘虏集合起来由我向他们讲一次话之后，每人发五元钱释放回去。但是他们的军衣我们全留下了。

8月间，我们又活动到抚远的北部，到达了距抓吉镇只有三十里路的一个村庄住下，想利用夜间进攻抓吉。但得知该镇有伪警三十多人，地形情况又是一面临江，北面和西面则是沼泽地，不利通行，只有南面有一条乡村路可进入该镇。如果敌人死守住这一条路，我们是难以攻克的。但又得知南面道路两旁有高粱和玉米地，隐蔽前进还是有可能的。这个仗怎样打法，确实不像打杨木林子时那样好下决心，总认为有些冒险。王汝起同志一夜也没有睡好觉，一直在考虑作战方案。早晨四点钟时，王汝起突然将我叫醒说：彭主任！你看，降了大雾了。我说，你有什么好办法了吗？他说，我们乘雾前进，可以突然进至抓吉跟前。我说好，咱们立即出发吧！但是距抓吉还有四五里路时，天已大亮，雾又消失了。我们只好停在一个小树林内再次计议如何打法。侦察了一下高粱地，禾苗都长得不高，我们难以利用它隐蔽前进。王汝起真不愧为一个有战斗经验而且思维敏捷的人，他说，我看只有计取一招了。随即按照他的想法，选拔了敢死队十来人，全部穿着伪军服装，打着伪满洲国的旗子，大摇大摆地向着抓吉前进。后面的队伍距离他们一里来远，以便有危险时及时支援他们。这个办法出乎我们意料的成功了。因为敌人并没有警戒，我们进入街内，没有人显得大惊小怪。直到进入警察所的院内时，还有人向他们问"辛苦了！"很快地将伪警察的枪支全部缴获了。这时才知道伪警察的人和枪只有一半在家，另一半跟着两名日本人出去了，预定中午返回抓吉。王汝起同志立即命令封锁江岸，并告知二团四连负责在北面江岸设置埋伏，一定要将敌人消灭掉，并活捉两名日本人。到十一时左右，王汝起同志亲自到了四连的设伏阵地，和郭祥云团长一块检查了火力配备情况之后，就留在那里和战士们一起谈论家常。直到午后一时左右，敌人果然乘着两个木船回来了。大家喜出望外，待船只距离我们只有七八十米时，王师长命令开火。毫无戒备的敌人惊慌失措，多数趴在船内不动，少数举手示意投降。我们当即命令他们将枪倒举着靠岸。但其中一名日本人突然跳入水中，并很快地隐入柳毛丛中。我们赶快收缴了他们的枪支，并叫俘虏们离开了木船。将另一名受了重伤的日本人也拖上了岸。四连王洪书连长立即命令五个战士跟他上船去寻找那个日本人，很快发现他抓着一根柳枝在水中待着。当他被拖上船时，突然扑向一个战士，王连长立即开枪将他打死。另一名负重伤的日本人也在两个钟头之后死去。这次战斗共缴获了三十多支步枪和一批伪警服装，使我们进一步改善了自己的装备。

　　这次战斗后，我们又回到了抚远县的西部，这时已没有敌人出来袭扰了,我们利用了这个安静的 9 月份,着重地搞练兵并准备冬装。同时我们和连以上干部一块分析了抗日游击战争的形势。大家一致认为东北抗日游击战争在 1938 年遭受到重大挫折之后,在 1939 年的夏秋两个季节内情况又开始有所好转。第七军第一师取得了两次战斗的胜利,还扩大了十几名兵员。大家特别肯定了王汝起师长的功绩:第一是有战斗积极性,经常主动地寻找战机;第二作战指挥上很有办法,敌情地形情况摸得准,战术得当,他所指挥的战斗都没有遭受过重大损失,因之大家都愿意跟着他打仗。在大家的发言中,也有些人对比地批评了第七军部队中有些领导人常年蹲在密营中不出来,等于挂着免战牌,说这怎么能发展抗日游击战事呢?除此之外,大家还赞扬了王汝起同志能和战士们打成一片的作风。他管理部队是严格的,但从来没有骂过人。他在批评部属时从来不会忘记对被批评者各种优点的肯定和对今后的鼓励,因之被批评者总是心服口服。王汝起同志也因此而得到战士们发自内心的爱戴。

10 月间,天气逐渐寒冷,我们在沼泽地活动的有利季节即将结束,必须在大雪封山之前回到饶河山里。可以预料冬季敌人的讨伐肯定会更加疯狂的。将如何度过这个严峻的时期呢?每个人都在思索着。王师长是把希望寄托于山中的粮食贮藏上。因为第七军那年留下了一些人在山里种地,计划着将收获的粮食全部贮藏起来。如果每人能有一百五十至二百斤粮食,我们就可以隐蔽在深山中不暴露目标,可以坚持到来年 4 月,就又回到了游击活动的大好季节。但是当我们回到了饶河山里时,才发现情况完全不像我们所想象的。日本人在夏秋两季多次派出部队到山里专门破坏我们的耕地,在粮食未成熟时已多数被捣毁了,仅有少数保留了下来。同时,日本人在落雪后全面封锁了山林。1938 年冬在饶河山里还有少数林业队进山伐木,这年没有了。第七军在山里所有的密营都被捣毁了。11 月里,山里积雪已有二三尺厚,日本人又派了大批讨伐队伍进山。为了避免目标过于集中,第七军决定将队伍分散,我和王汝起同志分在两下了。由于缺少粮食,有一部分队伍在日本人的追赶下越境到了苏联,我是被迫越境者之一。王汝起同志则以最坚定的精神率领着队伍和日本人周旋,而且还冒险地带着队伍出人意料地又回到了抚远县,使敌人在一个短时间内失去了追逐目标。当敌人发现这一情况时,队伍的粮食已得到了补充。而当敌人重新转移兵力于抚远县境时,王汝起同志又率部隐蔽地回到了饶河,虽和几个小股敌人遭遇过,部队有些伤亡,也出现不少冻伤;但终于度过了严冬,保留下来了一部分队伍。当我于1940年4月初随周保中同志由苏联回到饶河,看见王汝起同志和他所带领的队伍时,尽管他们由于长期的饥饿而显得面容憔悴,衣衫褴褛而难以蔽体;但他们一个个都依然是很乐观的。而且由于大地即将解冻而对1940年夏秋两季抗日游击活动的开展信心百倍。

长达五个月的冬季,给第七军带来了重大的损失。1939年秋季时还能统计出第七军的总人数为五六百人。但到1940年4月时,所能统计出来的人数只有二百左右了。根据第二路军总指挥周保中同志的指示,第七军重新进行了整编,改称东北抗日联军第二支队,下设三个大队,由王汝起同志担任支队长,王效明任政委。王汝起同志曾满怀信心地制定了1940年全军的游击活动计划,预定在同江、抚远、富锦、宝清等县这个广大地区,以沼泽地为依托,在夏秋两个最有利的季节里继续开展打击日寇的活动。

但是,一个重大的不幸事件发生了。在1940年的5月,正当王汝起同志率领着四十余名战士由饶河向富锦县的燕窝方向行进的时候,在大带河偶然发现有一个连的日伪军进山伐木。他立即抓住这个战机,准备给敌人以突然袭击。虽说下面有的同志认为敌众我寡,不宜贸然行事;但是根据王汝起同志的判断,敌人是处于毫无戒备的状态下,我们以少胜多是可能的。战斗从上午九时左右开始,敌人最初被打得乱作一团各自逃命,我们也很快地夺取了敌人的一挺轻机关枪。但是敌人又逐渐地集合起来了,并占据了有利地形,进行了几次反扑被我们打退了。战斗一直持续到傍晚,当王汝起同志打算带领战士冲向敌人以求全歼的时候,不幸中弹身亡。

汝起同志壮烈牺牲的消息给第二支队的全体成员带来了极大的悲痛,而饶河县的日本人却大肆庆祝他们的胜利。不仅如此,日本人还在事后专门派部队去大带河将汝起同志的尸体搬运到县城,美其名曰安葬,实则炫耀其战功。可见日本人过去对王汝起是怕得要命的。

汝起同志的优良作风深深感染着第二支队的全体同志。在1940年的夏秋两个季节里,他们截获乌苏里江敌人的运输船,袭击富锦县柳大林子警察署,策动宝清县伪军三十团机关枪连的起义,奔袭密山县日本人开拓团等。每次胜利都给敌人造成了极大的不安,自嘲地说:抗日游击队小小的,但是心腹之患却是大大的!

王汝起同志永垂不朽!

高英杰烈士史迹

　　高英杰同志原名高嘉流,山东省人,他从十七八岁时就被日本人抓到东北当劳工,在黑龙江省虎林县的黑嘴子为日本军修建地下军火库。他和几百名从山东省一块抓来的劳工每天要在非常恶劣的条件下挖山洞十二小时以上。劳动完了就住在非常简陋的工棚里,夏不防雨,冬不避风雪。一个大工棚设上下两层铺,劳工们要一个挨一个地睡觉,要住上百人。吃的是最差的高粱米饭、苞米糙子和苞米面大饼子。劳工们常因山洞塌方被砸死,或在冻饿条件下病死累死。此外,日本人为了地下军火库的位置和内部设施保密,所用的最毒辣的办法就是在工事完成之后设法将工人们害死灭口。因之劳工们除了对生活条件恶劣抱怨之外,经常提心吊胆的是自己何时用何种方法被日本人害死。劳工们想逃跑也并非易事,他们从山东省被抓来,人生地不熟,无亲友可以投靠。不管是干活时还是睡觉时,都有日本人看管着,凡是逃跑而被日本人抓回的,都要遭到毒打,重者还被扔进狼圈内折磨。因之工人们都盼望着抗日联军来攻打这个工地,把日本守卫队消灭掉,并把劳工们从火坑中解救出来。

　　东北抗日联军第七军是长期在饶河、虎林两县境内活动的。它所确定的打击目标之一就是破坏在黑嘴子地区的日本国防工程建设。曾对这个地区进行了长期的侦察活动,也通过地下的党组织结识了少数劳工,设法弄清日本人守卫队的住处和岗哨位置以及巡逻路线等。对于工棚、柜房和粮库的位置也弄清楚了,和地下党组织保持着秘密联系的人当中就有高嘉流同志。

在1939年8月,当高粱和苞米在地里长得正高的时候,工人们都在盼望着抗日联军来解救他们。因为在青纱帐掩护下抗日联军最容易接近工地,而工人们也最容易逃出日本人的魔掌。有些人迫不及待地要去寻找抗日联军。在几个人偷偷地商议之后,高嘉流自告奋勇地要闯一闯。另一个也是山东人的小赵说,一个人不行,我和你一同走,好有个相互照顾。就此,两人利用了黑夜往外逃。但在刚刚爬出铁丝网不远时就被日本人巡逻哨发现。后面响起了枪声,但是很幸运,这两个人没有被打倒。当他们钻进高粱地的时候,才得以喘一口气。但他们不能久留,日本人在后面的喊叫声和枪声催促他们继续拼命逃跑,一直过了一个小时之后才听不到后面有人追赶的动静了。但是抗日联军在哪里呢?怎么能找到他们呢?两个人合计了半天,决定向高山密林的方向找。在天要亮的时候,他们已经进了山。但是他们东碰一头,西碰一头,两天两夜过去了,还没有发现抗日联军的踪迹,而随身所携带的几个苞米面大饼子早已吃光了,就只好找山里的野果充饥。由于缺少山里生活的常识,到第四天时,两个人已经被饥饿和夜间的寒冷折磨得狼狈不堪了,两腿也不听使唤了,他们昏迷地躺在草地上。

在虎林境内进行游击活动的是东北抗日联军第七军的补充团,团长李一平是朝鲜族人。有一天他带着队伍无意中发现了这两个半死不活的人,把他们唤醒,先给了水喝,又让他们一起吃了饭。当弄清了他们是从工地跑出来特意寻找抗日联军的时候,就仔细地询问了工地和日本守卫队的情况,李一平认为他们所谈的情况和他平时掌握的情况完全相符。以后又通过虎林县的地方党组织了解,证明高嘉流和小赵二人确实属于苦大仇深的人。于是李一平接受了他们二人参军,并将情况报告了第七军军长崔石泉(即崔庸健)。崔石泉召开了军事会议,并邀请了在宝清县活动的第五军第三师政委季青同志参加会议。会上共同决定攻打黑嘴子日本人的国防工程工地。参加的部队有第七军补充团、第七团和第五军三师的第九团,共二百余人。由李一平团长和季青政委共同领导这次军事行动。这时高嘉流和小赵经过十几天的恢复,又成了活蹦乱跳的小伙子了。他们承担了向导的任务。高嘉流负责给承担主攻任务的两个连带路，目标是包围并歼灭有人数五十余名的日本守卫队。小赵负责给承担掩护任务的其余部队带路。在午夜时分发起了战斗，不到半个钟头就全歼了守卫队，共计打死日本指挥官一名、兵三十余名、伪警察十八名。这时高嘉流才跑到工棚里去告知大家："是抗日联军来了，守卫队已经全部被消灭了。我们可以不再给日本人干活了，愿意打日本的就一块上山，不愿上山的可以各奔前程。"只几句话就使劳工们兴高采烈地叫起来了："走呀，上山打鬼子去！""好呀，这可有了活路了！"他们除了携带自己随身行李之外还打开粮库，每人搬了一袋白面出来。李一平团长让高嘉流带着二百多劳工首先上山，而由抗日联军在后面掩护。但是没走出多远，日本人的援兵来了，李一平指挥队伍从两个山头向日本人射击。没有经验的劳工听见枪响就有些慌乱，不知向哪里跑好。在高嘉流的大力引导下，终于有七十余名劳工顺利地进入了山林中，摆脱了日本人的追击，并参加了抗日联军。

这次黑嘴子战斗给日本军的打击是太大了。日军决心报复，调兵遣将，开始了一场大讨伐。在这期间，由于高嘉流表现很好，被五军三师师长李文彬同志看中了，李文彬同志向李一平提出要求，要把高嘉流调到五军三师来当班长。李一平同志慷慨允诺了。五军三师为了突破敌人的包围，预定要转移到宝清县山区去，但是在敌人的追击堵截下，每天往往要和日军打两三仗。为了摆脱敌人，部队只好进入难以通行的高山密林里去。当粮食吃光了之后，就靠野菜、野果维持生命，每天要在饥饿的情况下行军七八十里路。两三个月之后，严寒又来到了，大雪开始封山了，给抗日联军的行动带来非常不利的影响。日本军在雪地里很容易发现抗日联军的足迹。没有穿上棉衣的游击队员只能靠袭击日本军来夺取棉军衣和皮大衣。在零下四十摄氏度的严寒下也不得不在雪地里睡觉，全靠篝火取暖。

由于日本军利用了冬季对他们有利的条件，长期围剿抗日联军，使得我们的伤亡很大。和高嘉流一同参军的劳工，除了有的牺牲在敌人的枪弹下之外,有不少是在冻饿之下而停止了呼吸。在这样极端困难的条件下,高嘉流同志始终不动摇、不悲观,很快入了党并被提拔为连队政治指导员。到了1940年的冬天,在他经受了一年来的严峻考验之后,被五军三师选为无线电学校学员,到苏联受训。经过一年的学习,他很快地掌握了收发报技术和密码的使用方法。

在1942年至1945年期间,当东北抗日联军的主要部分在苏联集中整训之时,高嘉流同志被挑选为敌后小部队活动成员,每年总有四五次返回东北境内进行武装侦察活动,不断地将虎林、密山、宝清、鸡西一带日伪军的设防情况、国防工事的位置和性质、飞机场的大小和停放的飞机型号、铁路公路的运输能力等情报,通过小小的无线电台,发给抗联的领导人周保中和李兆麟。这些情报也都成为1945年8月苏军进军东北战役部署的重要根据,为东北抗日联军和苏联红军协同作战解放全东北,起到了非常重要的作用。

在1945年8月9日苏联政府对日宣战之时,东北抗日联军的一部分同志被分配到苏联红军第二方面军执行任务。他们参加了苏联红军沿松花江两岸向同江、萝北、富锦、鹤立、佳木斯、汤原、依兰方向进行的主要突击。在战斗行动基本结束之后,于8月底,高嘉流同志等十余人随我一同被分配到佳木斯苏军卫戍司令部工作,从那时起他改用了高英杰这个名字。他分工负责组建地方自治性质的武装队伍,用以维护治安,防止汉奸和日伪特务、警察残留分子的破坏活动。为此目的,苏军卫戍司令部决定由高英杰同志任佳木斯市公安局副局长。

1945年10月下旬,由山东派出的八路军先遣支队到达了佳木斯地区。11月中旬,由党中央派出的大批党政干部也陆续来到了合江,并开始筹建从省到各县、市的党政机构,准备把合江省建设成为和国民党决一雌雄的后方根据地。与此同时,原来在佳木斯地区比较活跃的日伪残余分子却极度恐慌起来。这些人在"八一五"之后曾经以国民党的面目出现,暂时骗取了合江地区的合法地位,积极招兵买马,招降纳叛,大量收编土匪队伍,并想据此与共产党抗衡。12月起,他们开始攻打勃利、依兰、汤原、同江等县城，杀害共产党的县长和县委书记。在这一情况下，中共合江省委命令取缔这些敌伪分子利用国民党名义进行活动，合江地区的阶级斗争和整个东北地区一样空前地激化了。

高英杰同志所领导的市公安局，首要任务就是保证合江省政府和佳木斯市政府的安全。他日夜坚守在自己的岗位上，严密地注视着敌人的动态，但是当时的情况极为复杂，对已经暴露的敌人容易防范，对伪装进步的坏人却不好识别。暗杀佳木斯市副市长孙西林同志的凶手邹捷飞就是曾经混入佳木斯人民民主同盟的会员，他暗中勾结国民党，蓄谋已久地策划着这次暗杀事件。1946年1月31日，邹捷飞及其几名同伙，以公干为名进入了市政府之后，突然闯入了市长和副市长的办公室，开枪打死了副市长孙西林同志。正在公安局工作的高英杰同志听到枪声之后，立即带领公安战士数名赶到市政府。他率先进入大门，恰与准备逃走的凶犯遭遇，因凶犯先开了枪，高英杰同志当即身负重伤，经抢救无效，于一个多小时之后牺牲，时年二十七岁。

高英杰同志是一位优秀的共产党员，曾积极参加了对日本侵略军的斗争并做出过重要贡献。日本投降之后，又积极参加了东北地区新的人民政权的建设工作，并为了捍卫人民政权而贡献出了自己宝贵的生命。作为我的一个忠诚而勇敢的战友来讲，他的光辉形象是永生难忘的。

高英杰同志永垂不朽！

想说的话

《我的回顾》一书终于要和读者见面了。

2015 年是世界反法西斯战争暨中国人民抗日战争胜利 70 周年，中共佳木斯市委、市政府的有关领导找到了我们，介绍了佳木斯市当年整个纪念活动的安排。遵照习近平总书记提出的要进一步加深中国抗日战争历史的研究的精神，佳木斯准备出一套《三江人民抗日斗争历史丛书》，这也是市委、市政府在 2015 年安排的纪念活动"十个一工程"项目中的一项。因为我们的父亲彭施鲁在抗日战争及解放战争时期曾在三江地区和佳木斯战斗工作过。因此，希望能将父亲撰写的有关文章编辑成册，作为该部丛书之一。

记得在我们小的时候，也曾听父亲讲过一些战争年代的经历。在 20 世纪 90 年代初，他写了一本《我在东北抗联十年》的书，给了我们一人一本。读过之后，才对父亲走上革命道路，以及在抗日联军的战斗历程有了比较全面的了解。应该说有两个人在他的一生中产生过重要影响，一位是李常青，另一位是周保中。如果说李常青是他走上革命道路的指路人的话，周保中就是他走上革命道路后的领路人。1935 年父亲追随李常青来到北京上学，在参加了一·二九运动后，李常青派他去东北参加了东北抗日联军，当时不满二十岁。此后，在李延禄、李延平、周保中等抗联领导人的领导下坚持了十年的抗战。十年中，是三江人民养育了他，是党和部队领导及战友们帮助、教育、培养了他。使他从一名青年学子成长为一名真正的革命战士。随着我们对东北抗日联军十四年艰苦卓绝的斗争了解得越多，我们对父辈及战友们的敬意就越高。

我的回顾

在 20 世纪 80 年代父亲离休时,正值中共中央提出编写《东北抗日联军史》。从这时起一直到他去世的二十多年时间中,作为当事人,他亲笔撰写了许多的回忆文章。能将父亲的回忆文章编成合集出版,这样的好事我们没有理由不支持。作为子女我们进行了认真的讨论,决定将父亲写的反映新中国建立之前的回忆文章挑选出来。当我们将这些尘封多年的纸箱打开整理时,发现父亲在有生之年已经将所有的手稿分门别类,归纳整理的井然有序,一目了然。在整理这些文稿期间,我们与佳木斯市的有关领导刘乃功副部长、富宏博老师、朱春龙老师进行过多次沟通并得到他们的指导。从中挑选出包括《我在东北抗联十年》在内的多篇文稿,这些文稿大部分都曾在相关的刊物中发表过。这次能将这些文稿集中编辑成书,给史学工作者及关心这段历史的朋友们提供一些史实和研究线索。这是我们希望出这本书的唯一目的。需要说明一点,由于年代的久远及父亲当时所处的特定位置,他的回忆会与其他人的回忆有不同的地方。随着新的史料的不断被发掘,东北人民抗日斗争的历史一定会被还原。这本书完全保留了作者的行文风格,文章原貌,内容没有做任何添加和修改,以这种白描的形式,让读者与文章素颜相见,从而能够更清晰地感受作者的叙述,更细致地体验那个年代的艰苦斗争。如果这本书能成为浩瀚历史文献中的一页,就是对父亲最好的告慰。

这次在中共佳木斯市委、市政府的鼎力帮助下,我们能将父亲尘封多年的手稿提供出来,重新编辑出版成书,这是父亲的遗愿,也是我们子女的心愿。《我的回顾》的出版是对父亲最好的纪念。

在此我们诚挚地向中共佳木斯市委、市政府的领导表示感谢!向各位参与编辑、出版的老师、朋友们表示感谢!向黑龙江人民出版社表示感谢!感谢吉林省党史研究室的郭红婴老师和周伟大姐(周保中将军之女)为本书提供的相关历史照片。

彭施鲁全体子女　2017 年 12 月